'IJzingwekkend.' – *Trouw*

'Sterk debuut.' – *Gazet van Antwerpen*

'Knap debuut, met veel spanning en horror, dat aan Stephen King doet denken.' – *Knack*

'Spannend en onheilspellend.' – *Leidsch Dagblad*

'Een spannende politieroman met een onheilspellend sfeertje, waar je doorheen vliegt.' – *Holland Media Combinatie*

'Een knap opgebouwde, indringende intrige.' – *NBD Biblion*

Bernard Minier

Een kille rilling

XANDER

Uitgegeven door Xander Uitgevers BV
Hamerstraat 3, 1021 JT Amsterdam

www.xanderuitgevers.nl

Oorspronkelijke titel: *Glacé*
Oorspronkelijke uitgever: XO Editions
Vertaling: Jasper Mutsaers
Omslagontwerp: Studio Marlies Visser
Fotografie: Studio Marlies Visser met dank aan Jerezano
Auteursfoto: Gaëlle Humbert
Zetwerk: ZetSpiegel, Best

Eerste druk 2014
Zesde druk 2017

ISBN 978 94 016 0543 4 / NUR 305

Voor de herinnering aan mijn vader
Voor mijn vrouw, mijn dochter en mijn zoon

Voor Jean-Pierre Schamber
en Dominique Matos Ventura,
die alles veranderden

VAN:
DIANE BERG
GENÈVE

AAN:
DOKTER WARGNIER
PSYCHIATRISCHE KLINIEK WARGNIER
SAINT-MARTIN-DE-COMMINGES

Diane Berg – curriculum vitae
Psycholoog, aangesloten bij de Zwitserse bond van psychologen (FSP)
Specialist op het gebied van de forensische psychologie SSPL

Geboortedatum: 16 juli 1976
Nationaliteit: Zwitserse

Diploma's:

2002:	Doctor in de psychologie aan de Universiteit van Genève. Proefschrift: 'Dwangmatige moordenaars: intuïtief handelen, necrofilie en het afsnijden van ledematen.'
1999:	Doctoraal psychologie aan de Universiteit van Genève. Scriptie: 'Angstvormen bij kinderen tussen de acht en de twaalf jaar oud.'

1995: Gymnasiumdiploma
1994: Certificaat behaald op Cambridge voor Engels als vreemde taal

Ervaring:
2003: Privépraktijk voor psychotherapie en forensische psychologie te Genève.
2001: Assistent van professor Spitzner van de faculteit psychologie en opvoedkunde (FEO) aan de Universiteit van Genève
1999 – 2001: Stage op het Instituut voor Forensische Psychologie aan de Universiteit van Genève
Stage in de ziekenboeg van de penitentiaire inrichting van Champ-Dollon

Verbonden aan:
Het Internationale Instituut voor Recht en Geestesziekten (IALMH)
Het Geneefs Instituut van Psychologen en Psychotherapeuten (AGPP)
De Zwitserse Bond van Forensisch Psychologen (FSP)

Hobby's:
Klassieke muziek (tien jaar vioolgespeeld), jazzmuziek, lezen
Sporten: zwemmen, hardlopen, duiken, speleologie, parachutespringen

Proloog

Dgdgdgdgdgdg – taktaktak – dgdgdgdgdgdg – taktaktak

Het regelmatige getik van de kabel en, met tussenpozen, de wielen over de steunpilaren als de gondel van de kabelbaan eroverheen gleed, waardoor de cabine heen en weer schommelde. En het eeuwige gehuil van de wind, een fluitend geluid, als stemmen van kinderen die in gevaar verkeren. En ten slotte de stemmen van de passagiers in de cabine die moeten schreeuwen om boven het lawaai uit te komen. Vijf in totaal, onder wie Huysmans.

Dgdgdgdgdgdg – taktaktak – dgdgdgdgdgdg – taktaktak

'Verdomme! Ik zie het helemaal niet zitten om in dit weer naar boven te gaan,' zei een van hen.

Huysmans keek zwijgend of hij door de opgestoven sneeuw rond de gondel het onder hen gelegen meer al kon zien, dat duizend meter lager lag. De liftkabels leken bijzonder slap te hangen en een dubbel, afhangend spoor te volgen dat traag in de grijze achtergrond wegzakte.

De bewolking brak. Het meer verscheen. Kort. Heel even leek het een plas onder de hemel, een eenvoudige poel tussen de bergtoppen en de wolkenflarden die uit elkaar werden getrokken.

'Het weer heeft er toch geen flikker mee te maken?' zei iemand anders. 'We zitten hoe dan ook een hele week op die kutberg.'

De hydro-elektrische krachtcentrale van Arruns; een aantal aaneengeschakelde vertrekken en tunnels, zeventig meter onder de grond, neergezet op een hoogte van tweeduizend meter. De langste tunnel strekte zich uit over elf kilometer en voerde het water uit het hooggelegen meer naar de pijplijnen; pijpen met een diameter van een halve meter die door de berg liepen om de dorstige turbines te voeren van de in de vallei gelegen werkplaats. Er was maar één manier om in de centrale, die diep in de berg verstopt zat, te komen: door een schacht waarvan de ingang zo ongeveer op de top van de berg lag. Vervolgens moest je een stuk met een goederenlift en op een tweepersoonstractor door de hoofdtunnel terwijl achter je het hek werd gesloten; acht kilometer tunnel voor een reis van een dik uur naar het hart van de duisternis.

De andere manier om bij de ingang te komen was per helikopter – maar alleen in noodgevallen. Er was een platform gebouwd bij het bovenste meer, dat bij goed weer toegankelijk was.

'Joachim heeft gelijk,' zei de oudste passagier. 'Met dit weer kan de helikopter niet eens landen.'

Ze wisten allemaal wat dit betekende: als de poorten eenmaal opengingen, zouden er duizenden kubieke meters water door de tunnel razen die ze zojuist hadden gebruikt. In het geval van een ongeluk zou het twee uur duren om de tunnel leeg te laten lopen, daarna moest je een uur op de tractor door de tunnel naar de schacht, had je een kwartier nodig om de buitenlucht te bereiken, moest je tien minuten in de kabelbaan naar de werkplaats en nog een half uur over de weg naar Saint-Martin-de-Comminges – vooropgesteld dat die niet was afgesloten.

Als er een ongeluk gebeurde zou het uren duren voor ze bij het ziekenhuis waren. En de centrale was oud... Hij draaide al sinds de jaren twintig. Iedere winter, voor de sneeuw smolt, brachten ze hier vier weken door, afgesloten van de buitenwereld, voor onderhoud en reparaties aan de stokoude machines. Moeilijk, gevaarlijk werk.

Huysmans keek naar een adelaar die op ruwweg honderd meter van de cabine in de wind zweefde.

Stilte.

Hij draaide zich om, en keek naar de duizelingwekkende vlaktes onder de vloer van de cabine.

Drie enorme pijpleidingen verdwenen langs de berg, in de richting van de afgrond. De vallei was al enige tijd uit het zicht verdwenen. De laatste steunpilaar tekende zich eenzaam af driehonderd meter onder hen, daar waar de flank van de berg een uitsteeksel vertoonde. De kabelbaan ging vanaf hier recht omhoog naar de ingang. Als de kabel nu brak zou de cabine enkele tientallen meters vallen en vervolgens als een ei tegen de bergwand uiteenspatten. Door de sneeuwstorm bungelde hij heen en weer als een rieten mand aan de arm van een huisvrouw.

'Kokkie! Wat krijgen we deze keer te eten?'

'Niks biologisch in ieder geval.'

Huysmans was de enige die niet lachte; hij keek naar een geel busje dat op weg was naar de centrale. Het was het busje van de directeur. Het verdween uit het zicht, opgeslokt door de wolken als een postkoets die overmeesterd is door indianen.

Steeds als hij deze trip naar boven maakte, had hij het gevoel dat hij op het punt stond een elementaire waarheid van zijn bestaan te doorgronden. Hij wist alleen nooit welke.

Huysmans richtte zijn blik op de bergtop.

Ze naderden het eindpunt van de kabelbaan – een ijzeren platform dat vastzat aan de betonnen ingang van de schacht. Toen de cabine tot stilstand was gekomen liepen de mannen via een aantal loopbruggen en trappen naar de betonnen bunker.

De wind loeide als een gek. Het was minstens tien graden onder nul.

Huysmans kneep zijn ogen tot spleetjes.

Er was iets met het platform.

Er klopte iets niet...

Hij meende een schaduw te zien tussen de stalen steunbalken en dwarsverbindingen, een schaduw die door de windstoten op en neer ging.

Een adelaar, dacht hij; een adelaar die vast is komen te zitten tussen de kabels en katrollen.

Nee, dat zou wel héél gek zijn. En toch moest dat het zijn: een grote vogel, met wijd uitgespreide vleugels. Misschien was het een gier; gevangen in het bovenste gedeelte, verstrikt in de buizen en relingen.

'Moet je dat zien!'

Joachim. Hij had het ook gezien. De anderen draaiden zich om naar het platform.

'Jezus christus! Wat is dat?'

In ieder geval geen vogel, dacht Huysmans.

Hij voelde dat hij onrustig werd. Het ding hing boven het platform, net onder de kabels en katrollen, en leek te zweven. Het zag eruit als een gigantische vlinder, een onheilbrengende, zwarte vlinder die afstak tegen de witheid van de sneeuw en hemel.

'Kut! Wat is dat?'

De cabine minderde vaart. Ze waren er bijna. Het ding werd groter. 'Godsamme.'

Het was geen vlinder, en ook geen vogel.

De cabine kwam tot stilstand, de deuren gleden automatisch open.

Een ijzige windvlaag joeg de sneeuwvlokken in hun gezicht. Maar niemand stapte uit. Iedereen keek naar deze creatie van krankzinnigheid en dood. Ze wisten meteen dat ze dit beeld nooit meer zouden vergeten.

De wind brulde om het platform. Huysmans hoorde niet langer het geschreeuw van kinderen, maar dat van een marteling, helse kreten, gedempt door het huilen van de wind. In de cabine deed iedereen een stap naar achteren.

Ze waren door angst bevangen. Huysmans vloog naar de koptelefoon en zette hem op.

'Hallo? Centrale? Met Huysmans! Bel als de sodemieter de politie. Zeg dat ze meteen moeten komen. We hebben een lijk gevonden. Iets gruwelijks!'

I

DE MAN DIE VAN PAARDEN HIELD

1

De Pyreneeën. Diane Berg zag ze opdoemen toen ze over de heuvel reed.

Een witte barrière die zich in de verte uitstrekte over de hele breedte van de horizon, met heuvels ertegenaan geplakt. Er cirkelde een roofvogel in de lucht.

10 december, negen uur 's ochtends.

Volgens de landkaart op het dashboard moest ze de volgende afslag nemen en naar het zuiden rijden, in de richting van Spanje. Haar bejaarde Lancia had geen navigatie of boordcomputer. Er hing een bord boven de snelweg: AFSLAG 17, MONTRÉJEAU/SPANJE, 1000 M.

Diane had in Toulouse overnacht. In een goedkoop hotel, in een kleine kamer met badkamer die uit een stuk plastic gegoten leek, en een kleine tv. Ze was wakker geschrokken van herhaaldelijk geschreeuw. Met bonzend hart was ze rechtop gaan zitten, op haar hoede, maar ze hoorde verder niets, en ze vroeg zich af of ze het gedroomd had toen het opnieuw begon, nog harder. Haar maag kneep samen, tot ze besefte dat het vechtende katten onder haar raam waren. Daarna kon ze de slaap niet meer vatten. Een dag eerder was ze nog in Genève geweest om haar vertrek te vieren met vrienden en collega's. Ze had in haar kamer op de universiteit om zich heen gekeken en zich afgevraagd wat haar volgende uitzicht zou zijn.

Toen ze op de parkeerplaats van het hotel haar Lancia ontgrendelde en smeltende sneeuw overal om haar heen van de auto's gleed, besefte ze opeens dat ze haar jeugd achterliet. En ze wist dat ze binnen twee weken haar oude leven vergeten zou zijn. Over een paar maanden zou ze volkomen veranderd zijn. Hoe kon dat ook anders, gezien de plek waar ze het komende jaar zou doorbrengen? 'Gewoon jezelf blijven,' had haar vader haar aangeraden. Toen ze van de kleine parkeerplaats de al drukke snelweg weer op reed, vroeg ze zich af of veranderingen in haar voordeel zouden zijn. Ze had ooit iemand horen zeggen dat sommige aanpassingen meer op amputaties leken, en ze kon slechts hopen dat dit in haar geval anders zou zijn.

Ze kon alleen maar aan de Kliniek denken.

Al die mensen die er opgesloten zaten.

De dag ervoor was ze de hele tijd achtervolgd door de gedachte: dit wordt niks. Ik kan het niet. Ook al heb ik me erop voorbereid en is de baan me op het lijf geschreven, ik heb geen idee wat me te wachten staat. En iedereen doorziet me natuurlijk meteen.

Ze zag hen als mensen, menselijk, niet als... monsters.

En toch waren het dat: echte monsters die net zo ver van haar en haar ouders af stonden als een tijger van een kat.

Tijgers...

Zo moest ze hen zien; als onvoorspelbaar, gevaarlijk, in staat tot onvoorstelbare gruwelijkheden. Tijgers, opgesloten op een berg...

Bij de *péage* ontdekte ze dat ze zo erg was opgegaan in haar gedachten dat ze geen idee had waar ze het kaartje had gelaten. De man in het hokje keek haar geïrriteerd aan toen ze als een gek het handschoenenkastje en haar handtas doorzocht. Terwijl ze zich niet hoefde te haasten: er stond niemand achter haar.

Bij de volgende rotonde reed ze in de richting van Spanje en de bergen. Na een paar kilometer veranderde het vlakke terrein abrupt. De uitlopers van de Pyreneeën kwamen omhoog uit de aarde en de weg werd omgeven door beboste heuveltjes die echter nog in niets leken op de hoge bergkammen die ze in de verte zag liggen. Het weer sloeg ook om; het begon harder te sneeuwen.

Na een bocht veranderde haar uitzicht in een landschap vol rivieren, bossen en witte vlaktes. Diane zag een gothische kathedraal op de top van een heuvel, omgeven door een klein stadje. Door de ruitenwissers heen begon het landschap op een oude ets te lijken.

Spitzner had haar gewaarschuwd: 'De Pyreneeën lijken in niets op Zwitserland.'

Langs de kant van de weg werden de sneeuwhopen alleen maar hoger.

Diane zag de knipperlichten tussen de sneeuwvlokken eerder dan de wegafzetting. Het sneeuwde nu echt hard. In het midden van de afzetting stonden politieagenten te gebaren met hun wapenstok. Diane zag dat ze gewapend waren. In de vieze sneeuw in de berm stonden een busje en twee motoren onder twee hoge dennen. Ze draaide het raampje open en al snel was haar stoel nat van de dikke, donzige sneeuwvlokken.

'Uw papieren alstublieft, mevrouw.'

Ze boog zich naar het handschoenenkastje. Ze hoorde boodschappen binnenkomen op hun portofoons. Een krakend geluid dat zich vermengde met het ritmische getik van de ruitenwissers en het beschuldigende gepruttel van haar uitlaat. Ze voelde de koude damp op haar gezicht.

'Bent u journalist?'

'Psycholoog. Ik ben op weg naar de Wargnier Kliniek.'

De politieman bekeek haar aandachtig. Hij leunde op het opengedraaide raampje. Een lange, blonde vent van bijna twee meter. Door het web van geluiden van de portofoons hoorde ze de rivier door het bos stromen.

'Wat hebt u hier te zoeken? Zwitserland is niet bepaald naast de deur.'

'De Kliniek is een psychiatrische instelling en ik ben psycholoog; ik neem aan dat u daar het verband tussen ziet?'

Hij gaf haar haar papieren terug.

'Alstublieft. U kunt verder rijden.'

Toen ze wegreed, vroeg ze zich af of de Franse politie deze controles altijd zo uitvoerde, of dat er iets aan de hand was. De weg telde meerdere bochten omdat hij de tussen de bomen meanderende rivier volgde (een 'bergstroom' volgens haar reisgids). Het bos hield op, en maakte plaats voor een open vlakte van minstens vijf kilometer breed. Een lange, brede weg liep langs benzinestations, verlaten kampeerterreinen, verdrietig wapperende vlaggen, mooie huizen met de uitstraling van chalets, en een aantal reclameborden vol grootspraak over de nabijgelegen skigebieden.

SAINT-MARTIN-DE-COMMINGES, IN HET HART VAN HET DAL. INWONERSAANTAL: 20.863, kopte een felgekleurd bord. Boven het stadje versluierden grijze wolken de bergtoppen, hier en daar doorbroken door een gloed die een bergkam of bergpas oplichtte, zodat het leek alsof er een lichtbundel op scheen. Bij de eerste rotonde volgde Diane het bord CENTRUM en sloeg rechts af een straatje in, achter een winkel langs die volgens een groot bord in de etalage Sport & Nature heette. Veel voetgangers en geparkeerde auto's langs de weg. 'Niet echt een leuke plek voor een jonge vrouw.' Ze herinnerde zich Spitzners woorden terwijl ze door de straten reed, luisterend naar de vertrouwde, geruststellende monoloog van de ruitenwissers.

De weg liep omhoog. In een flits zag ze de opeengepakte daken aan de voet van de helling. Op de grond was de sneeuw veranderd in zwarte smurrie die tegen de onderkant van de auto spatte. 'Weet je zeker dat je daarheen wilt, Diane? Het lijkt in niets op Champ-Dollon.' Champ-Dollon was de Zwitserse gevangenis waar ze na haar afstuderen een aantal forensische evaluaties had begeleid en maatschappelijk werk met betrekking tot zedendelinquenten had gedaan. Ze had te maken met serieverkrachters, pedofielen, seksueel misbruik binnen gezinnen – een eufemisme voor incestueuze verkrachting. Er was ook een beroep op haar gedaan als medebeoordelaar, om vast te stellen of minderjarigen die beweerden seksueel misbruikt te zijn, dat ook inderdaad waren, en ze had tot haar schrik ontdekt hoe makkelijk een vertekend beeld ontstond, veroorzaakt door ideologische en morele veronderstellingen, vaak ten koste van objectiviteit.

'Ik hoor de gekste verhalen over de Wargnier Kliniek,' had Spitzner gezegd.

'Ik heb dokter Wargnier aan de telefoon gehad. Hij maakte een goede indruk.'

'Wargnier is erg goed in zijn vak,' had Spitzner toegegeven.

Ze wist echter dat ze niet meer door hem verwelkomd zou worden maar door zijn opvolger, dokter Xavier, een Canadees uit Quebec van het Pinel Instituut in Montreal.

Wargnier was een half jaar eerder met pensioen gegaan. Hij was degene die haar had aangenomen, en ook degene die haar tijdens hun talrijke telefoontjes had gewaarschuwd dat haar een zware taak te wachten stond.

'Het is een lastige plek voor een jonge vrouw, dokter Berg. En ik bedoel niet alleen de Kliniek, maar ook de omgeving. Het dal... Saint-Martin... je zit in de Pyreneeën, de streek Comminges. De winters zijn er lang en er is niet veel te doen. Tenzij je een wintersporter bent, natuurlijk.'

'Ik ben Zwitserse, weet u nog wel?' had ze met een lach gezegd.

'In dat geval raad ik u aan om niet te veel op te gaan in uw werk, om ook leuke dingen te doen – eropuit te gaan. Het kan er nogal... verontrustend zijn.

'Ik zal het onthouden.'

'En nog iets: ik zal er niet zijn om u te ontvangen. Die eer valt ten deel aan mijn opvolger, dokter Xavier, uit Montreal. Hij heeft een uitstekende reputatie en heeft er zin in. Ik verwacht hem volgende week. Zoals je weet zijn ze in Canada veel verder in het behandelen van agressieve patiënten. Ik denk dat het voor u wel interessant is om uw mening naast die van hem te leggen.'

'Dat denk ik ook.'

'Hoe dan ook, we zijn al behoorlijk lang op zoek naar een assistent. Ik heb niet genoeg gedelegeerd.'

Diane reed verder onder de beschutting van bomen. De weg bleef omhooglopen tot hij een smalle, boomrijke vallei bereikte, die bedekt leek met een verstikkende, schadelijke intimiteit. Ze draaide het raampje open en een doordringende geur van bladeren, mos, dennennaalden en natte sneeuw prikkelde haar neusvleugels. Het geluid van een nabijgelegen beekje overstemde bijna het geluid van de motor.

'Behoorlijk verlaten,' zei ze hardop, om zich moed in te spreken.

Behoedzaam reed ze door de duistere winterochtend. Haar koplampen legden de stammen van dennen en beuken bloot. Er liep een elektriciteitskabel langs de weg; er leunden takken tegenaan alsof ze zichzelf niet langer konden dragen. Zo nu en dan maakte het bos plaats voor een schuur met een met mos bedekt leien dak – afgesloten en verlaten.

Ze ving een glimp op van een paar verderop gelegen gebouwen, voorbij een slinger in de weg. Ze verschenen weer na de volgende bocht. Verscheidene uit beton en hout opgetrokken panden, met op de begane grond ramen die een weids uitzicht boden. Erachter bomen. Een afslag leidde naar een metalen brug over het beekje en doorkliefde een besneeuwde vlakte tot aan de gebouwen die zichtbaar verlaten en vervallen waren. Ze wist niet waarom, maar ze kreeg koude rillingen van die lege panden, zo ver verstopt in het dal.

Aan het begin van de oprit stond een verroest bord met de tekst: VAKANTIEKAMP LES ISARDS.

Nog steeds geen kliniek te bekennen. Zelfs geen richtingaanwijzer. De Wargnier Kliniek leek de aandacht niet op zich te willen vestigen. Diane begon zich af te vragen of ze niet ergens een verkeerde afslag had genomen. De landkaart met een schaal van 1:25.000 lag op de stoel naast haar. Een kilometer en een stuk of tien bochten verder zag ze een parkeerhaven omzoomd met een stenen muurtje. Ze minderde vaart en draaide aan het stuur. De Lancia hobbelde over de gaten in het wegdek, modder spatte op. Ze pakte de landkaart en stapte uit. De vochtige lucht viel als een klamme deken over haar heen.

Geen acht slaand op de sneeuwvlokken vouwde ze de landkaart open. De gebouwen van het vakantiekamp werden aangegeven met drie rechthoekjes. Ze schatte in welke afstand ze ongeveer had afgelegd door de kronkelige B-weg te volgen. Een klein stukje verder stonden nog twee rechthoekjes; ze kwamen samen in een T-vorm en hoewel er niet bij stond wat voor gebouwen het waren, moest het daar wel zijn, de weg hield er op en meer symbolen stonden er niet op de kaart.

Ze was er bijna...

Ze draaide zich om, liep terug naar het stenen muurtje, en zag de gebouwen.

Stroomopwaarts, aan de andere kant van het water en hoger op de berghelling: twee langwerpige stenen gebouwen. Ondanks de afstand zag ze hoe groot ze waren. Gigantisch. Dezelfde cyclopische architectuur die je overal in de bergen aantrof, of het nou elektriciteitscentrales, stuwdammen of huizen uit de vorige eeuw waren. Zo zag het er inderdaad uit: als het hol van een cycloop. Behalve dan dat er niet een Polyphemos in die grot zat – maar meerdere.

Diane was niet snel ontmoedigd; ze had plekken bezocht die toeristen werden afgeraden en beoefende sinds haar jeugd redelijk risicovolle sporten. Als kind en later als volwassene had ze altijd een hang naar avontuur gehad. Maar iets in wat ze hier zag zorgde voor een knoop in haar maag. Het was niet zozeer gevaarlijk. Het was iets anders. Een sprong in het diepe...

Ze pakte haar mobieltje en zocht een nummer op. Ze wist niet of ze hier bereik had maar na drie keer overgaan, hoorde ze een bekende stem.

'Met Spitzner.'

Ze was meteen opgelucht. Zijn warme, rustige stem had haar altijd gerustgesteld en haar zorgen weggenomen. Pierre Spitzner – haar mentor op de faculteit – had haar enthousiast gemaakt voor forensische psychologie. Zijn intensieve Socrates-cursus voor de rechten van het kind had haar in contact gebracht met deze bescheiden, charmante man, toegewijd echtgenoot en vader van zeven kinderen. De beroemde psycholoog had haar onder zijn hoede genomen op de faculteit psychologie en opvoedkunde en had ervoor gezorgd dat de rups zich had ontpopt tot vlinder – ook al zou Spitzners veeleisende geest deze omschrijving veel te gewoontjes vinden.

'Hallo, met Diane. Stoor ik?'

'Jij nooit. Is het leuk?'

'Ik ben er nog niet. Ben nog onderweg... Ik zie de Kliniek vanaf hier liggen.'

'Is er iets?'

De lieverd. Zelfs aan de telefoon hoorde hij het meteen als ze ergens mee zat.

'Nee. Alleen... Het lijkt erop dat ze de patiënten zo ver mogelijk bij de rest van de wereld vandaan willen houden. Verder weg dan ze nu zitten, kan niet. Het is hier een beetje eng; ik krijg er kippenvel van.'

Ze had meteen spijt van haar woorden. Ze gedroeg zich als een puber die voor het eerst op zichzelf was aangewezen – of als een gefrustreerde studente die verliefd is op haar begeleider en alles doet om zijn aandacht te krijgen. Ze zei tegen zichzelf dat hij zich nu wel zou afvragen hoe dat moest, als ze al in paniek raakte bij de aanblik van de gebouwen.

'Kom op,' zei hij. 'Je hebt genoeg paranoïde mensen, schizofrenen en zedendelinquenten gezien, toch? Die zijn overal hetzelfde.'

'Dat waren niet allemaal moordenaars. Sterker nog, dat was er maar een.'

Ze zag hem meteen weer voor zich: een smal gezicht, irissen in de kleur van honing die haar aankeken als een hongerig roofdier. Kurtz was een onvervalste psychopaat. De enige die ze ooit had ontmoet. Gevoelloos, manipulatief, labiel. Geen greintje berouw. Hij had drie moeders verkracht en vermoord; de jongste was zesenveertig geweest, de oudste vijfenzeventig. Hij kickte op rijpere vrouwen. En op touwen, koorden, knevels en lussen... Hoe meer ze haar best deed om niet aan hem te denken, hoe meer hij zich in haar hoofd vastzette met zijn dubbelzinnige lachje en starende blik. Het deed haar denken aan het bord dat Spitzner boven de deur van zijn kantoor had gespijkerd: NIET AAN EEN OLIFANT DENKEN.

'Het heeft geen zin meer om nu nog aan jezelf te twijfelen, vind je ook niet?'

Ze bloosde ervan.

'Je kunt het, dat weet ik zeker. Je bent de gedroomde kandidaat voor die baan. Ik zeg niet dat het een makkie is, maar je kunt het, daar ben ik van overtuigd.'

'Je hebt gelijk,' zei ze. 'Ik stel me aan.'

'Helemaal niet. Iedereen in jouw plaats zou precies hetzelfde reageren. Ik weet wat voor naam de Kliniek heeft. Trek je daar niet te veel van aan. Concentreer je op je werk. En straks weet je meer van psychopaten dan wie dan ook in Zwitserland. Ik moet ophangen, Diane. Ik heb een afspraak met de decaan, we moeten de begroting bespreken. Je kent hem: ik zal alle zeilen moeten bijzetten. Sterkte. Hou me op de hoogte.'

De kiestoon. Hij had opgehangen.

De stilte, slechts onderbroken door het geluid van de stromende rivier, daalde als een nat zeil op haar neer. Ze schrok van het geluid van sneeuw die van een tak viel. Ze stak haar mobieltje in de zak van haar donzen jack, vouwde de landkaart op en stapte weer in haar auto.

Ze reed de weg op.

Een tunnel. Het schijnsel van haar koplampen gleed over de donkere, voorbijflitsende muren. De tunnel had geen plafondverlichting en ging over in een bocht. En toen, eindelijk, op een wit bord: CHARLES WARGNIER KLINIEK VOOR FORENSISCHE PSYCHIATRIE. Ze reed langzaam over een brug. Meteen daarna ging de weg steil omhoog, gevolgd door een paar haarspeldbochten tussen de dennenbomen en sneeuwhopen – ze vreesde dat haar oude rammelbak zou slippen op de ijzige helling. Ze had geen sneeuwkettingen of winterbanden. Maar algauw liep de weg weer vlak.

Nog een laatste bocht en toen had ze haar doel bereikt.

Ze zette zich schrap toen ze de gebouwen door de sneeuw, mist en bossen zag verschijnen.

10 december, woensdagochtend elf uur.

2

Met sneeuw bedekte dennenbomen. Van bovenaf gezien, met een verticale, duizelingwekkende invalshoek. Een weg als een lint, recht tussen deze zelfde dennenbomen, de stammen verdwenen in de mist. Boomtoppen zoefden voorbij. Aan het eind van de weg, tussen de bomen, reed een Cherokee Jeep. De koplampen schenen door de mistflarden. Een sneeuwschuiver had aan weerszijden van de weg hoge sneeuwhopen gemaakt. In de verte versperden witte bergen de horizon. Het bos eindigde abrupt. De weg liep in een strakke bocht om een rotsachtige helling alvorens een snelstromend beekje te volgen. Het beekje ging over in een kolkende rivier. Achter de tegenovergelegen oever was de gapende toegang van de elektriciteitscentrale zichtbaar in een opening in de bergwand. In de berm stond een bord met de tekst: SAINT-MARTIN-DE-COMMINGES: BERENTERRITORIUM – 7 KM.

Servaz bekeek het bord in het voorbijgaan.

Het was een schildering van een beer uit de Pyreneeën tegen een achtergrond van bergen en dennenbomen.

Beren uit de Pyreneeën. Echt niet! Vers geïmporteerde Sloveense beren zouden ze bedoelen, die de plaatselijke herders maar wat graag in hun vizier zouden krijgen.

Volgens de herders kwamen de beren te dicht bij onbewoond

terrein, waar ze kuddes aanvielen en zelfs een bedreiging vormden voor mensen.

De enige bedreiging voor de mens is de mens zelf, dacht Servaz bij zichzelf. Hij zag ieder jaar meer lijken in het mortuarium van Toulouse. En die waren niet ten prooi gevallen aan beren. *Sapiens nihil affirmat quod non probat.* Een wijs mens zal nooit iets beweren wat hij niet kan bewijzen, dacht hij peinzend. Hij minderde vaart toen de weg een bocht maakte en reed opnieuw het bos in – nu stonden er alleen geen naaldbomen meer maar iets wat leek op dicht kreupelhout. Hij hoorde de kabbelende bergstroom door het raam, dat ondanks de kou halfopen stond. Het heldere geluid overstemde bijna de muziek uit de cd-speler, het Allegro uit de Vijfde Symfonie van Mahler. Muziek vol koortsachtig verlangen, die erg geschikt leek voor wat er komen ging.

Opeens zag hij midden op de weg de zwaailichten van de politiewagens en silhouetten van agenten die met hun wapenstokken gebaarden.

Die waardeloze gendarmes... Als ze niet wisten waar ze moesten beginnen met hun onderzoek, zetten ze de weg maar af.

Hij herinnerde zich wat Antoine Canter die ochtend tegen hem had gezegd op het regionale bureau van de recherche in Toulouse: 'Het is gisteravond gebeurd, in de Pyreneeën. Een paar kilometer buiten Saint-Martin-de-Comminges. Cathy d'Humières belde. Je kent haar, toch?'

Canter was een bonk van een kerel met een sterk zuidelijk accent, een voormalig rugbyspeler met wrede karaktertrekken die ervan hield zijn tegenstanders te domineren in de scrum, een agent die zich had opgewerkt tot ondercommissaris van de plaatselijke recherche. De huid op zijn wangen was pokdalig, als zand waarop de regen kuiltjes heeft veroorzaakt; zijn enorme leguanenogen keken Servaz aandachtig aan.

'Wat is er gebeurd? Ik weet nergens van,' had Servaz gevraagd.

Canter had witte klodders slijm in zijn mondhoeken toen hij zijn mond opende. 'Geen idee.'

Servaz had hem verbaasd aangekeken.

'Wat bedoel je?'

'Daar wilde ze aan de telefoon niet op ingaan, ze zei alleen dat ze wilde dat je kwam en dat ze uiterste geheimhouding verlangde.'

'Meer niet?'

'Nee.'

Servaz had zijn baas verbijsterd aangekeken.

'Saint-Martin; daar is dat gesticht, toch?'

'De Wargnier Kliniek,' bevestigde Canter. 'Uniek in Frankrijk, zelfs in heel Europa. Voor geestelijk gestoorde moordenaars.'

Was er iemand ontsnapt die onderweg een misdaad had gepleegd? Dat zou de wegafzetting verklaren. Servaz minderde vaart. Hij herkende de MAT 49-machinepistolen en de Browning-geweren die door de politie gebruikt werden. Hij draaide het raampje open. Tientallen sneeuwvlokken dwarrelden door de koude lucht. Hij zwaaide met zijn penning.

'Waar moet ik zijn?'

'De waterkrachtcentrale.' De man verhief zijn stem om uit te komen boven de berichten uit de portofoons, zijn adem vormde een witte condenswolk. 'Een kilometer of twaalf hiervandaan, in de bergen. Bij de eerste rotonde nog voor Saint-Martin naar rechts. Bij de volgende weer rechts. In de richting van Lac d'Astau. Daarna de weg blijven volgen.'

'Wie heeft deze afzetting verzonnen?'

'De openbare aanklager. Standaardprocedure. We checken kofferbakken en papieren. Misschien hebben we geluk.'

'Tja,' zei Servaz weifelend.

Hij startte de motor weer en zette de muziek harder. De hoorns van het Scherzo vulden de kleine ruimte. Hij haalde zijn blik even van de weg om de beker koude koffie uit de houder te pakken. Altijd hetzelfde ritueel. Hij bereidde zich steevast op exact dezelfde manier voor. Hij wist uit ervaring dat de eerste dag, de eerste uren van een onderzoek beslissend waren. Hij moest dan dus wakker, helder en scherp zijn. Koffie om mee wakker te worden, muziek om zich te kunnen concentreren – en om zijn hoofd leeg te maken. Cafeïne en muziek... vandaag aangevuld met dennenbomen en sneeuw, dacht hij bij zichzelf, terwijl hij de eerste tekenen van maagkramp bespeurde. Servaz was een echte stadsjongen. Bergen waren vijandig gebied voor hem. Hij herinnerde zich dat het niet altijd zo geweest was; als kind was hij hier ieder jaar gaan wandelen met zijn vader. Zoals het een goede leraar betaamt vertelde deze dan alles over de bomen, de stenen en de wolken. De kleine Martin Servaz luisterde dan, terwijl zijn moeder een kleed in het gras uitspreidde en de picknickmand uitpakte en zijn vader 'een schoolmeester' en 'oersaai' noemde. Vredige tijden, toen de wereld nog werd geregeerd door onschuld. Servaz keek naar buiten en vroeg zich af of de echte reden dat hij hier nooit was teruggekeerd in het feit lag dat deze dalen onlosmakelijk verbonden waren met zijn ouders.

Wanneer begin je hier verdomme met de grote schoonmaak?

Hij had een tijdje bij een psychiater gelopen. Maar na drie jaar had de therapeut zelf de handdoek in de ring gegooid. 'Sorry. Ik geef het op. Zo veel weerstand heb ik nog nooit meegemaakt.' Servaz had lachend geantwoord dat hij het niet erg vond. Destijds vond hij het vooral prettig dat hij eindelijk geld zou overhouden.

Hij keek nog eens om zich heen. De omlijsting was er; nu het schilderij nog. Canter beweerde dat hij verder niets wist. En Cathy d'Humières, openbaar aanklager van Saint-Martin, had erop aangedrongen dat hij alleen kwam. *Waarom?* Hij had er niet bij gezegd dat hem dat wel goed uitkwam; hij leidde een team van zeven rechercheurs, zes mannen en een vrouw, en had daar zijn handen aan vol. De dag ervoor hadden ze een onderzoek afgerond naar de moord op een dakloze man. Het toegetakelde en half onder water liggende lijk was aangetroffen in een vijver, niet ver van de snelweg bij Noé, waar Servaz zojuist nog gereden had. Binnen achtenveertig uur hadden ze de daders te pakken gehad: de zwerver, die minstens zestig jaar oud was, was een paar uur voor zijn dood gesignaleerd met drie jongeren uit het dorp. De oudste was zeventien, de jongste twaalf. Aanvankelijk hadden ze ontkend, maar daarna al snel bekend. Geen motief. Of berouw. De oudste had slechts gezegd: 'Het was gewoon een aso, een zwerver...' Ze hadden geen van allen een strafblad of iets dergelijks. Waren afkomstig uit een goed milieu. Gingen gewoon naar school en hadden geen foute vriendjes. Iedereen die betrokken was geweest bij het onderzoek kreeg kippenvel van de onverschilligheid van de jongens. Servaz had hun babyfaces nog op zijn netvlies, hun grote, bleke, oplettende ogen keken hem onbevreesd aan, uitdagend zelfs. Hij had geprobeerd te achterhalen wie de leider was – die was er namelijk altijd in dergelijke gevallen – en hij dacht te weten hoe de vork in de steel zat. Het was niet de oudste jongen, maar de middelste. Een jongen die luisterde naar de naam Clément.

'Wie heeft ons verraden?' vroeg de jongen in aanwezigheid van zijn advocaat, die verbijsterd was omdat hij niet met hem wilde praten – wat zijn goed recht was – omdat hij hem 'een debiel' vond.

'Ik stel hier de vragen,' zei de agent.

'Ik durf te wedden dat het die trut van een Schmitz was. De slet.'

'Even dimmen en op je woorden letten,' zei de advocaat; hij was ingehuurd door de vader van de jongen.

'Je bent hier niet op de speelplaats,' maakte Servaz hem duidelijk. 'Weet je wel wat jou en je vriendjes boven het hoofd hangt?'

'Laten we niet op de zaken vooruitlopen,' wierp de advocaat zwakjes tegen.

'Ik sla d'r hersens in, van dat kutwijf. Ik vermoord 'r. Ik ben godverdomme woest.'

'Hou op met vloeken,' brulde de advocaat, buiten zichzelf van woede.

'Hoor je wat ik zeg?' zei Servaz, die geïrriteerd raakte. 'Twintig jaar cel. Reken maar uit: als je vrijkomt ben je een oude man.'

'Zeg,' zei de advocaat, 'zullen we...'

'Net zo oud als jij, bedoel je? Hoe oud ben je eigenlijk? Dertig? Veertig? Niet verkeerd, dat fluwelen jasje van je! Kostte vast een hoop poen. Waarom moet je mij hebben? We hebben het niet gedaan! We hebben verdomme niks gedaan! Echt niet. Snap dat dan, sukkels.'

Om te voorkomen dat hij nóg kwader werd, hield Servaz zich voor dat hij te maken had met een jongvolwassene die nog niet eerder in aanraking was geweest met justitie. En op school ook nog nooit problemen had gehad. De advocaat zag inmiddels witjes en zweette als een otter.

'Dit is geen tv-serie,' zei Servaz kalm. 'Je ontloopt je straf niet. Het staat al vast: je bent de lul.'

Iedere willekeurige adolescent zou hier iets op te zeggen hebben. Clément niet; Clément leek zich niet eens te realiseren waarvan hij beschuldigd werd. Servaz had artikelen gelezen over minderjarigen als hij, die verkrachtten, moordden en martelden, en die zich totaal niet bewust waren van hun gruweldaden. Het leek alsof ze een videogame speelden die uit de hand liep. Servaz had nooit geloofd dat zulke kinderen bestonden. Hij dacht dat de media het gewoon overdreven. En nu stond hij oog in oog met het fenomeen. En nog beangstigender dan de apathie van de drie jeugdige moordenaars was het feit dat deze zaak niet eens meer bijzonder was. De wereld was verworden tot een laboratorium van zieke experimenten, waar God, de duivel of willekeur de inhoud van de reageerbuisjes mengde.

Eenmaal thuis had Servaz uitvoerig zijn handen gewassen, zich uitgekleed en gedoucht tot het warme water op was, alsof hij zich wilde ontsmetten. Daarna pakte hij Juvenalis uit de kast en sloeg het open op Satire XIII: 'Bestaat er een dag, hoe feestelijk ook, zonder diefstal, verraad en fraude: waarop misdaad een keer niet loont en er geen messen worden getrokken? Eerlijke mensen zijn op één hand te tellen, het zijn er veel minder dan Thebe toegangspoorten heeft.'

Wij hebben monsters gemaakt van deze kinderen, had hij bij zichzelf gedacht terwijl hij het boek dichtsloeg. Wat is hun toekomst? Die hebben ze niet. De wereld gaat naar de haaien. Een paar klootzakken op tv vullen lachend hun zakken terwijl hun ouders hun baan verliezen en in de ogen van hun kinderen losers zijn. Waarom komen ze niet in opstand? Waarom steken ze geen banken, dure winkels, de bolwerken van de macht in brand, in plaats van scholen en bussen?

Ik klink als een oude lul, dacht hij naderhand. Was dat omdat hij over een paar weken veertig werd? Hij had de drie jongeren overgedragen aan zijn team. Dit was een welkome afleiding – ook al had hij geen idee wat hem te wachten stond.

Hij volgde de aanwijzingen van de gendarme en reed niet door Saint-Martin. Meteen na de tweede rotonde liep de weg omhoog, en hij ving een glimp op van de witte daken in het stadje achter hem. Hij stopte in de berm en stapte uit. Het stadje strekte zich verder uit in het dal dan hij had gedacht. Door de mist kon hij nog net de enorme besneeuwde weilanden zien die hij zojuist gepasseerd was, net als een industriegebiedje en een paar campings, verder naar het oosten, aan de andere kant van de rivier. Er lagen ook een paar wijken met gemeentewoningen, lange, lage gebouwen. Het centrum, met een wirwar van straatjes, lag aan de voet van de hoogste berg in de omgeving. Op de met dennen begroeide hellingen trok een dubbele stoeltjeslift een verticale lijn naar boven.

De mist en de sneeuwvlokken schiepen een afstand tussen hem en het stadje, vervaagden het zicht, maar Servaz had het gevoel dat Saint-Martin geen stadje was dat openstond voor vreemdelingen, dat je er niet makkelijk tussenkwam.

Hij stapte weer in de jeep. De weg liep nog steeds omhoog. In de zomer was het hier weelderig begroeid, een overdaad aan groen, doornstruiken en mos, dat zag je door alle sneeuw heen. En overal het geluid van water: bronnen, stromen, beekjes... Met zijn raampje open reed hij door een paar dorpjes waarvan de helft van de huizen dichtgespijkerd was. Een bord langs de weg: WATERKRACHTCENTRALE 4 KM.

De dennenbomen verdwenen. Net als de mist. De natuur hield op, er waren slechts manshoge ijsmuren langs de weg en er scheen een fel, Arctisch licht. Hij zette de Cherokee in de ijzelstand.

Uiteindelijk doemde de centrale op, een karakteristiek stenen gebouw van enorme afmetingen met hoge, smalle ramen en een groot, leien dak, bedekt met sneeuw. Achter het gebouw liepen drie gigantische buizen bergopwaarts, alsof ze de berg wilden veroveren. Het was druk op de parkeerplaats. Voertuigen, mannen in uniform – en journalisten. Een busje van het regionale televisiestation met een grote satellietschotel op het dak en meerdere burgerauto's. Servaz zag de perskaarten achter de voorruiten. Een Land Rover, drie Peugeot-stationcars, twee Transitbusjes, allemaal in de kleur van politiewagens, en een busje met verhoogd dak, dat hij herkende als mobiel laboratorium. Er stond een helikopter klaar op een platform.

Voor hij uitstapte bekeek hij zichzelf even vlug in de achteruitkijkspiegel. Hij had wallen onder zijn ogen en ingevallen wangen, en zag er zoals gewoonlijk uit alsof hij was gaan stappen, terwijl hij dat nauwelijks deed – maar hij vond tegelijkertijd niet dat hij eruitzag als iemand van veertig. Met zijn vingers bracht hij zo goed en zo kwaad als het ging zijn dikke bruine haar in model, wreef over zijn stoppelbaard om wakker te worden en deed zijn broek goed. Jezus, hij was nóg meer afgevallen. Zachtjes landden een paar sneeuwvlokken op zijn wangen, maar het sneeuwde lang niet zo hard als in de vallei. Het was erg koud. Hij had iets warmers moeten aantrekken. De verslaggevers draaiden zich met hun camera's en microfoons naar hem om – maar niemand herkende hem, waardoor hun belangstelling meteen wegebde. Hij liep naar het gebouw, beklom de drie treetjes naar de ingang en liet zijn pasje zien.

'Servaz!'

Een stem in de hal, bulderend als een sneeuwkanon. Servaz wendde zich tot de persoon die op hem af kwam lopen. Een lange, slanke vrouw van in de vijftig, elegant gekleed. Blond geverfd haar, haar sjaal gedrapeerd over een jas van alpaca. Catherine d'Humières was zelf komen opdraven in plaats van een ondergeschikte te sturen: Servaz voelde dat de adrenaline zijn werk begon te doen.

Door haar profiel en de schittering in haar ogen, leek ze op een roofdier. Mensen die haar niet kenden waren altijd van haar onder de indruk. Als je haar wel kende trouwens ook. Servaz had gehoord dat ze ontzettend lekkere *spaghetti alla putanesca* maakte. Hij vroeg zich af wat ze erin deed. Mensenbloed? Ze gaf hem een hand alsof ze een man was.

'Wat is jouw sterrenbeeld ook alweer, Servaz?'

Servaz glimlachte. Bij hun kennismaking, toen hij net was begonnen bij de recherche van Toulouse en zij nog maar gewoon waarnemend openbaar aanklager was, had ze hem dezelfde vraag gesteld.

'Steenbok.'

Ze deed alsof ze zijn glimlach niet had gezien.

'Dat verklaart dus waarom je zo beheerst, rustig en flegmatiek bent.' Ze keek hem onderzoekend aan. 'Dat is maar goed ook. Het is alleen de vraag of dat zo meteen nog steeds zo is.'

'Wat gaat er dan gebeuren?'

'Kom maar mee, dan laat ik het je zien.'

Ze ging hem voor door de hal, hun voetstappen klonken hol in de enorme ruimte. Voor wie waren deze gebouwen gebouwd? Voor een of ander ophanden zijnd superras? Ze leken te zijn neergezet toen er nog groot vertrouwen was in een grootse industriële toekomst. Inmiddels lang vervlogen tijden, dacht hij peinzend. Ze begaven zich naar een glazen hok. Er stonden dossierkasten en een stuk of tien bureaus. Ze liepen zigzaggend om de bureaus heen tot ze ergens in het midden bij een groepje mensen kwamen. D'Humières stelde iedereen aan hem voor: Rémi Maillard, commissaris van politie in Saint-Martin; commissaris Irène Ziegler van de gendarmerie in Pau; de burgemeester van Saint-Martin, een gedrongen, breedgeschouderde kerel met een woeste bos haar en een glimmende kop – en de manager van de centrale, een ingenieur met het uiterlijk van een ingenieur: kort haar, een bril en sportief gekleed in een coltrui en een gevoerde parka.

'Ik heb de hulp ingeroepen van commissaris Servaz. Toen ik nog waarnemend openbaar aanklager was in Toulouse, moest ik vaak gebruikmaken van zijn diensten. Zijn team hielp ons een aantal smerige zaakjes tot op de bodem uit te zoeken.'

'Hielp ons.' Dat was d'Humières ten voeten uit. Ze stond het liefst zelf midden in de belangstelling. Maar hij moest toegeven dat deze gedachte niet helemaal terecht was. Hij wist dat ze hield van haar werk – en dat ze veel overuren maakte. Dat kon hij wel waarderen. Servaz hield van plichtsgetrouwe mensen. Zo beschouwde hij zichzelf ook: plichtsgetrouw, hard, naar alle waarschijnlijkheid saai.

'Commissaris Servaz en commissaris Ziegler zullen het onderzoek gezamenlijk leiden.'

Servaz zag Zieglers gezicht betrekken. Hij besefte nogmaals dat het hier om een grote zaak moest gaan. Een zaak die door zowel de politie als door de gendarmerie werd geleid was altijd een onuitputtelijke bron van ruzies en rivaliteit en er werd steevast bewijs achtergehouden – maar ook dat was iets van deze tijd. Bovendien was d'Humières ambitieus genoeg om het politieke belang nooit uit het oog te verliezen. Ze had de carrièreladder sport voor sport beklommen; van assistent-openbaar aanklager naar waarnemend openbaar aanklager... Vijf jaar geleden was ze hoofd geworden van het parket in Saint-Martin en Servaz wist zeker dat ze dit niet zag als haar eindstation: het parket in Saint-Martin was te klein en stond niet genoeg in de schijnwerpers voor iemand met haar ambities. Hij was ervan overtuigd dat ze binnen een jaar of twee als rechter aan het hoofd zou staan van een grote rechtbank.

Hij vroeg: 'Is het stoffelijk overschot hier aangetroffen, op de centrale?'

'Nee,' antwoordde Maillard, die naar het plafond wees. 'Daarboven, op het bergstation van de kabelbaan, op tweeduizend meter hoogte.'

'Wie maken er gebruik van de kabelbaan?'

'De werklui die naar boven moeten voor het onderhoud van de machines,' antwoordde de manager van de centrale. 'Het is een volautomatisch soort ondergrondse fabriek; hij leidt water vanuit het bovenmeer naar de drie pijpleidingen die je buiten ziet lopen. Normaal gesproken is de kabelbaan de enige manier om er te komen. Daarnaast is er uiteraard het helikopterplatform – maar daar wordt alleen gebruik van gemaakt in medische noodgevallen.'

'Er loopt geen pad of weg naartoe?'

'In de zomer is er een pad, maar dat gaat nu schuil onder meters sneeuw.'

'Dat wil dus zeggen dat degene die dit gedaan heeft gebruik heeft gemaakt van de kabelbaan? Hoe dan?'

'Heel eenvoudig: je maakt hem open met de sleutel en drukt op de startknop. En er is een rode knop voor noodgevallen.'

'De sleutels hangen hier in een kastje,' kwam Maillard tussenbeide, en hij wees naar een ijzeren kastje aan de muur. 'Dat lijkt opengebroken te zijn. Het stoffelijk overschot is aangetroffen op de bovenste steunpilaar, boven op de berg. Er is geen twijfel mogelijk: de dader moet het vervoerd hebben met de kabelbaan.'

'Vingerafdrukken?'

'Geen zichtbare sporen in ieder geval. In de cabine zijn honderden vingerafdrukken. Die worden momenteel onderzocht. We nemen vingerafdrukken van alle werknemers om ze te vergelijken.'

Hij knikte.

'En in welke staat verkeerde het lijk?'

'Onthoofd. En ontdaan van ledematen: de huid was aan weerszijden strakgetrokken tot grote vleugels. Bekijk de beelden maar; je weet niet wat je ziet. De werklui moeten er nog steeds van bijkomen.'

Servaz keek naar de gendarmes, opeens helemaal op scherp. Ook al was extreem geweld tegenwoordig de normaalste zaak van de wereld, dit was bepaald geen alledaagse zaak. Het viel hem op dat Ziegler niets zei, maar aandachtig luisterde.

'Is er sprake van *maquillage*?' zei hij met zijn hand wuivend. 'Zijn de vingertoppen verwijderd?'

Bij de Franse politie werd met maquillage bedoeld dat het identificeren van het slachtoffer werd bemoeilijkt omdat alles wat zou kunnen dienen als identificatie vernietigd was: het gezicht, de vingers, de tanden...

De agent keek hem stomverbaasd aan.

'Eh... hebben ze het u niet verteld?'

Servaz keek hem fronsend aan.

'Wat zouden ze me hebben moeten vertellen?'

Hij zag Maillard paniekerig van Ziegler naar de aanklager kijken.

'Het lijk,' stamelde de gendarme.

Servaz merkte dat hij zijn geduld begon te verliezen – maar hij wachtte op het vervolg.

'Het is een paard.'

'Een paard?'

Servaz keek de andere aanwezigen ongelovig aan.

'Ja. Een paard. Een volbloed, ongeveer een jaar oud, voor zover nu bekend.'

Nu was het Servaz' beurt om naar Cathy d'Humières te kijken.

'Heb je me dat hele eind laten rijden voor een páárd?'

'Ik dacht dat je dat wel wist,' ging ze in de verdediging. 'Heeft Canter je dat dan niet verteld?'

Servaz dacht terug aan het gesprek met Canter en hoe hij net had gedaan van niets te weten. Hij had het donders goed geweten. En ook dat Servaz nooit hierheen gereden zou zijn voor een paard, omdat hij zijn handen nog vol had aan de moord op de zwerver.

'Ik zit met drie jongens in mijn maag die een dakloze vent hebben vermoord, en jij laat me helemaal hiernaartoe komen voor een knol?'

D'Humières' reactie kwam bliksemsnel; verzoenend maar vastberaden.

'Het is niet zomaar een paard. Het gaat om een volbloed. Een erg kostbaar dier. Dat naar alle waarschijnlijkheid toebehoorde aan Eric Lombard.'

Aha, dacht hij bij zichzelf. Eric Lombard, zoon van Henri Lombard, en kleinzoon van Edouard Lombard... Een dynastie van bankiers, grootindustriëlen en ondernemers die al zeker zes decennia over dit deel van de Pyreneeën, het departement en zelfs de hele streek regeerde. Met duidelijk onbeperkte toegang tot de antichambres van de macht. In dit deel van de wereld was een volbloedpaard van Eric Lombard zonder enige twijfel belangrijker dan een of andere vermoorde dakloze.

'En vergeet niet dat er hier vlakbij een gesticht vol gevaarlijke gekken is. Als een van hen dit gedaan heeft, wil dat dus zeggen dat hij hier ergens in de buurt rondzwerft.'

'De Wargnier Kliniek... Heeft iemand hen al gebeld?'

'Ja. Volgens hen is niemand ontsnapt. Hun patiënten mogen niet naar buiten, ook niet kort. Ze zweren dat het onmogelijk is om over de muur te klimmen en dat de beveiliging draconisch is – meerdere hoge muren, biometrische maatregelen, het personeel wordt zorgvuldig geselecteerd en ga zo maar door... We hebben alles uiteraard nagetrokken. De Kliniek heeft een goede reputatie – gezien de bekende naam en het ongebruikelijke soort bewoners.'

'Een paard!' herhaalde Servaz.

Vanuit zijn ooghoek zag hij Ziegler eindelijk enigszins ontdooien – ze glimlachte. Die glimlach, die alleen hij gezien had, deed zijn groeiende woede bekoelen. Ziegler had diepgroene ogen en onder haar uniformpet droeg ze haar haar in een wrong, die naar hij vermoedde mooi was. Slechts een vleugje lipstick op haar lippen.

'Wat willen jullie bereiken met al die wegafzettingen?'

'Die blijven daar staan totdat we zeker weten dat er niemand is ontsnapt uit de Wargnier Kliniek,' antwoordde d'Humières. 'Ik wil niet beschuldigd kunnen worden van nalatigheid.'

Servaz zei niets. Maar zijn hersens maakten overuren. D'Humières en Canter volgden bevelen op van hogerhand. Zowel de een als de ander was een goede leidinggevende, heel wat beter dan de meeste strebers waar de ministeries en de kantoren van de openbare aanklagers mee vol zaten, maar ook zij roken onraad, net als de rest. Iemand van bovenaf, misschien de minister zelf wel, had besloten dat deze belachelijke vertoning een goed idee was, en alleen maar om Eric Lombard, bevriend met mensen uit de hoogste kringen, te vriend te houden.

'En waar is Lombard op het moment?'

'In de VS, voor zaken. We willen eerst zeker weten dat het om een van zijn paarden gaat voor we contact met hem opnemen.'

'Iemand van zijn personeel heeft vanochtend een paard als vermist opgegeven,' zei Maillard. 'De stal was leeg. De omschrijving klopt. Hij is onderweg hiernaartoe.'

'Wie hebben het paard gevonden? De werklui?'

'Ja, toen ze onderweg waren naar boven.'

'Komen ze daar vaak?'

'Minimaal twee keer per jaar: aan het begin van de winter en vlak voor de dooi inzet,' antwoordde de manager van de centrale. 'Het is een oude fabriek met oude machines. Die moeten regelmatig onderhouden worden ook al hoeven ze niet bediend te worden. De laatste keer dat de werklui naar boven gingen is drie maanden geleden.'

Het viel Servaz op dat Ziegler haar ogen op hem gericht hield.

'Is bekend hoe laat het beest is overleden?'

'Vannacht, volgens het voorlopig onderzoek,' zei Maillard. 'Autopsie moet meer duidelijkheid verschaffen. Maar hoe dan ook: het ziet ernaar uit dat degene die het paard daar heeft opgehangen wist dat de werklui binnen afzienbare tijd naar boven zouden gaan.'

'En 's avonds? Is er geen beveiliging?'

'Jawel. Er zijn twee bewakers, met een kantoortje achter in dit gebouw. Ze beweren niets gehoord of gezien te hebben.'

Servaz zweeg, weifelend.

'Een paard is niet heel eenvoudig te vervoeren, toch? Ook niet als het dood is. Je hebt op z'n minst iets nodig om het mee te verslepen. Een busje. Er waren geen bezoekers, geen auto's? Helemaal niemand? Misschien waren ze in slaap gevallen en durfden ze dat niet toe te geven? Of zaten ze een voetbalwedstrijd te kijken op tv. Of een film. En hoe zou je een karkas in de kabelbaan en naar boven moeten krijgen, vastbinden, en weer teruggaan naar beneden – dat duurt hartstikke lang. Hoeveel mensen heb je trouwens nodig om een paard te dragen? Maakt de kabelbaan geluid als hij draait?

'Ja,' zei Ziegler, die voor het eerst tussenbeide kwam. 'Dat hoor je; geloof me.'

Servaz keek achterom. Ziegler vroeg zich hetzelfde af als hij. Er klopte iets niet.

'Kunt u het verklaren?'

'Nog niet.'

'We moeten de bewakers los van elkaar verhoren,' zei hij. 'Vandaag nog, voor we hen laten gaan.'

'We hebben hen al uit elkaar gehaald,' antwoordde Ziegler beheerst en zeker van zichzelf. 'Ze zitten in aparte kamers en we houden hen in de gaten. Ze... zaten op je te wachten.'

Servaz zag de ijzige blik die Ziegler D'Humières toewierp. Opeens begon de vloer te trillen. Het leek of de trilling zich door het hele gebouw verspreidde. In verwarring dacht hij heel even aan een lawine of een aardbeving, maar toen begreep hij het: het was de kabelbaan. Ziegler had gelijk: je moest het wel horen, of je wilde of niet. De deur van het glazen hok ging open.

'Ze komen eraan,' kondigde een wacht aan.

'Wie?'

'Het stoffelijk overschot,' zei Ziegler. 'Met de kabelbaan. En het onderzoeksteam. Ze zijn klaar daarboven.'

Het onderzoeksteam: het mobiele laboratorium was van hen. Ze zouden fotografeerspullen bij zich hebben, kisten om uitstrijkjes in te bewaren en verzegelde spullen die ter analyse opgestuurd moesten worden naar het IRCGN – het centrale onderzoeksinstituut van de landelijke gendarmerie in Rosny-sous-Bois, bij Parijs. Er stond ongetwijfeld ook een koelkast in, voor hetgeen bederfelijk was. En dat allemaal voor een paard.

'Kom, dan gaan we,' zei hij. 'Ik wil de ster van de dag, winnaar van de Grand Prix van Saint-Martin, wel eens zien.'

Toen ze weer naar buiten liepen was Servaz verbaasd over het aantal aanwezige verslaggevers. Als het om moord zou gaan zou hij dat nog wel begrijpen – maar voor een paard? De privébesognes van miljardairs als Eric Lombard schenen nieuwswaarde te hebben voor de roddelpers.

Hij probeerde zo goed en zo kwaad als het ging zijn schoenen droog te houden, en voelde dat Ziegler hem nog steeds nauwlettend in de gaten hield.

Toen zag hij het.

Een helse aanblik... als de hel van ijs zou zijn.

Hij dwong zichzelf te kijken, ook al was het nog zo walgelijk. De stoffelijke resten van het paard werden op hun plaats gehouden door brede banden die om het karkas gespannen waren en vastzaten aan een grote vorkheftruck, uitgerust met een motortje en pneumatische krikken. Servaz wist dat een dergelijke vorkheftruck waarschijnlijk ook gebruikt was door degene die het paard had opgehangen... Ze reden hem uit de behoorlijk grote cabine van de kabelbaan. Servaz herinnerde zich het getril van zopas. Hoe konden de bewakers dat nou niet gemerkt hebben?

Met tegenzin richtte hij zijn aandacht weer op het dier. Hij wist niets van paarden, maar hij meende nu met een prachtexemplaar te maken te hebben. Een lange, zwarte staart, donkerder dan zijn vacht, die de kleur had van gebrande koffie met een vleugje kersenrood erdoorheen. Het prachtige dier leek gesneden uit mooi, geschuurd tropisch hout. Zijn benen waren net zo ravenzwart als de staart en wat er over was van de manen. Een grote hoeveelheid stukjes ijs kleurde het dier wit. Servaz nam aan dat als het hierbeneden al onder nul was, het daarboven nog wel wat kouder moest zijn. Misschien hadden de gendarmes een brander of soldeerbout gebruikt om het ijs rond de bevestigingspunten te ontdooien. Het beest bestond uit één gapende wond – waar twee enorme flappen huid uit staken die als ingeklapte vleugels langs de flanken van het dier hingen.

Angst maakte zich meester van de aanwezigen.

Op de plekken waar de huid losgemaakt was, lag het vlees bloot en waren alle spieren zichtbaar, als een anatomisch diagram. Servaz keek om zich heen: Ziegler en Cathy d'Humières zagen bleek; de manager zag eruit alsof hij een spook had gezien. Servaz zelf had nog nooit zoiets ondraaglijks aanschouwd. Tot zijn grote verbijstering constateerde hij dat hij zo gewend was geraakt aan de aanblik van ménselijk lijden dat het lijden van dit beest hem nog meer choqueerde.

En dan het hoofd. Of liever gezegd: het ontbreken ervan; boven de keel zat een grote gapende wond. De afwezigheid van het hoofd gaf het geheel een vreemd, ondraaglijk beeld. Een kunstwerk van een knettergekke artiest. Dit was gemaakt door een gestoord iemand. Servaz dacht onwillekeurig meteen weer aan de Wargnier Kliniek. Het was niet moeilijk om een verband te zien, ook al beweerde de directeur dat geen van de bewoners had kunnen ontsnappen.

Instinctief moest Servaz toegeven dat de angst van Cathy d'Humières gegrond was: het ging niet gewoon om een paard. De manier waarop het dier was afgemaakt bezorgde je koude rillingen.

Ze draaiden zich om door het plotselinge gebrul van een motor. Een grote auto met vierwielaandrijving van Japanse makelij kwam aangescheurd en stopte een paar meter bij hen vandaan. De camera's wendden zich onmiddellijk naar het voertuig. Ze hoopten waarschijnlijk op een glimp van Eric Lombard, maar ze hadden zich de moeite kunnen besparen: de man die uitstapte was in de zestig en had staalgrijs stekeltjeshaar. Hij had de lengte en bouw van militair of een gepensioneerde houthakker. Zijn geruite flanellen houthakkersoverhemd bevestigde die indruk. De mouwen waren opgerold waardoor zijn gespierde onderarmen zichtbaar waren, en hij leek geen last te hebben van de kou. Servaz zag dat hij zijn blik niet afwendde van het karkas. Hij zag hen niet eens; hij liep om hen heen op het paard af. Toen zag Servaz dat hij zijn schouders liet zakken.

Toen de man zich naar hem omdraaide, vlamden zijn bloeddoorlopen ogen. Van pijn – maar ook van woede.

'Welke klootzak heeft dit gedaan?'

'Bent u André Marchand, rentmeester van de heer Lombard?'

'Dat klopt.'

'Herkent u dit dier?'

'Ja, dat is Freedom.'

'En dat weet u zeker?' vroeg Servaz.

'Natuurlijk.'

'Kunt u iets specifieker zijn? Het hoofd ontbreekt.'

De man keek hem aan. Hij haalde zijn schouders op en wendde zich weer tot de stoffelijke resten van het dier.

'Hoeveel eenjarige renpaarden als deze zijn er in deze streek, volgens u? Ik herken hem zoals u uw broer of zus zou herkennen. Al dan niet met hoofd.' Hij wees naar het linkervoorbeen. 'Hij heeft bijvoorbeeld witte sokken tot halverwege zijn koot.'

'Zijn wat?' vroeg Servaz.

'De witte streep boven de hoef,' vertaalde Ziegler. 'Dank u, meneer Marchand. We brengen het karkas naar de stoeterij in Tarbes voor een autopsie. Gebruikte Freedom medicijnen?'

Servaz wist niet wat hij hoorde: ze gingen een toxicologisch onderzoek doen op een paard.

'Hij blaakte van gezondheid.'

'Hebt u zijn papieren meegenomen?'

'Die liggen in de auto.'

De rentmeester liep naar de auto, rommelde in het handschoenenkastje, en kwam terug met een stapeltje papieren.

'Dit is zijn registratiebewijs en het bijbehorende boekje.'

Ziegler bladerde door de documenten. Servaz keek mee over haar schouder en zag een groot aantal kolommen en vakjes die met een klein, regelmatig en net handschrift waren ingevuld. En tekeningen van een paard, zowel van voren als en profil.

'Lombard was gek op dit paard,' zei Marchand. Het was zijn lievelingsdier. Hij is geboren op de manege. Een prachtig eenjarig renpaard.'

Zijn stem was vervuld van woede en verdriet.

'Eenjarig renpaard?' vroeg Servaz fluisterend aan Ziegler.

'Een volbloed van nog geen jaar oud.'

Terwijl ze zich over de papieren boog, bewonderde hij haar profiel. Ze was aantrekkelijk, maar straalde tegelijkertijd gezag en bekwaamheid uit. Hij schatte haar midden dertig. Ze droeg geen trouwring. Servaz vroeg zich af of ze een vriendje had of single was. Of dat ze gescheiden was, zoals hijzelf.

'Kennelijk trof u zijn stal vanmorgen leeg aan,' zei hij tegen de fokker.

Marchand gaf hem nogmaals de afkeurende blik van een kenner die te maken heeft met een cultuurbarbaar.

'Nee, natuurlijk niet. Geen van onze paarden slaapt in een stal,' zei hij snuivend. 'Ze kunnen vrij in en uit lopen in een grote stal, en hebben een eigen box. Overdag hebben ze toegang tot een grote weide, en elkaar. Ik trof zijn box inderdaad leeg aan, en sporen van braak.'

Servaz wist niet wat het verschil was tussen een stal en een box, maar het was aan Marchand te horen beslist niet hetzelfde.

'Ik hoop dat jullie die hufters vinden die dit gedaan hebben,' zei Marchand.

'Waarom gebruikt u de meervoudsvorm?'

'In godsnaam. Denkt u nou echt dat je hier in je eentje een paard naartoe gesleept krijgt? Ik dacht dat hier beveiliging rondliep.'

Niemand leek voorbereid op deze vraag. Cathy d'Humières, die zich tot dan toe afzijdig had gehouden, liep op de rentmeester af.

'Kunt u aan de heer Lombard doorgeven dat we er alles aan zullen doen om de dader te pakken? Hij mag me altijd bellen. Zegt u dat maar tegen hem.'

Marchand bestudeerde de hoge functionaris voor hem als een etnoloog die naar iemand van een uiterst bizarre stam uit de Amazone keek.

'Ik geef het aan hem door,' zei hij. 'En ik zou het karkas graag willen ophalen na de autopsie. Lombard wil het waarschijnlijk graag op zijn eigen terrein begraven.'

'*Tarde venientibus ossa*,' beweerde Servaz.

Hij meende verbazing te bespeuren in Zieglers ogen.

'Dat is Latijn,' zei ze. 'En het betekent?'

'Zij die te laat aan tafel komen rest niets dan beenderen. Ik wil graag boven een kijkje nemen.'

Ze keek hem doordringend aan. Ze was bijna net zo lang als hij. Servaz vermoedde dat ze een stevig, lenig en gespierd lichaam had onder haar uniform. Ze deed hem denken aan Alexandra, toen ze jong was.

'Voor of nadat je de beveiligers verhoord hebt?'

'Voor.'

'Ik breng je wel.'

'Ik vind het wel,' zei hij, en hij wees naar het dalstation van de kabelbaan.

Ze wuifde met haar hand.

'Ik heb nog nooit eerder een agent ontmoet die Latijn spreekt,' zei ze lachend. 'De kabelbaan is verzegeld. We gaan met de helikopter.'

Servaz trok wit weg.

'Kun je vliegen dan?'

'Verbaast je dat?'

3

De helikopter vloog op de bergwand af als een mug naar de rug van een olifant. Het enorme leien dak van de krachtcentrale, het parkeerterrein vol auto's, ze lieten alles abrupt achter zich – iets te abrupt als je het Servaz vroeg: zijn maag protesteerde.

Onder hen liepen onderzoekers heen en weer tussen de kabelbaan en het mobiele laboratorium met de kistjes met monsters die ze hadden genomen. Hun witte overalls waren nauwelijks zichtbaar in de witte sneeuwmassa. Van bovenaf gezien zag hun gedribbel er belachelijk uit: het leek wel een mierenkolonie. Servaz hoopte dat ze wisten wat ze deden. Dat was namelijk niet altijd het geval: de opleiding van forensisch onderzoekers liet nogal wat te wensen over. Gebrek aan tijd, gebrek aan middelen, gebrek aan geld – altijd hetzelfde liedje, ook al voorspelden politici steevast een rooskleuriger toekomst. Het paardenkarkas werd in een lijkenzak gestopt, die werd dichtgeritst, het geheel werd op een grote brancard gelegd en naar een ambulance gereden, die met loeiende sirenes wegreed – alsof ze zich voor dat arme dier nog moesten haasten.

Servaz keek voor zich uit door de plexiglazen koepel.

De lucht was opgeklaard. De drie gigantische buizen die uit de achterkant van het gebouw tevoorschijn kwamen klommen langs de berg omhoog; de kabelbaan volgde dezelfde route. Hij waagde het nog één keer om naar beneden te kijken – en had er meteen spijt van. De centrale lag ver onder hen op de bodem van het dal, de auto's en busjes werden zienderogen kleiner en veranderden in onbetekenende gekleurde stippen die werden meegezogen in de hoogte. De buizen wezen nu naar het dal als skispringers boven op de schans: met beneden een adembenemende hoeveelheid rotsen en ijs. Servaz trok wit weg, slikte en concentreerde zich op de bergtop vóór hen. De koffie uit de automaat in de hal dreef ergens in zijn slokdarm.

'Gaat het wel?'

'Ja, hoor. Niets aan de hand.'

'Heb je hoogtevrees?'

'Nee...'

Ziegler lachte. Haar ogen gingen schuil achter haar donkere zonnebril – maar hij zag wel haar gebruinde huid en de paar blonde donshaartjes op haar wangen, die glommen in het felle licht dat weerkaatst werd op de bergkam.

'Wat een gedoe voor een paard,' zei ze opeens.

Hij maakte hieruit op dat zij het, net als hij, belachelijk vond dat er zo'n grote politiemacht op de been was gebracht, en dat ze hem dat duidelijk wilde maken nu niemand anders het kon horen. Hij vroeg zich af of zij hiertoe door hogerhand gedwongen was. En of ze daar bezwaar tegen had gemaakt.

'Hou je niet van paarden?' vroeg hij plagend.

'Juist wel,' antwoordde ze serieus. 'Maar daar gaat het niet om. Wij lopen tegen dezelfde dingen aan als jullie: te weinig middelen, materieel, personeel – en misdadigers zijn ons altijd twee stappen voor. Dus om nou zo veel energie te steken in een paard...'

'Maar toch; als iemand dit een paard kan aandoen...'

'Ja, dat is waar,' gaf ze toe. Hij kreeg het gevoel dat ze zijn angst deelde.

'Wat is er precies gebeurd?'

'Zie je dat metalen platform daar?'

'Ja.'

'Dat is het eindpunt van de kabelbaan. Dat is de plek waar dat paard hing, aan de laatste steunpilaar, net onder de kabels. Het was echt in scène gezet. Kijk maar naar de video-opnamen, de werklui dachten dat het een vogel was.'

'Om hoeveel werklui gaat het?'

'Vier, plus een kok. Het bovenste platform van de kabelbaan leidt naar de toegangsschacht van de ondergrondse fabriek; dat is dat betonnen ding daar achter het platform. Met behulp van een kraan kan men apparatuur in de schacht laten zakken, die dan vervolgens op tractoren met aanhangers wordt geplaatst. Zeventig meter lager komt de schacht midden in de berg uit in een tunnel. Dat is een behoorlijk eind, zeventig meter. Om bij de fabriek te komen wordt gebruikgemaakt van dezelfde tunnel die ook het water van het bovenmeer naar de drukleidingen voert: de sluisdeuren gaan dicht als de mannen door de tunnel moeten.'

De helikopter vloog nu pal boven het platform, dat als een laadboom tegen de berghelling geklemd stond. Het leek bijna te zweven – en opnieuw legde de hoogtevrees een knoop in Servaz' maag. Onder het platform liep de helling opeens loodrecht naar beneden. Het lagergelegen meer met de U-vormige dam bevond zich duizend meter lager tussen de bergtoppen.

Servaz zag de voetafdrukken in de sneeuw rond het platform waar de onderzoekers monsters hadden genomen. Gele driehoeken van plastic met zwarte getallen erop op de plekken waar aanwijzingen gevonden waren. En halogeenprojectoren met magneten, bevestigd aan de ijzeren pilaren. Het was voor de verandering een keer niet lastig geweest om de plaats delict af te zetten, maar de kou moest het werk bemoeilijkt hebben.

Ziegler wees naar de steiger.

'De werklui zijn niet eens uitgestapt. Ze belden met het kantoor beneden en gingen meteen terug. Ze zijn zich rot geschrokken. Waarschijnlijk dachten ze dat de mafkees die dit gedaan heeft nog ergens in de buurt was.'

Servaz observeerde de jonge vrouw. Hoe langer hij naar haar luisterde, hoe meer zijn belangstelling gewekt werd. Hij werd steeds nieuwsgieriger.

'Wat denk jij: kan iemand in zijn eentje, zonder geholpen te worden, hier een paardenkarkas naartoe slepen en het vastmaken aan de kabels? Dat lukt nooit, toch?'

'Freedom was een jaarling, en woog ongeveer tweehonderd kilo,' antwoordde ze. 'Zelfs zonder hoofd en nek moet je dan nog honderdvijftig kilo vlees versjouwen. Je hebt de vorkheftruck gezien: zo'n ding kan enorm grote dingen vervoeren. Maar dan nog, ook al kan je in je eentje door middel van een busje of vorkheftruck een paard vervoeren, het ophangen aan een pilaar krijg je alleen niet voor elkaar. En trouwens, je had gelijk: hij heeft een voertuig nodig gehad om het naar boven te krijgen.'

'En de nachtwakers hebben niks gezien.'

'En ze waren met z'n tweeën.'

'En hebben niks gehoord.'

'En ze waren met z'n tweeën.'

Servaz en Ziegler wisten allebei dat zeventig procent van alle moordenaars binnen vierentwintig uur gepakt wordt. Maar als het om een paard gaat? Met die optie werd nergens rekening gehouden.

'Dat zou te makkelijk zijn,' zei Ziegler. 'Je hebt gelijk. Te makkelijk. Twee bewakers en een paard. En waarom zouden ze dat doen? Als ze zich wilden afreageren op een van Eric Lombards paarden, waarom zouden ze het dier dan in het bergstation van de kabelbaan hangen, op de plek waar ze zelf werken en waar ze meteen tot hoofdverdachten gebombardeerd worden?'

Servaz dacht hier even over na. Waarom zouden ze inderdaad? Aan de andere kant: hoe konden ze het niet gehoord hebben?

'Trouwens, wat zou hun motief zijn?'

'Niemand is alleen maar beveiliger, of agent,' antwoordde hij. 'Iedereen heeft zijn geheimen.'

'Jij ook?'

'Jij niet dan?'

'Jawel, maar vergeet de Wargnier Kliniek niet,' haastte ze zich eraan toe te voegen, terwijl ze ondertussen de helikopter behendig bestuurde. (Servaz hield opnieuw zijn adem in.) 'Er moet op zijn minst één persoon rondlopen die het gedaan zou kunnen hebben.'

'Je bedoelt iemand die erin geslaagd is ongemerkt te ontsnappen en weer terug heeft kunnen gaan, zonder dat het personeel van de Kliniek het in de gaten heeft gehad?' Hij zweeg even. 'Helemaal naar de manege rijden, een paard afmaken, uit zijn stal tillen en in een voertuig zien te krijgen. Zonder hulp? Zonder door iemand opgemerkt te worden? Om het vervolgens aan stukken te snijden, naar boven te sjouwen en...'

'Je hebt gelijk; dat slaat nergens op,' onderbrak ze hem. En de vraag blijft: hoe zou iemand – zelfs als het een gek was – in zijn eentje dat paard hebben kunnen ophangen?'

'Stel dat er twee gekken ontsnapt zijn, en door niemand gezien zijn, en die vervolgens weer netjes terugkeren naar hun cel zonder op de vlucht te slaan. Dat slaat ook nergens op!'

'In deze zaak slaat alles nergens op.'

De heli helde opeens naar rechts om om de berg te vliegen – of helde de berg de andere kant op? Servaz wist het niet en hij kreeg het weer moeilijk. Het platform en de ingang van de bunker verdwenen achter hen. Grote rotspartijen flitsten langs de plexiglazen koepel, vervolgens kwam er een meer in beeld, veel kleiner dan het lagergelegen meer. De oppervlakte was bedekt met een dikke laag sneeuw en ijs; het leek op de krater van een bevroren vulkaan.

Servaz zag aan de oever een huis dat tegen de berg gebouwd was, bij een dam.

'Het bovenmeer,' zei Ziegler, 'en het "verblijfchalet" van de werklui. Het is te bereiken met een kabelspoor dat loopt vanuit het binnenste van de berg tot in het huis, waardoor het in verbinding staat met de ondergrondse fabriek. Daar slapen ze, eten ze en wonen ze als hun werkdag erop zit. Ze zitten hier vijf dagen, gaan het weekend terug naar het dal en doen dat vervolgens drie weken lang. Ze zijn van alle gemakken voorzien, ze hebben zelfs een satellietschotel – maar het blijft hard werken.'

'Waarom gaan ze niet langs deze weg naar de fabriek, in plaats van de ondergrondse rivier af te sluiten?'

'De fabriek beschikt niet over een helikopter. Dit platform, en het platform beneden, wordt alleen door reddingswerkers gebruikt in extreme noodgevallen. En zelfs dan alleen als het weer het toestaat.'

De helikopter daalde voorzichtig af naar een vlak stuk grond te midden van verspreide hopen sneeuwijs en morenen. Ze werden omgeven door een wolk poedersneeuw. Servaz meende een grote H te onderscheiden onder de sneeuw.

'We hebben mazzel,' sprak Ziegler in de microfoon van de koptelefoon. 'Vijf uur geleden, toen de werklui het karkas ontdekten, hadden we hier door het slechte weer niet kunnen komen!'

Het landingsgestel van de helikopter raakte de grond. Servaz kwam weer tot leven. Vaste grond – zelfs al was het op een hoogte van meer dan tweeduizend meter. Maar ze moesten dezelfde weg terug, en van de gedachte alleen al kwam zijn maag weer in opstand.

'Als ik het goed begrepen heb, zitten de werklui als de tunnel onder water staat en het slecht weer is, gevangen in de berg. Wat doen ze als er een ongeluk gebeurt?'

Ziegler trok een grimas.

'Dan moeten ze de tunnel weer laten leeglopen en door de schacht teruggaan naar de kabelbaan. Het duurt minstens twee uur, misschien wel drie, om terug te keren naar de centrale.'

Servaz was erg benieuwd naar de hoogte van de bonussen die de werklui ontvingen voor het nemen van zulke grote risico's.

'Wie is de eigenaar van de fabriek?'

'De Lombard Group.'

De Lombard Group. Het onderzoek was nog maar net begonnen en die naam viel nu al voor de tweede keer. Servaz stelde zich een groot conglomeraat van ondernemingen voor, dochterondernemingen en holdings, niet alleen in Frankrijk, maar naar alle waarschijnlijkheid ook in het buitenland, een octopus waarvan de tentakels zich overal naartoe uitstrekten, met een geld- in plaats van een bloedstroom waardoor miljarden tegelijk terugstroomden van de tentakels naar het hart. Servaz wist niet veel van zakendoen, maar zoals de meeste mensen tegenwoordig wist hij wel ongeveer wat een multinational was. Kon een oude fabriek als deze nog steeds winstgevend zijn voor de Lombards?

De schroef van de helikopter minderde snelheid en de rotor kwam fluitend tot stilstand.

Stilte.

Ziegler zette haar koptelefoon af, maakte de deur open en stapte uit. Servaz volgde haar. Ze liepen langzaam naar het bevroren meer.

'We zitten op tweeduizend meter hoogte,' zei de jonge vrouw. 'Dat voel je wel, hé?'

Servaz ademde diep de pure lucht in, die bedwelmend en ijzig aanvoelde. Hij werd een beetje duizelig – misschien door de helikoptervlucht of de hoogte. Maar het bracht hem eerder in vervoering dan dat het vervelend was, een beetje zoals diepzeeduiken, dacht hij. Hij vroeg zich af of je op grote hoogte hetzelfde voelde. Hij was onder de indruk van de ongerepte schoonheid. Een witte, lichtgevende woestijn van mineralen. De luiken voor de ramen van het huis waren gesloten. Servaz stelde zich voor hoe de werklui zich moesten voelen als ze 's ochtends over het meer keken voor ze afdaalden in het donker. Maar misschien waren ze alleen maar bezig met wat hen die dag op die grote diepte te wachten stond, die eindeloze uren in het oorverdovende lawaai en het kunstlicht.

'Kom je?'

Terwijl ze naar het huis liepen, vertelde Ziegler dat de tunnels waren gegraven in 1929, en dat de fabriek een jaar later werd gebouwd.

Het huis had een dakrand die werd gestut door ruwstenen pilaren, alle ramen keken uit op de veranda, op één raam aan de zijkant na. Servaz zag dat er aan een van de pilaren een satellietschotel bevestigd kon worden.

'Heb je al in de tunnels gekeken?'

'Uiteraard. Ze zijn er nog steeds bezig met het onderzoek. Maar ik denk niet dat ze er veel zullen vinden. De dader – of daders – zijn hier helemaal niet geweest. Ze hebben alleen het paard opgehangen en zijn toen weer gegaan.'

Ze maakte de houten deur open. Binnen brandde overal licht. Alle kamers waren gemeubileerd: in elke slaapkamer stonden twee bedden; in de woonkamer een televisie, twee banken en een dressoir; in de keuken een lange eettafel. Ziegler ging Servaz voor naar de achterkant van het huis, dat zich in de bergwand bevond; er was een ruimte die dienstdeed als toegang, maar ook als garderobe. Een gangetje met daarin stalen kluisjes en haken aan de muur. Servaz zag achter in de kamer de gele draadgazen deur naar het kabelspoor met daarachter de gapende tunnel die in het binnenste van de berg uitgegraven was.

Ze gebaarde hem dat hij moest instappen, sloot de deur achter hen en drukte op een knop. De motor startte meteen en de cabine kwam hortend en stotend in beweging. Eerst langzaam en een beetje trillend, begon de cabine aan een afdaling, in een hoek van vijfenveertig graden over de glimmende rails. Aan de zwarte stenen wanden waren op gelijke onderlinge afstand neonlampen bevestigd, die zichtbaar waren door het hek. Uiteindelijk kwamen ze uit in een grote ruimte die was uitgehouwen in de rotsen, helder verlicht door nog meer neonverlichting. Het was een werkplaats vol gereedschap, buizen en kabels. Technici in witte overalls waren er druk aan het werk, net als bij het hoofdgebouw.

'Ik zou hen graag nu meteen verhoren. Laat niemand naar huis gaan.'

'Wat ben je van plan?'

'Niks bijzonders. Het onderzoek is nu nog te vergelijken met een viersprong in het bos: alle paden lijken op elkaar, maar er is maar een pad het juiste. Opgesloten zitten in de berg, afgesloten van de buitenwereld, overal ver vandaan, dat moet een band scheppen, maar ook spanningen creëren. De mannen moeten stalen zenuwen hebben.'

'Zouden het voormalige werknemers kunnen zijn die wrok koesteren tegen Lombard? Maar waarom zouden die zo veel moeite doen? Als iemand wraak wil nemen op zijn werkgever verschijnt hij wel gewapend op het werk om zijn baas of collega's neer te schieten alvorens de hand aan zichzelf te slaan. Dan ga je echt geen paard vastbinden aan het bergstation van een kabelbaan.' Ze had gelijk.

'We moeten nagaan of iemand die hier werkt of de afgelopen jaren heeft gewerkt geestesziek is,' zei hij. 'En dan vooral degenen die hierboven werken.'

'Goed idee!' schreeuwde ze boven het lawaai uit. 'En de bewakers?'

'Eerst de werklui, dan de bewaking. We werken desnoods de hele avond door.'

'En dat allemaal voor een paard!'

'En dat allemaal voor een paard.'

'We hebben mazzel. Meestal is het lawaai hier niet te harden. Maar de sluizen zijn dicht, dus er is geen stromend water.'

Servaz vond het al lawaai genoeg.

'Hoe gaat het hier in z'n werk?' vroeg hij, zijn stem verheffend.

'Weet ik eigenlijk niet! De dam in het bovenmeer vult zich als de sneeuw smelt. Het water stroomt via de ondergrondse tunnels door de pijpleidingen, die uitkomen bij hydraulische generatoren in de fabriek in het dal. Het vallende water drijft de turbines aan. Ze zeggen dat het "watervalsgewijs" of zoiets door de turbines loopt. De turbines zetten de stuwkracht van het water om in elektriciteit, die naar hoogspanningskabels geleid wordt. De centrale levert vierenvijftig miljoen kilowatt per jaar – oftewel genoeg voor een stadje van dertigduizend inwoners.'

Servaz moest lachen om de manier waarop ze haar huiswerk had gedaan.

'Je bent bijzonder goed geïnformeerd voor iemand die zegt dat ze er geen verstand van heeft.'

Hij liet zijn blik glijden over de spelonk van zwarte rotsen die was afgezet met hekwerk waar kabelbundels overheen liepen en lichtbakken met neonverlichting, ventilatiebuizen. Verderop zag hij gigantische machines uit een ander tijdperk, instrumentenpanelen, een betonnen vloer...

'Oké,' zei hij. 'Laten we teruggaan naar boven; hier valt niets te halen.'

Toen ze weer buiten waren, was het een stuk somberder geworden. Er dreven donkere wolken boven de bevroren krater, die opeens een onheilspellende uitstraling kreeg. Harde wind joeg de sneeuwvlokken op. De omgeving weerspiegelde opeens wat er gebeurd was: het was duister, kil, chaotisch – het wanhopige gehinnik van een paard zou waarschijnlijk onhoorbaar zijn door de wind.

'We moeten opschieten,' drong Ziegler aan. 'Het weer slaat om.'

Haar blonde haar ging door de wind alle kanten op en er waaiden plukken uit haar wrong.

4

'Diane, ik zal niet onder stoelen of banken steken dat ik me afvraag waarom dokter Wargnier jou per se wilde aannemen. Ik bedoel: klinische psychologie, genetische psychologie, de theorie van Freud – het is nogal een allegaartje. Zelf had ik de voorkeur gegeven aan de Angelsaksische methode.'

Dr. Francis Xavier zat achter een groot bureau. Een klein mannetje, nog jong, tot in de puntjes verzorgd; hij had zijn haar geverfd, en een extravagante rode bril op zijn neus; onder zijn doktersjas droeg hij een stropdas met een uitbundig bloempatroon. Hij had een licht Quebecaans accent.

Diane liet haar blik glijden over zijn DSM-IV, het handboek over alle psychische aandoeningen, gepubliceerd door de Amerikaanse Vereniging van Psychiaters, het enige boek op zijn bureau. Ze fronste licht. Dit gesprek ging helemaal de verkeerde kant op, maar ze liet het mannetje zijn zegje doen.

'Weet je, ik ben psychiater. En – hoe zal ik het zeggen? – ik begrijp niet wat u voor de Kliniek zou kunnen betekenen... Vat u het alstublieft niet verkeerd op.'

'Ik... ik ben hier om meer ervaring en kennis op te doen, dokter Xavier. Wargnier heeft u dat ongetwijfeld verteld. Bovendien heeft uw voorganger mij aangenomen als zijn assistent – dat heeft hij gedaan in overleg met de Universiteit van Genève. Als u het hier niet mee eens bent, had u me dat eerder moeten laten...'

'Om meer ervaring en kennis op te doen?' perste Xavier eruit. 'Wat denkt u wel niet? Dit is geen faculteitje. De moordenaars die u hier aan het eind van de gang opwachten,' zei hij, wijzend naar de deur van zijn kantoor, 'zijn erger dan al uw nachtmerries bij elkaar. Ze zijn de schrik van iedere psychiater. Zij zijn onze straf omdat we God gedood hebben en samenlevingen gecreëerd hebben waarin het slechte de norm is.'

Die laatste zin vond ze wel een beetje hoogdravend. Maar dat paste wel bij hem. Maar de manier waarop hij het zei – op een vreemde manier bang en opgetogen tegelijkertijd – bezorgde haar koude rillingen. Ze voelde de haren in haar nek overeind staan. Hij is bang van hen. Hij droomt 's nachts van ze, misschien hoort hij hen wel schreeuwen als hij in bed ligt.

Ze staarde naar zijn onnatuurlijke haarkleur, die haar deed denken aan Gustav von Aschenbach uit de film *Death in Venice*, die zijn haar, zijn wenkbrauwen en zijn snor verfde om indruk te maken op een beeldschone jongeman die hij ergens op een strand had gezien. Zo probeerde hij zichzelf wijs te maken dat hij nog lang niet dood zou gaan. Zonder zelf in de gaten te hebben hoe sneu dat was.

'Ik ben een ervaren forensisch psycholoog. Ik heb de afgelopen drie jaar met meer dan honderd zedendelinquenten gewerkt.'

'En met hoeveel moordenaars?'

'Eén.'

Hij wierp haar een vals lachje toe, en keek vervolgens in haar dossier.

'Je bent doctor in de psychologie en doctoranda in de klinische psychologie,' las hij voor, waarbij zijn bril naar beneden gleed.

'In een privékliniek heb ik vier jaar praktijkervaring opgedaan als psychotherapeute en forensisch psychologe. Daar heb ik strafrechtelijke en civiele zaken onderzocht die mij werden toevertrouwd door de gerechtelijke instanties. Dat kunt u nalezen in mijn cv.'

'Heb je ook stage gelopen in gevangenissen?'

'In de penitentiaire inrichting van Champ-Dollon, als mededeskundige bij forensisch onderzoek, en ik was verantwoordelijk voor de zedendelinquenten.'

'Het Internationale Instituut voor Recht en Geestesziekten, Het Geneefs Instituut van Psychologen en Psychotherapeuten, en de Zwitserse Vereniging van Forensisch Psychologen... indrukwekkend hoor.'

Hij keek haar weer aan. Ze had het gevoel dat ze tegenover de jury van een rechtbank zat.

'Alleen... je hebt totaal geen ervaring met ons soort patiënten. Je bent jong, je moet nog veel leren. Je zou – niet expres natuurlijk, maar omdat je zo onervaren bent – alles kunnen verpesten wat we hier hebben opgebouwd. En dat zou onze patiënten niet ten goede komen.'

'Wat bedoelt u?'

'Het spijt me, maar je krijgt geen toegang tot Unit A, waar de gevaarlijkste bewoners zitten. En ik heb helemaal geen assistent nodig, daar heb ik de hoofdverpleegkundige al voor.'

Ze zweeg zo lang dat hij haar uiteindelijk vragend aankeek. Toen ze haar mond opendeed, klonk ze rustig maar gedecideerd.

'Dokter Xavier, ik ben aangenomen voor de patiënten in Unit A. Dat heeft dokter Wargnier u ongetwijfeld verteld. U hebt eveneens ongetwijfeld onze correspondentie gelezen. Mijn contract laat niets aan de verbeelding over: dokter Wargnier heeft mij niet alleen gevraagd om met de mensen in Unit A te werken, hij vroeg me ook een rapport te schrijven wanneer ik alle bewoners gesproken heb, dat geldt in het bijzonder voor Julian Hirtmann.'

Ze zag dat hij zijn stekels opzette. Zijn glimlach verdween.

'Mevrouw Berg, dokter Wargnier is niet langer directeur van deze instelling. Dat ben ik.'

'Dan heb ik hier niets meer te zoeken. Ik zal contact opnemen met uw meerderen aan de Universiteit van Genève. En met dokter Spitzner. Het was een eind rijden. Ik had me de moeite kunnen besparen.'

Ze stond op.

'Moet dat nu zo?' zei Xavier, die rechtop ging zitten en zijn armen vragend spreidde. 'Er is niets aan de hand. Gaat u zitten. U bent hier meer dan welkom. Begrijpt u me niet verkeerd: ik heb niets tegen u. Ik weet zeker dat u uw werk goed doet. En wie zal het zeggen? Misschien... misschien draagt een andere invalshoek, een – laten we zeggen – interdisciplinaire benadering, wel bij tot een betere beeldvorming omtrent deze monsters. Ik zou niet weten waarom niet. Ik wil u alleen vragen het contact met hen tot een minimum te beperken, en om onze regels strikt na te leven. We hebben hier een wankel evenwicht. De beveiliging is hier dan misschien tien keer strenger dan in andere psychiatrische instellingen, het niet naleven van het protocol kan onnoemelijke gevolgen hebben.'

Dokter Xavier stond op en kwam achter zijn bureau vandaan. Hij was nog kleiner dan ze dacht. Diane was 1,67 meter en Xavier had zo te zien dezelfde lengte – met schoenen aan dan. Hij zwom in zijn smetteloos witte doktersjas.

'Komt u maar mee. Dan geef ik u een rondleiding.'

Hij maakte een kast open waar doktersjassen in hingen. Hij pakte er een uit en gaf hem aan Diane. Ze rook wasmiddel in combinatie met iets mufs.

Hij liep rakelings langs haar heen en legde zijn hand op haar arm. Ze zag dat zijn nagels uitstekend verzorgd waren, iets te.

'Het zijn mensen van wie je echt bang wordt,' zei hij minzaam, terwijl hij haar in de ogen keek. 'Vergeet wat ze zijn, vergeet wat ze gedaan hebben. Concentreer je op je werk.'

Ze herinnerde zich Wargniers woorden toen ze hem aan de telefoon had gehad: hij had bijna letterlijk hetzelfde gezegd.

'Ik weet hoe ik moet omgaan met psychopaten,' wierp ze tegen, maar dit keer klonk ze niet meer zo zeker.

Er kwam heel even een vreemde blik in zijn ogen.

'Niet met dit soort,' zei hij. 'Niet met dit soort.'

Witte muren, witte vloer, witte neonverlichting... Net als de meeste westerlingen associeerde Diane die kleur met onschuld, openheid en maagdelijkheid. En toch woonden er in deze zee van licht gruwelijke moordenaars.

'Oorspronkelijk was wit de kleur van de dood en rouw,' zei Xavier, die haar gedachten leek te lezen. 'Dat is in het Verre Oosten nog steeds het geval. Wit is ook een uiterste – net als zwart. En ten slotte is het ook de kleur die wordt geassocieerd met overgangsrituelen. Voor jou is dit een overgangsritueel, lijkt me. Maar ik heb deze setting niet verzonnen – ik zit hier pas een paar maanden.'

Er gleed een ijzeren hek open dat achter hen weer dichtging; elektronische sloten klapten dicht in de dikke muren. Het kleine mannetje liep voor haar uit.

'Waar zijn we nu?' vroeg ze, terwijl ze de beveiligingscamera's, het aantal deuren en nooduitgangen telde.

'We lopen van het kantoor naar de psychiatrische afdeling. Dit is de eerste veiligheidssluis.'

Diane keek toe hoe hij een pasje met een magneetstrip in een apparaatje tegen de muur stak, dat het pasje las en vervolgens weer uitspuwde. Het ijzeren hek ging open. Aan de andere kant van de ruimte stond een glazen hok, waarin twee bewakers in oranje overalls naar een monitor zaten te kijken.

'Momenteel hebben we achtentachtig patiënten die beschouwd worden als gevaarlijk en in staat zijn tot gewelddadigheden. Onze clientèle is afkomstig uit gewone penitentiaire en psychiatrische inrichtingen in Frankrijk, maar ook uit Duitsland, Zwitserland, Spanje... Deze mensen zijn geestesziek, delinquent, gewelddadig en crimineel. Ze zijn te gewelddadig voor een gewoon ziekenhuis, hebben een te ernstige psychose om in de gevangenis behandeld te worden, of het zijn moordenaars die ontoerekeningsvatbaar zijn verklaard door de rechter. Onze clientèle vraagt om gespecialiseerde verzorgers en een infrastructuur die niet alleen hun veiligheid garandeert, maar ook die van het personeel en de bezoekers.

Dit hier is afdeling C. We kennen hier drie beveiligingsniveaus: laag, middel en hoog. Dit niveau is laag.'

Steeds als Diane hem clientèle hoorde zeggen fronste ze haar wenkbrauwen.

'De Wargnier Kliniek heeft zich bewezen als de enige kliniek die agressieve, gevaarlijke en gewelddadige patiënten aankan. We werken met de nieuwste behandelmethoden. We beginnen met psychiatrisch en criminologisch onderzoek, waarin de nadruk ligt op de fantasieënanalyse en plethysmografie, het meten van reacties op geluidsfragmenten en videobeelden waarin verschillende scenario's en mensen getoond worden, zoals een naakte vrouw of kind.'

'Gebruiken jullie aversietherapie bij patiënten die aantoonbaar afwijkend gedrag vertonen als ze worden onderworpen aan een plethysmografietest?'

'Dat is juist.'

'Aversieve plethysmografie wordt niet door iedereen juichend ontvangen,' zei ze.

'Hier wel,' antwoordde Xavier vastberaden.

Ze voelde hem verstijven. Zodra aversieve therapie ter sprake kwam, moest Diane denken aan *A Clockwork Orange*. Aversietherapie hield in dat je een afwijkende fantasie – beelden van verkrachting, naakte kinderen enzovoorts – leert associëren met nare, of zelfs pijnlijke gewaarwordingen: elektroshocks bijvoorbeeld, of het inademen van ammoniak, in plaats van met de aangename gewaarwordingen die men er eerst bij had. Als je dit maar vaak genoeg herhaalde zou dit het gedrag van de patiënt blijvend veranderen. Het leek op pavloviaans conditioneren, zoals in landen als Canada werd gedaan in het geval van seksueel misbruik en pedofilie.

Xavier speelde met het knopje van zijn pen, dat uit zijn borstzakje stak.

'Ik weet dat vele therapeuten in Frankrijk sceptisch zijn over gedragstherapie. We hebben deze werkwijze overgenomen van de

Angelsaksische landen en van het Pinel Instituut in Montreal, waar ik vandaan kom. We hebben er opmerkelijke resultaten mee behaald. Maar onze Franse collega's vinden het moeilijk om toe te geven dat een dergelijke empirische methode werkt, helemaal als deze aan de andere kant van de oceaan ontwikkeld is. Ze vinden dat een repressieve aanpak te weinig rekening houdt met het onderbewuste, het superego en de implementatie van impulsen...'

Van achter zijn bril keek hij Diane irritant begripvol aan.

'De meeste mensen in dit land zijn nog steeds voorstander van psychoanalyse, waarbij diepgelegen persoonlijkheidsaspecten opnieuw worden vormgegeven. Ze zien niet dat deze aanpak nooit zal werken omdat het psychopatische perverselingen totaal ontbreekt aan schuldgevoel of emotie. Bij deze patiënten werkt maar één ding: herconditioneren.' Hij sprak het laatste woord uit alsof er ijskoud water overheen stroomde. 'De patiënt moet leren dat hijzelf verantwoordelijk is voor de behandeling. Dit doen we door hem te straffen of te belonen, en hem zo te conditioneren. We doen ook risico-inschattingen op verzoek van de rechtbank of de medische wereld,' ging hij verder, terwijl hij stilstond voor de zoveelste deur van gewapend glas.

'Hebben de meeste studies niet juist aangetoond dat deze inschattingen niet echt waardevol zijn?' vroeg Diane. 'Er wordt beweerd dat de helft van alle inschattingen niet klopt.'

'Dat wordt beweerd, ja,' gaf Xavier toe. 'Maar dat gaat op voor die gevallen waarbij het risico veel te hoog wordt ingeschat. Bij de minste twijfel adviseren we de detentie voort te zetten of ziekenhuisopname te verlengen. Maar,' voegde hij er met een zelfvoldane glimlach aan toe, 'onze beoordelingen komen tegemoet aan een diepgewortelde behoefte van de samenleving, *mademoiselle* Berg. De rechtbank vraagt ons een moreel dilemma voor hen op te lossen, een dilemma dat, laten we wel wezen, helemaal niet op te lossen is. Hoe weet je ooit zeker dat de maatregelen die getroffen worden tegen een gevaarlijk persoon goed genoeg zijn om de samenleving voor hem te behoeden, zonder dat de rechten van dit individu in gevaar komen? Dat begrijpt iedereen. Maar het zorgt ervoor dat het gerechtelijk apparaat, dat voortdurend dreigt vast te lopen, vrolijk verder draait, waardoor de illusie in stand wordt gehouden dat rechters wijze mensen zijn die tot een weloverwogen besluit komen – iets wat, en ik voeg dit er terloops aan toe, de grootste leugen ooit is en waarop onze democratieën gegrondvest zijn.'

Er hing nu een ander kastje aan de muur, een veel ingewikkelder uitziend ding dan het vorige. Met een schermpje en zestien toetsjes om een code in te voeren, en een grote rode sensor waar Xavier nu met zijn rechterwijsvinger op drukte.

'Dat dilemma is hier niet aan de orde. Onze bewoners hebben overduidelijk bewezen hoe gevaarlijk ze zijn. Dit is de tweede veiligheidssluis.'

Rechts bevond zich een uit glas opgetrokken kantoortje. Diane zag wederom twee mannen zitten; ze vond het raar dat Xavier hen zonder te groeten voorbijliep. Ze had het fijn gevonden als hij haar had voorgesteld aan de rest van het personeel. Maar ze had allang in de gaten dat hij dat niet zou doen. De mannen keken op toen ze langsliepen. Diane vroeg zich opeens af hoe ze hier ontvangen zou worden. Wist men überhaupt wel dat ze kwam? Zou hij het haar opzettelijk zo moeilijk mogelijk maken?

Heel even dacht ze met weemoed terug aan haar studentenkamertje, aan haar vrienden op de universiteit en haar kantoortje op de faculteit... Toen dacht ze aan een bepaald persoon. Ze voelde haar wangen rood worden, en wist niet hoe snel ze het beeld van Pierre Spitzner moest verdringen.

***

Servaz bekeek zichzelf in de spiegel bij het flikkerende neonlicht. Hij zag bleek. Hij leunde met beide handen op de wastafel waar splinters porselein van afgebroken waren en probeerde rustig adem te halen. Daarna boog hij voorover om koud water in zijn gezicht te gooien.

Hij kon nauwelijks op zijn benen staan; hij had het gevoel alsof hij op luchtkussentjes liep. De terugvlucht in de helikopter was nogal heftig geweest. Het weer was definitief omgeslagen en Ziegler had alle zeilen moeten bijzetten. Tegen de wind in beukend en heen en weer zwiepend als een vlot op open zee, was de heli teruggevlogen. Zodra het landingsgestel de grond raakte, was Servaz naar de wc gerend om over te geven.

Hij draaide zich om, en drukte zijn billen tegen de rij wastafels. Graffiti sierde een paar toiletdeuren: 'Bib, koning van de berg' (het gewone gebral), 'Sofia is een hoer' (met haar telefoonnummer erbij). 'De manager is een klootzak' (zou een aanwijzing kunnen zijn). En een paar in Keith Haring-stijl getekende poppetjes die elkaar in een rijtje van achteren namen.

Servaz haalde het digitale cameraatje tevoorschijn dat hij voor zijn laatste verjaardag van Margot had gekregen, liep naar de deuren en fotografeerde ze een voor een.

Daarna ging hij terug naar de hal.

Het sneeuwde weer.

'Gaat het een beetje?'

Hij zag aan Irène Zieglers glimlach dat ze oprecht was.

'Ja.'

'Zullen we de werklui verhoren?'

'Als je het niet erg vindt, doe ik dat liever alleen.'

Zieglers blik verhardde zich. Buiten hoorde hij Cathy d'Humières met journalisten praten: ze kregen standaardantwoorden, zoals meestal.

'Als je de graffiti in de wc's ziet dan begrijp je waarom,' zei hij. 'Ik denk dat ze tegen een man openhartiger zijn dan tegen een vrouw.'

'Oké. Als je maar niet vergeet dat we dit onderzoek samen doen.'

De vijf mannen keken hem zwijgend aan toen hij binnenkwam, in hun blikken een mengeling van angst, vermoeidheid en woede. Servaz bedacht dat ze hier al sinds die ochtend werden vastgehouden. Iemand had hen zo te zien van eten en drinken voorzien. Overal op de lange vergadertafel stonden lege bekertjes, volle asbakken en borden met resten pizza en halfopgegeten broodjes. De mannen hadden stoppelbaarden en haar als verstekelingen op een onbewoond eiland, behalve de kok – die wel een baard had, maar kaal was en in ieder oorlel meerdere oorbellen droeg.

'Goedemiddag,' zei Servaz.

Geen antwoord. Ze gingen welhaast onmerkbaar rechtop zitten. Hij zag dat ze verbaasd waren over zijn verschijning. Er was tegen hen gezegd dat ze een commissaris van de recherche op hun dak zouden krijgen, en nu stond er iemand voor hen die eruitzag als een leraar of journalist, een sportieve veertiger met een stoppelbaard in een fluwelen jasje en een versleten spijkerbroek. Servaz schoof een vette pizzadoos en een plastic bekertje waarin sigarettenpeuken dreven in een bodempje koffie aan de kant. Vervolgens ging hij op de rand van de tafel zitten, haalde een hand door zijn haar, en wendde zich tot de mannen.

Hij nam hen aandachtig in zich op. Een voor een. Steeds net iets te lang. Iedereen sloeg zijn ogen neer – op een na.

'Wie zag hem het eerst?'

Een man in de hoek van de kamer stak zijn hand op. Hij droeg een sweatshirt met korte mouwen met de tekst 'New York University', daaronder een geruit overhemd.

'Hoe heet u?'

'Huysmans.'

Servaz haalde zijn aantekeningenboekje tevoorschijn.

'Wat zag u precies?'

Huysmans slaakte een zucht. Zijn geduld was de afgelopen uren ernstig op de proef gesteld, en hij was toch al niet geduldig aangelegd. Hij had zijn verhaal al een keer of tien verteld, dus hij dreunde het inmiddels min of meer op.

'Jullie zijn teruggegaan naar beneden zonder een voet op het platform gezet te hebben. Waarom?'

Stilte.

'We waren bang', biechtte de man uiteindelijk op. 'Bang dat die vent er nog steeds rondliep – of zich in de tunnel verscholen had.'

'Waarom denk je dat het een man was?'

'Een vrouw doet zoiets toch niet?'

'Hebben jullie onderling wel eens ruzie of meningsverschillen?'

'Het gaat er hier net zo aan toe als overal,' zei een ander. 'Dronken vechtpartijen, vrouwengedoe, niet met elkaar kunnen opschieten. Gewoon.'

'Wat is uw naam?' vroeg Servaz.

'Gratien Etcheverry.'

'Het valt zeker niet mee om op die berg te wonen en werken?' vroeg Servaz. 'Het is gevaarlijk, verafgelegen, jullie zitten op elkaars lip – dat moet spanningen creëren.'

'De mannen die hier werken weten waar ze aan beginnen. Dat heeft de manager u vast wel verteld. Als ze daar niet tegen kunnen werken ze beneden.'

'Maar als het stormt of slecht weer is slaat de vlam snel in de pan, toch?' drong hij aan. 'Ik heb me laten vertellen dat je op zo'n grote hoogte slecht slaapt.'

'Dat klopt.'

'Kunt u uitleggen waarom dat zo is?'

'De eerste nacht slaap je als een blok vanwege de hoogte en het zware werk. Maar daarna slaap je steeds minder goed. De laatste nachten hooguit een uur of twee, misschien drie. Dat komt door de berg. We halen het in tijdens het weekend.'

Servaz keek hen weer aan. Een paar mannen knikten instemmend.

Hij bekeek hen eens goed, deze mannen die geen hoge opleiding genoten hadden en geen hoge dunk van zichzelf hadden, of makkelijk geld wilden verdienen. Ze deden stilzwijgend hun ondankbare werk in het algemeen belang. De mannen waren ongeveer even oud als hij – veertigers; de jongste een jaar of dertig. Hij schaamde zich opeens voor waar hij mee bezig was. Toen zag hij de ontvluchtende blik van de kok weer.

'Kende een van jullie het paard? Had iemand het eerder gezien?'

Ze keken hem verbaasd aan, en schudden vervolgens hun hoofd.

'Is er al eerder iets gebeurd daarboven?'

'Meerdere keren,' zei Etcheverry. 'Twee jaar geleden nog; toen raakte iemand zijn hand kwijt.'

'Wat doet hij nu voor werk?'

'Hij zit hierbeneden op kantoor.'

'Hoe heet hij?'

Etcheverry aarzelde. Hij liep rood aan. Gegeneerd keek hij de anderen aan.

'Schaab.'

Het leek Servaz verstandig om meer over deze Schaab te weten te komen: een paard verliest zijn hoofd / een arbeider zijn hand...

'Ook dodelijke ongelukken?'

Etcheverry schudde van nee.

Servaz wendde zich tot de oudste. Een stevig gebouwde vent in een T-shirt met korte mouwen waardoor zijn gespierde armen goed zichtbaar waren. Hij was de enige, samen met de kok, die zijn mond nog niet had opengedaan – en de enige die zijn blik niet had afgewend toen Servaz hen aankeek. Hij had een uitdagende glans in zijn fletse ogen. Een plat, breed gezicht. Een afstandelijke blik. Bekrompen, ongenuanceerd en houdt van duidelijkheid, dacht Servaz.

'U werkt hier het langst?'

'Yep,' antwoordde de man.

'Hoe lang is dat?'

'Daarboven of hierbeneden?'

'Allebei.'

'Drieëntwintig jaar daarboven. Tweeënveertig jaar in totaal.'

Een vlakke stem, zonder stembuiging. Rimpelloos als een bergmeer.

'Hoe heet je?'

'Wat gaat u dat aan?'

'Ik stel hier de vragen, oké? Dus hoe heet je?' zei Servaz net zo brutaal als de man.

'Tarrieu,' blafte de man geïrriteerd.

'En hoe oud ben je?'

'Drieënzestig.'

'Kun je goed opschieten met de leiding? Je kunt vrijuit praten, het blijft onder ons. Ik las in de wc dat de manager een klootzak is.'

Tarrieu keek geringschattend en geamuseerd tegelijk.

'Dat is hij ook. Maar als iemand wraak zou willen nemen hadden we hém daarboven wel zien hangen. Geen paard. Toch, meneer agent?'

'Heb je mij iets horen zeggen over wraak?' kaatste Servaz op dezelfde toon terug. 'Zal ik het onderzoek aan jou overdragen? Wil je een baan bij de politie?'

Er werd gegniffeld. Servaz zag Tarrieu rood aanlopen. De man was duidelijk in staat tot geweld. Maar in welke mate? Goeie vraag.

Tarrieu deed zijn mond open om antwoord te geven, maar sloot hem weer.

'Nee,' zei hij toen.

'Kent iemand van jullie de manege?'

De kok met de oorbellen stak ongemakkelijk zijn hand op.

'Wat is uw naam?'

'Marousset.'

'Rijdt u paard, Marousset?'

Tarrieu proestte het uit, evenals de anderen. Servaz werd kwaad.

'Nee, ik ben kok. Ik help de kok van Lombard soms een handje, op het kasteel, als er een feestje is – verjaardagen, *le quatorze juillet*... De stallen liggen naast het kasteel.'

Marousset had grote, fletse ogen met pupillen niet groter dan speldenknoppen. En hij zweette als een otter.

'Dus je kende dat paard?'

'Ik heb niks met die dieren. Misschien wel... Er zijn daar zo veel paarden...'

'En zie je Lombard vaak?'

Marousset schudde zijn hoofd.

'Ik kom er maar eens per jaar of zo... En dan kom ik de keuken nauwelijks uit.'

'Maar je ziet hem wel eens lopen, lijkt me?'

'Ja.'

'Bezoekt hij de fabriek vaak?'

'Lombard? Hier?' zei Tarrieu op sarcastische toon. 'De fabriek zegt Lombard helemaal niks. Bekijk jij ieder grassprietje als je het gras maait?'

Servaz wendde zich tot de overige aanwezigen. Ze knikten instemmend.

'Lombard woont niet in de buurt,' ging Tarrieu op dezelfde provocerende toon verder. 'Parijs, New York, het Caribisch gebied, Corsica... De fabriek kan hem geen hol schelen. De enige reden dat hij hem niet heeft verkocht is omdat zijn vader in zijn testament heeft gezet dat hij dat niet wilde. Het zal hem verder worst wezen.'

Servaz knikte. Hij wilde iets scherps zeggen. Maar waarom eigenlijk? Tarrieu gedroeg zich waarschijnlijk zo met een reden. Misschien had hij ooit een akkefietje gehad met een incapabele of corrupte agent. Een mens is als een ijsberg, dacht hij bij zichzelf. Onder de oppervlakte zit van alles wat ze je niet vertellen, een vat vol pijn en geheimen. Iedereen doet zich anders voor dan hij is.

'Mag ik je een goede raad geven?' zei Tarrieu plotseling.

Servaz schoot meteen in de verdediging. Maar Tarrieus toon was anders: niet langer vijandig, wantrouwend of sarcastisch.

'Ga je gang.'

'De bewakers,' zei de oudere man. 'Je kunt hen beter verhoren dan ons. Ga vragen wat zij te vertellen hebben.'

Servaz keek hem doordringend aan.

'Waarom?'

Tarrieu haalde zijn schouders op.

'Jij werkt bij de politie, ik niet,' zei hij.

Servaz liep de gang door en kwam na de klapdeuren in de hal, waar het ijzig koud was. Het flitslicht van buiten verlichtte de hal, en zorgde voor grote dreigende schaduwen. Servaz zag dat Cathy d'Humières in haar auto stapte. Het werd donker.

'En?' vroeg Ziegler.

'Ze hebben er waarschijnlijk niks mee te maken, maar ik wil er graag twee laten checken. De eerste is Marousset, de kok. De andere heet Tarrieu. En ene Schaab: hij heeft twee jaar geleden zijn hand verloren bij een ongeluk.'

'En waarom die andere twee?'

'Voor de zekerheid.'

Hij zag de blik van Marousset weer voor zich.

'Zou je ook contact kunnen opnemen met de narcoticabrigade? Ik wil weten of de kok in hun bestand staat.'

Ziegler keek hem aandachtig aan, maar ze zei verder niets.

'Hoe verloopt het onderzoek in de directe omgeving?'

'We hebben iedereen verhoord die aan de weg naar de fabriek woont, voor het geval iemand afgelopen nacht een auto of ander voertuig had gezien. Tot nu toe met weinig succes.'

'En verder?'

'Graffiti op de buitenmuren van de fabriek. Als hier in de buurt taggers wonen, hebben ze misschien iets gezien of gehoord. Er moet een hoop voorbereiding aan deze daad vooraf zijn gegaan, zoals vooronderzoek van de locatie. Dan komen we dus weer uit bij de bewakers. Misschien weten zij van wie de graffiti is. En hoe kan het dat ze niets gehoord hebben?'

Servaz dacht aan wat Tarrieu had gezegd. Maillard had zich

inmiddels bij hen aangesloten. Hij schreef iets op in een boekje.

'En de Wargnier Kliniek?' zei Servaz. 'Enerzijds hebben we te maken met een misdrijf dat door een compleet gestoorde gepleegd is, en een paar kilometer verderop zitten een heleboel gekken opgesloten. Zelfs al houdt de directeur bij hoog en bij laag vol dat geen van de bewoners over de muur geklommen is, dan zullen we dat toch moeten onderzoeken.' Hij keek eerst naar Ziegler en vervolgens naar Maillard. 'Hebben jullie een psychiater in dienst?'

Ziegler en Maillard wisselden blikken uit.

'Als het goed is komt er over een dag of twee een *profiler*,' antwoordde Irène Ziegler.

Servaz fronste nauwelijks zichtbaar. Een profiler omdat er een paard dood is... Hij wist dat de gendarmerie een paar stappen voorlag op de politie, en niet alleen op dit gebied, maar hij vroeg zich af of dit niet een beetje overdreven was.

Eric Lombards macht reikte heel ver...

'Je boft met ons,' zei Ziegler op ironische toon, waardoor hij opschrok uit zijn gedachten. 'Anders had je een expert moeten inhuren.'

Hij ging er niet op in. Hij wist waar ze naartoe wilde: omdat ze niet bereid waren hun eigen profilers op te leiden zoals de gendarmes deden, moest de politie vaak derden inschakelen – psychiaters die niet altijd even goed geschoold waren voor een dergelijke klus.

'Het is per slot van rekening maar een paard,' zei hij, zonder al te veel overtuiging.

Hij keek naar Irène Ziegler. Ze lachte niet meer. Integendeel, hij zag dat ze gespannen en ongerust was. Ze neemt deze zaak niet meer zo licht op, dacht hij bij zichzelf. Net als hij dacht ook zij waarschijnlijk dat er veel meer achter deze macabere daad zat dan ze vermoedden.

5

'Heb je *De tijdmachine* gelezen?'

Ze liepen door de lange, verlaten gangen. Het geluid van hun voetstappen weerklonk luid in Dianes oren, net als het geklets van de psychiater.

'Nee,' antwoordde ze.

'H.G. Wells, socialist. Hij was geïnteresseerd in technologische vooruitgang, sociale gerechtigheid en de klassenstrijd. Hij was de eerste die schreef over genetische manipulatie in *Het eiland van dokter Moreau* of over de gekte van de wetenschap in *De onzichtbare man*. In *De tijdmachine* reist de verteller naar de toekomst, waar hij ontdekt dat Engeland een aards paradijs is geworden, bewoond door vreedzame, zorgeloze mensen, de Eloi.' (Zonder zijn blik van haar af te wenden stak hij zijn kaartje in weer een ander kastje.) 'De Eloi zijn afstammelingen van bevoorrechte mensen uit de gegoede burgerij. In de loop van duizenden jaren hebben zij een dermate grote mate van luxe en evenwicht bereikt dat hun intelligentie verschrompeld is tot het intellect van een vijfjarige. Aangezien ze eeuwenlang nergens moeite voor hebben hoeven te doen, zijn ze heel snel moe. Het zijn lieve, opgewekte mensen, maar ook verschrikkelijk onverschillig: als ze iemand voor hun ogen zien verdrinken, steken ze geen vinger uit om te helpen.'

Diane luisterde maar half; ze probeerde een teken van leven te ontdekken – en te begrijpen hoe dit doolhof in elkaar zat.

'Als het avond wordt, ontdekt de verteller nog iets, iets wat nóg gruwelijker is: de Eloi zijn niet alleen. Onder de grond woont een tweede ras van lelijke, afschuwelijke mensen, de Morlocks. Dit zijn afstammelingen van het proletariaat. Beetje bij beetje zijn ze, dankzij de hebzucht van hun bazen, vervreemd van de betere kringen en een apart ras geworden dat evenzo lelijk is als het andere ras mooi. Ze leven gedwongen in tunnels en schachten. Ze zijn het licht dermate ontwend dat ze alleen als het donker is hun schuilplaats verlaten. Daarom vluchten de Eloi zodra de zon ondergaat van het idyllische platteland naar hun verwoeste paleizen. Want de Morlocks zijn kannibalen geworden om te kunnen overleven...'

Diane begon genoeg te krijgen van het eindeloze geklets van de psychiater. Waar wilde hij naartoe? Hij hoorde zichzelf duidelijk graag praten.

'Dat geeft toch een behoorlijk accuraat beeld van onze eigen maatschappij, vind je ook niet? Aan de ene kant de Eloi, wier intelligentie en wilskracht zijn verdwenen door welstand en het ontbreken van gevaar, terwijl hun egoïsme en onverschilligheid juist groter geworden zijn. En aan de andere kant de roofdieren die hen herinneren aan iets van vroeger: angst. Jij en ik zijn Eloi, onze bewoners zijn Morlocks.'

'Is dat niet een beetje simplistisch?'

Hij deed alsof hij het niet gehoord had.

'Weet je wat de moraal van het verhaal is? Want die is er natuurlijk. Wells vond dat afnemende intelligentie een natuurlijk gevolg was van... het verdwijnen van angst. Een dier dat volmaakt in harmonie is met zijn omgeving is een mechanisme. De natuur doet alleen een beroep op intelligentie als gewoonte en instinct niet meer voldoende zijn. Intelligentie kan zich alleen ontwikkelen als er sprake is van verandering – en er gevaar heerst.'

Hij keek haar lang aan, een grijns op zijn gezicht.

'Vertel eens iets meer over mijn collega's,' zei ze. 'We zijn nog bijna niemand tegengekomen. Is alles geautomatiseerd?'

'Er werkt in totaal een stuk of dertig man verplegend personeel. Daarnaast nog zes verpleegkundigen, een dokter, een seksuoloog, zeven man keuken- en bedienend personeel en negen man voor het onderhoud – allemaal parttime uiteraard, we hebben geen geld om hen in vaste dienst te nemen. Met uitzondering van drie nachtzusters, de hoofdzuster, de kok... en ikzelf. Er zijn dus zes mensen die hier ook slapen. Naast de bewakers, die hoop ik wakker blijven.' Hij lachte kort om zijn eigen grapje. 'Met jou erbij zeven.'

'Zes man voor achtentachtig patiënten?'

En hoeveel bewakers? vroeg ze zich meteen af. Ze was benieuwd hoe het er hier 's avonds uitzag, zonder personeel en met achtentachtig gevaarlijke psychopaten, opgesloten achter deuren in lange, lege gangen. Ze huiverde.

Xavier leek dit op te merken. Zijn glimlach werd groter en zijn gladde blik gleed over haar heen.

'Zoals ik eerder al vertelde beschikken we niet alleen over talrijke beveiligingssystemen, ze zijn ook niet nodig. Er is al sinds de oprichting geen ontsnappingspoging gedaan. Ook hebben zich geen incidenten voorgedaan.'

'Welke geneesmiddelen gebruiken jullie?'

'Het gebruik van obsessieremmers is efficiënter gebleken dan klassieke geneesmiddelen, maar daarmee vertel ik denk ik niets nieuws. Onze basisbehandeling bestaat uit het combineren van medicijnen op hormoonbasis van de LHRH-variant met SSRI-antidepressiva. Deze behandeling is van invloed op de productie van hormonen die gerelateerd zijn aan seksuele activiteit en vermindert dwangmatig gedrag. Deze behandeling heeft uiteraard totaal geen zin voor de zeven bewoners van Unit A...'

Ze waren aangekomen in een grote hal, aan de voet van een trap. Achter de treden was een ruwstenen muur zichtbaar. Diane nam aan dat het een van de imposante muren was die ze had gezien toen ze kwam aanrijden, met de rijen kleine ramen, als een gevangenis. De stenen muren, de betonnen trap, de cementen vloer: Diane vroeg zich af waarvoor het gebouw oorspronkelijk bedoeld was. Er was een raam met uitzicht op de bergen, die langzaam verdwenen door de invallende duisternis. Ze verbaasde zich erover hoe snel het donker werd. De tijd was omgevlogen. Opeens viel er een schaduw over haar heen en ze onderdrukte een kreet van schrik.

'Mevrouw Berg, mag ik u voorstellen aan de hoofdzuster, Elisabeth Ferney? Hoe gaat het met onze kanjers, Lisa?'

'Ze zijn nogal nerveus. Ik weet niet hoe het kan, maar ze weten al wat er gebeurd is bij de centrale.'

Een koude, autoritaire stem. De hoofdzuster was een lange vrouw van in de veertig met een streng, maar niet onprettig uiterlijk. Kastanjebruin haar, hooghartig, een doordringende, maar ook defensieve blik. Diane herinnerde zich de wegafzetting.

'Ik werd op weg hiernaartoe aangehouden door de gendarmes,' zei ze. 'Wat is er gebeurd?'

Xavier nam niet de moeite om te antwoorden. Diane leek hem ineens niet bijster veel meer te interesseren. Lisa Ferney keek eerst naar Diane, en richtte haar bruine ogen vervolgens op de psychiater.

'Je bent toch niet van plan om haar vanavond nog Unit A te laten zien, hè?'

'Mevrouw Berg is onze nieuwe... psychologe, Lisa. Ze komt voor ons werken. En ze mag overal komen.'

De zuster richtte haar blik weer op Diane.

'In dat geval zullen we veel met elkaar te maken krijgen,' zei Lisa Ferney, die ondertussen de trap op liep.

De betonnen trap leidde naar een deur helemaal boven in het gebouw. Deze was niet van glas maar van dik staal met een rechthoekig raampje erin. Door het raampje zag Diane een tweede, identieke deur. Twee deuren, voor dubbele beveiliging; net zoals in onderzeeërs of bankkluizen. Ze werden gefilmd door een camera die boven de deur hing.

'Goedenavond, Lucas,' zei Xavier, terwijl hij in de lens keek. 'Wil je de deur voor ons openmaken?'

Een uit twee delen bestaande LED-lamp sprong van rood op groen en Xavier trok de zwaargepantserde deur open. Binnen wachtten ze in stilte tot de deur in het slot viel. In deze besloten ruimte rook Diane het parfum van de zuster boven de geur van mineralen en staal uit. Opeens hoorde ze achter de tweede deur een lang gegil, waar ze erg van schrok. Het duurde lang voor het geluid weggeëbd was.

'De zeven bewoners van Unit A,' zei Xavier, die het gegil niet gehoord leek te hebben, 'krijgen aversietherapie. Herconditionering van het gedrag als het ware.' (Diane hoorde deze term nu voor de tweede keer en ze verstijfde.) 'Nogmaals: deze individuen zijn je reinste psychopaten: ze kennen geen berouw, geen empathie, en kunnen niet genezen worden. Op herconditioneren na doen we niet veel met hen. Hun serotonine wordt regelmatig gecontroleerd, want te weinig serotonine duidt op gewelddadig en impulsief gedrag. Verder is ons doel ervoor te zorgen dat ze niemand kwaad kunnen doen. Deze monsters deinzen nergens voor terug. Ze weten dat ze niet meer vrij zullen komen. Ze zijn dan ook niet gevoelig voor dreigementen of gezag.'

Er klonk een piepje en Xavier maakte met zijn gemanicuurde hand de tweede gepantserde deur open.

'Welkom in de hel, mevrouw Berg. Maar vanavond nog niet. Lisa heeft gelijk. Vanavond ga ik alleen. Lisa zal u terugbrengen.'

***

Servaz staarde de tweede bewaker aan.

'Dus je hebt niets gehoord?'

'Nee.'

'Door het geluid van de tv?'

'Of de radio,' antwoordde de man. 'Als we geen tv kijken staat de radio aan.'

'Met het geluid op tien?'

'Behoorlijk hard, ja.'

'En waar keken of luisterden jullie gisteren naar?'

De bewaker zuchtte. Hij had het al aan een paar gendarmes verteld en nu moest hij het voor de derde keer aan deze agent vertellen.

'Een voetbalwedstrijd, Marseille tegen Atlético Madrid.'

'En na de wedstrijd hebben jullie een dvd'tje gekeken, toch?'

'Klopt.'

De schedel van de bewaker glom in het neonlicht. Zijn haar was gemillimeterd en Servaz zag een groot litteken. Meteen toen hij binnenkwam had hij besloten om familiair met de man om te gaan. Dit type wilde duidelijkheid; je moest meteen laten zien wie de baas was.

'Welke film hebben jullie gekeken?'

'Een of andere slechte horrorfilm: *The Night Has Eyes*.'

'En hoe hard stond het geluid?'

'Hard, dat zei ik toch al?'

De man werd zenuwachtig van de stiltes die Servaz liet vallen. Hij vond het nodig om het toe te lichten. 'Mijn collega is een beetje doof. En we zijn hier helemaal alleen. Dus wat maakt het uit?'

Servaz knikte begrijpend. Zijn collega had bijna exact dezelfde woorden gebruikt.

'Hoelang duurt een voetbalwedstrijd eigenlijk?'

De bewaker keek hem aan alsof hij water zag branden.

'Twee keer drie kwartier. Plus rust en spelonderbrekingen. Twee uur dus. Ongeveer.'

'En de film?'

'Geen idee... anderhalf, twee uur?'

'Hoe laat begon de wedstrijd?'

'De Europa League begint altijd om kwart voor negen.'

'Oké... Dan waren jullie dus om half een 's ochtends uitgekeken. Hebben jullie daarna een ronde gemaakt?'

De bewaker staarde schaapachtig naar de vloer.
'Nee.'
'Waarom niet?'
'We hebben nog een film gekeken.'
Servaz boog zich naar de man toe. Hij zag zijn eigen spiegelbeeld in het raam. Buiten was het aardedonker. Het zou inmiddels wel vriezen.
'Nog een horrorfilm?'
'Nee.'
'Wat dan?'
'Porno...'
Servaz fronste en zette een verdorven gezicht op. Heel even leek hij op een tekenfilmfiguur.
'Oké... Tot hoe laat?'
'Weet ik niet. Tot een uur of twee, denk ik.'
'Toe maar! En daarna?'
'Wat bedoelt u?'
'Daarna hebben jullie je ronde gedaan?'
De bewaker liet zijn schouders nu zichtbaar hangen.
'Nee.'
'Nóg een film gekeken?'
'Nee, we zijn gaan slapen.'
'Worden jullie niet verondersteld rondes te doen?'
'Ja.'
'Hoe vaak?'
'Om de twee à drie uur.'
'Maar vannacht hebben jullie ze dus allemaal overgeslagen?'
De bewaker bestudeerde de neuzen van zijn schoenen. Hij leek al zijn aandacht te richten op een klein vlekje.
'Ja...'
'Ik verstond het niet.'
'Ja.'
'Waarom?'
Nu stak de bewaker zijn hand op.

'Wie heeft hier hartje winter nou iets te zoeken? Er is hier niemand, het is uitgestorven... Waarom zouden we dan rondes lopen?'

'Daar krijg je voor betaald, toch? En die graffiti?'

'Dat is het werk van jongeren die hier wel eens komen. Als het lekker weer is.'

Servaz boog zich nog wat dichter naar de bewaker, zijn gezicht vlak bij dat van hem.

'Dus je zou een auto niet hebben gehoord tijdens de film?'

'Nee.'

'En de kabelbaan?'

De bewaker aarzelde een fractie van een seconde. Servaz zag dit.

'Ook niet.'

'Weet je dat zeker?'

'Eh... ja.'

'Het getril ook niet?'

'Welk getril?'

'Van de kabelbaan. Dat heb ik zelf gevoeld. Jullie niet?'

Weer een aarzeling.

'We zaten in de film.'

Hij loog. Dat wist Servaz zeker. Ze hadden samen overlegd dat ze zouden liegen tegen de gendarmes. Ze hadden een web van leugens gesponnen al voor de gendarmes ter plekke waren. Ze gaven dezelfde antwoorden, aarzelden bij dezelfde dingen.

'Een wedstrijd en twee films, dat is bij elkaar een uur of vijf,' rekende Servaz hem voor, als een ober die opsomde wat er allemaal op de rekening stond. 'Maar er vallen ook stiltes in een film, toch? Ook in een horrorfilm. Júíst in een horrorfilm misschien wel. Als de spanning stijgt en op haar hoogtepunt is...' Servaz boog zich nog dichter naar de man toe. Hun neuzen raakten elkaar nu bijna. Hij rook zijn adem – en zijn angst. 'De acteurs lopen toch niet de hele tijd te gillen en hun keel wordt toch niet steeds doorgesneden? En hoe lang doet de kabelbaan erover om boven te komen? Een kwartier? Twintig minuten? En terug duurt even lang. Zie je waar ik naartoe wil? Het zou wel héél toevallig zijn als het geluid volledig werd overstemd door de film, vind je ook niet?'

De bewaker keek hem aan als een stuk opgejaagd wild.

'Weet ik veel. Misschien was het voor de film, of tijdens het voetbal. Hoe dan ook: we hebben niks gehoord.'

'Heb je de dvd nog ergens liggen?'

'Eh... ja.'

'Mooi, dan spelen we het even na – om te bepalen of de privévoorstelling inderdaad al het andere geluid overstemde. En daarna doen we hetzelfde met een voetbalwedstrijd. En met een pornofilm. Ja, toch? Laten we het meteen goed doen.'

Servaz zag het zweet in straaltjes van het gezicht van de man lopen.

'We hadden ook gedronken,' mompelde hij, maar zó zacht dat Servaz vroeg of hij het nog een keer kon herhalen.

'Wat zeg je?'

'We hadden gedronken...'

'Veel?'

'Genoeg.'

De bewaker maakte een verontschuldigend gebaar.

'U hebt geen idee hoe het er hier 's winters aan toegaat.' Hebt u al eens goed om u heen gekeken? In het donker ben je hier alleen op de wereld. Je bent hier van God en iedereen verlaten, het is net een onbewoond eiland. Een eiland in een zee van sneeuw en ijs,' voegde hij er opvallend lyrisch aan toe. 'Het interesseert niemand ook maar ene moer wat we hier 's avonds uitvreten. We zijn onzichtbaar, ze zien ons niet staan. Het enige wat belangrijk is, is dat er niemand iets komt slopen.'

'En toch is iemand erin geslaagd om naar boven te rijden, in te breken, de kabelbaan aan de praat te krijgen en een dood paard in de gondel te leggen,' zei Servaz op geduldige toon. 'Dat kost tijd. En het valt op.'

'We hadden de luiken dichtgedaan. Er woedde afgelopen nacht een sneeuwstorm. En de verwarming doet het niet goed. We maakten het ons dus gezellig, dronken een borrel om warm te worden en zetten de tv of radio hard aan om de wind niet te horen. We hebben dus niet gedaan waarvoor we betaald krijgen, dat klopt – maar we hebben niks te maken met dat paard.'

Oké, dacht Servaz. Hij kon zich goed voorstellen hoe het hier tijdens een storm zou zijn. Harde windvlagen, sneeuw, tochtige oude gebouwen, rammelende luiken en piepende deuren... Een instinctieve angst, zoals onze voorvaders die al kenden toen ze kennismaakten met de ongebreidelde kracht van de elementen. Zelfs dit soort stoere mannen had daar last van.

Servaz aarzelde. Hun verhalen klopten. En toch geloofde hij hen niet. Hoe hij het ook bekeek, Servaz wist één ding zeker: ze logen.

'En?'

'Hun verhalen komen overeen.'

'Klopt.'

'Maar net iets te veel.'

'Dat vind ik ook.'

Maillard, Ziegler en Servaz zaten in een kamertje zonder ramen dat verlicht werd door een zwak tl-licht. Er hing een poster met de tekst: 'Medicijngebruik, preventie en gevaar op de werkplek', voorzien van instructies en een telefoonnummer. De vermoeidheid was van de gezichten van beide gendarmes af te lezen. Servaz wist dat hij er hetzelfde moest uitzien. Ze waren moe, waren er klaar mee, en wilden weg.

Iemand had koffie gebracht. Servaz keek op zijn horloge hoe laat het was: tweeëndertig minuten over vijf. De manager van de centrale was uren geleden – met een grauw gezicht en rode ogen – naar huis gegaan. Maar pas nadat hij iedereen had gegroet. Servaz keek verbaasd hoe Ziegler op een kleine laptop zat te werken. Ondanks haar vermoeidheid werkte ze geconcentreerd aan haar verslag.

'Ze hebben afgesproken wat ze zouden zeggen voordat we hen uit elkaar haalden,' concludeerde hij, zijn bekertje leegdrinkend. 'Of omdat ze het gedaan hebben, of omdat ze iets anders te verbergen hebben.'

'En nu?' wilde Ziegler weten.

Hij dacht hier even over na, kneep zijn plastic bekertje kapot en wilde het in de vuilnisbak gooien, maar miste.

'We hebben geen enkel bewijs,' zei hij, terwijl hij bukte om het bekertje op te rapen. 'We moeten hen laten gaan.'

Servaz haalde zich de bewakers voor de geest. Hij vertrouwde ze beiden voor geen meter. In de zeventien jaar dat hij dit werk deed had hij met tientallen figuren als zij te maken gekregen. Voor het verhoor had Ziegler gezegd dat ze in de database van de recherche stonden – wat op zich niet veel wilde zeggen: er stonden zesentwintig miljoen overtredingen in, waarvan een groot aantal in de categorie kleine overtredingen – tot groot ongenoegen van actiegroepen die de Franse politie een Big Brother Award hadden gegeven.

Maar Ziegler en hij hadden ook ontdekt dat beide mannen een strafblad hadden. Ze hadden beiden meerdere keren korte straffen uitgezeten voor mishandeling, doodsbedreiging, afpersing en een hele reeks geweldsplegingen, waarvan sommige tegen hun eigen partners. Ondanks al deze veroordelingen hadden ze samen nog geen vijf jaar in de lik gezeten. Tijdens de verhoren hadden ze zich als makke schapen gedragen, en gezworen dat ze hun lesje geleerd hadden en weer op het rechte pad waren. Het klonk allemaal reuze oprecht, maar dat waren ze niet: ze lulden maar wat. Instinctief voelde Servaz dat als hij geen rechercheur was en hij hun ergens op een afgelegen parkeerplaats dezelfde vragen had gesteld, ze het hem niet makkelijk zouden maken en hem met veel plezier in elkaar zouden slaan.

Hij haalde een hand over zijn gezicht. Irène Ziegler had wallen onder haar mooie ogen en dat maakte haar nog aantrekkelijker. Ze had haar uniformjasje uitgetrokken en het neonlicht bescheen haar blonde haar. Hij keek naar haar nek. Er was een kleine tatoeage zichtbaar onder haar kraag. Een Chinees teken.

'Zullen we een paar uur pauze nemen om te slapen? Wat staat er morgen op het programma?'

'De manege,' zei ze. 'Ik heb de stal laten afzetten. Hij wordt morgen onderzocht.'

Servaz herinnerde zich dat Marchand het over een inbraak had gehad.

'We beginnen met het personeel en de stallen. Iemand moet iets gehoord of gezien hebben. Maillard, dat kunnen we ook af zonder jou. We houden je op de hoogte.'

Maillard knikte.

'Allereerst moeten we een antwoord zien te krijgen op de volgende twee vragen. Waar is het hoofd van het paard gebleven? En waarom al die moeite om een paard in het bergstation van een kabelbaan te hangen? Daar moet een bedoeling achter zitten.'

'De centrale is van de Lombard Group,' zei Ziegler, 'en Freedom was het lievelingspaard van Eric Lombard. Hij is dus duidelijk het doelwit.'

'Misschien wordt hij ergens van beschuldigd?' suggereerde Maillard.

'Of iemand wil wraak nemen.'

'Wraak kan ook een beschuldiging zijn,' zei Servaz. 'Iemand als Lombard heeft geheid vijanden, maar ik kan me niet voorstellen dat een gewone zakenrelatie zo veel moeite zou doen. We kunnen beter focussen op zijn personeel, op mensen die ontslagen zijn, of kampen met psychische problemen.'

'Er is nog een andere mogelijkheid,' zei Ziegler, die haar laptop dichtklapte. 'Lombard is een multinational met dochterondernemingen in heel veel landen: Rusland, Zuid-Amerika, Zuidoost-Azië... Ik kan me voorstellen dat ze de maffia of een andere criminele organisatie voor de voeten hebben gelopen.'

'Goeie. Laten we alle opties openhouden en vooralsnog niets uitsluiten. Is hier een fatsoenlijk hotel in de buurt?'

'Er zijn er een stuk of vijftien in Saint-Martin,' antwoordde Maillard. 'Het ligt eraan wat je zoekt. Ik zou naar het Russell gaan als ik jou was.'

Servaz schreef die naam op, en dacht ondertussen aan de bewakers, die zo weinig hadden gezegd, en niet op hun gemak waren geweest.

'Ze waren bang,' zei hij opeens.

'Wie?'

'Die bewakers. Ze zijn bang van iets of van iemand.'

6

Servaz schrok wakker van zijn mobieltje. Hij keek op de wekkerradio hoe laat het was: tien over half negen. Kut! Hij had de wekker niet gehoord; hij had een wake-up-call moeten vragen. Irène Ziegler zou hem over twintig minuten komen halen. Hij griste zijn telefoon van het nachtkastje.

'Met Servaz.'

'Hoe was het gisteren?'

Espérandieu. Zoals gewoonlijk was zijn assistent als eerste op kantoor. Servaz zag hem voor zich met een Japans stripboek voor zijn neus of voor de computer om de laatste politiesoftware uit te proberen, gekleed in een dure trui die zijn vrouw voor hem had klaargelegd, een pluk haar voor zijn ogen.

'Weet ik eigenlijk niet,' antwoordde hij, terwijl hij naar de badkamer liep. 'Laten we zeggen dat het niet lijkt op wat ik eerder heb gezien.'

'Jammer dat ik niet mee kon.'

'Je ziet het wel op video.'

'Hoe zag het eruit?'

'Als een paard dat aan een steunpilaar hangt van een kabelbaan, op een hoogte van tweeduizend meter,' zei Servaz, die met zijn vrije hand de temperatuur van het water uit de douche aanpaste.

Er viel een korte stilte.

'Een paard? Boven aan een kabelbaan?'

'Ja.'

Weer een stilte.

'Jezus,' zei Espérandieu. Te dicht bij de speaker nam hij ergens een slokje van.

Servaz durfde te wedden dat het iets was waar prik in zat en dat het niet gewoon koffie was. Espérandieu was specialist op het gebied van chemicaliën: hij had pillen nodig om wakker te worden, om te kunnen slapen, voor zijn geheugen, tegen het hoesten, tegen verkoudheid, tegen hoofd- en maagpijn... Het gekke was alleen dat Espérandieu geen oude diender was die tegen zijn pensioen aan zat, maar een jonge rechercheur van net dertig. In topconditie. Die drie keer per week hardliep langs de Garonne. En die absoluut geen last van hoge cholesterol of triacylglycerol had, maar wel altijd van denkbeeldige kwaaltjes, soms zó erg dat hij ze echt kreeg.

'Wanneer ben je terug? We hebben je nodig. Die gasten beweren dat de politie hen geslagen heeft. Volgens hun advocaat was die oude vrouw alcoholist,' ging Espérandieu verder. 'Dat zou haar verklaring waardeloos maken. Hij heeft de onderzoeksrechter gevraagd om onmiddellijke vrijlating van de oudste. De andere twee zijn al vrij.'

Servaz liet dit even op zich inwerken.

'En de vingerafdrukken?'

'Daar hebben we morgen pas de uitslag van.'

'Bel de vervangend openbaar aanklager. Zeg dat hij die knul niet vrijlaat. We weten dat hij het gedaan heeft; de vingerafdrukken zullen het uitwijzen. Laat hem contact opnemen met de onderzoeksrechter. En zeg tegen het lab dat ze voortmaken.'

Hij hing op. Hij was nu helemaal wakker. Hij stapte uit de douche, droogde zich snel af en trok schone kleren aan. Hij poetste zijn tanden en bekeek zichzelf in de spiegel. Hij dacht aan Irène Ziegler. Verbaasd constateerde hij dat hij zichzelf langer in de spiegel bekeek dan anders. Hij vroeg zich af wat de gendarme van hem vond. Zag ze een nog jonge man, best knap, maar die er wel dodelijk vermoeid uitzag? Een eigenwijze, maar efficiënte agent? Of zag ze een gescheiden man wiens eenzaamheid van zijn gezicht en kleding afstraalde? Als hij zichzelf moest omschrijven, wat zou hij dan zien? Zonder enige twijfel zijn wallen, de rimpeltjes bij zijn mond en de verticale rimpel tussen zijn wenkbrauwen – hij zag eruit alsof hij uit een centrifuge kwam. Toch wist hij zeker dat hij er ondanks alles nog steeds uitzag als een jonge god. Jezus! Waar kwam dit opeens vandaan? Hij leek wel een hitsige tiener. Hij liep het balkon op.

Hotel Russell lag in het hogergelegen gedeelte van Saint-Martin, zijn kamer keek uit over de daken van de stad. Hij steunde met zijn handen op de balustrade en keek hoe de schaduwen zich terugtrokken uit de smalle straatjes om plaats te maken voor een stralende zonsopgang. Om negen uur 's ochtends was de hemel boven de bergen helder en transparant als een kristallen koepel. Daarboven, op tweeënhalfduizend meter hoogte, kwamen de gletsjers nu ook tevoorschijn uit de schaduw, stralend in het zonlicht, ook al zag je de zon zelf nog niet. Recht voor hem lag het oude, historische centrum. Links, achter de rivier, stonden sociale huurwoningen. Aan de overkant van het brede bassin, dat twee kilometer verderop lag, lag een beboste berghelling, bezaaid met gondels van een kabelbaan. Van hieruit gezien zag Servaz mensen, als poppetjes zo klein, door de schaduwrijke straatjes van het stadje snellen, op weg naar hun werk, evenals koplampen van bestelbusjes, opgeschoten jeugd op brommers onderweg naar school, en winkeliers die hun rolluiken optrokken. Servaz huiverde. Niet omdat hij het koud had, maar omdat hij weer aan het paard dacht dat daarboven opgehangen was en aan wie dat had gedaan.

Hij boog zich over de balustrade. Ziegler stond hem op te wachten, ze leunde tegen haar dienstwagen. Ze had haar uniform ingeruild voor een coltrui en een leren jasje. Ze stond te roken met een tas over haar schouder.

Servaz liep naar beneden en vroeg of ze zin had in koffie. Hij had honger en wilde nog iets eten voor ze vertrokken. Ze keek op haar horloge, trok een gezicht en volgde hem toen toch maar naar binnen. Het Russell bestond al sinds de jaren dertig. De kamers waren slecht verwarmd, de gangen, met hoge, beschimmelde plafonds, waren oneindig lang en donker. Maar de eetzaal, die zich bevond op een grote veranda, met bloemen op iedere tafel, bood een adembenemend uitzicht. Servaz nam plaats bij het raam en bestelde zwarte koffie en toast met boter, Ziegler verse jus. Aan de tafel naast hen zaten Spaanse toeristen – de eersten van dit seizoen. Ze praatten hard en hun zinnen waren doorspekt met gepassioneerd klinkende woorden.

Toen hij zich omdraaide, zag hij iets wat zijn aandacht trok en wat hem verbaasde: Irène Ziegler had niet alleen haar uniform niet aan, ze had ook een neusringetje in haar linkerneusgat, dat glom in het licht dat door het raam scheen. Het was het soort sieraad dat hij bij zijn dochter zou verwachten, niet bij een hoge pief van de gendarmerie. De tijden zijn veranderd, dacht hij bij zichzelf.

'Goed geslapen?' vroeg hij.

'Nee. Ik heb uiteindelijk een halve slaappil genomen. En jij?'

'Ik heb door de wekker heen geslapen. Het is in ieder geval lekker stil in het hotel; het is nog geen hoogseizoen.'

'Dat duurt nog een week of twee. Het is altijd rustig in deze periode.'

'Kun je hier ook skiën?' vroeg Servaz, die naar de dubbele rij kabels wees op de berg aan de overkant.

'Ja, in Saint-Martin 2000. Veertig kilometer en achtentwintig afdalingen, waarvan zes zwart, met vier stoeltjesliften en tien sleepliften. En vijftien kilometer verderop ligt Peyragudes, ook een skigebied. Ski je?'

Servaz keek haar ondeugend aan.

'Ik heb voor het laatst geskied toen ik veertien was. Het was geen succes. Ik ben niet zo sportief.'

'Toch heb je een goed lijf,' zei Ziegler glimlachend.

'Jij ook.'

Vreemd genoeg deed dit haar blozen. Hun gesprek verliep niet echt soepel. Gisteren waren ze nog twee dienstdoende agenten, verdiept in hetzelfde onderzoek, die gegevens uitwisselden. Vandaag probeerden ze op een onhandige manier elkaar wat beter te leren kennen.

'Mag ik je iets vragen?'

Hij knikte.

'Gisteren zei je dat je drie werknemers wilde laten natrekken. Waarom eigenlijk?'

De ober kwam hun bestelling brengen. Hij zag er net zo oud en afgeleefd uit als het hotel. Servaz wachtte tot hij weg was en vertelde toen over het verhoor van de vijf mannen.

'Wat voor indruk heb jij van Tarrieu?' vroeg ze.

Servaz dacht aan het platte, grote gezicht met de kille blik.

'Een intelligente man, met veel opgekropte woede.'

'Intelligent. Interessant.'

'Hoezo?'

'De hele enscenering, deze... waanzin... Ik denk dat de dader niet alleen gestoord is, maar ook heel slim. Heel erg slim.'

'In dat geval kunnen we de bewakers uitsluiten,' zei hij.

'Misschien. Tenzij een van hen zich anders voordoet dan hij is.'

Ze haalde haar laptop uit haar tas, zette hem op tafel en klapte hem open, tussen haar glas jus d'orange en zijn koffie in. Dezelfde gedachte als zopas kwam bij hem op. De tijden waren veranderd: een nieuwe generatie rechercheurs stond klaar. Ze had dan misschien nog niet veel ervaring, ze stond wel midden in het leven – ervaring kreeg ze vanzelf wel.

Terwijl ze iets typte nam hij even de tijd om haar te bekijken. Ze zag er heel anders uit dan de dag ervoor, toen ze haar uniform droeg. Hij keek naar de kleine tatoeage in haar nek, het Chinese teken dat net boven haar col uitkwam. Het deed hem aan Margot denken. Wat was dat toch met al die tattoos en piercings? Wat hadden ze te betekenen? Ziegler had een tatoeage, en een piercing in haar neus. Misschien had ze op verborgen plekjes nog wel meer sieraden, in haar navel, haar tepels of haar geslachtsdeel, hij had daar wel eens iets over gelezen. Hij vond het een akelig idee. Hij vroeg zich opeens af wat voor seksleven een vrouw als zij zou hebben, terwijl hij zich er tegelijkertijd van bewust was dat zijn eigen seksleven de laatste jaren niet echt veel voorstelde. Hij zette die gedachte opzij.

'Waarom de gendarmerie?' vroeg hij.

Ze keek aarzelend op.

'O,' zei ze. 'Je bedoelt waarom ik bij de gendarmerie ben gegaan?'

Hij knikte, zonder zijn blik van haar af te wenden. Ze glimlachte.

'Zekerheid, denk ik. En ik wilde geen standaardbaan.'

'Zoals?'

'Ik studeerde sociologie. Ik ging om met vrijdenkende mensen. Ik woonde zelfs in een kraakpand. De politie en gendarmerie waren de vijand: fascisten, waakhonden voor de machthebbers, de gruwel van links – de politie beschermde de bourgeoisie tegen de immigranten, de daklozen en de mensen met wie het even minder goed ging. Mijn vader werkte bij de gendarmerie. Ik wist dat hij niet zo was, maar toch vond ik dat mijn vriendjes gelijk hadden en hij een uitzondering was. Na mijn afstuderen, toen mijn linkse vriendjes aan het werk gingen als arts, advocaat, bankmanager of HR-manager, en in hun leven opeens alles om geld, investeringen, winst maken en wat dies meer zij draaide, had ik daar een hoop vraagtekens bij. En aangezien ik geen werk had, heb ik toelatingsexamen gedaan.'

Net zo makkelijk, dacht hij bij zichzelf.

'Servaz is geen naam uit deze streek,' zei ze.

'Ziegler ook niet.'

'Ik ben geboren in Lingolsheim, in de buurt van Straatsburg.'

Toen hij wilde antwoorden begon Zieglers mobieltje te trillen.

Ze gebaarde verontschuldigend en nam op. Hij zag dat ze haar wenkbrauwen fronste terwijl ze luisterde. Ze verbrak de verbinding en keek hem uitdrukkingsloos aan.

'Dat was Marchand. Hij heeft het hoofd van het paard gevonden.'

'Waar?'

'Op de manege.'

Ze verlieten Saint-Martin langs een andere weg dan waarlangs hij gekomen was. Helemaal aan het begin van het stadje passeerden ze het hoofdbureau van de bergpolitie, die steeds vaker werd ingeschakeld om in te grijpen bij de verslaggeving omtrent gevaarlijke sporten.

Drie kilometer verderop verlieten ze de hoofdweg. Ze reden door een brede vlakte, in de verte omgeven door bergen. Servaz merkte dat hij weer lucht kreeg. Weldra verschenen hekwerken aan weerszijden van de weg. De zon scheen en deed de sneeuw sprankelen.

'Hier begint het landgoed van de familie Lombard,' kondigde Irène Ziegler aan.

Ze reed hard, ondanks het slechte wegdek. Ze kwamen bij een kruispunt dat naar een bospad leidde. Twee ruiters met caps op hun hoofd keken hen na, een man en een vrouw. Hun rijdieren waren bruin met zwart, net als het dode paard. Vossen, dacht Servaz. Verderop stond een bord met MANEGE, dat aangaf dat ze linksaf moesten.

Ze lieten het bos achter zich.

Ze passeerden een aantal lage gebouwen die eruitzagen als schuren, en Servaz zag een aantal rechthoekig omheinde stukken land met daarin hindernissen, een lange, platte schuur, een omheinde weide en een iets imposanter gebouw, waarschijnlijk een manege. Er stond een busje van de gendarmerie voor het gebouw.

'Mooi hoor,' zei Ziegler terwijl ze uit de auto stapte. (Ze wierp een blik op de omheinde stukken grond.) 'Twee buitenbakken, een voor springruiters en een voor dressuur, een crosscountry-parcours en als klapstuk ligt daarachter nog een renbaan.'

Een gendarme kwam hen tegemoet. Servaz en Ziegler liepen achter hem aan. Ze werden onthaald door nerveus gehinnik en het geluid van schrapende hoeven, alsof de dieren wisten dat er iets aan de hand was. Het koude zweet liep over Servaz' rug. Als kind had hij op paardrijden gezeten. Had hij beter niet kunnen doen. Hij was bang voor paarden. Net als grote snelheden, grote hoogtes of mensenmassa's.

Toen ze achter in de stallen waren, zagen ze het gele lint van de gendarmerie, dat langs de wanden van het gebouw gespannen was, op twee meter afstand van de muur. Ze moesten door de sneeuw lopen om eromheen te kunnen. Marchand en Maillard stonden hen op te wachten met twee andere gendarmes. In de schaduw van de stenen muur lag een berg sneeuw. Servaz stond er al een tijdje naar te kijken toen hij een paar bruine vlekken zag. Hij huiverde toen hij begreep dat twee van de vlekken paardenoren waren, en het derde een ooglid. Maillard en zijn mannen hadden goed werk geleverd: zodra ze in de gaten hadden wat ze te zien zouden krijgen, hadden ze de omgeving afgezet zonder te dicht bij de sneeuwhoop te komen. Er was ongetwijfeld al iemand doorheen gelopen voor hun komst, om te beginnen degene die het hoofd ontdekt had, maar ze hadden voorkomen dat ze hun eigen voetstappen hieraan toevoegden.

'Wie heeft het gevonden?' vroeg Ziegler.

'Ik,' zei Marchand. 'Vanochtend, toen ik langs de stallen liep, zag ik voetstappen in de sneeuw rond het gebouw. Ik volgde ze en kwam hier uit. Ik wist meteen wat het was.'

'U volgde de voetstappen?' zei Ziegler.

'Ja. Maar gezien de omstandigheden moest ik meteen aan u denken, en dus ben ik er niet in gaan staan en heb ik afstand gehouden.'

Servaz stond opeens op scherp.

'Dus u beweert dat de sporen nog intact zijn, dat niemand erin is gaan staan?'

'Ik heb mijn collega's verboden hier in de buurt te komen of door de sneeuw te lopen,' antwoordde Marchand. 'Er zijn hier maar twee verschillende voetafdrukken: die van mij en die van de klootzak die mijn paard heeft onthoofd.'

'Ik kan u wel zoenen, meneer Marchand,' zei Ziegler.

Servaz zag dat de oude stalmeester bloosde en hij moest lachen. Ze liepen achteruit en keken over het gele tape heen.

'Die daar,' zei Marchand, die naar de duidelijke voetafdrukken wees die langs de muur liepen, de droom van iedereen die sporenonderzoek deed. 'Die zijn van hem; die daar zijn van mij.'

Marchand had minimaal een meter afstand gehouden van de voetafdrukken van zijn voorganger. Ze kruisten elkaar nergens. Hij had echter de verleiding niet kunnen weerstaan om naar de sneeuwhoop te lopen, aan zijn voetafdrukken te zien.

'U hebt de sneeuwhoop niet aangeraakt?' vroeg Ziegler toen ze zag waar zijn voetafdrukken heen leidden.

Hij keek naar de grond.

'Jawel. Ik heb de sneeuw van zijn oren en oog geveegd. Zoals ik ook al tegen uw collega's heb gezegd had ik bijna alle sneeuw weggehaald, maar ik besefte nog net op tijd dat ik dat beter niet kon doen.'

'Daar hebt u goed aan gedaan, meneer Marchand,' zei Ziegler.

Marchand keek hen met een ontstelde blik aan, vervuld van angst en verbijstering.

'Wie doet nou zoiets? Snapt u in wat voor wereld we leven – ik namelijk niet. Is iedereen gek geworden?'

'Gekte is besmettelijk,' antwoordde Servaz. 'Het is als de griep. Tot die conclusie hadden psychiaters al veel eerder moeten komen.'

'Besmettelijk?' vroeg Marchand van zijn stuk gebracht.

'Het gaat niet zoals bij de griep over van de een op de ander,' legde Servaz uit, 'maar van de ene bevolkingsgroep op de andere. Het besmet een hele generatie. Malaria wordt overgedragen door muggen. Gekte wordt overgedragen door de media. Meestal althans.'

Marchand en Ziegler keken hem stomverbaasd aan. Servaz maakte een handgebaar alsof hij wilde zeggen dat ze maar niet op hem moesten letten, en liep weg. Ziegler keek op haar horloge. Zeventien minuten voor tien. Ze keek naar de zon, die boven de bomen schitterde.

'Godsamme! Waar zijn ze mee bezig? De sneeuw kan ieder moment smelten.'

De zon was gedraaid en sommige voetstappen, die nog in de schaduw lagen toen ze aankwamen, werden nu blootgesteld aan de stralen. Het dooide nog niet, maar dat zou niet lang meer duren. Uiteindelijk hoorden ze een sirene in het bos. Even later stopte het busje van de forensisch onderzoekers op de binnenplaats.

De drie onderzoekers deden er ruim een uur over om al het bewijsmateriaal te fotograferen en te filmen, om de modellen voor het nemen van de voetafdrukken voor te bereiden, monsters te nemen van de sneeuw waar de bezoeker had gelopen, en uiteindelijk, om het paardenhoofd langzaam te verwijderen. Terwijl ze dat deden, namen ze de hele tijd monsters en foto's, binnen en buiten de vindplaats. Ziegler schreef iedere stap van de procedure en ieder commentaar van de onderzoeker nauwkeurig op in zijn notitieblok.

Ondertussen liep Servaz al rokend een paar meter verderop te ijsberen langs een beekje dat tussen twee braamstruiken door stroomde. Na een tijdje waagde hij het echter stilletjes dichterbij te komen om de onderzoekers aan het werk te zien, zonder voorbij het lint te gaan. Een agent kwam naar hem toe met een thermosfles en bood hem een kop koffie aan.

Naast iedere aanwijzing of voetafdruk die gefotografeerd moest worden stond een geel bordje met een zwart nummer erop. Een onderzoeker zat op zijn hurken bij een van de voetafdrukken en hij maakte foto's met flitslicht, om de diepte in verhouding tot de achtergrond groter of juist kleiner te maken. Er lag een kleine, zwarte liniaal van vinyl op de sneeuw naast de afdruk. Er kwam een tweede man bij die een koffertje openmaakte dat Servaz herkende als een set om voetafdrukken mee te maken. De eerste onderzoeker hielp hem een handje omdat ze voort moesten maken: de sneeuw begon nu op verschillende plaatsen te smelten. Terwijl ze daarmee bezig waren, groef de derde het paardenhoofd uit. De achtermuur stond op het noorden, dus hij hoefde zich in tegenstelling tot zijn collega's niet te haasten. Servaz had het gevoel dat hij stond te kijken naar het precisiewerk van een archeoloog die een bijzonder kostbaar kunstvoorwerp aan het uitgraven was. Uiteindelijk kwam het hele hoofd tevoorschijn. Servaz wist niets van paarden, maar hij wist zeker dat zelfs voor een kenner Freedom een prachtexemplaar was. Het dier had zijn ogen gesloten; het leek of hij sliep.

'Zo te zien heeft hij eerst een spuitje gekregen voor hij gedood en onthoofd werd,' merkte Marchand op. 'Als dat zo is heeft hij er gelukkig niks van gemerkt. En dat verklaart dan meteen waarom niemand iets heeft gehoord.'

Servaz wisselde een blik met Ziegler: het toxicologisch rapport zou het bevestigen, maar enkele vragen werden nu al beantwoord. Aan de andere kant van het lint namen de onderzoekers met behulp van pincetten de laatste monsters, die ze in afsluitbare buisjes stopten. Servaz wist dat in minder dan zeven procent van alle gevallen een zaak werd opgelost dankzij het bewijs dat werd gevonden op de plaats delict, maar dat nam niet weg dat hij heel veel bewondering had voor het geduld en doorzettingsvermogen van de mannen.

Toen ze klaar waren, was Servaz de eerste die over het lint stapte om naar de voetafdrukken te kijken. 'Maat vijfenveertig of zesenveertig,' dacht hij. 'Negenennegentig procent zeker dat ze van een man zijn.'

'Volgens de onderzoeker zijn het wandelschoenen,' zei Ziegler.

'En degene die ze droeg loopt iets te veel op zijn hakken en op de buitenkant van zijn voeten. Maar nauwelijks waarneembaar. Behalve voor een orthopeed. Er zijn ook enkele kenmerkende afwijkingen – daar, daar en daar.'

Net als vingerafdrukken laten ook schoenen unieke afdrukken na, niet alleen vanwege de maat en het profiel van de zolen, maar ook vanwege een hele rits kleine aanwijzingen veroorzaakt door het dragen: gewone slijtage, stukjes steen in de zolen, gleuven, gaatjes of sneeën veroorzaakt door takken, spijkers, stukjes glas of metaal. In tegenstelling tot vingerafdrukken zijn voetafdrukken onderhevig aan verandering. Alleen als je ze onmiddellijk vergelijkt met het origineel levert het iets op, omdat door het lopen de zolen weer veranderen.

'Is meneer Lombard al ingelicht?' vroeg hij aan Marchand.

'Ja, hij is er kapot van. Hij komt zo snel mogelijk naar huis. Hij vliegt vanavond terug.'

'Bent u verantwoordelijk voor de stallen?'

'Voor de manege bedoelt u? Ja.'

'Hoeveel mensen werken hier?'

'Het is geen groot bedrijf. 's Winters zijn we met z'n vieren. We doen zo'n beetje alles zelf. Er is één verzorger, ik, Hermine – die is het meest overstuur van ons allemaal – die werkt voornamelijk als stalknecht voor Freedom en twee andere paarden, en een leraar. In de zomer nemen we extra personeel aan: twee leraren, gidsen als we tochten maken, en seizoensarbeiders.'

'Hoeveel mensen slapen hier?'

'Twee: de verzorger en ik.'

'Zijn jullie hier vandaag allemaal aanwezig?'

Marchand keek hen om de beurt aan.

'De leraar is tot eind van de week op vakantie. De herfst is het laagseizoen. Ik weet niet of Hermine vandaag is komen werken. Ze was behoorlijk van slag. Loopt u maar mee.'

Ze liepen over de binnenplaats naar het grootste gebouw. Bij binnenkomst rook Servaz een overweldigende geur van paardenmest. Er vormde zich meteen een dun laagje zweet op zijn gezicht. Ze liepen langs de tuigkamer en kwamen bij de ingang van een grote overdekte bak. Een amazone was een wit paard aan het trainen; het dier zette iedere stap met oneindig veel gratie. De berijdster en haar paard waren een. De witte vacht van het dier had een blauw waas, van een afstandje glommen zijn borst en neus als porselein. Het deed Servaz denken aan een vrouwelijke centaur.

'Hermine!' riep de stalmanager.

De amazone keek om en kwam langzaam op hen af rijden, liet het paard stilstaan en stapte af. Servaz zag dat ze dikke, rode ogen had.

'Wat is dit allemaal?' vroeg ze, het paard in zijn hals en op zijn neus kloppend.

'Zou jij Hector even willen halen? De politie wil jullie verhoren. Ga maar in mijn kantoor zitten.'

Ze knikte zonder iets te zeggen. Ze was niet ouder dan twintig. Kleiner dan gemiddeld, knap op een jongensachtige manier, met sproeten en haar in de kleur van nat hooi. Ze keek Servaz bedroefd aan en liep weg. Ze voerde het paard met gebogen hoofd mee.

'Hermine is gek op paarden; ze is een uitstekende ruiter en een zeer goede trainster. Een schat, maar niet de makkelijkste. Ze moet nog wat volwassener worden. Ze verzorgde Freedom. Sinds zijn geboorte.'

'Wat houdt dat precies in?' vroeg Servaz.

'Vroeg opstaan, het paard verzorgen, voeren en buiten in het weiland longeren. Een verzorger traint en verzorgt de paarden. Hermine heeft nog twee andere volbloeden onder haar hoede. Prijspaarden. Je moet met dit werk geen bezwaar hebben tegen een uurtje meer. Freedom zou uiteraard volgend jaar pas gedresseerd worden. Meneer Lombard en zij keken er reikhalzend naar uit. Het was een veelbelovend paard met een goede stamboom. Hij was onze mascotte, zal ik maar zeggen.'

'En Hector?'

'Hij is de oudste van ons allemaal. Hij werkt hier al sinds mensenheugenis. Hij was hier al lang voordat ik hier begon, of wie dan ook.'

'Hoeveel paarden staan hier?' vroeg Ziegler.

'Eenentwintig. Volbloeden, Franse rijpaarden, één Holsteiner. Veertien paarden zijn van ons; de rest staat hier op stal. We geven ze onderdak, ze kunnen hier hun veulens werpen, en we trainen paarden voor mensen van buitenaf.'

'Hoeveel boxen zijn er?'

'Tweeëndertig. En een stal van veertig vierkante meter, voorzien van videocamera's, om veulens te werpen. Verder zijn er behandelkamers voor drachtige merries, een apotheek, twee grote stallen, een inseminatiecentrum, twee buitenbakken met professionele hindernissen, acht hectare omheinde weides, hokken en paden, houten schuilhuisjes en een galoppeerterrein.'

'Mooi hoor,' zei Ziegler.

'En 's avonds zijn jullie hier maar met z'n tweeën om de boel in de gaten te houden?' vroeg Servaz.

'Er is een alarminstallatie, en alles is op slot: de paarden zijn een fortuin waard.'

'En jullie hebben niets gehoord?'

'Nee, niets.'

'Gebruikt u slaapmiddelen?'

Marchand keek hem minachtend aan.

'We zijn hier niet in de stad. We slapen goed. We leven zoals het bedoeld is, in het ritme van de natuur.'

'En u hebt écht niets raars gehoord? Iets ongewoons? Waar u wakker van geworden bent? Denkt u even goed na.'

'Dat heb ik al gedaan. Als het zo was, had ik het u verteld. Je hoort hier altijd wel iets: bewegende paarden, krakend hout. In het bos is het nooit stil. En de honden zijn ook niet aangeslagen.'

'Wat voor honden zijn het?' vroeg Ziegler.

'Cane corso.'

‘Ik zie ze nergens. Waar zijn ze nu?’

‘Ze zitten opgesloten.’

Twee honden en een alarmsysteem. En twee mannen...

Hoeveel zou een paard wegen? Hij probeerde zich te herinneren wat Ziegler hem had verteld: ongeveer tweehonderd kilo. De inbrekers hadden dus onmogelijk te voet kunnen komen en gaan. Hoe kun je een paard doden, onthoofden, in een voertuig laden en vertrekken, zonder dat iemand het in de gaten heeft, zonder dat de honden of bewoners er wakker van worden? Zonder het alarm af te laten gaan? Servaz begreep er niks van. Noch de mannen, noch de honden hadden iets gehoord: onmogelijk. Hij wendde zich tot Ziegler.

‘Kun je een dierenarts laten komen om bloed te prikken bij de honden? Mogen ze ’s avonds loslopen, of zitten ze dan in de kennel?’ vroeg hij aan Marchand.

‘Ze zitten buiten, maar aan een lange ketting. Niemand kan bij de stallen komen zonder met hun tanden in aanraking te komen. En hun geblaf zou me gewekt hebben. Denkt u dat ze verdoofd waren? Dat zou me verbazen: ze waren gisterochtend klaarwakker, er was niets met ze aan de hand.’

‘Het toxicologisch onderzoek zal uitsluitsel geven,’ antwoordde Servaz, die zich afvroeg waarom het paard wel, en de honden niet verdoofd waren.

Het kantoortje van Marchand was een rommelig kamertje tussen de tuigkamer en de stallen, met planken vol prijzen. Het raam keek uit op het bos en op de besneeuwde weilanden, die waren begrensd met hekken, omheiningen en hagen. Op zijn bureau stonden een laptop en een lamp. Er lagen een stapel rekeningen, ordners en boeken over paarden.

Het voorgaande half uur hadden Ziegler en Servaz alles bekeken en de box van Freedom onderzocht, die inmiddels ook aan uitvoerig sporenonderzoek werd onderworpen. De deur van de box was opengebroken, en er lag een plas bloed op de grond. Het was duidelijk dat Freedom daar onthoofd was, waarschijnlijk met een zaag, en waarschijnlijk nadat hij een spuitje had gekregen. Servaz wendde zich tot de verzorger.

'U hebt niets gehoord?'

'Ik sliep,' antwoordde Hector.

Hij had zich niet geschoren. Hij zag eruit alsof hij de pensioengerechtigde leeftijd allang gepasseerd was. Hij had grijze stoppels op zijn kin en ingevallen wangen.

'En niks gehoord? Helemaal niks?'

'Het is nooit stil in de stallen,' zei hij in navolging van Marchand, maar in tegenstelling tot de twee bewakers klonk dit niet ingestudeerd.

'Werkt u al lang voor de heer Lombard?'

'Mijn hele leven al. Ik werkte ook al voor zijn vader.'

Hij had bloeddoorlopen ogen, en er lag een paarsachtig netwerk van gesprongen adertjes op zijn neus en wangen. Servaz durfde te wedden dat hij in plaats van slaappillen een ander slaapmiddeltje nam, van de vloeibare soort.

'Hoe is hij als werkgever?'

De rode ogen van de man keken Servaz aan.

'We krijgen hem niet vaak te zien, maar hij is een prima baas. Hij is gek op paarden. Freedom was zijn lievelingspaard. Hier geboren. Koninklijke stamboom. Hij was er stapelgek op. Hermine ook.'

De man sloeg zijn ogen neer. Servaz zag de vrouw naast hem tegen haar tranen vechten.

'Denkt u dat iemand iets tegen de heer Lombard heeft?'

De man bleef naar de grond kijken.

'Dat is niet aan mij.'

'Maar hij is nooit bedreigd, of zo, dat u weet?'

'Nee.'

'Lombard heeft veel vijanden,' kwam Marchand tussenbeide.

Servaz en Ziegler keken de rentmeester aan.

'Wat bedoelt u?'

‘Precies wat ik zeg?’

‘Weet u wie het zijn?’

‘Erics zaken interesseren me niet. Alleen zijn paarden.’

‘U gebruikt het woord “vijanden” – wat bedoelt u daar precies mee?’

‘Bij wijze van spreken.’

‘En?’

‘Erics manier van zakendoen valt niet bij iedereen even goed.’

‘U bent niet erg duidelijk,’ zei Servaz. ‘Verklaar u nader.’

‘Laat maar,’ zei Marchand. ‘Ik zei maar wat. Ik weet helemaal niets van zijn werk.’

Servaz geloofde er geen woord van. Maar hij bedankte hem voor zijn medewerking. Toen hij naar buiten liep werd hij verblind door de blauwe lucht en de door de zonnestralen smeltende sneeuw. Paarden stonden badend in het zonlicht te grazen of werden bereden door springruiters. Servaz stond even te kijken, en maakte zijn hoofd leeg, zijn gezicht in de zon.

Twee honden en een alarminstallatie. En twee mannen...

En niemand die iets hoort of ziet. Noch hier, noch in de centrale. Onmogelijk. Absurd.

Hoe meer details hij ontrafelde, hoe meer deze paardenzaak hem in beslag nam. Hij leek wel een patholoog die eerst een vinger had opgegraven, daarna een hand, en ten slotte een heel lichaam. Hij begon zich steeds ongemakkelijker te voelen. Niets in deze zaak was gewoon. Of te begrijpen. Servaz rook gevaar, instinctief, als een beest. Ondanks de zon stond hij te rillen.

7

Vincent Espérandieu fronste toen hij Servaz zo rood als een kreeft zijn kantoor op boulevard Embouchure zag binnenlopen.

'Je bent verbrand,' zei hij tegen hem.

'Komt door de weerkaatsing van de zon,' antwoordde Servaz bij wijze van groet. 'En door het helikopterritje.'

'Een helikopterritje? Jij?'

Espérandieu wist allang dat zijn baas niets moest hebben van snelheid of hoogtes: zodra je harder reed dan honderddertig trok hij wit weg en zat hij als een zielig hoopje in zijn stoel.

'Heb je iets tegen koppijn?'

'Aspirine? Paracetamol? Ibuprofen?'

'Iets wat bruist.'

Zijn assistent haalde een fles mineraalwater en een glas, en gaf ze aan Servaz. Hij overhandigde hem een tablet en nam zelf ook een capsule in met een beetje water. Door de openstaande deur deed iemand perfect het gehinnik van een paard na; er werd besmuikt gelachen.

'Stelletje hufters,' zei Servaz.

'Maar je moet toegeven dat ze gelijk hebben: de recherche inzetten voor een dood paard...'

'Dat toebehoorde aan Eric Lombard.'

'Oké.'

'En als je het gezien had, zou je je ook afvragen waartoe deze mannen nog meer in staat zijn.'

'Mannen? Je denkt dat er meer dan één dader is?'

Servaz keek afwezig naar het breed lachende, mooie blonde meisje op het computerscherm van Espérandieu, dat een grote ster rond haar linkeroog had, als een clown.

'Zie jij jezelf in je eentje midden in de nacht tweehonderd kilo vlees driehonderd meter boven de grond ophangen?'

'Goed punt,' gaf zijn assistent toe.

Servaz haalde zijn schouders op en keek om zich heen. Aan de ene kant van het kantoor waren de jaloezieën omlaag om de daken en grijze lucht van Toulouse buiten te houden, aan de andere kant hingen ze voor de glazen wand tussen het kantoor en de gang. Het tweede bureau, dat van Samira Cheung, die er net werkte, was leeg.

'Hoe zit het met die jongens?' vroeg hij.

'De oudste zit nog vast. De andere twee zijn naar huis, maar dat wist je al.'

Servaz knikte.

'Ik heb de vader van een van hen gesproken,' voegde Espérandieu eraan toe. 'Doet in verzekeringen. Hij is er kapot van. Maar toen ik over het slachtoffer begon, werd hij woest: "Het was maar een zwerver. Een zatladder! Jullie gaan toch geen kinderen opsluiten vanwege een dakloze?"'

'Zei hij dat echt?'

'Ja. Ik sprak hem in zijn grote kantoor. Het eerste wat hij zei was: "Mijn zoon heeft niks gedaan. Hij is zo niet opgevoed. Je moet die anderen hebben. Jérôme heeft hem overgehaald. Zijn vader zit zonder werk." Hij bracht het alsof werkloos zijn hetzelfde is als in drugs handelen of pedofiel zijn.'

'Wie is zijn zoon?'

'Clément.'

De leider, dacht Servaz. Zo vader, zo zoon. Dezelfde minachting.

'Hun advocaat heeft contact opgenomen met de onderzoeksrechter,' ging Espérandieu verder. 'Ze hebben duidelijk hun strategie bepaald: de oudste wordt aangeklaagd.'

'De zoon van de werkloze man.'

'Ja.'

'De zwakste schakel.'

'Ik moet kotsen van die lui,' zei Espérandieu.

Hij had een lijzige, wat kinderlijke stem. Daarnaast had hij een bepaalde manier van doen, waardoor sommige collega's dachten dat hij niet alleen geïnteresseerd was in vrouwen, zelfs niet als ze zo mooi waren als zijn vrouw. Servaz had het zich ook afgevraagd toen Vincent Espérandieu het korps kwam versterken. Zijn kledingsmaak had de nekharen van de rest van het team overeind gezet. Holbewoners, die vonden dat het de plicht van een agent was mannelijkheid en machismo uit te stralen.

Het had Espérandieu altijd meegezeten. Op z'n dertigste was hij met een uitstekende partij getrouwd en hij had een prachtig dochtertje van vijf. Een foto van het meisje gebruikte hij als screensaver. Servaz en hij waren al snel bevriend geraakt, en zijn assistent had hem al meerderde keren te eten gevraagd in de twee jaar dat ze collega's waren. Servaz was iedere keer hevig onder de indruk van mevrouw en dochter Espérandieu, die weggelopen leken te zijn uit een tijdschrift – en thuishoorden in een advertentie voor tandpasta, reisbureaus of touroperators.

Maar toen was er een akkefietje ontstaan tussen de nieuwkomer en de veteranen van het korps, die blijkbaar moordneigingen kregen van de aanwezigheid van hun jonge en misschien wel biseksuele collega. Servaz had moeten ingrijpen, met als resultaat dat hij een paar permanente vijanden had. Twee mannen in het bijzonder, twee kortzichtige macho's, die het hem niet konden vergeven. Een van hen had de volle laag gekregen tijdens een woordenwisseling. Maar Servaz kon niet meer stuk bij Espérandieu: Charlène was weer zwanger en ze hadden gevraagd of hij peetvader wilde worden.

'Een verslaggever van France TV3 heeft gebeld, en meerdere journalisten. Ze wilden weten of er bewijs was tegen die knullen. Maar ze waren vooral nieuwsgierig of ze geslagen waren. "Het gerucht gaat dat de politie geweld heeft gebruikt tegen minderjarigen", waren hun woorden. Ze hebben het zoals gewoonlijk niet stilgehouden. Knippen en plakken, dat kunnen ze als de beste. Maar het gerucht moet ergens vandaan komen.'

Servaz trok een wenkbrauw op. Als de journalisten iets op het spoor waren, zou de telefoon roodgloeiend staan. Er zou een verklaring moeten worden afgelegd, tegenbewijs gegeven, een persconferentie gehouden moeten worden – en een minister zou op tv beloven 'het tot de bodem uit te zoeken'. En zelfs als bewezen was dat alles volgens de regels was verlopen, zouden de twijfels blijven bestaan.

'Heb je zin in koffie?' vroeg zijn assistent.

Servaz knikte. Espérandieu stond op en liep weg. Servaz keek in het halfduister naar het computerscherm. Hij dacht aan de drie adolescenten – wat had hen ertoe gedreven zoiets zinloos te doen?

Die knullen wisten niet beter dan dat je overal over moest liegen. Alle reclames waren gericht op de frustraties van de jeugd. Middelmatigheid, pornografie, geweld, leugens, haat, alcohol, drugs – alles was te koop in de protserige etalages van de consumptiemaatschappij, en jongeren waren een perfect doelwit.

Espérandieu kwam terug met de koffie.

'De kamers van de jongens?' vroeg Servaz.

Samira Cheung kwam binnen. Die ochtend droeg hun laatste aanwinst een kort leren jasje dat te koud was voor de tijd van het jaar, een sweater met de tekst 'Ik ben anarchist', een leren broek en kuithoge rode lakleren laarzen.

'Hoi,' zei ze. De oordopjes van haar iPod bungelden tegen haar jasje, ze had een dampende beker in haar handen.

Servaz groette terug, ietwat geïntrigeerd en verbaasd over haar ongelooflijke outfit. Samira Cheung had een Chinese vader en een

Frans-Marokkaanse moeder. Ze had Espérandieu verteld (die op zijn beurt niet wist hoe snel hij het Servaz moest vertellen) dat haar moeder, een interieurstyliste, zesentwintig jaar geleden smoorverliefd was geworden op een klant in Hongkong – volgens Samira een buitengewoon mooie en intelligente man. Dat ze was teruggekeerd naar Parijs, zwanger, en vervolgens ontdekte dat Samira's vader harddrugs gebruikte en vrijwel dagelijks naar de hoeren ging. Merkwaardig genoeg had Samira een volmaakt lichaam, maar ze had het lelijkste gezicht dat Servaz ooit had gezien. Uitpuilende ogen die werden geaccentueerd door zwaar aangezette eyeliner, een grote, agressief rood geschilderde mond en een puntkin. Een van de macho's uit het korps omschreef haar als de vleesgeworden Halloween. Op één terrein echter hadden Samira Cheungs genen vakwerk geleverd: ze was ontzettend intelligent. Ze had de beginselen van het vak snel onder de knie gekregen en had al meer dan eens laten zien het voortouw te kunnen nemen. Servaz had haar steeds moeilijkere klusjes toevertrouwd en ze schroomde niet om over te werken om haar werk af te krijgen.

Nu zette ze de hakken van haar laarzen op de rand van haar bureaublad en ging achterover zitten alvorens ze hen aankeek.

'Die hebben we alle drie doorzocht,' zei ze, Servaz' vraag beantwoordend. 'Het heeft niet veel opgeleverd – behalve één ding.'

Servaz keek haar aan.

'De eerste twee speelden extreem gewelddadige games. Je moet het hoofd van je tegenstanders eraf knallen om punten te krijgen, of steden bombarderen, of je tegenstanders met allerlei moderne wapens elimineren. Heel bloederig allemaal.'

Servaz herinnerde zich dat daar onlangs uitgebreid verslag van was gedaan in de pers. De makers van de games hadden hier aanstoot aan genomen en hadden beweerd dat ze zich bewust waren van het geweld. Ze zouden ervoor zorgen dat ze binnen de grenzen van het toelaatbare bleven. Ze vonden dat sommige beschuldigingen jegens hen veel te ver gingen. Om vervolgens games op de markt te brengen waarin de speler kon martelen, overvallen kon plegen en kon moorden. Vanaf dat moment waren er psychiaters bij betrokken geweest, die wetenschappelijk hadden aangetoond dat er geen verband bestond tussen games en geweldpleging door jongeren. Maar andere onderzoeken wezen het tegendeel uit, en hadden laten zien dat het jongeren die deze games speelden minder deed als anderen pijn hadden.

'Bij Clément thuis was geen game te bekennen. Maar hij had wel een console...'

'Iemand had ze dus opgeruimd,' zei Espérandieu.

'De vader,' suggereerde Servaz.

'Precies,' antwoordde zijn assistent. 'We vermoeden dat hij die games heeft weggedaan om zo zijn zoon beter voor te spiegelen. Zodat de twee anderen zwaarder worden verdacht.'

'Zijn hun kamers verzegeld?'

'Ja, maar de advocaat van de vader heeft hiertegen beroep aangetekend, met als reden dat het niet de plaats delict is.'

'Hebben ze computers?'

'Ja, en die hebben we bekeken, maar iemand is er goed in geslaagd de bestanden te wissen. De ouders weten dat ze nergens aan mogen komen. We moeten een expert loslaten op de harde schijven.'

'We kunnen het op voorbedachte rade gooien,' zei Samira, 'als we tenminste kunnen bewijzen dat die gastjes het gepland hebben. Dan kunnen we een ongeluk uitsluiten.'

Servaz keek haar vragend aan.

'Wat bedoel je?'

'Nou, tot nu toe hebben we geen enkel bewijs dat ze hem wilden vermoorden. Het slachtoffer had een hoog promillage in zijn bloed. Hun advocaten zullen het op verdrinking gooien, afhankelijk van de resultaten van de autopsie.'

'Verdrinking? In vijftig centimeter water?'

'Waarom niet? Dat is wel vaker gebeurd.'

Servaz dacht hier even over na: Samira had gelijk.

'Hoe zit het met de vingerafdrukken?' vroeg hij.

'Daar wachten we nog op.'

Ze zwaaide haar benen van het bureau en stond op.

'Ik moet weg. Ik heb een afspraak met de politierechter.'

'Ze is goed, hè?' zei Espérandieu toen ze weg was.

Servaz knikte glimlachend. 'Volgens mij mag je haar wel.'

'Ze werkt hard, je kunt op haar rekenen en ze is leergierig.'

Servaz was het met hem eens. Hij had het leeuwendeel van het onderzoek naar de dood van de dakloze man zonder aarzelen aan Vincent en Samira overgelaten. Ze deelden een kantoor, vonden vaak dezelfde dingen leuk (zeker qua kleding) en leken het met elkaar te kunnen vinden, voor zover dat mogelijk was met twee even eigenwijze mensen.

'We geven zaterdag een feestje, zei Vincent. 'Je bent uitgenodigd. Charlène staat erop dat je komt.'

Servaz dacht aan de vrouw van zijn assistent en haar ongelooflijke schoonheid. De laatste keer dat hij haar had gezien droeg ze een rood jurkje waar haar figuur heel goed in uitkwam, en in het licht had haar kastanjebruine haar gedanst als vlammen. Hij had het er warm van gekregen. Charlène en Vincent waren de perfecte gastvrouw en -heer, maar dat wilde nog niet zeggen dat hij bij hun vriendenkring wilde horen. Hij zei dat hij niet kon komen omdat hij al had afgesproken met zijn dochter.

'Het dossier van die knullen ligt op je bureau,' zei Espérandieu toen Servaz naar buiten liep.

In zijn kantoor legde Servaz zijn telefoon aan de oplader en zette zijn computer aan. Twee seconden later deelde zijn mobiel hem mee dat hij een berichtje had, en hij ontgrendelde hem. Met tegenzin. Wat Servaz betrof waren mobiele telefoons de ultieme vorm van vervreemding. Maar Margot had erop gestaan dat hij er een aanschafte toen hij een keer een half uur te laat was komen opdagen.

'pap met mij kun je za ochtend vrij nemen? Kus'

Wat is dit voor taalgebruik? vroeg hij zich af. Gaan we soms weer terug naar af? Hij kreeg opeens het gevoel dat hij geen grip meer had. Dat effect had de moderne tijd tegenwoordig op hem. Hij voelde zich een vreemde eend in de bijt; als iemand die hier vanuit de achttiende eeuw met een tijdmachine was beland. Hij zocht haar nummer op en hoorde haar stem, die hem heel uitgebreid vertelde dat ze zou terugbellen als hij een bericht insprak. Het lawaai op de achtergrond deed hem geloven dat de hel bevolkt werd door slechte muzikanten.

Zijn blik viel op het dossier van de dakloze. Hij zou er meteen mee aan de slag moeten gaan. Dat was hij die man, wiens versjteerde leven op de stomst denkbare manier geëindigd was, verschuldigd. Maar hij kon zich er niet toe zetten.

Hij had iets anders aan zijn hoofd. Hij ging achter de computer zitten, opende Google en typte een reeks trefwoorden in. Het zoekresultaat bestond uit niet minder dan 20.800 hits voor 'Eric Lombard Group Enterprises'. Uiteraard niet zo veel hits als Obama of The Beatles zouden opleveren, maar niettemin een behoorlijk resultaat. Het verbaasde hem ook niet: Eric Lombard was een charismatisch figuur, geliefd door de media, en de op vijf of zes na rijkste Fransman.

Servaz bekeek de eerste pagina's vluchtig. Er waren een paar sites met biografieën van Eric Lombard, van zijn vader Henri en van zijn grootvader Edouard. Er waren ook veel artikelen uit opinie-, roddel- en zelfs sportbladen – Eric Lombard had immers een veelbelovende renstal. De man was een toegewijd atleet en avonturier – een ervaren bergbeklimmer, marathonloper, triatleet en rallyrijder; hij had ook deelgenomen aan expedities naar de Noordpool en het Amazonegebied. Er waren foto's van hem op zijn motor in de woestijn of achter de stuurknuppel van een vliegtuig. Servaz las her en der Engelse termen die hem niets zeiden: *free-ride, base-jump, kitesurf*.

Eén bepaalde foto stond bij vrijwel ieder artikel. Een Viking. Daar deed hij Servaz aan denken. Blond haar, blonde baard, staalblauwe ogen. Gebruind. Fit. Viriel. Zelfverzekerd. Hij keek waarschijnlijk op dezelfde manier naar de camera als naar iedereen die bij hem in de buurt kwam: met het ongeduld van iemand die verwacht wordt, maar al ergens anders is.

De beste reclame voor de Lombard Group.

Leeftijd: zesendertig jaar.

Legaal gezien was de Lombard Group een naamloze vennootschap, maar het moederbedrijf, Lombard Enterprises, was een holding.

De vier belangrijkste takken van het bedrijf waren Lombard Media (boeken, tijdschriften, distributie en audiovisueel), Lombard Company (sportuitrusting, kleding, reis- en luxeartikelen, de op drie na grootste leverancier van luxegoederen), Lombard Chemical (farmaceutica en chemicaliën) en AIR, gespecialiseerd in aeronautiek, defensie en ruimtevaart. De Lombard Group bezat vijftien procent van AIR, verworven via de holding, Lombard Enterprises. Eric Lombard was president-directeur en algemeen directeur van de naamloze vennootschap Lombard, president-directeur van de Lombard Company en Lombard Chemical, en voorzitter van de Raad van Bestuur van AIR. Met een diploma van een Franse hogeschool en de London School of Economics op zak begon hij zijn carrière bij Lombard Company, bekend fabrikant van sportspullen.

De holding had 78.000 man in dienst, verspreid over ruwweg vijfenzeventig landen, en had het voorgaande jaar een omzet van 17,9 miljard euro, met een brutowinst van 1,5 miljard en een nettowinst van 677 miljoen euro, terwijl de schuldenlast 3,4 miljard bedroeg. Cijfers die een normaal mens deden duizelen, maar waar experts op het gebied van internationale financiën waarschijnlijk aan gewend waren. Terwijl hij deze cijfers las, begreep Servaz dat het bedrijf de verouderde, kleine centrale alleen aanhield om sentimentele en historische redenen. Het Lombard-imperium was ontstaan in de Pyreneeën.

Daar het paard ophangen had een symbolische betekenis. Men

had gepoogd Eric daar te raken waar het het meeste pijn deed: zijn achtergrond en zijn grote liefde voor paarden.

Want als er iets duidelijk naar voren kwam in alle artikelen, dan was het wel dat hij dol was op paarden. Eric Lombard bezat stoeterijen in verschillende landen – Argentinië, Frankrijk, Italië – maar hij bleef zijn eerste liefde trouw: de manege waar hij zijn eerste paardrijlessen had gehad, in de buurt van het familiekasteel in de vallei van Comminges.

Servaz wist opeens zeker dat het aangrijpende misdrijf niet het werk was van een of andere gek die ontsnapt was uit de Kliniek, maar naar alle waarschijnlijkheid een zeer goed voorbereid misdrijf was.

Hij dacht even na. Hij wist niet of hij zin had een heleboel industriële lijken uit de kast te halen om de dood van een paard te verklaren. Maar aan de andere kant zou hij de gruwelijke aanblik van het onthoofde dier dat uit de gondel werd getakeld nooit meer vergeten; hij wist nog goed hoe erg hij ervan geschrokken was. Wat had Marchand ook alweer gezegd? 'Lombard heeft veel vijanden.'

De telefoon ging. Servaz nam op. Het was D'Humières.

'De bewakers zijn verdwenen.'

* * *

'Ga nooit met je rug naar hen toe staan,' zei dokter Xavier.

Achter de grote ramen zette de zon de bergen in vuur en vlam, en de ruimte werd overspoeld met rood licht.

'Altijd alert zijn. Iedere seconde. Je kunt hier geen fouten maken. Je herkent de signalen snel genoeg: een ontvluchtende blik, een grimas, een net iets te snelle ademhaling... Wees altijd op je hoede. En ga nooit met je rug naar hen toe staan.'

Diane knikte. Er kwam een patiënt op hen af lopen. Met een hand op zijn buik.

'Waar is de ambulance, dokter?'

'De ambulance?' vroeg Xavier stralend.

'De ambulance die me naar de verloskamer brengt. Mijn water is gebroken. Hij had er allang moeten zijn.'

Het was een man van in de veertig, ruim één meter tachtig lang en een kilo of honderdvijftig zwaar. Lang haar, zijn gezicht verstopt achter een grote baard, een koortsachtige blik. Vergeleken bij hem leek Xavier een kleuter. Toch leek hij zich daar geen zorgen over te maken.

'Hij is onderweg,' antwoordde hij. 'Krijg je een jongen of een meisje?'

De kleine ogen staarden hem aan.

'Het is de antichrist,' zei de man.

Hij liep weg. Het viel Diane op dat hij nauwlettend in de gaten werd gehouden door een verpleger. Er waren een stuk of vijftien patiënten in de gemeenschappelijke ruimte.

'Het stikt hier van de goden en profeten,' zei Xavier, nog steeds lachend. 'Gekken voelen zich al sinds mensenheugenis aangetrokken tot geestelijken en politici. Nog niet zo lang geleden dachten onze bewoners dat het hier wemelde van de communisten. Die hebben nu plaatsgemaakt voor terroristen. Kom mee.'

De psychiater liep naar een ronde tafel waar drie mannen zaten te kaarten. Een van hen leek op een veroordeelde, met gespierde, getatoëerde armen; de andere twee zagen er normaal uit.

'Mag ik je voorstellen aan Antonio,' zei Xavier, die naar de man met de tatoeages wees. 'Antonio heeft in het vreemdelingenlegioen gezeten. Helaas was hij ervan overtuigd dat zijn basis vergeven was van de spionnen, en wurgde hij een van hen. Ja toch, Antonio?'

Antonio knikte zonder van zijn kaarten op te kijken.

'Mossad,' zei hij. 'Ze zitten overal.'

'En Robert heeft zijn ouders te grazen genomen. Hij heeft ze niet vermoord, slechts heel erg toegetakeld. Ik moet er wel bij zeggen dat ze hem sinds zijn zevende hebben gedwongen keihard te werken op de boerderij, dat hij leefde op melk en brood en dat hij in de kelder moest slapen. Zij hadden opgesloten moeten worden, als je het mij vraagt.'

'Het moest van de stemmen,' zei Robert.

'En dit is Greg. Misschien wel het interessantste geval. Greg heeft in minder dan twee jaar tijd twaalf vrouwen verkracht. Hij zag ze op het postkantoor of in de supermarkt, volgde hen naar huis, zodat hij wist waar ze woonden. Dan brak hij in als ze sliepen, sloeg hen, bond ze vast en legde hen op hun buik. Dan pas deed hij het licht aan. Ik zal je de details besparen: zijn slachtoffers zijn getekend voor het leven, dan weet je genoeg. Maar hij vermoordde de vrouwen niet. O nee. Ze ontvingen brieven. Hij was ervan overtuigd dat hun... gemeenschap ervoor had gezorgd dat ze verliefd op hem waren geworden en ze zijn kind droegen. Hij liet dus zijn naam en adres achter en het duurde dan ook niet lang voordat de politie hem oppakte. Greg schrijft hen nog steeds. Uiteraard doen we die brieven niet op de bus. Ik zal je ze laten lezen. Ze zijn geweldig.'

Diane keek naar Greg. Een aantrekkelijke man van in de dertig: bruin haar, fletse ogen – maar toen hun blikken elkaar kruisten, huiverde ze.

'Zullen we doorlopen?'

Een lange gang, felverlicht door de zon.

Links van hen een deur met een smal raampje. Stemmen. Nerveus geklets, geratel. Ze keek in het voorbijgaan door het raampje en schrok van wat ze zag. Er lag een man op een operatietafel met een zuurstofmasker op en elektroden op zijn slapen. Om hem heen verpleegkundigen.

'Wat gebeurt daar?' vroeg ze.

'Elektroshocktherapie.'

Elektroshock... Diane voelde haar nekharen overeind komen. Elektroshocktherapie was al omstreden sinds het in de jaren dertig werd ingevoerd. Tegenstanders vonden het onmenselijk, vernederend, een marteling. Ze waren er zó fel op tegen dat in de jaren zestig, toen antipsychotica op de markt kwamen, bijna geen elektroshocktherapie meer werd gebruikt. Tot er in een aantal landen, waaronder Frankrijk, midden jaren tachtig opeens een opleving was.

'Vergeet niet,' zei Xavier toen hij zag dat ze stomverbaasd was, 'dat het niet te vergelijken is met wat het vroeger was. Het wordt nu gebruikt voor zwaar depressieve patiënten; ze worden verdoofd en krijgen spierontspanners. De behandeling boekt opmerkelijke resultaten: meer dan vijfentachtig procent van de zwaar depressieve gevallen heeft er baat bij. Dat is een veel hoger percentage dan bij antidepressiva. Het is pijnloos, en dankzij de behandelmethoden van tegenwoordig hou je er geen blijvend letsel aan het skelet aan over, of orthopedische complicaties.'

'Maar het is wel van invloed op je geheugen en cognitie. En de patiënt kan urenlang verward blijven. En er is nog steeds niet bekend wat voor gevolgen elektroshocktherapie heeft op de hersenen. Zijn veel patiënten hier depressief?'

Xavier keek haar behoedzaam aan.

'Nee. Slechts tien procent.'

'En hoeveel zijn er schizofreen of psychopaat?'

'Ruwweg vijftig procent is schizofreen, vijfentwintig procent is psychopaat en de rest is psychotisch. Waarom wil je dat weten?'

'Ik neem aan dat alleen de depressieve patiënten elektroshocktherapie krijgen?'

Ze voelde een kleine luchtverplaatsing. Xavier keek haar indringend aan.

'Nee, de bewoners van Unit A ook.'

Ze trok verbaasd een wenkbrauw op.

'Ik dacht dat daar toestemming van de patiënt voor nodig was, of die van hun curator?'

'Hier niet.'

Nu was het haar beurt om hem indringend aan te kijken. Ze begreep het niet helemaal. Ze haalde een keer diep adem en probeerde zo normaal mogelijk te klinken.

'Wat willen jullie ermee bereiken? Het heeft geen therapeutische waarde. Het is bewezen dat elektroshocktherapie alleen helpt bij depressie, manische aandoeningen en een paar vormen van schizofrenie, en...'

'Om de rust te bewaren.'

Diane keek hem fronsend aan.

'Dat begrijp ik niet.'

'Duidelijker kan ik het niet maken: het is een strafmaat.'

Hij stond nu met zijn rug naar haar toe te kijken hoe de oranje zon achter de zwarte bergen verdween. Zijn schaduw werd steeds langer.

'Voor u Unit A betreedt, moet ik u nog iets vertellen. Er is niets wat deze zeven mannen angst inboezemt. Zelfs eenzame opsluiting niet. Ze leven in hun eigen wereld, er dringt niets tot hen door. Onthoudt dat goed. Dit soort mensen hebt u nog nooit gezien. Echt nog nooit. En lijfstraffen zijn ook hier niet toegestaan.'

Hij draaide zich om en keek haar aan.

'Ze zijn maar van één ding bang en dat zijn elektroshocks.'

'U gaat toch niet beweren,' zei Diane weifelend, 'dat...'

'Zonder verdoving.'

8

Toen Servaz de volgende dag over de snelweg reed, dacht hij aan de bewakers. Volgens Cathy d'Humières waren ze de avond ervoor niet op hun werk verschenen. Nadat er een uur verstreken was, had Morane, de manager, de telefoon gepakt.

Hij had hen op hun mobieltjes gebeld. Eerst de een, daarna de ander. Er werd niet opgenomen. En dus had Morane de gendarmerie ingeschakeld, die iemand bij hen langs stuurde. De een woonde twintig kilometer buiten Saint-Martin, de ander meer dan veertig. Beide mannen woonden alleen; ze mochten niet in hetzelfde departement wonen als hun ex, omdat ze hen meerdere malen met de dood bedreigd hadden; een van de vrouwen was zelfs in het ziekenhuis beland. Servaz wist verdomd goed dat de politie er niet strikt op toezag dat dergelijke maatregelen werden nageleefd; het was veel te veel rompslomp. Er waren veel te veel criminelen, voorwaardelijk vrije mannen of veroordeelden om erop te kunnen toezien. Er liepen honderdduizend onvoorwaardelijk veroordeelden rond, in afwachting van een plek in de gevangenis – vooropgesteld dat ze 'm niet meteen gesmeerd waren na hun veroordeling, en hij wist dat de Franse regering er geen tijd of geld in stak, in de hoop dat de zaken zouden verjaren.

Nadat Ziegler Servaz had ingelicht over de bewakers, had de openbaar aanklager hem geïnformeerd dat Eric Lombard vanuit de VS onderweg terug was naar huis en dat hij bij thuiskomst zo snel mogelijk de politie wilde spreken. Servaz was bijna in woede uitgebarsten. Hij had zijn handen vol aan de moordzaak, en ook al zou hij willen weten wie het paard gedood had, en ook al had hij het gevoel dat dit de aanloop was naar iets veel ergers, hij danste niet naar de pijpen van Eric Lombard.

'Ik weet niet of dat lukt,' zei hij kortaf. 'Ik heb het nogal druk met de dood van een zwerver.'

'Ik zou maar komen als ik jou was,' drong D'Humières aan. 'Lombard heeft kennelijk de minister van Justitie gebeld, die op zijn beurt de rechter hier in de buurt heeft gesproken, die vervolgens mij belde. En ik bel jou. Een echte kettingreactie. En Canter zal zich zo ook wel melden; ik weet zeker dat Lombard eveneens de minister van Binnenlandse Zaken heeft gesproken. Ik dacht trouwens dat je de daders allang te pakken had?'

'De getuigenverklaring die we hebben is een beetje wankel,' biechtte Servaz met tegenzin op, omdat hij er niet te diep op in wilde gaan. 'En we hebben de uitslag van de patholoog nog niet binnen. Op de plaats delict waren veel aanwijzingen: vingerafdrukken, voetafdrukken, bloedsporen...'

'Je bent toch niet voor niets een steenbok? Servaz, kom niet aan met dat je zo hard werkt, daar ben ik niet gevoelig voor. Ik ga echt niet voor je op mijn knieën. Doe het voor mij, oké? Wanneer kun je teruggaan? Eric Lombard wil morgenmiddag met je praten op zijn kasteel in Saint-Martin. Hij zit daar het hele weekend. Regel het maar.'

'Prima. Maar meteen daarna ga ik verder met het afronden van de zaak van de dakloze.'

Hij stopte om te tanken. De zon scheen; de wolken hadden hun heil elders gezocht. Hij belde Ziegler. Ze had om negen uur die ochtend een afspraak op een stoeterij in Tarbes om aanwezig te zijn bij de autopsie van het paard. Ze stelde voor dat hij meeging.

Servaz zei dat hij dat een goed idee vond en dat hij beter in de stad kon blijven.

'Wat jij wilt,' zei ze. Haar stem klonk verbaasd.

Hoe zou hij haar moeten uitleggen dat hij bang was voor paarden? Dat een stoeterij vol met van die dieren een regelrechte kwelling voor hem was? Ze gaf hem de naam van een nabijgelegen bistro op de Avenue du Régiment-de-Bigorre. Daar spraken ze af.

Toen hij in Tarbes arriveerde, baadde het stadje in een bijna lenteachtig licht. Aan de rand van de Pyreneeën doemden hoge gebouwen op uit het groen, tegen een achtergrond van smetteloos witte bergen. De lucht was ongelooflijk helder, en de stralende toppen leken licht en luchtig genoeg om op te stijgen als ballonnen. Het is een geestelijke barrière, dacht Servaz bij de aanblik. Je geest loopt tegen die pieken op als tegen een muur. Je ziet slechts volkomen onbekend terrein, *terra incognita*, het eind van de wereld, letterlijk.

Hij liep het tentje in waar hij met Ziegler had afgesproken, ging aan een tafeltje bij het raam zitten en bestelde een *crème* met een croissant. In een hoek boven de bar hing een televisie waarop doorlopend het journaal te zien was. Het geluid stond hard en hinderde hem. Net toen hij wilde vragen of het wat zachter mocht, hoorde hij een verslaggever op het vliegveld van Tarbes de naam Eric Lombard noemen. Toen Eric Lombards gezicht het scherm vulde, stond Servaz op en liep naar de bar.

De miljardair werd geïnterviewd toen hij uit zijn vliegtuig was gestapt. Achter hem stond een glimmend wit toestel met op de romp in blauwe letters de naam Lombard. Lombard keek alsof hij een dierbare verloren had. De journalist vroeg of het paard belangrijk voor hem was geweest.

'Het was niet zomaar een paard,' antwoordde de zakenman. In zijn stem was een mengeling van emotie en zakelijkheid te horen. 'Het was een vriend, een maatje, een partner. Paardenliefhebbers begrijpen dat het niet zomaar dieren zijn. Freedom was heel bijzonder. We hadden hoge verwachtingen van hem. De manier waarop hij aan zijn eind is gekomen is onverdraaglijk. Ik ga mijn uiterste best doen de daders te vinden.'

Servaz zag hoe Lombards blik naar de camera gleed en vervolgens de kijkers aankeek met een blik die eerst woedend was, daarna uitdagend en ten slotte bedreigend.

'Degene die dit gedaan heeft, krijgt hier spijt van – heel veel spijt.'

Servaz keek om zich heen. Iedereen keek naar de tv. Niet slecht, dacht hij bij zichzelf. Goed gespeeld. Helemaal uitgedacht, dat was overduidelijk, maar het kwam oprecht over. Servaz vroeg zich af hoever een man als Eric Lombard bereid was te gaan in het uitvoeren van zijn dreigement.

Servaz besteedde de volgende twee uur aan het in kaart brengen van wat ze inmiddels wel en nog niet wisten. Het was duidelijk dat ze meer niet wisten dan wel. Toen hij Irène Ziegler uiteindelijk over de stoep aan zag komen lopen, viel zijn mond open: ze droeg een motorpak van zwart leer met grijsmetalen schouder- en kniestukken, motorlaarzen, en ze had een integraalhelm in haar handen. Een amazone... Het viel hem weer op hoe mooi ze was. Hij vond haar bijna net zo knap als Charlène Espérandieu, maar op een andere manier – atletischer, minder chic. Charlène was een fotomodel, Irène surfkampioen. Hij begon weer te piekeren. Hij herinnerde zich zijn reactie toen hij haar neuspiercing voor het eerst zag. Irène Ziegler was zonder enige twijfel een aantrekkelijke vrouw.

Servaz keek op zijn horloge. Elf uur.

'En?' vroeg hij.

Ze vertelde dat ze niet veel wijzer was geworden van de autopsie; het paard was inderdaad pas na zijn dood onthoofd. Marchand was met haar mee gegaan. De patholoog dacht dat het paard gedrogeerd was, het toxicologisch rapport zou dit moeten bevestigen. De eigenaar van de stoeterij had opgelucht geleken hen te zien vertrekken. Hij was uiteindelijk bereid geweest het dier naar het abattoir te sturen. Behalve het hoofd, dat zijn baas wilde houden. Volgens Marchand wilde hij het opzetten en ophangen.

'Ophangen?' herhaalde Servaz, stomverbaasd.

'Denk je dat zij het gedaan hebben?' vroeg Ziegler.

'Wie?'

'De bewakers.'

'Geen idee.'

Hij pakte zijn mobieltje en belde het kasteel. Er werd opgenomen door een vrouw.

'Met Servaz, van de recherche. Mag ik Eric Lombard van u?'

'Hoe is uw naam?'

'Servaz.'

'Moment alstublieft.'

De telefoon ging eindeloos over. Toen kwam er een man van middelbare leeftijd aan de lijn.

'Ja?'

'Ik wil Eric Lombard graag spreken.'

'Wie kan ik zeggen dat ik aan de lijn heb?'

'Servaz, recherche.'

'En waar gaat het over?'

Servaz voelde dat hij zijn geduld verloor.

'Zeg, uw baas heeft míj gebeld. Ik zit hier ook niet op te wachten. Graag of niet!'

'Kunt u uw naam spellen en vertellen waar het over gaat,' zei de man aan de andere kant van de lijn onverstoorbaar. 'Meneer Lombard is een druk man.'

De arrogantie van de man irriteerde Servaz in hoge mate. Hij kon zich nog net weerhouden om op te hangen.

'Servaz. S-E-R-V-A-Z. Het betreft Freedom, zijn paard.'

'Had dat dan meteen gezegd. Moment alstublieft.'

Twee seconden later was de man weer terug.

'De heer Lombard verwacht u om drie uur vanmiddag.'

Het was geen uitnodiging maar een bevel.

Op het landgoed van Eric Lombard bekroop hen het gevoel dat ze in een sprookje terechtgekomen waren. Ze hadden hun eigen vervoer achtergelaten op het parkeerterrein van de gendarmerie in Saint-Martin en een dienstwagen geleend. Ze reden dezelfde route als laatst, die naar de manege. Maar in plaats van in het bos links af te slaan, reden ze rechtdoor.

Vervolgens reden ze door een weids, heuvelachtig landschap vol eiken, lindes en dennenbomen. Het was een enorm landgoed, het reikte zo ver het oog kon zien. Er lag her en der nog wat sneeuw, maar de lucht was fel en helder. Het deed Servaz denken aan een ranch in Montana of een haciënda in Argentinië. Er stonden overal borden met PRIVETERREIN. VERBODEN TOEGANG. Maar er was nog geen omheining. Die begon vijf kilometer verderop pas met een stenen muur van vier meter hoog die het uitzicht belemmerde. Achter de muur was een bos. Ze bleven voor het hek stilstaan. Een granieten plaat was bevestigd op een van de pilaren.

Er stond in goudkleurige letters 'Chateau-Blanc' op.

Boven op de pilaar stond een draaibare camera. Ze hoefden niet uit te stappen om iets in de intercom te roepen: het hek zwaaide vrijwel meteen open.

Ze reden nog een kilometer of wat over een laan met eeuwenoude eiken. De weg, kaarsrecht en onberispelijk geplaveid, liep als een zwarte streep onder de kromgegroeide takken van de oude bomen. Servaz zag het huis langzaamaan opdoemen aan het eind van het landgoed. Even later zetten ze de auto naast een border vol winterharde heide en met sneeuw bedekte roze camelia's. Servaz was teleurgesteld: het kasteel was lang niet zo groot als hij had gedacht. Maar toen hij goed keek stelde hij zijn mening bij: het was een gebouw van een kinderlijke schoonheid, waarschijnlijk gebouwd aan het einde van de negentiende of het begin van de twintigste eeuw. Het leek op een Loirekasteel, maar ook op een Engels landhuis. Een sprookjeskasteel. Voor de vensters op de begane grond stond een rijtje buxusbomen, gesnoeid in de vorm van dieren: een olifant, een paard, een giraffe en een hert staken af tegen de sneeuw. Aan zijn linkerhand, in het oosten, zag Servaz een geometrisch aangelegde tuin met siervijvers en beelden. Een afgedekt zwembad en een tennisbaan. Aan de achterkant een grote oranjerie, met heel veel vreemde antennes op het dak.

Hij herinnerde zich de cijfers die hij op internet had gezien. Eric Lombard was een van de rijkste en machtigste mannen van Frankrijk. Hij stond aan het hoofd van een imperium dat zich uitstrekte over meer dan zeventig landen. Naar alle waarschijnlijkheid was de voormalige oranjerie omgebouwd tot een ultramodern kantoor. Ziegler gooide het portier dicht.

'Moet je daar kijken.'

Ze wees naar de bomen. Hij keek. Hij telde een stuk of dertig camera's tussen de takken. Ze besloegen het hele gebied. Er was geen plek onbespied. Ze werden vanuit het kasteel in de gaten gehouden. Ze liepen over een grindpad tussen de bloembedden en passeerden twee vijf meter hoge gesnoeide zittende leeuwen. Vreemd, dacht Servaz, het lijkt wel een speeltuin voor heel erg rijke kinderen. Maar hij had nergens gelezen dat Lombard kinderen had. Integendeel, zelfs in de meeste artikelen bleek hij een overtuigd vrijgezel met talrijke veroveringen. Of stamden deze bomen nog uit zijn eigen jeugd? Boven aan de trap stond een man van in de zestig. Lang, in zwarte kleding. Hij keek hen met een ijskoude blik aan. Ook al zag hij hem voor het eerst, Servaz wist meteen wie het was – die man die hij aan de telefoon had gehad – en hij voelde de woede weer omhoogkomen. De man groette hen emotieloos en zei dat ze hem moesten volgen om zich vervolgens om te draaien. Uit zijn toon bleek dat het opnieuw geen vraag was, maar een bevel.

Ze stapten over de drempel.

De kamers in het gebouw stonden allemaal met elkaar in verbinding; ze waren groot en leeg en het geluid galmde. Aan het eind was daglicht te zien, alsof ze door een tunnel liepen. Het interieur was imponerend. De hal was twee verdiepingen hoog, het licht kwam binnen door hoog in de muur gemetselde ramen. De in het zwart geklede man liep voor hen uit de hal door naar een lege ontvangstkamer met openslaande deuren. Ze kwamen in een bibliotheek die vol stond met oude boeken en vier hoge tuindeuren die uitzicht boden op het bos. Eric Lombard stond voor een van de tuindeuren. Servaz herkende hem meteen, ook al stond hij met zijn rug naar hen toe. De zakenman had een koptelefoon met microfoon op.

'De politie is er,' zei de in het zwart geklede man op eerbiedige toon, waarin minachting voor de gasten hoorbaar was.

'Dank je, Otto.'

Otto liep de kamer uit. Lombard maakte in het Engels een eind aan het gesprek, zette de koptelefoon af en legde hem op de eikenhouten tafel. Hij liet zijn blik eerst uitgebreid over Servaz glijden, daarna bekeek hij Ziegler, langer dan hij naar Servaz had gekeken en enigszins verbaasd over haar outfit. Hij had een warme glimlach.

'Mijn excuses voor Otto. Hij komt uit een ander tijdperk. Hij heeft nogal de neiging mij te behandelen als een prins of een vorst, maar ik kan altijd op hem rekenen.'

Servaz zei niets. Hij wachtte op wat komen ging.

'Ik weet dat jullie het erg druk hebben. En geen tijd te verliezen hebben. Ik ook niet. Ik was erg op dat paard gesteld. Een prachtig dier. Ik wil absoluut zeker weten dat er alles, maar dan ook echt alles aan gedaan wordt om de verantwoordelijke voor deze abominabele daad op te pakken.'

Hij bekeek hen wederom aandachtig. Hij had een verdrietige, maar ook harde en autoritaire blik in zijn ogen.

'Ik wil dat jullie weten dat ik dag en nacht bereikbaar ben voor vragen, ook al lijken ze onzinnig. Ik heb jullie gevraagd hiernaartoe te komen om erop aan te dringen dat de onderste steen bovenkomt, dat jullie alles uit de kast trekken. Ik wil dit tot op de bodem uitzoeken en men heeft mij verzekerd dat jullie uitstekende rechercheurs zijn.' Hij glimlachte, maar niet lang. 'Mocht dit niet zo blijken te zijn en ik ontdek dat jullie zaken laten liggen of dat jullie je niet vol op de zaak storten omdat het maar een paard is, weet ik jullie te vinden.'

Hij wond er geen doekjes om. Hij was recht door zee. Hij had geen tijd te verliezen en kwam meteen ter zake. Met als gevolg dat Servaz hem bijna sympathiek vond. Lombard leek echt van zijn paard te hebben gehouden.

Irène Ziegler dacht hier duidelijk anders over. Servaz zag dat ze wit wegtrok.

'Ons bedreigen heeft geen enkele zin,' diende ze hem woest van repliek.

Lombard keek haar aan. Zijn blik werd vriendelijk en hij keek berouwvol.

'Sorry. Ik weet dat jullie goed werk leveren en plichtsgetrouw zijn. Jullie superieuren hebben niets dan lof voor jullie. Nogmaals sorry. De gebeurtenissen van afgelopen tijd waren nogal... verontrustend. Ik bied u mijn oprechte verontschuldigingen aan, mevrouw Ziegler. Echt.'

Ziegler gaf een kort knikje, maar zei niets.

'Als u er geen bezwaar tegen hebt,' zei Servaz, dan zou ik u meteen een paar vragen willen stellen, nu we hier toch zijn.'

'Maar natuurlijk. Komt u maar mee. Koffie?'

Eric Lombard maakte aan de andere kant van de kamer een deur open. Een zitkamer. De zon scheen door de openslaande deuren op twee leren bankstellen en een salontafel, waarop een dienblad stond met kopjes en een pot koffie. Servaz wist zeker dat de koffiepot van onschatbare waarde was. Net als de rest van de inrichting. Alles stond al klaar: suiker, koekjes en een kannetje melk.

'Mijn eerste vraag,' stak Servaz meteen van wal, 'is of u enig idee hebt wie dit gedaan zou kunnen hebben, of daartoe op zijn minst reden heeft?'

Eric Lombard schonk de koffie in.

Hij stopte even en keek Servaz doordringend aan. Zijn blonde haar werd weerspiegeld in de grote spiegel die achter hem hing.

Hij droeg een ecru coltrui en een grijze wollen pantalon. Hij was erg bruin.

Hij vertrok geen spier toen hij antwoordde: 'Ja.'

Servaz huiverde. Hij zag dat Ziegler ook reageerde.

'En nee,' voegde hij er meteen aan toe. 'Het waren twee vragen in één. Ja: ik ken genoeg mensen die er een goede reden voor hebben, en nee: ik ken niemand die er ook echt toe in staat is.'

'Kunt u iets duidelijker zijn?' vroeg Ziegler geïrriteerd. 'Waarom zou iemand uw paard willen doden?'

'Om mij te raken, om wraak te nemen, om me te intimideren. Ik neem aan dat u weet dat het in mijn beroep en met mijn geld onvermijdelijk is dat je vijanden maakt. Mensen zijn jaloers, je wordt iemands concurrent, je wijst offertes af, mensen gaan failliet door jouw toedoen, je moet honderden mensen ontslaan... Als ik een lijst moest maken van iedereen die een hekel aan me heeft, zou het een telefoonboek worden.'

'Maar kunt u niet een klein beetje specifieker zijn?'

'Helaas niet. Ik snap waar u naartoe wilt. Mijn lievelingspaard is gedood en boven aan een kabelbaan gehangen, die ook van mij is. Ze moeten mij dus hebben. Alles wijst naar mij, dat kan ik niet ontkennen. Maar ik heb geen flauw idee wie het gedaan zou kunnen hebben.'

'U bent ook niet schriftelijk of verbaal bedreigd, u hebt geen anonieme brieven ontvangen?'

'Nee.'

'Uw bedrijf doet zaken in vijfenzeventig landen,' zei Servaz.

'Achtenzeventig,' verbeterde Lombard hem.

'Heeft uw bedrijf banden, misschien slechts indirect, met takken van de maffia's of andere vormen van georganiseerde misdaad? Ik kan me voorstellen dat dit in sommige landen min of meer onvermijdelijk is?'

Lombard keek Servaz weer indringend aan, maar deze keer zonder agressie. Hij glimlachte zelfs.

'U komt graag meteen ter zake, hè? U vergelijkt deze zaak wellicht met het paardenhoofd uit *The Godfather*? Nee, mijn bedrijf heeft geen banden met de georganiseerde misdaad. Niet dat ik weet tenminste. Ik zal niet beweren dat er geen landen zijn waar we bepaald gedrag oogluikend moeten toestaan, in Afrika of Azië bijvoorbeeld, maar daar hebben we, laten we wel wezen, niet met de maffia te maken maar met dictators.'

'En dat stoort u niet?' vroeg Ziegler.

Lombard keek haar vragend aan.

'Zaken moeten doen met dictators,' verklaarde ze zichzelf.

Lombard glimlachte weer, toegeeflijk, maar het leek meer op de lach van een monarch die niet wist of hij moest lachen om het onbehoorlijke gedrag van een van zijn onderdanen of dat hij haar ter plekke moest laten onthoofden.

'Ik denk niet dat het voor uw onderzoek van belang is dat ik deze vraag beantwoord,' antwoordde hij. 'En ook al lijkt het zo: ik ben niet de enige die de touwtjes in handen heeft, ik heb partners in vele sectoren, waaronder de Franse regering. Er spelen geregeld politieke dingen waar ik geen zeggenschap over heb.'

Hij is heel direct, maar weet het leuk te brengen, dacht Servaz.

'Eén ding begrijp ik niet. Hoe is het mogelijk dat niemand iets gezien of gehoord heeft, zowel niet op de manege als in de centrale? Je kunt niet zomaar midden in de nacht met een paard lopen sjouwen.'

Lombards gezicht betrok.

'U hebt gelijk. Dat vroeg ik me ook al af. Niet iedereen spreekt de waarheid. En ik zou graag willen weten wie dat zijn,' voegde hij er dreigend aan toe.

Hij zette zijn kopje zó hard neer dat ze ervan schrokken.

'Ik heb iedereen bij elkaar geroepen – de dag- en nachtploegen op de centrale, het personeel van de manege. Ik heb iedereen afzonderlijk ondervraagd zodra ik terug was. Dat heeft me vier uur gekost. U kunt ervan uitgaan dat ik iedereen maximaal onder druk heb gezet. Niemand heeft die avond iets gehoord. Dat is natuurlijk onmogelijk. Ik trek de oprechtheid van Marchand of

Hector niet in twijfel; ze doen geen vlieg kwaad en werken al heel lang voor ons. Ze zijn eerlijk, werken hard en ik heb niets dan goede ervaringen met hen. U kunt hen van de lijst schrappen. Hermine ook. Een schat van een meid, gek op Freedom. Ze is er kapot van.'

'U weet dat de bewakers verdwenen zijn?' vroeg Servaz.

Lombard fronste.

'Ja. Ze zijn de enigen die ik niet heb ondervraagd.'

'Ze zijn met z'n tweeën, en er zijn minstens twee man nodig om een paard daarboven op te hangen. En ze hebben allebei een strafblad.'

'De ideale verdachten,' zei Lombard twijfelend.

'U lijkt niet erg overtuigd.'

'Dat klopt. Het is toch vreemd om Freedom op je eigen werkplek te hangen? Dan vestig je toch alle aandacht op jezelf?'

Servaz knikte instemmend.

'Maar ze zijn 'm wel gesmeerd,' wierp hij tegen.

'Verplaatst u zich eens in hen. Ze hebben een strafblad. Ik wil niet lullig doen, maar ze weten verdomd goed dat de politie meteen stopt met zoeken als ze een verdachte hebben gevonden.'

'Door wie zijn ze aangenomen?' vroeg Ziegler. 'Wat weten we van hen? Ik durf te wedden dat u sinds gisteren behoorlijk veel meer te weten bent gekomen.'

'Dat klopt. Marc Morane, de manager van de centrale, heeft hen in dienst genomen. Via een reclasseringsprogramma voor exgedetineerden in de gevangenis van Lannemezan.'

'Hebben ze ooit problemen veroorzaakt op de centrale?'

'Volgens Morane niet.'

'Zijn er de afgelopen jaren hier of in de centrale mensen ontslagen?'

Lombard keek hen een voor een aan. Door zijn haar, baard en blauwe ogen had hij inderdaad iets weg van een onweerstaanbare Viking. Hij zag er precies zo uit als op de foto's.

'Dat is hele specifieke informatie. Ik weet niets van personeelszaken. Of van het runnen van een klein bedrijf als de centrale. Maar u krijgt volledige inzage in alle personeelsdossiers, en mijn compagnons staan tot uw beschikking. Ze weten er allemaal van. Mijn secretaresse geeft u een lijst met namen en telefoonnummers. Bel hen gerust. Als iemand u een strobreed in de weg legt, bel mij dan. Zoals u weet heeft deze zaak wat mij betreft de hoogste prioriteit; ik sta vierentwintig uur per dag tot uw beschikking.' (Hij overhandigde Ziegler een visitekaartje.) 'Jullie hebben de centrale gezien. Hij is vervallen en niet echt winstgevend. We houden hem uit sentimentele overwegingen. Marc Morane,' voegde hij eraan toe, 'ken ik al sinds mijn jeugd; we zaten bij elkaar in de klas op de lagere school. Maar ik had hem al jaren niet meer gezien.'

Servaz maakte uit deze laatste opmerking op dat Lombard wilde aangeven hoe de zaken er hiërarchisch voor stonden. Voor de erfgenaam van een imperium was de manager van de centrale slechts een werknemer die onder aan de ladder stond, op hetzelfde niveau als de arbeiders.

'Hoeveel tijd brengt u hier gemiddeld jaarlijks door?' vroeg Ziegler.

'Da's een moeilijke. Even nadenken... Ik denk een week of acht. Niet meer. Ik zit uiteraard veel vaker in Parijs dan hier in dit oude kasteel. Ik ben ook veel in New York. En eerlijk gezegd ben ik de helft van de tijd op zakenreis. Maar ik kom hier graag, helemaal tijdens het skiseizoen en 's zomers, bij de paarden. Ik heb meerdere stoeterijen, zoals u waarschijnlijk wel weet. Maar hier bracht ik het leeuwendeel van mijn jeugd door, voor mijn vader me naar een internaat stuurde. Het is in uw ogen misschien een mistroostige plek, maar het is mijn thuis. Ik heb hier zó veel meegemaakt, zowel leuke als minder leuke dingen. Maar slechte herinneringen veranderen vanzelf in goede, zo werkt het geheugen nu eenmaal...'

Zijn stem sloeg een beetje over. Servaz zette zich schrap voor het vervolg, maar Lombard zweeg.

‘Wat bedoelt u met “leuke en minder leuke dingen”?’ vroeg Ziegler met zachte stem.

Lombard wuifde haar vraag weg.

‘Dat doet er niet toe. Het is al zo lang geleden... Het heeft niets te maken met de dood van mijn paard.’

‘Ik vrees dat het aan ons is om dat te bepalen,’ antwoordde Ziegler.

Lombard weifelde.

‘Laten we zeggen dat veel mensen zullen denken dat dit een idyllische plek is om op te groeien, maar dat is het zéker niet.’

‘Meent u dat nou?’ vroeg de gendarme.

Servaz zag de blik die Lombard haar toewierp.

‘Volgens mij...’

‘Wat?’

‘Zullen we daar nu niet op ingaan? Het is niet van belang.’

Servaz hoorde Ziegler zuchten.

‘Meneer Lombard,’ ging ze verder, ‘u zet ons behoorlijk onder druk als u zegt dat we het zullen berouwen als we deze zaak te licht opnemen. En u hebt erop aangedrongen dat we alle aanwijzingen moeten checken, zelfs de meest vergezochte. We zijn rechercheurs, geen helderzienden of waarzeggers. We moeten van alle feiten op de hoogte zijn. Wie weet ligt het motief van de dader in het verleden?’

‘Het is ons werk om verbanden te leggen en motieven te vinden,’ zei Servaz.

Lombard keek hen een voor een aan, en ze zagen dat hij een afweging maakte. Ziegler en Servaz verroerden zich niet. De zakenman weifelde even, en haalde toen zijn schouders op.

‘Ik ga jullie iets vertellen over Henri en Edouard Lombard, mijn vader en grootvader,’ zei hij toen. ‘Het is een nogal stichtelijk verhaal. Ik ga uit de doeken doen wat voor persoon Henri Lombard werkelijk was. Een man met een hart van steen, keihard, onbuigzaam. Gewelddadig en egoïstisch bovendien. En uitermate precies, net als zijn vader.’

Ziegler keek verbijsterd; Servaz zat met ingehouden adem te luisteren. Lombard zweeg weer en keek hen aan. De twee rechercheurs wachtten tot hij verder sprak, de stilte leek eindeloos te duren.

'Zoals jullie waarschijnlijk weten ging het pas écht goed met het bedrijf tijdens de Tweede Wereldoorlog. Mijn vader en grootvader hadden geen enkel bezwaar tegen de Duitsers. Mijn vader was net twintig, mijn grootvader stond aan het hoofd van het bedrijf, zowel hier als in Parijs. Een van de grootste bloeiperioden uit zijn geschiedenis – ze hebben uitstekende zaken gedaan met hun nazivriendjes.'

Hij ging voorovergebogen zitten. Zijn spiegelbeeld in de spiegel achter hem wendde zich van hem af, alsof het niets te maken wilde hebben met wat er ging komen.

'Na de bevrijding werd mijn grootvader als collaborateur veroordeeld, ter dood veroordeeld, maar kreeg uiteindelijk gratie. Hij kwam vrij in 1952 en overleed een jaar later aan een hartaanval. Ondertussen had zijn zoon Henri het roer overgenomen. Hij had de zaak flink uitgebreid, er veel nieuwe bedrijven aan toegevoegd en de boel gemoderniseerd. In tegenstelling tot zijn vader had mijn vader – ondanks, of misschien juist dankzij zijn leeftijd – in 1943 een kentering zien aankomen, en was hij in zee gegaan met het verzet en de gaullisten. Niet uit ideologisch oogpunt, maar puur uit opportunisme. Hij had een briljante geest en een vooruitziende blik. Na Stalingrad besefte hij dat de dagen van de Duitsers geteld waren, en profiteerde hij van zowel zijn contacten met de Duitsers als van die met het verzet. Mijn vader heeft Lombard grootgemaakt. Na de oorlog breidde hij zijn netwerk uit met oud-verzetstrijders en gaullisten die inmiddels op topposities zaten. Hij was een groot industrieel, een ziener – maar thuis was hij een tiran.

Hij zag er indrukwekkend uit: lang, slank, altijd in het zwart gekleed. De bewoners van Saint-Martin hadden ontzag voor hem of konden hem niet luchten, maar iedereen was bang van hem.

Hij hield zo veel van zichzelf dat er voor anderen niets overbleef. Zijn vrouw en kinderen vormden hierop geen uitzondering.'

Eric Lombard stond op. Servaz en Ziegler keken toe hoe hij naar een dressoir liep. Hij haalde er een ingelijste foto vanaf, die hij aan Servaz overhandigde. Een grote man met een ernstig gezicht, met de priemende ogen van een roofvogel, een grote, geprononceerde neus en witgrijs haar, een donker kostuum en een smetteloos wit overhemd. Henri Lombard leek totaal niet op zijn zoon, maar meer op een evangelist, een gedreven predikant. Servaz dacht onwillekeurig aan zijn eigen vader, een slanke, gedistingeerde man wiens gezicht hij met de beste wil van de wereld niet voor de geest kon halen.

'Zowel thuis als op de zaak hield mijn vader er een schrikbewind op na. Hij was wreed voor zijn personeel, maar ook voor zijn vrouw en kinderen.' (Servaz hoorde een hapering in Lombards stem. De moderne avonturier, tijdschrifticoon, was opeens een heel ander mens.) 'Mijn moeder overleed op haar negenenveertigste aan kanker. Ze was zijn derde echtgenote. Tijdens de negentien jaar dat ze met hem getrouwd was, is ze continu het slachtoffer geweest van zijn tirannieke gedrag, van zijn woedeuitbarstingen – en zijn losse handjes. Hij ontsloeg aan de lopende band bedienden en personeel. Mensen van mijn generatie zien keihard zijn als een goede eigenschap. Maar mijn vader tartte iedere beschrijving. Zijn geest werd verteerd door schaduwen uit het verleden.'

Servaz en Ziegler keken elkaar aan. Ze waren zich beiden bewust van het ongelooflijke verhaal dat de imperiumerfgenaam hun vertelde; de pers zou hiervan hebben gesmuld. Kennelijk had Eric Lombard besloten dat hij hen kon vertrouwen. Maar waarom? Opeens begreep Servaz het. De magnaat had de afgelopen vierentwintig uur waarschijnlijk tientallen telefoontjes gepleegd. Servaz herinnerde zich de duizelingwekkende cijfers die hij op internet had gelezen en voelde zich lichtelijk ongemakkelijk. Eric Lombard was rijk en machtig genoeg om alle informatie te krijgen die hij wilde. Hij vroeg zich dan ook af of Lombard niet zijn eigen onderzoek gestart was, een onderzoek binnen het onderzoek – niet alleen vanwege de dood van zijn paard, maar ook om het onderzoeksteam nauwlettend in de gaten te kunnen houden. Het was zonneklaar dat Lombard net zo veel over hen wist als zij over hem.

'Dit is waardevolle informatie,' zei Ziegler na een tijdje. 'Goed dat u het ons verteld hebt.'

'Is dat zo? Ik vraag het me af. Om nou alles weer op te rakelen... U begrijpt dat dit onder ons moet blijven?'

'Als het waar is wat u zegt,' zei Servaz, 'dan hebben we een motief: haat, wraak. Van een oud-werknemer bijvoorbeeld, of een vijand van uw vader.'

Lombard schudde sceptisch zijn hoofd.

'Als dat zo is, waarom hebben ze dan zo lang gewacht? Mijn vader is al elf jaar dood.'

Hij wilde er iets aan toevoegen toen Irène Zieglers mobieltje begon te trillen. Ze keek wie het was en keek hen vervolgens aan.

'Sorry.'

De gendarme stond op en liep naar een hoek van de kamer.

'Uw vader is in 1920 geboren, toch?' ging Servaz verder. 'En u in 1972. Hij was op zijn zachtst uitgedrukt op leeftijd toen hij u kreeg. Had hij nog meer kinderen?'

'Mijn zus, Maud. Ze is van 1976. We zijn allebei voortgekomen uit zijn laatste huwelijk. Hij had geen kinderen uit eerdere huwelijken. Waarom weet ik niet. De officiële lezing is dat hij mijn moeder in Parijs heeft leren kennen, in het theater waar ze als actrice aan verbonden was...'

Lombard leek zich weer af te vragen in hoeverre hij hen kon vertrouwen. Hij keek Servaz doordringend in de ogen, en nam een beslissing.

'Mijn moeder was best een goede actrice, maar ze heeft nooit een voet op het toneel of een filmset gezet. Ze was goed in het optreden voor slechts één persoon tegelijk: welgestelde oudere mannen die bereid waren flink in de buidel te tasten voor haar gezelschap. Ze hield er een trits trouwe zakenmannen op na. Ze was ontzettend populair. Mijn vader was het meest volhardend. Hij was waarschijnlijk nogal jaloers aangelegd. Hij wilde haar voor zichzelf. Net zoals met alles wilde hij haantje-de-voorste zijn, en moest hij zijn tegenstanders uitschakelen. En dus trouwde hij met haar. Of liever gezegd: hij kocht haar. Op zijn manier. Hij bleef haar altijd als... hoer zien, ook nadat ze getrouwd waren. Toen mijn vader met haar trouwde was hij eenenvijftig en zij dertig. Zij dacht waarschijnlijk dat haar carrière ten einde liep en dat ze haar brood op een andere manier moest zien te verdienen. Maar ze had geen idee dat de man met wie ze trouwde zo gewelddadig was. Ze heeft het niet makkelijk gehad.'

Eric Lombard was opeens mistroostig. Hij heeft het hem nooit vergeven, bedacht Servaz. Hij schrok toen hij zich realiseerde dat hij veel overeenkomsten had met Lombard. Ze hadden allebei gemengde gevoelens over hun familie. Ze hadden leuke herinneringen, maar ook veel ellende meegemaakt. Vanuit zijn ooghoek keek hij naar Ziegler. Ze was nog steeds aan het bellen en stond met haar rug naar hen toe.

Ze draaide zich plotseling om en keek naar Servaz.

Hij was meteen op zijn hoede: het telefoontje had haar van haar stuk gebracht.

'Hoe bent u dit allemaal te weten gekomen?'

Lombard lachte vreugdeloos. 'Ik heb een paar jaar geleden een journalist ingehuurd om in onze familiegeschiedenis te spitten.' Hij aarzelde kortstondig. 'Ik wilde al heel lang meer te weten komen over mijn ouders, en ik weet uit de eerste hand dat hun huwelijk op zijn zachtst gezegd niet erg harmonieus is geweest. Maar dat het zó erg is geweest, had ik niet verwacht. Ik heb de man betaald om zijn mond te houden. Een flink bedrag. Maar ik had het er graag voor over.'

'Hebben er nog andere journalisten hun neus in uw zaken gestoken?'

Lombard keek Servaz aan. Hij zat weer in zijn rol van onbuigzame zakenman.

'Uiteraard. En ik heb ze allemaal afgekocht. Stuk voor stuk. Het heeft me een fortuin gekost. Maar boven een bepaald bedrag is iedereen te koop.'

Zijn blik verried dat hij bedoelde: en jij dus ook. Servaz voelde de woede weer omhoogkomen. Wat een arrogantie. Maar hij wist tegelijkertijd dat de man die tegenover hem zat gelijk had.

Misschien had hij voor zichzelf wel stevig genoeg in zijn schoenen gestaan, door de erecode die hij had als agent. Maar stel dat hij een van die journalisten was geweest en het aanbod had gekregen dat het zijn dochter nooit aan iets zou ontbreken – de beste scholen, de beste leraren, de beste universiteiten en de zekerheid van een droombaan: had hij dan de moed gehad Margot een dergelijke toekomst niet te geven? Lombard had gelijk: boven een bepaald bedrag was iedereen te koop. De vader had zijn vrouw gekocht, de zoon journalisten – en ongetwijfeld ook politici: Eric Lombard leek meer op zijn vader dan hij dacht.

Servaz had geen vragen meer.

Hij zette zijn lege kopje terug. Ziegler was weer bij hen komen zitten. Hij keek haar zijdelings aan. Ze maakte een gespannen, ongeruste indruk.

'En dan wil ik nu graag weten,' zei Lombard kil, 'of jullie aanwijzingen hebben.'

De sympathie die Servaz zojuist voor hem had gevoeld verdween als sneeuw voor de zon. Ze werden wederom behandeld als personeel.

'Sorry,' haastte hij zich te zeggen, en zette zijn professionele glimlach op. 'In deze fase van het onderzoek doen we tegen de betrokkenen nog geen uitspraken over het onderzoek.'

Lombard keek hem strak aan. Servaz zag dat hij aarzelde tussen hem weer bedreigen, of het er voorlopig even bij laten. Hij koos het laatste.

'Daar heb ik begrip voor. Ik weet toch wel waar ik moet zijn als ik iets wil weten. Bedankt voor jullie komst.'

Hij stond op. Het gesprek was ten einde.

Ze liepen dezelfde weg terug. Het werd al donker. Buiten was de wind heviger geworden; de bomen zwiepten kreunend heen en weer. Servaz dacht dat het weer zou gaan sneeuwen. Hij keek hoe laat het was. Twintig voor vijf. Door de ondergaande zon strekten de schaduwen van de dierenbomen zich uit over de grond. Hij keek over zijn schouder om naar het kasteel en zag Eric Lombard achter een van de vele ramen op de eerste verdieping staan, bewegingloos. Er stonden twee mensen naast hem, een van hen was Otto. Servaz herinnerde zich zijn hypothese: het onderzoeksteam werd zelf ook onderzocht. In het donkere venster leken Lombard en zijn trawanten reflecties in een spiegel. Vreemde, stille en angstaanjagende spiegelbeelden. Zodra ze in de auto zaten, wendde hij zich tot Ziegler.

'Vertel op.'

'Dat was Rosny-sous-Bois. Ze hebben de uitslag van de DNA-test.'

Hij keek haar ongelovig aan. De uitstrijkjes waren nog geen achtenveertig uur geleden gemaakt. De uitslag kwam nooit zo snel binnen; de laboratoria hadden het hartstikke druk! Een of andere hoge pief moest de druk goed hebben opgevoerd.

'Het meeste DNA in de gondel is afkomstig van werknemers van de elektriciteitscentrale. Maar ze hebben ook speeksel gevonden op een van de ramen. Het is van iemand van buiten, die ook in de database van de FNAEG zit. Iemand die daar helemaal niet geweest kan zijn.'

Servaz verkrampte. De FNAEG was de nationale DNA-database. De database was behoorlijk controversieel: hij bevatte de profielen van niet alleen verkrachters, moordenaars en pedofielen, maar ook van mensen die kleine vergrijpen hadden gepleegd, variërend van winkeldiefstal tot het bezit van softdrugs. Met als gevolg dat de database 470.492 DNA-profielen bevatte. De gegevens mochten dan onder zeer streng toezicht staan van de Franse overheid, zo'n grote hoeveelheid baarde advocaten en rechters veel zorgen. Tegelijkertijd had de grote omvang van de FNAEG-gegevens al regelmatig tot belangrijke arrestaties geleid, omdat criminelen zich vaak niet beperkten tot één categorie. Een pedo kon ook geveltoerist of overvaller zijn.

'Van wie dan?' vroeg hij.

Ziegler keek hem van haar stuk gebracht aan.

'Zegt de naam Julian Hirtmann je iets?'

Er dwarrelden weer een paar sneeuwvlokken omlaag. Hij dacht dat hij gek werd. Dat kán niet, dacht hij.

Servaz herinnerde zich diverse artikelen in *La Dépêche du Midi*, over hoe de Zwitserse seriemoordenaar naar de Pyreneeën werd vervoerd. Artikelen waarin uitvoerig werd beschreven welke buitengewone veiligheidsmaatregelen er waren getroffen voor het transport. Hoe kon Hirtmann over de muren van het Instituut klimmen en zoiets bizars doen, om vervolgens terug te keren naar zijn cel?

'Onmogelijk,' fluisterde Ziegler, zijn gedachten verwoordend.

Hij keek haar aan, nog steeds met een blik vol ongeloof. Daarna keek hij door de voorruit naar de sneeuw.

'*Credo quia absurdum*,' zei hij na een tijdje.

'Latijn,' zei ze. 'En het betekent?'

'Ik geloof het omdat het absurd is.'

9

Diane zat al een uur achter haar bureau toen de deur plotseling open- en dichtging. Ze keek op, zich afvragend wie er zonder te kloppen binnenkwam. Ze verwachtte Xavier of Lisa Ferney te zien.

Niemand.

Ze keek verbaasd naar de dichte deur. Ze hoorde voetstappen, maar er was niemand... Het blauwgrijze licht dat door het melkglas scheen verlichtte slechts het verschoten behang en een stalen archiefkast. De voetstappen verstomden en iemand schoof een stoel naar achteren. Andere voetstappen – die van een vrouw op hakken.

'Hoe gaat het met onze bewoners?' zei een stem.

Ze keek naar de muur. Xavier. Het geluid kwam uit de kamer naast de hare. Toch werden beide kantoren door een dikke muur gescheiden. Het duurde even voor ze het doorhad. Haar blik rustte op het luchtrooster onder het plafond: daar kwam het geluid doorheen.

'Ze zijn nerveus,' antwoordde Lisa Ferney. 'Ze hebben het over niets anders dan het paard. Ze zijn er allemaal opgewonden van.'

Door de vreemde akoestiek was ieder woord, iedere lettergreep, perfect hoorbaar.

'Verhoog de doses als je dat nodig acht,' zei Xavier.

'Dat heb ik al gedaan.'

'Uitstekend.'

Diane hoorde echt alles wat ze zeiden, de kleinste stembuiging, zelfs als ze mompelden. Ze vroeg zich af of Xavier zich hiervan bewust was. Het was hem waarschijnlijk nooit opgevallen. Er had voor haar nooit iemand gebruikgemaakt van het kantoor, en ze maakte weinig geluid. Of misschien dreef het geluid alleen haar kant uit. Haar kantoortje was klein en stoffig, twee bij vier meter en was gebruikt geweest als opslaghok; in een hoekje stonden verhuisdozen opgestapeld. Het rook er naar stof en nog iets anders, iets ondefinieerbaars, maar niet prettig. Hoewel er vlug een bureau, computer en een bureaustoel voor haar waren neergezet, had ze toch het gevoel dat ze op de plek zat waar de vuilnisbakken hadden gestaan.

'Wat vind je van onze nieuwe werknemer?' vroeg Elisabeth Ferney.

Diane spitste haar oren.

'Wat vind jij van haar?'

'Geen idee, dat is het 'm juist. Heb je al bedacht dat de politie hiernaartoe komt in verband met dat paard?'

'En wat dan nog?'

'Dan gaan ze overal kijken. Verontrust je dat niet?'

'Hoezo?' vroeg Xavier.

Stilte.

'Waarom zou ik daar bang voor zijn? Ik heb niets te verbergen.'

Maar de stem van de psychiater sprak boekdelen, zelfs door het ventilatierooster. Diane voelde zich niet meer op haar gemak. Ze zat een gesprek af te luisteren en het zou heel erg gênant zijn als ze werd betrapt. Ze haalde haar mobieltje uit haar jaszak en zette hem gehaast uit, ook al was het niet erg waarschijnlijk dat iemand haar hier zou bellen.

'Als ik jou was, zou ik ervoor zorgen dat ze zo weinig mogelijk te zien krijgen,' zei Lisa Ferney. 'Was je van plan om Julian te laten zien?'

'Alleen als ze naar hem vragen.'

'Misschien moet ik dan eerst maar even bij hem langsgaan.'

'Dat lijkt me een goed plan.'

Diane hoorde geknisper, waarschijnlijk van Lisa Ferneys laboratoriumjas. Daarna was het even stil.

'Niet doen,' zei Xavier, 'niet nu.'

'Je bent veel te gespannen. Het zou je goeddoen.'

Haar stem klonk vleiend, teder.

'Jezus, Lisa... straks komt er iemand...'

'Stouterd, dat vind je wel lekker hè?'

'Lisa, Lisa, toe nou... niet nu... O, jezus, Lisa...'

Diane voelde dat ze bloosde. Hoe lang hadden Xavier en Lisa al iets? Xavier werkte er pas een half jaar. Maar dat zei niets, want Spitzner en zij... Toch was dit niet hetzelfde. Misschien kwam het door deze plek, door alle driften, de haat, psychoses, de woede en de manies, die bij elkaar opgeteld een grote, vieze brij vormden: hun gesprek had iets onsmakelijks.

'Wil je dat ik stop?' fluisterde Lisa Ferney aan de andere kant van de muur. 'Zeg het maar. Zal ik stoppen?'

'Neeeee...'

* * *

'Laten we gaan. We worden bekeken.'

Het was donker. Ziegler keek om en zag nu ook dat Lombard achter het raam stond. Hij was alleen.

Ze startte de motor en keerde de auto. Ook nu ging het hek vanzelf open. Servaz keek in de achteruitkijkspiegel. Hij meende Lombard bij het raam te zien weglopen toen het hek achter hen dichtzwaaide.

'En hoe zit het met de andere vingerafdrukken en uitstrijkjes?' vroeg hij.

'Nog niets over bekend. Ze zijn er nog druk mee bezig. Er zijn honderden vingerafdrukken en sporen. Dat duurt dagen. Tot nu toe is alles van het personeel. De verdachte droeg handschoenen, dat is wel duidelijk.'

'Zijn speeksel zit op het raam.'

'Zou hij dat expres hebben gedaan, denk je?'

Ze haalde haar blik even van de weg om hem aan te kijken.

'Om ons uit te dagen? Misschien wel,' zei hij. 'We kunnen niets uitsluiten.'

'Misschien is het wel per ongeluk gegaan. Het gebeurt vaker dan je denkt; je hoeft maar te niesen.'

'Wat weet je van Hirtmann?'

Ziegler keek naar de ruitenwissers: steeds meer sneeuwvlokken vielen uit de donkere lucht.

'Hij is een beroepsmoordenaar. Geen psychotisch, doorgedraaid type, zoals er in de Kliniek zo veel rondlopen; hij is een ontzettend grote psychopaat, een bijzonder intelligent sociaal roofdier. Hij is veroordeeld voor de gruwelijke moord op zijn vrouw en haar minnaar, maar wordt verdacht van nog eens veertig andere moorden. Allemaal vrouwen. In Zwitserland, in de Savoie, het noorden van Italië, Oostenrijk en Beieren... Vijf landen in totaal. Hij heeft alleen nooit bekend. En ze hebben nooit iets kunnen bewijzen. In de zaak van zijn vrouw hebben ze door een samenloop van omstandigheden geluk gehad.'

'Je bent goed op de hoogte.'

'De zaak trok een half jaar geleden mijn belangstelling, toen hij naar de Wargnier Kliniek werd gebracht. De kranten stonden er vol van. Maar ik heb hem nooit gezien.'

'Dit verandert alles. We moeten er vanaf nu rekening mee houden dat Hirtmann het heeft gedaan. Ook al lijkt dat op het eerste gezicht onmogelijk. Wat weten we over hem? Onder welke omstandigheden zit hij opgesloten? Dat moeten we gaan bekijken.'

Ze knikte, haar blik op de weg gericht.

'We moeten ook bedenken wat we tegen hem gaan zeggen,'

voegde Servaz eraan toe. 'Wat gaan we hem vragen? We moeten ons bezoek voorbereiden. Ik ben minder goed geïnformeerd dan jij, maar het lijkt me duidelijk dat Hirtmann geen gewone moordenaar is.'

'En we moeten uitzoeken of hij handlangers heeft in de Kliniek,' merkte Ziegler op. 'En hoe het er staat met de beveiliging.'

Servaz knikte instemmend.

'We moeten het goed voorbereiden. De zaak lijkt nu duidelijker, maar ook veel gecompliceerder. We moeten alles op een rijtje hebben voor we erheen gaan.'

Ziegler was het met hem eens. De Kliniek had nu prioriteit, maar ze waren er nog niet helemaal klaar voor, en hadden nog niet alle kaarten boven tafel.

'De psychiater uit Parijs komt waarschijnlijk maandag,' zei ze. 'En ik moet morgen een persconferentie geven in Bordeaux. Die ga ik niet afzeggen vanwege een paard. Ik stel voor dat we maandag naar de Kliniek gaan.'

'Aan de andere kant,' zei Servaz, 'als het Hirtmann inderdaad is gelukt om uit de Kliniek te ontsnappen, moeten we koste wat kost zien te voorkomen dat andere gevangenen hetzelfde zullen doen.'

'Ik heb al om versterking gevraagd in Saint-Gaudens. Ze zijn onderweg.'

'We moeten bij alle ingangen van de Kliniek controleposten neerzetten en elke auto doorzoeken, ook die van het personeel. En op de berg zijn surveillanceteams nodig om de omgeving in de gaten te houden.'

Ziegler knikte.

'De hulptroepen beginnen vanavond. Ik heb ook om nachtkijkers en infraroodscanners gevraagd. En om toestemming om twee keer zo veel mankrachten in te zetten, maar het zou me verbazen als dat lukt. We kunnen ook beschikken over twee teams met speurhonden. De meeste bergen rondom de Kliniek zijn zonder uitrusting onbegaanbaar. De enige manier om er te komen is over de weg of door het dal. Hirtmann mag dan misschien de beveiliging van de Kliniek te slim af zijn geweest, eenmaal buiten komt hij vanaf nu niet ver meer.'

Het gaat inmiddels om veel meer dan een paard, dacht hij. Het is opeens allemaal veel erger.

'En er speelt nog iets.'

Ze keek hem vragend aan.

'Wat is het verband tussen Hirtmann en Lombard? Waarom heeft hij in godsnaam dat paard te grazen genomen?'

Om middernacht was Servaz nog steeds wakker. Hij zette zijn pc uit – het was een lomp apparaat dat nog op Windows '98 draaide, dat hij bij de boedelscheiding mee had mogen nemen – voor hij de deur achter zich dichttrok. Hij liep door de woonkamer, schoof de glazen pui open en ging op het balkon staan. Drie verdiepingen lager was de straat uitgestorven. Op de enkele auto na die zich zo nu en dan een weg baande tussen de bumper tegen bumper geparkeerde voertuigen door. Net als in de meeste steden was ook hier een acuut ruimtegebrek. En net als de meeste steden was ook deze stad min of meer wakker, terwijl de bewoners sliepen. Er was de hele dag gezoem en getril. Uit het restaurant beneden steeg het gekletter van borden op. Hij hoorde flarden van een gesprek, eigenlijk meer ruzie, tussen een man en een vrouw. En man liet zijn hond tegen een auto plassen. Servaz liep de woonkamer weer in, snuffelde tussen zijn cd's en zette de Achtste Symfonie van Mahler op, gedirigeerd door Bernstein. Niet al te hard. Zijn onderburen, die altijd vroeg naar bed gingen, waren nu diep in slaap: ze zouden zelfs van het vreselijke hamergetik uit de Zesde, of van de wanklank uit de Tiende niet wakker worden.

Julian Hirtmann...

Weer die naam. Sinds Irène Ziegler hem uren eerder had uitgesproken in de auto, hing hij in de lucht. Servaz had de afgelopen uren zo veel mogelijk te weten willen komen over die bewoner van de Kliniek. Tot zijn grote verbazing had hij ontdekt dat Julian Hirtmann net als hij fan was van Mahler. Dat hadden ze dus gemeenschappelijk. Hij zocht een paar uur op internet en maakte een paar aantekeningen. Net als Eric Lombard waren er honderden pagina's gewijd aan Hirtmann, zij het om andere redenen.

Het afschuwelijke voorgevoel dat Servaz vanaf het begin had gehad werd alleen maar groter. Tot nu toe was het gewoon een vreemde zaak geweest – de dood van een paard onder ongewone omstandigheden – die nooit zo opgeblazen zou zijn als de eigenaar van het dier een plaatselijke boer was en geen miljardair. En nu stond de zaak in verband – al had hij geen idee hoe of waarom – met een van de meest geduchte moordenaars van de afgelopen jaren. Servaz had opeens het gevoel dat hij door een lange gang vol gesloten deuren liep. Achter elke deur wachtte een ander onverwacht en angstaanjagend aspect van het onderzoek. Hij was bang om door die gang te lopen en de deuren te openen. In zijn gedachten werd de gang vreemd verlicht door een rode lamp – rood als bloed, als een furie, als een kloppend hart. Hij gooide koud water in zijn gezicht, voelde een knoop in zijn maag, en wist zeker dat er binnenkort opnieuw een aantal deuren zou opengaan, om kamers te onthullen die steeds gruwelijker werden. En dit was nog maar het begin...

Julian Alois Hirtmann zat nu bijna zestien maanden in Unit A van de Wargnier Kliniek, de afdeling die gereserveerd was voor de gevaarlijkste gekken. Er zaten slechts zeven mensen. Maar Hirtmann was in meerdere opzichten anders dan de anderen:

1. Hij was intelligent, had zichzelf in de hand en het grote aantal moorden dat hij op zijn naam had, was nooit bewezen.
2. Hij had een hoge positie bekleed – zeldzaam, maar niet heel erg ongebruikelijk onder seriemoordenaars – als aanklager bij het Gerechtshof van Genève.
3. Zijn arrestatie – die volgde op de onfortuinlijke gebeurtenissen waarover Ziegler het gehad had – en proces hadden in Zwitserland geleid tot een politiek conflict dat zijn weerga niet kende.

De samenloop van omstandigheden waarover Ziegler het had gehad tartte elke beschrijving. Het was een ongelooflijk verhaal, op het eerste gezicht bijna komisch, als het niet zo tragisch en buitengewoon smerig was. Op de avond van 21 juni 2004, toen er een grote storm raasde over het Meer van Genève, had Julian Hirtmann een toegeeflijk gebaar gemaakt door de minnaar van zijn vrouw in zijn landgoed aan het meer te eten te vragen. Met als doel het 'ophelderen van een aantal zaken en bespreken hoe Alexia en Hirtmann op een beschaafde manier uit elkaar zouden gaan'.

Zijn prachtige vrouw had hem al verteld dat ze hem voor haar minnaar wilde verlaten, die net als Hirtmann magistraat bij de rechtbank van Genève was. Na het eten, ze luisterden naar Mahlers sublieme 'Kindertotenlieder' en bespraken de voorwaarden en praktische aspecten van de scheiding, (Servaz stopte even met lezen, stomverbaasd welke ijverige rechercheur de moeite had genomen om deze 'Kindertotenlieder' te vermelden als favoriete muziek van Hirtmann), trok Hirtmann zijn pistool en dwong het stel naar de kelder te lopen, door Hirtmann en zijn vrouw omgebouwd tot 'Grot vol sadomasochistisch genot'. Ze hielden er orgies met hooggeplaatste Geneefse vrienden. Hirtmann hield er kennelijk van zijn vrouw door meerdere mannen tegelijk geslagen en genomen te zien worden en haar te onderwerpen aan diverse soorten subtiele martelingen – handboeien, kettingen, zwepen, vastgebonden worden aan vreemdsoortige apparaten die verkocht werden in speciaalzaken in Duitsland en Nederland. Hij was niettemin gek geworden van jaloezie toen hij erachter kwam dat ze een ander had. Een bezwarende omstandigheid was dat hij de minnaar van zijn vrouw een ongelooflijk dom en zouteloos type vond.

In een van de vele artikelen die Servaz had gezien op internet stond een foto van Hirtmann en zijn toekomstige slachtoffer bij het gerechtshof van Genève.

Hij was klein vergeleken bij Hirtmann, die lang en dun was.

Zo te zien was hij midden veertig. De reus had zijn hand vriendschappelijk op de schouder van de minnaar-collega gelegd, en bekeek hem met dezelfde warme blik waarmee een tijger naar zijn prooi kijkt. Servaz vroeg zich af of Hirtmann toen al wist dat hij hem ging vermoorden. Het bijschrift luidde: 'Aanklager Hirtmann met zijn toekomstige slachtoffer, rechter Adalbert Berger, beiden gekleed in toga, in de rechtbank'.

Op deze avond van 21 juni dwong Hirtmann zijn vrouw en haar minnaar de kelder in, liet hen zich uitkleden, en champagne drinken tot ze dronken waren. Daarna beval hij de minnaar een magnum over Alexia leeg te gieten terwijl ze trillend op bed lag terwijl hij zelf een fles leeggoot over de minnaar. Na dit plengoffer gaf hij de minnaar een van de speeltjes die er rondslingerden: iets wat op een drilboor leek, met een dildo als boorkop. Dergelijke voorwerpen mogen onbekend zijn voor gewone stervelingen, er is eenvoudig aan te komen. De gasten op Hirtmanns feestjes maakten er geregeld gebruik van. Die middag had Hirtmann met het apparaat geknoeid, waardoor het zou lijken alsof het ding per ongeluk kapot was gegaan. Ook had hij in de stoppenkast een stop waar niets mee aan de hand was vervangen door een kapotte. Toen de minnaar de druipende dildo eenmaal in de vagina van zijn minnares had zitten, had Hirtmann, die rubberen handschoenen droeg, de stekker in het stopcontact gestoken. Het had meteen resultaat, de champagne was een uitstekende geleider. Hirtmann zou ongetwijfeld enorm genoten hebben van het wilde geschok van de twee mensen, van wie het haar overeind stond als ijzerschaafsel op een magneet, als er geen sprake was geweest van de 'samenloop van omstandigheden' waar Ziegler het over had gehad.

De twee geliefden waren hoe dan ook geëlektrocuteerd, maar het voltage had een gevolg dat Hirtmann niet voorzien had: het alarm ging af. Tegen de tijd dat Hirtmann zichzelf enigszins onder controle had stond de ijverige Zwitserse politie, gealarmeerd door de sirene en de buren, al op de stoep.

Toch bleef de aanklager koelbloedig. Zoals hij het gepland had voor later op de avond, zei hij tegen de politie wie hij was en wat hij deed, en dat er beneden een tragisch ongeluk had plaatsgevonden. Beschaamd en onthutst vroeg hij de politie mee te gaan naar de kelder. Toen trad de tweede samenloop van omstandigheden in werking. Om het alarm uit te zetten en de indruk te wekken dat hij de geliefden had proberen te helpen, had Hirtmann de stroom helemaal uit moeten schakelen; agent Christian Gander van de Geneefse politie zwoor dat, toen hij en zijn collega in de donkere kelder kwamen, een van de slachtoffers nog leefde. De vrouw van Hirtmann, Alexia. In het licht van hun zaklantaarns kwam ze opeens bij en kon nog net doodsbang naar haar beul wijzen alvorens het tijdelijke met het eeuwige te verwisselen. De twee agenten namen Hirtmann onder schot en sloegen hem ondanks zijn tegenwerpingen en dreigementen in de boeien. Ze pleegden twee telefoontjes, het eerste naar de hulpdienst, het tweede naar de recherche. Een kwartier later was er versterking die het huis onderwierp aan een grondig onderzoek, dat al vrij snel leidde tot de vondst van een automatisch wapen – geladen en van de veiligheidspal af – onder een stoel. Hirtmann werd afgevoerd en er kwam een team om forensisch onderzoek te doen. Analyse van de kliekjes van het avondeten wees uit dat de aanklager-moordenaar zijn slachtoffers ook iets verdovends had toegediend.

De documenten en krantenknipsels die even later werden aangetroffen in Hirtmanns kantoor brachten hem in verband met de nooit opgeloste verdwijningen van meer dan twintig jonge vrouwen in de afgelopen vijftien jaar. Opeens nam de zaak een heel andere wending. De crime passionnel bleek gepleegd te zijn door een seriemoordenaar. In een bankkluisje werden nog veel meer krantenknipsels gevonden over andere verdwijningen in vijf landen: de Franse Alpen, de Dolomieten, Beieren, Oostenrijk en Zwitserland. Alles bij elkaar meer dan veertig gevallen in vijfentwintig jaar. Geen van de zaken was ooit opgelost. Hirtmann beweerde dat hij beroepsmatig geïnteresseerd was en legde zelfs enig gevoel voor humor aan de dag door te verklaren dat hij vermoedde dat de vrouwen allemaal door dezelfde man vermoord waren. Niettemin was er geen enkel verband tussen deze verdwijningen en de dood van zijn vrouw, omdat ze niet hetzelfde motief hadden en anders van aard waren.

Tijdens de hoorzitting kwam eindelijk Hirtmanns ware aard boven. In plaats van zijn neigingen te onderdrukken spreidde hij ze juist zelfvergenoegd tentoon. Er kwam een aantal spectaculaire schandalen boven tafel tijdens de rechtszaak, omdat bleek dat verschillende medewerkers van de rechtbank en de Geneefse upper class zijn soirees hadden bijgewoond. Hirtmann gaf met groot genoegen hun namen, en verwoestte zo onnoemelijk veel reputaties. De zaak bracht een ongekend politiek en crimineel cataclysme teweeg van seks, drugs, geld, justitie en de media. Er was een aantal foto's uit die tijd bewaard gebleven die destijds in de wereldpers waren verschenen, met bijschriften als: 'Het horrorhuis' (met een foto van het grote, met klimop begroeide huis aan het meer), 'Het monster verlaat de rechtbank' (Hirtmann in een kogelvrij vest, meer dan een kop groter dan de agenten die hem omringen), 'Genève in rep en roer', '"Je weet wel" beschuldigd van deelname aan Hirtmanns orgiën'.

Tijdens zijn virtuele speurtocht ontdekte Servaz steeds meer dat er een hele cult was ontstaan rond Hirtmann. Er waren talrijke sites aan hem gewijd, waarop hij in de meeste gevallen niet werd afgeschilderd als een gestoorde crimineel, maar als 'het boegbeeld van het sadomasochisme', of – niet lachen – als 'een bezwerende ster van de satanische Melkweg' of zelfs als 'een nietzscheaans übermensch'. De fora waren nog erger. Zelfs Servaz wist als politieman niet dat er zo veel mafkezen rondliepen. Mensen met belachelijke pseudoniemen als 6-Borg, Sympathie voor de Duivel of Godin Kali zetten theorieën uiteen die even vaag waren als hun namaakidentiteit. Deze alternatieve werelden deprimeerden hem, die fora en websites. Hij wist zeker dat dit soort mafkezen er vroeger van uitging dat ze de enigen in hun soort waren, en zich dus gedeisd hielden. Tegenwoordig ontdekten ze, dankzij de moderne communicatiemiddelen die al die idioterie, gekheid en – veel minder vaak – kennis uitdroegen, dat ze dat niet waren; ze konden contact zoeken met elkaar en zo nóg gekker worden. Servaz dacht terug aan wat hij tegen Marchand had gezegd, en verbeterde zichzelf: gekte was inderdaad een epidemie, maar werd voornamelijk verspreid door de media en internet.

Hij herinnerde zich opeens het bericht van zijn dochter die wilde weten of hij zaterdag vrij kon krijgen. Hij keek hoe laat het was: zeven minuten over één. Het was al zaterdag. Servaz weifelde. Toen belde hij haar om haar voicemail in te spreken.

'Hallo?'

Hij trok een gezicht. Ze had meteen opgenomen en klonk heel anders dan normaal. Hij vroeg zich af of hij het verkeerde nummer had ingetoetst.

'Margot?'

'Ben jij dat, pap?' zei ze zacht. 'Weet je wel hoe laat het is?'

Hij wist meteen dat ze op een ander telefoontje zat te wachten. Ze had haar mobieltje waarschijnlijk de avond al aanstaan om te bellen onder het dekbed zodat haar moeder en stiefvader het niet konden horen. Wat voor vriendje belde er nou zo laat nog? Toen herinnerde hij zich dat het vrijdag was, een stapavond voor studenten.

'Bel ik je wakker?'

'Wat denk je zelf?'

'Ik wilde je alleen even laten weten dat ik je bericht heb gekregen,' zei hij. 'Ik probeer vanmiddag vrij te nemen. Vijf uur, oké?'

'Weet je het zeker, pap? Je klinkt gek.'

'Er is niks aan de hand, lieverd. Het is gewoon nogal druk op mijn werk.'

'Dat zeg je altijd.'

'Het is ook zo. Weet je, je moet niet denken dat alleen mensen die veel geld verdienen hard werken. Dat is niet waar.'

'Weet ik, pap.'

'Politici moet je ook nooit geloven,' zei hij zonder erbij na te denken. 'Dat zijn leugenaars.'

'Pap, weet je hoe laat het is? Kunnen we het hier een andere keer over hebben?'

'Je hebt gelijk. Trouwens, ouders moeten hun kinderen niet beinvloeden, ook al vinden ze dat ze gelijk hebben. Ze moeten proberen hun kinderen zelf na te laten denken. Ook al houden de kinderen er een andere zienswijze op na...'

Wat een lange preek op dit tijdstip.

'Je beïnvloedt me niet, pap. We voeren een gesprek – en ik ben best in staat om mijn eigen mening te vormen.'

Servaz voelde zich opeens belachelijk. Maar ook blij.

'Wat heb ik toch een fantastische dochter,' zei hij.

Ze lachte zachtjes.

'Eigenlijk klink je wel goed.'

'Ik voel me ook goed en het is kwart over een 's nachts. Het leven is prachtig. Net als mijn dochter. Welterusten, lieverd. Tot morgen.'

'Welterusten pap.'

Hij liep het balkon weer op. De maan stond boven de kerktoren van Saint-Sernin. Er liepen studenten voorbij, ze duwden elkaar. Een hoop geroep en gegiechel, tot de vrolijke bende in de nacht verdween en hun gelach in de lucht bleef hangen als een verre echo uit zijn jeugd. Om ongeveer twee uur ging hij naar bed en ging hij eindelijk slapen.

De volgende ochtend, zaterdag 13 december, riep Servaz een deel van het team bijeen om de moord op de dakloze man te bespreken. Samira Cheung droeg kousen tot over de knie met horizontale rode en witte strepen, een leren korte broek die als een tweede huid om haar heen zat, laarzen met torenhoge hakken en een rij stalen gespen aan de achterkant. Servaz dacht dat ze zich niet eens hoefde te verkleden als ze moest infiltreren in een plaatselijke hoerenclub, en besefte toen meteen dat Pujol en Simeoni dit ook gezegd zouden kunnen hebben, de twee bekrompen macho's die het zijn assistent zo moeilijk hadden gemaakt. Espérandieu droeg een gestreepte schipperstrui, waardoor hij nog jonger leek, en al helemaal geen agent. In een vlaag van pure metafysische angst vroeg Servaz zich af of hij bezig was een onderzoek te leiden of dat hij zich in een letterenfaculteit bevond. Samira en Vincent hadden beiden hun laptop tevoorschijn gehaald. Zoals gewoonlijk had de jonge vrouw haar mp3-speler om haar nek hangen en veegde Espérandieu over het scherm van zijn iPhone alsof hij door een boek bladerde. Op verzoek van Servaz onderstreepte Samira nogmaals de zwakke plekken in de zaak: ze hadden geen bewijs dat de knullen direct betrokken waren bij de dood van de dakloze man. Autopsie had uitgewezen dat het slachtoffer was verdronken in vijftig centimeter diep water na het bewustzijn verloren te hebben, naar alle waarschijnlijkheid na een reeks klappen, waaronder een zeer harde klap tegen zijn hoofd. Het 'naar alle waarschijnlijkheid' was het lastigst. Aangezien de dakloze ook een alcoholpromillage had van meer dan honderd milligram, wisten Servaz en Espérandieu verdomd goed dat de verdediging het rapport zou gebruiken om aan te voeren dat er sprake was van opzettelijk geweld, onbedoeld de dood als gevolg hebbend, of zelfs om te ontkrachten dat de klappen geleid hadden tot de verdrinkingsdood, aangezien de man stomdronken was – maar ze hadden het onderwerp tot dat moment zorgvuldig vermeden.

'Dat zal de rechter moeten beoordelen,' zei Servaz uiteindelijk. 'Hou je aan de feiten, doe geen veronderstellingen.'

Diezelfde zaterdag keek hij verbijsterd naar de lijst die zijn dochter hem overhandigde.

'Wat is dit?'

'Mijn verlanglijstje voor Kerstmis.'

'Dit allemaal?'

'Het is een verlanglijstje, pap,' zei ze plagend.

Hij keek haar aan. Het dunne zilveren ringetje zat nog steeds in haar onderlip, net als de robijnrode knopjes in haar linkerwenkbrauw, maar haar linkeroor had er een vijfde ring bij gekregen. Het deed Servaz denken aan zijn teamgenoot in het onderzoek. Hij zag ook dat Margot ergens tegenaan gelopen was, ze had een blauwe plek op haar rechterjukbeen. Daarna liet hij zijn blik weer over het lijstje glijden: een iPod, een digitaal fotolijstje (ze legde uit dat het een fotolijstje was met een geheugen waarin je foto's kon zetten die dan vervolgens in het lijstje verschenen), een Nintendo DS Lite-spelcomputer (met dokter Kawashima's Brain Trainer), een digitale camera (graag met sensor van zeven megapixels, 3x optische zoomlens, een schermpje van 2,5 inch en schokvrij), een 17 inch laptop (het liefst met Intel Core 2 Duo met 2GHZ, 2GB of RAM, een 250GB harde schijf en cd/dvd-brander). Ze wilde eigenlijk ook een iPhone, maar had uiteindelijk besloten dat het dan allemaal wel wat duur werd. Servaz had geen idee wat al die dingen kostten of wat bijvoorbeeld 2GB of RAM was. Wat hij wel wist was dat dergelijke technologie niet onschuldig was. In de huidige, door techniek verbonden wereld, werd weinig ruimte gelaten voor vrijheid of zelf nadenken. Wat had al dat bezeten koopgedrag, deze fascinatie voor onnodige gadgets te betekenen? Waarom vond hij een stamlid uit Nieuw-Guinea tegenwoordig gezonder en verstandiger dan de meeste van de mensen met wie hij omging? Lag het aan hem of was de wereld gek geworden? Hij liet het lijstje in zijn zak glijden en gaf haar een kus op haar voorhoofd.

'Ik zal erover nadenken.'

Het weer was omgeslagen die middag. Het regende, er stond een harde wind, en ze schuilden onder een klapperend dekzeil voor een van de vele schitterend verlichte etalages in het centrum. Het was druk op straat.

Hoe zou het weer daarboven zijn, vroeg hij zich opeens af. Sneeuwde het bij de Kliniek? Servaz stelde zich Julian Hirtmann voor in zijn cel, op zijn tenen om naar buiten te kunnen kijken, naar de sneeuw. Sinds Ziegler hem de vorige dag over Hirtmann had verteld, kreeg hij hem niet meer uit zijn hoofd.

'Pap, luister je?'

'Ja, natuurlijk luister ik.'

'Beloof je dat je naar mijn lijstje zal kijken?'

Hij verzekerde haar dat hij dat zou doen. Daarna stelde hij voor om iets te gaan drinken in een kroeg op Place du Capitole. Tot zijn grote verbazing bestelde ze een biertje. Ze had altijd cola light gedronken. Servaz realiseerde zich met een schok dat zijn dochter zeventien was, maar dat hij haar nog steeds zag als een meisje van twaalf, ook al wees alles op het tegendeel. Misschien lag het daaraan dat hij al geruime tijd niet wist hoe hij zich ten opzichte van haar moest gedragen. Zijn blik viel op de blauwe plek op haar wang. Hij keek even naar haar. Ze had wallen onder haar ogen, en als ze naar haar bier keek, had ze een verdrietige blik in haar ogen. Opeens wilde hij van alles weten. Waarom was ze verdrietig? Op wiens telefoontje lag ze om een uur 's nachts te wachten? Hoe kwam ze aan die blauwe plek? Typische vragen voor een agent, dacht hij bij zichzelf. Niet die van een vader.

'Hoe kom je aan die blauwe plek?' vroeg hij.

Ze keek op.

'Welke?'

'Die blauwe plek op je wang. Hoe kom je daaraan?'

'Is dat belangrijk?'

Ze klonk bits. Hij bloosde. Het was makkelijker om een verdachte te verhoren dan zijn eigen dochter.

'Nee,' antwoordde hij.

'Mama zegt dat jouw probleem is dat je altijd alleen het slechte ziet. Dat je een beroepsdeformatie hebt.'

'Daar heeft ze denk ik wel gelijk in.'

Nu was het zijn beurt om in zijn glas te staren.

'Ik moest 's nachts plassen en liep tegen de deur aan. Tevreden?'

Hij bekeek haar aandachtig, en wist niet of hij haar geloofde. Het klonk aannemelijk, hij had zo zelf eens een snee in zijn voorhoofd opgelopen, ook 's nachts. Maar haar agressieve toon zat hem niet lekker. Of stelde hij zich aan? Waarom keek hij dwars door iedereen heen die hij verhoorde, en lukte hem dat bij zijn dochter voor geen meter? En waarom voelde hij zich als een vis in het water als hij aan een zaak werkte, maar was hij zo slecht in het onderhouden van een relatie? Hij wist precies wat een psychiater erover te zeggen zou hebben. Het kwam voort uit zijn jeugd...

'Zullen we naar de film gaan?' zei hij.

Die avond, na een magnetronmaaltijd en koffie (hij was er te laat achter gekomen dat de koffie op was en had noodgedwongen oploskoffie moeten drinken die over de datum was), verdiepte hij zich weer in de biografie van Julian Alois Hirtmann. Het was donker in Toulouse. Buiten stormde en regende het, maar in zijn werkkamer weerklonk Mahlers Zesde Symfonie, en zijn concentratie werd nog een handje geholpen door het late uur en het halfdonker; het enige licht kwam van een bureaulamp en het computerscherm. Zijn aantekeningen besloegen al meerdere pagina's. Terwijl in de woonkamer de violen klonken, richtte hij zich weer op het leven van de seriemoordenaar. De rechter in Zwitserland had om een psychiatrisch rapport gevraagd om te kunnen vaststellen of hij toerekeningsvatbaar was. Experts werden het er na vele gesprekken over eens. Hij was volledig ontoerekeningsvatbaar: hij werd soms uitzinnig en hallucineerde. Langdurig drugsgebruik had zijn beoordelingsvermogen beïnvloed en schizofrenie in de hand gewerkt. En hij had totaal geen inlevingsvermogen meer. Dat laatste was onbetwistbaar, daar was ook Servaz het mee eens. Volgens de verslagen beschikte de patiënt niet over de geestelijke vermogens om zich in te houden en was hij niet in staat zijn eigen keuzes te maken en besluiten te nemen.

Volgens de websites van een aantal Zwitserse forensisch psychiaters hadden de experts gebruikgemaakt van een ouderwetse methode die geen ruimte liet voor persoonlijke interpretatie: ze hadden Hirtmann onderworpen aan een hele batterij standaardonderzoeken gebaseerd op DSM-IV, het handboek voor geestesziekten. Servaz vroeg zich af of Hirtmann dat boek niet net zo goed kende als de experts die hem onderzochten.

Toch, gezien het gevaarlijke gedrag van hun patiënt, raadden ze aan hem 'voor onbepaalde tijd' gevangen te zetten in een speciale inrichting. De Wargnier Kliniek was Hirtmanns derde psychiatrische inrichting. Hij was niet de enige buitenlandse bewoner van Unit A, want de Kliniek was de eerste in Europa die dienstdeed als psychiatrische gevangenis, en maakte deel uit van een Europese juridische samenwerking. Servaz las dit fronsend: wat moest hij zich daarbij voorstellen; alle Europese landen hadden hun eigen wetgeving, kenden andere celstraffen en hadden andere budgetten – Frankrijk gaf per hoofd van de bevolking de helft minder uit aan psychiatrie dan Duitsland, Nederland of zelfs Engeland.

Toen hij opstond om een biertje te pakken bedacht hij dat er een duidelijk verschil was in hoe de pers Hirtmann afschilderde of hoe de psychiatrisch experts dat deden. De pers zag hem als sociaal geaccepteerd, iemand die gerespecteerd werd op zijn werk; de psychiatrisch experts beschreven hem als iemand die ziekelijk jaloers was en niet te beheersen moordfantasieën had. Jekyll en Hyde? Of was Hirtmann erin geslaagd, dankzij zijn manipulatieve karakter, om zijn celstraf te ontlopen? Servaz neigde naar dat laatste. Hij was ervan overtuigd dat Hirtmann, toen ze hem voor het eerst zagen, precies wist hoe hij zich moest gedragen en wat hij zou zeggen. Betekende dat dan ook dat Servaz en zijn team geconfronteerd zouden worden met een weergaloos acteur en manipulator? Hoe moesten ze hem doorgronden? Zou de psychiater van de gendarmerie wél slagen in wat de Zwitserse specialen niet gelukt was?

Servaz vroeg zich vervolgens af wat het verband was tussen

Hirtmann en Lombard. Het enige voor de hand liggende was het geografische aspect. Zou Hirtmann puur willekeurig dat paard te grazen genomen hebben? Had hij dat bedacht toen hij langs de manege reed? De stoeterij lag niet aan de weg. Hirtmann had er niets te zoeken. En als hij het paard gedood had, waarom hadden de honden dat dan niet gemerkt? En waarom had hij niet van de gelegenheid gebruikgemaakt om te ontsnappen? Hoe had hij de bewaking en de alarminstallatie te slim af kunnen zijn? Iedere vraag leidde tot een volgende.

Servaz dacht opeens aan iets heel anders. Zijn dochter had wallen onder haar ogen en maakte een verdrietige indruk. Waarom? Ze had om een uur 's nachts haar telefoon opgenomen. Op wiens telefoontje zat ze te wachten? En die blauwe plek; hij geloofde Margots uitleg voor geen meter. Hij zou het er met haar moeder over hebben.

Servaz ging tot diep in de nacht door met het spitten in Hirtmanns verleden. Toen hij uiteindelijk naar bed ging, die zondag 14 december, deed hij dat met het gevoel dat hij met twee verschillende puzzels bezig was. Er klopte iets niet.

Zijn dochter had wallen onder haar ogen en had een verdrietige blik in haar ogen. En ze had een blauwe plek op haar wang. Wat was er aan de hand?

* * *

Diezelfde avond dacht Diane Berg aan haar ouders. Haar vader was een gesloten persoon, kleinburgerlijk, stijf en calvinistisch, typisch Zwitsers dus. Haar moeder leefde in haar eigen wereld, een geheimzinnig, denkbeeldig universum waarin ze engelen muziek hoorde maken en zij het middelpunt was – haar stemming wisselde voortdurend tussen depressie en euforie. Een moeder die veel te veel met zichzelf bezig was en haar kinderen qua liefde niet veel meer had gegeven dan heel af en toe een aai over de bol, en Diane wist al heel jong dat de wereld van haar ouders niet de hare was.

Op haar veertiende liep ze voor het eerst weg. Ze kwam niet erg ver. De politie van Genève bracht haar terug toen ze op heterdaad betrapt was bij het stelen van een cd van Led Zeppelin, samen met een leeftijdgenootje dat ze twee uur eerder ontmoet had. In een dergelijk 'harmonieus' gezin was het onvermijdelijk dat ze grunge, neo-punker en gothic werd voor ze naar de psychologische faculteit van de universiteit vertrok, waar ze zichzelf en haar ouders leerde doorgronden, ook al begreep ze hen niet.

Haar ontmoeting met Spitzner had de doorslag gegeven. Ze had nooit veel vriendjes gehad voor ze hem leerde kennen, ook al wekte ze de indruk dat ze een ondernemende en zelfverzekerde jonge vrouw was. Maar niet in Spitzners ogen. Hij had haar meteen doorzien. Ze had meteen al het vermoeden dat ze niet zijn eerste studente was, en dat bevestigde hij ook, maar dat kon haar niet schelen. Net als het leeftijdsverschil haar niet kon schelen of het feit dat hij getrouwd was en zeven kinderen had. Als ze het geleerde op zichzelf zou loslaten, zou ze zien dat haar relatie één groot cliché was: Pierre Spitzner vertegenwoordigde alles wat haar ouders níét waren. En alles waar ze een hekel aan hadden.

Ze herinnerde zich een lang gesprek dat ze ooit met hem had gevoerd.

'Ik ben je vader niet,' had hij aan het eind ervan gezegd. 'En ook niet je moeder. Vraag me niet om iets wat ik je nooit zal kunnen geven.'

Hij lag languit op de bank in het piepkleine vrijgezellenflatje dat tot zijn beschikking stond, een glas Jack Daniels in zijn hand. Hij had zich niet geschoren en droeg geen bovenkleding, en was duidelijk trots dat hij op zijn leeftijd nog zo'n goed figuur had.

'Zoals?'

'Trouw.'

'Doe je het met nog andere vrouwen?'

'Ja, met mijn vrouw.'

'Andere vrouwen, bedoel ik.'

‘Nu niet. Tevreden?’

‘Het kan me niet schelen.’

‘Dat lieg je.’

‘Oké, oké, het kan me wél schelen.’

‘Mij interesseert het geen bal met wie jij het doet,’ had hij geantwoord.

Maar één ding hadden ze allebei niet in de gaten: Diane was opgegroeid met haar moeders geheimen. In een huis waar alles plaatsvond achter gesloten deuren, wat haar nieuwsgierigheid alleen maar had aangewakkerd. Die eigenschap kwam goed van pas in haar werk, maar kon het haar soms ook flink lastig maken.

Diane schrok op uit haar gedachten en zag de maan verdwijnen achter een paar wolkenflarden. Een paar seconden later kwam hij weer tevoorschijn en verdween vervolgens opnieuw. Vlak bij het raam leek een tak van een dennenboom, helemaal bedekt met sneeuw, fluorescerend in de vallende sneeuw, daarna werd alles weer donker.

Ze draaide zich om. De rode getallen op haar wekkerradio gaven aan dat het vijf voor half een ’s nachts was. Het was doodstil. Ze wist dat er boven twee bewakers dienst hadden, maar die zaten waarschijnlijk aan de andere kant van het gebouw achterovergeleund televisie te kijken.

In deze vleugel van de Kliniek heersten stilte en slaap.

Maar dat gold niet voor iedereen...

Ze liep naar de deur van haar kamer. Omdat er een kier onder de deur zat, had ze het licht uitgedaan. Er gleed een ijskoud vleugje wind over haar blote voeten en ze rilde. Vanwege de kou, maar ook vanwege de adrenalinestoot in haar aderen. Haar nieuwsgierigheid was ergens door gewekt.

Half een.

Het geluid was zó zacht dat ze het bijna niet gehoord had.

Net als de nacht ervoor. En de andere nachten.

Er ging een deur open. Heel langzaam. Daarna niets. Iemand wilde niet betrapt worden.

Stilte.

Net als zij wachtte de persoon af.

Het geluid van een schakelaar, en een lichtstraal onder haar deur. Voetstappen in de gang. Zó gedempt dat ze bijna werden overstemd door het gebonk van haar hart. Heel even werd het licht tegengehouden door een schaduw. Ze aarzelde. Toen nam ze een besluit en trok de deur open. Te laat. De schaduw was verdwenen.

Er viel weer een stilte; het licht ging uit.

Ze zat in het donker op de rand van het bed, en had het ondanks haar pyjama en ochtendjas met capuchon steenkoud. Ze vroeg zich af wie er iedere nacht door de Kliniek dwaalde. Maar vooral: waarom? Het was duidelijk dat iets geheim moest blijven, omdat er zeer veel moeite werd gedaan om geen geluid te maken.

De eerste keer dat ze het had gehoord, dacht Diane dat het een van de assistenten of verpleegkundigen was die honger had en niet wilde dat iedereen wist dat hij of zij op weg was om de koelkast te plunderen. Maar slapeloosheid hield haar wakker, en het licht op de gang kwam twee volle uren later weer voorbij. Een nacht later was ze uitgeput in slaap gevallen. Maar gisteren kon ze de slaap weer niet vatten en gebeurde het weer; de zacht krakende deur, het licht in de gang en de schaduw die heimelijk naar het trappenhuis gleed.

Omdat ze zo moe was, viel ze in slaap voor het licht terugkeerde. Ze gleed onder het dekbed en keek naar het raam: een bleke rechthoek die haar ijskoude kamertje met douche en toilet weerspiegelde. Het was morgen zondag; dan was ze vrij. Die tijd zou ze gebruiken om haar aantekeningen door te nemen en naar Saint-Martin te gaan. Maar maandag was een belangrijke dag: Xavier had beloofd haar kennis te laten maken met Unit A. De hoogste tijd om te slapen.

Vier dagen... Ze was hier nu vier dagen en haar zintuigen leken verbeterd te zijn. Kon dat in zo'n korte tijd? Als dat zo was, hoe zouden ze dan over een jaar zijn, als ze terug naar huis ging? Ze foeterde tegen zichzelf. Daar moest ze zich niet mee bezighouden. Ze had nog maanden te gaan.

Ze snapte nog steeds niet waarom ze criminele gekken op deze manier wegstopten op de meest sinistere en vreemde plek waar ze ooit geweest was.

Maar dit jaar woon je hier...

Met die gedachte verdween het laatste restje slaap. Ze ging aan het voeteneind zitten en knipte het leeslampje aan. Daarna zette ze haar computer aan en wachtte tot hij was opgestart, zodat ze haar mail kon checken. Gelukkig beschikte de Kliniek over draadloos internet.

(Geen nieuwe berichten.)

Ze had gemengde gevoelens. Had ze echt verwacht dat hij iets zou laten horen? Na wat er gebeurd was? Zij was degene die had besloten er een punt achter te zetten, ook al was ze daar kapot van. Hij had dit zoals gewoonlijk stoïcijns geaccepteerd en dat deed pijn. Ze had niet verwacht dat ze het zó erg zou vinden.

Ze aarzelde even voor ze begon te typen.

Ze wist dat hij het niet zou begrijpen als ze niets van zich liet horen. Ze had hem beloofd hem alles te vertellen. Zoals iedere expert in de forensische psychiatrie zat Pierre Spitzner te popelen om alles te weten te komen over de Wargnier Kliniek. Toen hij had gehoord dat Diane er was aangenomen, had hij dat niet alleen een geweldige kans voor haar gevonden, maar was dit voor hem ook de perfecte gelegenheid om meer te achterhalen over deze bron van zo veel geruchten. Ze typte de eerste zinnen.

Lieve Pierre,

Het gaat goed met me. Het is hier...

Haar hand hing boven de toetsen.

Er verscheen een beeld op haar netvlies. Een haarscherp beeld, helder als glas.

Het huis van Spitzner, dat uitkeek over het meer, de halfverlichte kamer, de stilte van het lege huis. Pierre en zij in het grote bed. Zijn vrouw was op het vliegveld, ze wachtte op haar vlucht naar Parijs, waar ze een lezing ging geven, getiteld: 'Personages en perspectieven'. (De vrouw van Spitzner was de auteur van een aantal ingewikkelde, bloederige thrillers waar veel seks in voorkwam en die redelijk succesvol waren.) Pierre had deze gelegenheid aangegrepen om haar zijn huis te laten zien. Toen ze voor de ouderslaapkamer stonden had hij haar aan de hand mee naar binnen genomen. Ze had aanvankelijk geweigerd het daar met hem te doen. Maar hij had op zijn kinderachtige manier, waarvoor ze altijd smolt, aangedrongen en ze was overstag gegaan. Hij had er ook op gestaan dat ze het ondergoed van zijn vrouw aantrok. Ondergoed uit de duurste lingeriewinkels van Genève... Diane had geaarzeld. Maar in die zondige atmosfeer had ze haar scrupules al snel opzijgezet. Ze ontdekte dat ze dezelfde maat had als de vrouw van haar minnaar. Ze had onder hem gelegen, met gesloten ogen, hun lichamen perfect met elkaar verbonden en in harmonie, Pierres verhitte gezicht boven het hare, toen er een stem had geklonken – afstandelijk, vinnig, bits – vanuit de deuropening: 'Zorg dat die hoer van je vertrekt.'

Ze sloot de computer af, ze had totaal geen zin meer om nog iets te schrijven. Ze draaide zich om om het licht uit te doen. En huiverde. De schaduw stond voor haar deur. Bewegingloos. Ze hield haar adem in, niet in staat zich te verroeren. Toen wonnen haar nieuwsgierigheid en irritatie het en vloog ze naar de deur.

Maar de schaduw was wederom verdwenen.

II

WELKOM IN DE HEL

10

Op zondag 14 december om kwart voor acht 's ochtends, ging Damien Rick, beter bekend als Rico, achtentwintig jaar oud, van huis om in zijn eentje in de bergen te gaan wandelen. De lucht was grijs, en hij wist dat de zon die dag niet zou gaan schijnen. Meteen nadat hij wakker was geworden was hij naar buiten gelopen en had hij gezien dat er een dikke mist hing boven de daken en straten van Saint-Martin, boven het stadje omkrulden roetkleurige wolken de bergtoppen.

Gezien het weerbericht had hij besloten voor een simpele wandeling om zijn hoofd leeg te maken, en een route te lopen die hij op zijn duimpje kende. De avond ervoor, of liever gezegd een paar uur eerder, was hij brak thuisgekomen van een feestje waar hij een paar joints had gerookt en was met zijn kleren aan in slaap gevallen. Eenmaal wakker, gedoucht, een kop koffie en nog een joint verder, had hij besloten dat de berglucht hem goed zou doen. Hij wilde die ochtend een tekening inkleuren, een precies werkje waar een vaste hand voor nodig was.

Rico maakte stripboeken.

Een geweldig beroep dat hem in staat stelde thuis te werken en met zijn hobby zijn geld te verdienen. Zijn duistere werk had hem een trouwe lezersschare opgeleverd en zijn faam in de stripboekenwereld groeide. Als groot liefhebber van off-piste skiën, bergbeklimmen, paragliden, mountainbiken en reizen, had hij ontdekt dat Saint-Martin een geweldige plek was om te wonen. Zijn beroep, in combinatie met de moderne technologie, zorgde ervoor dat hij niet in Parijs hoefde te wonen, waar zijn uitgever, Editions d'Enfer, zat, en die hij een keer of zes per jaar bezocht. Aanvankelijk hadden de bewoners van Saint-Martin een beetje moeite met zijn karikaturale, alternatieve uiterlijk, met zijn zwarte en oranje dreads, zijn bandana en oranje poncho, zijn talrijke piercings en rossige baardje. 's Zomers waren op zijn uitgemergelde lijf ook zijn meer dan tien tatoeages te bewonderen: zijn schouders, armen, rug, nek, kuiten en bovenbenen waren bedekt met ware kunstwerken. Toch was het de moeite waard Rico te leren kennen: hij was niet alleen een begenadigd kunstenaar, hij was ook charmant, had een groot gevoel voor humor, en was erg leuk met kinderen, bejaarden en zijn buren.

Die ochtend trok Rico zijn lichtgewichtwandelschoenen aan en zette een muts met oorflappen op, die ook gedragen werd door boeren in de Andes. Daarna liep hij op zijn gemak naar het pad, dat achter de tweehonderd meter verderop gelegen supermarkt begon.

De mist was niet opgetrokken. Hij liep om de rijen winkelwagentjes op het verlaten parkeerterrein van de supermarkt heen, en versnelde zijn pas toen hij eenmaal op het pad wandelde. Achter hem kondigden de kerkklokken aan dat het acht uur was. Het gebeier drong door alle lagen van zijn gewatteerde kleding heen.

Hij moest goed opletten dat hij zijn enkel niet verstuikte op het hobbelige pad dat bezaaid was met boomwortels en grote stenen. Hij rende twee kilometer over een stuk vals plat, in de richting van een bulderend beekje, dat hij tot twee keer overstak over stevige bruggetjes, gemaakt van vurenhouten planken. Daarna werd het steiler en voelde hij dat zijn hamstrings aan het werk werden gezet. De mist was enigszins opgetrokken. Hij zag de stalen brug over het beekje een eindje hogerop, het water ging er met veel kabaal onderdoor. Dit was het lastigste deel van de route. Eenmaal boven zou het weer vlak worden. Hij probeerde het juiste tempo te vinden, en toen hij opkeek, zag hij iets onder de brug hangen. Iets van een grote zak of zo, bevestigd aan de ijzeren constructie. Gedurende het laatste stuk tot aan de brug keek hij naar de grond. Hij had een hartslag van honderdvijftig. Maar toen hij opkeek, kreeg zijn hart een enorme opdonder: dat was helemaal geen zak die onder de brug hing! Rico bleef stokstijf stilstaan. De schok, in combinatie met het beklimmen van de hoogte, benam hem de adem. Met open mond staarde hij naar het lijk; met zijn handen in zijn zij liep hij de laatste meters.

Jezus, wat ís dit?

Eerst dacht hij dat hij het gewoon niet goed gezien had. Hij vroeg zich af of hij niet hallucineerde gezien zijn uitspatting de avond ervoor, maar hij wist meteen dat dit geen waanbeeld was. Daar was het veel te echt en te eng voor. Het leek in niets op wat hij had gezien in de horrorfilms waar hij zo graag naar keek. Hij zag een man hangen... een naakte, dode man, hangend aan de brug!

Goddomme!

Er ging een ijskoude rilling door hem heen.

Hij keek om zich heen. De man was niet alleen geweest toen hij stierf. Het was geen zelfmoord geweest: hij had niet alleen een touw om zijn nek, maar hij zat ook vastgebonden aan de metalen constructie van de brug en iemand had een kap over zijn hoofd getrokken – van waterdicht doek, waardoor zijn gezicht niet te zien was. De kap zat vast aan de cape op zijn rug.

Kut, kut, kut!

Rico was verlamd van angst. Hij had nog nooit zoiets gezien. Hij werd overspoeld door paniek. Hij was helemaal alleen, vier kilometer van de dichtstbijzijnde woning, en er was maar één manier om hier te komen, en dat was dit pad.

Hetzelfde pad als waarover de moordenaar hiernaartoe gekomen was.

Hij vroeg zich af of de moord net gepleegd was. Was de moordenaar nog in de buurt? Rico keek ongerust naar de rotsen en de mist. Daarna haalde hij twee keer diep adem en draaide zich om. Twee seconden later vloog hij het pad af, terug naar Saint-Martin.

***

Servaz had niks met sport. Sterker nog: hij had er een hekel aan. In welke vorm dan ook. In een stadion of op tv. Hij vond het net zo stom om naar te kijken als om zelf te doen. Een van de redenen dat hij geen tv had was dat er naar zijn smaak veel te veel sport werd uitgezonden, dag en nacht leek het wel.

Vroeger, in de vijftien jaar dat hij getrouwd was geweest, had hij zichzelf niettemin gedwongen enige lichamelijke activiteit te verrichten, wat inhield dat hij op zondagochtend vijfendertig minuten jogde. En geen minuut meer. Ondanks, of misschien wel dankzij deze minimale activiteit, was hij geen gram aangekomen sinds zijn achttiende, hij droeg nog steeds dezelfde maat broek. Hij wist hoe dat kwam: hij had de genen van zijn vader, die zijn leven lang zo mager en energiek was geweest als een windhond – tot vlak voor zijn dood, toen hij vel over been was geweest van de drank en depressies.

Maar sinds zijn scheiding had Servaz iedere vorm van activiteit afgezworen die ook maar een beetje op sporten leek. Dat hij die zondag besloot tóch weer te beginnen, kwam door de woorden van Margot: ‘Pap, ik wil met je op vakantie. Wij samen. Verder niemand. Ver weg.’ Ze had het over Kroatië gehad, met zijn vele baaitjes, bergrijke eilandjes, monumenten en zon. Ze wilde een gezellige, sportieve vakantie, wat inhield dat ze ’s ochtends wilde hardlopen en zwemmen, ’s middags op pad wilde om dingen te bekijken, en ’s avonds wilde gaan stappen of strandwandelingen maken. Ze had het al helemaal uitgedacht. Servaz kon er maar beter voor zorgen dat hij in vorm was.

Dus trok hij een oude korte broek aan, een vormeloos T-shirt en loopschoenen, en rende langs de oever van de Garonne. Het was een grauwe dag, een beetje mistig. Normaal gesproken zette hij voor twaalf uur 's middags geen stap buiten de deur als hij vrij was, maar nu ervoer hij dat het verbazingwekkend vredig was in de bleekrode stad, alsof op zondagochtend ook de gekken en hufters vrij namen.

Hij liep in een redelijk tempo en dacht terug aan de woorden van zijn dochter. 'Ver weg.' Waarom? Hij zag haar verdrietige gezicht weer voor zich en maakte zich meteen weer zorgen. Was er iets in Toulouse wat ze wilde ontvluchten? Iets, of iemand? Hij dacht aan de blauwe plek en kreeg meteen een naar voorgevoel.

Even later stond hij abrupt stil, buiten adem.

Hij was veel te hard van stapel gelopen.

Hij stond met zijn handen op zijn knieën voorovergebogen, met zere longen. Zijn T-shirt was doorweekt. Hij keek hoe laat het was. Tien minuten! Hij had het maar tien minuten volgehouden! Het leek wel een half uur! Mijn god, ik ben kapot. Koud veertig en ik strompel als een bejaarde, kreunde hij, en op hetzelfde moment voelde hij in zijn zak zijn telefoon trillen.

'Met Servaz,' bracht hij uit.

'Wat is er met jou aan de hand?' vroeg Cathy d'Humières. 'Ben je ziek?'

'Ik ben aan het hardlopen,' blafte hij.

'Zo te horen heb je het nodig. Sorry dat ik je op zondag moet storen. Er is iets gebeurd. En ik vrees dat het deze keer geen paard is.'

'Wat bedoel je?'

'Een lijk. In Saint-Martin.'

Hij ging rechtop staan.

'Een... lijk?' Hij moest nog altijd op adem komen. 'Wat voor lijk? Is het geïdentificeerd?'

'Nog niet.'

'Geen papieren bij zich?'

'Nee, hij was naakt – op laarzen en een zwarte poncho na.'

Het leek alsof hij een trap van een paard had gekregen. D'Humières vertelde hem wat ze wist: de jongeman die was gaan hardlopen rond het meer, de stalen brug boven het riviertje, het lijk dat eronder hing...

'Als hij onder een brug hing, was het misschien wel zelfmoord,' zei hij, maar het klonk niet erg overtuigend – wie maakte er nou zo belachelijk gekleed een eind aan?

'Volgens het voorlopige onderzoek is het moord. Meer weet ik niet. Kun je ernaartoe komen?'

Servaz voelde een ijskoude hand in zijn nek. Zijn vrees was bewaarheid. Eerst het DNA van Hirtmann, nu dit. Wat had het te betekenen? Was het de eerste moord in een serie? Hirtmann kon nu onmogelijk de Kliniek verlaten hebben. Maar wie had die man onder de brug dan vermoord?

'Prima,' antwoordde hij. 'Ik licht Espérandieu wel in.'

Ze zei waar hij moest zijn, en hing op. Servaz ging op een bankje zitten. Hij was in het park, de Prairie aux Filtres, met glooiende grasvelden, aan de voet van de Pont-Neuf. Er liepen veel joggers langs het water.

'Met Espérandieu,' zei Espérandieu.

'Er is een lijk gevonden in Saint-Martin.'

Stilte. Vervolgens hoorde Servaz hem met iemand overleggen. Zijn assistent hield zijn hand op de hoorn. Servaz vroeg zich af of hij nog in bed lag met Charlène.

'Oké, ik ga douchen.'

'Ik ben er over twintig minuten.'

Hij hing op, en besefte toen, te laat dus, dat dat onmogelijk was. Hij had er rennend tien minuten over gedaan om hier te komen en was in zijn huidige toestand nooit binnen dezelfde tijd thuis. Hij belde terug.

'Ja?'

'Doe maar op je gemak. Het duurt minstens een half uur.'

'Ben je niet thuis?' vroeg Espérandieu verbaasd.

‘Ik was aan het sporten.’

‘Aan het sporten? Wat voor sport?’

Hij hoorde duidelijk dat zijn assistent er geen woord van geloofde.

‘Ik ben aan het hardlopen.’

‘Aan het hardlopen? Jij?’

‘Voor het eerst,’ zei Servaz op arrogante toon, geïrriteerd.

Hij nam aan dat Espérandieu aan de andere kant van de lijn zat te grijnzen. Charlène Espérandieu misschien ook wel, liggend naast haar echtgenoot. Maakten ze hem belachelijk over zijn leven als gescheiden man als hij er niet bij was? Aan de andere kant wist hij een ding zeker: Vincent bewonderde hem. Zijn assistent was absurd trots geweest toen Servaz ermee had ingestemd om peetvader te worden van hun volgende kindje.

Tegen de tijd dat hij bij zijn auto was op het parkeerterrein van Cours Dillon strompelde hij en had hij steken in zijn zij. Thuis nam hij een douche, schoor zich en kleedde zich aan. Daarna reed hij het centrum weer uit.

Een vrijstaand nieuwbouwhuis, aan het einde van een perceel met een tuin zonder hek eromheen, met een halfronde oprit naar de garage en voordeur, op z’n Amerikaans. Servaz stapte uit. Een van de buren stond op een ladder een kerstman aan het dak te hangen; iets verderop waren kinderen aan het voetballen; er kwam een echtpaar van in de vijftig voorbij gerend in fluorescerende hardloopkleding. Servaz liep de oprit op en belde aan. Hij draaide zich om om de buurman boven op de ladder vervaarlijk te zien worstelen met de lampjes en de kerstman.

Toen hij zich weer omdraaide, schrok hij bijna: Charlène Espérandieu had de deur geluidloos geopend en stond lachend voor hem. Ze droeg een jasje met een capuchon, daaronder een lila T-shirt en een positiespijkerbroek. Ze liep op blote voeten. Je kon niet om haar buik heen. En haar schoonheid. Alles aan Charlène Espérandieu straalde elegantie, geestigheid en vitaliteit uit. Ze leed niet onder haar zwangerschap, noch ontnam het haar gevoel voor humor. Charlène runde een galerie in het centrum van Toulouse; Servaz was al een aantal keer uitgenodigd voor een vernissage en had er vreemde, verontrustende en soms ook fascinerende werken gezien. Heel even stond hij haar bewegingsloos aan te kijken. Daarna hernam hij zichzelf en lachte naar haar, een lach die haar veel eer bewees.

'Kom binnen. Vincent is zo goed als klaar. Wil je koffie?'

Hij had nog niets gegeten of gedronken sinds hij was opgestaan. Hij volgde haar naar de keuken.

'Vincent vertelde dat je bent gaan hardlopen,' zei ze, terwijl ze een beker koffie over de tafel naar hem toe schoof.

Haar plagerige toon ontging hem niet. Hij was blij dat ze het luchtig hield.

'Om te kijken of het iets is. Het viel vies tegen, moet ik eerlijk bekennen.'

'Gewoon doorgaan. Niet opgeven.'

'*Labor omnia vincit*. "Hard werken overwint alles,"' vertaalde hij met een knikje.

Ze lachte.

'Vincent zegt dat je veel in het Latijn zegt.'

'Het is een trucje om de aandacht te krijgen als je iets belangrijks wilt vertellen.'

Hij kwam in de verleiding om haar over zijn vader te vertellen. Hij had het nooit over hem, maar als er íémand was die hij in vertrouwen zou nemen, dan was zij het wel: dat wist hij al toen hij haar voor de eerste keer zag en ze hem aan een kruisverhoor had onderworpen – maar op een leuke manier, gezellig zelfs. Ze knikte instemmend, en ging verder: 'Vincent heeft zó veel bewondering voor je. Ik merk dat hij je vaak nadoet; door iets te doen of te reageren zoals hij denkt dat jij dat ook zou doen. Ik begreep het pas toen ik jou beter leerde kennen.'

'Alleen de leuke dingen, hoop ik?'

'Dat hoop ik ook, ja.'

Hij deed er het zwijgen toe. Espérandieu kwam de keuken binnenstormen terwijl hij een zilverkleurig jasje aantrok dat Servaz bijna ongepast vond gezien de omstandigheden.

'Klaar!'

Hij legde zijn hand op de dikke buik van zijn vrouw.

'Zorg goed voor jullie.'

'Hoe lang moet ze nog?' vroeg Servaz toen ze in de auto zaten.

'Twee maanden. Zorg dus dat je klaar bent voor het peetvaderschap. Zo. Licht me nu maar in.'

Servaz vertelde hem het kleine beetje dat hij wist.

Anderhalf uur later stonden ze op het parkeerterrein van de supermarkt, dat vol stond met voertuigen van de gendarmerie, tweewielers en toeschouwers. Op de een of andere manier was het nieuws uitgelekt. De mist was ietsjes opgetrokken, maar niet echt veel – het was alsof je door een beslagen raam keek. Servaz zag verscheidene persauto's, waaronder eentje van het plaatselijke televisiestation. Journalisten en pottenkijkers hadden zich verzameld aan de voet van het betonnen talud naast het parkeerterrein; halverwege was de doorgang met gele tape afgezet. Servaz liet zijn pasje zien en tilde het politielint op. Een van de agenten wees hem waar het pad was. Ze lieten de reuring achter zich en liepen in stilte, meer en meer gespannen. Ze kwamen niemand tegen tot de eerste bocht in het pad – maar hoe hoger ze kwamen, hoe dichter de mist werd.

Halverwege de helling kreeg Servaz weer een steek in zijn zij. Hij ging langzamer lopen om op adem te komen voor hij de laatste bocht nam. Hij keek op. Hij zag een aantal mensen in de mist boven hem heen en weer lopen. En er was veel licht, alsof er een vrachtwagen stond met groot licht aan.

De laatste honderd meter raakte hij er steeds meer van overtuigd dat de moordenaar deze omgeving bewust gekozen had. Net als de eerste keer.

Hij liet niets aan het toeval over.

Hij kende de omgeving.

Er klopt iets niet, dacht Servaz. Zou Hirtmann hier ooit geweest zijn voor hij in de Kliniek werd opgesloten? Kende hij deze streek? Allemaal vragen die beantwoord moesten worden. hij herinnerde zich waaraan hij had gedacht toen D'Humières belde: Hirtmann kon onmogelijk uit de Kliniek ontsnapt zijn. Maar door wie was de man aan de brug dan vermoord? Servaz zag Ziegler en Maillard lopen. Ziegler voerde een geanimeerd gesprek met een gebruind mannetje met een wilde bos wit haar, die Servaz meende eerder gezien te hebben. Opeens wist hij het weer: het was Chaperon, de burgemeester van Saint-Martin – hij had hem op de elektriciteitscentrale gezien. Ziegler rondde het gesprek met Maillard af en kwam op hen af lopen. Servaz stelde haar voor aan Espérandieu. Ze wees naar de stalen brug en het felwitte licht eronder, waarin iets vaags te onderscheiden was.

'Je wilt het echt niet weten!' schreeuwde ze boven het gebrul van het water uit.

'Is er al iets bekend?' schreeuwde hij terug.

Ziegler wees naar een man in een oranje poncho die op een rots zat en vatte de situatie samen: man aan het joggen, lijk onder de brug. Maillard had het gebied laten afzetten en had het mobieltje afgepakt van de enige getuige, en toch was het nieuws uitgelekt.

'En wat moet de burgemeester hier?' wilde Servaz weten.

'We hebben hem meegevraagd om het lichaam te identificeren, voor het geval het iemand van de plaatselijke bevolking was. Misschien heeft hij de pers wel ingelicht. Politici, ook zij die niets voorstellen, leven op de aandacht van de media.'

Ze maakte rechtsomkeert en liep in de richting van de plaats delict.

'Het slachtoffer is naar alle waarschijnlijkheid geïdentificeerd. Volgens de burgemeester is het Gilles Grimm, een apotheker in Saint-Martin. Maillard zegt dat zijn vrouw de gendarmerie heeft gebeld om hem als vermist op te geven.'

'Als vermist?'

'Volgens zijn vrouw ging Grimm gisteravond pokeren en zou

om een uur of twaalf thuis hebben moeten komen. Ze belde toen hij niet was thuisgekomen en ze niets van hem had gehoord.'

'Wanneer was dat?'

'Om acht uur. Toen ze opstond was ze verbaasd dat hij niet thuis was, en zijn bed onbeslapen.'

'Zíjn bed?'

'Ze slapen apart,' bevestigde ze.

Ze kwamen dichterbij. Servaz vermande zich. Fel licht aan weerszijden van de brug. De mist leek op de rook van kanonnen op een slagveld. In het verblindende licht van de schijnwerpers hing damp, mist, schuim. Zelfs de rivier leek te roken, net als de rotsen, scherp en glanzend als messen. Servaz liep dichterbij. Het brullende geluid van het water vulde zijn oren, vermengd met zijn snelstromende bloed.

Het lijk was naakt.

Dik.

Wit.

Vanwege het vocht glom de huid alsof hij geolied was. Het eerste wat in hem opkwam was dat de apotheker dik was – heel dik zelfs. Zijn blik werd getrokken naar het dikke zwarte schaamhaar en zijn kleine geslachtsdeel dat in het niet viel bij zijn enorme, blubberende bovenbenen. Vervolgens bekeek hij zijn tonronde bovenlijf, onbehaard en wit, net zo vet als zijn benen. Daarna keek hij naar de keel van de man, afgebonden met een riem die zó diep in zijn vel sneed dat hij bijna niet meer te zien was. En ten slotte de kap over zijn gezicht en de grote waterdichte cape op zijn rug.

'Waarom heeft hij hem een poncho aangetrokken en hem verder naakt opgehangen?' zei Espérandieu, die anders klonk dan normaal, hees en schril tegelijkertijd.

'Omdat hij ons met die poncho iets wil vertellen,' zei Servaz. 'Net als met dat naakte.'

'Wat een vertoning,' zei zijn assistent.

Servaz draaide zich naar hem om. Hij wees naar de jongeman in de oranje poncho die een stukje verderop zat.

'Pak een auto en neem hem mee naar het bureau om hem te ondervragen.'

'Oké,' zei Espérandieu, en hij vertrok.

Twee onderzoekers in witte overalls en mondkapjes stonden over de ijzeren reling gebogen. Een van hen had een zaklampje tevoorschijn gehaald en scheen ermee over het lijk.

Ziegler wees naar hem.

'De patholoog vermoedt dat hij gewurgd is. Zie je die riemen?'

Ze wees naar de verticale riem om de keel van de man en de polsriemen waarmee hij aan de brug was gehangen, zijn armen gespreid boven zijn hoofd.

'Het lijkt erop dat de moordenaar het lichaam langzaam naar beneden heeft laten zakken door de lengte van de riemen steeds een beetje aan te passen. Hoe meer speling hij gaf, hoe strakker de riem om de nek van de man kwam te zitten, tot hij er uiteindelijk door gewurgd werd. Het moet een uiterst langzame dood zijn geweest.'

'Gruwelijk,' zei iemand achter hen.

Ze keken om. Cathy d'Humières staarde naar het lijk. Ze leek ouder te zijn geworden, uitgeput.

'Mijn man denkt erover zijn aandelen in de zaak te verkopen en een duikschool te beginnen op Corsica. Hij wil dat ik met hem mee ga. Op een dag als deze ben ik erg geneigd het te doen.'

Servaz wist dat ze dat nooit zou doen. Hij kon zich haar wel voorstellen als een zeer actieve echtgenote, een dappere kleine soldaat in het mondaine leven, die het geen enkel probleem vond om na een dag hard werken de gastvrouw uit te hangen voor haar vrienden, en zonder met haar ogen te knipperen om te gaan met vervelende zaken, alsof die net zo weinig voorstelden als een omgevallen glas wijn.

'Weten we wie het slachtoffer is?'

Ziegler herhaalde wat ze ook tegen Servaz had gezegd.

'Hoe heet de patholoog?' vroeg Servaz.

Ziegler liep naar de onderzoeker, en kwam terug om het hem

te vertellen. Servaz knikte, tevreden. Toen hij met dit werk begon had hij een aanvaring gehad met een patholoog die niet was komen opdagen op een plaats delict waar Servaz de leiding had. Servaz was naar het academisch ziekenhuis van Toulouse gegaan en was ontzettend tegen de man uitgevaren. De dokter had echter geen krimp gegeven. Later kwam hij erachter dat dezelfde vrouw voorpaginanieuws was in de zaak van een beroemde seriemoordenaar – de dood van zíjn slachtoffers, allemaal vrouwen uit de buurt, werd afgedaan als zelfmoord, dankzij ongelooflijke nalatigheid.

'Ze staan op het punt het lijk naar boven te halen,' zei Ziegler.

Het was veel kouder en vochtiger dan op het parkeerterrein. Servaz trok zijn sjaal strakker, dacht toen aan de riem om de nek van het slachtoffer en deed hem meteen weer losser.

Opeens dacht hij aan twee dingen die hij aanvankelijk over het hoofd had gezien.

Het eerste waren de leren laarzen, die opmerkelijk klein leken voor zo'n grote vent. Het enige wat de man op de cape na droeg.

Het tweede was zijn rechterhand.

Er ontbrak een vinger.

De ringvinger.

Die was afgesneden.

'Laten we gaan kijken,' zei D'Humières, toen de onderzoekers het lijk eenmaal op de brug gehesen hadden.

De metalen loopbrug trilde onder hun voeten, en Servaz voelde zich even paniekerig toen hij zag hoe ver het water de diepte in stortte. De onderzoekers zaten gehurkt rond het slachtoffer en maakten zorgvuldig de capuchon los. Op een gegeven moment deinsden alle toeschouwers even terug. De mond van het slachtoffer was afgeplakt met zilverkleurig tape. Servaz kon zich goed voorstellen hoe de man had geschreeuwd van angst en pijn, geluid dat gedempt werd door het plakband; zijn ogen puilden uit hun kassen.

Bij nader inzien bleek dat Grimm zijn ogen niet zomaar zo ver had opengesperd: de moordenaar had zijn oogleden opzij getrokken – zo te zien met een pincet – en ze vastgeniet aan zijn wenkbrauwen en wangen.

Hij had hem gedwongen te kijken... Daarnaast had de moordenaar zijn gezicht zó erg toegetakeld, waarschijnlijk met iets zwaars als een ijzeren of houten hamer, dat zijn neus er zo goed als af was, hij bungelde aan een stukje huid en kraakbeen. En als laatste zag Servaz modder in het haar van de apotheker.

Niemand zei iets. Toen wendde Ziegler haar blik af en keek naar de oever van de kolkende rivier. Ze gebaarde naar Maillard, die de burgermeester bij de arm nam. Servaz zag hen dichterbij komen. Chaperon maakte een doodsbange indruk.

'Dat is 'm,' stamelde hij. 'Dat is Grimm. Mijn god! Wat hebben ze met hem gedaan?'

Ziegler duwde de burgemeester zachtjes naar Maillard, die hem wegvoerde van het lijk.

'Gisteravond pokerde hij nog met Grimm en een gezamenlijke vriend,' legde ze uit. 'Ze zijn de laatsten die hem in leven hebben gezien.'

'Ik denk dat we een probleem hebben,' zei D'Humières, die rechtop ging staan.

Servaz en Ziegler keken elkaar aan.

'Deze keer halen we de krant. De voorpagina. En niet alleen van het plaatselijke sufferdje.'

Servaz wist wat ze bedoelde: ze bevonden zich in het oog van een mediastorm: alle dagbladen, alle weekbladen en alle nieuwszenders zouden het nergens anders over hebben. Niet bepaald fijn als je schot in de zaak wilde krijgen, maar ze hadden geen keus. Toen zag hij iets wat hem tot dan toe ontgaan was: Cathy d'Humières was erg elegant gekleed. Niet opvallend, het viel nauwelijks op omdat de aanklaagster er altijd tot in de puntjes verzorgd uitzag, maar nu had ze extra haar best gedaan. Haar blouse, rok, jas, ketting en oorbellen: alles paste perfect bij elkaar, tot aan haar make-up toe, die haar strenge, maar aangename gezicht uitstekend deed uitkomen. Ze was ingetogen, maar had waarschijnlijk erg lang voor de spiegel gestaan om dat effect te bereiken.

Ze wist dat de pers erop af zou komen, en dus had ze zich erop gekleed.

In tegenstelling tot Servaz, die zijn haar niet eens had gekamd. Gelukkig had hij zich geschoren.

En toch was er iets wat ze niet had kunnen voorzien: het effect dat het lijk op haar zou hebben. Het had tot op zekere hoogte haar uitstraling verpest, ze maakte nu een afgematte, vermoeide indruk en zag er oud uit, ondanks haar inspanningen er goed uit te zien. Servaz liep naar de onderzoeker die de ene na de andere foto maakte van het lijk, met flitslicht.

'Ik reken erop dat je ervoor zorgt dat die foto's niet in verkeerde handen vallen,' zei hij. 'Laat ze niet slingeren.'

De man knikte. Had hij het begrepen? Als een van die foto's de krant zou halen, zou Servaz hem verantwoordelijk houden.

'Heeft de patholoog de rechterhand al bekeken?' vroeg hij aan Ziegler.

'Ja. Hij vermoedt dat de vinger met een scherp voorwerp is verwijderd, een nijptang of een snoeischaar of zo. Nader onderzoek zal dit bevestigen.'

'De ringvinger van de rechterhand,' zei Servaz.

'Maar zijn trouwring en andere vingers zijn ongemoeid gelaten,' merkte Ziegler op.

'Denk jij wat ik denk?'

'Een zegel- of andere ring.'

'Wilde de moordenaar deze stelen, bij wijze van trofee, of ervoor zorgen dat niemand de ring zou zien?'

Ziegler keek hem verbaasd aan.

'Waarom? Trouwens: hij hoefde hem alleen maar van zijn vinger te schuiven.'

'Misschien lukte dat wel niet. Grimm heeft dikke vingers.'

Op de terugweg zag Servaz de menigte staan en wilde het liefst vluchten. Maar het betonnen talud achter de supermarkt was de enige uitgang, tenzij je helemaal over de berg heen naar de andere kant liep. Hij trok een passend gezicht en bereidde zich voor op de confrontatie met de pers, toen hij werd tegengehouden.

'Laat mij maar.'

Cathy d'Humières had haar kalmte teruggevonden. Servaz keek bewonderend toe hoe ze het onderwerp omzeilde en de pers toch de indruk gaf dat ze hun dingen toevertrouwde. Ze beantwoordde al hun vragen, en keek hen daarbij recht in de ogen aan, ernstig. Ze benadrukte haar antwoorden met een veelbetekenend doch gereserveerd lachje, zonder het gruwelijke van de situatie uit het oog te verliezen.

Vakwerk.

Hij baande zich een weg naar zijn auto zonder het einde van haar verhaal af te wachten. De Cherokee stond aan de andere kant van het parkeerterrein, achter de rijen met winkelwagentjes. Hij zag hem nauwelijks staan in de mist. Hij zette zijn kraag op tegen de koude wind, en dacht aan de kunstenaar die dat gruwelijke tafereel daarboven in scène had gezet. Het is dezelfde die ook dat paard gedood heeft. Hij houdt van pieken, van hooggelegen plekken, dacht hij bij zichzelf.

Servaz liep naar de jeep en zag dat er iets niet klopte. Hij keek naar de auto en zag wat het was. De banden waren leeggelopen als ballonnen. Lekgestoken. Alle vier. En de lak was beschadigd.

Welkom in Saint-Martin, dacht hij.

11

Zondagochtend in de Kliniek. Er hing een vreemde rust. Het kwam op Diane over alsof iedereen weg was. Doodse stilte. Ze kroop onder het dekbed uit en liep naar de kleine, ijskoude badkamer. Ze douchte kort, waste haar haar, droogde het af, en poetste – omdat het zo koud was – zo snel mogelijk haar tanden.

Toen ze terugkwam keek ze uit het raam. Het was mistig. Alsof er 's nachts een geest was neergedaald. De mist hing boven het dikke pak sneeuw en onttrok de witte dennenbomen aan het zicht. De Kliniek werd er helemaal door omgeven, er was niet meer dan tien meter zicht. Ze trok haar ochtendjas strakker om zich heen. Het plan was om Saint-Martin te verkennen. Ze kleedde zich vlug aan en liep de gang op. Het restaurant op de begane grond was leeg, op het dienstdoende personeelslid na. Ze bestelde een cappuccino en een croissant en ging bij het grote raam zitten. Ze zat er nog geen twee minuten toen er een man van in de dertig in een doktersjas binnenkwam. Ze keek onopvallend naar hem toen hij een grote café au lait, een jus d'orange en twee croissants bestelde; daarna kwam hij met zijn dienblad op haar af lopen.

'Goedemorgen. Vind je het goed als ik erbij kom zitten?'

Ze knikte glimlachend.

'Diane Berg,' zei ze met uitgestoken hand. 'Ik ben...'

'Weet ik. Alex. Ik ben psychiatrisch verpleegkundige. Ben je al een beetje gewend?'

'Ik ben er nog maar net.'

'Het valt niet mee, hè? Toen ik hier de eerste keer kwam, heb ik bijna rechtsomkeert gemaakt,' zei hij lachend. 'En ik slaap hier niet eens.'

'Woon je in Saint-Martin?'

'Nee, ik woon niet in het dal.'

Hij zei het op een toon alsof hij er nog niet begraven wilde worden.

'Weet je of de slaapkamers 's winters altijd zo koud zijn?' vroeg ze.

Hij keek haar grijnzend aan. Hij had een vriendelijk, open gezicht, met lieve, bruine ogen en krullend haar. Hij had ook een grote moedervlek op zijn voorhoofd, waardoor het leek alsof hij een derde oog had. Haar blik werd ernaartoe getrokken en ze bloosde toen ze zag dat het hem opviel.

'Ik ben bang van wel,' zei hij. Het tocht nogal op de bovenste verdieping, en de verwarming dateert uit de oertijd.'

Van achter het grote raam was het mistige landschap met sneeuw en dennenbomen adembenemend. Vreemd om koffie te drinken, van al dat wit gescheiden door niet meer dan een glasplaat. Diane had het gevoel op een filmset beland te zijn.

'Wat doe je precies?' vroeg ze, vastbesloten deze gelegenheid aan te grijpen om zo veel mogelijk te weten te komen.

'Als verpleegkundige, bedoel je?'

'Ja...'

'Eh... de psychiatrisch verpleegkundigen verzorgen het klaarmaken en het uitdelen van de medicijnen, we zorgen ervoor dat de patiënten ze innemen en letten op of ze er afwijkend op reageren. We houden natuurlijk een oogje in het zeil. Maar we organiseren ook activiteiten, voeren gesprekken, zijn er voor de patiënten, hebben een luisterend oor... Maar niet overdreven of zo. We mogen niet te aanwezig zijn of juist te weinig aandacht aan hen besteden. Of te onverschillig of juist te veel doen. We moeten onze plaats weten. Zeker hier. Met al die...'

'En de behandelmethode,' vroeg ze, terwijl ze trachtte niet naar de moedervlek te kijken, 'is die agressief?'

Hij keek haar op zijn hoede aan.

'Ja. De dosering is veel hoger dan normaal. Heel veel hoger. We kijken niet op een pilletje meer of minder. Maar dat wil niet zeggen dat we ze platspuiten. Je hebt hen gezien, het zijn geen zombies. Het probleem is dat de meeste bewoners resistent zijn geworden voor de medicatie. En dus mixen we kalmeringstabletten met antipsychotica, genoeg om een os plat te krijgen, en doen dat vier keer per dag in plaats van drie. Daarnaast wordt er gebruikgemaakt van elektroshocks, een dwangbuis, en als laatste redmiddel hebben we een tovermiddel: clozapine.'

Diane kende clozapine als een atypisch antipsychoticum, dat gebruikt werd bij schizofrenen als niets anders meer hielp. Net als met de meeste medicijnen die gebruikt werden in de psychiatrie, konden de bijwerkingen vreselijk zijn: incontinentie, overmatige speekselafscheiding, wazig zicht, gewichtstoename, stuiptrekkingen en trombose, om maar een paar dingen te noemen.

'Weet je,' voegde hij er met een halve glimlach die veranderde in een grijns, aan toe, 'geweld ligt altijd op de loer, net als gevaar.'

Ze dacht dat ze Xavier hoorde praten: intelligentie kan zich alleen ontwikkelen in een veranderende – en gevaarlijke – omgeving.

'Tegelijkertijd,' voegde hij er met een zuinig lachje aan toe, 'is het hier veiliger dan in veel wijken in de binnenstad.'

Hij schudde zijn hoofd.

'Onder ons gezegd bevond de psychiatrie zich nog niet zo heel lang geleden in het stenen tijdperk, en werden patiënten gebruikt voor ongelooflijk barbaarse experimenten. Geen haar beter dan tijdens de Inquisitie of in de tijd van de nazi-artsen. De situatie is verbeterd, maar er is nog een lange weg te gaan... Genezen zullen ze nooit. Verder dan stabiliseren of versoepelen komen we niet.'

'Heb je nog andere taken?' vroeg ze.

'Ja. We doen ook administratief werk: veel papierwerk, procedures...'

Hij keek naar buiten.

'En dan zijn er natuurlijk nog de psychiatrische vraaggesprekken die dokter Xavier en de hoofdzuster voorschrijven.'

'Waar bestaan die uit?'

'Een vast patroon. De techniek heeft bewezen te werken, de gesprekken verlopen via een vast patroon, de vragen zijn min of meer standaard, maar er is wel ruimte voor enige improvisatie... Je moet zo neutraal mogelijk blijven, niet te veel willen, omdat je hen niet te veel wilt opfokken. Het is niet erg als er stiltes vallen. Je moet pauzes inlassen, anders loopt het waarschijnlijk snel uit de hand.'

'Doen Xavier en Ferney ook van die gesprekken?'

'Ja, natuurlijk.'

'In welk opzicht verschilt hun aanpak met die van jullie?'

'Die is niet wezenlijk anders. Behalve dan dat sommige patiënten ons in vertrouwen nemen, en hen niet. Omdat wij elke dag contact met ze hebben en we proberen hun vertrouwen te winnen, zonder al te dichtbij te willen komen. Maar voor de rest bepalen Xavier en Elisabeth wat er gebeurt.'

Zijn stem klonk vreemd toen hij die laatste zin uitsprak.

'Het klinkt alsof je het niet altijd eens bent met hen.'

Het verraste haar hoe lang hij moest nadenken over zijn antwoord.

'Je werkt hier nog maar net, Diane... je komt er zelf wel achter.'

'Achter wat?'

Hij antwoordde niet. Hij leek niet erg op zijn gemak. Hij had duidelijk geen zin om erover te praten. Maar ze keek hem vragend aan.

'Hoe zal ik het zeggen? Je kunt het hier met niets vergelijken.

We hebben hier patiënten met wie niemand raad wist. De aanpak is hier nou eenmaal anders dan anders.'

'Zoals elektroschocktherapie zonder verdoving voor de patiënten in Unit A?'

Ze had meteen spijt van haar woorden. Hij keek haar met een ijzige blik aan.

'Wie heeft je dat verteld?'

'Xavier.'

'Vergeet dat nou maar gewoon.'

Hij staarde naar zijn café au lait, fronsend. Hij leek spijt te hebben dat hij het gesprek was aangegaan.

'Ik weet niet eens of dat wel mag,' drong ze aan. 'Is het wettelijk toegestaan in Frankrijk?'

Hij keek op.

'Of het wettelijk is toegestaan? Heb je enig idee hoeveel mensen er jaarlijks gedwongen opgenomen worden? Vijftigduizend! In een moderne democratie is gedwongen opname uitzonderlijk. Maar hier niet. Geesteszieken, maar ook mensen van wie voor het gemak maar wordt aangenomen dat ze dat zijn, hebben minder rechten dan gewone burgers. Wil je een misdadiger arresteren? Dan moet je tot zes uur 's ochtends wachten. Maar iemand van wie de buren denken dat het niet helemaal goed met hem gaat, mag dag en nacht worden opgepakt. De wet gaat pas een rol spelen als iemand in hechtenis is genomen. En zelfs dan pas als diegene weet wat zijn rechten zijn en als deze worden nageleefd. Zo werkt de psychiatrie in dit land. En voeg daar gebrek aan middelen, het misbruik van verdovende middelen en een slechte behandeling aan toe. Je moet in een grote boog om psychiatrische ziekenhuizen heen lopen. En deze kliniek vormt geen uitzondering. Integendeel zelfs.'

Hij klonk verbitterd en lachte niet meer. Hij stond op en schoof zijn stoel naar achteren.

'Geef je ogen goed de kost en vorm je eigen mening,' raadde hij haar aan.

'Waarover?'

‘Over wat hier gebeurt.’
‘Er gebeuren hier dus dingen?’
‘Maakt het iets uit? Jij wilde hier toch zo graag werken?’
Hij pakte zijn dienblad en liep weg.

* * *

Servaz deed als eerste de jaloezieën omlaag en het licht aan. Hij wilde zeker weten dat journalisten met telelenzen hem niet konden fotograferen. De jonge striptekenaar was naar huis gestuurd. Ziegler en Espérandieu zaten in het crisiscentrum op hun laptop te werken. Cathy d’Humières stond in een hoekje te bellen. Ze borg haar telefoon op en kwam erbij zitten. Servaz bestudeerde hen even en draaide zich vervolgens om.

Er stond een wit schoolbord bij het raam. Hij trok het naar zich toe, zette het in het licht, pakte een viltstift en maakte twee kolommen.

PAARD	**GRIMM**
van ledematen ontdaan	naakt
onthoofd	gewurgd, vinger kwijt, laarzen, cape
’s avonds gedood?	’s avonds vermoord?
Hirtmanns DNA	Hirtmanns DNA?

‘Hebben we genoeg om aannemelijk te maken dat het hier om dezelfde daders gaat?’ vroeg hij.
‘Er zijn overeenkomsten en verschillen,’ antwoordde Ziegler.
‘Twee moorden met twee dagen ertussen, in dezelfde stad,’ zei Espérandieu.
‘Precies. Het is uiterst onwaarschijnlijk dat het verschillende daders zijn. Het moet bijna wel om één persoon gaan.’
‘Of personen,’ zei Servaz. ‘Weet je nog wat we hebben besproken in de helikopter?’

'Dat weet ik nog, ja. Hoe dan ook: er is één ding dat het verband tussen de twee zaken zou kunnen aantonen...'

'Het DNA van Hirtmann.'

'Precies,' zei ze.

Servaz tilde een latje van de jaloezie op. Hij gluurde naar buiten en liet het abrupt weer los.

'Kan hij ontsnapt zijn uit de Kliniek zonder dat we het in de gaten hebben gehad?' vroeg hij, zich weer omdraaiend.

'Nee, dat is onmogelijk. Ik heb het persoonlijk geïnspecteerd. Hij kan écht niet ontsnapt zijn.'

'Dan valt Hirtmann dus af.'

'In dit geval wel.'

'Als hij het niet was, was hij het de eerste keer misschien ook niet,' zei Espérandieu.

Alle blikken gingen zijn kant op.

'Hirtmann heeft nooit in die gondel gezeten. Dat was iemand anders. Iemand die contact met hem heeft en die, al dan niet met voorbedachten rade, een van zijn haren bij zich had.'

Ziegler keek Servaz vragend aan. Ze begreep dat hij zijn assistent niet alles had verteld.

'Er werd in de kabelbaan alleen geen haar aangetroffen, maar speeksel,' zei ze.

Espérandieu keek haar aan. Daarna keek hij naar Servaz, die verontschuldigend knikte.

'De logica ontgaat me,' zei Servaz. 'Waarom eerst het paard en dan pas die man? Waarom werd dat paard in het bergstation van een kabelbaan gehangen? En die man onder een brug? Waarom?'

'Ze zijn wel beiden opgehangen,' zei Ziegler.

Servaz keek haar aan.

'Klopt.'

Hij liep naar het schoolbord, veegde een paar aantekeningen uit en schreef op:

PAARD	**GRIMM**
opgehangen aan kabelbaan	opgehangen aan brug
op afgelegen plek	op afgelegen plek
in stukken	naakt
onthoofd	gewurgd, vinger eraf, laarzen, cape
's avonds gedood?	's avonds vermoord?
Hirtmanns DNA	Hirtmanns DNA?

'Oké. Waarom een paard?'

'Om Eric Lombard te pakken,' zei Ziegler. 'De elektriciteitscentrale en het paard leiden naar hem.'

'Ervan uitgaande dat Lombard het doelwit was, wat heeft de apotheker er dan mee te maken? Bovendien is het paard onthoofd en min of meer gevild, en was de apotheker op een cape na naakt. Wat is het verband?'

'Een gevild paard is ook naakt,' waagde Espérandieu te zeggen.

'En het paard had aan weerszijden twee grote huidflappen,' zei Ziegler. 'We namen aan dat het vleugels moesten voorstellen, maar misschien waren ze bedoeld als cape...'

'Kan,' zei Servaz, maar hij was niet overtuigd. 'Maar waarom het hoofd eraf? En de cape en de laarzen; wat hebben die te betekenen?'

Daar had niemand antwoord op.

Hij ging verder: 'En we lopen steeds tegen dezelfde vraag aan: wat zou Hirtmann ermee te maken kunnen hebben?'

'Hij daagt jullie uit!' klonk het vanuit de deuropening.

Ze draaiden zich om. Er stond een man op de drempel.

Servaz dacht meteen dat het een journalist was, en wilde hem eruit gooien. Het was een veertiger, met lang lichtbruin haar, een woeste baard en een rond brilletje, dat hij afzette om de glazen schoon te maken, die waren beslagen toen hij vanuit de kou in de warmte was gekomen. Hij zette zijn bril weer op en keek iedereen aan met zijn heldere ogen. Hij droeg een dikke trui en een corduroybroek. Hij zag eruit als een docent maatschappijleer die was blijven hangen in de sixties.

'Wie ben jij?' vroeg Servaz kortaf.

'Leid jij het onderzoek?'

De bezoeker kwam dichterbij.

'Simon Propp. Psychiater. Ik zou eigenlijk morgen pas komen, maar de gendarmerie belde om te vertellen wat er is gebeurd en dus ben ik er nu al.'

Hij gaf iedereen een hand. Daarna keek hij naar de lege stoelen. Hij besloot links van Servaz te gaan zitten. Servaz wist zeker dat hij dat met een reden deed, en dat irriteerde hem enigszins, het voelde alsof hij werd gemanipuleerd.

Simon Propp keek naar het schoolbord.

'Interessant,' zei hij.

'Meen je dat?' zei Servaz onbedoeld sarcastisch. 'Wat roept het in je op?'

'Doe maar net alsof ik er niet ben, als je het niet erg vindt,' antwoordde de psychiater. 'Sorry dat ik jullie onderbrak. Ik ben hier niet om jullie methodiek te beoordelen.' Servaz zag hem een handgebaar maken. 'En trouwens, dat zou ik niet eens kunnen. Ik ben hier om jullie iets meer te vertellen over de persoonlijkheid van Julian Hirtmann of om een profiel te maken op basis van de aanwijzingen die jullie hebben aangetroffen op de plaats delict.'

'Toen je binnenkwam zei je dat hij ons uitdaagde,' zei Servaz.

Hij zag dat de psychiater achter zijn brillenglazen zijn ogen tot spleetjes kneep. Achter zijn baard, die hem het uiterlijk gaf van een slimme kabouter, gingen bolle wangen schuil, rood van de kou. Servaz kreeg het onplezierige gevoel dat hij geestelijk ontleed werd. Niettemin hield hij de blik van de nieuwkomer vast.

'Juist ja,' zei Propp. 'Ik heb gisteren mijn huiswerk gedaan. Ik heb het dossier van Hirtmann bekeken toen ik hoorde dat zijn DNA was aangetroffen in de gondel van de kabelbaan. Het is duidelijk dat hij een manipulator is, een psychopaat, en buitengewoon slim. Maar het gaat verder. Hirtmann is een speciaal geval, zelfs voor een moordenaar die alles zo goed voorbereidt. Vroeg of laat beïnvloedt hun persoonlijkheidsstoornis hun geestelijke vermogens en sociale leven. En vroeg of laat begint het de mensen in hun directe omgeving op te vallen dat het monsters zijn. Daarom hebben ze vaak een handlanger, meestal hun vrouw, die net zo'n monster is als zijzelf, om de façade op te houden. Maar Hirtmann slaagde er heel goed in, toen hij nog op vrije voeten was, om zijn woede en gekte los te koppelen van zijn sociale leven. Hij was expert in het anderen op het verkeerde been zetten. Dat is andere psychopaten ook wel gelukt, maar die hadden geen van allen zo'n vooraanstaande baan als hij.'

Propp stond op en liep langzaam, achter iedereen om, om de tafel. Het irriteerde Servaz enorm, hij nam aan dat het een psychologentrucje was.

'Hij wordt ervan verdacht in vijfentwintig jaar tijd meer dan veertig vrouwen vermoord te hebben. Veertig moorden en geen enkele aanwijzing, niets wat hem ermee in verband brengt! Zonder die krantenknipsels die bij hem thuis en in de bankkluis werden aangetroffen, zouden die moorden nooit aan hem gelinkt zijn.'

Propp bleef achter Servaz staan, die weigerde om te kijken. In plaats daarvan keek hij naar Irène, die tegenover hem zat.

'En dan opeens laat hij een spoor achter – een doodgewoon, ordinair, duidelijk spoor.'

'Je vergeet iets,' zei Ziegler.

Propp ging weer zitten.

'Toen hij begon met moorden, bestond DNA-onderzoek nog helemaal niet, of was het in ieder geval nog niet geschikt als bewijsmateriaal.'

'Dat klopt, maar...'

'Je bent dus van mening dat het niets voor Hirtmann is om een spoor achter te laten. Dat bedoel je toch?' zei Ziegler, die hem recht aankeek.

Propp knipperde met zijn ogen en knikte.

'Volgens jou heeft hij, ondanks het feit dat zijn DNA daar is aangetroffen, dat paard niet gedood?'

'Dat heb ik niet gezegd.'

'Verklaar je nader.'

'Je moet niet vergeten dat hij al een paar jaar vastzit. Voor hem zijn de omstandigheden veranderd. Hirtmann is al lange tijd opgesloten en verveelt zich dood. Hij kwijnt langzaam weg – en dat voor een eens zo actieve man. Hij moet wat doen. Tot hij gepakt werd voor die crime passionnel, had hij een druk, goed en uitdagend sociaal leven. Hij genoot aanzien door zijn werk. Hij had een mooie vrouw, en zijn orgies werden bezocht door de crème de la crème van Genève. En ondertussen, in het diepste geheim, ontvoert, martelt, verkracht en vermoordt hij jonge vrouwen. Oftewel: voor een monster als hij had hij een droomleven. Hij wilde niet dat daar een eind aan kwam. Daarom zorgde hij ervoor dat zijn slachtoffers nooit werden gevonden.'

Propp ondersteunde zijn hoofd met zijn handen.

'Tegenwoordig heeft hij niets te verbergen. Integendeel: hij wil graag dat men weet dat hij het heeft gedaan; hij wil dat er over hem wordt gepraat, hij wil aandacht.'

'Maar hij zou ook kunnen ontsnappen om ergens anders opnieuw te beginnen,' wierp Servaz tegen. 'Waarom ging hij terug naar zijn cel? Dat slaat toch nergens op.'

Propp krabde in zijn baard.

'Ik geef toe dat die vraag mij ook bezighoudt sinds gisteren. Waarom ging hij terug naar de Kliniek? Hij wist dat hij het risico liep dat hij er niet nog een keer uit zou komen als de beveiliging zou worden aangescherpt. Waarom nam hij dat risico? Je hebt gelijk: dat slaat nergens op.'

'Tenzij we ervan uitgaan dat hij het spelletje leuker vindt dan zijn vrijheid,' zei Ziegler. 'Of omdat hij zeker weet dat hij er alsnog uit kan.'

'Hoe dan?' vroeg Espérandieu verbaasd.

'Ik dacht dat Hirtmann de tweede moord onmogelijk gepleegd

kon hebben,' zei Servaz. 'Gezien de beveiliging. Daar waren we het toch over eens?'

De psychiater keek hen een voor een aan, terwijl hij nog steeds aandachtig door zijn baard wreef. Achter zijn brillenglazen leken zijn lichtbruine ogen overrijpe druiven.

'Ik denk dat jullie deze man schromelijk onderschatten,' zei hij. 'Ik denk dat jullie absoluut niet beseffen met wat voor iemand jullie te maken hebben.'

'De bewakers,' zei Cathy d'Humières opeens. 'Hoe staat het daarmee?'

'Geen idee,' zei Servaz. 'Ik denk niet dat zij het gedaan hebben. Ook al zijn ze gevlucht. Ze zijn niet geraffineerd genoeg. Tot nu toe hebben ze zich alleen maar schuldig gemaakt aan ordinaire geweldsmisdrijven. Een huisschilder verandert niet van de ene op de andere dag in een Michelangelo. De uitstrijkjes die gemaakt zijn zullen aantonen of ze op de plaats delict waren, al denk ik dat niet. Maar dat ze iets te verbergen hebben, is duidelijk.'

'Ik ben het met je eens,' zei Propp. 'Ik heb hun verhoorverslag gelezen. Ze passen niet in het plaatje. Maar ik ga checken of ze een psychiatrisch verleden hebben. Kruimeldieven veranderen wel vaker van de ene op de andere dag in onvoorstelbaar wrede monsters. De menselijke geest blijft een mysterie. Laten we vooral niets uitsluiten.'

Servaz schudde fronsend zijn hoofd.

'En over dat pokerspelletje: misschien kregen de mannen ruzie, of had Grimm schulden...'

'En er is nóg iets,' zei de aanklaagster. 'Eerst hadden we alleen een dood paard, en was het geen haastklus. Nu hebben we een menselijk slachtoffer. En het zal niet lang duren voor de media de twee zaken met de Kliniek in verband brengen. Als uitlekt dat Hirtmanns DNA gevonden is, en ik hoop heel erg dat dit niet gebeurt, krijgen we de hele pers over ons heen. Heb je gezien hoeveel journalisten er voor de deur staan? Dit zijn de twee belangrijkste vragen op dit moment: zat er een lek in de beveiliging van de Wargnier Kliniek? En zijn wegafzettingen en kordons afdoende? Hoe eerder we daar antwoord op hebben, hoe beter. Ik stel voor dat we nu meteen naar de Kliniek rijden.'

'Als we dat doen,' wierp Ziegler tegen, 'worden we gevolgd door die journalisten die ons staan op te wachten. Dat moeten we niet hebben.'

De aanklaagster dacht even na.

'Je hebt gelijk, we kunnen beter morgen gaan. Ik organiseer in de tussentijd een persconferentie om de aandacht van het journaille af te leiden. Martin, hoe denk jij erover?'

'Ziegler, Propp en ik gaan morgenochtend naar de Kliniek terwijl jij die persconferentie geeft. Espérandieu woont de autopsie bij en vandaag verhoren we de vrouw van de apotheker.'

'Prima. Maar laten we onze prioriteiten niet uit het oog verliezen: a) uitzoeken of en hoe Hirtmann uit de Kliniek heeft kunnen ontsnappen, en b) het verband tussen de twee zaken zien te vinden.'

'Er is één invalshoek die we over het hoofd hebben gezien,' zei Simon Propp na de vergadering.

'Welke dan?' vroeg Servaz.

Ze stonden op het parkeerplaatsje achter het gebouw, uit het zicht van de media. Servaz richtte zijn sleutel op de auto, die door de wegenwacht was voorzien van vier nieuwe banden. Er vielen een paar vlokken sneeuw, en de lucht was aanhoudend grijs: het kon elk moment weer gaan sneeuwen.

'Eigendunk,' antwoordde de psychiater. 'Iemand in dit dal speelt voor God. Hij denkt dat hij boven iedereen verheven is, boven de wet staat, en hij manipuleert ons, gewone stervelingen. Daar is ongelooflijk veel eigendunk voor nodig. Een dergelijk ego zal zich hoe dan ook openbaren – tenzij hij zijn eigendunk verborgen weet te houden door de schijn van extreem valse bescheidenheid.'

Servaz stond stil en keek naar Propp.

'Dat is Hirtmann ten voeten uit,' zei hij. 'Op die valse bescheidenheid na misschien.'

'Maar dat geldt voor heel veel mensen,' zei Propp. 'Eigendunk vind je overal.'

Het huis van de apotheker was het laatste in de straat. Een straat die eigenlijk geen straat mocht heten. Het leek meer op een pad. Het huis deed Servaz Zweeds aan of Fins, in elk geval iets Scandinavisch. Het was bedekt met verschoten blauwe dakspanen, en had een groot terras dat een gedeelte van de eerste verdieping in beslag nam. Het huis was omgeven door berken en beuken.

Servaz en Ziegler stapten uit de auto. Aan de andere kant van het pad maakten dik aangeklede kinderen een sneeuwpop. Servaz zette zijn kraag op en keek toe hoe ze het laatste beetje sneeuw van het gazon schraapten. Als teken des tijds hadden ze hun creatie bewapend met een plastic geweer. Heel even was Servaz aangenaam verrast dat de kinderen, ondanks de krijgshaftige houding van de sneeuwpop, nog steeds buiten speelden en niet alleen maar op hun kamer zaten, vastgelijmd aan hun pc's en spelcomputers.

Toen verstijfde hij. Een van de jongetjes was naar de vuilnisbakken gelopen die aan de straat stonden. Servaz zag hem op zijn tenen staan om er een open te maken. Voor de ogen van de verbaasde politieman stak de jongen zijn arm erin en haalde er een dode kat uit. Hij hield het beestje bij zijn nekvel vast, liep ermee terug over de besneeuwde grond en liet het op twee meter van de sneeuwpop vallen.

Het leek verbazingwekkend echt: het zag eruit alsof de sneeuwpop zojuist de kat had neergeschoten.

'Jezus nog aan toe,' zei Servaz geschrokken.

'Volgens kinderpsychiaters heeft zoiets niets te maken met de invloed van televisie en media,' zei Irène Ziegler, die naast hem stond. 'Kinderen weten heel goed wat wel en niet echt is.'

'Dat geloof ik meteen,' zei Servaz. 'Ik speelde als kind Tarzan, maar ik heb altijd geweten dat ik geen gorilla zou tegenkomen of aan een liaan kon slingeren.'

'En toch worden ze van heel jongs af aan overspoeld met gewelddadige spelletjes, plaatjes en denkbeelden.'

'Laten we hopen dat die psychiaters gelijk hebben,' zei hij ironisch.

'Ik heb zo'n vermoeden dat ze ongelijk hebben.'

'Dat komt doordat je een agent bent.'

Er stond een vrouw in de deuropening op hen te wachten, ze stond te roken. Met samengeknepen ogen door de rook, wachtte ze hun komst af. Ondanks het feit dat de gendarmerie haar drie uur geleden op de hoogte had gebracht van de moord op haar man, maakte ze geen erg verdrietige indruk.

'Hallo Nadine,' zei Chaperon, die mee was gevraagd door Ziegler. 'Gecondoleerd. Je weet hoe gesteld ik was op Gilles... Vreselijk wat er is gebeurd...'

De burgemeester kwam niet goed uit zijn woorden, hij kon er nog altijd niet over praten. De vrouw omhelsde hem, maar toen hij zijn armen om haar heen wilde slaan, hield ze hem gedecideerd op afstand, en richtte ze haar aandacht op het andere bezoek. Ze was in de vijftig, lang en slank, met een gezicht dat iets van een paard had en grijs haar. Servaz condoleerde haar. Ze gaf hem een opvallend stevige handdruk. De sfeer was vijandig. Wat had Chaperon ook alweer over haar verteld? Dat ze voor een liefdadigheidsinstelling werkte.

'De politie wil je graag een paar vragen stellen,' ging de burgemeester verder. 'Ze hebben me beloofd dat ze het zullen beperken tot het meest dringende. De rest komt later. Mogen we binnenkomen?'

Zonder iets te zeggen draaide de vrouw zich om en ging hen voor. Servaz zag dat het huis helemaal uit hout was opgetrokken. Er was een kleine hal, met een schemerlamp rechts op een plank, naast een opgezette vos met een kraai in zijn bek. Het deed Servaz denken aan een jachtverblijf. Er stond ook een kapstok, maar Nadine Grimm bood niet aan hun jassen aan te nemen. Ze liep een steile trap op, die naar het terras op de eerste verdieping leidde. Zonder een woord wees ze naar een rieten bank vol oude kussens die uitkeek over de weilanden en bossen. Zelf liet ze zich in een schommelstoel vallen die bij de balustrade stond en trok een deken om zich heen.

'Dank u,' zei Servaz. 'Mijn eerste vraag is,' voegde hij er na een korte aarzeling aan toe, 'of u enig idee hebt wie uw man vermoord zou kunnen hebben.'

Nadine blies de rook van haar sigaret uit en keek Servaz diep in de ogen. Ze bewoog haar neusvleugels alsof ze zojuist iets vies had geroken.

'Nee. Mijn echtgenoot was apotheker, geen gangster.'

'Kreeg hij vreemde telefoontjes of werd hij bedreigd?'

'Nee.'

'Kwamen er drugsverslaafden in de apotheek? Is hij overvallen?'

'Nee.'

'Leverde hij methadon?'

Ze keek hen aan met een blik vol ongeduld vermengd met ergernis.

'Komen er nog meer van zulke vragen? Mijn man had niets van doen met drugsverslaafden, had geen vijanden, en hij deed geen duistere zaakjes. Hij was gewoon een imbeciel en een zatlap.'

Chaperon trok wit weg. Ziegler en Servaz keken elkaar aan.

'Wat bedoelt u daarmee?'

Ze kon haar walging niet onderdrukken.

'Gewoon, wat ik zeg. Wat er gebeurd is, is afschuwelijk. Geen idee wie zoiets gedaan zou kunnen hebben. Laat staan waarom. Ik kan maar een ding bedenken: een van die gekken uit het gekkenhuis is ontsnapt. Daar zou ik maar snel iets aan doen,' voegde ze er bitter aan toe. 'Maar als u hoopte hier een huilende weduwe aan te treffen, moet ik u teleurstellen. Mijn man was niet echt dol op mij, en ik niet op hem. Ik verachtte hem. Ons huwelijk was al tijden... een modus vivendi. Maar dat is geen reden om hem te vermoorden.'

Servaz, die niet goed oplette, dacht eerst een bekentenis te horen, tot hij begreep dat het juist het tegendeel was. Hij had zelden zo'n kil en vijandig iemand gezien. Zo veel arrogantie en afstandelijkheid brachten hem van zijn stuk. Hij wist even niet hoe hij moest reageren. Ze zouden in de levens van de Grimms moeten gaan spitten – maar hij vroeg zich af of het daar nu het geschikte moment voor was.

'Waarom verachtte u hem?' vroeg hij uiteindelijk.

'Dat heb ik net gezegd.'

'U zegt dat uw man een imbeciel was. Waarom vindt u dat?'

'Ik zou het moeten kunnen weten, denkt u ook niet?'

'Kunt u iets specifieker zijn?'

Ze stond op het punt om iets heel naars te zeggen. Maar toen ze Servaz aankeek, slikte ze het in. Ze blies nog wat rook uit en zei, met een minachtend handgebaar: 'Mijn man is apotheker geworden omdat hij te stom en te lui was om dokter te worden. Hij heeft die apotheek dankzij de goedlopende zaak van zijn ouders kunnen kopen. De locatie is prima, midden in het centrum van Saint-Martin. Maar omdat hij zo lui is en het gewoon niet in zich heeft, heeft de zaak nog nooit winst gemaakt. Er zijn zes apotheken in Saint-Martin. Die van hem had verreweg de minste klanten; je ging er alleen heen als het niet anders kon, of per ongeluk: toeristen die toevallig voorbijliepen en iets nodig hadden. Zelfs ik haalde mijn medicijnen liever ergens anders.'

'Waarom bent u niet gescheiden?'

Ze gniffelde.

'Ziet u mij, op mijn leeftijd, weer helemaal opnieuw beginnen? Ons huis is groot genoeg. We hadden allebei onze eigen afdeling en ontliepen elkaar zo veel mogelijk. Trouwens, ik ben veel weg voor mijn werk. Dat maakt het... makkelijker.'

Servaz dacht aan een Latijnse uitdrukking: *Consensus non concubitus facit nuptias*. Een huwelijk bestaat bij de gratie van overeenstemming, niet het delen van het bed.

'Hij pokerde iedere zaterdag,' zei hij, en wendde zich tot de burgemeester. 'Wie deden er nog meer mee?'

'Ik en een paar vrienden,' antwoordde Chaperon, 'dat heb ik ook al tegen uw collega gezegd.'

'Wie waren er gisteren?'

'Serge Perrault, Gilles en ik.'

'Spelen jullie vaak samen?'

'Ja.'

'Speelden jullie om geld?'

'Ja, om kleine bedragen. Of een etentje. Hij had geen schulden, als u dat bedoelt. En trouwens, Gilles won meestal; hij was erg goed,' voegde hij eraan toe, terwijl hij de weduwe aankeek.

'Is er gisteren iets bijzonders gebeurd?'

'Zoals?'

'Geen idee. Ruzie?'

'Nee.'

'Waar speelden jullie?'

'Bij Perrault.'

'En daarna?'

'Gilles en ik gingen tegelijk weg. Zoals altijd. Gilles ging naar huis; ik ook.'

'Is u op weg naar huis iets opgevallen? Bent u iemand tegengekomen?'

'Niet dat ik me kan herinneren.'

'Gedroeg uw man zich de laatste tijd anders dan anders?' vroeg Ziegler aan Nadine Grimm.

'Nee.'

'Zat hij ergens mee?'

'Nee.'

'Kende uw man Eric Lombard?'

Ze keek hen niet-begrijpend aan. Toen kwam er een glinstering in haar ogen. Ze drukte haar sigaret uit tegen de balustrade en glimlachte.

'Denkt u dat er een verband is tussen de moord op mijn man en het gedoe met dat paard? Dat is absurd!'

'U geeft geen antwoord.'

Ze gniffelde weer.

'Alsof iemand als Lombard iets te maken zou willen hebben met zo'n loser. Nee. Voor zover ik weet niet.'

'Hebt u een foto van uw man?'

'Waar hebt u die voor nodig?'

Servaz verloor bijna zijn zelfbeheersing, hij vergat bijna dat ze pas een paar uur weduwe was. Maar hij hield zich in.

'Voor het onderzoek,' zei hij. 'Een paar foto's zou nog beter zijn. Recente.'

Hij keek Ziegler aan, die hem meteen begreep: de afgehakte vinger. Servaz hoopte dat de zegelring op een van de foto's te zien zou zijn.

'Ik heb geen recente foto's. En ik heb geen idee waar de oudere liggen. Ik ga wel zoeken. Verder nog iets?'

'Voorlopig niet,' zei Servaz terwijl hij opstond.

Hij was door en door koud, en wilde gewoon zo snel mogelijk weg. Hij vroeg zich af of de weduwe Grimm hen daarom buiten had laten zitten, omdat ze dan zo snel mogelijk weer zouden vertrekken. Er trok een rilling door zijn lijf. Hij had net iets gezien wat hem had getroffen, iets wat alleen hij gezien had: toen Nadine Grimm haar sigaret had uitgedrukt, had hij duidelijk de littekens op haar pols gezien... De vrouw had er een eind aan willen maken.

Zodra ze weer in de auto zaten, richtte hij zich tot de burgemeester. Hij wilde iets weten.

'Had Grimm een maîtresse?'

'Nee,' antwoordde Chaperon zonder enige aarzeling.

'En dat weet u zeker?'

De burgemeester keek hem vreemd aan.

'Zoiets weet je nooit helemaal zeker. Maar voor Grimm steek ik mijn hand in het vuur. Hij was iemand die niets te verbergen had.'

Servaz dacht even na over de woorden van de burgemeester.

'Als er iets is wat ik in mijn beroep geleerd heb,' zei hij, 'dan is het wel dat schijn bedriegt. Iedereen heeft iets te verbergen.'

Terwijl hij dit zei, keek hij in de achteruitkijkspiegel en zag weer iets ongewoons: Chaperon zag lijkbleek en had opeens een doodsbange blik in zijn ogen.

***

De ijskoude wind sloeg Diane in haar gezicht. Gelukkig had ze haar donzen jas, een coltrui en haar bontgevoerde laarzen aan. Terwijl ze naar haar Lancia liep, haalde ze haar sleutels tevoorschijn. Ze was blij dat ze even weg kon. Ze ging achter het stuur zitten, stak de sleutel in het contact, wilde de motor starten, maar hoorde alleen een zachte klik. Er gingen waarschuwingslichtjes branden, die meteen weer uitgingen. Verder niets. Verdomme! Nog een keer. Hetzelfde resultaat. Nee, hè! Ze bleef het proberen, zonder resultaat.

De accu is leeg, dacht ze bij zichzelf. Of het is te koud.

Ze vroeg zich af of er iemand was om haar te helpen, maar ze verwachtte van niet. Ze zat roerloos achter het stuur en keek naar het gebouw. Zonder aanleiding ging haar hart tekeer. Ze voelde zich opeens erg ver van huis.

12

Die avond kreeg Servaz een telefoontje van Alexandra, zijn ex-vrouw. Ze belde over Margot. Servaz was gelijk bezorgd. Alexandra vertelde dat hun dochter had besloten te stoppen met pianoles en karate, hobby's die ze al van kinds af aan beoefende. Margot had niet gezegd waarom ze ermee wilde stoppen, alleen dat ze niet op andere gedachten te brengen was.

Alexandra maakte zich hier druk om. Margot gedroeg zich vreemd de laatste tijd. Haar moeder had de indruk dat ze iets verborg. Ze praatten niet meer zoals vroeger met elkaar. Servaz liet zijn ex haar verhaal doen, terwijl hij zich ondertussen afvroeg of ze het hele verhaal ook al aan Margots stiefvader had verteld – of had ze hem erbuiten gelaten?

Hoewel hij zich bewust was van zijn bekrompenheid, hoopte Servaz het laatste. 'Heeft ze een vriendje?' vroeg hij.

'Ik denk het wel. Maar ze wil het er niet over hebben. En dat is niks voor haar.'

Hij vroeg of ze haar spullen doorzocht had. Hij kende Alexandra goed genoeg. Dat had ze dus ook. Maar ze had niets gevonden.

'Je hebt tegenwoordig met al die mailtjes en sms'jes geen idee meer met wie ze omgaan. Ik maak me zorgen, Martin. Praat jij eens met haar. Misschien neemt ze jou wel in vertrouwen.'

'Is goed. Ik praat wel met 'r. Er is vast niks aan de hand.'

Maar hij herinnerde zich zijn dochters verdrietige uitstraling. De wallen onder haar ogen. En vooral de blauwe plek op haar wang. Hij kreeg meteen weer een knoop in zijn maag.

'Dat is lief, Martin. En hoe gaat het met jou?'

Hij praatte eromheen en begon over de zaak, zonder in detail te treden. Toen ze nog getrouwd waren, had Alexandra geregeld bijzonder goede ingevingen gehad, of iets vanuit een andere invalshoek bekeken.

'Een paard en een naakte man? Raar. Blijf het hierbij, denk je?'

'Ik ben bang van niet. Maar hou dat alsjeblieft voor je. Ook niet tegen die geveltoerist van je zeggen,' voegde hij eraan toe, nog steeds niet in staat om het pilootje dat hem zijn vrouw had afgepakt bij naam te noemen.

'Je zou bijna denken dat ze iets heel ergs uitgespookt hebben,' zei ze toen hij haar over Lombard en Grimm had verteld. 'En dat ze het samen gedaan hebben. Iedereen heeft iets te verbergen.'

Servaz knikte in stilte en bedacht dat zij dat wist als geen ander. Ze waren vijftien jaar getrouwd geweest. Hoe lang had ze hem bedrogen met haar piloot? Hoe vaak hadden ze samen een hoogtepunt bereikt – hoe toepasselijk voor een piloot en een stewardess? En na iedere vlucht had ze het gezinsleven weer opgepakt alsof er niets gebeurd was, altijd met cadeautjes. Tot ze de knoop definitief doorhakte. Om zich te rechtvaardigen had ze gezegd dat Phil geen nachtmerries had, niet leed aan slapeloosheid – en dat hij niet 'constant omgeven was door lijken'.

'Waarom een paard,' vroeg hij. 'Wat is het verband?'

'Geen idee,' antwoordde ze onverschillig, en hij wist wat dat betekende: ze was klaar met het uitwisselen van gedachten over zijn werk. 'Jij bent agent; ik niet,' zei ze. 'Maar goed. Ik ga ophangen. Praat jij met Margot?'

Ze verbrak de verbinding. Wanneer was het fout gegaan? Wanneer waren ze uit elkaar gegroeid? Toen hij steeds meer tijd op kantoor ging doorbrengen in plaats van thuis? Of al eerder? Ze hadden elkaar op de universiteit leren kennen en waren krap een half jaar later getrouwd, tegen het advies van haar ouders in. In die tijd, als student, wilde hij docent Latijn en literatuur worden, net als zijn vader, en 'een goed boek' schrijven. Alexandra was iets bescheidener en had een opleiding toerisme gedaan. Vervolgens was hij bij de politie terechtgekomen. De officiële verklaring luidde dat het een opwelling was, in werkelijkheid was zijn verleden de reden.

Hij dacht aan Alexandra's woorden: je zou bijna denken dat ze iets vreselijks gedaan hebben. Samen.

Met haar scherpe geest, die anders werkte dan die van een agent, had ze haar vinger op een essentieel punt weten te leggen. Maar zouden Lombard en Grimm samen iets hebben kunnen doen dat aanzette tot wraak? Dat leek hem erg onwaarschijnlijk. En als het wel zo was, hoe paste Hirtmann dan in het plaatje?

Opeens dacht hij aan iets heel anders. Margot. Zou ze in gevaar zijn? De knoop in zijn maag werd harder. Hij pakte zijn jas en liep zijn kamer uit. Bij de receptie vroeg hij of hij ergens gebruik kon maken van een computer en een webcam. De receptioniste bracht hem naar een vergaderzaaltje. Servaz bedankte haar en klapte zijn mobieltje open.

'Pap?' zei zijn dochter.

'Sluit je webcam aan,' zei hij.

'Nu?'

'Ja, nu.'

Hij ging online. Na een paar minuten had hij nog steeds geen contact met zijn dochter. En net toen hij ongeduldig begon te worden, zag hij op zijn scherm dat zijn dochter online was. Servaz zette meteen de webcam aan en boven de camera begon een blauw lampje te knipperen.

Margot zat in haar slaapkamer, een dampende mok in haar hand, en ze keek hem nieuwsgierig en op haar hoede aan. Achter haar hing een enorme poster van *The Mummy*, waarop een per sonage zichtbaar was met een pistool, tegen een achtergrond van woestijn, zonsondergang en piramides.

'Wat is er?' vroeg ze.

'Dat kan ik beter aan jou vragen.'

'Pardon?'

'Je bent gestopt met pianolessen en karate. Waarom?'

Hij realiseerde zich, een beetje te laat, dat hij kortaf klonk en veel te direct was. Dat kwam door het wachten, wist hij. Maar hij had het anders moeten aanpakken, hij had moeten beginnen met een minder dringend onderwerp, haar eerst aan het lachen moeten krijgen, zoals hij dat altijd deed.

'Je hebt mama dus gesproken.'

'Ja.'

'En wat heeft ze nog meer verteld?'

'Eh... wat bedoel je?'

'Het is heel simpel: ik zal nooit echt goed worden op de piano, dus dan kan ik beter stoppen. Het is gewoon niet mijn ding, da's alles.'

'En karate?'

'Ben ik klaar mee.'

'Klaar mee?'

'Ja.'

'Vreemd. Zomaar opeens?'

'Nee, helemaal niet. Ik heb er goed over nagedacht.'

'En wat ga je nu doen?'

'Ik zou het niet weten. Moet ik iets anders doen dan? Ik geloof dat ik oud genoeg ben om dat zelf te bepalen, toch?'

'Dat denk ik ook,' gaf hij toe, en dwong zichzelf te glimlachen.

Zijn dochter lachte niet terug. Ze keek fronsend in de camera. De lamp naast haar bescheen haar gezicht van een kant waardoor de blauwe plek nóg beter zichtbaar was. De piercing in haar wenkbrauw glinsterde als een echte robijn.

'Waar komen al die vragen opeens vandaan? Waar zijn mama en jij mee bezig?' vroeg Margot, die steeds scheller klonk. 'Waarom heb ik verdomme het gevoel dat ik ondervraagd word?'

'Margot, ik vroeg alleen... en je hoeft geen antwoord te...'

'Nee? Weet je, pap; als je iedereen zo verhoort, schiet het niet erg op, denk ik.'

Ze sloeg met haar vuist op tafel, en hij schrok zich rot van het geluid.

'Godverdomme, kut!'

Hij kreeg een angstig voorgevoel. Alexandra had gelijk: dat was niets voor hun dochter. Ze moesten maar afwachten of dit iets tijdelijks was en veroorzaakt door iets waar hij geen weet van had, of dat ze door iemand werd beïnvloed.

'Sorry, lieverd,' zei hij. 'Ik ben mezelf niet door die nieuwe zaak. Sorry.'

'Oké.'

'Ik zie je over twee weken, toch?'

'Je belt voor die tijd toch nog wel?'

Hij glimlachte. Zo kende hij zijn dochter weer.

'Natuurlijk. Fijne avond, lieverd.'

'Jij ook.'

Hij ging terug naar zijn kamer, gooide zijn jas op het bed en pakte een klein flesje whisky uit de minibar. Daarna ging hij op het balkon staan. Hij zag een paar sterren die straalden alsof ze opgepoetst waren. Servaz dacht dat het erg koud zou worden. De kerstverlichting vormde een stroom van glinsterend lava in de straten, maar al die drukte stelde niets voor onder de eeuwig starende blik van de Pyreneeën. Zelfs de gruwelijkste misdrijven werden onbeduidend en zinloos in de nabijheid van de bergen. Vergelijkbaar met een geplet insect op de voorruit van een auto.

Servaz leunde tegen de spijlen van de balustrade en klapte zijn telefoon weer open.

'Espérandieu,' antwoordde zijn assistent.

'Je moet wat voor me doen.'

'Wat dan? Is er een doorbraak?'

'Nee, het staat los van dc zaak.'

'O, oké.'

Servaz zocht naar de juiste woorden.

'Ik wil dat je Margot volgt als ze uit school komt. Twee keer per week. Een week of drie. Ik kan het niet zelf doen; dan heeft ze me door.'

'Pardon?'

'Je hebt me heel goed verstaan.'

Aan de andere kant van de lijn viel een lange stilte. Servaz hoorde geluiden op de achtergrond. Zijn assistent stond duidelijk in de kroeg.

Espérandieu zuchtte.

'Dat doe ik niet, Martin.'

'Waarom niet?'

'Het is tegen de...'

'Doe het voor mij,' onderbrak Servaz hem. 'Een of twee keer per week, hooguit drie weken. Te voet of met de auto. Dat is alles. Je bent de enige aan wie ik het kan vragen.'

Weer een zucht.

'Waarom?'

'Ik denk dat ze met de verkeerde mensen omgaat.'

'En dat is alles?'

'En dat haar vriendje haar slaat.'

'Verdomme.'

'Precies,' zei Servaz. 'Probeer je eens in te denken dat het Mégan overkwam, en jij het aan mij vroeg. Die dag komt trouwens misschien ook ooit een keer.'

'Oké, ik doe het. Maar niet meer dan twee keer per week. En na drie weken stop ik ermee, ook als ik dan nog niets te weten ben gekomen.'

'Prima,' zei Servaz opgelucht.

'Wat ga je doen als je vermoedens bevestigd worden?'

'Zover is het nog lang niet. Eerst maar eens uitzoeken wat er aan de hand is.'

Hij bedankte zijn assistent en hing op. Zijn gedachten waren nog steeds bij zijn dochter. Haar kleding, tatoeages, piercings... Hij zette het uit zijn hoofd en ging verder met de Kliniek. Hij stelde zich voor hoe het gebouw in de sneeuw langzaam in slaap sukkelde. Waar droomden die monsters in hun cellen 's nachts over? Over wat voor enge wezens? Welke fantasieën zouden ze hebben? Hij vroeg zich af of een enkeling wakker zou blijven, zijn blik naar binnen gericht, in gedachten in een macabere belevingswereld, vol met herinneringen aan zijn slachtoffers.

Hoog boven de bergen vloog een vliegtuig over, onderweg van Spanje naar Frankrijk. Een zilverkleurig staafje, een vallende ster, een metallic komeet, met lichten die knipperden in de avondlucht. Het viel Servaz weer op hoe afgelegen dit dal was, overal ver vandaan.

Hij liep terug naar binnen en knipte het licht aan.

Daarna haalde hij een boek uit zijn koffer en ging op het voeteneind zitten. *De Oden*, van Horatius.

Toen hij de volgende ochtend wakker werd, zag hij dat het weer had gesneeuwd: de straten en daken waren wit. Op het balkon sloeg de koude lucht hem op de borst. Hij ging vlug terug naar binnen, douchte zich en kleedde zich aan. Daarna ging hij ontbijten.

Espérandieu zat al op de grote art-decoveranda. Hij was klaar met eten en zat te lezen. Servaz sloeg hem van een afstandje gade: zijn assistent ging helemaal op in zijn boek. Servaz ging zitten en keek nieuwsgierig naar het omslag: *De jacht op het verloren schaap*, van ene Haruki Murakami. Servaz had nog nooit van hem gehoord. Hij vroeg zich in Espérandieus gezelschap wel eens af of ze wel dezelfde taal spraken, of ze niet uit verschillende werelden kwamen. De interesses van zijn assistent waren zó anders dan die van hem: stripboeken, Japanse cultuur, wetenschap, hedendaagse muziek, fotografie...

Espérandieu keek omhoog met de blik van een kind en keek op zijn horloge.

'De autopsie is om acht uur,' zei hij, en sloeg zijn boek dicht. 'Ik moet gaan.'

Servaz knikte, zonder verder iets te zeggen. Zijn assistent verstond zijn vak. Servaz nam een grote slok koffie en voelde meteen dat hij keelpijn begon te krijgen.

Tien minuten later liep hij door de besneeuwde straten. Hij had op Cathy d'Humières' kantoor afgesproken met Ziegler en Propp, om van daaruit naar de Kliniek te rijden. De aanklaagster wilde hen voorstellen aan de onderzoeksrechter die ze op de zaak had gezet. Onder het lopen nam hij de vorige dag nog eens door. Wanneer waren Lombard en Grimm tot slachtoffer gekozen? Welk verband bestond er tussen hen? Volgens Chaperon en de weduwe kenden Lombard en Grimm elkaar niet. Lombard was misschien een paar keer in de apotheek geweest, maar dat was niet zeker: er waren nog vijf andere apotheken in Saint-Martin, en bovendien zou Eric Lombard ongetwijfeld niet zelf naar een apotheek rijden om iets te halen.

Hij was opeens gespannen. Er was iets, een vaag gevoel, waardoor al zijn zintuigen op scherp stonden. De onprettige gedachte dat hij werd gevolgd...

Hij draaide zich abrupt om en keek de straat in. Niets. Alleen een stelletje dat lachend door de sneeuw liep, en een oud vrouwtje dat de hoek om ging, een boodschappentas aan haar arm.

Jezus, ik word paranoia in dit dal, dacht Servaz.

Vijf minuten later passeerde hij het hek van de rechtbank. Op het bordes stonden advocaten te praten die de ene sigaret met de andere aanstaken. Familieleden van aangeklaagden beten hun nagels kapot in afwachting van de hervatting van het proces. Servaz liep door de hal naar de grote trap naar boven, links achterin. Toen hij op de eerste verdieping was, stoof een kleine kerel van achter een marmeren zuil de trap af.

'Commandant!'

Servaz stond stil. Hij bekeek de man die op hem afkwam.

'Aha,' zei de man, 'u bent dus de smeris uit Toulouse.'

'Ken ik u?'

'Ik heb u gisteren gezien op de plaats delict, met Catherine,' zei de man, die zijn hand uitstak. 'Ze vertelde me uw naam. Ze schijnt te denken dat u de juiste man bent voor deze zaak.'

Catherine... Servaz gaf de man een hand.

'En u bent?'

'Gabriel Saint-Cyr, onderzoeksrechter in ruste. Ik ben gepensioneerd. Ik heb bijna vijfendertig op deze rechtbank gewerkt.' Hij spreidde zijn armen en keek om zich heen in de enorme hal. 'Ik ken het hier als mijn broekzak. Evenals ik alle inwoners van dit stadje ken.'

Servaz bestudeerde hem aandachtig. Hij was klein, maar had de bouw van een worstelaar. Hij had een vriendelijk gezicht en een accent dat verried dat hij hier uit de buurt kwam. Servaz zag ook de kiene blik in zijn ogen; hij wist dat er achter het joviale uiterlijk van de voormalig magistraat een scherpe geest schuilging. In tegenstelling tot zo veel anderen die zich verstoppen achter een masker van cynisme en ironie om te verhullen dat ze geen eigen mening hadden.

'En u biedt uw diensten aan?' zei Servaz opgewekt.

De magistraat barstte in lachen uit. Een heldere, luide lach.

'Eenmaal een rechter, altijd een rechter. Ik zal niet verbloemen dat ik het jammer vind dat ik met pensioen moest, als ik zie wat er tegenwoordig allemaal gebeurt. Deze zaak is ongeëvenaard. Vroeger had je af en toe een crime passionnel of een burenruzie die uitliep in een schietpartij; gewoon stom menselijk gedrag dus. Maar als je een keer over deze zaak van gedachten wilt wisselen, dan sta ik tot je beschikking.'

'Bent u nu al vergeten dat ik geheimhouding heb, edelachtbare?' grapte Servaz.

Saint-Cyr knipoogde naar hem.

'O, u hoeft me niet alles te vertellen. Maar niemand kent de geheimen van dit dal beter dan ik. Denkt u er maar even over na.'

Daar was Servaz al druk mee bezig. Het zou best wel eens een goed idee kunnen zijn: iemand uit de plaatselijke bevolking. Iemand die zijn hele leven in Saint-Martin had gewoond, en die beroepshalve heel veel geheimen kende.

'U zult uw werk wel missen?'

'Ik zou liegen als ik zei dat het niet zo was,' biechtte Saint-Cyr op. 'Ik ben twee jaar geleden met pensioen gegaan, wegens gezondheidsproblemen. En sindsdien heb ik het gevoel dat ik een levende dode ben. Denkt u dat Hirtmann het gedaan heeft?'

Servaz stond met zijn mond vol tanden.

'U bedoelt?'

'Kom nou toch! U weet net zo goed als ik dat ze zijn DNA in de gondel van de kabelbaan hebben gevonden.'

'Van wie hebt u dat?'

Het rechtertje lachte nog maar eens luid.

'Zoals ik al zei: ik ben overal van op de hoogte. Tot snel, commandant. Ik wens u een goede jacht!'

Servaz zag hem door de draaideur in een wervelwind van sneeuw verdwijnen.

'Martin, mag ik je voorstellen aan Martial Confiant, onderzoeksrechter. Ik heb hem ingelicht over de zaak die gisteren gestart is.'

Servaz gaf de jonge politierechter een hand. Hij was begin dertig, lang en slank, erg donker getint en droeg een chique, rechthoekige bril met een dun montuur. Zijn handdruk was stevig, zijn lach hartelijk.

'In tegenstelling tot wat je zou denken, komt Martial hier vandaan. Hij is hier twintig kilometer vandaan geboren en getogen.'

'Voor uw komst vertelde mevrouw d'Humières me hoezeer ze u bewondert.'

In zijn stem was de warmte voelbaar van een tropisch eiland, met een vleugje streekdialect. Servaz keek hem lachend aan.

'We gaan zo meteen naar de Kliniek,' zei hij. 'Wilt u met ons mee?'

Hij had moeite met praten; zijn keel deed pijn.

'Is dokter Xavier hiervan op de hoogte?'

'Nee, Ziegler en ik hebben besloten er een verrassing van te maken.'

Confiant knikte instemmend.
'Prima, ik ga mee,' zei hij. 'Maar alleen deze ene keer: ik wil me niet opdringen. Ik maak er geen gewoonte van de politie in haar werk te belemmeren. Ieder zijn vak,' voegde hij toe.
Servaz zei niets. Hij hoopte dat de onderzoeksrechter zijn principes zou naleven.
'Waar is Ziegler?' vroeg d'Humières.
Hij keek op zijn horloge.
'Ze kan elk moment hier zijn. Het zal wel druk zijn vanwege de sneeuw.'
Cathy d'Humières keek naar buiten, alsof ze haast had.
'Goed. Ik heb een persconferentie. Ik zou sowieso niet zijn meegegaan. Zo'n macabere plek met dit weer – brrr, niks voor mij!'

13

'Zuurstofgebrek in de hersenen,' zei Delmas, die zijn handen waste met desinfecterende zeep en ze vervolgens onder de kraan afspoelde.

Het ziekenhuis van Saint-Martin was een groot roodstenen gebouw dat afstak tegen de met sneeuw bedekte gazons. Zoals zo vaak het geval was, lag de ingang van het mortuarium ver van de hoofdingang, onder aan een betonnen talud. Het ziekenhuispersoneel noemde deze plek De Hel. Toen hij hier een half uur eerder arriveerde, en op zijn iPod luisterde naar 'Idle Hands' van The Gutter Twins, had Espérandieu een doodskist op schragen tegen de achterwand zien staan. Hij ontmoette dokter Delmas, patholoog uit Toulouse, en dokter Cavalier, chirurg uit Saint-Martin, in de garderobe, waar ze beiden een overhemd met korte mouwen en een plastic schort aantrokken. Delmas vertelde Cavalier hoe het lijk was aangetroffen. Espérandieu kleedde zich ook om, stak een mentholsnoepje in zijn mond en haalde een pot kamfercrème tevoorschijn.

'Dat zou ik niet te vaak gebruiken,' waarschuwde Delmas hem. 'Het is nogal agressief spul.'

'Sorry, maar ik heb een gevoelige neus,' antwoordde Vincent, voor hij een mondkapje opzette.

Sinds hij bij de politie werkte had Espérandieu regelmatig autopsies moeten bijwonen, en hij wist dat als de lijkschouwer de buik opensneed om monsters te nemen – van de lever, de milt, de alvleesklier en de darmen – er dan een lucht vrijkwam die voor iedereen met een normale reukzin onverdraaglijk was.

Het stoffelijk overschot van Grimm lag op een iets schuin staande autopsietafel en was uitgerust met een afvoer en een afvoerpijp. Nogal eenvoudig, vergeleken bij de grote verstelbare tafels die Espérandieu kende uit het academisch ziekenhuis in Toulouse. Het stoffelijk overschot werd bovendien ondersteund door dwars lopende metalen stangetjes om te voorkomen dat het in zijn eigen lichaamssappen lag.

'Om te beginnen zien we de gebruikelijke tekenen van verstikking,' begon Delmas, die de zwenklamp boven het lijk bewoog.

Hij wees naar de blauwe lippen en de eveneens blauwe oorlellen van de apotheker: 'De enigszins blauwe slijmvliezen en huid...'

Hij wees naar de binnenkant van de vastgeniete oogleden van het slachtoffer: 'Hyperemie van het bindweefsel...'

Hij doelde op het opgezwollen, paarse gezicht van de apotheker. 'Opeenhoping veroorzaakt de paarse kleur. Het is alleen moeilijk zichtbaar, gezien de toestand waarin het gezicht verkeert,' zei hij tegen Cavalier, die moeite had om de bloederige massa, met daarin de uitpuilende ogen, bij elkaar te houden. 'En er is sprake van petechiën op de longen en het hart. Klassieke symptomen. Ze tonen aan dat we te maken hebben met een atypische verstikking: het slachtoffer stierf de verstikkingsdood, maar deed daar erg lang over. Deze symptomen geven ons echter geen aanvullende informatie over de doodsoorzaak.'

Delmas maakte zijn bril schoon en zette hem weer op. Hij droeg geen mondkapje. Hij rook naar eau de cologne en desinfecterende zeep.

'Degene die dit gedaan heeft, beschikt over enige medische of op zijn minst anatomische kennis,' verklaarde hij. 'Hij koos de pijnlijkste en langdurigste manier.'

Delmas wees met een van zijn dikke vingers naar de groef in de hals van de apotheker, veroorzaakt door de riem.

'Vanuit pathologisch-anatomisch oogpunt zijn er drie mechanismen die dood door verhanging kunnen veroorzaken. De eerste is vasculair, wat wil zeggen dat het bloed de hersenen niet meer kan bereiken door gelijktijdige afsluiting van beide halsslagaders. Dat gebeurt als de schuifknoop aan de achterkant zit, in de nek. In dat geval is er sprake van onmiddellijke hersenhypoxie, en treedt vrijwel meteen bewusteloosheid op, gevolgd door een snelle dood. Iemand die zelfmoord wil plegen doet er dus goed aan de schuifknoop in de nek te leggen,' voegde hij eraan toe.

Espérandieu stopte met aantekeningen maken. Hij kon het gevoel voor humor van de meeste pathologen niet echt waarderen. Cavalier hing bijna letterlijk aan zijn collega's lippen.

'Het tweede is neurologisch: als de dader het slachtoffer langzaam liet zakken door zijn polsbanden steeds losser te maken, zouden het merg en het verlengde merg dermate verwond raken – het merg in de ruggengraat dus,' voegde hij er voor Espérandieu aan toe, 'dat de dood vrijwel onmiddellijk zou intreden. Maar zo ging hij niet te werk...'

Van achter zijn brillenglazen zocht hij de blik van Espérandieu.

'O, nee, meneertje! Zo ging hij niet te werk... Onze dader is een slimme vent: hij deed de schuifknoop aan de zijkant. Op die manier krijgen de hersenen nog bloed van ten minste één slagader: van die aan de andere kant van de knoop. De polsbanden voorkwamen letsel aan de ruggengraat. Hij wist verdomd goed waar hij mee bezig was, neem dat maar van mij aan. Het slachtoffer stierf een uiterst langzame en pijnlijke dood.'

Zijn mollige, smetteloos schone vinger gleed weer over de groef.

'Hoe dan ook, we hebben hier te maken met ophanging. Kijk maar: de groef zit hoog, net onder de kaak, en gaat omhoog op de plek waar het lichaam was opgehangen. Bovendien is de groef niet volledig, wat wil zeggen dat het slachtoffer pas werd opgeknoopt nadat hij aan de brug was gehangen, en niet eerder, anders had de wond rond de hele hals en nek gezeten.'

Hij knipoogde naar Espérandieu.

'Je kent het wel: echtgenoten die hun vrouw wurgen met een touw en ons vervolgens wijs willen maken dat ze zich heeft verhangen.'

'U leest te veel detectives, dokter,' zei Espérandieu.

Delmas hield zijn lachen in en werd weer serieus. Hij zette de lamp op de aan flarden getrokken neus, het opgezwollen gezicht en de vastgeniete oogleden.

'Dit is een van de walgelijkste dingen die ik ooit gezien heb,' zei hij. 'Dit getuigt van een ondraaglijke woede en razernij.'

De psychiater had zich bij hen gevoegd. Hij zat samen met de politierechter achterin. Ziegler bestuurde de auto met vierwielaandrijving als een ervaren coureur. Servaz hield van haar manier van rijden. Net zoals hij bewondering had voor de manier waarop ze de helikopter had bestuurd. Op de achterbank had de politierechter Propp gevraagd of hij iets meer over Hirtmann wilde vertellen. Hij had met zijn oren geklapperd en was daarna net zo zwijgzaam geweest als de rest. De naargeestige sfeer in het dal maakte het er niet beter op.

De weg liep tussen hoge, besneeuwde dennenbomen. Er was een sneeuwschuiver aan het werk geweest die aan weerszijden van de weg de sneeuw had opgehoopt. Ze reden voorbij de laatste boerderij, gevangen in de kou. De hekken rond de weilanden waren bijna helemaal onder de sneeuw verdwenen en er kwam een krul rook uit de schoorsteen. Daarna was er alleen nog maar winter en stilte.

Verderop haalden ze de sneeuwschuiver in; het zwaailicht wierp een feloranje schijnsel op de witte dennenbomen, en werd het rijden gevaarlijker.

Ze reden door een versteend landschap van bomen en bevroren veengrond, omgeven door de meanderende rivier. Boven hen strekten zich de berghellingen uit, grijs en ontzagwekkend. Daarna werd het dal smaller. Het bos lag hoger dan de weg, de rivier lager. In elke bocht zagen ze de dikke wortels van beukenbomen die bloot waren komen te liggen waar de berm was afgebrokkeld. Na vele bochten zagen ze een paar gebouwen liggen met veel kleine ramen op de bovenste verdiepingen en grote ramen op de begane grond. Er liep een pad via een verroeste brug over de stroom en door de besneeuwde weilanden naar de gebouwen. Servaz las in het voorbijgaan het verroeste uithangbord met de tekst VAKANTIEKAMP LES ISARDS. De gebouwen maakten een vervallen en verlaten indruk.

Hij vroeg zich af wie er ooit op zo'n mistroostige plek een vakantiekamp was begonnen. Hij voelde de koude rillingen over zijn rug lopen als hij eraan dacht hoe dicht het bij de Kliniek lag. Maar aan de staat van het park te zien was het al gesloten geweest lang voor de Wargnier Kliniek zijn deuren had geopend.

Het dal was fabelachtig mooi; Servaz was hevig onder de indruk.

Sprookjesachtig.

Ja, dat was het, een moderne, volwassen versie van de sinistere sprookjes die hij zich herinnerde uit zijn jeugd. Want aan het eind van het dal en dit witte bos, werden ze opgewacht door de boeman.

***

'Goedemorgen, mag ik erbij komen zitten?'

Ze keek op en zag de psychiatrisch verpleger, die de dag ervoor zo abrupt was vertrokken, bij haar tafel staan. Hoe heette hij ook alweer? O ja, ze wist het nog: Alex. Het was druk in de eetzaal. Het was maandagochtend en al het personeel was aanwezig. Er klonk geroezemoes.

'Natuurlijk,' bracht ze uit.

Ze zat alleen. Het was duidelijk dat niemand van plan was haar te vragen of ze erbij wilde komen zitten. Ze merkte dat er af en toe naar haar gekeken werd. Opnieuw vroeg ze zich af wat dokter Xavier over haar verteld had.

'Ik wilde even mijn excuses aanbieden voor gisteren,' zei Alex, die ging zitten. 'Ik was misschien een beetje kortaangebonden. Ik weet niet waarom. Je vroeg helemaal geen vreemde dingen. Sorry.'

Ze keek hem aan. Hij leek oprecht. Ze knikte ongemakkelijk. Ze wilde het er niet meer over hebben. Noch hem zijn verontschuldigen horen aanbieden.

'Hoeft niet. Ik was het allang vergeten.'

'Des te beter. Je zult me wel eigenaardig vinden.'

'Nee, hoor. Ik was zelf behoorlijk vrijpostig.'

'Da's waar,' zei hij lachend. 'Je zat niet bepaald met je mond vol tanden.'

Hij nam een hap van zijn croissant.

'Wat is er gisteren in het dal gebeurd?' vroeg ze, omdat ze het ergens anders over wilde hebben. 'Ik hoorde dat er iets heel ergs gebeurd is.'

'Ze hebben het lijk gevonden van een apotheker uit Saint-Martin.'

'Hoe is hij gestorven?'

'Hij hing onder een brug.'

'O, ik begrijp het.'

'Mmmm,' zei hij met zijn mond vol.

'Wat een vreselijke manier om er een eind aan te maken!'

Hij keek op en slikte door wat hij in zijn mond had.

'Het was geen zelfmoord.'

'Wat dan?'

Hij keek haar strak aan.

'Moord.'

Ze vroeg zich af of hij serieus was. Ze bestudeerde hem glimlachend. Kennelijk niet. De lach verdween van haar gezicht. Ze voelde een rilling tussen haar schouderbladen.

'Wat vreselijk. Weet je het zeker?'

'Ja,' zei hij, en leunde over de tafel zodat hij zijn stem niet hoefde te verheffen vanwege de herrie om hen heen. 'En dat is nog niet alles...'

Hij boog zich nog verder naar haar toe. Ze vond dat hij nu wel heel dichtbij kwam. Ze ging een stukje achteruit, omdat ze geen zin had in praatjes.

'Wat ik heb gehoord is dat hij naakt was, op een cape en laarzen na. En hij was gemarteld. Rico heeft hem gevonden. Rico schrijft, maakt stripboeken, en hij loopt iedere dag hard.'

Diane hoorde hem in stilte aan. Een moord gepleegd in het dal, op slechts een paar kilometer afstand van de Kliniek...

'Ik weet wat je denkt,' zei hij.

'Is dat zo?'

'Je denkt dat het behoorlijk gestoord klinkt, en dat het hier stikt van de gestoorde moordenaars.'

'Inderdaad.'

'Maar het is onmogelijk om hieruit te ontsnappen.'

'Is dat zo?'

'Ja.'

'Er is nog nooit iemand ontsnapt?'

'Nee.' Hij slikte nog een hap door. 'En trouwens, we missen niemand.'

Ze nam een slokje van haar cappuccino en veegde de chocolade van haar lippen met een papieren servetje.

'Nou, ik voel me meteen een stuk beter,' zei ze met een grapje.

Nu was het Alex' beurt om te lachen.

'Ja, ik weet dat het hier onder normale omstandigheden al geen pretje is als je hier net werkt. Zo'n gruwelijke gebeurtenis maakt het er niet beter op. Niet echt fijn, hè? Het spijt me dat ik je dit moest vertellen.'

'Zolang jij de moordenaar maar niet bent.'

Nu lachte hij nog harder, zo hard dat anderen zich naar hem omdraaiden.

'Is dat Zwitserse humor? Geweldig!'

Ze lachte. Gisteren stapte hij kwaad op en nu deed hij zo opgewekt. Ze wist niet goed wat ze van hem moest denken. Met een hoofdknikje gebaarde ze naar de mensen om haar heen.

'Ik had eigenlijk gehoopt dat Xavier een voorstelrondje zou doen. Het wordt moeilijk om erbij te horen als niemand een handje helpt.'

Hij keek haar met een warme glimlach aan en schudde zijn hoofd.

'Dat begrijp ik. Vanochtend lukt niet meer, ik heb zo dadelijk teamoverleg, maar daarna stel ik je aan iedereen voor, oké?'

'Dat zou fijn zijn.'

'Niet meer dan normaal. Ik vraag me af waarom Xavier of Lisa dat niet gedaan heeft.'

Ik ook niet, dacht ze bij zichzelf.

* * *

De patholoog en dokter Cavalier verwijderden een van de laarzen met een ribbenschaar en een scherpe haak.

'Zo te zien waren de laarzen niet van het slachtoffer,' verklaarde Delmas. 'Ze zijn minstens drie maten te klein. Zijn voeten zijn er echt in gepropt. Ik weet niet hoe lang die ziel ze heeft gedragen, maar dat moet behoorlijk pijnlijk zijn geweest. Hoewel, niet zo pijnlijk als wat hem verder te wachten stond.'

Espérandieu keek hem aan, zijn notitieblok in de aanslag.

'Waarom zouden ze hem te kleine laarzen hebben aangetrokken?' vroeg hij.

'Dat is aan jou om uit te zoeken. Misschien wilden ze hem gewoon laarzen aantrekken en waren dit de enige die ze hadden.'

'Maar waarom kleedden ze hem uit, trokken ze zijn schoenen uit en trokken ze hem laarzen aan?'

De patholoog haalde zijn schouders op en draaide zich om, om de opengeknipte laars op een werkblad te leggen. Daarna pakte hij een vergrootglas en een pincet en verwijderde nauwgezet de steentjes en grassprietjes die in de modder en op het rubber zaten. Hij stopte de monsters in een aantal cilindervormige doosjes. Daarna pakte hij de laarzen en twijfelde duidelijk zichtbaar tussen een zwarte vuilniszak en een papieren tas. Uiteindelijk koos hij voor het laatste. Espérandieu keek hem vragend aan.

'Waarom ik deze neem? Omdat de modder op de laarzen misschien wel droog lijkt, maar dat waarschijnlijk nog niet is. Vochtig bewijsmateriaal moet je nooit in plastic verpakken, het vocht kan dan gaan schimmelen en biologisch bewijs vernietigen.'

Delmas liep om de autopsietafel heen. Hij bestudeerde de hand waarvan de vinger ontbrak.

'Hij is verwijderd met scherp, verroest gereedschap; een schaar of een kleine snoeischaar. En het slachtoffer leefde nog. Geef me dat pincet eens aan, en een zakje,' zei hij tegen Espérandieu.

Espérandieu deed wat hem gevraagd werd. Delmas hing een kaartje aan het zakje, gooide de laatste stukjes in een van de vuilnisbakken tegen de muur, en trok zijn handschoenen uit.

'We zijn klaar. Grimm is zonder twijfel gestorven door verstikking – hij is opgehangen. Ik stuur de monsters op verzoek van Ziegler naar het lab in Rosny-sous-Bois.'

'Hoe groot is de kans dat zware jongens verantwoordelijk zijn voor deze gruweldaad?'

De patholoog staarde Espérandieu aan.

'Ik doe niet aan nattevingerwerk,' zei hij. 'Ik kijk naar de feiten. Speculeren laat ik aan jou over. Wat voor zware jongens?'

'Nachtwakers. Twee gasten die al eerder veroordeeld zijn voor aanranding en geweldsmisdrijven. Misdadigers zonder fantasie, dom, en met een overvloed aan hormonen.'

'De kans is groter dat alle macho's in dit land opeens zouden begrijpen dat auto's gevaarlijker zijn dan wapens. Maar zoals ik al zei: het is jouw taak om daar uitspraken over te doen.'

Door de zware sneeuwval leek het alsof ze door een enorme slagroomtaart reden. Als bij toverslag had koning Winter de beplanting veranderd in bevroren, zeer fijn geweven spinnenwebben. De beek stroomde tussen het wit door.

Uitgehakt in de rotsen, afgebakend door een stevige vangrail, volgde de weg precies het reliëf van de berg en was zo smal dat Servaz zich afvroeg wat ze moesten doen als er een tegemoetkomende vrachtwagen op hen af zou komen.

Na de zoveelste tunnel minderde Ziegler plots vaart en reed aan de overkant van de weg een parkeerhaventje op, dat door een muurtje werd gescheiden van de bevroren berghelling.

'Wat doe je?' vroeg Confiant.

Zonder te antwoorden stapte ze uit. Ze liep naar het muurtje en de drie mannen volgden haar.

'Kijk,' zei ze.

In de verte zagen ze de gebouwen liggen.

'Bah, wat griezelig,' riep Propp uit. 'Het lijkt wel een middeleeuwse gevangenis.'

Het deel van het dal waar ze nu stonden lag nog in de schaduw van de berg, terwijl de hogergelegen gedeeltes baadden in het gele ochtendlicht, dat als een gletsjer van de pieken stroomde. Het was een ongelooflijke woeste en afgelegen plek, maar ook zo mooi dat Servaz er sprakeloos van was. De Kliniek had dezelfde titanische architectuur als de elektriciteitscentrale: hij vroeg zich af waar het gebouw oorspronkelijk voor bedoeld was geweest. Want het was duidelijk dat het uit dezelfde roemrijke tijd stamde als de fabriek met zijn ondergrondse faciliteiten. Een tijdperk waarin voor de eeuwigheid werd gebouwd. Een tijd waarin snel resultaat minder belangrijk was dan vakwerk, en waarin bedrijven niet beoordeeld werden op hun financiële positie, maar op de prestaties die ze leverden.

'Ik begin steeds minder te geloven dat iemand die het gelukt is te ontsnappen, uit zichzelf weer is teruggegaan,' voegde de psychiater eraan toe.

Servaz keek hem aan. Hij dacht precies hetzelfde. Daarna zag hij dat Confiant een paar meter verderop stond te bellen. Servaz vroeg zich af wat er nu zo dringend was.

De jonge politierechter klapte zijn mobieltje dicht en liep op hen af.

'Zullen we?' zei hij.

Een kilometer verderop, na nog een tunnel, verruilden ze de weg voor een nog smaller weggetje, dat het beekje overstak alvorens tussen de dennenbomen omhoog te gaan. Onder het dikke pak sneeuw was moeilijk te zien waar de weg precies lag, maar er was al een spoor getrokken door verschillende voertuigen. Servaz telde tien sporen en geloofde het toen wel. Hij vroeg zich af of de weg alleen naar de Kliniek leidde, of ook nog ergens anders heen. Na twee kilometer werd zijn vraag beantwoord: de weg hield op bij de gebouwen.

Ze sloegen de portieren dicht en de stilte daalde weer neer. Het was alsof ze door angst gegrepen waren. Het was erg koud en Servaz kroop zo diep mogelijk in zijn jas.

Gebouwd op het vlakste deel van de helling lag de Kliniek in het hogergelegen deel van het dal. De smalle ramen keken uit op de berg aan de overkant, met zijn enorme beboste hellingen en een piek van duizelingwekkend steile rotsen en sneeuw.

Toen zag hij een paar honderd meter verderop de gendarmes in hun winterjassen in hun walkietalkies praten, hun verrekijkers op hen gericht.

Er kwam een mannetje in een witte doktersjas naar buiten lopen om hen te begroeten. Servaz keek zijn gezelschap verbaasd aan. Confiant maakte een verontschuldigend gebaar.

'Ik ben zo vrij geweest om dokter Xavier te informeren over onze komst,' zei de politierechter. 'Ik ken hem goed.'

14

Dokter Xavier leek erg opgetogen vanwege het bezoek. Hij liep hen met gespreide armen over het besneeuwde paadje tegemoet.

'Jullie komen niet erg gelegen. We zitten midden in ons teamoverleg. Op maandag heb ik de ene vergadering na de andere met de verschillende therapiegroepen van alle afdelingen: met de doktoren, het verplegend personeel, de assistenten en de maatschappelijk werkers.'

Maar zijn brede grijns verried dat hij het helemaal niet erg vond om even uit zo'n saaie vergadering weg te lopen. Hij begroette de politierechter bijzonder hartelijk.

'Wat erg dat er eerst iets vreselijks moet gebeuren voor je een kijkje komt nemen op mijn werk.'

Xavier was een klein mannetje, jong, onberispelijk gekleed. Servaz zag de hippe stropdas onder zijn doktersjas. Hij glimlachte onophoudelijk, hij keek beide rechercheurs lankmoedig aan, met een blik die zowel vriendelijk als humorvol was. Servaz was meteen op zijn hoede; chic geklede mensen die te veel glimlachten wantrouwde hij instinctief.

Zijn blik gleed naar de hoge muren. De Kliniek bestond uit twee enorme gebouwen van vier verdiepingen, die samen een T vormden – een T waarvan het horizontale gedeelte drie keer zo lang was. Hij bestudeerde de hoge ramen in de muren van grijs steen – zo te zien dik genoeg om een raketaanval te weerstaan. Een ding was zeker: het was niet erg waarschijnlijk dat de bewoners zich hierdoor een weg naar buiten hadden kunnen verschaffen.

'We komen kijken of het waarschijnlijk is dat een van de bewoners heeft kunnen ontsnappen,' zei Confiant tegen de psychiater.

'Dat is volstrekt onmogelijk,' antwoordde Xavier zonder de minste aarzeling. 'En trouwens, we zijn niemand kwijt.'

'Dat weten we,' zei Servaz.

'Ik snap het geloof ik niet,' zei de psychiater, van zijn stuk gebracht. 'Als dat zo is, waarom bent u hier dan?'

'We vermoeden dat een van de bewoners erin geslaagd is te ontsnappen, het paard van Eric Lombard te vermoorden en weer terug te keren naar zijn cel,' zei Ziegler.

De psychiater keek haar met samengeknepen ogen aan.

'U maakt een grapje, toch?'

'Dat dacht ik ook,' haastte Confiant zich te zeggen, en hij keek de rechercheurs boos aan. 'Het klinkt absurd. Maar ze willen het graag zeker weten.'

Servaz had het gevoel dat hij een stroomstoot kreeg. Niet alleen had de jonge rechter Xavier ingelicht zonder hen daarover in te lichten, nu kraakte hij hun werk ook nog af.

'Verdenken jullie iemand in het bijzonder?' vroeg Xavier.

'Julian Hirtmann,' antwoordde Servaz op vlakke toon.

De psychiater keek hem aan, maar hield zijn mond. Hij haalde slechts zijn schouders op en draaide zich om.

'Komt u mee?'

De entree was een deur van driedubbel glas.

'Iedere bezoeker, en het personeel, komt hierdoor binnen,' zei Xavier terwijl hij de drie treden naar de deur op liep. 'Er zijn vier nooduitgangen op de begane grond en een in de kelder: twee aan weerszijden van de centrale gang, een in de keuken en nog een in het bijgebouwtje achter de fitnessruimte – maar die kunnen niet van buitenaf geopend worden, en om ze van binnenuit te openen heb je een speciale sleutel nodig. Ze gaan automatisch open bij een uitslaande brand. Maar alleen dan.'

'Wie hebben de sleutel?' vroeg Servaz.

'Een mannetje of twintig,' zei Xavier, die door de glazen deur naar binnen liep. 'De hoofden van alle units, de hoofdzuster, de drie bewakers op de begane grond, de kok, ik... Maar als iemand een deur opent, gaat er onmiddellijk een alarm af bij de beveiliging.'

'We willen een lijst van iedereen met een sleutel,' zei Ziegler.

'Is er altijd beveiliging aanwezig?' vroeg Servaz.

'Ja. Komt u maar mee, dan laat ik het zien.'

Ze waren in een grote hal aanbeland. Rechts was iets wat eruitzag als een wachtkamer, met planten en plastic kuipstoeltjes. Daartegenover stond een halfrond glazen kantoortje, van het soort dat je ook in banken of ontvangstruimtes zag. Er was niemand. Links was een grote ruimte waarvan de glimmend witte muren versierd waren met tekeningen en schilderijen. Afbeeldingen van gefolterde zichten met ontblote, vlijmscherpe tanden; lichamen in vreemde kronkels; felle kleuren. Servaz wist dat dit het werk was van de bewoners.

Daarna gleed zijn blik van de tekeningen naar een ijzeren deur met een rond raampje. De kamer van de beveiliging. Xavier stak de hal over. Hij haalde een sleutel tevoorschijn die aan een ketting aan zijn riem hing, stak hem in het slot en duwde de gepantserde deur open. Er zaten twee bewakers naar tientallen schermen te kijken. Ze droegen oranje overalls en witte T-shirts. Handboeien en sleutels rammelden aan hun riem als ze zich bewogen. Servaz zag ook flacons met traangas. Maar geen vuurwapens.

Op de schermen waren lange verlaten gangen, trappenhuizen, gemeenschappelijke ruimtes en een bedrijfsrestaurant te zien. De twee mannen keken hen onverschillig aan, hun uitdrukking net zo neutraal als die van de bewakers op de elektriciteitscentrale.

'De Kliniek is uitgerust met achtenveertig camera's,' legde Xavier uit. 'Tweeënveertig in het gebouw, en zes buiten, allemaal op strategische plaatsen.'

Hij wees naar de twee mannen.

'Er heeft altijd iemand dienst. 's Nachts één bewaker, overdag twee.'

'Eén persoon om meer dan veertig schermen in de gaten te houden,' zei Servaz meelevend.

'We werken niet alleen met camera's,' antwoordde Xavier. 'Het pand is onderverdeeld in verschillende afdelingen, ieder met een eigen beveiliging, afhankelijk van hoe gevaarlijk de bewoners zijn. Als iemand zonder toestemming van de ene naar de andere sector wil, gaat er meteen een alarm.'

Hij wees naar een aantal rode lampjes boven de schermen.

'Op alle beveiligingsniveaus zijn tevens biometrische maatregelen getroffen. Om Unit A te betreden, waar de gevaarlijkste bewoners zitten, moet je een deur door waar vierentwintig uur per dag bewaking bij zit.'

'Heeft al het personeel toegang tot Unit A?' vroeg Ziegler.

'Natuurlijk niet. Alleen de therapeuten van Unit A, de hoofdzuster, de twee bewakers van de vierde etage, de dokter, de kapelaan en ik. En sinds kort ook een Zwitserse psychologe.'

'Daar willen we ook graag een lijst van,' zei Ziegler. 'Met alle functieomschrijvingen.'

'Staat alles in de computer?' vroeg Servaz.

'Ja.'

'Wie heeft het alarm aangelegd?'

'Een particulier beveiligingsbedrijf.'

'En wie doet het onderhoud?'

'Hetzelfde bedrijf.'

'Is er een ontwerptekening beschikbaar?'

Dit leek de psychiater van zijn stuk te brengen.

'Van alle bekabeling, de installaties, de biometrische voorzieningen...'

'Die zal dat bedrijf wel hebben,' zei Xavier.

'Dan wil ik daar graag de naam, het adres en telefoonnummer van. Checken zij de apparatuur regelmatig?'

'Dat doen ze op afstand. Als er iets kapotgaat of als er ergens een kink in de kabel zit, worden ze daar onmiddellijk van op de hoogte gebracht.'

'Is dat niet gevaarlijk? De sloten kunnen dus van buitenaf worden geopend door een onbekend iemand?'

Xavier fronste zijn wenkbrauwen.

'Ze kunnen de deuren niet van het slot halen. Of de beveiliging uitschakelen. Ze kunnen alleen controleren en kijken of alles naar behoren werkt.'

'En de beveiligingsmedewerkers?' vroeg Servaz, die naar de twee mannen keek. 'Zijn zij ook van hetzelfde bedrijf?'

'Ja,' zei Xavier, die de kamer uit liep. 'Maar ze komen niet als er iets aan de hand is met een van de patiënten; dat doen de assistenten. U weet vast wel dat outsourcen, zoals dat heet, tegenwoordig nogal populair is.'

Midden in de hal bleef hij staan en keek hen aan.

'Net zoals iedereen moeten we roeien met de riemen die we hebben – en dat worden er steeds minder. De afgelopen twintig jaar heeft de regering in dit land vijftigduizend bedden en duizenden banen in psychiatrische inrichtingen wegbezuinigd. Maar de druk van buitenaf is nog nooit zo groot geweest; er zijn nog nooit zo veel gekken, psychopaten en schizofrenen geweest als tegenwoordig.'

Hij liep naar een lange gang aan het eind van de hal. De ellenlange gang leek de hele lengte van het gebouw te beslaan, maar zo nu en dan stonden ze stil bij een metalen hek, dat, zo dacht Servaz, 's nachts op slot zou gaan. Hij zag ook deuren waarop koperen naamplaatjes bevestigd waren, waaronder Xaviers naam, en eentje met 'Elisabeth Ferney, hoofdzuster'.

'Maar ik denk dat we ons gelukkig mogen prijzen,' voegde Xavier eraan toe terwijl hij hen voorging door een andere ijzeren deur. 'Om het gebrek aan personeel te compenseren, hebben we gelukkig het meest geavanceerde beveiligings- en surveillancesysteem dat er is. Dat kunnen ze niet overal zeggen. In Frankrijk verzinnen ze de belachelijkste dingen als men wil verhullen dat er geen geld en personeel is. Puur semantisch bedrog, zoals iemand laatst duidelijk maakte. Ze gebruiken terminologie als "kwaliteitsprogressie" of "jaarlijks prestatieproject", of "verpleegdiagnose". Enig idee wat een verpleegdiagnose is? Verplegend personeel de indruk geven dat zij diagnoses mogen maken, waardoor er minder artsen nodig zijn. Zo maakte een van mijn collega's mee dat het verplegend personeel iemand op de psychiatrische afdeling liet opsluiten nadat ze hem als "gevaarlijk paranoïde" hadden bestempeld, omdat hij lichtgeraakt was en openlijk een conflict had met zijn werkgever, die hij een proces wilde aandoen. Gelukkig voor die arme ziel was mijn collega aanwezig toen hij werd opgenomen, en werd hij meteen naar huis gestuurd.'

Dokter Xavier bleef midden in de gang staan en keek hen opvallend ernstig aan.

'We leven in een tijd van politieke leugenachtigheid en geïnstitutionaliseerd geweld jegens de zwaksten in onze samenleving,' zei hij somber. 'De huidige regeringen en hun slaafse volgelingen streven allemaal een dubbel doel na: de vermarkting van het individu en sociale controle.'

Servaz keek de psychiater aan. Hij was zelf tot min of meer dezelfde conclusie gekomen. Niettemin vroeg hij zich af of psychiaters het gras niet voor hun eigen voeten hadden weggemaaid in de tijd toen ze nog wél wat te zeggen hadden en allerlei experimenten uitvoerden die eerder ideologisch waren dan wetenschappelijk – met vaak vreselijke gevolgen omdat mensen als proefkonijn werden gebruikt.

In het voorbijgaan zag Servaz twee andere oranje geklede beveiligers in een glazen hokje zitten.

Ze kwamen bij het bedrijfsrestaurant, dat ze ook al hadden gezien op de schermen.

‘Hier eet het personeel,’ verduidelijkte Xavier.

De hoge ramen keken uit over een besneeuwd landschap; de muren waren in warme kleuren geschilderd. Er zat een handjevol mensen koffie te drinken. Ze liepen verder naar een kamer met een hoog plafond en zalmkleurige muren. Er stonden hier en daar makkelijke leunstoelen, informeel opgesteld.

‘Dit is de bezoekruimte,’ zei Xavier, ‘waar patiënten op hun gemak met hun familie kunnen praten. Uiteraard alleen bedoeld voor de minst gevaarlijke bewoners, wat hier niet veel wil zeggen. Er is altijd camerabewaking en assistentie.’

‘En de anderen?’ vroeg Propp, die voor het eerst sprak.

Xavier keek de psychiater behoedzaam aan.

‘De meesten krijgen nooit bezoek,’ antwoordde hij. ‘Dit is geen psychiatrisch ziekenhuis, maar ook geen modelgevangenis. Dit is een proef, uniek in heel Europa. Patiënten komen overal vandaan. Stuk voor stuk uiterst gewelddadig: aanranders, verkrachters, folteraars, moordenaars. Met als slachtoffers hun familie of onbekenden. De crème de la crème zit hier,’ voegde Xavier er met een eigenaardig lachje aan toe. ‘De meeste mensen willen hun bestaan het liefst ontkennen. Misschien zitten we daarom wel zo verafgelegen. We zijn hun laatste familie.’

Servaz vond die laatste zin een tikkeltje melodramatisch, maar dat vond hij Xavier eigenlijk sowieso.

‘Hoeveel beveiligingsniveaus zijn er?’

‘Drie. Afhankelijk van de risicofactor van de patiënt laag, middel of hoog, wat niet alleen iets zegt over de mate van beveiliging en het aantal bewakers, maar ook over de aard van de behandeling en de verhouding tussen personeel en bewoners.’

‘Wie bepaalt hoe gevaarlijk een nieuwkomer is?’

‘Onze teams. We combineren intakegesprekken, vragenlijsten en de dossiers die onze collega’s ons toesturen met een revolutionaire nieuwe methode, ontwikkeld in mijn vaderland. We hebben momenteel een nieuwkomer die geëvalueerd wordt. Loopt u maar mee.’

Hij ging hen voor naar een breed, betonnen trappenhuis. Op de eerste verdieping aangekomen, stonden ze voor een glazen deur, verstevigd met een ijzeren hekwerk.

Xavier moest nu niet alleen een code invoeren, maar ook zijn hand op een biometrische sensor plaatsen.

Op een bordje boven de deur stond: SECTOR C. LAAG RISICO. TOEGANG VOOR PERSONEEL IN DE CATEGORIEËN C, B, EN A.

'Is dit de enige toegang tot deze zone?' vroeg Ziegler.

'Nee, er is er nog een aan het eind van de gang die deze zone met de volgende verbindt – de mediumzone – een gebied waar dientengevolge alleen mensen mogen komen met niveau B en A.'

Ze liepen weer een lange gang door. Toen stopte hij voor een deur met het bordje INTAKEKAMER, en maakte hem open.

Xavier deed een stap opzij om hen door te laten.

Een raamloze ruimte, zo smal dat ze tegen elkaar aan stonden. Er zaten twee mensen achter een computerscherm, een man en een vrouw. Op het scherm waren afwisselend beelden van een videocamera te zien en een paar kaders waarin grafieken en overige informatie voorbijkwamen. De camera filmde een man in een andere raamloze ruimte, niet veel groter dan de bezemkast waarin ze zich nu bevonden. Servaz zag dat de man een virtual realityhelm droeg. Toen hij beter keek huiverde hij: de broek van de man hing op zijn knieën, en een vreemde buis waar elektroden uitstaken was bevestigd om zijn geslachtsdeel.

'Deze nieuwe methode om seksueel afwijkend gedrag te testen is gebaseerd op een virtuele werkelijkheid, en maakt gebruik van oculomotorische observatie en penisplethysmografie,' legde de psychiater uit. 'Dat is het apparaat dat aan de penis is bevestigd. Het stelt ons in staat te meten hoe iemand reageert op verschillende stimuli – met andere woorden: zijn erectie. In combinatie met de erectiele reactie wordt de beweging van de oogspieren gemeten met behulp van infrarood, dat bepaalt hoe lang de beelden bekeken worden, alsmede de exacte plek waarnaar gekeken wordt.'

De psychiater bukte en wees naar een van de kaders op het scherm. Servaz zag gekleurde lijnen omhoog- en omlaaggaan. Onder iedere lijn stond om wat voor stimulans het ging: 'volwassen man', 'volwassen vrouw', 'jongen' enzovoorts.

'De stimuli die hij via de helm te zien krijgt wisselen steeds. Volwassen man, volwassen vrouw, een meisje van negen, een jongetje van dezelfde leeftijd en ten slotte, ter controle, een onzijdig iemand. Ieder filmpje duurt drie minuten. Per film wordt de reactie gemeten.'

Hij ging rechtop staan.

'U moet weten dat de meesten van onze bewoners seksuele misdrijven hebben begaan. We hebben achtentachtig bedden: drieënvijftig in sectie C, achtentwintig in B en de zeven bewoners van Unit A.' Servaz stond tegen de muur geleund. Hij transpireerde en had last van rillingen. Zijn keel stond in brand. De aanblik van de man die in zo'n vernederende en onwerkelijke houding ter observatie zat, maakte hem onpasselijk.

'Hoeveel van hen zijn moordenaar?' vroeg hij met onvaste stem. Xavier keek hem strak aan.

'Vijfendertig. Iedereen in sectie B en A.'

Diane zag hen door de hal lopen en daarna door de gang naar de diensttrap. Drie mannen en een vrouw. Xavier praatte met hen, maar maakte een gespannen, defensieve indruk. De man en de vrouw die aan weerszijden van hem liepen, overlaadden hem met vragen. Ze wachtte tot ze weg waren; daarna liep ze naar de glazen deuren. Er stond een auto met vierwielaandrijving voor de deur met 'gendarmerie' erop.

Diane herinnerde zich het gesprek met Alex over de vermoorde apotheker; kennelijk had de politie het verband met de Kliniek ook gelegd.

Toen herinnerde ze zich nog iets anders: het ventilatierooster in haar kantoortje, en het gesprek tussen Lisa en Xavier dat ze had afgeluisterd. En het gedoe met dat paard. Toen dacht Lisa Ferney al dat de politie zou bellen. Zou er een verband bestaan tussen beide gebeurtenissen? Dat vroeg de politie zich waarschijnlijk ook af. Ze dacht weer aan het ventilatierooster en ze haastte zich de hal door.

'Hebt u iets tegen verkoudheid?'

De psychiater keek Servaz opnieuw aan, en trok een lade van zijn bureau open.

'Natuurlijk.' Hij overhandigde hem een geel buisje. 'Neem dit maar in: het is paracetamol met efedrine. Dat helpt in de regel wel. U ziet erg bleek. Zal ik een dokter laten komen?'

'Nee, dat hoeft niet. Het gaat wel.'

Xavier liep naar een koelkastje dat in de hoek van zijn kantoor stond en kwam terug met een fles water en een glas. Zijn kantoor was bescheiden. Er stonden een paar archiefkasten, een koelkastje, er hingen een paar boekenplanken met vakliteratuur. Verder stonden er een paar vensterbankplanten en een bureau dat leeg was, op een telefoon, computer en lamp na.

'Eén tegelijk innemen. Maximaal vier per dag. Neem maar mee.'

'Bedankt.'

Servaz stond diep in gedachten verzonken te kijken hoe het tablet oploste in het water. Hij had een stekende koppijn achter zijn ogen. Het koude water deed zijn keel goed. Hij baadde in het zweet; hij voelde zijn overhemd op zijn rug plakken. Hij had koorts. Hij had het koud – maar alleen vanbinnen: volgens de thermostaat was het drieëntwintig graden.

Hij zag de beelden weer voor zich van de verkrachter die op zijn beurt verkracht werd door machines, sondes en elektrische apparaten – hij voelde de gal meteen weer omhoogkomen.

'Ik wil naar Unit A,' zei hij nadat hij het glas had weggezet.

Hij had vastberaden willen klinken, maar hij was hees vanwege zijn brandende keel. De opgewekte uitdrukking van de dokter veranderde op slag in een zure blik. Het was net alsof er een wolk voor de zon schoof die het lentelandschap veranderde in iets akeligs.

'Is dat per se nodig?'

Xavier zocht met zijn ogen onopvallend steun bij de politierechter, die links van de rechercheurs zat.

'Inderdaad,' reageerde Confiant meteen. 'Is dat echt no...'

'Ik vind van wel,' zei Servaz. 'Ik ga iets vertellen wat onder ons moet blijven,' zei hij, en hij boog zich naar Xavier. 'Maar misschien weet u het al.'

Hij keek naar de jonge politierechter. De mannen keken elkaar inschattend aan. Daarna gleed Servaz' blik van Confiant naar Ziegler, en hij zag heel goed wat ze hem probeerde duidelijk te maken: rustig blijven.

'Waar hebt u het over?' vroeg Xavier.

Servaz schraapte zijn keel. Het zou nog even duren voor de medicatie aansloeg. Zijn slapen klopten.

'We hebben het DNA van een van uw bewoners gevonden op de plek waar Eric Lombards paard dood werd aangetroffen: in de gondel van de kabelbaan. Het behoort toe aan Julian Hirtmann.'

Xavier keek hem met wijd opengesperde ogen aan.

'Mijn hemel! Dat kan niet!'

'Begrijpt u wat dit impliceert?'

De psychiater keek Confiant verontrust aan en liet zijn hoofd zakken. Het was niet gespeeld. Hij wist het echt niet.

'Dat betekent,' ging Servaz onvermurwbaar verder, 'dat er twee mogelijkheden zijn. Of Hirtmann was die avond zelf ter plaatse, of iemand die dicht genoeg bij hem in de buurt is geweest om speeksel van hem met zich mee te dragen. En dat houdt in dat iemand hier, en of het om Hirtmann gaat laat ik even in het midden, erbij betrokken is, dokter Xavier.'

15

'Wat een nachtmerrie,' zei Xavier.

Hij keek hen wanhopig aan.

'Mijn voorganger, dokter Wargnier, heeft ervoor gevochten om deze Kliniek van de grond te krijgen. Er was aan tegenstand geen gebrek, dat kunt u zich voorstellen. Die weerstand is er nog steeds, en wacht op een kans om de kop weer op te steken. Er zijn mensen die vinden dat onze bewoners in de gevangenis thuishoren. Mensen die nooit hebben kunnen verkroppen dat zij in "hun" dal verblijven. Als dit uitlekt, kan de Kliniek zijn deuren wel sluiten.'

Xavier zette zijn extravagante rode bril af. Hij haalde een doekje uit zijn zak om de glazen te poetsen.

'De mensen die hier terechtkomen kunnen nergens anders heen. We zijn hun laatste strohalm: na ons is er niets meer. In gewone psychiatrische inrichtingen of ziekenhuizen zijn ze niet welkom. Er zijn in Frankrijk maar vijf instellingen voor moeilijke gevallen, en deze Kliniek is enig in zijn soort. We krijgen jaarlijks tientallen aanvragen. Hetzij voor daders van gruwelijkheden die ontoerekeningsvatbaar zijn verklaard, hetzij voor veroordeelden met persoonlijkheidsstoornissen die zo ernstig zijn dat ze niet te handhaven zijn in een gevangenis, hetzij voor psychoten die dermate gevaarlijk zijn dat ze niet thuishoren in een gewone psychiatrische inrichting. Waar moeten zij heen als wij onze deuren sluiten?'

Zijn vingers maakten steeds driftigere poetsbewegingen.

'Zoals ik al zei wordt de psychiatrie in dit land uit naam van ideologische overwegingen, uit winstoogmerk en om budgettaire redenen al vijfendertig jaar lang steeds verder uitgekleed. Deze instelling kost de belastingbetaler een hoop geld. In tegenstelling tot gewone inrichtingen voor moeilijke gevallen, maakt dit instituut deel uit van een Europees experiment, en wordt gedeeltelijk gefinancierd door de EU. Gedeeltelijk. En in Brussel zitten ook genoeg mensen die het experiment niet echt zien zitten.'

'We zijn absoluut niet van plan om deze informatie naar buiten te brengen,' zei Servaz.

De psychiater keek hem wantrouwend aan.

'Vroeg of laat lekt het uit. Hoe kunt u de zaak anders oplossen?'

Servaz besefte dat hij gelijk had.

'Er zit maar een ding op,' zei Confiant. 'We moeten deze zo snel mogelijk tot op de bodem uitzoeken om te voorkomen dat de media er lucht van krijgen en allerlei geruchten de wereld in helpen. Als we erin slagen erachter te komen wie van het personeel hierbij betrokken is, voor de pers lucht krijgt van het gevonden DNA, hebben we in elk geval kunnen bewijzen dat niemand heeft kunnen ontsnappen.'

De psychiater stemde met een hoofdknikje in.

'Ik doe mijn eigen onderzoek,' zei hij. 'En ik verleen jullie alle denkbare medewerking.'

'Mogen we in de tussentijd Unit A zien?' zei Servaz.

'Loopt u maar mee.'

* * *

Ze zat aan haar bureau. Verroerde geen vin. Hield haar adem in.

Ze hoorde elk geluid, ieder woord, alsof ze in haar kantoor stonden. De stem van de agent, bijvoorbeeld: hij klonk als iemand die heel erg moe was, maar ook veel last had van stress. Veel te veel druk op de ketel. Hij hield stand, maar hoe lang nog? Diane had elk woord dat hij had gezegd opgeslagen. Ze begreep niets van het verhaal van dat dode paard, maar ze had duidelijk gehoord dat Hirtmanns DNA op de plaats delict was aangetroffen. En dat de politie dacht dat hij een handlanger had in de Kliniek.

Een dood paard... Een vermoorde apotheker, de Kliniek als verdachte...

Ze was bang, maar tegelijkertijd borrelde er ook iets anders in haar op: een niet te onderdrukken nieuwsgierigheid. Ze dacht meteen terug aan de schaduw die 's nachts langs haar deur was gegleden.

Als student had ze een man afgeluisterd die het meisje in de kamer naast haar intimideerde en bedreigde. Hij was een paar avonden achter elkaar langsgekomen, steeds net als Diane in slaap dreigde te vallen, en iedere keer had ze hem dezelfde bedreigingen horen uiten, met een lage, norse stem. Hij zou haar vermoorden, haar leven tot een hel maken; daarna viel de deur met een klap in het slot en stierven zijn voetstappen weg in de gang. Daarna was alleen het zachte gesnik te horen geweest van de buurvrouw, als een treurige echo van duizenden andere eenzamen en verdrietigen, in de stilte van een stad.

Ze kende de man niet – ze herkende zijn stem niet – en ze was evenmin erg dik geweest met het buurmeisje; ze groetten elkaar in het voorbijgaan of maakten een nietszeggend babbeltje. Ze wist alleen dat ze Ottilie heette en economie studeerde, ze had iets met een brildragende, bebaarde medestudent, maar was meestal alleen. Geen vrienden, geen telefoontjes naar huis.

Diane wist dat ze zich er niet mee moest bemoeien; het ging haar niks aan, maar op een avond kon ze zich niet langer inhouden en volgde ze de man toen hij wegging. Zo kwam ze erachter dat hij in een leuk huisje woonde, en door het raam had ze ook een vrouw gezien. Daar had ze het bij kunnen laten. Maar ze bleef hem bespieden als ze vrij was. Van het een kwam het ander en ze kwam veel over hem te weten: hij was bedrijfsleider van een supermarkt, had een kind van vijf en een van zeven, gokte op paardenraces, en deed zijn boodschappen bij Globus, een concurrent. Ze ontdekte ook dat hij haar buurmeisje had leren kennen toen ze als bijbaantje voor hem werkte in de supermarkt. Ze raakte in verwachting van de man. Daarom zette hij haar zo onder druk, bedreigde hij haar. Hij wilde dat ze abortus liet plegen. Hij hield er nog een andere maîtresse op na; een caissière die te veel make-up gebruikte en kauwgom kauwend op haar klanten neerkeek. Zoals in het liedje van Bruce Springsteen: 'I'm in love with the Queen of the Supermarket'. Op een avond typte Diane een anonieme brief die ze bij haar buurvrouw onder de deur schoof. 'Hij gaat nooit bij zijn vrouw weg' was het enige wat erin stond. Een maand later hoorde ze dat het buurmeisje in haar twaalfde week abortus had laten plegen, nog net voordat in Zwitserland de legale termijn verstreek.

Nu vroeg ze zich weer af of die behoefte om haar neus in andermans zaken te steken uit haar jeugd stamde, een jeugd waarin stilte, geheimen, en dingen niet uitspreken veel belangrijker waren dan iets met elkaar te delen. Ze vroeg zich ook af of haar strenge, calvinistische vader haar moeder ooit ontrouw was geweest. Ze wist verdomd goed dat het andersom wel was gebeurd; dat een aantal van de mannen die haar moeder ontving misbruik maakte van haar levendige fantasie, en haar altijd teleurstelden omdat ze haar behoeftes nooit konden bevredigen.

Diane schoof ongemakkelijk heen en weer op haar stoel. Wat was er aan de hand? Hoe meer ze de puzzelstukjes in elkaar wilde leggen, hoe onrustiger ze werd.

Het ergste vond ze wat er in Saint-Martin was gebeurd. Vreselijk, en het feit dat het nu op de een of andere manier in verband werd gebracht met de Kliniek maakte het er niet beter op. Ze vond het jammer dat ze niemand in vertrouwen kon nemen, dat ze niemand had om mee te praten. Een vriend, of Pierre.

En dan was er die agent; ze wist niets van hem af, ze wist alleen hoe hij praatte. En dat hij overduidelijk last van stress had. Hij was gespannen, maakte zich zorgen. Maar tegelijkertijd was hij vastberaden. En nieuwsgierig. Hij was verstandig en zeker van zichzelf: hij leek veel op haar.

* * *

'Mag ik Elisabeth Ferney, de hoofdzuster, aan u voorstellen?'

Servaz zag een lange vrouw op hen afkomen, haar hakken tikkend op de tegels in de gang. Ze droeg haar haar los, het hing op haar schouders, maar het was niet zo lang als dat van Charlène Espérandieu. Ze begroette hen met een knikje, zonder iets te zeggen of te lachen, en haar blik rustte iets langer op Irène Ziegler dan strikt noodzakelijk.

Servaz zag dat de jonge agente haar ogen neersloeg.

Elisabeth Ferney had iets autoritairs over zich. Servaz schatte haar ergens in de veertig, maar wist dat ze net zo makkelijk vijfendertig of vijftig kon zijn, omdat haar doktersjas en strenge voorkomen het onmogelijk maakten haar leeftijd te schatten. Hij vermoedde dat ze erg energiek was, en een ijzeren wil had. En als die tweede man nou eens een vrouw was? vroeg hij zich opeens af. Hij besefte meteen hoe stom hij bezig was. Als iedereen verdacht was, wilde dat dus zeggen dat er geen verdachten waren. Ze hadden geen enkel fatsoenlijk aanknopingspunt.

'Lisa is de spil van de Kliniek,' zei Xavier. 'Ze kent het hier beter dan wie dan ook – ze kent alle therapeuten en is goed op de hoogte van het reilen en zeilen. Ze kent ook alle achtentachtig bewoners. Zelfs de psychiaters moeten aan haar verantwoording afleggen.'

De hoofdzuster vertrok geen spier. Ze gebaarde naar Xavier, die meteen stopte met praten om te horen wat ze te zeggen had. Ze fluisterde iets in zijn oor. Servaz vroeg zich af of zij niet degene was die de touwtjes in handen had. Xavier antwoordde op dezelfde manier, terwijl de anderen wachtten tot ze klaar waren met hun onderonsje. Uiteindelijk leken ze overeenstemming te bereiken, en knikte ze naar het bezoek alvorens de kamer uit te lopen.

'Waar waren we gebleven?' zei de psychiater.

Ze liepen de andere kant op en Servaz draaide zich om, om naar Lisa Ferney te kijken, haar doktersjas zat strak om haar brede schouders, haar hoge hakken tikten op de vloer. Aan het eind van de gang, voor ze om de hoek verdween, draaide ze zich om. Hun blikken kruisten, en Servaz meende een glimlach te bespeuren.

'Waar het om gaat,' zei Xavier, 'is dat we gedrag moeten zien te vermijden dat een conflict kan uitlokken.'

Ze stonden voor de laatste deur, die toegang verschafte tot Unit A. Geen stralend witte muren meer, maar kale stenen, waardoor het op een middeleeuws fort leek, maar dan met stalen deuren, zwakke neonverlichting en een betonnen vloer.

Xavier keek in de camera boven de deur. Een LED-lampje sprong van rood op groen en er sprong een slot open. Hij trok de zware deur open en gebaarde dat ze naar binnen moesten lopen, de kleine ruimte tussen de twee gepantserde deuren in.

Ze wachtten tot de eerste deur uit zichzelf met een klik in het slot viel en de sloten van de tweede deur opensprongen, met eenzelfde hoeveelheid geluid. Het leek alsof ze in de machinekamer van een boot stonden, in een duisternis die slechts verbroken werd door het licht dat door de patrijspoorten naar binnen sijpelde. Het rook er naar metaal. Xavier keek iedereen ernstig aan en Servaz verwachtte een clichéverhaal, iets wat hij tegen iedereen zei die hier naar binnen wilde.

'Welkom in de hel,' zei hij lachend.

Een glazen ruimte. Met een bewaker. Een gang. Servaz liep verder en zag een witte gang, dikke blauwe vloerbedekking, een rij deuren met aan de linkerkant een raampje en rechts verlichting.

De bewaker legde het tijdschrift weg dat hij zat te lezen en kwam naar buiten. Xavier gaf hem een formele handdruk. Het was een bonk van een kerel van bijna twee meter.

'Dit is de heer Atlas,' zei Xavier, 'zo noemen de bewoners van Unit A hem althans.'

Atlas lachte. Hij schudde iedereen de hand. Licht als een veertje, alsof hij bang was dat hij hun botten brak.

'Hoe zijn ze vandaag?'

'Rustig,' zei Atlas. 'Het wordt een prima dag.'

'Dat valt nog te bezien,' zei Xavier met een blik op het bezoek.

'Het belangrijkste is dat u hen niet uitdaagt,' zei Atlas, daarmee de woorden van de psychiater herhalend. 'Bewaar afstand. Er zijn grenzen waar u zich aan dient te houden. Als je die overschrijdt kunnen ze zich aangevallen voelen en gewelddadig reageren.'

'Ik ben bang dat zij wel grenzen zullen moeten overschrijden,' zei Xavier. 'Ze zijn van de politie.'

Atlas' uitdrukking verhardde. Hij haalde zijn schouders op en liep het glazen hok weer in.

'Loopt u maar mee,' zei Xavier.

Ze liepen een gang door, het geluid van hun voetstappen werd geabsorbeerd door het dikke blauwe tapijt. De psychiater wees naar de eerste deur.

'Andreas komt uit Duitsland. Hij heeft zijn vader en moeder in hun slaap vermoord met twee geweerschoten. Omdat hij bang was om alleen te zijn, heeft hij hen onthoofd en de hoofden ingevroren. Hij haalde ze elke avond tevoorschijn zodat ze samen tv konden kijken. Hij zette de hoofden op twee poppen waar hij de hoofden van verwijderd had, en zette ze naast hem op de bank.'

Servaz luisterde aandachtig. Hij visualiseerde het huiverend: hij dacht terug aan het paardenhoofd dat achter de manege gevonden was.

'Op een dag kwam de huisarts langs om te vragen hoe het met zijn ouders ging omdat ze een afspraak gemist hadden. Andreas sloeg hem dood met een hamer. Vervolgens onthoofde hij hem ook. Hij vond het geweldig dat zijn ouders gezelschap hadden gekregen, want de dokter was zo'n aardige man, die zo leuk het gesprek gaande hield. Uiteraard onderzocht de politie de verdwijning van de huisarts. Toen ze Andreas en zijn ouders, die op de lijst met laatste huisbezoeken stonden, kwamen ondervragen, liet Andreas hen binnen en zei: "Daar zijn ze." En ja hoor, daar lagen ze. In de vrieskist, wachtend op het volgende televisieavondje.'

'Leuk,' zei Confiant.

'Het werd problematisch,' ging Xavier verder, 'toen Andreas op de psychiatrische afdeling van het ziekenhuis waar hij was opgenomen een van de nachtzusters wilde onthoofden. De arme vrouw overleefde het, maar ze zal nooit goed meer kunnen praten en moet de rest van haar leven sjaaltjes en coltruien dragen om het afschuwelijke litteken van de brievenopener te verbergen.'

Servaz' blik zocht die van Ziegler. Hij zag dat ze hetzelfde dacht als hij. Ze hadden te maken met iemand die er duidelijk een gewoonte van maakte om te onthoofden. En zijn cel lag vlak bij die van Hirtmann. Servaz keek door het raampje. Andreas was een reus van zeker honderdvijftig kilo, kledingmaat 60 en schoenmaat 46; zijn enorme hoofd stond op zijn schouders alsof hij geen nek had, en had een fronsende blik.

Xavier wees naar de tweede deur.

'Dokter Jaime Esteban komt uit Spanje. Hij heeft twee achtereenvolgende zomers, net over de grens, drie stelletjes vermoord, in de parken Aigüestortes en Ordesa y Monte Perdido. Daarvoor was hij een voorbeeldig burger; vrijgezel, maar altijd zeer beleefd tegen de vrouwen die bij hem in de praktijk kwamen: hij was raadslid en maakte met iedereen een praatje.'

Hij liep naar het raampje, deed een stap opzij en gebaarde de anderen dat ze moesten komen.

'We weten nog steeds niet waarom hij het gedaan heeft. Hij had het op wandelaars gemunt. Stelletjes. Jong. Hij sloeg de hersens van de mannen in met een steen of stok, en verkrachtte en wurgde de vrouwen, waarna hij ze in een ravijn gooide. O, en hij dronk hun bloed. Hij denkt tegenwoordig dat hij een vampier is.

In het Spaanse ziekenhuis waar hij was opgenomen heeft hij twee verpleegkundigen in hun nek gebeten.'

Servaz liep naar het raam. Hij zag een magere man met een keurig onderhouden zwarte baard op het bed zitten; hij droeg een witte overall met korte mouwen, en zijn haar glom van de brillantine. Boven het bed hing een tv, die aanstond.

'En dan nu onze beroemdste bewoner,' kondigde Xavier aan, als een verzamelaar die trots is op zijn pronkstuk.

Hij typte een code in op het kastje naast de deur.

'Goedemorgen, Julian,' zei Xavier toen hij naar binnen liep.

Geen antwoord. Servaz liep achter Xavier aan.

Hij was verbaasd over de afmeting van de kamer. Hij leek veel groter dan de vorige cellen. De muren en de vloer waren wit, net als in de andere. Aan de andere kant van de cel stond een bed, en tegen de muur stonden een bureautje en een stoel; twee deuren in de linkermuur, waarachter misschien een badkamer en een inbouwkast, en er was een raam dat uitkeek over de bergen.

Servaz was ook verbaasd over hoe kaal de kamer was. hij vroeg zich af of Hirtmann dit zo wilde, of dat dit bewust zo was gedaan. Volgens zijn dossier was Hirtmann een nieuwsgierige, intelligente en sociaal ingestelde man, in zijn vorige leven als vrij man en moordenaar ongetwijfeld een groot lezer met veel belangstelling voor cultuur. Hier had hij niets, op een goedkope cd-speler na. In tegenstelling tot de andere cellen was het meubilair echter niet vastgenageld aan de vloer of bekleed met plastic. Het was alsof Hirtmann niet als een gevaar voor zichzelf of anderen werd beschouwd.

Servaz wilde zijn mond opendoen toen hij de muziek herkende die uit de cd-speler kwam. De Vierde Symfonie van Mahler.

Hirtmann had zijn ogen neergeslagen. Hij zat de krant te lezen. Servaz boog zich een beetje voorover. Hij zag dat hij was afgevallen vergeleken met de foto's in het dossier. Zijn huid was melkwit, bijna doorzichtig, en stond in schril contrast met zijn korte, donkere, weerbarstige haar, waarin een paar grijze haren zichtbaar waren. Hij had zich niet geschoren, maar toch leek hij van goeden huize te komen – zo zou hij er waarschijnlijk ook uitzien als hij als zwerver onder een brug woonde – en zijn vrij strenge, fronsende gezicht moest ongetwijfeld intimiderend gewerkt hebben in de rechtbank. Hij droeg een overall met daaronder een wit T-shirt, beide een beetje grauw geworden van het wassen.

Hij zag er ook wat ouder uit dan op de foto's.

'Mag ik je voorstellen aan commandant Servaz,' zei Xavier, 'de heer Confiant, politierechter, commandant Ziegler en professor Propp.'

Hirtmann keek op, en pas nu zag Servaz hoe fel hij uit zijn ogen keek. Ze weerspiegelden niet de buitenwereld, maar een innerlijk vuur. Het duurde maar heel even. Daarna verdween die blik en veranderde hij weer in de voormalig aanklager uit Genève – hoffelijk, beleefd, vriendelijk.

Hij schoof zijn stoel naar achteren en ging staan. Hij was nog langer dan op de foto's. Eén meter negentig, schatte Servaz.

'Hallo,' zei hij.

Hij keek Servaz indringend aan. De mannen observeerden elkaar even in stilte. Toen deed Hirtmann iets vreemds: hij stak plotseling zijn hand uit naar Servaz, die erg schrok en bijna terugdeinsde. Hirtmann pakte de hand van de agent vast en schudde hem krachtig. Servaz kon een rilling niet onderdrukken. De hand van de Zwitser was koud en een beetje klam, voelde als de huid van een vis – misschien was het een bijwerking van de medicijnen.

'Mahler,' zei de agent, om zich een houding te geven.

Hirtmann keek hem verbaasd aan.

'Houdt u van Mahler?'

'Ja. De Vierde, het eerste deel,' voegde Servaz eraan toe.

'*Bedächtig... nicht eilen... Recht gemächlich...*'

'Gematigd, niet gehaast. Ontspannen,' vertaalde Servaz.

Hirtmann leek aangenaam verrast.

'Adorno vergeleek dit deel met het "Er was eens..." uit sprookjes.'

Servaz zweeg en luisterde naar de strijkinstrumenten.

'Mahler schreef het onder zeer moeilijke omstandigheden,' ging Hirtmann verder. 'Wist u dat?'

Nou, en of ik dat weet, dacht Servaz.

'Ja,' antwoordde hij.

'Hij was op vakantie. Een vreselijke vakantie, het was ontzettend slecht weer...'

'En hij werd voortdurend gestoord door de dorpsfanfare.'

Hirtmann lachte.

'Wat een symboliek, hè? Een muzikaal genie dat gestoord wordt door een dorpsfanfare.'

Hij had een diepe, evenwichtige stem. De stem van een acteur, een verteller. Hij had iets vrouwelijks over zich, vooral zijn mond, die groot was met smalle lippen. Zijn neus daarentegen was vlezig, en hij had een hoog voorhoofd.

'Zoals u ziet,' zei Xavier, die naar het raam liep, 'is het onmogelijk om hier te ontsnappen, tenzij je Superman heet. De grond is veertien meter lager. En het raam is van gewapend glas en kan niet open.'

'Wie hebben de code van het slot?' vroeg Ziegler.

'Ik, Elisabeth Ferney en de twee bewakers van Unit A.'

'Krijgt hij veel bezoek?'

'Julian?' vroeg Xavier, die zich naar hem omdraaide.

'Ja?'

'Krijg je veel bezoek?'

Hirtmann glimlachte.

'U komt langs, mevrouw Ferney, de heer Atlas, de kapper, de kapelaan, het team van therapeuten, dokter Lepage...'

'Dat is de medisch specialist,' verduidelijkte Xavier.

'Verlaat hij zijn cel wel eens?'

'Eén keer in de laatste zestien maanden. Om een gaatje te laten vullen. Er komt een tandarts uit Saint-Martin, die hier alles tot zijn beschikking heeft.'

'En die twee deuren?' vroeg Ziegler.

Xavier maakte ze open: achter de ene zat een kast met een paar stapeltjes ondergoed en een aantal overalls aan knaapjes, de andere bood toegang tot een raamloos badkamertje.

Servaz keek heimelijk naar Hirtmann. Hij was ontegenzeggelijk charismatisch; hij had nog nooit iemand gezien die zo totaal niet leek op een seriemoordenaar. Hirtmann zag eruit als de man die hij was toen hij nog vrij rondliep: een onbuigzame aanklager, goed gemanierd, een man die van het leven genoot: dat zag je aan zijn mond en kin. Het enige wat niet klopte was zijn blik. Duister. Priemend. Irissen met een intelligente uitstraling, samengeknepen oogleden die niet knipperden. Een blik, elektrisch geladen als een taser. Servaz kende meerdere criminelen die zo uit hun ogen keken. En toch had hij dit niet eerder gehad, het gevoel bij iemand in de buurt te zijn met zo'n tweeslachtige uitstraling. In een ander tijdperk zou iemand als Hirtmann op de brandstapel zijn beland. Nu maakten ze een studie van hem, wilden ze hem doorgronden. Maar Servaz was ervaren genoeg om te weten dat het slechte niet te meten valt, of terug te brengen tot iets wetenschappelijks, psychologisch, of biologisch. Zogenaamde vrije geesten beweerden dat 'het kwaad' niet bestaat; ze deden het af als een soort bijgeloof, een irrationele overtuiging voor zwakke geesten. Maar zij waren dan ook nooit ergens in een donkere kelder doodgemarteld; zij hadden nooit filmpjes op internet gezien van kinderen die misbruikt werden; zij waren nooit weggerukt bij hun familie, en kapotgemaakt, gedrogeerd en wekenlang door tientallen mannen verkracht alvorens ergens in een grote Europese stad als hoer ingezet te worden; laat staan dat ze dusdanig gehersenspoeld waren dat ze zichzelf opbliezen op een plein vol mensen. En ze hadden op tienjarige leeftijd nooit hun moeder aan de andere kant van de deur horen gillen...

Servaz vermande zich. De haren in zijn nek gingen overeind staan toen hij merkte dat Hirtmann naar hem zat te kijken.

'Bevalt het hier een beetje?' vroeg Propp.

'Ik geloof het wel. Ik word goed behandeld.'

'Maar u was liever ergens anders?'

Hirtmanns lachje was ontegenzeggelijk sarcastisch.

'Wat een rare vraag,' antwoordde hij.

'Vind ik ook,' stemde Propp met hem in. 'Vindt u het goed als we een praatje met u maken?'

'Ik zou niet weten waarom niet,' antwoordde Hirtmann, die uit het raam keek.

'Hoe brengt u de dag door?'

'Hoe doet ú dat?' antwoordde hij met een knipoog, terwijl hij zich omdraaide.

'U geeft geen antwoord.'

'Ik lees de krant, luister muziek, klets met het personeel, geniet van het uitzicht, ik slaap, ik droom...'

'Waarover?'

'Tja, waar droomt een mens over,' kaatste hij terug, alsof het een filosofische vraag was.

Propp vuurde een kwartier lang zijn vragen af op Hirtmann. Toen hij klaar was, bedankte hij hem en Hirtmann knikte, alsof hij zo wilde zeggen dat hij het graag gedaan had. Daarna was het de beurt aan Confiant. Hij had zijn vragen duidelijk voorbereid. De rechter heeft zijn huiswerk gedaan, dacht Servaz, die zelf liever spontaan te werk ging. Hij besteedde nauwelijks aandacht aan de dialoog die volgde.

'Hebt u gehoord wat er gebeurd is?'

'Ik lees de krant.'

'En?'

'Wat bedoelt u?'

'Hebt u enig idee wie tot zoiets in staat zou kunnen zijn?'

'Wilt u soms zeggen... dat ík het gedaan zou kunnen hebben?'

'Denkt u dat?'

'Nee, dat denkt ú.'

'En wat vindt u daarvan?'

'Geen idee. Ik heb er geen mening over. Misschien heeft iemand hier het gedaan.'

'Waarom denkt u dat?'

'Er zijn genoeg mensen die het gedaan zouden kunnen hebben, toch?'

'Iemand zoals u?'

'Iemand zoals ik.'

'En u denkt dat iemand ontsnapt is om een moord te plegen?'

'Geen idee. Denkt u dat?'

'Kent u Eric Lombard?'

'Dat is de eigenaar van het dode paard.'

'En Grimm, de apotheker?'

'Aha, daar wilt u naartoe.'

'Wat bedoelt u?'

'U hebt iets gevonden wat mij met hen in verband brengt.'

'Waarom zegt u dat?'

'Mag ik vragen wat? Een briefje met de tekst: "Ik heb het gedaan" met mijn naam eronder?'

'Waarom zou iemand u de schuld in de schoenen willen schuiven?'

'Dat lijkt me duidelijk.'

'Kunt u dat uitleggen?'

'Iedereen hier is de ideale dader.'

'Vindt u dat?'

'Waarom zegt u het niet gewoon?'

'Wat moet ik zeggen?'

'Het woord waaraan u denkt.'

'Welk woord?'

'Krankzinnig.'

(Confiant zweeg.)

'Gestoord.'

(Confiant zweeg.)

'Knettergek, koekoek, geschift, niet goed wijs, de weg kwijt...'

'Zo is het wel genoeg,' onderbrak Xavier hem. 'Als u verder geen vragen hebt, stel ik voor dat we gaan.'

'Mag ik nog heel even, alstublieft?'

Ze draaiden zich om. Hirtmann had zijn stem niet verheven, maar hij klonk anders.

'Ik wil ook graag iets zeggen.'

Ze keken eerst elkaar en daarna hem vragend aan. Hij lachte niet meer. Hij keek ernstig.

'U bent hiernaartoe gekomen om mij grondig te onderzoeken. U vraagt zich af of ik iets te maken heb met wat er daarbuiten is gebeurd – belachelijk, dat weet u zelf ook. U vindt uzelf zuiver, oprecht en zonder zonden, omdat u in het gezelschap verkeert van een monster. Ook dat is belachelijk.'

Servaz en Ziegler keken elkaar verbaasd aan. Hij zag dat Xavier verward was. Confiant en Propp wachtten zonder een krimp te geven het vervolg af.

'Denkt u nou echt dat wat ik gedaan heb al uw zonden minder erg maakt? Uw gebreken en bekrompen gedrag minder afschuwelijk? Denkt u dat moordenaars aan de ene kant staan, en uzelf aan de andere? U moet begrijpen dat het kwaad niet ergens in een hokje gevangenzit zodat het zich niet kan verspreiden. Er zijn geen twee soorten mensen. Als u liegt tegen uw vrouw of kinderen, of als u uw moeder naar een bejaardentehuis stuurt zodat u weer tijd hebt om leuke dingen te doen, als u zich verrijkt ten koste van anderen, als u weigert ook maar één cent van uw riante inkomen af te staan aan minderbedeelden, als u uit egoïsme of onverschilligheid anderen laat lijden, dan lijkt u meer op mij dan u denkt. U lijkt sowieso meer op mij en mijn medebewoners dan u denkt. Het gaat slechts over de mate waarin, niet over de aard. We zijn in wezen allemaal hetzelfde; de hele mensheid.'

Hij leunde naar voren en haalde een dik boek onder zijn kussen tevoorschijn. Een bijbel.

'Deze heb ik van de kapelaan gekregen. Hij denkt me ermee te kunnen redden.' Hij lachte schril. 'Absurd! Er is niks mis met mij als individu. Het enige wat ons kan redden is een nucleaire holocaust.'

Zijn stem was nu hard en klonk erg overtuigend, en Servaz kon zich goed indenken welk effect dit zou hebben in de rechtbank.

Zijn ernstige uitdrukking dwong berouw en onderwerping af. Opeens waren zij de zondaars, en hij de apostel. Ze waren compleet de kluts kwijt. Zelfs Xavier leek verbaasd.

'Ik zou de commandant graag even alleen spreken,' zei Hirtmann opeens, nu iets minder dwingend.

Xavier wendde zich tot Servaz, die schouderophalend reageerde. De psychiater fronste ongemakkelijk.

'Commandant?' vroeg hij.

Servaz knikte.

'Goed,' zei Xavier, en hij liep naar de deur.

Propp haalde op zijn beurt zijn schouders op, ongetwijfeld geïrriteerd omdat Hirtmann hém niet had gevraagd om te blijven; Confiant leek duidelijk blijken het er niet mee eens te zijn. Toch liepen ze allemaal braaf achter de psychiater aan naar buiten. Ziegler ging als laatste, ze wierp Hirtmann een ijskoude blik toe.

'Mooi meisje,' zei Hirtmann, toen ze de deur achter zich had dichtgetrokken.

Servaz zei niets. Hij keek zenuwachting om zich heen.

'Ik kan u niets te drinken aanbieden. Geen koffie of thee. Dat heb ik niet. Ik zou het graag willen.'

Servaz wilde zeggen dat hij wat hem betrof mocht stoppen met acteren en ter zake moest komen, maar hij hield zich in.

'Wat is uw favoriete symfonie?'

'Heb ik niet,' zei Servaz kortaf.

'Natuurlijk wel.'

'Dan de Vierde, Vijfde en Zesde.'

'In welke uitvoering?'

'Bernstein natuurlijk. Inbal is ook voortreffelijk. En Haitink voor de Vierde, Wien voor de Zesde...'

'U hebt smaak. Maar tegelijkertijd maakt het hier niet zo heel veel uit,' zei Hirtmann, en hij wees naar de goedkope cd-speler.

Servaz kon niet ontkennen dat het geluid dat uit de stereo kwam middelmatig was. Hij besefte dat Hirtmann degene was die de touwtjes in handen had, van begin af aan al, ook toen de anderen hem hadden gebombardeerd met vragen.

'Sorry dat ik het u zeg,' zei hij, recht voor z'n raap, 'maar uw moraliserende preek van daarnet deed me weinig, Hirtmann. We hebben niks gemeenschappelijks, laat dat duidelijk zijn.'

'U mag denken wat u wilt. Maar wat u zegt is niet waar: we houden allebei van Mahler, bijvoorbeeld.'

'Waar wilde u het over hebben?'

'Hebt u Chaperon gesproken?' vroeg Hirtmann, die weer een andere toon aansloeg en Servaz aankeek, terwijl hij nauwgezet zijn reactie in de gaten hield.

Servaz voelde een huivering langs zijn ruggengraat gaan. Hij weet dus hoe de burgemeester van Saint-Martin heet...

'Ja,' antwoordde hij op zijn hoede.

'Chaperon was bevriend met hoe heet-ie... Grimm, wist u dat?'

Servaz staarde Hirtmann stomverbaasd aan. Hoe wist hij dat? Waar haalde hij zijn informatie vandaan?

'Ja,' antwoordde hij. 'Dat heeft hij me verteld. En u, hoe...'

'Vraag hem dan maar naar de zelfmoorden.'

'De wat?'

'De zelfmoorden. Vraag hem naar de zelfmoorden.'

16

'De zelfmoorden? Waar heb je het over?'

'Ik zou het niet weten. Maar Chaperon kennelijk wel.'

Ziegler keek hem vragend aan.

'En dat heb je van Hirtmann?'

'Ja.'

'En je gelooft hem?'

'Ik ga het uitzoeken.'

'Die vent is knettergek.'

'Misschien.'

'En dat is alles wat hij zei?'

'Ja.'

'Waarom wilde hij je spreken?'

Servaz glimlachte.

'Vanwege Mahler, denk ik.'

'Vanwege wat?'

'Muziek. Gustav Mahler. Dat hebben we gemeenschappelijk.'

Ziegler haalde haar blik even van de weg en vertelde hem met haar ogen dat ze dacht dat ze iemand vergeten waren op te sluiten in de Kliniek. Maar Servaz was in gedachten verzonken. Het gevoel dat hij met iets totaal nieuws en gruwelijks te maken had, was sterker dan ooit.

‘Hij pakt het erg slim aan,’ zei Propp even later, toen ze terugreden naar Saint-Martin.

De dennenbomen gleden aan weerszijden voorbij. Servaz keek in gedachten verzonken naar buiten.

‘Ik weet niet hoe hij het doet, maar hij wist meteen dat we niet op één lijn zaten, en hij probeert ons uit elkaar te drijven door vriendjes te worden met een van ons.’

Servaz draaide zich met een ruk om en keek de psychiater strak aan.

‘Vriendjes te worden?’ zei hij. ‘Wat zeg je dat leuk. Wat bedoel je ermee, Propp? Denk je dat ik niet weet met wie we te maken hebben?’

‘Zo bedoel ik het niet,’ zei de psychiater ongemakkelijk.

‘U hebt gelijk, dokter,’ zei Confiant. ‘We moeten één front vormen en een duidelijke, geloofwaardige strategie bewandelen.’

Zijn woorden kwamen hard aan bij Ziegler en Servaz. Servaz voelde de woede weer opborrelen.

‘Eén front, zei je? Terwijl jij ons twee keer publiekelijk afvalt? Dat noem je één front vormen? Ik dacht dat je zei dat je je niet wilde bemoeien met ons werk?’

Confiant weerstond de blik van Servaz zonder te knipperen.

‘Wel als ik merk dat het onderzoek de verkeerde kant op gaat,’ antwoordde hij streng.

‘In dat geval moet je even met Cathy d’Humières gaan praten. “Een duidelijke, geloofwaardige strategie.” Wat versta je daaronder, edelachtbare?’

‘In elk geval niet een die naar de Kliniek leidt.’

‘Er was maar één manier om daarachter te komen, en dat was door ernaartoe te gaan,’ wierp Irène Ziegler tegen, zo beheerst dat Servaz ervan stond te kijken.

‘Hirtmanns DNA is op de een of andere manier buiten de Kliniek terechtgekomen. Dat is geen aanname, dat is een feit. En als we weten hoe dat is gebeurd, zijn we dichter bij de oplossing van deze zaak.’

'Daar heb je gelijk in,' zei Confiant. 'Iemand in de Kliniek is betrokken bij de dood van dat paard. Maar Hirtmann kan het niet geweest zijn, dat zeg je zelf ook. En we hadden iets discreter te werk moeten gaan. Als dit uitlekt, komt het voortbestaan van de Kliniek in gevaar.'

'Dat zal best,' zei Servaz onaangedaan. 'Maar dat is mijn probleem toch niet? En tot we de blauwdruk van het beveiligingssysteem bestudeerd hebben, kunnen we niets uitsluiten. Iedere gevangenisdirecteur zegt hetzelfde: er is geen onfeilbaar systeem. Sommige mensen zijn erg goed in het vinden van de zwakke schakels. En vlak medeplichtigheid van het personeel niet uit.'

Confiant keek stomverbaasd.

'Denk je nog steeds dat Hirtmann ontsnapt kan zijn?'

'Nee,' zei Servaz met tegenzin, 'dat lijkt steeds minder waarschijnlijk. Maar we mogen het nog niet uitsluiten. Hoe dan ook, we moeten ook antwoord zien te krijgen op een andere, minstens zo belangrijke vraag: wie heeft er beslag kunnen leggen op het speeksel van Hirtmann en heeft het achtergelaten in de gondel? En vooral: met welk doel? Want beide zaken hebben ongetwijfeld met elkaar te maken.'

'De kans dat de twee bewakers de apotheker hebben vermoord is uiterst klein,' verklaarde Espérandieu in de vergaderzaal, met zijn laptop opengeklapt voor zich. 'Volgens Delmas is degene die dit gedaan heeft intelligent, geslepen, sadistisch en beschikt bovendien over enige kennis van anatomie.'

Hij las van zijn scherm en gaf door wat de conclusies waren van de patholoog aangaande de schuifknoop.

'Het bevestigt onze eerste indruk,' zei Ziegler, die iedereen aankeek. 'Grimm is een langzame dood gestorven. En heeft geleden.'

'Volgens Delmas is zijn vinger verwijderd toen hij nog leefde.'

Er viel een diepe stilte.

'Het lijkt erop dat het verhangen, de naaktheid, de cape en de afgesneden vinger verband houden met elkaar,' zei Propp. 'Je kunt ze niet los zien. De manier waarop het gedaan is heeft een bepaalde betekenis. En het is aan ons om uit te zoeken welke. Alles wijst erop dat het zorgvuldig is voorbereid. Timing, plaats, het gebruikte materiaal; er is niets aan het toeval overgelaten. Net als bij de dood van het paard.'

'Wie zoekt uit waar de riemen vandaan komen waarmee ze vastgebonden waren?' vroeg Servaz.

'Ik,' antwoordde Ziegler, met haar pen omhoog. 'Het lab heeft het merk en model achterhaald. Ik ga de fabrikant bellen.'

'Mooi. En de cape?'

'Daar wordt aan gewerkt. We moeten ook het huis van het slachtoffer onderzoeken,' zei ze.

Servaz dacht aan de weduwe van Grimm, aan de manier waarop ze hem had aangekeken, de littekens op haar pols. Hij huiverde.

'Dat doe ik wel,' zei hij. 'Wie zit er op de bewakers?'

'Mijn mensen,' zei Ziegler.

'Oké.'

Hij wendde zich tot Espérandieu.

'Ik wil dat je teruggaat naar Toulouse en zo veel mogelijk te weten komt over Lombard. Het is behoorlijk dringend. We moeten koste wat kost uitzoeken wat de link is tussen hem en de apotheker. Vraag Samira of ze een handje kan helpen mocht dat nodig zijn. En laat de politie een officiële zoekactie naar de bewakers op touw zetten.'

Servaz verwees naar het feit dat de politie en de gendarmerie nog steeds geen gekoppelde database hadden – iets wat ieders werk bemoeilijkte. Maar de Franse regering stond er niet om bekend dat ze de dingen graag eenvoudiger maakte. Espérandieu stond op en keek op zijn horloge. Hij klapte zijn laptop dicht.

'Zoals gewoonlijk is alles dringend. Als ik hier niet nodig ben, rij ik meteen terug.'

'Prima. Er is voor iedereen werk aan de winkel. Ik ga op huisbezoek. Het is de hoogste tijd om Chaperon aan de tand te voelen.'

* * *

Diane verliet de Kliniek, dik ingepakt in een coltrui en een skibroek, haar donzen winterjas en bontlaarzen. Ze droeg twee paar sokken en had lippenbalsem opgedaan. Het pad begon aan de oostkant van de gebouwen en liep dwars door het bos het dal in.

Haar laarzen zakten al snel weg in de sneeuw, maar ze liep in een rustig tempo door. Haar adem vormde condenswolkjes. Ze had behoefte aan frisse lucht. Sinds ze het gesprek via het ventilatierooster had afgeluisterd, kreeg ze geen lucht meer in de Kliniek. Mijn hemel! En daar moest ze het een jaar volhouden? Wandelen hielp haar altijd haar gedachten te ordenen. En de ijskoude lucht prikkelde haar neuronen. Hoe langer ze erover dacht, hoe meer ze het gevoel had dat er niets volgens plan verliep.

En dan gebeurden er ook nog allemaal dingen buiten de Kliniek die er blijkbaar mee in verband stonden...

Diane stond voor een raadsel. Was ze de enige die afwist van de nachtelijke wandelaar? Het stond waarschijnlijk los van de rest, maar ze vroeg zich af of ze het er voor de zekerheid niet met Xavier over moest hebben. Er kraste een raaf boven haar hoofd die vervolgens klapwiekend wegvloog, en haar hart klopte in haar keel. Het werd weer stil. Ze vond het jammer dat ze niemand had om mee te praten. Maar ze was alleen en moest haar eigen beslissingen nemen.

Het pad ging niet ver, en de eenzaamheid van de bergen deprimeerde haar. Het licht en de stilte die de boomtoppen afgaven, hadden iets akeligs. De hoge rotsformaties die het dal omgaven verdwenen nooit helemaal uit het zicht, zoals gevangenismuren nooit uit het zicht verdwijnen voor gevangenen. Het leek in niets op het levendige, luchtige landschap rondom het Meer van Genève in haar vaderland Zwitserland.

Het pad was steil en ze moest uitkijken waar ze liep. Het bos werd steeds dichter. Uiteindelijk liet ze het gebladerte achter zich en bevond ze zich aan de rand van het bos, voor een grote open plek met een aantal gebouwen erop. Ze herkende ze meteen: het was het vakantiekamp dat een eindje verderop in het dal lag, dat ze op weg naar de Kliniek gepasseerd was. De drie gebouwen zagen er nog net zo sinister en vervallen uit als de eerste keer dat ze ze had gezien. Eén gebouw, dat tegen de bosrand stond, was bijna helemaal overwoekerd. De andere twee zaten vol scheuren, hadden kapotte ramen en lege portieken, het beton was groen van het mos en zwart door het slechte weer. De wind floot door de openingen, een lugubere, schrille klaagzang. Dode bladeren, opgekruld en doorweekt, lagen in hopen tegen de muren, deels ondergesneeuwd, en gaven een geur van verrotting af.

Ze liep behoedzaam naar binnen. De gangen waren toegetakeld zoals de muren in armere wijken: ze waren bedekt met teksten als 'politie, krijg de tering' en 'sterf, smerissen', alsof iemand zo zijn territorium wilde afbakenen, een territorium dat niemand had willen hebben: ze zag overal primitieve, obscene tekeningen. Ze concludeerde dat er in Saint-Martin dus ook genoeg kunstenaars in de dop woonden.

Haar voetstappen klonken hol in de lege gangen. IJzige windvlagen streken langs haar lichaam, en deden haar rillen. Ze kon zich goed voorstellen hoe hier hordes kinderen hadden gerend, elkaar verdringend, en hoe ze door de opgewekte leiding als schapen bij elkaar werden gehouden. Toch, en ze wist niet waarom, kon ze de gedachte niet van zich afschudden dat het hier nooit zo leuk was geweest als een vakantiekamp had moeten zijn. Ze herinnerde zich een rapport dat ze had geschreven over een elfjarig jongetje toen ze in Genève als psycholoog had gewerkt. Het joch was verkracht door een activiteitenbegeleider. Ze wist donders goed dat de wereld niet was zoals in *Heidi*. Misschien kwam het doordat ze alleen was, op een plek die ze niet kende, of misschien kwam het door de gebeurtenissen van de laatste tijd, maar ze moest denken aan de schijnbaar eindeloze reeks verkrachtingen, moorden, martelingen en lichamelijke en geestelijke wreedheden die altijd en overal plaatsvonden – een gedachte bijna net zo onverdraaglijk als recht in de zon kijken – en er schoot haar een tekst van Baudelaire te binnen:

‘Maar onder alle beesten, jakhals, panter, gier,
teef, aap, slang, schorpioen, al wat er in ons wringt,
en wat er gluipt en sluipt, en wat er krijst en springt
in deze dierentuin van ons infaam vertier’

Opeens verstijfde ze. Onbeweeglijk stond ze in de hal. Buiten hoorde ze het geluid van een motor. Een auto minderde vaart en kwam tot stilstand voor de vakantiekolonie. Banden knarsten in de sneeuw. Ze hoorde duidelijk een portier dat werd dichtgegooid. Kwam er iemand aan? Waren het de artiesten in de dop die terugkwamen om hun sixtijnse kapel af te maken? Als dat zo was, was het misschien niet zo’n goed idee om hier te blijven. Ze draaide zich om en liep, zonder geluid te maken, naar de achterkant van het gebouw, toen ze besefte dat ze verkeerd was gelopen, dat deze gang doodliep. Verdomme! Haar hartslag ging omhoog. Ze wilde teruglopen, toen ze op de betonnen vloer bij de ingang de voetstappen hoorde van de bezoeker, een lichte tred, als blaadjes in de wind. Ze schrok. Hij was er al! Ze had geen reden om zich te verstoppen, maar dat wilde niet zeggen dat ze zich moest laten zien. Helemaal omdat de persoon zo behoedzaam liep, en nu ook stilstond. Ze maakte geen geluid meer. Ze leunde tegen het koude beton en ze voelde druppeltjes angstzweet bij haar haarwortels. Wie wilde hier nou in godsnaam naartoe? Het feit dat de bezoeker zo behoedzaam was deed haar automatisch denken dat hij of zij hier met een niet-legitieme reden was. Maar wat zou er gebeuren als ze opeens 'Hallo!' zou roepen?

De bezoeker kwam haar kant op lopen. Diane raakte in paniek. Niet lang, want de bezoeker draaide zich om en liep de andere kant uit. Ze gluurde om het hoekje. Wat ze zag stelde haar niet gerust: een lange zwarte cape met een capuchon die als een vleermuisvleugel tegen de rug klapte. Een regencape, de waterdichte stof ritselend bij elke stap.

Van achteren gezien, en door de loshangende kleding, kon Diane niet zien of het een man of een vrouw was. Maar er was iets verborgens, iets stiekems in de manier van lopen, waardoor de rillingen over haar rug liepen.

Ze zag haar kans schoon om uit haar schuilplaats te komen toen de bezoeker de andere kant op liep, maar de teen van haar laars raakte iets van metaal en veroorzaakte een hard geluid tegen het beton. Diane dook met bonzend hart terug. Ze hoorde dat de persoon halt hield.

'Is daar iemand?'

Een man. Een hoge, schrille stem, maar die van een man.

Diane had het gevoel dat haar hals opzwol en weer leegliep, zo hard pompte haar bange hart het bloed door haar aderen. Er ging een minuut voorbij.

'Is daar iemand?' riep de man, harder nu.

Er was iets ongewoons aan zijn stem. Iets dreigends, maar ook iets droefs, breekbaars en gekwelds. Om een onverklaarbare reden deed hij Diane denken aan de manier waarop een bange kat zijn rug kromtrekt.

Maar ze kende de stem niet.

De stilte leek eindeloos te duren. De man verroerde zich niet; zij ook niet. Vlakbij druppelde water in een plas. Het geringste geluid resoneerde onheilspellend in de stilte. Er reed een auto voorbij, maar dat hoorde ze amper. Ze schrok toen de man opeens een lange, schorre kreet slaakte, een geluid dat als een squashbal door de muren werd weerkaatst.

'Klootzakken, klootzakken, stelletje klootzakken!' hoorde ze hem snikkend zeggen. 'Tuig! Gespuis! Sterf! Loop naar de hel!'

Gevolgd door een afschuwelijke kreet.

Diane durfde nauwelijks adem te halen. Ze had over haar hele lichaam kippenvel. De man barstte in tranen uit. Ze hoorde zijn cape ritselen toen de man op zijn knieën viel. Hij huilde en kreunde lange tijd en ze waagde het opnieuw naar hem te kijken, maar door de capuchon kon ze zijn gezicht niet zien. Opeens stond hij op en rende weg. Even later hoorde ze een portier dichtslaan en een motor starten. Het voertuig reed weg. Ze kwam uit haar schuilplaats en dwong zichzelf rustig te ademen. Ze had geen idee waarvan ze zojuist getuige was geweest. Kwam hij hier vaker? Was hier iets gebeurd wat zijn gedrag verklaarde? Dergelijk gedrag zou je eerder in de Kliniek verwachten...

Hoe dan ook, ze was zich doodgeschrokken. Ze besloot terug te gaan om iets warms voor zichzelf te maken in het personeelskeukentje. Toen ze de gebouwen achter zich had gelaten, werd de wind kouder en begon ze onbeheerst te trillen. Ze wist dat het niet alleen vanwege de kou was.

* * *

Servaz ging rechtstreeks naar het gemeentehuis. Het lag aan een rechthoekig plein bij de rivier. Een plein met een muziektent, cafés met terrassen, en precies in het midden de Franse en Europese vlag, wapperend aan een gevel. Servaz zette zijn auto op het parkeerterreintje tussen het plein en de rivier, die breed was en langs een betonnen oever stroomde.

Hij liep om de bloembedden heen, en liep langs de voor de cafés geparkeerd staande auto's tot aan het stadhuis. Op de eerste verdieping kreeg hij te horen dat de burgemeester er niet was, maar waarschijnlijk te vinden was in de fabriek waar mineraalwater gebotteld werd en waar hij bedrijfsleider van was. Zijn secretaresse gaf niet zonder slag of stoot zijn mobiele nummer, maar toen Servaz het belde, kreeg hij meteen de voicemail. Hij had opeens honger en keek hoe laat het was. Tien voor half vier. Ze hadden meer dan vijf uur in de Kliniek doorgebracht.

Vanuit het gemeentehuis liep hij het eerste café binnen dat hij tegenkwam, op het plein. Er liepen tieners van school naar huis, andere reden met oorverdovend knetterende knalpijpen voorbij op hun brommers.

De ober kwam naar zijn tafeltje. Servaz keek op. Lang, donker, nog net geen dertig, waarschijnlijk populair bij de vrouwen, met zijn stoppelbaardje en donkere ogen. Servaz bestelde een omelet en een biertje.

'Woon je hier al lang?' vroeg hij aan de ober.

De ober keek hem aan, op zijn hoede. Geamuseerd, maar op zijn hoede. Servaz snapte opeens dat hij dacht dat hij versierd werd. Dat gebeurde waarschijnlijk wel vaker.

'Ik ben hier twintig kilometer vandaan geboren,' antwoordde hij.

'Heeft u iets gehoord over de zelfmoorden?'

Nu was hij alleen nog maar op zijn hoede.

'Ben je journalist of zo?'

Servaz liet hem zijn pasje zien.

'Recherche. Ik onderzoek de moord op de apotheker, Grimm. Daar heb je vast wel iets over gehoord.'

De ober knikte.

'Nou? Die zelfmoorden. Kun je me daar iets over vertellen?'

'Ik weet niet meer dan wat iedereen hier weet.'

Servaz ging rechtop zitten.

'En dat is?'

'Het is lang geleden. Ik weet er niet veel van af.'

'Kun je me vertellen wat je wél weet?'

De ober was steeds minder op zijn gemak, en keek nerveus om zich heen.

'Het is lang geleden...'
'Hoe lang?'
'Iets van vijftien jaar.'
'Wat is er gebeurd?'
'Nou, die reeks zelfmoorden.'
Servaz keek hem niet-begrijpend aan.
'Welke reeks zelfmoorden?' zei hij geïrriteerd. 'Kun je in godsnaam wat duidelijker zijn?'
'Er waren meerdere zelfmoorden. Tieners. Jongens en meisjes tussen de veertien en achttien volgens mij.'
'In Saint-Martin?'
'Ja, en in een paar dorpjes in het dal.'
'Meerdere zelfmoorden, zei je? Hoeveel?'
'Hoe moet ik dat weten? Ik was elf! Ik denk iets van vijf. Of zes. Of zeven. Niet meer dan tien, dat weet ik zeker.'
'En deden ze het allemaal tegelijkertijd?' vroeg Servaz verbaasd.
'Nee, maar er zat niet veel tijd tussen. Binnen een paar maanden.'
'Een paar maanden? Zijn dat er twee? Drie? Twaalf?'
'Ik denk iets van twaalf. Ja. Een jaar of zo. Denk ik...'
Denk je dat, playboy Einstein? dacht Servaz. Of wil je gewoon niet meewerken?
'En is bekend waarom ze het gedaan hebben?'
'Ik geloof het niet, nee.'
'Hebben ze een brief achtergelaten?'
De ober haalde zijn schouders op.
'Ik was nog klein. Er zijn er genoeg die ouder zijn dan ik die u er veel meer over kunnen vertellen. Meer weet ik er niet van. Sorry.'
Servaz keek hoe hij wegliep, naar binnen. Hij hield hem niet tegen. Door het glas zag hij hem met een dikke man praten, zo te zien de uitbater. De man keek boos naar Servaz, haalde zijn schouders op en liep terug naar de kassa.
Servaz had hem ook kunnen ondervragen, maar hij dacht niet

dat dit het juiste adres was voor betrouwbare informatie. Een reeks zelfmoorden onder tieners, vijftien jaar geleden. Hij dacht koortsachtig na. Wat een ongelooflijk verhaal. Wat had die jongeren hiertoe gedreven? En vijftien jaar later wordt er iemand vermoord en een paard gedood. Zou er een verband zijn tussen deze gebeurtenissen? Servaz keek met samengeknepen ogen naar de bergtoppen achter in het dal.

***

Toen Espérandieu gehaast het bureau op boulevard Embouchure nummer 26 binnenliep, hoorde hij een zeer luide stem uit een van de kantoortjes.

'Daar zul je het liefje van de baas hebben!'

Espérandieu koos ervoor het te negeren. Pujol was een hufter met een grote bek. Iets wat vaak samengaat. Een lange, stevig gebouwde man met grijzend haar, een middeleeuwse kijk op de maatschappij en een arsenaal grapjes die alleen Ange Simeoni, zijn maatje en alter ego, leuk vond. De onafscheidelijke 'stomme tenoren', net als in het liedje van Aznavour.

Martin had hen onder de duim, en ze zouden zoiets nooit durven zeggen als hij in de buurt was. Maar Martin was er nu niet.

Espérandieu liep langs de rij kantoortjes tot hij bij dat van hem kwam, aan het eind van de gang, naast dat van de baas. Hij deed de deur achter zich dicht. Er lag een briefje van Samira op zijn bureau, met de tekst: 'Ik heb de bewakers door de computer gehaald, zoals je vroeg.' De database, FPR, bevatte alle vermiste personen. Hij verfrommelde het briefje, gooide het in de vuilnisbak, zette 'Family Tree' van TV on the Radio aan op zijn iPhone, en keek of er iets was ingesproken. Martin had hem gevraagd zo veel mogelijk te weten te komen over Eric Lombard, en Espérandieu wist precies waar hij die informatie vandaan moest halen. Hij had iets wat zijn collega's niet hadden, behalve Samira misschien – hij was van deze tijd. Hij was van de generatie van de multimedia, cyberspace, sociale netwerken en fora. En vooropgesteld dat je wist waar je moest kijken, kwam je de interessantste dingen tegen. Maar hij had liever niet dat Martin of iemand anders wist waar hij zijn informatie vandaan haalde.

* * *

'Sorry, ik heb hem vandaag nog niet gezien.'

De assistent-bedrijfsleider van de bottelarij keek Servaz ongeduldig aan.

'Weet u waar ik hem kan vinden?'

De dikke man haalde zijn schouders op.

'Nee. Ik heb geprobeerd hem te bereiken, maar hij heeft zijn mobieltje niet aanstaan. Hij zou nu hier aan het werk moeten zijn. Hebt u het bij hem thuis geprobeerd? Misschien is hij ziek.'

Servaz bedankte hem en liep het fabriekje uit. Het gebouw was omgeven door een hoog hekwerk met prikkeldraad erbovenop. Servaz klikte in gedachten verzonken zijn jeep open. Hij had Chaperon al thuis gebeld, tevergeefs, er werd niet opgenomen. Servaz kreeg een angstig voorgevoel.

Hij kroop achter het stuur.

Hij zag Chaperons doodsbange gezicht weer voor zich toen hij het lijk van Grimm had gezien. Wat zei Hirtmann ook alweer? Vraag hem naar de zelfmoorden. Wat wist Hirtmann dat zij niet wisten? En hoe was hij in hemelsnaam aan die informatie gekomen?

Toen dacht hij aan iets anders. Hij pakte zijn mobieltje en toetste een nummer in dat hij in zijn aantekeningenboekje had gekrabbeld. Een vrouw nam op.

'Servaz, recherche,' zei hij. 'Had uw man een kamer voor zichzelf – een kantoor, een plek waar hij zijn papieren bewaarde?'

Er viel een korte stilte, daarna was het geluid te horen van iemand die rook uitblies dicht bij de telefoon.

'Ja.'

'Zou ik daar even mogen kijken?'

'Heb ik een keuze?'

Het antwoord klonk bits, maar niet erg bitter.

'U mag weigeren. Maar dan regel ik een huiszoekingsbevel, en het feit dat u weigerde zal ongetwijfeld de aandacht trekken van de rechter die de zaak in behandeling krijgt.'

'Wanneer?' vroeg ze kortaf.

'Nu, als het mag.'

De sneeuwpop stond er nog, maar de kinderen waren verdwenen. Net als het karkas van de kat. Het werd donker. Er hingen dreigende, donkere wolken in de lucht, er was nog maar een smalle streep oranje zichtbaar boven de bergen.

Net als de vorige keer stond de weduwe Grimm hem in de voordeur met een sigaret in haar mond op te wachten, een onverschillige blik in haar ogen. Ze deed een stap opzij om hem binnen te laten.

'Aan het eind van de gang, de laatste deur aan de rechterkant. Ik heb niets aangeraakt.'

Servaz liep door een rommelige gang vol meubels, schilderijen, stoelen, rommel en opgezette dieren, die hem na leken te kijken. Hij maakte de deur aan de rechterkant open, die naast de bibliotheek. De luiken waren dicht; de kamer baadde in het duister. Het rook er muf. Servaz zette het raam open. Een kantoortje van negen vierkante meter dat uitkeek op het bos, aan de achterkant van het huis. Een onbeschrijflijke puinhoop. Hij bereikte met moeite het midden van de kamer. Grimm moet hier veel tijd hebben doorgebracht als hij thuis was. Er stond zelfs een kleine televisie tegenover een versleten bank, waarop stapels ordners, mappen, vis- en jachttijdschriften lagen. Ook zag hij een draagbare stereo en een magnetron.

Servaz stond sprakeloos midden in de kamer en keek naar de chaos van kartonnen dozen, meubels, ordners en stof.

Het leek wel een hol... Een schuilplaats.

Een hondenhok.

Servaz huiverde. Grimm had een leven als een hond gehad bij dat ijskoude wijf.

Aan de muren hingen ansichtkaarten, een kalender en posters van bergmeren en rivieren. Op de kasten nog meer opgezette dieren: een eekhoorn, een paar uilen, een wilde eend en zelfs een lynx. In een hoekje zag Servaz een paar enkelhoge laarzen staan. Op een van de kasten lagen een paar hengels. Was Grimm een natuurmens geweest? Servaz probeerde zichzelf even te verplaatsen in de dikke man die zich hier had opgesloten, zijn enige gezelschap een menagerie die hem glazig had aangekeken in het halfduister. Hij zag hem voor zich, zich volproppend met kliekjes, voor de tv, voor hij in slaap viel op de bank. Naar het eind van de gang verbannen door de heks met wie hij dertig jaar eerder getrouwd was.

Servaz trok de laatjes open, een voor een. In het eerste vond hij pennen, rekeningen, lijsten van geneesmiddelen, bank- en creditcardafschriften. In het volgende lagen een verrekijker, speelkaarten, nog in de verpakking, en een paar topografische kaarten.

Toen gleden zijn vingers over iets wat onder in de lade lag: sleutels. Hij haalde ze tevoorschijn. Het was een grote sleutel van een deurslot en twee kleinere van hangsloten. Servaz liet ze in zijn zak glijden.

In de derde lade lagen aasvliegen, haakjes en vislijnen – en een foto.

Servaz liep ermee naar het raam.

Grimm, Chaperon en twee anderen.

Het was een oude foto: Grimm was bijna slank, en Chaperon zag er vijftien jaar jonger uit. De vier mannen zaten op een rotsblok bij een kampvuur en lachten in de camera. Links achter hen stonden twee tenten op een open plek, omzoomd door een bos van dennen en loofbomen in herfstkleuren; een zachtglooiende helling. Aan de rechterkant waren een meer en bergen zichtbaar. Hij was in de schemering gemaakt: de bomen maakten lange schaduwen in de richting van het meer. De rook van het kampvuur kringelde spiraalvormig omhoog. Een pastoraal plaatje.

Een uitdrukking van simpel geluk en vriendschap. Mannen die het leuk vonden om samen in de bergen te kamperen, een laatste keer voor de winter inviel.

Servaz begreep opeens hoe Grimm erin was geslaagd zo teruggetrokken te leven met een vrouw die hem verachtte: hij ontsnapte af en toe even om met zijn vrienden van de natuur te genieten. Hij had zich vergist: het was geen gevangenis of een hondenhok, integendeel. Het was een tunnel naar buiten. De opgezette dieren, de posters, de visuitrusting, de tijdschriften: al die spullen hadden hem herinnerd aan die momenten van totale vrijheid, die de kern van zijn bestaan vormden.

De mannen op de foto droegen de geruite overhemden, vesten en broeken die in de jaren negentig populair waren. Een van hen hield een thermosfles omhoog die best wel eens iets anders kon bevatten dan water, een ander keek met een afwezige glimlach in de camera, alsof hij er niet helemaal bij was, het hem allemaal niet zo veel kon schelen.

Servaz bestudeerde de andere twee wandelaars aandachtig. De ene was een joviale reus met een baard, de ander een lange, magere vent met dik, bruin haar en een grote bril.

Hij vergeleek het meer op de foto met het meer op de poster aan de muur, maar kon niet zien of het hetzelfde was, maar dan vanuit een andere hoek gezien, of dat het twee verschillende meren waren.

Hij draaide de foto om.

Het meer van Oule, oktober 1993.

Mooi, regelmatig handschrift.

Hij had gelijk. De foto was vijftien jaar oud. De mannen waren toen ongeveer net zo oud als hij nu. Bijna veertig. Hadden ze nog dromen of hadden ze de balans van hun leven al opgemaakt? En was deze positief of negatief?

Ze stonden lachend op de foto, hun ogen stralend in het zachte licht van een herfstavond, donkere schaduwen op hun gezicht.

Maar wat was de waarheid? Iedereen, bijna iedereen althans, lacht op een foto. Iedereen acteert tegenwoordig, dacht Servaz, iedereen wordt beïnvloed door de middelmatigheid, verspreid door de media. Heel veel mensen speelden hun eigen leven, alsof ze op het toneel stonden. Uiterlijk en kitsch waren de norm.

Gefascineerd bestudeerde Servaz de foto. Was deze foto belangrijk? Iets in hem zei van wel.

Hij aarzelde even en stak toen de foto in zijn zak.

Terwijl hij dit deed, had hij het gevoel dat hij iets over het hoofd had gezien. Een sterk gevoel. Plotseling. Dat zijn hersens onbewust iets hadden geregistreerd en nu alarm sloegen. Hij haalde de foto weer tevoorschijn. Bestudeerde hem tot in detail. De vier lachende mannen. Het zachte avondlicht. Het meer. De herfstkleuren. Het was iets anders. Hij zag iets over het hoofd.

Opeens wist hij het.

Hun handen.

Van drie mannen waren de handen zichtbaar: ze droegen allemaal een grote, gouden zegelring aan hun ringvinger.

De foto was van een te grote afstand gemaakt om het zeker te weten, maar Servaz wist zo goed als zeker dat het dezelfde ringen waren.

Hij dacht aan de ring die om Grimms afgehakte vinger had gezeten.

Hij liep de kamer uit. Muziek vulde het huis. Jazz. Servaz liep de gang door in de richting van waar de muziek vandaan kwam en belandde in een net zo rommelige woonkamer. De weduwe zat in een leunstoel te lezen. Ze keek op en wierp hem een extreem vijandige blik toe.

Servaz liet haar de sleutels zien.

'Weet u waar deze van zijn?'

Ze aarzelde even, alsof ze zich afvroeg welk risico ze liep als ze niets zou zeggen.

‘We hebben een huisje in het Sospeldal,’ zei ze uiteindelijk. ‘Tien kilometer hiervandaan. Ten zuiden van Saint-Martin. Niet ver van de Spaanse grens. We, of liever gezegd mijn man, ging daar alleen de weekends heen, na de winter.’

‘Alleen uw man? U niet?’

‘Het is er nogal mistroostig. Ik kom er nooit. Mijn man ging erheen als hij alleen wilde zijn, om uit te rusten, te mediteren en te vissen.’

Om uit te rusten? dacht Servaz. Sinds wanneer moeten apothekers uitrusten? Ze hebben toch assistenten voor het rotwerk? Toen dacht hij dat hij niet zo slecht moest denken: wat wist hij nou helemaal van het beroep van apotheker? Een ding was zeker: hij ging het huisje bezoeken.

* * *

Espérandieu kreeg achtendertig minuten later antwoord. Motregen trok strepen op de ramen. Het was avond in Toulouse, en het wazige licht achter het natte raam leek op een screensaver.

Vincent had het volgende bericht verzonden:

> Van: vincent.esperandieu@hotmail.com aan
> Kleim162@lematin.fr, 16:33:54:
> Wat weet je over Eric Lombard?
>
> Van: kleim162@lematin.fr aan
> Vincent.esperandieu@hotmail.com, 17:12:44:
> Wat wil je weten?

Espérandieu typte glimlachend het volgende bericht:

> Of er lijken in de kast zitten, schandalen die onder de
> pet gehouden zijn, rechtszaken tegen de Lombard Group in

Frankrijk of in het buitenland. Vuige roddels, dat soort dingen.

Van: kleim162@lematin.fr aan
vincent.esperandieu@hotmail.com, 17:25:06:
Is dat alles? Log maar in op msn.

***

Het dal was bedolven onder de schaduw van de berg en Servaz deed zijn koplampen aan. De weg was uitgestorven. In deze tijd van het jaar kwam hier niemand. Er stonden een stuk of twintig chalets langs de twaalf kilometer die de rivier lang was, zomerhuisjes, waarvan de luiken van mei tot september openstonden, en heel soms met Kerstmis. Op dit tijdstip waren het niet meer dan lage schaduwen, weggedoken langs de kant van de weg, bijna opgaand in de zwarte bergmassa.

Opeens, na een bocht in de weg, zag Servaz het begin van de piste die de weduwe hem had aangewezen op de foto. Hij minderde vaart, en reed met zijn jeep het bospad op. Hij stuiterde eroverheen, zijn handen stevig om het stuur, hij reed niet harder dan vijftien kilometer per uur. Het was donker en de zwarte bomen staken af tegen de lucht, die slechts een beetje lichter was. Servaz reed nog een paar honderd meter door en zag toen het huisje.

Hij zette de motor uit, liet het licht aan en stapte uit. Het geluid van de rivier vulde het donker meteen op. Er was in de wijde omtrek geen licht te zien.

Hij liep in het licht van de koplampen, dat zijn schaduw voor hem uit wierp alsof een reus van duisternis de weg wees, naar het huisje.

Hij liep het trapje naar de veranda op en haalde de sleutelring tevoorschijn. Er waren inderdaad drie sloten: de grote sleutel voor het middelste slot, en de twee kleinere voor de sloten erboven en eronder. Het duurde even voor hij de deur open kreeg; de kleine sleutels waren even groot en het bovenste slot was er verkeerd om ingezet. Hij duwde de deur open, die aanvankelijk tegenstand bood, maar vervolgens zuchtend openging. Servaz graaide naar het lichtknopje bij de deur. Het zat aan de linkerkant. Hij deed het aan en de lamp aan het plafond ging aan.

Hij stond even als aan de grond genageld te kijken.

Binnen zag hij rechts een werkblad, met misschien daarachter een keukentje, een slaapbank achterin, een houten tafel en twee stoelen vlak voor hem. Links hing een cape van zwarte waterdichte stof.

Hij naderde doel.

* * *

Espérandieu zette MSN aan. Na drie minuten kwam het eerste bericht binnen, vergezeld door een icoontje van een snuffelende hond:

Kleim162 is aangemeld.

Drie seconden later opende een dialoogvenster.

Kleim162:
vanwaar die belangstelling voor Eric Lombard?

Vince.esp:
kan ik nog niet zeggen

Kleim162:
ik heb een beetje rondgesnuffeld voor ik inlogde. Zijn paard is gedood. Verschillende kranten maakten er melding van. Verband?

vince.esp:
geen commentaar

Kleim162:
vince, je bent rechercheur. Ga me niet vertellen dat je de dood van een paard onderzoekt!

vince.esp:
wil je helpen, ja of nee?

Kleim162:
wat schuift het?

vince162:
eeuwige vriendschap

Kleim162:
die knuffel kom ik wel een keer halen. En verder?

vince.esp:
de primeur als er iets te melden valt

Kleim162:
er loopt dus een onderzoek. *That's it?*

vince.esp:
als er iets te melden valt ben jij de eerste die het hoort

Kleim162:
ik ga mijn best doen

Espérandieu logde glimlachend uit.

Kleim162 was de gebruikersnaam van een onderzoeksjournalist die als freelancer werkte voor een aantal grote tijdschriften.

Een echte bemoeial die zijn neus graag in zaken stak die hem niet aangingen. Espérandieu had hem een paar keer onder nogal ongebruikelijke omstandigheden ontmoet, en hij had hier nooit iemand over verteld. Ook Servaz niet. Officieel was hij net als de rest van het team: op zijn hoede voor de pers. Maar hij was er heimelijk van overtuigd dat agenten, net als politici, veel te winnen hadden door aan te pappen met een paar journalisten.

* * *

Van achter het stuur van zijn jeep belde Servaz naar Zieglers mobieltje. Hij kreeg haar voicemail en hing op. Daarna belde hij Espérandieu.

'Ik heb een foto gevonden bij Grimm thuis,' zei hij. 'Ik wil dat je hem bewerkt.'

Het bureau had daar software voor, maar Espérandieu en Samira waren de enigen die ermee konden werken.

'Wat voor foto? Digitaal of analoog?'

'Op papier. Een oude afdruk van een groepje mannen, waaronder Grimm, en Chaperon, de burgemeester van Saint-Martin. Zo te zien dragen ze allemaal dezelfde zegelring. Hij is niet echt scherp, maar in de ringen lijkt iets gegraveerd. Ik wil dat je achterhaalt wat.'

'Denk je dat ze lid zijn van een club, zoals de Rotary, of de vrijmetselaars?'

'Dat weet ik niet, maar...'

'De afgesneden vinger!' herinnerde zijn assistent zich opeens.

'Precies.'

'Oké. Kun je hem daar scannen en doorsturen? Dan kijk ik ernaar. Maar de software is vooral bedoeld voor digitale foto's.'

Servaz bedankte hem. Net toen hij wilde wegrijden, werd hij gebeld. Ziegler.

'Je had gebeld?'

'Ik heb iets ontdekt,' kwam hij meteen ter zake. 'In een huisje dat van Grimm is.'

'Een huisje?'

'Zijn weduwe vertelde me over het bestaan ervan. Ik vond de sleutels in een bureaulaatje. Het is duidelijk dat zij er nooit geweest is. Je moet dit zien...'

'Wat bedoel je?'

'Er hangt een cape, dezelfde als Grimm droeg toen hij werd gevonden. En er waren ook laarzen. Het is al laat; ik sluit het hier af en geef de sleutels aan Maillard. Ik wil dat het huisje morgenochtend vroeg wordt uitgekamd.'

Stilte aan de andere kant van de lijn.

De wind huilde om de Cherokee.

'En wat ben jij te weten gekomen?' vroeg hij.

'Het zijn standaardriemen,' antwoordde ze. 'Ze worden in grote aantallen gemaakt en in heel Zuid- en West-Frankrijk verkocht. Iedere riem heeft een serienummer. Er wordt bij de fabrikant nagegaan wie ze verkoopt.'

Servaz zweeg even om zijn gedachten te ordenen. Net buiten het schijnsel van de koplampen was een uil op een tak gaan zitten die naar hem keek. Servaz dacht aan de blik van Hirtmann.

'Als we die winkel kunnen vinden, hebben we misschien ook beelden van beveiligingscamera's,' zei hij.

Hij hoorde hoe het cynisme van Zieglers antwoord droop toen ze reageerde.

'Als ze die banden al bewaard hebben, dan nog zijn ze wettelijk verplicht ze binnen een maand te wissen. Dan zouden die riemen dus zeer onlangs gekocht moeten zijn.'

Servaz wist bijna zeker dat de moordenaar van Grimm zijn misdaad maandenlang had voorbereid. Maar had hij die riemen al in huis, of had hij ze op het laatste moment gekocht?

Hij reed terug naar de hoofdweg. Donkere wolken schoven voor de maan. Het dal was nu slechts een meer van donkere schaduwen. Servaz stopte, keek naar links en naar rechts, en draaide de hoofdweg op.

Uit gewoonte keek hij in de achteruitkijkspiegel.

Zijn hart stopte even met kloppen: koplampen werden achter hem ontstoken... Er stond een auto langs de kant geparkeerd, in het donker en niet ver van de plek waar hij het pad had verlaten. In de spiegel zag hij dat de koplampen wegdraaien uit de harde berm en hem volgden. Aan het formaat en de hoogte te zien was het een auto met vierwielaandrijving. Zijn nekharen kwamen overeind. Het was duidelijk dat ze hem moesten hebben. Waarom zou hij daar anders gestaan hebben, aan het eind van een verlaten dal? Hij vroeg zich af wie er achter het stuur zat. Een stroman van Lombard? Maar als ze hem van Lombard in de gaten moesten houden, waarom lieten ze zich dan op deze manier zien?

Hij begon het warm te krijgen.

Hij merkte dat hij iets te hard in het stuur kneep, en haalde diep adem. Rustig blijven. Niet in paniek raken. Je wordt gevolgd. En wat dan nog? Hij werd echter overmand door iets wat op angst leek, toen hij bedacht dat het de moordenaar wel eens zou kunnen zijn. Door het chalet binnen te gaan, was hij te dicht in de buurt van de waarheid gekomen. Iemand had besloten dat hij uit de weg geruimd moest worden. Servaz keek weer in de achteruitkijkspiegel. Hij was zojuist door een grote bocht gereden; de koplampen van zijn achtervolger waren verdwenen achter de hoge bomen die langs de weg stonden.

Toen zag hij ze weer – en Servaz' hart klopte in zijn keel toen de jeep door een verblindend licht beschenen werd. Het grote licht stond aan! Hij baadde in het zweet. Hij knipperde met zijn ogen, verblind als een dier dat door koplampen beschenen wordt, zoals die uil daarnet. Hij had het niet meer.

De auto kwam dichterbij. Steeds dichterbij. Hij reed nu vlak achter hem.

Servaz trapte het gaspedaal in, zijn angst om hard te rijden verloor het van de angst voor zijn achtervolger. Hij kreeg een kleine voorsprong. Hij deed zijn best om regelmatig en rustig adem te blijven halen, maar zijn hart ging als een razende tekeer en het zweet gutste van zijn kop. Elke keer als hij achteromkeek, leek het witte licht in zijn gezicht te ontploffen, en hij had vlekken voor zijn ogen.

Opeens trok de wagen op. Godver, die vent is gestoord! Hij gaat me rammen!

Voor hij iets kon doen, haalde het zwarte voertuig hem in. In een vlaag van pure paniek dacht Servaz dat hij van de weg gedrukt zou worden, maar de wagen scheurde over de rechte weg en verdween in het donker. Servaz zag de remlichten nog heel even oplichten voor de volgende bocht, daarna verdween de auto. Servaz minderde vaart en reed de berm in en kwam met een schok tot stilstand. Hij leunde naar het handschoenenkastje om zijn wapen te pakken en stapte met knikkende knieën uit. De koude lucht deed hem goed. Hij wilde het magazijn controleren, maar zijn handen trilden zo erg dat hij er een paar seconden voor nodig had. De boodschap was duidelijk: iemand in het dal wilde dat het onderzoek werd gestaakt. Iemand wilde niet dat hij achter de waarheid kwam.

Maar wat was die waarheid?

17

De volgende dag woonden Servaz en Ziegler tussen de sparren en grafstenen van het begraafplaatsje op de heuvel, de begrafenis bij van Grimm.

Achter de rouwenden die om het graf heen stonden, leken de bomen ook in de rouw te zijn. De wind liet de takken een gebed prevelen. De rouwkransen en het graf staken af tegen de sneeuw. Het stadje lag in het lagergelegen dal. Servaz bedacht dat ze hier, inderdaad, dichter bij de hemel waren.

Hij had slecht geslapen. Hij was een paar keer wakker geschrokken, zijn voorhoofd drijfnat van het zweet. Hij kon maar niet uit zijn hoofd zetten wat er de vorige avond gebeurd was. Hij had het vreemd genoeg nog niet aan Irène verteld, want hij was bang dat hij dan van de zaak gehaald zou worden. Liepen ze gevaar? Een ding was zeker: ze waren hier niet dol op pottenkijkers.

Hij deed zijn best om kalm te blijven. Het was hier vast en zeker aangenaam in de zomer, op deze weelderige helling, die door de ruimte leek te glijden als de voorsteven van een schip, of als een luchtschip, zo boven de vallei. Een glooiende, ronde heuvel, als een vrouwenlichaam. De bergen waren vanuit dit punt ook niet meer zo dreigend en zelfs het weer leek aangenamer.

Toen ze de begraafplaats verlieten, gaf Ziegler hem een por met haar elleboog. Hij keek naar de plek die ze aanwees: Chaperon was weer boven water. Hij was in gesprek met Cathy d'Humières en een paar andere notabelen. Opeens voelde Servaz zijn mobieltje trillen in zijn zak. Hij nam op. Iemand van het hoofdkantoor in Parijs. Servaz herkende het aristocratische accent meteen, het hooghartige toontje, alsof de beller elke ochtend gorgelde met suikerstroop.

'Hoe staan de zaken ervoor met het paard?'

'Namens wie belt u, als ik vragen mag?'

'Op het ministerie wordt deze zaak nauwlettend in de gaten gehouden, commandant.'

'Weten ze ook dat er iemand is vermoord?'

'Ja, een apotheker, ene Grimm, dat weten we, ja,' antwoordde de bureaucraat, alsof hij de zaak vanbinnen en vanbuiten kende, wat niet erg waarschijnlijk was.

'Dan zult u begrijpen dat het paard van de heer Lombard niet boven aan mijn lijstje van prioriteiten staat.'

'Commandant, Catherine d'Humières heeft mij verzekerd dat u een aanwinst bent voor het korps.'

Servaz voelde de woede weer opborrelen. Een grotere aanwinst dan jij, ja, dacht hij. Híj liep tenminste niet de hele dag rond om handen te schudden, zijn minderen te kleineren of interessant te doen in vergaderingen.

'Hebt u al aanknopingspunten?'

'Geen een.'

'En de twee bewakers?'

Kijk eens aan; hij had het rapport gelezen. Waarschijnlijk had hij het vlug even doorgebladerd voor hij belde, als een leerling die nog snel even zijn huiswerk maakt voor hij naar school moet.

'Zij hebben het niet gedaan.'

'Waarom bent u daar zo zeker van?'

Omdat ik de hele dag tussen moordenaars en hun slachtoffers zit, en jij op je luie reet, dacht Servaz.

'Ze passen niet in het daderprofiel. Maar als u het zeker wilt weten, bent u van harte welkom om mee te werken aan het onderzoek.'

'U hoeft niet zo'n toon aan te slaan, commandant. Ik twijfel geen seconde aan uw kwaliteiten,' zei de man sussend. 'Vervolgt u het onderzoek zoals u goeddunkt, maar vergeet niet dat we graag willen weten wie het paard heeft gedood.'

De boodschap was duidelijk: iemand vermoorden om hem vervolgens naakt onder een brug te hangen was geen enkel probleem, het paard van een van Frankrijks machtigste mannen doden was een heel ander verhaal.

'Prima,' zei Servaz.

'Ik spreek u snel weer, commandant,' zei de man, en hij hing op.

Servaz stelde hem zich voor, achter zijn bureau, in zijn mooie pak met stropdas, dure eau de toilette, blij met de macht die hij had over de provinciaaltjes, terwijl hij rapporten schreef die nergens over gingen, maar vol stonden met dure woorden; een man die na het plassen zichzelf in de spiegel bewonderde alvorens naar de kantine te lopen om met zijn assistenten de wereld te verbeteren.

'Een prachtige dienst in een prachtige omgeving,' hoorde hij iemand naast zich zeggen. Hij keek om. Gabriel Saint-Cyr stond lachend naar hem te kijken. Servaz schudde de voormalige magistraat de hand. Een eerlijke handdruk, zonder flauwekul, totaal niet intimiderend. Een handdruk die paste bij de man die hem gaf.

'Ik stond zelf inderdaad net te denken dat dit een prima plekje is om de eeuwigheid door te brengen,' zei Servaz.

De gepensioneerde rechter stemde hier knikkend mee in.

'En dat is precies wat ik ga doen. Waarschijnlijk iets eerder dan u, maar mocht u het leuk vinden om te weten: ik kom daar te liggen en denk dat u goed gezelschap bent.'

Saint-Cyr wees naar een hoekje van de begraafplaats. Servaz stak bulderend van het lachen een sigaret op.

'Hoe weet u dat?'

'Wat bedoelt u?'

'Dat ik goed gezelschap ben.'

'Op mijn leeftijd en met mijn ervaring kun je mensen heel goed inschatten.'

'En u vergist zich nooit?'

'Zelden. En ik hecht veel waarde aan het oordeel van Catherine.'

'Heeft ze u naar uw sterrenbeeld gevraagd?'

Nu was het Saint-Cyrs beurt om te lachen.

'Mijn sterrenbeeld? Dat was het eerste wat ze wilde weten toen we aan elkaar werden voorgesteld! Mijn familie heeft hier een graf,' voegde hij eraan toe. 'Ik heb drie jaar geleden een plekje gekocht aan de andere kant van de begraafplaats, er zo ver mogelijk vandaan.'

'Hoe dat zo?'

'Ik moet er niet aan denken bepaalde familieleden als eeuwige buur te hebben.'

'Kende u de heer Grimm?'

'Ik begrijp dat u het aanbod aanneemt en gebruik wilt maken van mijn diensten?'

'Misschien.'

'Hij was erg op zichzelf. U kunt het beter aan Chaperon vragen,' zei Saint-Cyr, die naar de burgemeester wees, die van hen vandaan liep. 'Ze kenden elkaar goed.'

Servaz herinnerde zich de woorden van Hirtmann.

'Dat dacht ik al,' zei hij. 'Grimm, Chaperon, en Perrault, toch? Hun wekelijkse pokeravondje...'

'Ja. En Mourrenx. Ze kenden elkaar al sinds de middelbare school. Meer dan veertig jaar.'

Servaz haalde de foto uit zijn jaszak. Hij liet hem aan de rechter zien.

'Zijn dit ze?'

Gabriel Saint-Cyr pakte zijn bril en zette hem op alvorens zich over de foto te buigen. Het viel Servaz op dat zijn wijsvinger was aangetast door artrose, en dat hij trilde tijdens het wijzen. Misschien had hij parkinson.

'Ja. Dit is Grimm, dat is Chaperon...'

Zijn vinger schoof over de foto.

'Dat is Perrault.' De lange, magere man met de bos haar en de dikke brillenglazen. 'Hij heeft een sportzaak in Saint-Martin. Hij is ook berggids.'

Vervolgens wees hij naar de bebaarde reus die lachend met de thermosfles in zijn handen in de lens keek.

'Gilbert Mourrenx. Werkte in de papierfabriek in Saint-Gaudens. Is twee jaar geleden overleden aan maagkanker.'

'Maar ze waren dus onafscheidelijk?'

'Klopt,' antwoordde Saint-Cyr, die zijn bril opborg. 'Onafscheidelijk... zo zou je het kunnen noemen, ja.'

Servaz keek naar de rechter. Hij klonk anders dan normaal... De oude man bleef hem aankijken. Hij probeerde hem heel subtiel iets duidelijk te maken.

'Zijn ze ooit in moeilijkheden geraakt?'

De mannen keken elkaar indringend aan. Servaz hield zijn adem in.

'Het zijn slechts geruchten... Ooit, een jaar of dertig geleden, werd er aangifte gedaan door een familie uit Saint-Martin. Een normaal gezin: de vader werkte op de elektriciteitscentrale, de moeder was werkloos.'

De elektriciteitscentrale. Servaz stond meteen op scherp.

'Ze deden aangifte? Waarvan?'

'Ja. Chantage, geloof ik...'

De oude man pijnigde zijn hersens.

'Als ik het me goed herinner, had het iets met polaroids te maken. En hun dochter van zeventien. Ze stond naakt op de foto's en was zichtbaar dronken. En op een andere foto stond ze... met meerdere mannen, geloof ik. De mannen dreigden de foto's openbaar te maken als het meisje hun niet bepaalde gunsten verleende.

Maar ze kon het allemaal niet aan en biechtte alles op aan haar ouders.'

'En toen?'

'Niets. De ouders trokken de aangifte in voor de politie de vier jongemannen kon ondervragen. Ze zijn denk ik onderling iets overeengekomen: geen aangifte in ruil voor geen chantage. De ouders wilden niet dat die foto's openbaar werden gemaakt...'

Servaz keek hem vragend aan.

'Vreemd. Maillard heeft hier nooit iets over gezegd.'

'Waarschijnlijk omdat hij er niets van afweet. Hij werkte toen nog niet hier.'

'Maar u wel.'

'Ja.'

'En geloofde u het?'

Saint-Cyr keek bedenkelijk. 'U bent agent, u weet net zo goed als ik dat iedereen geheimen heeft. Meestal niet zulke fraaie. Waarom zouden de ouders liegen?'

'Om de familie van de jongens af te persen?'

'Zodat hun dochters reputatie definitief om zeep was? Nee. Ik ken haar vader; hij heeft wel eens wat bij me geklust toen hij werkloos was. Een ouderwetse man, recht door zee. Niets voor hem om zoiets te doen.'

Servaz dacht aan wat hij had aangetroffen in het huisje.

'U zei zojuist dat iedereen geheimen heeft.'

Saint-Cyr keek hem aandachtig aan.

'Ja. Wat is uw geheim, commandant?'

Servaz lachte zijn ondoorgrondelijke lachje.

'De zelfmoorden,' zei hij. 'Weet u daar iets over?'

Nu was de rechter oprecht verbaasd.

'Wie heeft u dat verteld?'

'Dat raadt u nooit.'

'Ik ben erg benieuwd.'

'Julian Hirtmann.'

Gabriel Saint-Cyr staarde hem lange tijd aan. Hij leek verbaasd te zijn.

'Serieus?'

'Absoluut.'

De oude rechter was even sprakeloos. Toen zei hij: 'Hebt u vanavond al iets te doen?'

'Ik heb nog geen plannen.'

'Komt u dan bij me eten? Als ik mijn gasten moet geloven, ben ik een sterrenkok. Impasse du Torrent, nummer zes. Dat kunt u niet missen, het is een oude molen, aan het eind van de straat, waar het bos begint. Tot vanavond.'

'Gaat het een beetje?' zei Servaz.

Chaperon draaide zich opgelaten om. Hij wilde juist het portier van zijn auto openen. Hij maakte een gespannen, afwezige indruk. Toen hij zag dat het Servaz was, kreeg hij het schaamrood op zijn wangen.

'Waarom vraagt u dat?'

'Ik heb u gisteren de hele dag proberen te bereiken,' zei Servaz vriendelijk lachend. 'Vergeefs.'

De burgemeester van Saint-Martin maakte gedurende een fractie van een seconde een zenuwachtige indruk. Hij probeerde zich een houding te geven, maar dat lukte niet erg goed.

'Ik ben erg aangeslagen door Gilles' dood. Zo aan je eind komen... Zo vreselijk... afschuwelijk... Ik moest er even tussenuit, wilde alleen zijn. Ik heb een lange bergwandeling gemaakt.'

'Alleen? Was u niet bang?'

De burgemeester leek verbaasd.

'Waarom zou ik bang zijn?'

Hoe langer Servaz naar het door de zon gebruinde mannetje keek, hoe zekerder hij wist dat hij niet gewoon bang was, maar doodsbang. Hij vroeg zich af of dit het juiste moment was om over de zelfmoorden te beginnen, en besloot dat het beter was om niet meteen al zijn troeven uit te spelen. Hij zou er die avond, tijdens het etentje bij Saint-Cyr, meer over te weten komen. Niettemin haalde hij de foto tevoorschijn.

'Roept dit herinneringen op?'

'Hoe komt u daaraan?'

'Hij lag bij Grimm thuis.'

'Het is een oude foto,' zei Chaperon, die zijn blik ontweek.

'Ja, uit oktober 1993,' antwoordde Servaz.

Chaperon gebaarde met zijn hand, alsof hij wilde zeggen dat het erg lang geleden was. Gedurende een ogenblik zwaaide hij met zijn gebruinde hand vol ouderdomsvlekken voor Servaz' ogen. De politieman was met stomheid geslagen. De burgemeester had zijn zegelring afgedaan, maar zo te zien nog niet zo lang geleden: je kon precies zien waar hij gezeten had.

Dat riep heel veel vragen op.

Grimms vinger was afgesneden; Chaperon droeg zijn ring niet meer – de zegelring die de mannen op de foto allemaal droegen. Wat wilde dit zeggen? Daar wist de moordenaar ongetwijfeld het antwoord op. Hadden de andere twee mannen op de foto iets te maken met de dood van de apotheker? En zo ja: hoe was Hirtmann dat dan te weten gekomen?

'Kende u hen goed?' vroeg Servaz.

'Redelijk. Hoewel ik vroeger meer met Perrault omging dan tegenwoordig.'

'Jullie pokerden samen, toch?'

'Ja, en we maakten wandeltochten. Maar wat heeft dat ermee...'

'Dank u,' onderbrak Servaz hem. 'Dat was het voor nu.'

'Wie is dat?' vroeg Ziegler toen ze in de auto zaten. Ze wees naar een man die behoedzaam naar een Peugeot 405 liep, die bijna net zo oud was als hijzelf.

'Gabriel Saint-Cyr, gepensioneerd onderzoeksrechter. Ik heb hem gisteren ontmoet in de rechtbank.'

'Waar hadden jullie het over?'

'Over Grimm, Perrault en ene Mourrenx.'

'De pokeraars. En wie is Mourrenx?'

'Nummer vier van het groepje. Twee jaar geleden overleden aan kanker. Volgens Saint-Cyr werden ze dertig jaar geleden beschuldigd van chantage. Ze voerden een meisje dronken, maakten naaktfoto's, en dreigden die foto's openbaar te maken, tenzij ze...'

'Bepaalde gunsten verleende.'

'Precies.'

Servaz zag Ziegler op een bepaalde manier kijken.

'Dat zou een aanknopingspunt kunnen zijn,' zei ze.

'Wat is dan het verband met Lombards paard? En met Hirtmann?'

'Geen idee.'

'Het is dertig jaar geleden. Vier dronken knullen en een dronken meisje. En wat dan nog? Ze waren jong en gingen de fout in. Wat wil dat zeggen?'

'Misschien is het het topje van de ijsberg.'

Servaz keek haar aan.

'Wat bedoel je daarmee?'

'Misschien gingen ze wel vaker de fout in. Misschien bleef het hier niet bij. Misschien is het wel een keer helemaal uit de hand gelopen.'

'Dat zijn een heleboel misschienen,' zei Servaz. 'En er is nog iets: Chaperon draagt zijn zegelring niet meer.'

'Wát?'

Servaz vertelde wat hij zojuist had gezien. Ziegler keek hem fronsend aan.

'Wat wil dat volgens jou zeggen?'

'Geen idee. In de tussentijd moet ik je iets laten zien.'

'Het huisje?'

'Ja. Ga je mee?'

***

Die ochtend ging om vijf uur de wekker. Diane sleepte zichzelf naar de badkamer. Zoals altijd kwam er eerst een bloedhete plens uit de douche, die al snel overging in een koud waterstraaltje. Ze droogde zich snel af en kleedde zich aan. Het uur dat volgde besteedde ze aan het doorlezen van haar aantekeningen, daarna liep ze naar het bedrijfsrestaurant op de begane grond.

Er was niemand. Maar ze wist de koffiemachine te vinden en kroop achter het buffet om voor zichzelf espresso te maken. Ze ging zitten lezen in haar aantekeningen tot ze voetstappen hoorde in de gang. Dokter Xavier kwam binnen, knikte naar haar en ging eveneens achter het buffet om koffie te zetten. Daarna liep hij naar haar tafeltje.

'Goedemorgen, Diane, je bent er vroeg bij.'

'Goedemorgen. Dat ben ik gewend...'

Ze zag dat hij goedgehumeurd was. Hij dronk zijn koffie en keek haar lachend aan.

'Ben je er klaar voor, Diane? Ik heb goed nieuws. Vandaag gaan we de bewoners van Unit A bezoeken.'

Ze deed zo goed mogelijk haar best om niet te laten zien hoe opgetogen ze was en normaal te klinken.

'Dat is geweldig, dokter.'

'Je mag wel Francis zeggen, hoor.'

'Dank je.'

'Ik hoop dat ik je laatst niet al te erg heb laten schrikken. Ik wilde je alleen waarschuwen. Er is niks aan de hand, hoor.'

'Ik ben er helemaal klaar voor.'

Hij keek haar aan met een blik waaruit ze duidelijk kon afleiden dat hij daar niet zo zeker van was.

'Wie gaan we bezoeken?'

'Julian Hirtmann.'

* * *

The White Stripes zongen 'Seven Nation Army' op zijn koptelefoon toen de deur van zijn kantoor opening. Espérandieu keek op van het scherm.

'Hoi,' zei Samira. 'En, hoe ging de autopsie?'

'Smerig,' zei hij, en trok de koptelefoon van zijn hoofd.

Ze liep om Vincents bureau heen naar haar eigen werkplek. In het voorbijgaan rook Espérandieu een fris, aangenaam parfum, met daaronder doucheschuim. Vanaf het moment dat ze voet op de afdeling had gezet, had Vincent Samira Cheung gemogen. Net als hij werd ze vaak in de zeik genomen en werd er nauwelijks verhuld de spot met haar gedreven door een paar collega's. Maar de jonge vrouw wist hoe ze daarmee moest omgaan. Ze had die hufters meer dan eens flink op hun nummer gezet. Wat haar populariteit niet ten goede was gekomen.

Samira Cheung pakte mineraalwater en dronk zo uit het flesje. Die ochtend droeg ze een kort leren jasje over een spijkerjack en een hoodie, een camouflagebroek, laarzen met hoge hakken en een pet met een klep.

Ze boog zich naar haar computerscherm met haar extreem lelijke gezicht. Haar make-up bracht geen verbetering. Zelfs Espérandieu had zijn lachen met moeite kunnen inhouden toen hij haar voor het eerst zag, maar was inmiddels aan haar gewend. Nu vond hij haar zelfs op een bepaalde manier charmant.

'Waar was je?' vroeg hij.

'Op de rechtbank.'

Hij wist dat dit inhield dat ze met de rechter had gesproken die belast was met de zaak van de drie jongens. Hij vroeg zich af wat voor indruk ze had gemaakt op de rechtbank.

'Zit er schot in?'

'Het lijkt erop dat het betoog van de tegenpartij in goede aarde is gevallen bij meneer de rechter...'

'Hoezo?'

'Nou, de verdrinkingstheorie wint terrein.'

'Verdomme!'

‘Is je iets opgevallen toen je hier binnenkwam?’ vroeg ze.

‘Zoals?’

‘Pujol en Simeoni.’

Espérandieu keek chagrijnig. Hij wilde het liever niet over hen hebben.

‘Ze leken goed in vorm,’ zei hij somber.

‘Zo doen ze al sinds gisteren,’ zei Samira. ‘Ik heb het gevoel dat de afwezigheid van Martin hun vleugels geeft. Ik zou maar oppassen als ik jou was.’

‘Ik? waarom?’

‘Dat weet je best.’

‘Nee, vertel.’

‘Ze moeten je niet. Ze denken dat je homo bent, wat voor hen hetzelfde is als een pedofiel of een geitenneuker.’

‘Jou moeten ze ook niet,’ maakte Espérandieu haar duidelijk, terwijl hij probeerde geen aanstoot te nemen aan haar taalgebruik.

‘Ze vinden mij leuker dan jou. Mij moeten ze niet omdat ik half Chinees, half Arabisch ben. Negerbloed is het enige wat eraan ontbreekt. Ik behoor tot de vijand. Met jou ligt het anders. Ze hebben wel duizend redenen om je te haten: je maniertjes, je kleding, het feit dat Martin achter je staat, je vrouw.’

‘Mijn vróúw?’

Samira kon een lach niet onderdrukken.

‘Ja. Ze snappen niet dat iemand als jij zo’n lekker wijf heeft.’

Nu was het Espérandieus beurt om te lachen. Hij kon haar directheid wel waarderen, maar af en toe mocht ze wel wat diplomatieker zijn.

‘Het zijn neanderthalers,’ zei hij.

‘Primaten,’ was Samira het met hem eens. ‘Maar toch zou ik opletten, als ik jou was. Ik weet zeker dat ze iets van plan zijn.’

***

Toen hij voor het huisje van Grimm uit de auto stapte, vroeg Servaz zich af of hij de vorige avond gehallucineerd had. Het dal maakte nu totaal geen duistere, spookachtige indruk. Terwijl hij het portier dichtgooide, merkte hij dat hij weer keelpijn had. Hij was vergeten iets in te nemen.

'Je hebt zeker geen water bij je?' vroeg hij.

'Er ligt water in het dashboardkastje,' zei Ziegler.

Ze liepen naar het huisje aan de oever van de rivier. Ze zagen het water schitteren, zilverachtig tussen de boomstammen, en hoorden het kristalheldere geluid. Er stonden een paar berkenbomen die afstaken tegen de sparren en dennen op de grijze berghellingen. Iets verderop, bij de rivier, was een illegale vuilstortplaats. Servaz zag verroeste blikjes, zwarte vuilniszakken, een vies matras, een koelkast en zelfs een oude computer liggen, de snoeren er nog aan, als de tentakels van een dode octopus. Zelfs hier in deze ongerepte vallei slaagde de mensheid erin alles aan te tasten.

Hij liep het trapje naar de veranda op. De deur was afgezet met breed lint met daarop de tekst: POLITIE – VERBODEN TOEGANG. Servaz tilde het op, haalde de deur van het slot en duwde hem met een flinke zet open. Hij deed een stap opzij om Ziegler door te laten.

'De linkermuur,' zei hij.

Ze stapte over de drempel – en bleef meteen weer staan.

'Verdomme!'

Servaz ging eveneens naar binnen. Het keukentje en de kast rechts, de slaapbank vol met kussens tegen de achtermuur, de boekenkasten, het vistuig – hengels, net, laarzen – in een hoekje: alles was zorgvuldig bedekt met diverse kleuren poeder: aluminiumkleurig, rood, zwart magneetpoeder, roze fluorescerend poeder... Allemaal om eventuele vingerafdrukken op te sporen. Op sommige plaatsen was aan de grote blauwe vlekken te zien dat de onderzoekers Bluestar hadden gebruikt: ze waren op zoek gegaan naar bloedsporen; zo te zien zonder succes. Er stonden nog overal genummerde kaartjes. Er waren zelfs stukjes uit het tapijt gesneden.

Hij wierp een zijdelingse blik op Ziegler.

Ze leek stomverbaasd. Ze staarde naar de linkermuur: aan een haakje hing aan de capuchon, als een slapende vleermuis, de grote cape, het zwart stak scherp af tegen de lichte, houten muur. Er stond een paar laarzen onder. Ook op de cape en de laarzen zat poeder.

'Ik weet niet waarom, maar ik krijg er kippenvel van,' zei Ziegler. 'Tenslotte zijn het maar een regenjas en een paar laarzen.'

Servaz keek door de openstaande deur. Buiten was het stil. Maar het beeld van de koplampen in zijn achteruitkijkspiegel stond nog scherp op zijn netvlies. Hij luisterde of hij ergens een motor hoorde, maar hij hoorde alleen het gekabbel van het beekje. Hij werd door dezelfde angst overmand als de avond ervoor. Een brute, rauwe angst.

'Gaat het een beetje?' vroeg Ziegler, die zijn gezichtsuitdrukking zag.

'Ik werd gevolgd, gisteren, op deze weg. Ik werd opgewacht toen ik vanuit het bos de weg op reed.'

Ziegler bekeek hem aandachtig. Ze maakte een ongeruste indruk.

'Weet je dat zeker?'

'Ja.'

Er viel een verpletterende stilte.

'Dat moet D'Humières weten.'

'Nee, ik wil het onder ons houden. Voorlopig, althans.'

'Waarom?'

'Ik weet niet... Confiant is in staat om het als reden te gebruiken mij van de zaak te halen. Onder het mom van mijn eigen veiligheid, uiteraard,' voegde hij er flauw glimlachend aan toe.

'Wie denk je dat het was?'

'Ik denk een mannetje van Eric Lombard.'

'Of de moordenaars?'

Ze keek hem met grote ogen aan. Hij zag dat ze zich afvroeg

hoe zij zou reageren als zoiets haar zou overkomen. Angst is een besmettelijke ziekte, dacht hij bij zichzelf. Dit hele onderzoek had iets duisters, een sinistere kern die het hart van de zaak vormde, waar ze steeds dichter bij in de buurt kwamen. Voor de tweede keer vroeg hij zich af of ze zelf gevaar liepen.

'Tijd voor een babbeltje met de burgemeester,' zei hij.

* * *

'Maak je geen zorgen, het komt goed.'

Diane keek naar de enorme Atlas, en probeerde zich voor te stellen hoeveel spieren er schuilgingen onder die overall. Hij trainde vast heel veel. Hij gaf haar een vriendelijke knipoog en ze knikte naar hem.

In tegenstelling tot wat iedereen hier blijkbaar dacht, was ze helemaal niet bang. Ze was eerder ontzettend nieuwsgierig.

Ze liepen in een door neon verlichte gang. Blauw tapijt absorbeerde het geluid van hun voetstappen. Witte muren...

Op de achtergrond klonk zachte muziek, alsof je in een supermarkt liep. Iets new age-achtigs, harp en piano, ongrijpbaar als gefluister.

De deuren...

Ze liep er voorbij zonder door de raampjes te kijken. Xavier liep voor haar uit. Ze volgde hem gehoorzaam.

Het was doodstil. Waarschijnlijk sliepen ze allemaal. Het was net een modern, minimalistisch vijfsterrendesignhotel. Ze herinnerde zich het harde, sinistere gegil dat ze de eerste keer dat ze hier was had gehoord. Waren ze nu gedrogeerd? Nee, daar was Alex heel stellig in geweest: de meesten van hen waren resistent voor medicijnen.

Bij de laatste deur stond Xavier stil. Hij toetste een code in en deed de klink omlaag.

'Goedemorgen, Julian.'

'Goedemorgen, dokter.'

Een diepe, beheerste, wereldse stem. Diane hoorde hem eerder dan dat ze hem zag.

'Ik heb iemand meegenomen, onze nieuwe psychologe, Diane Berg. Ze is Zwitsers, net als jij.'

Ze deed een stap naar voren. Julian Hirtmann stond voor het raam. Hij draaide zich om om haar te bekijken. Hij was langer dan een meter tachtig en naast hem leek Xavier wel een kleuter. Hij was in de veertig, had kort bruin haar en een regelmatig gezicht. Zelfverzekerd. Behoorlijk knap, vond ze, als je op het gefrustreerde type viel. Een hoog voorhoofd, getuite lippen, vierkante kaken.

Maar vooral zijn ogen vielen haar op. Een indringende blik. Doordringend. Dwingend. Zijn irissen glansden sluw, onverschrokken. Met samengeknepen ogen keek hij haar aan.

'Goedemorgen, Julian,' zei ze.

'Goedemorgen. Psycholoog, toe maar,' zei hij.

Ze zag Xavier glimlachen. Ook Hirtmann glimlachte dromerig.

'Waar in Genève woon je?'

'In Cologny,' antwoordde ze.

Hij knikte en liep bij het raam vandaan.

'Ik had een prachtig huis aan het meer. Er wonen nu van die nouveau riche-lui. Van die types met alleen computers en mobieltjes. In het hele huis is geen boek te bekennen. Ongelooflijk! Percy Bysshe Shelley heeft er gewoond toen hij in Zwitserland verbleef, en nu woont dit volk erin!'

Hij keek haar met zijn stralende ogen indringend aan. Hij wachtte op antwoord.

'Houdt u van lezen?' vroeg ze ongemakkelijk.

Hij haalde zijn schouders op, duidelijk teleurgesteld.

'Dokter Berg zou je graag op regelmatige basis willen bezoeken,' kwam Xavier tussenbeide.

Hij wendde zich weer tot haar.

'Is dat zo? En wat zit daarin voor mij? Behalve dan uw aangename gezelschap?'

'Niets,' zei ze, naar waarheid. 'Helemaal niets. Ik zal niet beweren dat ik uw lijden zal verzachten. U lijdt trouwens helemaal niet. Ik heb niets meer te bieden dan, zoals u zelf zegt, mijn aangename gezelschap. Maar ik zou u dankbaar zijn als u ermee instemt.' Niet kruiperig zijn, niet liegen – ze vond het behoorlijk goed gaan.

Hij keek haar strak aan.

'U bent eerlijk.' (Zijn blik gleed van Diane naar Xavier.) 'Dat zie je hier niet veel. En als ik instem, waar zouden we het dan over hebben? Ik hoop dat u niet van plan bent me te analyseren. Ik zeg het maar vast: dat werkt niet. Bij mij niet, althans.'

'Nee, ik bedoel echte gesprekken. We kunnen het over van alles hebben, waarover u wilt.'

'Eerst maar eens zien of we raakvlakken hebben,' zei hij op ironische toon.

Ze ging er niet op in.

'Vertel eens iets over jezelf,' zei hij. 'Over je carrière tot nu toe.'

Ze stak van wal. Ze vertelde over de psychologische en pedagogische faculteiten van de Universiteit van Genève, het Instituut voor Forensische Psychologie, de privépraktijk waar ze had gewerkt, en de gevangenis van Champ-Dollon, waar ze stage had gelopen.

Hij knikte ernstig, een vinger tegen zijn onderlip, alsof hij een examinator was. Ze moest er bijna van glimlachen. Ze herinnerde zichzelf aan wat hij vrouwen van haar leeftijd had aangedaan waardoor het lachen haar meteen verging.

'Ik veronderstel dat je je nog niet helemaal op je gemak voelt, in deze nieuwe en uiterst ongewone omgeving?' Hij testte haar. Hij wilde weten of er een wisselwerking was. Hij wilde geen ontmoetingen waarbij hij aan het woord was en zij alleen maar luisterde.

'Dat klopt, maar dat is niet meer dan logisch als je met een nieuwe baan begint in een nieuwe omgeving en andere verantwoordelijkheden,' zei ze. 'Werkgerelateerde stress. Ik vind dat positief, ik groei ervan.'

Hij knikte.

'Als u het zegt. Zoals u weet hebben mensen die samen worden opgesloten de neiging om achteruit te gaan. Hier is dat niet alleen van toepassing op de bewoners, maar ook op het personeel, en zelfs op de psychiaters. Wacht maar. Er zijn drie verschillende niveaus van opsluiting, die allemaal in elkaar haken: het opgesloten zitten in dit gesticht, in dit dal, en ten slotte in het dorpje daarbeneden – met inwoners die door eeuwenlange inteelt, incest en huiselijk geweld verdorven zijn. Daar kom je nog wel achter. Na een paar dagen of weken word je kinderlijk, een meisje dat weer wil gaan duimen.'

In zijn kille ogen zag ze het verlangen iets obsceens te willen zeggen, maar hij hield zich in. Hij was per slot van rekening keurig opgevoed. Ineens zag ze dat Hirtmann haar aan haar vader deed denken. Een knappe, beschaafde man, die al wat ouder werd, met hier en daar wat grijs in het bruine haar.

Ze hadden dezelfde strenge mond en kaaklijn, dezelfde lange neus en dezelfde priemende, veroordelende blik. Ze wist dat als ze deze gedachten niet uit haar hoofd zou zetten, ze de situatie niet langer in de hand had.

Later vroeg ze zich af hoe deze zelfde man orgies had kunnen organiseren die bekendstonden om hun gewelddadigheid. Hirtmann was een man met vele gezichten.

'Waar denkt u aan?' zei hij.

Er ontging hem niets. Dat moest ze altijd in haar achterhoofd houden. Ze besloot zo eerlijk mogelijk te zijn, maar wel afstand te bewaren.

'U doet me op een bepaalde manier aan mijn vader denken,' zei ze.

Dit leek hem enigszins van zijn stuk te brengen. Ze zag een glimlach op zijn gezicht verschijnen. Het viel haar op dat hij op slag een ander mens werd.

'Echt waar?' vroeg hij oprecht verbaasd.

'Ik zie dat jullie dezelfde typisch Zwitserse opvoeding gehad hebben, allebei gereserveerd zijn, allebei streng. Voorbeeldig protestants, zelfs als jullie het geloof niet meer belijden. Alle Zwitsers uit de betere kringen zijn zo gesloten als een kluis. Ik vroeg me zojuist af of hij ook schandelijke geheimen had, zoals u.'

Xavier zette grote ogen op. Hirtmanns grijns werd alleen maar groter.

'Ik denk dat wij het uitstekend met elkaar zullen kunnen vinden,' zei hij. 'Wanneer zullen we beginnen? Ik verheug me op de rest van dit gesprek.'

* * *

'In geen velden of wegen te bekennen,' zei Ziegler, en ze klapte haar telefoon dicht. 'Hij is niet op het gemeentehuis, niet thuis en niet op de fabriek. Het lijkt erop dat hij 'm is gesmeerd.'

Servaz keek eerst naar haar, daarna gleed zijn blik naar buiten, naar het beekje.

'We moeten ons burgemeestertje beter in de gaten houden. Als hij weer opduikt. Laten we ondertussen Perrault aan de tand voelen.'

De verkoopster, een jonge vrouw van in de twintig, stond zo fanatiek kauwgom te knauwen dat het leek alsof ze het tussen haar kaken wilde vermorzelen.

Ze zag er niet bepaald sportief uit. Meer als het type dat te veel zoetigheid at en uren voor de tv of achter de computer doorbracht. Servaz bedacht dat hij zich wel twee keer zou bedenken voor hij haar de verantwoordelijkheid over de kassa zou toevertrouwen. Hij keek om zich heen naar de rijendik staande ski's en snowboards, kasten vol wandelschoenen, fluorescerende jumpsuits, fleecetruien en accessoires. Hij vroeg zich af welke criteria Perrault had gehanteerd toen hij haar aannam. Misschien was ze de enige die voor het schijntje dat hij betaalde wilde komen werken.

'Maakte hij een ongeruste indruk?' vroeg hij.

'Yep.'

Servaz wendde zich tot Ziegler. Ze hadden zojuist aangebeld bij het appartementje boven de winkel, waar Perrault woonde. Er was niet opengedaan. De verkoopster zei dat ze hem de vorige dag voor het laatst had gezien. Maandagochtend had hij aangekondigd dat hij een paar dagen weg moest – een noodgeval in de familie, zei hij. Ze had hem op het hart gedrukt dat hij zich geen zorgen hoefde te maken, dat zij de winkel wel zou doen.

'Baarde hem dat zorgen?' vroeg Ziegler.

Ze kauwde een paar keer enthousiast alvorens antwoord te geven.

'Hij zag er niet uit, alsof hij niet had geslapen. En hij was heel onrustig.'

'Maakte hij een bange indruk?'

'Yep. Dat zei ik net toch al?'

Ze wilde een bel blazen maar hield zich net op tijd in.

'Heb je een telefoonnummer waarop we hem kunnen bereiken?'

De jonge vrouw trok een lade open en rommelde tussen de papieren. Ze haalde een visitekaartje tevoorschijn en overhandigde het aan de gendarme. Ziegler bekeek het logo van een skiër die slalommend een berg afdaalt, met daaronder, in hippe letters: *Sport & Nature*.

'Hoe is meneer Perrault als baas?'

De verkoopster keek haar aan, op haar hoede.

'Ontzettend gierig,' zei ze uiteindelijk.

* * *

Sufjan Stevens zong 'Come on! Feel the Illinoise' in zijn koptelefoon toen Espérandieu een blik wierp op zijn computerscherm. De fotobewerkingssoftware had zijn werk gedaan.

'Kom eens kijken,' zei hij tegen Samira.

Ze stond op. Haar hoodie hing open, en toen ze zich naar hem toe boog, zag hij het begin van haar borsten vlak onder zijn neus.

'Wat moet ik zien?'

Het was een close-up van de ring. Niet heel erg scherp, maar de gouden zegelring was duidelijk zichtbaar, want tweeduizend keer vergroot. Er waren twee letters te zien op een rode achtergrond.

'Grimm had ook zo'n ring,' zei hij, met een droge keel.

'Huh? Hoe weet je dat – zijn vinger was toch afgehakt?'

'Dat leg ik nog wel een keer uit. Wat zie je?'

'Twee letters, volgens mij,' zei Samira.

Espérandieu dwong zichzelf naar het scherm te blijven kijken.

'Twee C's?' zei hij.

'Of een C en een E...'

'Of een C en een D...'

'Of een O en een C...'

'Wacht even.'

Hij opende een paar kaders links op het scherm, stelde een paar parameters opnieuw in, schoof met de cursor en begon opnieuw. Samira keek nog steeds over zijn schouder mee. Espérandieu kreeg een beeld van twee grote, zachte, stevige borsten op zijn netvlies. Met een moedervlek op de linker.

'Wat zouden die twee aan het doen zijn?' hoorden ze iemand op de gang spottend zeggen.

De computer meldde dat hij klaar was. De afbeelding verscheen onmiddellijk weer in beeld. Scherp. De twee letters staken duidelijk af tegen de rode achtergrond. Het waren een C en een S.

* * *

Servaz vond de molen zoals aangegeven, aan het eind van een doodlopende straat, aan een riviertje en een bos. Hij zag het licht eerder dan hij de zwarte contouren van de molen zag; de drie verlichte ramen, weerspiegeld in het water. Met daarboven de bergen, begroeid met dennenbomen, en de sterrenlucht. Het was een koude nacht, maar minder koud dan de voorgaande.

Hij baalde. Na tevergeefs op zoek te zijn gegaan naar Chaperon en Perrault, hadden ze evenmin Chaperons ex-vrouw gevonden. Ze was ergens in de buurt van Bordeaux gaan wonen. De burgemeester was gescheiden, hun dochter woonde dicht bij Parijs. Serge Perrault was nooit getrouwd geweest. Tel daar de moeizame wapenstilstand tussen Grimm en die heks bij op en je kon gerust concluderen dat het gezinsleven niet echt besteed was geweest aan de drie mannen. Servaz liep het halfronde bruggetje over dat de molen met de weg verbond. Hij hoorde een scheprad en kletterend water op de achtergrond.

Hij klopte aan. Een lage, heel oude, zware deur. Die vrijwel meteen openging. Gabriel Saint-Cyr stond in de deuropening, gekleed in een wit overhemd, een vest en een smetteloze vlinderstrik. Servaz hoorde bekende muziek uit het huis komen. Een strijkkwartet: Schubert, 'Der Tod und das Mädchen'.

'Leuk dat je er bent.'

Het viel Servaz op dat de gepensioneerde rechter hem tutoyeerde, maar hij zei er niets van. Een aangename geur uit de keuken drong zijn neusgaten binnen en zijn maag reageerde hier meteen op. Hij was uitgehongerd; hij had 's ochtends een omelet gegeten, en verder de hele dag niets. Toen hij het trapje af liep naar de aan de rechterkant gelegen woonkamer, zag hij dat de rechter alle registers had opengetrokken. Het tafelkleed was zo wit dat het bijna licht gaf, en er brandden kaarsen in twee zilveren kandelaars.

'Ik ben weduwnaar,' zei Saint-Cyr toen hij de blik zag van Servaz. 'Mijn werk was mijn leven. Ik wilde nog helemaal niet stoppen. Of ik nou nog tien jaar leef of dertig, dat maakt geen verschil. Ouderdom is zonde van je tijd. Dus terwijl ik die zit te verdoen, hou ik mezelf bezig. Soms denk ik dat ik beter een restaurant kan openen.'

Servaz lachte. De rechter was duidelijk geen type dat goed stil kon zitten.

'Als je maar weet – mag ik je trouwens tutoyeren, gezien mijn leeftijd? – dat ik me totaal niet bezighoud met de dood. Ik slijt mijn dagen met koken en tuinieren. Ik rommel wat. Lees. Reis...'

'En u gaat regelmatig naar de rechtbank om een beetje op de hoogte te blijven.'

Saint-Cyr keek hem met een twinkeling in zijn ogen aan.

'Precies!'

Hij gebaarde dat hij moest gaan zitten en liep vervolgens naar het aanrecht van de open keuken. Martin zag dat hij een schort omknoopte. De open haard was aan, de vlammen werden weerspiegeld in de plafondbalken. De woonkamer stond vol oude meubels, zonder twijfel gevonden op antiekmarkten; en er hingen schilderijen, grote en kleine.

'"Om te kunnen koken moet men niet te veel aan het hoofd hebben, ruim van geest zijn en hartelijk." Dat is een uitspraak van Paul Gauguin. Ik hoop dat je het niet erg vindt dat we het aperitief overslaan?'

'Helemaal niet zelfs,' zei Servaz. 'Ik ben uitgehongerd.'

Saint-Cyr kwam terug met twee borden en een fles wijn, en liet zien dat hij een geoefend kelner was.

'*Feuilleté de ris de veau aux truffes*,' kondigde hij aan, en zette een groot, dampend bord voor Servaz neer.

Het rook heerlijk. Servaz stak zijn vork erin en bracht hem naar zijn mond. Hij brandde zijn tong, maar proefde gelijk dat hij zelden iets gegeten had wat zo lekker was.

'En?'

'Als u net zo'n goede rechter was als kok, dan zullen ze er in Saint-Martin flink van balen dat u met pensioen bent.'

Saint-Cyr nam het compliment zonder iets te zeggen in ontvangst. Hij wist donders goed dat hij zo goed kon koken dat het compliment terecht was. Hij gebaarde met de fles witte wijn naar Servaz' glas.

'Deze moet je proeven.'

Servaz bestudeerde de inhoud van het glas voor hij er een slok van nam. In het kaarslicht had de wijn een lichtgoude kleur. Servaz was geen kenner, maar wist bij de eerste slok dat het ongetwijfeld een buitengewoon goede wijn was die Saint-Cyr zojuist voor hem had ingeschonken.

'Zalig. Echt. Ook al ben ik geen expert.'

Saint-Cyr knikte.

'Het is een Bâtard-Montrachet uit 2001.'

Hij knipoogde naar Servaz en klakte met zijn tong.

Na de tweede slok werd Servaz al licht in zijn hoofd.

Hij had hier niet moeten komen met een lege maag.

'Hoopt u dat dit mijn tong wat losser maakt?' vroeg hij.

Saint-Cyr lachte.

'Leuk dat je zo van eten houdt. Het lijkt wel of je in geen tien dagen gegeten hebt. Maar wat vind je van Confiant?' vroeg de rechter opeens vanuit het niets.

Servaz had de vraag niet zien aankomen. Hij aarzelde.

'Weet ik niet. Daar ken ik hem nog niet goed genoeg voor.'

En weer verscheen die twinkeling in de ogen van de rechter.

'Natuurlijk wel. Je hebt je oordeel allang klaar. En dat is niet fraai. Daarom wil je er niet over praten.'

Servaz wist even niet wat hij moest zeggen. De rechter was niet op zijn mondje gevallen.

'Zijn naam past niet bij hem,' ging Saint-Cyr verder, zonder op antwoord te wachten.

'Hij vertrouwt niemand, en dat zou je ook niet moeten doen. Maar dat wist je waarschijnlijk al.'

In de roos. Hij wist nu zeker dat deze man hem van dienst kon zijn. Zodra Servaz klaar was met het voorgerecht, bracht Saint-Cyr de borden naar de keuken.

'Konijn in mosterdsaus,' zei hij toen hij terugkwam. 'Ik hoop dat je het lekker vindt.'

Hij had een andere fles bij zich. Rood. Een half uur later, na een dessert met appel en een glas sauternes, zaten ze in de leunstoelen voor de open haard. Servaz had meer dan genoeg gegeten en was een beetje aangeschoten en voelde zich beter dan hij zich in lange tijd gevoeld had. Saint-Cyr overhandigde hem een glas cognac en schonk voor zichzelf een glas armagnac in.

Daarna keek hij Servaz aan. Tijd om ter zake te komen.

'Jij leidt toch ook het onderzoek naar het dode paard?' zei de rechter na zijn eerste slokje. 'Denk je dat er een verband bestaat met de apotheker?'

'Dat zou goed kunnen.'

'Twee vreselijke misdaden in een tijdsbestek van een paar dagen en vlak bij elkaar gepleegd.'

'Inderdaad.'

'Wat vind je van Eric Lombard?'

'Arrogant.'

'Zorg dat je hem niet tegen je krijgt. Hij heeft overal connecties en je kunt veel aan hem hebben. Maar laat hem het onderzoek niet overnemen.'

Servaz lachte. De rechter mocht dan met pensioen zijn, hij verstond zijn vak nog goed.

'We zouden het over de zelfmoorden hebben.'

Saint-Cyr bracht het glas naar zijn lippen.

'Waarom wil iemand tegenwoordig nog bij de politie?' vroeg hij, zonder Servaz' vraag te beantwoorden. 'Iedereen is corrupt; iedereen wil alleen maar zijn zakken vullen. Hoe weet je nog wat belangrijk is? Was het vroeger niet veel makkelijker?'

'Nee, juist niet,' zei Servaz. 'Je hebt twee soorten mensen: klootzakken en de rest. Je moet kiezen bij wie je wilt horen. Als je dat niet doet, kies je automatisch voor de klootzakken.'

'Vind je? Is het echt zo simpel? Je bent dus goed of slecht. Je mag jezelf gelukkig prijzen. Stel, bij de verkiezingen zijn er drie kandidaten. De eerste is half verlamd door polio, heeft een te hoge bloeddruk, bloedarmoede en nog veel meer ziektes, staat bekend als leugenaar, raadpleegt een astroloog, gaat vreemd, is kettingroker en drinkt te veel martini's. De tweede is zwaarlijvig en depressief en heeft al twee hartinfarcten gehad, rookt sigaren en klokt 's avonds champagne, port, cognac en whisky weg om vervolgens twee slaappillen te nemen, en de derde is onderscheiden als oorlogsheld, heeft groot respect voor vrouwen, houdt van dieren, drinkt af en toe een biertje en rookt niet. Op wie zou u stemmen?'

Servaz grinnikte.

'Ik neem aan dat u verwacht dat ik nummer drie zeg?'

'Goede keuze. Je hebt zojuist Roosevelt en Churchill afgewezen en op Adolf Hitler gestemd. De dingen zijn niet altijd zoals ze lijken.'

Servaz schaterlachte. Hij mocht deze man echt heel graag. Hij was bijzonder scherp van geest.

'En dat is dus wat er schort aan de media van tegenwoordig,' ging de rechter verder. 'Ze bijten zich vast in details die er helemaal niet toe doen en blazen ze op. Met als resultaat dat als de media destijds ook al zo te werk waren gegaan, Roosevelt en Churchill nooit gekozen zouden zijn. Vertrouw op je gevoel, Martin. Laat je niet misleiden door uiterlijke schijn.'

'De zelfmoorden,' zei Servaz nog een keer.

'Daar kom ik zo op.'

De rechter schonk nog een armagnacje voor zichzelf in en keek Servaz vervolgens doordringend aan.

'Ik was destijds onderzoeksrechter. Het was de moeilijkste zaak uit mijn hele carrière. En duurde meer dan een jaar. Van mei '93 tot juli '94, om precies te zijn. Zeven zelfmoorden. Tieners in de leeftijd van vijftien tot achttien. Ik herinner het me als de dag van gisteren.'

Servaz zat met ingehouden adem te luisteren. De stem van de rechter klonk nu anders. Vervuld met hardheid en oneindig verdriet.

'De eerste was een meisje uit een nabijgelegen dorpje, Alice Ferrand, zestienenhalf. Een heel slim kind, alleen maar goede cijfers op school. Ze kwam uit een beschaafd gezin: haar vader was hoogleraar literatuur, haar moeder onderwijzeres. Alice was een kind zonder problemen. Ze had vrienden van haar eigen leeftijd; hield van tekenen en muziek; iedereen had haar hoog zitten. Ze heeft zich op 2 mei 1993 opgehangen in een schuur.'

Opgehangen... Servaz' keel kneep zich dicht, maar zijn aandacht verscherpte.

'Ik weet wat je denkt,' zei Saint-Cyr, en hij keek Servaz aan, 'maar ik kan je verzekeren dat ze zichzelf heeft opgehangen, dat leed geen twijfel. De patholoog is zeer categorisch te werk gegaan. Het was Delmas, die ken je, hij verstaat zijn vak. En er werd een aanwijzing gevonden in een bureaulade van het meisje: een tekening van de schuur, met een exacte berekening van de touwlengte, zodat ze zeker wist dat haar voetjes de grond niet zouden raken.'

De rechter kreeg een brok in zijn keel. Servaz zag dat hij zijn tranen nog net kon binnenhouden.

'Hartverscheurend. Zo'n lief kind. Toen een zeventienjarige jongen zich twee weken later van het leven beroofde, op 7 juni, dacht iedereen dat het een treurig toeval was. Maar na de derde, aan het eind van die maand, begon men te twijfelen.'

Hij dronk zijn glas leeg en zette het op de salontafel.

'Die herinner ik me ook nog alsof het gisteren was. Die zomer was er een hittegolf in juni en juli, het was prachtig weer, met eindeloze, warme avonden. Iedereen zat in zijn tuin, aan het water, op een terrasje, op zoek naar verkoeling. In de appartementen was het te warm om binnen te zitten. Airco hadden we toen nog niet – niet zo min als mobieltjes. Die avond, op 29 juni, zat ik in de kroeg met Cathy d'Humières' voorganger en een plaatsvervangend openbare aanklager. De uitbater van het café kwam naar me toe. Hij wees naar de telefoon op de bar. Ik kreeg een telefoontje. De gendarmerie. 'Ze hebben er weer een gevonden,' zeiden ze. Ik begreep meteen waar het over ging.

Servaz kreeg het met de minuut kouder.

'De jongen had zich ook verhangen. In een vervallen schuur achter in een weiland vol tarwe. Ik herinner me alles nog: de zomerse avond, de rijpe tarwe, en de dag waaraan geen einde leek te komen, de hitte die om tien uur 's avonds nog in de lucht hing, de vliegen, het stoffelijk overschot in een hoekje van de schuur. Ik viel flauw en moest naar het ziekenhuis. Daarna heb ik me weer op de zaak gezet. Zoals ik al zei was het de moeilijkste zaak die ik ooit heb gehad: het was afschuwelijk. Het verdriet van die families, het onbegrip, de angst dat het nog een keer zou gebeuren...'

'Weet iemand waarom ze het gedaan hebben? Heeft iemand het kunnen verklaren?'

De rechter keek Servaz aan, zijn blik zelfs nu nog vol verbijstering.

'Niets van dat alles. We hebben nooit kunnen achterhalen wat er in hen omging. Niemand heeft het kunnen verklaren. Natuurlijk was iedereen getraumatiseerd. Je stond 's morgens op, bang dat er weer iemand zelfmoord had gepleegd. Het is nooit duidelijk geworden waarom het hier is gebeurd, bij ons. Ouders stonden doodsangsten uit. Ze hielden hun kroost zo goed en zo kwaad in de gaten zonder dat de kinderen het wisten – of ze mochten gewoon de deur niet uit. Het duurde meer dan een jaar. Zeven in totaal. Zéven! Op een dag stopte het.'

'Wat een ongelooflijk verhaal,' zei Servaz.

'Niet helemaal. Daarna heb ik vernomen dat iets dergelijks zich ook in andere landen heeft afgespeeld – in Wales, Quebec, Japan. Tieners die collectief zelfmoord plegen. Tegenwoordig is het nog erger: ze hebben contact op internet, ze sturen elkaar berichten via fora: "Mijn leven is zinloos, zoek iemand om mee te sterven." Ik overdrijf niet. Bij de zelfmoorden in Wales vonden ze briefjes tussen de condoleancebrieven en bloemen met teksten als: "Ik kom snel naar je toe." Wie had ooit zoiets voor mogelijk gehouden?'

'Ik denk dat in de wereld waarin we leven, alles mogelijk is,' zei Servaz. 'En vooral slechte dingen.'

Hij zag voor zich hoe een jongen door een veld vol tarwe liep met de zon in zijn rug en een touw in zijn hand. Fluitende vogels om hem heen, de lange zomeravond barstensvol leven – maar in zijn hoofd alleen plek voor duisternis.

De rechter keek bedroefd naar Servaz. 'Ik denk er precies zo over. Die kinderen hier hebben geen afscheidsbriefjes achtergelaten, maar we weten wel dat ze elkaar aanmoedigden om door te zetten.'

'Hoe bedoelt u?'

'De gendarmerie heeft bij verschillende slachtoffers thuis een aantal brieven gevonden. Ze schreven elkaar. Ze hadden het over hun plannen, over hoe ze het gingen aanpakken, zelfs over hoeveel zin ze erin hadden. Het probleem was dat de brieven niet per post verstuurd werden, en dat ze allemaal een pseudoniem hadden. Toen we de brieven vonden hebben we van iedereen uit de buurt tussen de dertien en de achttien vingerafdrukken genomen en die vergeleken met die op de brieven. We hebben een grafoloog ingezet. Het was een hels karwei. Een heel team onderzoekers was er vierentwintig uur per dag mee bezig. Sommige brieven waren van kinderen die al dood waren. Maar we konden ook drie nieuwe kandidaten achterhalen. Ongelooflijk, toch? We hebben hen voortdurend laten bewaken en onder behandeling gezet bij psychologen. Een van hen slaagde er alsnog in zichzelf in bad te elektrocuteren met een föhn. Hij was het zevende slachtoffer. De andere twee hebben niet doorgezet.'

'En de brieven?'

'Die heb ik bewaard. Denk je echt dat er een verband bestaat tussen de zelfmoorden, de moord op de apotheker en het paard van Lombard?'

'Grimm is opgehangen...' zei Servaz voorzichtig.

'En het paard eigenlijk ook...'

Servaz kreeg een bekend tintelend gevoel. Het gevoel dat er een beslissende stap werd gezet. Maar waar naartoe? De rechter stond op. Hij liep de kamer uit en kwam even later terug met een zware doos, boordevol documenten en mappen.

'Alles zit hierin. De brieven, een kopie van het dossier, verslagen van deskundigen. Maar maak hem alsjeblieft niet hier open.'

Servaz knikte en keek naar de doos.

'Hadden ze iets gemeenschappelijks? Behalve dat ze zelfmoord wilden plegen en elkaar brieven schreven? Waren ze lid van een bende, of een club?'

'O, ik verzeker je dat we dat hebben uitgezocht, alle aanknopingspunten hebben nageplozen, hemel en aarde hebben bewogen. Niets. De jongste vijftienenhalf, de oudste achttien; ze zaten niet bij elkaar in de klas, vonden niet dezelfde dingen leuk en namen niet deel aan dezelfde activiteiten. Sommigen kenden elkaar goed, anderen nauwelijks. Het enige wat ze deelden was hun achtergrond, maar dan nog... Ze kwamen allemaal uit gewone gezinnen of uit de middenklasse. Niemand van hen was afkomstig uit de rijke bourgeoisie van Saint-Martin.'

Servaz merkte hoezeer deze zaak de rechter had gefrustreerd. Hij had honderden uren aan het onderzoek besteed, de kleinste aanwijzingen nagetrokken, het geringste bewijs gecheckt; allemaal in een poging iets te begrijpen wat niet te begrijpen viel. De zaak had een groot deel van Saint-Cyrs leven beheerst. Misschien was het zelfs wel de reden van zijn gezondheidsproblemen en zijn vroegtijdige pensionering. Hij wist dat de rechter alle vragen die hij had mee zijn graf in zou nemen. Hij zou er altijd mee blijven zitten.

'Zitten er ook theorieën niet in de doos, maar waaraan je wel gedacht hebt?' vroeg Servaz opeens, en hij tutoyeerde de rechter nu ook, alsof zijn verhaal hen dichter bij elkaar had gebracht. 'Een voorgevoel waarmee je verder niets gedaan hebt omdat je het niet kon bewijzen?'

De rechter leek te aarzelen.

'We hadden uiteraard heel veel theorieën,' zei hij voorzichtig. 'Maar voor geen van alle een greintje bewijs. We konden er niets mee. Het is het grootste raadsel uit mijn carrière. Ik denk dat alle rechters en rechercheurs minstens één zo'n zaak hebben – een onopgeloste zaak. De zaak die hen tot in lengte van dagen zal achtervolgen. De zaak die altijd een bittere nasmaak zal hebben – en die hen al hun successen doet vergeten.'

'Dat denk ik ook,' zei Servaz. 'Daar kampen we allemaal mee. En in alle gevallen is er altijd één aanwijzing die belangrijker is dan de andere. Een vaag idee dat nooit is uitgekristalliseerd, maar waarvan we blijven denken dat het ergens toe geleid zou kunnen hebben als het onderzoek anders verlopen was. Maar dat was er dus niet? Iets wat niet in de doos zit?'

De rechter haalde een keer diep adem en keek Servaz ondertussen strak aan. Hij leek wederom te aarzelen. Hij fronste, en zei toen: 'Ja, er was een hypothese die me plausibel leek. Maar ik kreeg er mijn vinger niet achter, er was geen enkele verklaring waarmee ik iets kon. En dus liet ik het hier zitten,' zei hij, en hij tikte met zijn wijsvinger tegen zijn schedel.

'Vakantiekamp Les Isards,' zei Saint-Cyr. 'Zegt je dat iets?'

Servaz liet die woorden door zijn hoofd rollen tot zijn geheugen het kwartje liet vallen: de verlaten gebouwen met het verroeste bord langs de weg naar de Kliniek. Hij herinnerde zich het gevoel dat hij had gehad toen hij die sinistere plek zag.

'We kwamen erlangs toen we naar de Kliniek reden. Het is nu dichtgetimmerd, toch?'

'Juist. Maar het park is tientallen jaren in gebruik geweest. Het ging na de oorlog open, en sloot eind jaren negentig zijn deuren.'

Hij zweeg even.

'Les Isards was bedoeld voor kinderen uit Saint-Martin en omstreken van wie de ouders geen vakantie konden betalen. Het werd deels gefinancierd door de gemeenschap, er werd een directeur aangesteld, en er gingen kinderen naartoe in de leeftijd van acht tot vijftien. Ze deden er de gebruikelijke dingen: bergwandelingen maken, balspelletjes, sporten en zwemmen in de nabijgelegen meren...'

De rechter lachte als een boer met kiespijn.

'De reden dat het mijn aandacht trok was dat vijf van de slachtoffers het vakantiekamp bezocht hadden. Hooguit twee jaar voor de zelfmoorden plaatsvonden. Dat was dan ook meteen zo ongeveer de enige overeenkomst tussen de kinderen. Het bleek dat ze er allemaal geweest waren in de twee jaar voordat ze zelfmoord pleegden. En de directeur kort daarvoor was aangesteld.'

Servaz hing aan zijn lippen. Hij begreep wel waar de rechter naartoe wilde.

'En dus trok ik de directeur na – een jonge vent van in de dertig – maar ik kon niets vinden. Hij was getrouwd, had een zoontje en een dochter, en leidde een saai leven...'

'Weet je waar hij tegenwoordig woont?' vroeg Servaz.

'Op het kerkhof. Hij is verongelukt met zijn motor. Een jaar of tien geleden. Maar ik kon niets vinden wat erop wees dat de tieners seksueel misbruikt waren. En twee van hen hadden het kamp trouwens nooit bezocht. Bovendien zaten er alleen kinderen uit de buurt, die kenden elkaar allemaal. En dus deed ik er verder niets mee...'

'Maar toch denk je nog steeds dat je iets over het hoofd hebt gezien?'

Saint-Cyr keek op. Zijn ogen vlamden.

'Ja.'

Je had het eerder over de aangifte die gedaan is tegen Grimm en die andere drie mannen, die vrijwel meteen weer werd ingetrokken – ik neem aan dat je hen destijds ook verhoord hebt?'

'Waarom zou ik? Er was geen enkel verband.'

'Weet je zeker dat je het nooit overwogen hebt?' vroeg Servaz.

Saint-Cyr aarzelde opnieuw.

'Natuurlijk wel...'

'Waarom?'

'Dat chantagegedoe was niet het eerste wat ze deden. Ervoor en erna waren er ook geruchten over andere dingen. Maar er is nooit een officiële klacht tegen hen ingediend, behalve die ene keer.'

'Wat voor geruchten?'

'Dat ze meer meisjes chanteerden – en dat het voor sommigen niet zo goed was afgelopen, dat de jongens dronken en gewelddadig werden als ze te veel ophadden – dat soort dingen. Maar de meisjes in kwestie waren of al volwassen, of zo goed als. En de zelfmoordenaars tieners. Trouwens, aan geruchten was destijds geen gebrek.'

'En, was het waar? Klopten de geruchten rond Grimm en de anderen?'

'Zou goed kunnen... Maar ik zou mijn geld er niet op inzetten. Het gaat er hier hetzelfde aan toe als overal. Er doen geruchten de ronde die een eigen leven gaan leiden en er zijn mensen die maar al te graag de verschrikkelijkste roddels over hun buren de wereld in helpen. Desnoods verzinnen ze ze zelf. Dat zegt niets. Er zal heus wel een kern van waarheid in zitten, daar ben ik van overtuigd, maar de roddels werden steeds verder aangedikt naarmate ze vaker werden doorverteld.'

Servaz knikte.

'Maar je vraagt je terecht af of de dood van de apotheker op de een of andere manier in verband staat met deze geschiedenis,' ging de rechter verder. 'Alles wat in dit dal gebeurt heeft wortels in het verleden. Als je de waarheid wilt achterhalen, moet de onderste steen bovenkomen – en moet je goed kijken naar wat je allemaal tegenkomt.'

'En welke rol speelt Hirtmann in het geheel?'

De rechter keek hem weifelend aan.

'Dat is wat ik vroeger, toen ik nog werkte, het "puzzelstukje dat nergens past" noemde. Je kent het wel: in iedere zaak kom je iets tegen wat wringt. Zonder dat stukje valt alles op zijn plek. Maar in dit geval niet. Ik wist dat ons ergens iets ontgaan was. Soms is het belangrijk, en soms niet. Sommige rechters en agenten leggen het zonder pardon naast zich neer; zo worden dus vaak fouten gemaakt. Ik heb het nooit genegeerd. Maar ik liet het evenmin mijn leven beheersen.'

Servaz keek op zijn horloge en stond op.

'Jammer dat we niet samen op deze zaak zitten,' zei hij. 'Ik werk veel liever samen met jou dan met Confiant.'

'Dank je,' zei Saint-Cyr, die ook opstond. 'We zouden een prima team geweest zijn.'

Hij gebaarde naar de tafel, de keuken, en de lege glazen op de salontafel.

'Mag ik je een voorstel doen? Kom voortaan hier eten als je in Saint-Martin overnacht. Dan hoef je dat vieze hotelvoer niet te eten of met een lege maag te gaan slapen.'

Servaz lachte.

'Als je altijd zo overvloedig eet, ben ik binnenkort niet meer in staat mijn werk te doen.'

Gabriel Saint-Cyr bulderde van het lachen, waardoor het laatste restje spanning uit de lucht verdween.

'Laten we dit ons inwijdingsetentje noemen. Ik wilde indruk op je maken met mijn kookkunsten. De volgende maaltijd wordt iets kariger, geloof me. Je moet wel in vorm blijven.'

'In dat geval: graag.'

'En tegelijkertijd,' voegde de rechter er met een knipoog aan toe, 'kunnen we mooi de voortgang van het onderzoek bespreken. Binnen de grenzen van wat je me kunt vertellen, natuurlijk. Of beter nog: laten we het vanuit een theoretisch standpunt bekijken in plaats vanuit een praktisch. Het kan nooit kwaad om van een ander te horen of je op het juiste spoor zit of niet.'

Servaz wist dat de rechter gelijk had. Hij was niet van plan hem alles te vertellen. Maar hij was er zich van bewust dat Saint-Cyr, met zijn scherpe geest en professionele logica, erg nuttig zou kunnen zijn. En als er een verband bestond met de zelfmoorden, was de voormalige rechter voorlopig nog niet uitgepraat.

Ze namen hartelijk afscheid, en Servaz liep het donker in. Toen hij bij het bruggetje was, merkte hij dat het weer sneeuwde. Hij snoof de nachtelijke lucht op om een beetje nuchter te worden, en voelde de natte sneeuwvlokken op zijn wangen. Hij was bijna bij de auto toen de telefoon in zijn zak trilde.

'Er is iets gebeurd,' zei Ziegler.

Servaz verstijfde. Hij keek naar de molen aan de andere kant van het water. Hij zag het silhouet van de rechter, die in de weer was met borden en bestek.

'Er zijn bloedsporen gevonden op de plaats delict die niet van Grimm zijn. Het DNA is zojuist ontrafeld.'

Servaz had het gevoel dat de grond voor hem was opengespleten. Hij wist wat ze ging zeggen.

'Het is van Hirtmann.'

* * *

Het was na middernacht toen Diane in de Kliniek weer het zachte gekraak hoorde. Ze sliep niet, maar lag klaarwakker in bed – helemaal aangekleed. Ze draaide haar hoofd naar de deur en zag de lichtstraal die eronderdoor kwam. Daarna hoorde ze de gedempte voetstappen.

Ze stond op.

Waar was ze mee bezig? Waarom deed ze dit? Ze zette de deur op een kiertje.

Het was weer donker in de gang, maar het trappenhuis aan het eind was verlicht. Ze keek ook de andere kant op, en glipte naar buiten. Ze droeg een spijkerbroek, een trui en sloffen. Wat voor smoes moest ze ophangen als ze nu iemand zou tegenkomen die wilde weten wat ze hier deed? Ze kwam bij de trap. Luisterde. Het geluid van voetstappen die de trap af liepen. Ze stopten niet op de derde of tweede verdieping. Pas op de begane grond werd het stil. Diane stond stokstil en durfde niet over de reling te kijken.

Geklik.

Wie het ook was die ze volgde stond nu bij het cijferslot van de begane grond. Er was er slechts een per verdieping, behalve op de bovenste etage, waar het personeel sliep. Ze hoorde het zoemgeluid, een deur opengaan, en weer sluiten. Ging ze het echt doen? Iemand volgen in het holst van de nacht?

Ze liep tot aan de deur, waar ze eerst aarzelde en vervolgens tot tien telde. Toen ze de code intoetste kreeg ze een ingeving.

De camera's.

Overal waar patiënten rondliepen of sliepen hingen bewakingscamera's. Op strategische plekken, zowel op de begane grond, als op de eerste, tweede en derde verdieping. Er hingen geen camera's op de trappen voor het personeel of op de etage waar het personeel sliep en waar de bewoners niet mochten komen. Op alle andere plekken hielden de camera's alles nauwlettend in de gaten. Als ze haar achtervolging doorzette, zou ze op een gegeven moment gefilmd worden.

Degene die voor haar liep was dus niet bang om gefilmd te worden. Maar als de camera's beelden zouden maken van Diane, zou zij zelf argwaan wekken.

Ze wist nog steeds niet wat ze moest doen, toen ze aan de andere kant van de deur voetstappen hoorde. Ze had nauwelijks tijd om zich naar het trappenhuis te haasten en zich te verbergen voor het biometrische slot weer zoemde.

De angst sloeg haar even om het hart. Maar in plaats van terug te gaan naar boven, ging ze door met de achtervolging. Diane aarzelde heel even. Ze vroeg zich af of ze gek geworden was.

Toen ze bij de deur op de begane grond was, bleef ze staan. Niemand te zien. Waar was hij? Als hij in een van de gemeenschappelijke ruimtes verdwenen was, had ze de sloten moeten horen. Ze zag de deur naar de kelder bijna over het hoofd; links van haar, onder aan de laatste trap: die deur ging langzaam dicht... Er zat een slot op dat alleen met een sleutel geopend kon worden. Ze haastte zich naar voren en stak haar hand ertussen, net voordat de zware ijzeren deur in het slot viel.

Ze kreeg hem met moeite open.

Er lag weer een trap achter, nu van beton. Hij voerde naar de donkere kelder. Een stuk of tien treden tot een overloop, daarna meer treden, in tegengestelde richting, verder naar beneden. Een steile trap, afgebladderde muren.

Ze twijfelde.

Iemand door de gangen van de Kliniek volgen was tot daaraan toe, als ze betrapt werd kon ze zeggen dat ze tot laat had zitten werken en verdwaald was. Maar iemand tot in de kelder volgen was een heel ander verhaal.

Ze hoorde de voetstappen hun weg vervolgen.

Diane nam een beslissing en liet de zware deur dichtvallen. Aan de kelderkant kon de deur met een horizontale grendel worden geopend. Hij viel met een klikje in het slot. Ze werd omgeven door een vochtige kou, en het rook bedompt. Ze liep de trap af. Toen ze bij de tweede trap was, ging opeens het licht uit. Ze miste de volgende trede, verloor haar evenwicht en viel met een zachte kreet hard met haar schouder tegen de muur. Inwendig kermend van de pijn legde ze een hand op haar schouder. Daarna hield ze haar adem in. Ze hoorde geen voetstappen meer! Haar angst – die tot dan toe slechts vaag in haar achterhoofd had gesluimerd – nam het over. Haar hart klopte in haar keel; het enige wat ze hoorde was haar bloed dat klopte in haar slapen. Net toen ze zich wilde omdraaien hoorde ze de voetstappen weer. Ze gingen bij haar vandaan... Diane keek naar beneden. Het was niet volslagen duister; er kwam een vage, spookachtige gloed de trap op, die de muren bescheen. Ze daalde verder af en keek goed waar ze haar voeten zette. Uiteindelijk bereikte ze een lange, slecht verlichte gang.

Buizen en elektriciteitskabels tegen het plafond; roestvegen en zwarte schimmelplekken op de muren.

De kelder... Waarschijnlijk geen plek waar veel van haar collega's ooit geweest waren.

De muffe, vochtige lucht en de vreselijke kou deden haar denken aan een graftombe.

De geluiden – voetstappen die zich verwijderden, water dat van het plafond drupte, het gezoem van een ventilatiesysteem in de verte: het was allemaal verontrustend aanwezig.

Ze huiverde, en het was alsof er een ijskoude hand over haar ruggengraat gleed. Moest ze doorlopen of niet? Het leek net eèn doolhof, met al die kruispunten en gangetjes. Ze raapte zichzelf bij elkaar en probeerde te achterhalen in welke richting de voetstappen waren verdwenen. Ze waren steeds minder goed te horen, en ook het licht werd minder. Ze moest opschieten. Ze kwam bij de volgende gang en gluurde om het hoekje. Een silhouet aan het eind van de gang. Ze had het nauwelijks gezien of het verdween naar rechts de hoek om.

Diane zag nu waar het heen en weer bewegende, onregelmatig schijnende licht vandaan kwam: een elektrische zaklamp.

In paniek rende ze verder, bang om alleen achter te blijven in het donker. Ze rilde van angst of van de kou. Dit is gekkenwerk! dacht ze. Waar ben ik mee bezig? Ze had helemaal niets om zich mee te verdedigen. Ook moest ze uitkijken waar ze liep: de gangen, ook al waren ze nog zo breed, stonden op verschillende plekken vol met oude spullen: bedbodems en matrassen tegen de muren, kapotte wasbakken, afgedankte stoelen, dozen, defecte computers en televisies. Bovendien bewoog het silhouet zich van links naar rechts, steeds verder de krochten van de Kliniek in. Slechts het bevende licht van de nachtelijke bezoeker verried waar hij naartoe ging. Ze kwam in de verleiding om het op te geven en terug te lopen, maar ze wist dat het daar al te laat voor was. Ze kon in het donker nooit meer de uitgang vinden. Ze vroeg zich af wat er zou gebeuren als ze op een lichtknop zou drukken, en alle ondergrondse gangen opeens tegelijkertijd verlicht zouden worden. De persoon zou dan gelijk weten dat hij gevolgd werd. Hoe zou hij reageren? Zou hij op zijn schreden terugkeren? Diane kon niet anders dan het zwakke licht volgen. Om haar heen, in het bijna pikkedonker, hoorde ze het geluid van klauwtjes die over de grond schraapten. Ratten! Ze maakten zich voor haar uit de voeten. Diane voelde het duister op haar schouders drukken.

Het werd steeds duidelijker dat ze roekeloos bezig was. Waarom was ze niet in haar kamer gebleven?

Opeens hoorde ze het geluid van een piepende stalen deur die vervolgens weer dichtging. Het was nu volslagen donker. Alsof ze opeens geblinddoekt was. Ze was volledig gedesoriënteerd. Ze zag niets, alles was zwart. Een ondoordringbaar duister. Het bloed klopte in haar oren en ze wilde slikken, maar haar mond was droog. Ze keek om zich heen, maar het had geen zin. Ze hoorde nog steeds het doffe gezoem van de ventilatoren en water dat ergens stroomde, maar het was net zo ver weg en zinloos als een misthoorn voor een zinkend schip in een stormachtige nacht. Toen herinnerde ze zich dat ze haar telefoon in haar broekzak had zitten. Ze haalde hem met trillende hand tevoorschijn. Het licht van het schermpje was nog zwakker dan ze al had gevreesd. Het bescheen niet veel meer dan haar vingertoppen. Ze begon te lopen tot het zielige beetje licht iets anders bescheen dan alleen haar hand: een muur. Of in elk geval een paar vierkante centimeter beton. Ze volgde de muur gedurende een paar minuten tot ze een lichtknop zag. Het neonlicht flikkerde, en verspreidde vervolgens kunstmatig daglicht door de kelder. Ze haastte zich naar de plek waar ze de deur had horen dichtslaan. Hij was exact dezelfde als de deur waardoor ze was binnengekomen. Ze haalde de grendel eraf, en stopte toen even omdat ze bedacht dat ze niet meer terug kon als de deur zich achter haar sloot.

Ze deed een paar passen terug tot ze een plank vond tussen het afval, die ze tussen de deur en de deurpost zette.

Een trap en een raam... Ze herkende ze meteen... Ze was hier eerder geweest... Ze liep de eerste treden op, en bleef toen staan. Ze hoefde niet verder te lopen. Boven aan de trap hing een bekende camera. En een dikke beveiligde deur met een raampje erin.

Er was iemand die iedere avond naar Unit A ging.

Iemand gebruikte de diensttrap en kelder om de camera's te omzeilen. Behalve die boven de beveiligde deur. Diane had klamme handen en een knoop in haar maag. Ze wist wat dit betekende: wie het ook geweest was, hij had een medeplichtige bij de bewaking van Unit A.

Ze hield zich voor dat het misschien wel niets te betekenen had. Misschien was er personeel dat aan slapeloosheid leed en stiekem met elkaar pokerde, of misschien had iemand in het geniep iets met Atlas. Maar ze wist donders goed dat dat niet het geval was. Ze had al te veel gehoord over Unit A. Hier regeerden de dood en de waanzin. Maar alles was hier niet zo goed onder controle als ze gehoopt had. Er was hier iets heel duisters aan de hand, en of ze het nou leuk vond of niet, doordat ze in de Kliniek was gaan werken, werd ze erin meegesleurd.

18

Het was steeds harder gaan sneeuwen en tegen de tijd dat Servaz zijn auto parkeerde bij de gendarmerie, bleef de sneeuw ook liggen. De dienstdoende agent zat te soezen. De luiken voor de deur waren al dicht en ze moesten weer open om Servaz binnen te laten. Met de zware doos in zijn handen liep hij naar de vergaderzaal, de gangen waren verlaten en stil. Het was bijna middernacht.

'Kom hier maar heen,' zei iemand vanuit een kamer.

Hij stopte en keek door de open deur naar binnen. Irène Ziegler zat in een klein kantoortje in het halfdonker. Er brandde slechts één lamp. Door de luxaflex zag hij sneeuwvlokken dwarrelen in het licht van de lantaarnpaal. Ziegler rekte zich geeuwend uit. Ze was waarschijnlijk in slaap gevallen terwijl ze op hem zat te wachten. Ze keek naar de doos en glimlachte. Op dit late uur vond hij haar glimlach wel charmant.

'Wat is dat?'

'Een doos.'

'Dat zie ik ook wel. Wat zit erin?'

'Alles wat met de zelfmoorden te maken heeft.'

Ze kreeg een verbaasde en nieuwsgierige blik in haar groene ogen.

'Van Saint-Cyr gekregen?'

'Koffie?' vroeg hij, en zette de doos op het dichtstbijzijnde bureau.

'Espresso met suiker graag. Lekker.'

Hij liep naar de koffieautomaat aan het eind van de gang en kwam terug met twee plastic bekertjes.

'Alsjeblieft, Irène,' zei hij.

Ze keek hem verbaasd aan.

'Ik vind het hoog tijd dat we elkaar bij de voornaam noemen, jij niet?' zei hij, bij wijze van verontschuldiging, terugdenkend aan hoe informeel de rechter met hem was omgegaan. Waarom zou hij in hemelsnaam niet hetzelfde doen? Kwam het door het late tijdstip, of door de glimlach die ze hem net had geschonken dat hij dit deed?

Ziegler glimlachte weer naar hem.

'Prima. En? Hoe was het etentje? Informatief, zo te zien.'

'Jij eerst.'

'Nee, jij eerst.'

Hij ging op het hoekje van het bureau zitten en zag dat ze had zitten patiencen. Daarna stak hij van wal. Ziegler luisterde belangstellend en onderbrak hem niet.

'Wat een ongelooflijk verhaal,' zei ze toen hij was uitverteld.

'Het verbaast me dat je er niets van afweet,' zei hij.

Ze keek hem fronsend aan.

'Het komt me vaag bekend voor. Misschien heb ik er ooit iets over in de krant gelezen. Of mijn ouders er tijdens het eten over horen praten. Mag ik je eraan herinneren dat ik destijds nog niet bij de gendarmerie werkte? Ik denk dat ik ongeveer even oud was als de slachtoffers.'

Hij besefte opeens dat hij niets van haar wist. Hij wist niet eens waar ze woonde. En omgekeerd gold hetzelfde. Ze spraken nu al een week lang alleen maar over het onderzoek.

'Maar je komt hier uit de buurt, toch?' drong hij aan.

'Mijn ouders woonden een kilometer of vijftien van Saint-Martin, in een ander dal. Als je jong bent is een ander dal hetzelfde als een andere wereld. Vijftien kilometer is voor een kind hetzelfde als duizend kilometer voor een volwassene: iedere tiener heeft zijn of haar eigen territorium. In die tijd ging ik met de schoolbus twintig kilometer de andere kant op – ik ging naar school in Lannemezan, hier veertig kilometer vandaan. Daarna ben ik naar Pau gegaan om rechten te studeren. Maar ik herinner me inderdaad iets over die zelfmoorden. Gesprekken op het schoolplein. Ik had het denk ik verdrongen.'

Hij merkte dat ze niet graag over haar jeugd sprak en vroeg zich af waarom dat was.

'Ik ben benieuwd wat Propp hierover te zeggen zou hebben,' zei hij.

'Waarover?'

'Waarom je het verdrongen hebt.'

Ze keek hem aan als een boer met kiespijn.

'En die zelfmoorden, staan die op een of andere manier in verband met Grimm?'

'Misschien wel, misschien ook niet.'

'Waarom zijn ze dan van belang voor de zaak?'

'Grimms moord lijkt op wraak, en iets of iemand heeft die kinderen ertoe aangezet een eind te maken aan hun leven. Er zijn jaren geleden aanklachten ingediend tegen Grimm, Perrault en Chaperon vanwege seksuele chantage... Als we dat bij elkaar optellen, wat krijgen we dan?'

Servaz had het gevoel dat hij een elektrische schok kreeg. Ze waren iets op het spoor. Het was binnen handbereik. De duistere kern van de zaak; van waaruit alles voortkwam. Ergens, achter een blinde vlek... Hij voelde de adrenaline door zijn aderen stromen.

'Ik stel voor dat we allereerst de inhoud van de doos bestuderen,' zei hij met een licht bevende stem.

'Zullen we dan maar meteen beginnen?' vroeg ze, maar het was eigenlijk geen vraag.

Hij zag dezelfde hoop en opwinding op haar gezicht. Hij keek hoe laat het was: bijna één uur 's nachts.

'Prima. En het bloed?' voegde hij eraan toe, abrupt van gespreksonderwerp veranderend. 'Waar hebben ze dat precies gevonden?'

Ze keek ongerust.

'Op de brug, niet ver van de plek waar de apotheker werd vastgebonden.'

Er viel een stilte.

'Bloed,' zei hij toen weer. 'Dat kan toch bijna niet?'

'Het lab weet het zeker.'

'Bloed... alsof...'

'Alsof Hirtmann zich verwondde toen hij Grimm vastbond.'

Ziegler nam het over. Ze rommelde in de doos met mappen, ordners, schrijfblokken en correspondentie, tot ze een mapje tevoorschijn haalde met de titel 'Samenvatting'. Het was duidelijk geschreven door Saint-Cyr zelf; de rechter had een leesbaar, klein, mooi handschrift; het tegengestelde van het gekrabbel dat dokters produceren. Servaz zag dat hij opvallend helder de verschillende stadia van het onderzoek had weergegeven. Ziegler gebruikte de samenvatting om orde te scheppen in de chaos. Eerst haalde ze de doos leeg en maakte ze stapeltjes van de inhoud: autopsierapporten, samenvattingen van verhoren, gesprekken met ouders, de lijst van bewijsstukken, brieven die bij de adolescenten thuis waren gevonden. Saint-Cyr had alles wat van belang was voor de zaak gekopieerd voor persoonlijk gebruik. Naast de fotokopieën zaten er krantenknipsels, Post-its en losse papieren in; per adolescent een plattegrond met de plek waar de zelfmoord had plaatsgevonden, maar waarop ook geheimzinnige aanwijzingen stonden, bestaande uit pijlen en rode cirkels; schoolrapporten; klassenfoto's; aantekeningen op losse stukjes papier en bonnetjes voor tolwegen.

Servaz was met stomheid geslagen. De oud-rechter had er duidelijk een privékruistocht van gemaakt. Net als andere onderzoekers vóór hem, was hij geobsedeerd geraakt door het mysterie. Had hij gedacht het geheim thuis te kunnen ontrafelen wanneer hij verder niets omhanden zou hebben en tijd te over?

Toen vonden ze een nog verontrustender document: een overzicht van de zeven slachtoffers, compleet met foto's en de data van hun zelfmoord.

2 mei 1993:	Alice Ferrand, 16
7 juni 1993:	Michaël Lehmann, 17
29 juni 1993:	Ludovic Asselin, 16
5 september 1993:	Marion Dutilleul, 15
24 december 1993:	Séverine Guérin, 18
16 april 1994:	Damien Llaume, 16
9 juli 1994:	Florian Vanloot, 17

'Lieve hemel.'

Zijn hand trilde toen hij ze naast elkaar op het bureau in het schijnsel van de lamp legde: zeven foto's, vastgeniet aan zeven kaartjes, die Ziegler aan hem had overhandigd. Zeven glimlachende gezichten. Sommige keken in de camera, andere keken weg. Hij bestudeerde zijn collega. Ze stond naast hem, als aan de grond genageld. Servaz concentreerde zich weer op de gezichten. Hij kreeg een brok in zijn keel.

Ziegler gaf hem de helft van de autopsierapporten en begon zelf met de andere helft. Ze zaten een tijdje in stilte te lezen. Zoals verwacht werd in de rapporten geconcludeerd dat de doodsoorzaak verhanging was, met uitzondering van één slachtoffer, dat zichzelf in een ravijn gestort had, en de jongen die erin was geslaagd zich in bad te elektrocuteren. De pathologen hadden niets vreemds kunnen ontdekken, er was geen enkele ruimte voor twijfel, de plaatsen delict spraken voor zich: alles wees erop dat de jongeren alleen naar hun zelfmoordplek waren gegaan en alleen gehandeld hadden. Vier autopsies waren uitgevoerd door Delmas, de rest door een patholoog van wie Servaz wist dat hij net zo bekwaam was. Na de autopsies was er huis-aan-huisonderzoek gedaan. Met als doel meer te weten te komen over de persoonlijkheden van de slachtoffers, los van de verklaringen van hun ouders. Zoals altijd was er ook sprake van smerige of gemene roddels, maar over het algemeen ging het om gewone adolescenten, uitgezonderd één moeilijke jongen, Ludovic Asselin, die erom bekend had gestaan agressief te zijn geweest tegen zijn vrienden en die moeite had gehad met gezag. In het rapport van het eerste slachtoffer, Alice Ferrand, stonden de ontroerendste dingen. Iedereen leek dol op haar te zijn geweest. Servaz bekeek haar foto: krullend haar in de kleur van rijpe tarwe, een melkwitte huid. Ze keek in de camera met mooie, ernstige ogen. Een prachtig gezicht, dat met grote zorgvuldigheid gebeeldhouwd leek; het gezicht van een mooi meisje van zestien – maar met een blik van een veel ouder iemand. Een intelligente blik. Maar er was nog iets anders... of was dat zijn verbeelding?

Tegen drie uur konden ze niet meer. Servaz besloot om even pauze te nemen. Hij liep de gang door naar de toiletten en gooide een plens koud water in zijn gezicht. Hij ging rechtop staan en bekeek zichzelf in de spiegel; een van de tl-buizen flikkerde en scheen een treurig licht op de rij deuren achter hem. Hij had veel te veel gegeten en gedronken bij Saint-Cyr; hij was doodmoe en dat was te zien. Hij liep een van de wc's in, plaste, waste zijn handen en droogde ze af. Op de terugweg bleef hij stilstaan bij de automaat.

'Wil je nog koffie?' riep hij de lege gang in.

Zijn stem weerklonk in de stilte. Het antwoord kwam door de openstaande deur achter in de gang.

'Espresso! Met suiker, graag!'

Hij vroeg zich af of er naast de dienstdoende agent nog meer mensen in het gebouw waren behalve zijzelf. Hij wist dat de gendarmes in een andere vleugel gehuisvest waren. Hij liep met de koffie door de kantine, zigzaggend om de gele, rode en blauwe ronde tafeltjes. Achter het grote raam met tralies ervoor viel de sneeuw stilletjes in een kleine tuin. Keurig gesnoeide heggen, een zandbak en een plastic glijbaantje voor de kinderen van de inwonende gendarmes. Achter de tuin lagen witte velden en in de verte, grimmig afstekend tegen de zwarte lucht, de bergen. Zijn gedachten gingen terug naar de Kliniek en zijn bewoners. Hirtmann... en zijn bloed op de brug. Wat betekende dat? 'Er is altijd een puzzelstukje dat nergens past,' had Saint-Cyr gezegd. Soms was het een belangrijk stukje, en soms niet...

Het was half zes 's ochtends toen Servaz achteroverleunde in zijn stoel en besloot dat het welletjes was. Ziegler zag er doodmoe uit. De frustratie was van haar gezicht te lezen. Niets. Er was helemaal niets in het dossier dat wees op seksueel misbruik. Nog niet de geringste aanwijzing. In de kantlijn stond: 'Seksueel misbruik? Geen bewijs.' Maar tegelijkertijd was die vraag twee keer onderstreept. Servaz had overwogen om Ziegler in te lichten over het vakantiekamp, maar hij had het niet gedaan. Hij was er te moe voor; had er gewoonweg de kracht niet meer voor.

Ziegler keek op haar horloge.

'Ik denk niet dat we nu nog veel verder komen. Laten we maar gaan slapen.'

'Prima. Ik ga naar mijn hotel. Om tien uur in de vergaderzaal, oké? Waar slaap jij?'

'Hier. In het appartement van iemand die op vakantie is. Om de kosten van een hotel te besparen.'

Servaz knikte.

'Je kunt tegenwoordig niet zuinig genoeg zijn.'

'Ik heb nog nooit een zaak als deze gehad,' zei Ziegler terwijl ze opstond. 'Eerst een dood paard, daarna een apotheker die onder een brug hangt. En slechts één ding wat hen met elkaar in verband brengt: het DNA van een seriemoordenaar... En dan nu al die adolescenten die zich verhangen hebben. Het lijkt wel een nachtmerrie. Er zit geen logica in, we hebben geen enkele aanwijzing. Misschien blijkt later dat ik het allemaal gedroomd heb.'

'Het komt goed,' zei Servaz beslist. 'Maar niet voor de dader, of daders. En dat gaat niet lang meer duren.'

Hij liep met ferme passen naar buiten.

Hij droomde over zijn vader. In zijn droom was Servaz een jongetje van tien. Alles baadde in de warme, aangename gloed van een zomeravond en zijn vader was slechts een silhouet, net als de twee mensen met wie hij buiten stond te praten. Toen hij dichterbij kwam, zag hij dat het twee zeer oude mannen in lange witte toga's waren. Ze hadden allebei een baard. Servaz ging erbij staan en keek op, maar de drie mannen besteedden geen aandacht aan hem. Toen hij wat beter luisterde, hoorde hij dat ze Latijn spraken. Een levendig, maar prettig gesprek. Op een gegeven moment lachte zijn vader, en werd meteen daarna weer serieus. Er klonk muziek uit het huis, bekende muziek die hij niet kon thuisbrengen.

Toen klonk er op straat het geluid van een motor in de verte, en vielen de drie mannen opeens stil.

'Ze komen eraan,' zei een van de oude mannen na een tijdje.

Hij had een begrafenisstem, en in zijn droom begon Servaz te beven.

Servaz kwam tien minuten te laat bij de gendarmerie. Hij had een grote beker zwarte koffie gedronken, twee sigaretten gerookt en een kokend hete douche genomen om de vermoeidheid die hem dreigde te vellen van zich af te schudden. Zijn keel brandde nog altijd. Ziegler was er al. Ze droeg het leren pak weer dat hem deed denken aan een hedendaags harnas, en herinnerde zich toen dat hij haar motor voor de deur had zien staan. Ze spraken af om de ouders van de zelfmoordenaars te bezoeken en verdeelden de adressen. Servaz drie, Ziegler vier. Servaz besloot om met de eerste te beginnen: Alice Ferrand. Het huis stond niet in Saint-Martin maar in een nabijgelegen dorp. Hij verwachtte een gezin aan te treffen met door verdriet gebroken ouders, en was verbaasd toen hij oog in oog stond met een lachende, energieke man in de bloei van zijn leven die hem op blote voeten en met ontbloot bovenlijf begroette, gekleed was in een gebroken witte linnen broek, met een touwtje als riem.

Servaz was hierdoor zo uit het veld geslagen dat toen hij zich wilde voorstellen en de reden van zijn bezoek wilde uitleggen, hij slechts onsamenhangend kon mompelen.

De vader van Alice stond meteen op scherp.

'Kunt u zich identificeren?'

'Alstublieft.'

De man bestudeerde zijn pasje uitvoerig. Daarna ontspande hij en gaf het terug.

'Ik wilde zeker weten dat u niet een van die journalisten was die het hele verhaal weer op zou rakelen omdat ze niets anders hebben om over te schrijven,' zei hij verontschuldigend. 'Komt u binnen.'

Gaspard Ferrand deed een stap opzij om Servaz door te laten. Hij was lang en slank. De agent nam zijn gebruinde torso op; hij had geen grammetje vet en slechts een enkele grijze haar op zijn borst, de huid bruin en strak over zijn ribbenkast. Ferrand zag hem kijken.

'Excuses voor mijn uiterlijk, ik was bezig met yoga. Daar heb ik veel aan gehad sinds het overlijden van Alice – evenals het boeddhisme.'

Aanvankelijk verbaasd herinnerde Servaz zich dat de vader van Alice geen kantoorbaan had of in een fabriek werkte, zoals de andere ouders, maar hoogleraar literatuur was. Hij stelde zich hier meteen iemand bij voor die graag lang op vakantie ging en dol was op exotische bestemmingen: Bali, Phuket, het Caribisch gebied, Rio de Janeiro of de Malediven.

'Het verbaast me dat de politie nog steeds belangstelling heeft voor deze zaak.'

'Ik ben bezig met de moord op de apotheker, Grimm.'

Ferrand draaide zich om. Servaz zag dat hij verbaasd was.

'En u denkt dat er een verband bestaat tussen de dood van Grimm en de zelfmoord van mijn dochter en die andere jongeren?'

'Dat ben ik aan het uitzoeken.'

Gaspard Ferrand bestudeerde hem aandachtig.

'De samenhang is niet a priori duidelijk. Waarom denkt u dat er een verband is?'

Een scherpzinnige opmerking. Servaz aarzelde met antwoorden. Gaspard Ferrand zag waarschijnlijk hoe ongemakkelijk zijn bezoek zich voelde – en werd zich er ook van bewust dat ze in een smal gangetje tegenover elkaar stonden, dat hij in zijn blote bast liep en zijn bezoek gekleed was op koud winterweer. Hij wees naar de deur van de woonkamer.

'Wilt u koffie? Of thee?'

'Koffie, als het niet te veel moeite is.'

'Helemaal niet. Ik neem zelf thee. Ga zitten,' zei hij en hij verdween in de keuken aan de andere kant van de gang. 'Doe alsof u thuis bent.'

Servaz had een dergelijke warme ontvangst niet verwacht. Het was duidelijk dat de vader van Alice graag bezoek kreeg, zelfs van een agent die over zijn dochter wilde praten die vijftien jaar geleden zelfmoord had gepleegd. Hij keek om zich heen. De woonkamer was een puinhoop. Net als bij hem thuis lagen overal stapels boeken en tijdschriften: op de salontafel, de stoelen, het meubilair. En dat stof... Zou hij hier alleen wonen? Was Gaspard Ferrand weduwnaar, of gescheiden? Dat zou kunnen verklaren waarom hij zo graag bezoek kreeg. Er lag een envelop van een liefdadigheidsinstelling. Servaz herkende het blauwe logo en het grijze kringlooppapier; hij steunde dat goede doel zelf ook. In een fotolijst zag hij verschillende foto's van Alices vader in het gezelschap van mensen die eruitzagen als Latijns-Amerikaanse en Aziatische boeren met oerwoud of rijstvelden als achtergrond. Servaz vermoedde dat de vakanties van Gaspard Ferrand uit meer bestonden dan alleen diepzeeduiken, daiquiri's drinken en zonnebaden op een tropisch strand.

Hij ging op de bank zitten. Naast de bank stond een stoel van donker hout in de vorm van een olifant met een stapel boeken erop. Servaz probeerde zich de Afrikaanse naam van de stoel te herinneren, *esono dwa* of zoiets...

De geur van koffie kwam door de gang de woonkamer in. Ferrand verscheen met een dienblad met twee dampende bekers, suiker, een suikertangetje en ook een fotoalbum, dat hij aan Servaz gaf nadat hij het dienblad op de salontafel had gezet.

'Hier.'

Servaz sloeg het album open. Zoals hij verwacht had, waren het allemaal foto's van Alice: Alice als vierjarige in een trapauto, Alice die de planten water geeft met een gieter bijna net zo groot als zijzelf, Alice en haar moeder, een slanke, dromerige vrouw met een even grote neus als Virginia Woolf; Alice op tienjarige leeftijd, in korte broek, voetballend met jongens van haar eigen leeftijd, vastbesloten op weg naar het doel van de tegenstander, de bal aan haar voeten. Een echte wildebras. Maar ook een lief, sprankelend meisje. Gaspard Ferrand kwam naast hem op de bank zitten. Hij had een overhemd zonder boord aangetrokken; gebroken wit, net als zijn broek.

'Alice was een prachtkind. Makkelijk in de omgang, altijd opgewekt en behulpzaam. Het zonnetje in huis.'

Ferrand bleef glimlachen, alsof de herinnering aan zijn dochter fijn was, en niet pijnlijk.

'Ze was ook erg intelligent. Met veel talenten: voor tekenen, muziek, talen, sport, schrijven... Ze verslond boeken. Toen ze twaalf was wist ze al precies wat ze wilde worden: miljonair, zodat ze haar geld kon verdelen onder hen die het nodig hadden.'

Gaspard Ferrand lachte schril.

'We hebben nooit begrepen waarom ze het gedaan heeft.'

Nu dreigde hij te breken, maar hij herstelde zich.

'Waarom wordt je liefste bezit afgepakt en moet je leren leven met dat verlies? Die vraag heb ik mezelf vijftien jaar gesteld; nu pas weet ik het antwoord.'

Ferrand keek hem zo vreemd aan dat Servaz even dacht dat hij gek was geworden.

'Het is een vraag waar iedereen voor zich het antwoord op moet vinden. Het zit in jezelf. Ik bedoel dat niemand het je kan leren of vertellen.'

Gaspard Ferrand keek hem onderzoekend aan om te zien of hij het wel begreep. Servaz voelde zich bijzonder slecht op zijn gemak.

'Ik zie dat ik u voor het blok zet,' zei zijn gastheer. 'Sorry. Dat krijg je als je alleen woont. Mijn vrouw is overleden aan kanker, totaal onverwacht, twee jaar nadat Alice bij ons wegging. Maar u bent dus geïnteresseerd in die stroom van zelfmoorden van vijftien jaar geleden. Terwijl u bezig bent met de moord op de apotheker. Mag ik vragen waarom?'

Zonder antwoord te geven zei Servaz: 'Heeft geen van de kinderen een brief achtergelaten?'

'Nee, maar dat wil niet zeggen dat die er niet was. Een verklaring, bedoel ik. Er was een reden voor alle zelfmoorden; die kinderen hebben zich met een zeer duidelijke reden van het leven beroofd. Het was veel meer dan het leven niet meer zien zitten.'

Servaz vroeg zich af of hij de geruchten over Grimm, Perrault, Chaperon en Mourrenx kende.

'Is Alice veranderd in de aanloop naar haar zelfdoding?'

Ferrand knikte.

'Ja. Dat hadden we aanvankelijk niet in de gaten. Het ging geleidelijk: ze lachte niet meer zo veel als vroeger, werd sneller boos, zat steeds vaker in haar kamer... dat soort dingen. Op een dag wilde ze geen piano meer spelen. Ze besprak niet meer alles met ons.'

Het voelde alsof er plots ijswater door zijn aderen stroomde. Hij dacht aan het telefoontje van Alexandra. En aan de blauwe plek op Margots wang.

'Kunt u aangeven wanneer het precies begon?

Ferrand weifelde. Servaz had het vreemde gevoel dat Alice' vader precies wist wanneer het begonnen was, maar het daar niet graag over wilde hebben.

'Een paar maanden voor haar zelfmoord, denk ik. Mijn vrouw dacht dat het door de puberteit kwam.'

'En u? Waar dacht u dat het aan lag? Vond u ook dat het erbij hoorde?'

Ferrand keek hem wederom vreemd aan.

'Nee,' zei hij toen vastbesloten.

'Wat is er volgens u gebeurd?'

Alices vader hield zo lang zijn mond dat Servaz zich moest beheersen om hem niet aan zijn arm door elkaar te schudden.

'Ik weet het niet,' zei hij zonder zijn blik van Servaz af te wenden, 'maar ik ben ervan overtuigd dat er iets is gebeurd. Iemand hier in dit dal weet waarom onze kinderen het gedaan hebben.'

Iets in zijn antwoord, in zijn toon, was dermate raadselachtig dat het Servaz meteen aan het denken zette. Toen hij zijn gastheer wilde vragen of hij iets specifieker wilde zijn, trilde zijn telefoon in zijn broekzak.

'Sorry,' zei hij, en stond op.

Het was Maillard. Hij klonk gespannen.

'We hebben zojuist een zeer vreemd telefoontje gekregen. Iemand die zijn stem verdraaide. Hij wilde jou spreken. Hij zei dat het dringend was, dat hij informatie had over de moord op Grimm. We krijgen wel vaker dergelijke telefoontjes, maar dit was anders. Hij klonk serieus. En ook bang.'

Servaz schrok zichtbaar.

'Bang? Wat bedoel je met bang? Weet je het zeker?'

'Ja. Daar steek ik mijn hand voor in het vuur.'

'Heb je hem mijn nummer gegeven?'

'Ja. Mocht dat niet?'

'Jawel, daar heb je goed aan gedaan. Heb je zijn nummer?'

'Hij belde mobiel. Hij hing meteen op nadat ik hem jouw nummer gaf. We hebben hem teruggebeld, maar kregen zijn voicemail.'

'Weet je wie het is?'

'Nog niet. Daar wordt aan gewerkt.'

'Bel Confiant en Ziegler! Vertel wat er is gebeurd, we moeten weten wie het is. Nu!'

'Doe ik. Maar hij kan je ieder moment bellen,' zei Maillard.

'Wanneer belde hij?'

'Nog geen vijf minuten geleden.'

'Oké. Hij belt waarschijnlijk binnen nu en vijf minuten. Bel ondertussen Confiant en Ziegler. Hij gaat waarschijnlijk niet zeggen wie hij is, en misschien is het niks. Maar we moeten weten wie het is!'

Servaz hing op, zo gespannen als een veer. Wat gebeurde er allemaal? Wie probeerde hem te bellen? Chaperon of iemand anders? Iemand die bang was...

Iemand die ook bang was dat de gendarmes in Saint-Martin zijn stem zouden herkennen. En dus had hij zijn stem verdraaid.

'Is er iets vervelends gebeurd?' vroeg Ferrand.

'Er zijn een paar vragen gerezen,' antwoordde Servaz afwezig. 'En wellicht krijgen we daar antwoord op.'

'U hebt geen makkelijke baan.'

Servaz lachte.

'Dat is voor het eerst dat een docent dat tegen me zegt.'

'Ik zei niet dat het een respectabele baan is.'

Servaz wist niet wat hij van deze insinuatie moest denken.

'Hoezo zou mijn baan niet respectabel zijn?'

'U werkt voor de machthebbers.'

Servaz begon weer kwaad te worden.

'Er zijn duizenden mensen die totaal niet geïnteresseerd zijn in macht, die hun gezinsleven, hun weekends en slaap opofferen, het laatste bolwerk zijn in de strijd tegen...'

'Barbaren?' zei Ferrand.

'Ja. U mag ze best verachten, bekritiseren of op hen neerkijken, maar u kunt niet zonder hen.'

'Net zomin als we zonder die leraren kunnen die we bekritiseren, verachten en waar we op neerkijken,' zei Ferrand lachend. 'Ik snap het.'

'Ik zou haar kamer graag zien.'

Ferrand kwam overeind.

'Loopt u maar mee.'

Servaz zag de stofwolken op de trap, en op de trapleuning, die al lange tijd niet in de was was gezet. Een man alleen. Zoals hijzelf. Of zoals Gabriel Saint-Cyr. Chaperon. Perrault...

De kamer van Alice was niet op de eerste verdieping maar een etage hoger, onder het dak.

'Daar,' zei Ferrand, en hij wees naar een witte deur met een koperen klink.

'Hebt u... Hebt u haar spullen weggedaan en er een andere kamer van gemaakt?'

Ferrands lach maakte plaats voor een wanhopige grimas.

'We hebben alles gelaten zoals het was.'

Hij draaide zich om en liep de trap af. Servaz stond lange tijd op het kleine overloopje. Hij hoorde het gekletter van borden in de keuken beneden. De smalle overloop werd verlicht door een dakraam. Toen hij opkeek, zag hij dat er een dun laagje sneeuw op het glas lag. Hij haalde diep adem en liep de kamer in.

Het eerste wat hem opviel was de stilte. Die werd ongetwijfeld versterkt door de sneeuwvlokken buiten, die ieder geluid dempt. Daarna viel het hem op hoe koud het er was. De verwarming stond niet aan. Hij kon er niets aan doen, maar die stille, ijskoude kamer gaf hem de rillingen. Omdat het zo duidelijk was dat hier ooit iemand had gewoond. Een meisje.

Foto's aan de muren. Een bureau, planken, een kledingkast. Een dressoir met een grote spiegel. Een bed met twee nachtkastjes. Het meubilair zag eruit alsof het van een rommelmarkt kwam en in felle kleuren overgeschilderd was, vooral oranje en geel, dat contrasteerde met de paarse muren en de witte vloerbedekking.

De lampenkapjes waren oranje; het bed en het bureau waren oranje, het dressoir en de lijst om de spiegel geel. Aan een van de muren hing een grote poster van een zanger die Kurt heette, wat er in grote letters op stond. Een sjaal, laarzen, tijdschriften, boeken en cd's lagen verspreid over de witte vloerbedekking. Een tijd lang kon hij niet meer doen dan de chaos in zich opnemen. Waar kwam die vreemde gewaarwording toch vandaan die hij in deze kamer kreeg? Ongetwijfeld door het feit dat alles ongemoeid was gelaten, dat de tijd hier had stilgestaan. Alles, behalve het stof. Niemand had de moeite genomen ook maar iets te verplaatsen; het was alsof haar ouders de tijd hadden willen laten stilstaan – ze hadden van de kamer een museum, een mausoleum gemaakt. Zelfs na al die jaren wekte Alice' kamer de indruk dat ze elk moment kon binnenlopen en vragen wat hij hier te zoeken had. Hoe vaak had haar vader hier de afgelopen jaren met hetzelfde gevoel gestaan? Servaz dacht dat hij gek zou worden als hij in zijn schoenen zou staan, te weten dat de kamer boven zijn hoofd onaangeroerd was en dagelijks in de verleiding te komen om de trap op te lopen om even te gaan kijken – nog een keer, voor de laatste keer.

Hij liep naar het raam en keek naar buiten. De straat werd met de minuut witter. Hij haalde nog een keer diep adem, draaide zich om en begon zijn huiszoeking.

Op het bureau lagen schoolboeken, haarbanden, een schaar, een paar potten met potloden, zakdoekjes, zakjes snoep en een roze Post-it met de tekst: 'bibliotheek 12.30.' De inkt was verbleekt in de loop der jaren. Een agenda, met een elastiek bij elkaar gehouden, een rekenmachine, een lamp. Hij sloeg de agenda open. Op 25 april, een week voor haar dood, had Alice geschreven: 'Emma's boek teruggeven.' Op de 29e: 'Charlotte.' De 30e, drie dagen voor ze zich verhing: 'Wiskundetoets.' Net handschrift met ronde letters. Bij 11 augustus stond: 'Emma jarig.' Alice was toen inmiddels drie maanden dood. Ze had dat lang daarvoor opgeschreven... Waar zou Emma tegenwoordig wonen? Wat was er van haar geworden? Hij rekende uit dat ze in de dertig moest zijn. Zelfs na zo'n lange tijd dacht ze ongetwijfeld nog wel eens terug aan dat vreselijke jaar, 1993. Aan al die doden.

Boven het bureau was met punaises een weekrooster en een

kalender vastgeprikt. De schoolvakanties waren met een viltstift gemarkeerd. Servaz' blik bleef rusten op de datum van de fatale dag: 2 mei. Een dag als alle andere. Nog iets hoger hingen planken met daarop boeken, een cassetterecorder en judoprijzen, waaruit bleek dat ze daarin uitblonk. Hij liep naar de nachtkastjes. Naast de lampen stonden er een wekkerradio en een potje nagellak, en lagen er meer zakdoekjes, een Game Boy, een haarspeld, en een boek met een boekenlegger erin. Hij trok de laatjes open. Hip briefpapier, een juwelenkistje met namaaksieraden, een pakje kauwgom, een flesje parfum, een deodorantstick en batterijen.

Hij graaide achter in de laatjes.

Niets.

In het bureau lagen mappen, notitieblokken en schoolboeken, massa's pennen, markers en paperclips. In de middelste lade een tekenblok vol schetsen. Servaz sloeg het open en zag dat Alice echt getalenteerd was. Haar potlood- en viltstifttekeningen verrieden een vaste hand en een goed oog. In de onderste lade lagen nog meer elastiekjes, een nagelschaartje, een aantal lipsticks en een haarborstel met een paar blonde haren erin, maar ook een buisje aspirine, mentholsigaretten en een doorzichtige aansteker. Servaz sloeg de mappen en notitieblokken uit de bovenste lade open: huiswerk, opstellen, kladwerk. Hij legde ze opzij en liep naar de kleine stereotoren die in een hoek op de grond stond. Het was een radio-cd-speler, en er lag ook een dikke laag stof op. Servaz blies het eraf en veroorzaakte een grote grijze wolk, daarna trok hij alle vakjes een voor een open. Leeg. Hij liep naar de grote spiegel en de muur vol foto's. Sommige waren van zo dichtbij gemaakt dat de gefotografeerden bijna met hun neus tegen de lens stonden. Op andere was het landschap achter de mensen op de foto te zien: bergen, een strand, zelfs de pilaren van het Parthenon. Vooral meisjes van dezelfde leeftijd als Alice. Steeds dezelfde gezichten. Af en toe stonden er een paar jongens bij. Maar de fotograaf had zich niet op iemand in het bijzonder gericht. Waren het foto's van schoolreisjes? Servaz bestudeerde de foto's lange tijd. Ze waren vergeeld en hadden ezelsoren gekregen.

Wat zocht hij eigenlijk? Zijn blik bleef op een van de foto's hangen. Een stuk of tien jongelui, waaronder Alice, naast een verroest bord. Vakantiekamp Les Isards... Alice was er dus ook geweest. Hij zag ook dat ze op alle foto's waarop ze te zien was in het midden stond. Het mooiste meisje – het middelpunt.

De spiegel.

Die was gebarsten.

Iemand had er iets tegenaan gegooid, en dat had een grote scheur achtergelaten. Had Alice dat gedaan? Of haar vader, uit wanhoop?

Er waren vergeelde ansichtkaarten tussen de lijst en de spiegel gestoken, verstuurd vanuit plaatsen als Île de Ré, Venetië, Griekenland of Barcelona. Er waren er een paar op de vloerbedekking gevallen. Eentje trok zijn aandacht. 'Rotweer, ik mis je.' Van Emma. Er lagen een Arafat-sjaal en wat prulletjes op de toilettafel, alsmede wattenschijfjes en een blauwe schoenendoos. Servaz maakte hem open. Brieven... er ging een rilling door hem heen toen hij zich de brieven herinnerde van de zelfmoordslachtoffers die in de doos zaten van Saint-Cyr. Hij bestudeerde ze een voor een. Naïeve brieven, met blauwe en paarse inkt geschreven. Allemaal dezelfde handtekening. Geen enkele verwijzing naar wat er stond te gebeuren. Hij moest het handschrift vergelijken met die van de brieven in de doos, maar bedacht dat dat ongetwijfeld al gedaan was. Hij begon aan de lades van het dressoir. Hij tilde stapeltjes T-shirts, ondergoed, lakens en dekens op. Hij knielde op de vloerbedekking en keek onder het bed. Grote vlokken stof – genoeg om een quilt mee te vullen – en een gitaarkoffer.

Hij haalde de koffer tevoorschijn en maakte hem open. Er zaten krasjes op de lak van het instrument, en de B-snaar was gebroken. Hij keek in de koffer. Niets. Er lag een quilt van ruitvormige lapjes op het bed. Hij liet zijn blik glijden over de cd's die erop lagen: Guns N' Roses, Nirvana, U2. De kamer was net een tentoonstelling over de jaren negentig. Geen internet, geen computer, geen mobieltje. De wereld verandert veel te snel, dacht hij bij zichzelf. Hij tilde de kussens, de lakens en de sprei op en liet zijn hand onder het matras glijden. Het bed rook nergens naar, alleen naar het stof waarmee het bedekt was geweest en dat nu naar het plafond zweefde.

Er stond een Voltaire-stoel naast het bed. Iemand (Alice?) had ook deze oranje geschilderd. Er hing een legerjas over de rugleuning. Hij voelde onder de zitting, maar er kwam niets anders vrij dan stof. Hij ging zitten en keek om zich heen, in een poging zijn gedachten de vrije loop te laten.

Wat zag hij?

Een kamer van een typisch jarennegentigmeisje dat wijs was geweest voor haar leeftijd.

Servaz had tussen de boeken titels zien staan als *De idioot* en *Schuld en boete*, maar ook *De eendimensionale mens*, van Marcuse. Wie had haar die boeken aangeraden? Waarschijnlijk niet haar vriendinnetjes met hun poppengezichten. Toen dacht hij eraan dat haar vader hoogleraar literatuur was. Hij keek nog eens om zich heen.

Wat in deze kamer overheerst, dacht hij bij zichzelf, is tekst, en woorden. De woorden in de boeken, op de ansichtkaarten, in de brieven... Allemaal door anderen geschreven. Waar waren haar eigen woorden? Een meisje dat zich uitte door gitaar te spelen en te tekenen en dat boeken verslond, moest toch ook de behoefte hebben gehad zichzelf uit te drukken in woorden? Op 2 mei was het leven van Alice geëindigd, en er was geen spoortje van de laatste dagen van haar leven. Dat kan niet, dacht hij. Geen dagboek, niets. Er klopte iets niet. Hoe kon een nieuwsgierig en intelligent meisje van die leeftijd, dat een bijna onuitputtelijke hoeveelheid diepzinnige vragen gehad moest hebben, helemaal als ze op het punt stond een einde te maken aan haar leven, geen dagboek hebben bijgehouden? Tegenwoordig hadden adolescenten blogs, prikborden en profielen op social media, maar vroeger hadden ze alleen pen en papier tot hun beschikking gehad voor hun diepste zielenroerselen.

Hij stond op en bladerde een voor een al haar notitieblokken door en keek nog een keer in haar lades. Alleen huiswerk. Hij bekeek haar opstellen. Uitsluitend hele hoge cijfers, nooit lager dan een acht. Het commentaar van haar leraren was al net zo lovend als de cijfers die ze gaven. Maar nergens iets persoonlijks.

Had haar vader alles opgeruimd?

Hij had Servaz hartelijk ontvangen, en hem verteld dat hij ervan overtuigd was dat die kinderen niet zomaar een eind aan hun leven hadden gemaakt. Waarom zou hij iets verbergen wat hem zou kunnen helpen de waarheid te achterhalen? Servaz had ook nergens iets gelezen over een dagboek. Er was geen bewijs dat Alice er een bijgehouden had. Maar los daarvan had hij sterk de indruk dat er iets in de kamer ontbrak.

Een geheime bergplaats... die hadden alle jonge meisjes toch? Waar was die van Alice?

Servaz stond op en trok de kast open. Er hingen jassen, jurken, vestjes, spijkerbroeken en een wit judopak met een bruine band. Hij schoof ze een voor een opzij en doorzocht alle zakken. Op de vloer stond een rijtje schoenen en laarzen. Servaz scheen er met zijn zaklamp in. Boven het hanggedeelte was een plank met een paar koffers en een rugzak erop. Hij zette ze op de vloerbedekking waarbij een tornado aan stof vrijkwam, en doorzocht ze grondig.

Niets. Hij pauzeerde even om na te denken.

De kamer was ongetwijfeld al doorzocht door heel goede onderzoekers – misschien wel haar eigen ouders. Zouden zij de geheime bergplaats over het hoofd hebben gezien, als er een was? Hadden ze er überhaupt naar gezocht? Iedereen was het erover eens dat Alice een briljant meisje was. Had ze de ultieme bergplaats ontdekt? Of zat hij nu helemaal verkeerd?

Wat wist hij eigenlijk van de dromen en de gedachtewereld van een zeventienjarig meisje? Zijn eigen dochter was een paar maanden geleden zeventien geworden, en hij zou niet weten hoe hij haar kamer moest omschrijven – om de eenvoudige reden dat hij er nog nooit binnen was geweest. Bij die gedachte voelde hij zich ongemakkelijk. Zijn hersens kraakten. Hij had iets over het hoofd gezien tijdens zijn speurtocht door de kamer. Of er ontbrak iets wat er wel had moeten zijn. Denk na! Het was binnen handbereik, dat wist hij zeker. Zijn instinct zei dat er iets ontbrak. Maar wat? Wat? Hij keek nog eens om zich heen. Hij doorliep alle mogelijkheden. Hij had alles bekeken, ook de plinten en het parket onder de witte vloerbedekking. Er was niets. Maar zijn onderbewustzijn had iets opgepikt, dat wist hij zeker – ook al wist hij niet wat het was.

Hij moest niesen vanwege al het stof, en pakte een zakdoekje.

Toen dacht hij aan zijn mobieltje.

Hij was niet gebeld! Er was een uur verstreken en hij was niet één keer gebeld. Hij kreeg een knoop in zijn maag. Verdomme, wat was die anonieme beller aan het doen? Waarom had hij nog niet gebeld? Servaz haalde zijn mobieltje tevoorschijn en keek ernaar. Hij onderdrukte een paniekaanval: het stomme ding stond uit. Hij wilde het aanzetten, maar het was leeg. Kut!

Hij rende de kamer uit en stormde de trap af.

Gaspard Ferrand keek om het hoekje van de keuken toen Servaz door de gang vloog.

'Ik ben zo terug!' riep hij, en trok zonder te stoppen de voordeur open.

Buiten woedde een sneeuwstorm. De wind was in kracht toegenomen. De stoep was wit en de sneeuw joeg door de lucht.

Hij haalde de jeep van het slot en rommelde in het dashboardkastje, op zoek naar zijn oplader. Daarna rende hij terug.

'Niets aan de hand,' zei hij tegen een verbaasde Ferrand.

Hij zocht een stopcontact, vond er een in de gang en stopte de stekker van de oplader erin.

Hij wachtte vijf seconden en zette toen zijn telefoon aan. Vier berichten!

Net toen hij het eerste wilde lezen ging zijn telefoon.

'Servaz!' riep hij.

'Waar zat je verdomme?'

Paniek aan de andere kant van de lijn. Het bloed klopte in zijn oren. De beller vervormde zijn stem niet meer, maar hij herkende hem niet.

'Met wie spreek ik?'

'Serge Perrault. Ik ben een vriend van...'

Perrault!

'Ik weet wie u bent!' onderbrak hij hem.

Er viel een korte stilte.

'Ik moet u meteen spreken!' schreeuwde Perrault.

Hij klonk hysterisch.

'Waar bent u?' schreeuwde Servaz. 'Waar?'

'Kom over een kwartier naar het bergstation van de gondellift. En schiet op!'

Servaz voelde de paniek opwellen.

'Welke gondellift?'

'In Saint-Martin 2000, bij de skiliften! Ik ben er ook. Schiet godverdomme op! Snap het dan, ik ben de volgende! En kom alleen!'

19

De lucht was donker en de straten wit toen Servaz de motor startte. Buiten sneeuwde het onophoudelijk. Hij zette de ruitenwissers aan. Daarna belde hij Ziegler.

'Waar ben je?' vroeg hij toen ze opnam.

'Bij de ouders,' zei ze met gedempte stem, en hij begreep dat ze niet alleen was.

'Waar?'

'Aan de rand van de stad, hoezo?'

Hij vatte heel kort de noodkreet van Perrault samen.

'Je bent dichterbij dan ik,' concludeerde hij. 'Ga er als de sodemieter heen! Je hebt geen tijd te verliezen. Hij wacht ons daarboven op.'

'Waarom bel je de gendarmerie niet?'

'Geen tijd voor. Opschieten!'

Servaz hing op. Hij draaide de zonneklep met 'Politie' omlaag en zette het zwaailicht op het dak. Hij zette de sirene aan. Hoe lang zou hij erover doen? Gaspard Ferrand woonde niet in Saint-Martin maar in een dorpje vijf kilometer verder. De straten waren bedekt met sneeuw. Servaz dacht een goed kwartier nodig te hebben om bij de parkeerplaats van de gondellift te komen, in het centrum van de stad. Hoe lang zou het duren om naar boven te gaan? Een kwartier? Twintig minuten?

Hij scheurde met gillende sirenes weg, en liet een verbijsterde Ferrand in de deuropening achter. Er stond een stoplicht aan het eind van de straat. Het was rood. Hij negeerde het, maar zag toen dat er een vrachtwagen van rechts kwam. Hij trapte vol op de rem en merkte meteen dat de auto begon te slippen. De jeep gleed dwars over het kruispunt en miste op een haar na de enorme vrachtwagen, die toeterend voorbijreed. Het gebrul deed pijn aan zijn oren. Hij was zich een ongeluk geschrokken en kreeg geen lucht meer. Hij kneep hard in het stuur. Hij zette de auto in de eerste versnelling en reed verder. Hij had geen tijd om na te denken. En dat was misschien maar beter ook. Hij had niet alleen een tientonner gemist; hij was ook bijna ingeblikt geweest.

Bij het volgende kruispunt sloeg hij rechts af en reed het dorp uit. Witte weilanden strekten zich tot in de verte uit, de lucht was nog steeds dreigend, maar het sneeuwde niet meer. Hij gaf meer gas.

Hij reed Saint-Martin vanuit oostelijke richting binnen. Op de eerste rotonde nam hij de verkeerde afslag. Hij draaide vloekend, met zijn handen op het stuur slaand, om. De overige weggebruikers keken hem ongelovig aan. Gelukkig was het niet druk op de weg. Nog twee rotondes. Hij passeerde een kerk en reed toen op de avenue d'Etigny, het commerciële hart van het stadje, met hotels, dure winkels, platanen, een bioscoop en kroegjes. Er stonden auto's geparkeerd langs de kant van de weg. In het midden van de weg veranderde de sneeuw in zwartachtige blubber, achtergelaten door tientallen auto's. Vlak voor de bioscoop sloeg hij rechts af. Er stond een bord met een pijl en de tekst: GONDELLIFT.

Aan het eind van de straat was een grote parkeerplaats, een groot plein in de sombere schaduw van de berg. Tegenover de parkeerplaats reikten de pistes tot aan de hemel en de lange witte geul voor de gondels baande zich een weg door de dennenbomen. Hij reed zo hard mogelijk tussen de rijen auto's door tot hij bij het dalstation was, waar hij hard remde waardoor hij opnieuw slipte. Even later rende hij de trap naar het gebouw op, dat op twee enorme betonnen pilaren gebouwd was. Hij haastte zich naar het loket, waar op dat moment een stelletje kaartjes kocht. Servaz zwaaide met zijn pasje.

'Politie! Hoe lang duurt het voordat ik boven ben?'

De man achter het loket keek hem geringschattend aan.

'Negen minuten.'

'Kan het ook sneller?'

De man keek hem aan alsof dat het gekste was wat hij ooit had gehoord.

'Waarom?' vroeg hij.

Servaz probeerde kalm te blijven.

'Ik heb geen tijd om in discussie te gaan. Ja of nee?'

'De maximumsnelheid is vijf meter per seconde,' zei de man chagrijnig. 'Dat is achttien kilometer per uur.'

'Regel dat dan!' zei Servaz, die in een van de gondels sprong, een eivormig omhulsel met grote ramen van plexiglas en vier krappe zitplaatsen.

Een draaiarm deed de deur achter hem dicht. Servaz slikte. De gondel gleed hevig trillend de kabel op en bungelde toen in de lucht. Servaz dacht dat hij beter kon gaan zitten in het wiebelende ding; het steeg rap omhoog naar de eerste steunpilaar, en liet de witte daken van Saint-Martin ver achter zich. Hij keek vluchtig achterom en had daar, net als eerder in de helikopter, meteen spijt van. De helling was zo steil dat hij deze onderneming alleen iets vond voor mannen zonder verantwoordelijkheidsbesef. Bovendien was de kabel veel te dun om hem gerust te kunnen stellen. De daken en straten werden schrikbarend snel kleiner. De gondels voor hem hingen op een meter of dertig afstand van elkaar en bungelden in de wind.

Hij zag, ver onder zich, dat het stel besloten had niet naar boven te gaan; ze waren op weg naar de auto. Hij was alleen. Er ging niemand naar boven en niemand naar beneden. De gondels waren leeg. Alles was stil, behalve de wind, die harder huilde dan ooit.

Het was opnieuw gaan sneeuwen. Halverwege de helling verdween hij opeens in de mist, en voor hij wist wat er gebeurde, bevond Servaz zich in een landschap van vage contouren, zijn enige gezelschap de dennenbomen die als een spookachtig leger in de nevel stonden, en de sneeuwstorm die de sneeuwvlokken om de gondel deed stuiven.

Hij was zijn wapen vergeten! Hij had het in de haast in de auto laten liggen. Wat moest hij doen als hij daarboven oog in oog kwam te staan met de moordenaar? En als hij boven zou worden opgewacht door een gewapend persoon was hij het ideale doelwit. Hij kon zich nergens verstoppen. Dit omhulsel van plastic was echt niet kogelvrij.

Hij bad dat Ziegler er al was. Dat moest haast wel. Zij is niet het type dat haar wapen vergeet. Hoe zou Perrault hebben gereageerd als hij haar zag? Hij had tegen Servaz gezegd dat hij alleen moest komen.

Hij had die wijsneus achter het loket moeten vragen of hij haar had gezien. Daar was het nu te laat voor. Hij raasde nu met vijf meter per seconde het onbekende tegemoet. Hij pakte zijn mobieltje, belde Perrault, maar kreeg zijn voicemail.

Verdomme! Waarom stond zijn telefoon uit?

Hij zag twee figuren in een gondel zitten die omlaag kwam, een meter of tweehonderd bergopwaarts. Het waren de eerste mensen die hij zag sinds hij het dalstation had verlaten. Hij belde Ziegler.

'Ziegler.'

'Ben je er al?' vroeg hij.

'Nee, ik ben onderweg.' (Ze zweeg even.) 'Sorry, Martin, maar mijn motor slipte in de sneeuw en ik ging onderuit. Alleen een paar schrammen, maar ik moest een auto regelen. Waar ben jij?'

Kut!

'Ongeveer halverwege het parcours.'

De cabine met de twee mensen erin leek steeds sneller dichterbij te komen.

'Je weet dat er daarboven een sneeuwstorm woedt?'

'Nee,' zei hij, 'dat wist ik niet. Perrault neemt niet op.'

'Ben je gewapend?'

Zelfs van deze afstand kon hij zien dat een van de mensen in de andere gondel naar hem keek, net zoals hij naar hen keek.

'Heb ik in de auto laten liggen.'

Er volgde een drukkende stilte.

'Doe voorzich...'

De verbinding werd verbroken. Hij keek op zijn telefoon. Niets! Hij belde terug. Geen netwerk. Dat kon er ook nog wel bij! Hij probeerde het nog een paar keer, zonder succes. Servaz geloofde zijn ogen niet. Toen hij weer opkeek, was de andere gondel weer een stuk dichterbij. Een van de mannen droeg een zwarte bivakmuts. Hij zag alleen zijn ogen en mond. De andere man had niets op zijn hoofd en droeg een bril. Ze keken hem allebei door het raam en de mist aan. De eerste met een woeste blik.

En de ander keek doodsbang.

In een tiende van een seconde werd de situatie hem helemaal duidelijk.

Het was Perrault – de slanke man van de foto, die met die dikke brillenglazen.

Servaz' hart klopte in zijn keel. Als in een droom kwam de andere gondel dichterbij, angstaanjagend snel. Minder dan twintig meter nog. Binnen twee seconden zouden ze elkaar passeren. Hij zag nog een detail: in de andere gondel ontbrak een raam.

Perrault staarde Servaz aan, zijn mond open, zijn ogen wijd opengesperd van angst. Hij schreeuwde. Servaz hoorde het door de dichte gondel heen, ondanks de wind en het lawaai van de katrollen en de kabels. Hij had nog nooit iemand zo bang zien kijken. Het was alsof de man uit elkaar zou barsten, ieder moment in tweeën kon splijten. Servaz moest slikken. Toen de gondel hem passeerde en vervolgens achter hem verdween, zag hij alles duidelijk: Perrault had een touw om zijn nek, het touw ging door het open raam en hing aan iets van een haak, net boven de gondel. Misschien werd die haak gebruikt om gewonde passagiers naar beneden te laten zakken als de gondel stil hing, dacht Servaz in een flits. De man met de bivakmuts hield het andere eind van het touw vast. Servaz had geprobeerd zijn ogen te zien, maar hij was achter zijn slachtoffer gedoken toen de gondels elkaar passeerden.

Ik moet hem kennen! dacht Servaz. Hij is bang dat ik hem herken, zelfs met een bivakmuts op!

Hij morrelde wanhopig aan zijn telefoon. Geen netwerk. In paniek keek hij of er een alarmknop in de gondel zat, of wat dan ook, maar er was niets. Godver! Je kon wel doodgaan in zo'n vijf meter per seconde voortbewegend gondeltje! Servaz draaide zich om om naar de andere gondel te kijken. Zijn blik kruiste die van de doodsbange Perrault voor een laatste keer. Als hij een wapen had gehad, had hij tenminste... Ja, wat eigenlijk? Wat had hij dan kunnen doen? Hij was trouwens een waardeloze schutter. Tijdens het jaarlijkse schietexamen constateerde de examinator altijd vol ongeloof dat hij er echt niks van bakte. De gondel met de twee mannen verdween in de mist.

Hij onderdrukte een nerveus lachje. Hij zou het liefst keihard schreeuwen.

In een vlaag van woede beukte hij tegen een van de raampjes. De minuten die volgden waren de langste van zijn leven. Het duurde nog vijf minuten voordat het bergstation in zicht kwam, vijf oneindig lange minuten met alleen die spookachtige parade van dennenbomen, als voetsoldaten in de nevel. Het bergstation was een massief gebouwtje, op dezelfde dikke betonnen pijlers als het gebouw in het dal. Servaz zag de verlaten skipistes erachter liggen, de stilstaande sleepliften en in mist begraven gebouwen. Er stond een man die hem zag aankomen. Zodra de deur openging sprong Servaz eruit. Hij viel bijna op het beton. Met zijn pasje zwaaiend rende hij op de in uniform geklede man af.

'Zet alles stil! Nu meteen! Zet de lift stil!'

De man keek hem verbaasd van onder zijn pet aan.

'Pardon?'

'U kunt de lift toch stilzetten?'

De wind huilde. Servaz moest erbovenuit schreeuwen. Zijn woede en ongeduld leken eindelijk tot de man door te dringen.

'Jawel, maar...'

'Doe het! En bel naar beneden! Kun je hier bellen?'

'Ja, natuurlijk!'

'Zet alles stil! Nu! En geef me de telefoon! Vlug!'

De man haastte zich naar binnen. Hij riep koortsachtig iets in een microfoon, keek Servaz bezorgd aan en haalde een hendel over. De gondels kwamen bungelend tot stilstand. Pas toen realiseerde hij zich hoeveel lawaai er eerder op het platform moest hebben geklonken. Hij pakte de telefoon en belde de gendarmerie. Er werd opgenomen door een adjudant.

'Verbind me door met Maillard! Met commandant Servaz! Vlug!'

Even later had hij Maillard aan de lijn.

'Ik heb de moordenaar gezien. Hij is in de gondellift op weg naar beneden, met zijn slachtoffer. Ik heb de lift laten stilzetten. Kom hierheen met versterking! Zodra jullie je positie hebben ingenomen, zetten we de lift weer aan.'

Er viel een korte stilte.

'Weet je het zeker?' stamelde Maillard.

'Ja! Het slachtoffer heet Perrault. Hij heeft vierentwintig minuten geleden om hulp gebeld. Hij wilde me hier ontmoeten. Ik ben hem zojuist gepasseerd – hij was op weg naar beneden – met een touw om zijn nek, en naast hem zat een man met een bivakmuts op!'

'Jezus! Ik sla alarm. Zodra we klaar zijn, bel ik je!'

'En bel Ziegler. Mijn mobiel doet het niet.'

Maillard belde na twaalf minuten terug, minuten die Servaz ijsberend op het platform doorgebracht, terwijl hij voortdurend op zijn horloge keek en de ene sigaret na de andere rookte.

‘We zijn zover,’ zei de gendarme aan de telefoon.

‘Mooi. Ik laat de gondels weer lopen. Perrault en zijn moordenaar zitten erin. Ik kom eraan.’

Hij gebaarde naar de man, en sprong in een van de gondels. Toen hij van het platform wegdraaide, wist hij dat hij een denkfout had gemaakt. De moordenaar was van plan om Perrault naar buiten te duwen en hem aan het touw te zien bungelen, hij was absoluut niet van plan om met zijn slachtoffer naar het dalstation te gaan. Servaz vroeg zich af of er een plek was waar de moordenaar uit de draaiende gondel kon springen, maar hij wist meteen het antwoord al.

Hadden Maillard en zijn mannen ook gedacht aan die mogelijkheid? Checkten ze alle bergpaden? Hij probeerde Ziegler nog een keer te bellen, maar kreeg hetzelfde antwoord als eerder. Net als tijdens de heenweg gleed hij door de mist en zag niets behalve de omtrekken van de bomen en lege gondels. Opeens hoorde hij de propeller van een helikopter, maar hij zag hem niet. Het geluid leek echter niet van boven, maar van beneden te komen.

Wat gebeurde er allemaal? Met zijn neus tegen het raam gedrukt probeerde hij iets te zien in de mist. Maar hij kon niet verder kijken dan twintig meter. Plotseling kwamen de gondels tot stilstand, zo abrupt dat hij zijn evenwicht verloor. Sodeju! Hij sloeg met zijn neus tegen het raam en kreeg tranen in zijn ogen van de pijn. Wat waren ze daarbeneden aan het doen? Hij keek om zich heen. De gondels bungelden zachtjes aan de kabels, als lantaarns op een dorpsfeest. De wind was gaan liggen en de sneeuw viel nu bijna loodrecht naar beneden. Aan de voet van de dennenbomen lag een dikke laag sneeuw. Hij probeerde nog een keer of hij kon bellen, maar dat lukte nog steeds niet.

In de drie kwartier die volgden zat hij gevangen in zijn cocon van plastic, en zag hij alleen dennenbomen en mist. Na een half uur slingerde de gondel opeens heen en weer, bewoog drie meter en stopte weer. Servaz vloekte. Wat waren ze van plan? Hij stond op, ging zitten en stond weer op. Er was niet eens voldoende ruimte om zijn benen te strekken. Toen de gondel eindelijk weer in beweging kwam, was er veel tijd verstreken, waarin hij niets anders had kunnen doen dan zitten en afwachten.

Toen hij het dalstation naderde trok de mist opeens op en werden de daken van het stadje zichtbaar. Servaz zag zwaailichten en heel veel auto's op de parkeerplaats. Agenten in uniform liepen af en aan. Hij zag ook de in het wit geklede forensisch onderzoekers, en het lichaam op een brancard onder een zilverkleurig doek, naast een ambulance met openstaande deuren.

Hij verstijfde.

Perrault was dood. Ze hadden de lift stilgezet toen ze hem zagen hangen. Vervolgens hadden ze hem losgemaakt en de lift weer aangezet. Servaz wist meteen dat de moordenaar ontkomen was. Zodra de draaiarm het deurtje openmaakte, sprong hij eruit. Hij zag Ziegler, Maillard, Confiant en D'Humières onder aan de trap staan. Ziegler droeg haar leren pak, maar het leer was op verschillende plekken kapot; haar knie en elleboog waren gezwollen, ze had blauwe plekken en bloedkorsten. Ze had duidelijk geen tijd gehad om haar wonden te verzorgen. Ze had haar helm in haar handen; het vizier was gebarsten.

'Wat is er gebeurd?' vroeg hij.

'Dat kunnen we beter aan jou vragen,' kaatste Confiant terug.

Servaz keek hem aan. Heel even wenste hij dat de jonge rechter een poppetje was en hij een hamer. Daarna wendde hij zich tot Cathy d'Humières.

'Is het Perrault?' vroeg hij, en hij wees naar het stoffelijk overschot onder het doek.

Ze knikte.

'Hij heeft me gebeld,' zei Servaz. 'Hij wilde iets afspreken. Het was overduidelijk dat hij bang was; hij voelde zich bedreigd. Ik moest naar boven komen. Ik heb Ziegler ingeseind en ben zo snel mogelijk hiernaartoe gekomen.'

'En je vond het niet nodig om om versterking te vragen?' vroeg Confiant.

'Alsof ik daar tijd voor had. Hij wilde dat ik alleen kwam. Hij wilde me alleen spreken.'

Confiant keek hem aan, een woeste blik in zijn ogen. Cathy d'Humières keek peinzend. Servaz' blik gleed terug naar de gedaante op de brancard: de onderzoekers klapten het onderstel in en schoven hem in de ambulance. Hij zag de patholoog nergens, die was waarschijnlijk al weg. Aan de andere kant van de parkeerplaats stonden pottenkijkers. Hij zag een flitslicht. En nog een. De helikopter was waarschijnlijk geland; hij hoorde hem niet meer.

'En de moordenaar?' vroeg hij.

'Ontkomen.'

'Hoe?'

'Toen we de gondel eindelijk zagen, was er een raampje uit en bungelde Perrault eronder,' zei Maillard. 'Toen hebben we alles stopgezet. Op een bepaalde plek komt de lift over een pad naar een station. Het is behoorlijk breed, en doet in de winter dienst als piste voor wie naar Saint-Martin wil skiën. Het pad ligt een meter of vier lager dan de gondels. Maar de dader is waarschijnlijk langs het touw waarmee hij Perrault heeft opgehangen naar beneden gegleden. Een geoefend skiër is daarna zo beneden.'

'Waar komt het pad uit?'

'Achter de thermen.' (Maillard wees naar de berg.) 'De thermen bevinden zich ten oosten van de berg. Het pad loopt om de berg heen tot achter het gebouw – je kunt het vanaf hier niet zien liggen.'

Servaz haalde zich het grote gebouw voor de geest dat hij nu al twee keer gepasseerd was. Er was een groot plein met aan het eind de thermen, die tegen de berg lagen. Ze dateerden uit de negentiende eeuw, maar ze waren gerenoveerd en er was een glazen vleugel aangebouwd. Aan de rest van het plein lagen hotels en cafés. In het midden een parkeerplaats. Met tientallen auto's...

'Daar zijn we hem kwijtgeraakt,' zei Maillard.

'Geldt het pad ook als plaats delict?'

'Ja, het hele gebied is afgezet en er is een team bezig om iedere meter tussen de gondels en de parkeerplaats van de thermen uit te kammen.'

'Hij heeft het helemaal uitgedacht,' zei Ziegler.

'Terwijl hij weinig tijd had.'

'Hoe wist hij dat Perrault om hulp gevraagd had?' vroeg de gendarme.

Daar dachten ze even over na, maar niemand had een bevredigend antwoord.

'Hij heeft klimtouw gebruikt,' zei Maillard. 'Speciaal voor alpinisten. Het lag waarschijnlijk gewoon in zijn auto, net als de ski's. Misschien heeft hij het in een rugzak gestopt.'

'Hij is dus sportief,' zei Ziegler.

Servaz knikte.

'Hij had waarschijnlijk ook een wapen. Anders was Perrault nooit met hem mee gegaan. Maar dat heb ik niet gezien, net zomin als een rugzak of ski's. Het ging allemaal zo snel. Ik heb niet veel gezien.'

Perraults van angst vertrokken gezicht. Dat kreeg hij niet uit zijn hoofd.

'Waar zat hij ten opzichte van Perrault?' vroeg Ziegler.

'Perrault zat dichterbij, de moordenaar zat achter hem.'

'Misschien werd Perrault onder schot gehouden. Of hield de dader een mes in zijn rug.'

'Kan. Wederom briljant in scène gezet. Ondanks het gebrek aan tijd. Hij is snel, en arrogant. Iets te arrogant, als je het mij vraagt. Toen de gondel dichterbij kwam, verschool hij zich achter Perrault,' voegde Servaz er fronsend aan toe.

'Maar waarom? Hij droeg toch een bivakmuts?'

'Hij wilde niet dat ik zijn ogen zag.'

Ziegler keek hem strak aan.

'Je bedoelt dat hij bang was herkend te worden?'

'Ja. Wat dus wil zeggen dat ik hem eerder moet hebben gezien. En van dichtbij.'

We moeten de man achter het loket aan de tand voelen,' zei hij. 'Vragen of hij iemand heeft gezien.'

'Hebben we al gedaan. Hij herkende Perrault. Hij weet zeker dat er verder niemand naar boven is gegaan. Behalve jij.'

'Hoe kan dat nou?'

'Je kunt ook over de weg naar Saint-Martin 2000. Daar doe je ruwweg een minuut of tien over vanuit het zuiden van de stad. De moordenaar had tijd zat om er te komen.'

Servaz probeerde zich te oriënteren. Vanaf het plein voor de thermen reed je de stad uit via een weg die twaalf kilometer verderop doodliep, op een steenworp van de Spaanse grens. Zo was hij ook naar het huisje van Grimm gereden. Er was ergens een afslag naar het skigebied.

'In dat geval had hij dus twee auto's nodig,' zei hij. 'Een om naar boven te rijden, een onder aan de berg.'

'Ja. En waarschijnlijk iemand die hem opwachtte,' zei Ziegler. 'Bij de thermen. Tenzij die tweede auto al op de parkeerplaats stond.'

De eerste auto staat misschien nog boven. Is de weg naar het station afgezet?' vroeg hij aan Maillard.

'Ja, we controleren alle auto's die naar beneden rijden. En we checken alle voertuigen die er nog staan.'

'Er zijn twee moordenaars,' zei Ziegler.

Servaz keek haar vragend aan.

'Ja. Ze waren met z'n tweeën in de elektriciteitscentrale – en nu weer.'

Servaz dacht opeens aan iets anders.

'We moeten als de sodemieter de Kliniek bellen.'

'Hebben we al gedaan: Hirtmann zit in zijn cel. Hij is er de hele ochtend niet uit geweest. Twee mensen hebben hem gesproken, en Xavier is persoonlijk poolshoogte gaan nemen.'

Confiant keek Servaz aan alsof hij wilde zeggen: ik heb het je toch gezegd?

'De pers zal hiervan smullen,' zei D'Humières. 'De kranten zullen er vol van staan, en niet alleen de regionale. Ik wil dat niemand iets op eigen houtje onderneemt of een verklaring aflegt.'

Servaz en Ziegler hielden hun mond.

'Ik stel voor dat de heer Confiant en ik de pers voor onze rekening nemen. Voor jullie geldt een absolute radiostilte. Het onderzoek loopt; we hebben verschillende aanwijzingen. Verder niets. Als ze meer willen weten, verwijs hen dan naar mij of naar Martial.'

'Op voorwaarde dat de edelachtbare geen uitspraken doet die schade aanrichten,' zei Servaz.

Cathy d'Humières wierp hem een ijskoude blik toe.

'En wat bedoel je daarmee?'

'Servaz gaf Propp en mij een veeg uit de pan toen we eergisteren terugreden van de Kliniek,' verdedigde Confiant zich. 'Hij verloor zijn zelfbeheersing; we kregen allemaal de volle laag.'

De aanklaagster wendde zich tot Servaz.

'Martin?'

'Dat ik mijn zelfbeheersing verloor is misschien een tikje overdreven,' zei Servaz op sarcastische toon. 'Ik weet alleen dat de edelachtbare dokter Xavier van onze komst op de hoogte had gesteld en dat hij het niet nodig vond om dat aan jou of ons te melden, ook al hadden we afgesproken dat we het niet zouden aankondigen.'

'Is dit waar?' vroeg D'Humières op kille toon aan Confiant.

Het gezicht van de jonge rechter betrok.

'Xavier en ik zijn bevriend. Ik kon het niet maken om opeens met de politie bij hem op de stoep te staan.'

'Waarom heb je dat dan niet gezegd?' beet Cathy hem toe, trillend van woede.

Confiant staarde schaapachtig naar de grond.

'Weet ik niet... dat leek me niet nodig.'

'We komen flink onder vuur te liggen.' Ze knikte naar de verslaggevers die achter het politielint stonden. 'We willen vooral niet de indruk wekken dat we niet als één team werken. Maar aangezien we dat blijkbaar niet doen, hebben we vanaf nu nog maar één spreekbuis, en dat ben ik! Ik hoop dat het onderzoek snel vruchten afwerpt,' zei ze terwijl ze wegliep. 'Over een half uur wil ik een overleg.'

Martial Confiant wierp Servaz een blik toe van een talibanstrijder die toevallig een pornoster tegenkomt.

'Jij weet hoe je vrienden maakt,' zei Ziegler toen ze weg waren. 'Zei je nou dat ze achter elkaar zaten in de gondel?'

'Je bedoelt Perrault en zijn moordenaar? Ja.'

'Was de moordenaar groter of kleiner dan Perrault?'

Servaz dacht hier even over na.

'Kleiner.'

'Man of vrouw?'

Servaz dacht weer even na. Hoeveel getuigen had hij gehoord in de loop van zijn carrière? Hij wist hoe moeilijk het voor sommigen van hen was geweest om die vraag te beantwoorden. Nu werd hij aan hem gesteld, en hij besefte dat je geheugen je behoorlijk in de steek kan laten.

'Man,' zei hij na enige aarzeling.

'Waarom?'

Ziegler had zijn aarzeling opgemerkt.

'Weet ik niet.' Hij zweeg even. 'Hoe hij zich bewoog, zijn gedrag...'

'Zou het ermee te maken kunnen hebben dat je je niet kunt voorstellen dat een vrouw tot zoiets in staat is?'

Hij keek haar met een vage glimlach aan.

'Misschien. Waarom denk je dat Perrault naar boven wilde?'

'Zo te zien was hij ergens voor op de vlucht.'

'Maar hoe dan ook: er is weer iemand opgehangen.'

'Maar er is nu geen vinger afgesneden.'

'Misschien omdat de moordenaar daar geen tijd voor had?'

'Een blonde zanger met een baard en grote, rusteloze ogen, voornaam Kurt, 1993. Enig idee wie dat kan zijn?'

'Kurt Cobain,' antwoordde Ziegler meteen. 'Hing hij in een van de adolescentenkamers?'

'In die van Alice.'

'Volgens de officiële lezing heeft Kurt Cobain zelfmoord gepleegd,' zei ze, terwijl ze naar Servaz' auto strompelde.

'Wanneer?' vroeg hij, abrupt stilstaand.

'In 1994, volgens mij. Hij schoot zichzelf dood.'

'Denk je het of weet je het zeker?'

'Ik weet het zeker. Wat het jaartal betreft althans. Ik was destijds fan, en het gerucht ging dat hij was vermoord.'

'1994... Als dat klopt, dan hebben ze hem dus niet nagedaan,' concludeerde hij, en hij liep verder. 'Ben je al bij een dokter geweest?'

'Dat komt later wel.'

Zijn mobieltje ging op hetzelfde moment dat hij zijn auto wilde starten.

'Servaz.'

'Met Vincent. Wat is er in godsnaam met je telefoon aan de hand? Ik probeer je al de hele ochtend te bereiken!'

'Wat is er dan aan de hand?' vroeg hij, niet ingaand op de vraag van Espérandieu.

'De zegelring: we weten wat de inscriptie is.'

'Vertel.'

'Twee letters: een C en een S.'

'C S?'

'Ja.'

'Wat zou dat betekenen, denk je?'

'Geen flauw idee.'

Servaz zweeg even. Toen schoot hem iets te binnen.

'Heb je nog aan dat andere gedacht?' zei hij.

'Waaraan?'

'Margot.'

'O, verdomme, kut, kut. Helemaal vergeten.'

'En is er nog nieuws over de dakloze?'

'De vingerafdrukken zijn binnen. Alle drie de jongens waren erbij. Niet dat dat veel verandert – volgens Samira houdt de rechter het op verdrinking.'

Servaz' gezicht betrok.

'Iemand moet op hem inpraten. De autopsie moet duidelijkheid verschaffen. Het lijkt erop dat de vader van Clément vriendjes heeft die hoog in de boom zitten.'

'Voor de anderen is dat niet het geval: de rechter wil de oudste nog een keer horen, die met de werkloze vader. Hij denkt dat hij de aanstichter is.'

'Kijk eens aan. Nog nieuws over Lombard?'

'Wordt aan gewerkt.'

* * *

Een grote kamer zonder ramen, verlicht door tl-buizen en opgedeeld in gangetjes door middel van ijzeren boekenkasten vol met stoffige dossiers. Bij de ingang stonden twee bureaus, eentje met een computer erop die op z'n minst vijf jaar oud was, op de andere een apparaat om microfilms te lezen, een zwaar, log gevaarte. Er stonden ook dozen met microfilms op de planken.

De volledige geschiedenis van de Wargnier Kliniek.

Op Dianes vraag of de dossiers gedigitaliseerd waren had de archivaris haar nog net niet in haar gezicht uitgelachen. Ze wist dat er dossiers bestonden van de bewoners van Unit A. Xavier had haar een dag eerder nog acht patiënten toevertrouwd 'om zich in vast te bijten'. Ze waren duidelijk niet belangrijk genoeg om hun gegevens te laten omzetten. Ze liep de kasten langs en bestudeerde de mappen, in een poging te achterhalen hoe ze gearchiveerd waren. Ze wist uit ervaring dat dat niet altijd even logisch was. Archivarissen, bibliothecarissen en andere softwareontwikkelaars dachten niet allemaal even logisch na.

Maar tot haar vreugde ontdekte ze dat de archivaris wel zo logisch had nagedacht dat hij alles op alfabetische volgorde gerangschikt had. Ze pakte de mappen die ze nodig had en ging aan het tafeltje zitten. In de grote, stille kamer, ver weg van de drukte van de Kliniek, dacht ze terug aan wat er een dag eerder was gebeurd in de kelder, en er liep een rilling over haar rug. Sinds ze wakker was had ze die donkere gangen voor zich gezien, en had ze zich de ijskoude vochtigheid en de stank in de kelder herinnerd. Ze beleefde de momenten dat ze in het pikdonker had gestaan steeds opnieuw.

Wie ging er 's avonds naar Unit A? Wie had ze horen schreeuwen en snikken in het vakantiekamp? Wie waren er betrokken bij de misdrijven in Saint-Martin? Zo veel vragen... De een na de ander kwam opborrelen, alsof haar geest een strand was waar de vloed kwam opzetten. Ze wilde antwoorden. Ze sloeg het eerste dossier open. Van alle patiënten was nauwgezet alles bijgehouden, vanaf de eerste symptomen en diagnose, tot alle ziekenhuisopnames die vooraf waren gegaan aan de uiteindelijke opname in de Kliniek; maar ook informatie over de medicijnen die de patiënten hadden gekregen, en eventuele bijwerkingen van de behandeling. De nadruk werd gelegd op de mate van gevaarlijkheid en de voorzorgsmaatregelen die in hun nabijheid getroffen moesten worden, waardoor Diane eraan herinnerd werd dat er geen koorknaapjes in de Kliniek zaten. Alsof ze dat zou kunnen vergeten.

Ze maakte een paar aantekeningen en las verder. Ze kwam bij de beschrijvingen van de behandelingen. Het verbaasde haar niet dat er grote hoeveelheden antipsychotica en kalmerende middelen werden voorgeschreven – veel meer dan tegenwoordig. Dit bevestigde wat Alex had verteld. Een soort farmaceutisch Hiroshima was het hier, dacht ze huiverend. Ze zou niet graag zelf zo'n behandeling krijgen. Ze wist dat de medicijnen vreselijke bijwerkingen konden hebben. De gedachte alleen al bezorgde haar de rillingen.

Ieder dossier bevatte een aparte pagina met voorgeschreven medicatie: dosering, wanneer wat moest worden ingenomen, aanpassingen in de behandeling, wanneer de medicijnen bezorgd waren. Als een patiënt een nieuwe lading pillen nodig had uit de huisapotheek van de Kliniek, was het bezorgformulier ondertekend door de verpleging, maar ook door de apotheker.

Antipsychotica, slaappillen, kalmeringsmiddelen... Maar geen psychotherapie, tenminste, niet voordat zij er was. *Boem, boem, boem, boem...* Ze zag grote hamers voor zich die ritmisch op schedels insloegen en ze met iedere klap verder verbrijzelden.

Tegen de tijd dat ze het vierde dossier opensloeg had ze behoefte aan cafeïne, maar ze besloot nog even door te werken. Ze kwam bij het laatste behandelschema. Net als de voorgaande dossiers kreeg ze ook hier de rillingen van:

Clozapine: 1 x 200 mg/pd (3 x 100 mg, 4 x daags)
Zuclopenthixol acetaat: 400 mg per dag
Tiapride: ieder uur 200 mg
Diazepam: 1 x daags 20 mg
Meprobamate: 400 mg

Jezus! Die patiënten moesten kasplantjes zijn. Ze herinnerde zich nog iets wat Alex haar had verteld: na tientallen jaren van intensieve medicatie, waren de meeste gevangenen resistent tegen de medicijnen. Die gasten liepen rond met genoeg troep in hun lijf om een dinosauriër plat te krijgen, en ze wekten niet de indruk dat ze ook maar iets hadden ingenomen. Net toen ze het dossier wilde dichtslaan viel haar oog op iets in de kantlijn: *Waarom deze behandeling? Geïnformeerd bij Xavier. Geen antwoord gekregen.*

Het was gehaast gekrabbeld. Het straalde ervan af dat degene die het geschreven had geïrriteerd en gefrustreerd was geweest –

en bovendien verbaasd. Ze bekeek de medicatielijst nog eens. Ze wist dat clozapine werd voorgeschreven als andere antipsychotica niet werkten. Maar waarom zou je dan ook zuclopenthixol geven? Bij de behandeling van angststoornissen had het geen zin om verschillende kalmeringsmiddelen of slaapmiddelen door elkaar te gebruiken. En toch had men dat gedaan. Misschien had ze nog wel meer afwijkends over het hoofd gezien – ze was geen dokter of psychiater – maar deze schrijver had het wel opgemerkt. Kennelijk had Xavier niet de moeite genomen om te reageren. Verbaasd vroeg Diane zich af of ze zich hier zorgen om moest maken. Daarna besefte ze dat het om een van haar patiënten ging. Voor ze haar psychotherapie begon moest ze eerst weten wie deze krankzinnige mix had voorgeschreven. In het dossier werd gesproken over schizofrenie, deliriumaanvallen en de weg kwijt zijn – maar nauwkeurigheid ontbrak.

Moest ze het aankaarten bij Xavier? Dat had iemand anders ook al gedaan, maar zonder succes. Ze pakte de andere dossiers er weer bij en checkte de handtekeningen van de geraadpleegde arts en de apotheker. Uiteindelijk vond ze wat ze zocht. Boven een van de afleverbonnen had iemand geschreven: 'Late levering, wegens transportstaking.' Ze vergeleek het handschrift met de eerdere aantekening. De letters waren hetzelfde: de kanttekening was van de apotheker geweest.

Ze moest maar eens met hem gaan praten...

Met het dossier onder haar arm liep ze de trap op naar de tweede verdieping. De huisapotheek werd gerund door een verpleger van in de dertig in een verschoten spijkerbroek, een laboratoriumjas en afgetrapte sneakers. Zo te zien had hij zich een dag of drie niet geschoren, en zijn haar stond recht overeind. Toen ze ook de wallen onder zijn ogen zag, vermoedde Diane dat hij er een wild nachtleven buiten de Kliniek op na hield.

De apotheek bestond uit twee kamers: een ontvangstruimte met een bel en een toonbank die vol lag met lege verpakkingen en papierwerk, de andere kamer deed dienst als opslag en stond vol met glazen afsluitbare kasten. De man, die, volgens wat er op zijn borstzak geborduurd stond, Dimitri heette, ontving Diane met een net iets te grote grijns op zijn gezicht.

'Hoi,' zei hij.

'Hallo,' antwoordde ze. 'Ik wil graag wat weten over het beheer van de medicijnen.'

'Natuurlijk. Jij bent de nieuwe psychologe, toch?'

'Dat klopt.'

'Wat wil je weten?'

'Hoe het in zijn werk gaat.'

'Oké,' zei hij, ondertussen met de pen in zijn borstzakje spelend. 'Loop maar mee.'

Ze liep achter de toonbank om. Hij pakte een groot notitieblok met een kartonnen kaft dat eruitzag als een grootboek.

'Hier houden we alles in bij. Er staat precies in wat er binnenkomt en weer uitgaat. Het is onze taak om te inventariseren wat er nodig is en dat te bestellen, het in ontvangst te nemen, op te slaan en te distribueren over de verschillende afdelingen. De apotheek heeft zijn eigen budget. De bestellingen worden eens per maand geleverd, maar we kunnen tussendoor ook bestellingen doen.'

'Wie, behalve jijzelf, weet wat er allemaal binnenkomt en weer uitgaat?'

'Iedereen kan het inzien. Maar alle afleverbonnen en bestellingen moeten door dokter Xavier zelf ondertekend worden, of door Lisa of dokter Lepage, de huisdokter. En alle medicijnen worden gelabeld.'

Hij sloeg een grote ordner open.

'Alle medicatie die in de Kliniek wordt gebruikt staat hierin, en daarom weten we precies wat de voorraad is. Pas dan wordt het verdeeld over de afdelingen. Alle leveringen aan de afdelingen worden getekend door de afdelingshoofden en mijzelf.'

Diane sloeg het dossier open dat ze bij zich had en liet hem lezen wat er in de kantlijn van het medicijnoverzicht geschreven stond.

'Dit heb jij geschreven, toch?'

Ze zag hem fronsen.

'Dat klopt,' zei hij na enige aarzeling.

'Je lijkt het niet erg eens te zijn met de behandelmethode van deze patiënt.'

'Nou, ik vroeg me af waarom je tegelijkertijd twee verschillende kalmeringsmiddelen of zuclopenthixol acetaat en clozapine voorschrijft. Dat is eh... een beetje vreemd.'

'En dus heb je Xavier om opheldering gevraagd?'

'Ja.'

'En wat zei hij?'

'Dat ik pillendokter ben, geen psychiater.'

'Oké. Krijgen alle patiënten zulke hoge doseringen?'

'De meeste wel, ja. Na jaren van behandeling is het merendeel...'

'Resistent – ik weet het. Mag ik deze even inzien?' (Ze wees naar het boek en de ordner met de voorraad per medicijn.)

'Natuurlijk. Ga je gang. Pak een stoel.'

Hij verdween in de andere kamer en ze hoorde hem met gedempte stem een telefoontje plegen. Waarschijnlijk met zijn vriendin. Hij droeg geen trouwring. Ze sloeg het voorraadboek open en begon te bladeren. Januari... Februari... Maart... April...

De inventaris van december besloeg twee pagina's. Op de tweede pagina werd haar aandacht getrokken door iets wat in het midden stond: 'Bestelling, gedaan door Xavier', gedateerd op 7 december. Het ging om drie verschillende medicijnen. Ze kwamen haar niet bekend voor. Ze wist dus ook niet of ze veel gebruikt werden. Uit nieuwsgierigheid schreef ze de namen op en riep daarna Dimitri. Ze hoorde hem 'Ik hou van je' mompelen, daarna kwam hij de kamer in.

'Wat zijn dit voor medicijnen?'

Hij haalde zijn schouders op.

'Geen idee. Die bestelling heb ik niet gedaan. Ik was toen op vakantie.'

Hij bladerde door de ordner en fronste zijn wenkbrauwen.

'Vreemd. Er zijn alleen rekeningen van. Ze zijn niet geregistreerd. Dat is heel vreemd.'

Nu haalde Diane haar schouders op.

'Laat maar. Het is niet belangrijk.'

20

Ze liepen dezelfde vergaderzaal binnen die ze al eerder gebruikt hadden – Ziegler, Servaz, Maillard, Simon Propp, Martial Confiant en Cathy d'Humières. Op verzoek van Servaz vatte Ziegler kort de feiten samen. Het viel hem op dat ze dat deed op een manier die hem van alles vrijpleitte; ze gaf eerder zichzelf de schuld dat ze die ochtend op de motor was gekomen ondanks de slechte weersvoorspelling. Daarna richtte ze zich op hetgeen deze moord in verband bracht met de vorige: verhanging. De zelfmoorden liet ze achterwege, maar ze zei wel dat Grimm en Perrault samen met Chaperon en een vierde man, die twee jaar eerder was overleden, aangeklaagd waren geweest voor seksuele chantage.

'Chaperon?' zei Cathy d'Humières vol ongeloof. 'Daar hoor ik van op.'

'Volgens Saint-Cyr is het meer dan twintig jaar geleden,' zei Servaz. 'Lang voordat hij burgemeester werd. En de aangifte werd meteen weer ingetrokken.'

Hij herhaalde wat Saint-Cyr tegen hem had gezegd. De aanklager keek hem sceptisch aan.

'Denk je echt dat er een verband bestaat? Een dronken meisje, een paar jonge, dronken knullen, wat compromitterende foto's...

Niet dat ik het wil goedpraten, hoor, maar het is nou niet iets om je zo druk over te maken.'

'Volgens Saint-Cyr deden er nog andere geruchten de ronde over die vier mannen,' zei Servaz.

'Wat voor geruchten?'

'Allemaal min of meer hetzelfde – seksueel misbruik, dat ze als ze dronken waren hun handen niet konden thuishouden. Maar er is buiten die ene keer nooit aangifte gedaan – en ik zeg het nog maar eens: die werd meteen ingetrokken. En dan de spullen die we gevonden hebben in het huisje van Grimm. Die cape, de laarzen... Identiek, of zo goed als, aan die hij aanhad toen we hem vonden.'

Servaz wist uit ervaring dat je aanklagers en onderzoeksrechters beter niet te veel kon vertellen zolang je geen bewijs had, omdat ze de neiging hadden om met allerlei bezwaren te komen. Maar hij kon de verleiding niet weerstaan om toch een stapje verder te gaan.

'Volgens Saint-Cyr waren Grimm, Perrault, Chaperon en hun vriend Mourrenx sinds de middelbare school onafscheidelijk. We hebben ook ontdekt dat ze alle vier dezelfde zegelring droegen, Grimm ook, voordat zijn vinger was afgesneden.'

Confiant keek hen verbaasd aan, zijn wenkbrauwen raakten bijna in de knoop.

'Wat hebben die ringen er nou weer mee te maken?' zei hij.

'Ze zouden een geheime betekenis kunnen hebben,' zei Ziegler.

'Een geheime betekenis? Zoals?'

'Dat weten we nog niet,' gaf Ziegler toe.

'Perrault had al zijn vingers nog,' wierp D'Humières tegen, waarbij ze haar scepsis niet onder stoelen of banken stak.

'Klopt. Maar op de foto die Servaz heeft gevonden, is duidelijk te zien dat hij hem ooit wel degelijk gedragen heeft. Misschien heeft de moordenaar zijn vinger niet afgehakt omdat hij de ring niet meer droeg.'

Servaz keek hen aan. Diep vanbinnen wist hij dat ze op het

juiste spoor zaten. Er kwam iets boven het oppervlak, als wortels die boven de grond kwamen. Iets duisters en angstaanjagends.

En in deze nachtmerrie waren de capes, de ringen en al dan niet afgehakte vingers als een spoor van steentjes, achtergelaten door de moordenaar.

'Het is duidelijk dat we nog veel meer moeten wroeten in het leven van deze mannen,' zei Confiant opeens. 'Als we niet zo veel tijd verspild hadden aan de Kliniek, hadden we Perrault misschien kunnen redden.'

Iedereen wist dat hij met 'we' 'jullie' bedoelde, en daarmee verwees naar Ziegler en Servaz. En Servaz vroeg zich af of Confiant dit keer misschien gelijk had.

'Hoe dan ook, tegen beide slachtoffers werd aangifte gedaan, en beiden droegen dezelfde ring. Dat is geen toeval. En de derde tegen wie aangifte is gedaan en die nog leeft is niemand minder dan Roland Chaperon.'

Hij zag de aanklaagster wit wegtrekken.

'In dat geval krijgt dit prioriteit,' zei ze.

'Vind ik ook. We moeten alles op alles zetten om de burgemeester te vinden om hem te beveiligen – we hebben geen seconde te verliezen.' (Hij keek op zijn horloge.) 'Ik stel voor dat we de vergadering sluiten.'

Toen de locoburgemeester van Saint-Martin hem aankeek, was de angst duidelijk in zijn ogen te lezen. Achter zijn bureau op de eerste verdieping van het stadhuis speelde hij bleekjes met zijn pen.

'Ik kan hem al sinds gisterochtend niet bereiken,' zei hij. 'We zijn ontzettend ongerust. Helemaal gezien wat er allemaal is gebeurd.'

Ziegler knikte instemmend.

'En u hebt geen idee waar hij zou kunnen zijn?'

De locoburgemeester maakte een wanhopige indruk.

'Geen flauw idee.'

'Zou hij bij iemand op bezoek kunnen zijn?'

‘Hij heeft een zus in Bordeaux. Ik heb haar gebeld. Ze weet ook niets. Net zomin als zijn ex-vrouw.’

De locoburgemeester keek hen onzeker en bang aan, alsof hij de volgende op de lijst was. Ziegler gaf hem haar kaartje.

‘Als u iets hoort, maakt niet uit wat, moet u meteen bellen. Ook als het iets onbeduidends lijkt.’

Zestien minuten laten parkeerden ze voor de bottelfabriek die Servaz twee dagen eerder ook al met een bezoekje vereerd had, en waarvan Roland Chaperon eigenaar en directeur was. Op de parkeerplaats stonden vrachtwagens op hun lading flessen te wachten. In de fabriek was het een hels kabaal. Net als de vorige keer zag Servaz een lopende band waar de flessen met een harde straal werden schoongespoten voor ze werden afgevoerd om vervolgens gevuld, gesloten en van een etiket voorzien te worden, zonder ook maar de geringste tussenkomst van mensen. Het enige wat het personeel deed was de voortgang bewaken.

Servaz en Ziegler liepen de ijzeren trap op naar het geluiddichte, glazen kantoortje van de bedrijfsleider. Dezelfde dikke, behaarde, ongeschoren man als de vorige keer zat pistachenoten te pellen. Hij keek hen wantrouwend aan.

‘Er is iets aan de hand,’ zei hij, en spuugde een dop in de prullenbak. ‘Roland is gisteren en vandaag niet komen opdagen. Het is niks voor hem om zonder iets te zeggen weg te blijven. Na alles wat er is gebeurd is, vind ik het ongelooflijk dat er niet meer wegafzettingen zijn. Waar wachten jullie op? Als ik bij de politie werkte, dan wist ik het wel...’

Ziegler kneep haar neus dicht omdat er een ontzettende zweetlucht in het kantoortje hing. Ze keek naar de grote donkere zweetplekken op het blauwe overhemd van de man.

‘Maar ja, daar werkt u niet, hè?’ zei ze bits. ‘En heeft u verder nog enig idee waar hij zou kunnen zijn?’

De dikke man keek haar vernietigend aan. Servaz kon zijn lachen niet inhouden. Er waren hier veel mensen – zoals hij – die vonden dat stadsmensen geen verstand hadden.

'Nee. Roland houdt zijn privéleven graag privé. Een paar maanden geleden hoorden we ineens dat hij gescheiden was. We wisten helemaal niet dat hij en zijn vrouw problemen hadden.'

'"Dat hij en zijn vrouw problemen hadden,"' zei Ziegler, en het sarcasme droop ervanaf. 'Zo kun je het ook noemen.'

'Laten we meteen naar zijn huis gaan,' zei Servaz, terwijl hij in de auto stapte. 'Als hij er niet is, moeten we een grondige huiszoeking doen. Bel Confiant voor een huiszoekingsbevel.'

Ziegler toetste een nummer in.

'Er wordt niet opgenomen.'

Servaz wendde zijn blik even van de weg. Dikke wolken vol sneeuw of regen hingen in de lucht, als een slecht voorteken. Het werd donker.

'Laat dan maar. We hebben geen tijd te verliezen. We doen het wel zonder.'

* * *

Espérandieu zat naar 'The Stations' van de Gutter Twins te luisteren toen Margot Servaz het schoolgebouw uit liep. Vanuit zijn burgerauto observeerde hij de meute scholieren die naar buiten zwermde. Hij had haar binnen tien seconden gevonden.

Martins dochter droeg een leren jasje en een gestreepte korte broek, netkousen en grote bonten enkelwarmers, waardoor het leek alsof ze met moonboots naar school was gegaan. Ze had paarse extensions in haar zwarte haar. Ze was een opvallende verschijning. Ze deed hem aan Samira denken. Hij controleerde of zijn digitale camera naast hem op de passagiersstoel lag, en opende de dictafoon-app op zijn iPhone, waarop hij het *Saturnalia*-album op repeat had staan.

'Vijf uur 's middags. Ze komt de school uit lopen. Ze praat met klasgenoten.'

Margot liep tien meter bij hem vandaan te lachen en te kletsen.

Daarna haalde ze een tabakszakje uit haar jaszak. Dat is niet goed voor je, dacht Espérandieu. Ze draaide al luisterend een sigaret. Dat heb je zo te zien vaker gedaan, je bent dus een roker, concludeerde hij. Hij voelde zich opeens een voyeur die meisjes begluurde die uit school kwamen. Je bent een eikel, Martin! Twintig seconden later stopte een scooter voor het groepje. Espérandieu stond meteen op scherp.

De berijder deed zijn helm af en richtte zich tot de dochter van zijn baas. Ze gooide haar peuk op de stoep en trapte hem uit met haar hak.

Kijk eens aan. 'Vertrekt op een scooter met iemand van een jaar of zeventien. Zwart haar. Zit niet bij haar op school.'

Espérandieu aarzelde of hij een foto moest maken. Ze waren te dichtbij. Het zou kunnen opvallen. Zo te zien was het een mooie jongen, met veel gel in zijn stekels. Hij zette zijn helm weer op en gaf er ook een aan Margot. Was hij die etterbak die haar sloeg en haar hart brak? De scooter reed weg. Espérandieu ook. De jongen reed hard en roekeloos. Hij slalomde tussen de auto's door, ook als dat eigenlijk helemaal niet verantwoord was, ondertussen hard schreeuwend om zich verstaanbaar te maken voor zijn medepassagier. Jij komt jezelf nog wel een keer tegen, gast, dacht Espérandieu.

Hij dacht twee keer dat hij hen kwijt was, maar haalde hen verderop weer in. Hij weigerde zijn sirene te gebruiken; allereerst omdat hij niet wilde opvallen, maar ook omdat hij niet aan het werk was.

Uiteindelijk stopte de scooter voor een villa met een grote tuin en een dikke heg eromheen. Espérandieu herkende hem meteen: hij was hier ooit met Servaz geweest. Hier woonde Alexandra, Martins ex, met die lul van een piloot.

En Margot dus ook.

Ze stapte af en zette haar helm af. Ze stonden een tijdje te kletsen, zij op de stoep, hij op zijn scooter, en Espérandieu maakte zich zorgen dat ze hem zouden zien: hij stond in een lege straat, vlak bij hen geparkeerd. Gelukkig gingen ze helemaal op in hun gesprek.

Hij zag dat ze zich allebei op hun gemak voelden. Er werd niet geschreeuwd, geen dreigementen. Integendeel, ze lachten juist veel en leken het vaak met elkaar eens te zijn. Zou Martin ernaast zitten? Misschien leed hij aan beroepsdeformatie. Toen boog Margot zich naar de jongen toe en zoende hem op beide wangen. De jongen joeg het toerental van de scooter zo hoog op dat Espérandieu zin had om uit te stappen om er iets van te zeggen, maar hij reed al weg.

Dat was dus de verkeerde! Vincent realiseerde zich dat hij zojuist een uur had verdaan. Hij vervloekte zijn baas in stilte, keerde en reed dezelfde weg terug.

***

Servaz observeerde de donkere gevel tussen de bomen. Wit, imposant, met chaletachtige luiken op alle verdiepingen en balustrades van bewerkt hout. Een puntdak met een geveldriehoek onder het afdak. Typerend voor de architectuur in de bergen. Het huis stond achter in tuin op een helling, in de schaduw van hoge bomen; te ver weg voor de straatverlichting. Er ging vaag iets dreigends uit van het huis – of beeldde hij zich dat in? Hij herinnerde zich een passage uit *De val van het huis Usher*: 'Ik weet niet hoe het zat – maar zodra ik het gebouw zag, werd mijn geest overmand door een onverdraaglijke wanhoop.'

Hij wendde zich tot Ziegler.

'Neemt Confiant nog steeds niet op?'

Ze stopte haar mobieltje terug in haar zak en schudde haar hoofd. Servaz maakte het piepende, verroeste hek open. Ze liepen de oprit op. Er stonden voetafdrukken in de sneeuw; niemand had de moeite genomen om sneeuw te schuiven. Servaz stapte de veranda op. Onder de glazen luifel bewoog hij de klink omlaag. Op slot. Er brandde geen licht in het huis. Hij draaide zich om; het stadje lag een stuk lager en de kerstversieringen knipperden alsof daar het levende hart van het dal was. In de verte hoorde je auto's toeteren en rijden, maar hier was alles stil. In deze oude wijk op de heuvel hing een sfeer van de grenzeloze droefheid en verpletterende rust van het suffe burgerlijke bestaan.

Ziegler liep het trapje op en kwam naast hem staan.

'Wat zullen we doen?'

Servaz keek om zich heen. Het huis stond aan weerszijden van de veranda op een stenen fundament met kelderraampjes. Het was onmogelijk om via de kelder naar binnen te komen: er zaten tralies voor de ramen. Maar de luiken van de grote ramen op de begane grond waren open. Ergens in een hoek, achter een struik, zag hij een schuurtje staan in de vorm van een chalet. Er zat geen slot op. Hij maakte de deur open. Het rook er naar omgewoelde aarde. In het halfdonker zag hij harken, scheppen, bloempotten, een gieter, een kruiwagen, een ladder... Servaz kwam teruglopen met een aluminium ladder onder zijn arm. Hij zette hem tegen de muur en klom naar het raam.

'Wat ga je doen?'

Hij trok zonder iets te zeggen zijn mouw over zijn hand en probeerde het glas in te slaan met zijn vuist. Bij de tweede poging lukte het.

Met de mouw nog steeds over zijn hand trok hij stukken glas uit de sponning, haalde het raam van het haakje en duwde het open. Hij verwachtte dat er een alarm af zou gaan, maar er gebeurde niets.

'Je weet dat een advocaat gehakt van ons maakt als duidelijk wordt wat je zojuist hebt gedaan?' zei Ziegler vanaf de grond.

'Het enige wat nu telt is dat we Chaperon levend vinden. We gaan hem niet veroordelen. We zeggen gewoon dat we dit raam zo hebben aangetroffen en...'

'Hou daar onmiddellijk mee op!'

Ze draaiden zich allebei om. Een eind verder op de oprit, tussen twee sparren, stond een man die een geweer op hen richtte.

'Handen omhoog en staan blijven!'

In plaats van te doen wat hij zei, stak Servaz zijn hand in zijn zak en haalde zijn pasje tevoorschijn voor hij naar beneden kwam.

'Rustig maar, ouwe, we zijn van de politie.'

'Sinds wanneer breekt de politie in?' vroeg de man, en hij liet het geweer zakken.

'Sinds we van mening zijn dat het belangrijk is,' zei Servaz.

'Zoeken jullie Chaperon? Hij is niet thuis. We hebben hem al twee dagen niet gezien.'

Servaz wist meteen wat voor vlees hij in de kuip had: zo'n type dat zichzelf tot huismeester heeft gebombardeerd, waar Saint-Cyr het eerder over had gehad. Zo iemand had je bijna wel in elke straat. Iemand die zich met je bemoeide omdat je toevallig in de buurt was komen wonen. Iemand die de mening toegedaan leek te zijn dat hij je in de gaten mocht houden, helemaal als het erop leek dat je iets verdachts deed. In de ogen van zo'n figuur waren dat alle homostellen, alleenstaande moeders, verlegen en teruggetrokken levende oude vrijgezellen en verder iedereen die hem ooit vreemd had aangekeken of er een andere mening op na hield. Erg nuttig bij huis-aan-huisonderzoek. Servaz minachtte zulke types.

'En u weet niet waar hij zou kunnen zijn?'

'Nee.'

'Wat is hij voor iemand?'

'Chaperon? Een prima burgemeester. een normale man. Beleefd, vrolijk, altijd even vriendelijk. Maakt altijd een praatje. Geen poeha. Kun je van die rooie rakker daar niet zeggen.'

Hij wees naar een huis verderop in de straat. Servaz ging ervan uit dat die 'rooie rakker' het volgende slachtoffer zou zijn van de huismeester. Dat kon bijna niet anders. Het lag op zijn lippen om te zeggen dat er tegen 'die rooie rakker daar' waarschijnlijk nooit aangifte was gedaan wegens seksuele chantage. Dat was het probleem met zelfbenoemde huismeesters: ze gingen af op een eerste indruk, en kozen vaak het verkeerde doelwit. Ze werkten over het algemeen in tweetallen, als echtpaar – een gevreesd duo.

‘Wat is er dan aan de hand?’ vroeg de man, die zijn nieuwsgierigheid niet onder stoelen of banken stak. ‘Er is de laatste tijd zo veel gebeurd, iedereen verschanst zich. Behalve ik. Laat die gek maar komen, ik lust hem rauw.’

‘Dat is fijn,’ zei Servaz. ‘Maar ga nu maar naar huis.’

De man mopperde wat en draaide zich om.

‘Als jullie nog iets willen weten: ik woon op nummer 5!’ riep hij over zijn schouder. ‘Lançonneur is de naam!’

‘Ik zou hem niet graag als buurman hebben,’ zei Ziegler, die hem nakeek.

‘Je moet eens wat meer belangstelling tonen voor je buren,’ zei Servaz. ‘Ik weet zeker dat er bij jou in de buurt ook zo iemand woont. Zulke types zijn overal. Kom.’

Hij klom de ladder weer op en ging het huis in.

De glasscherven kraakten onder zijn voeten. In het halfdonker onderscheidde hij een leren bank, tapijten op een parketvloer, muren met lambrisering, een bureau. Servaz vond het lichtknopje en deed de plafondverlichting aan. Ziegler verscheen boven aan de ladder en klom over de vensterbank naar binnen. Achter haar schenen de lichtjes uit het dal door de bomen. Ze keek om zich heen. Zo te zien stonden ze in een studeerkamer, van Chaperon of zijn ex-vrouw. Er stonden boekenkasten en er hingen oude foto’s aan de muur van berglandschappen of bergdorpjes in de Pyreneeën van begin vorige eeuw. Servaz herinnerde zich dat kuuroorden in de Pyreneeën ooit heel populair waren bij de Parijse elite, die er graag van het water kwam genieten. De bergdorpjes veranderden korte tijd in elegante resorts, te vergelijken met Chamonix, Sankt-Moritz en Davos.

‘Allereerst moeten we Chaperon zien te vinden,’ zei hij. ‘En hopen dat hij hier niet ergens aan een touw hangt. Daarna doen we huiszoeking.’

‘Wat zoeken we eigenlijk?’

‘Dat weten we pas als we het gevonden hebben.’

Hij liep de studeerkamer uit.

Een gang.

Met aan het eind een trap.

Op de gang maakte hij een voor een de deuren open. Zitkamer. Keuken. Badkamer. Eetkamer.

Een oude traploper, op zijn plaats gehouden door ijzeren stangen, dempte het geluid van zijn voetstappen toen hij naar boven liep. Net als in de studeerkamer was ook het trappenhuis voorzien van houten lambrisering. Er hingen oude ijsbijlen, heftangen met metalen punten, leren laarzen en ouderwetse ski's aan de muren: antieke klimuitrusting uit de tijd van de pioniers. Servaz bleef staan om een foto wat beter te bekijken: een bergbeklimmer op een verticale, smalle rots. Servaz' maag draaide zich meteen om. Die man moest toch hartstikke duizelig zijn geweest? Hij stond midden in de leegte te lachen naar de fotograaf – die op dezelfde hoogte gestaan moest hebben – alsof het niets was. Toen zag hij dat degene die de top bedwongen had niemand minder was dan Chaperon zelf. Op een andere foto bungelde hij onder een uitsteeksel, op zijn dooie gemak, hangend in een harnas, boven een ravijn van honderden meters diep. Slechts door een dun touwtje behoed voor een dodelijke val. Servaz onderscheidde in de diepte een dal met een riviertje en dorpjes.

Hij zou de burgemeester graag vragen hoe het voelde om daar zo te hangen. En als hij dan toch bezig was wilde hij meteen weten hoe het voelde om het doelwit te zijn van een moordenaar. Kreeg je daar eenzelfde soort kick van? Het huis was één grote tempel die gewijd was aan de bergen en zelfoverwinning. De burgemeester was duidelijk uit dikker hout gesneden dan de apotheker. Uit een andere houtsoort. Deze foto bevestigde de eerste indruk die Servaz van hem had opgedaan op de elektriciteitscentrale: Chaperon was een klein mannetje, maar niet voor een kleintje vervaard, hield van de natuur en lichaamsbeweging, hetgeen werd onderstreept door zijn wilde bos haar en zijn permanent gebruinde huid.

Hij haalde zich voor de geest hoe Chaperon zich gedragen had op de brug en in de auto: doodsbang en in het nauw gedreven. In de tijd tussen beide ontmoetingen was de apotheker vermoord. Servaz dacht hier even over na: de dood van het paard, hoe erg ook, had niet hetzelfde effect gehad op de burgemeester. Maar waarom niet? Omdat het maar een paard was? Of voelde hij zich toen nog niet bedreigd?

Servaz zette zijn zoektocht voort, gekweld door het gevoel van urgentie dat hem sinds de dood van Perrault niet meer losliet. Op de eerste verdieping waren een badkamer, een toilet en twee slaapkamers, waarvan een de ouderslaapkamer. Hij liep erdoorheen en had meteen een vreemd gevoel. Hij bekeek de kamer eens goed. Er was iets wat hij niet gelijk kon plaatsen.

Een kast, een commode. Een tweepersoonsbed. Maar aan het matras te zien had er lange tijd slechts één persoon in gelegen, en er stond maar één stoel en één nachtkastje.

Het was de slaapkamer van een gescheiden man die alleen woonde. Servaz trok de kledingkast open.

Jurken, blouses, rokken, truien en jassen. En twee paar pumps.

Hij haalde zijn vinger over het nachtkastje. Er lag een dikke laag stof op; net zoals in de slaapkamer van Alice.

Chaperon sliep hier niet. Dit was de slaapkamer van de voormalige mevrouw Chaperon, voordat ze gescheiden waren. Net als de Grimms hadden ook zij ieder hun eigen slaapkamer.

Er klopte iets niet. Zijn instinct zei dat hij iets op het spoor was. De spanning die hij al eerder had gevoeld was weer terug en ging niet meer weg. Het gevoel dat gevaar dreigde, er iets ergs ging gebeuren. Hij zag Perrault weer voor zich, in doodsnood schreeuwend, en het begon hem te duizelen. Hij moest zich vasthouden aan de rand van het bed.

Plotseling werd hij geroepen.

Hij haastte zich de gang op. Ziegler was beneden. Zijn voeten raakten de treden nauwelijks. De deur naar de kelder stond open. Servaz rende naar beneden en kwam in een ruimte terecht met onbewerkte stenen muren. Het stook- en washok. In duisternis gehuld. Verderop brandde licht... Hij haastte zich ernaartoe. Een grote ruimte, verlicht door alleen een peertje. Het licht reikte niet tot in de hoeken. Er stond een werkbank en er hingen klimspullen aan kurken panelen. Ziegler stond voor een ijzeren kast. Er hing een hangslot aan.

'Wat zullen we...'

Hij hield zijn mond en liep naar haar toe. In de kast hing een zwarte, waterdichte cape en er stond een paar laarzen in.

'En dat is nog niet alles,' zei Ziegler.

Ze overhandigde hem een schoenendoos. Servaz maakte hem open en hield hem onder het zwakke licht. Hij herkende hem meteen: de ring. Met de letters C en S erin gegraveerd. En één enkele foto, vergeeld en met ezelsoren, oud. Er stonden vier mannen op, naast elkaar. Ze droegen allen dezelfde cape als het exemplaar dat in de kast hing, dezelfde die Grimm aanhad toen ze hem vonden, en dezelfde die ze ook hadden aangetroffen in het huisje aan de rivier. De gezichten van de vier mannen gingen gedeeltelijk schuil achter hun capuchons, maar Servaz meende desondanks de onderkinnen van Grimm en Chaperons strakke kaaklijn te herkennen. De vier stonden in de zon, waardoor de duistere capes ongepast leken. Een zomers landschap, een landelijk tafereel – je hoorde de vogels bijna fluiten. Maar het kwaad was er ook, dacht Servaz bij zichzelf. Het was bijna tastbaar. Het zonovergoten landschap, de vier mannen, alles was ervan doordrongen. Het kwaad bestaat dus, dacht hij, en deze vier mannen waren een van zijn vele verschijningsvormen.

Hij begon een beeld te krijgen van de mannen, een patroon te zien. Ze deelden dezelfde passie: de bergen, de natuur, wandelingen maken en in het wild kamperen. Maar er was meer, iets duisters. Diep verscholen in een dal als dit, geïsoleerd van de rest van de wereld, straffeloos, voelden ze zich verheven boven de bergen die ze zo goed kenden en begonnen ze te geloven dat ze onaantastbaar waren. Servaz had het gevoel dat hij in de buurt kwam van de bron waar alles uit voortgekomen was. In de loop der jaren hadden ze een soort minisekte gevormd, ver weg in de Pyreneeën, waar ze alleen via televisie en krant iets over de buitenwereld te weten kwamen, zowel geografisch als psychologisch afgezonderd van de rest van de bevolking, zelfs van hun vrouwen – dat bleek wel uit de scheidingen en de diepgewortelde haat.

Totdat ze werden ingehaald door de werkelijkheid.

Totdat het eerste bloed vloeide.

Toen dat gebeurde was de groep uit elkaar gevallen, doodsbang, als een vlucht spreeuwen. En toen kwam hun ware aard naar boven: ze waren sneue, bange lafaards, losers. Hard van hun voetstuk gevallen.

De bergen waren niet langer de prachtige getuigen van hun onopgemerkte misdrijven, maar het toneel van hun straf. Maar wie was nu de bestrijder van het onrecht? Hoe zag hij eruit? Waar verborg hij zich?

Gilles Grimm.

Serge Perrault.

Gilbert Mourrenx – en Roland Chaperon.

De club van Saint-Martin.

Er was één vraag die hem niet losliet. Wat hadden ze precies misdaan? Servaz twijfelde er namelijk niet meer aan dat Ziegler gelijk had: de chantage waarmee ze het meisje hadden bedreigd was slechts het topje van de ijsberg, en nu dreigde hij te ontdekken wat er zich onder de oppervlakte bevond. En tegelijkertijd had hij het gevoel dat er nog iets niet klopte, een detail dat afweek van het patroon. Het was te simpel, te voor de hand liggend, vond hij. Er was iets wat zij niet zagen, en daarachter lag de waarheid.

Servaz liep naar het kelderraam dat uitkeek op de donkere tuin. Het was pikdonker buiten.

Daar liep hij of liepen ze ergens rond. Op zoek naar gerechtigheid. In het donker; klaar om toe te slaan. Ongetwijfeld op zoek naar Chaperon, net als hij en Ziegler. Waar hield de burgemeester zich schuil? Ver weg of juist dichtbij?

Opeens vroeg hij zich nog iets anders af: bestond de club uit slechts vier leden, of waren er meer?

Espérandieu trof de babysit in de woonkamer aan toen hij thuiskwam. Ze stond met tegenzin op, kennelijk verdiept in een aflevering van *House*. Of ze had op meer geld gehoopt. Een eerstejaarsstudente, met een exotisch klinkende naam als Barbara, Marina, of Olga of zo, wist hij nog. Hij besloot haar niet bij haar voornaam te noemen en betaalde haar voor de twee uur die ze had opgepast. Charlène had een briefje op de koelkast gehangen waarop stond: *Besloten opening. Wordt een latertje. Zoen.* Hij pakte een cheeseburger uit de vriezer, legde hem in de magnetron, en zette zijn laptop aan. Hij had een paar mailtjes, waaronder een van Kleim162. Het onderwerp was: Re: Vraagjes over L. Espérandieu sloot de keukendeur, zette muziek op ('The Age of the Understatement' van The Last Shadow Puppets), pakte een stoel en begon te lezen.

Hey Vince,

Hier mijn eerste bevindingen. Geen primeur, maar wat dingetjes die een heel ander licht werpen op Eric Lombard. Niet zo lang geleden, tijdens een miljardairsforum in Davos, werd onze vriend aanhanger van de theorie van Zwedens voormalige directeur van de AAB Groep, Percy Barnevik, aangaande de globalisering. Hij stelt het volgende: 'Ik zou globalisering willen omschrijven als de vrijheid die het mijn bedrijven geeft om te investeren waar en wanneer ze willen, te maken wat ze willen, te kopen en verkopen wat ze willen en om zo weinig mogelijk gehinderd te worden door wetgeving op het gebied van arbeid of sociale verdragen.' Dat is tevens de geloofsovertuiging van de meeste CEO's.

Om je een beeld te geven van de steeds groter wordende druk die dergelijke partijen uitvoeren op overheden: in de jaren tachtig waren er wereldwijd ruwweg 7000 multinationals, in de jaren negentig waren het er al 37.000, en nu, vijftien jaar later, zijn het er meer dan 70.000, met 800.000 dochterondernemingen en zeventig procent van alle handelsbewegingen. En het wordt alleen maar meer. Als gevolg daarvan is er nog nooit zo veel rijkdom geweest die zo onrechtvaardig verdeeld is als nu: de directeur van Disney verdient 300.000 keer zo veel als de Haïtiaanse arbeider die T-shirts maakt voor het bedrijf. De dertien leden van de raad van bestuur van AIR, waartoe Eric Lombard behoort, verdienen 10 miljoen euro per jaar – oftewel twee keer zo veel als alle salarissen van de 6000 arbeiders in een van de fabrieken in Azië die deel uitmaken van de groep.

Espérandieu fronste. Ging Kleim162 hem nou serieus het socialisme nog een keer uitleggen? Hij wist dat zijn informant een diepgeworteld wantrouwen koesterde jegens de politie, politici en multinationals en dat hij niet alleen journalist was, maar ook lid van Greenpeace en Human Rights Watch, en dat hij in Genua en Seattle had geprotesteerd met de antiglobaliseringsbeweging tijdens de G8-conferentie. Hij had de Diazschool in Genua bezocht, die door de demonstranten werd gebruikt als slaapplaats, tot de Italiaanse carabinieri een inval had gedaan en hen zo bruut in elkaar sloeg dat de muren en vloeren helemaal onder het bloed zaten. Waarna er ambulances moesten worden gebeld. De uiteindelijke prijs die moest worden betaald: één dode, zeshonderd gewonden en 281 arrestaties.

Eric Lombard heeft het vak geleerd in het familiebedrijf waar sportspullen worden gemaakt. Iedereen kent het merk omdat ze veel kampioenen sponsoren. Hij slaagde erin de omzet van het bedrijf in vijf jaar tijd te verdubbelen. Hoe? Door onderaanbestedingen te doen. Schoenen, T-shirts, korte broeken en andere sportspullen werden al in India, Indonesië en Bangladesh gemaakt, door vrouwen en kinderen. Eric Lombard ging erheen en paste de bestaande contracten aan. Om voor hem te mogen fabriceren moet de leverancier wurgcontracten ondertekenen: een stakingsverbod, producten van uitstekende kwaliteit, en zulke lage productiekosten dat de arbeiders slechts een schijntje verdienen. Om de druk op de ketel te houden wordt de overeenkomst iedere maand opnieuw bekeken. Een tactiek die zijn concurrenten al toepasten. Sinds hij deze strategie heeft ingevoerd, is het bedrijf winstgevender dan ooit.

Espérandieu keek omlaag. Hij bekeek zijn T-shirt, waar 'Ik zit naast een oetlul' op stond, met een pijl naar links.

Wil je nog meer voorbeelden? In 1996 kocht de farmaceutische tak het Amerikaanse bedrijf dat eflornithine maakt, het enige medicijn dat iets doet tegen het Afrikaanse trypanosomiasis, beter bekend als slaapziekte. Een ziekte die jaarlijks 450.000 Afrikanen treft en die, als hij niet behandeld wordt, kan leiden tot hersenvliesontsteking, coma en uiteindelijk de dood. De Lombard Group legde de productie van het geneesmiddel meteen stil. Waarom? Niet winstgevend genoeg. Er worden honderdduizenden mensen getroffen door de ziekte, maar die hebben toch allemaal weinig te besteden. En toen landen als Brazilië, Zuid-Afrika en Thailand besloten om medicijnen te maken ter bestrijding van aids en hersenvliesontsteking – ook al waren de patenten op die medicijnen in handen van de grootste farmaceutische bedrijven – hebben Lombard en die bedrijven de handen ineengeslagen om bij de Wereldhandelsorganisatie een aanklacht in te dienen tegen die landen. De oude Lombard lag toen inmiddels op sterven en Eric nam op vierentwintigjarige leeftijd het roer over. Begint het beeld dat je van onze knappe avonturier hebt al te veranderen?

Lombard heeft dus heel veel vijanden, dacht Vincent bij zichzelf. Da's geen goed nieuws. Hij scande de volgende pagina's, die min of meer over hetzelfde gingen, en besloot ze op een later tijdstip te lezen. Hij las echter wel de volgende paragraaf, die iets verderop stond:

> Wat voor jou het interessantste is om te weten, is het bittere conflict tussen de Lombard Group en de arbeiders van de Polytex-fabriek, bij de Belgische grens, in juli 2000. Begin jaren vijftig produceerde Polytex als een van de eerste in Frankrijk kunstvezels en had duizend werknemers in dienst. Eind jaren negentig waren dat er nog maar honderdzestig. In 1990 werd het concern gekocht door een multinational die het vrijwel meteen doorverkocht omdat het niet winstgevend genoeg was; er was te veel concurrentie van bedrijven die goedkoper produceerden. Terwijl het makkelijk winstgevend had kunnen zijn – de superieure kwaliteit van het product maakte het bij uitstek geschikt voor chirurgische doeleinden. Er was een markt voor. Uiteindelijk, nadat de fabriek een aantal keren was doorverkocht, liet een dochteronderneming van Lombard van zich horen. Voor het personeel leek een multinational als Lombard een droom die uitkwam. Dat wilden ze graag geloven. Vorige ongewenste kopers hadden hun allemaal hetzelfde scenario voorgeschoteld: salarissen die werden bevroren, verplicht overwerken, ook in het weekend en op feestdagen. Lombard was geen haar beter: eerst werd om een nog grotere inzet gevraagd. De groep had de fabriek alleen gekocht om de patenten in handen te krijgen. Op 5 juli 2000 oordeelde de rechtbank van Charleville-Mézières dat de fabriek moest sluiten. Dat was een enorme klap voor het personeel. Er vielen gedwongen ontslagen, er was geen werk meer, en alle apparatuur werd vernietigd. De werknemers van Polytex waren hier zo boos over dat ze de fabriek bezet hebben en dreigden vijftigduizend liter zwavelzuur in de Maas te gieten als hun eisen niet werden ingewilligd. Ze waren zich zeer bewust van het wapen dat ze in handen hadden: de fabriek bezat een grote hoeveelheid giftige chemicaliën, die in geval van een brand of explosie een grotere

ramp zouden veroorzaken dan die bij AZF in Toulouse, later, in 2001.

De autoriteiten verordonneerden meteen de evacuatie van het nabijgelegen stadje, er werden honderden agenten naar het fabrieksterrein gestuurd, en de Lombard Group kreeg het bevel dat zij meteen, met behulp van de vakbonden, moest beginnen met de onderhandelingen. De hele toestand duurde vijf dagen. Omdat er geen schot in de zaak zat, goten de werknemers vijfduizend liter zwavelzuur, symbolisch roodgekleurd, in een beek die uitkwam in de Maas. Ze dreigden het na twee uur nog een keer te herhalen.

Politici, vakbonden en leiders betichtten hen toen van 'onvergeeflijk ecoterrorisme'. Een grote avondkrant kopte 'Sociaal terrorisme op komst', en had het over de 'zelfmoordtaliban'. Ironisch, als je weet dat Polytex gedurende tientallen jaren een van de grootste vervuilers van de Maas en de hele regio was geweest. Uiteindelijk werd de fabriek drie dagen later ontzet door de ME en oproerpolitie. De arbeiders dropen met de staart tussen hun benen af, ze hadden niets bereikt. Ik kan me voorstellen dat een aantal van hen deze affaire nog altijd niet verwerkt heeft.

Dat is alles voor het moment. Ik blijf graven. Slaap lekker, Vince.

Espérandieu fronste. Als zij erachter zaten, waarom dan nu opeens? Acht jaar later? Hadden een paar van deze arbeiders elkaar teruggevonden in de gevangenis? Of had een van hen, na een paar jaar werkloos te zijn geweest, zelfmoord gepleegd, en zijn familie met haatgevoelens achtergelaten? Hij maakte een aantekening dat hij hier het antwoord op moest zien te krijgen.

Hij keek onder in het beeldscherm hoe laat het was: 19.03. Hij zette de laptop uit en rekte zich uit in zijn stoel. Daarna liep hij naar de koelkast en haalde er een pak melk uit. Het was stil in huis. Mégan zat in haar kamer te spelen; Charlène zou pas over een paar uur thuiskomen en de oppas was naar huis. Hij nam tegen het aanrecht geleund een angstremmer in. Hij kreeg een ingeving en zocht op het doosje naar de naam van het laboratorium – om te ontdekken dat hij, om te kalmeren van alles wat hij over de Lombard Group gelezen had, een van hun pillen had ingenomen!

Hij vroeg zich af hoe hij meer over Lombard te weten zou kunnen komen en herinnerde zich toen een contactpersoon in Parijs, een briljante jonge vrouw die hij kende van de politieschool en die hem gegarandeerd van smeuïge verhalen kon voorzien.

* * *

'Kom eens kijken, Martin.'

Ze hadden alle verdiepingen bekeken. Servaz stond in een kamertje dat, aan de hoeveelheid stof te zien, in geen jaren was gebruikt. Hij maakte kastjes open, tilde een matras en kussens op, en probeerde zelfs de stalen plaat waarmee de open haard was afgedekt weg te halen, toen hij Irènes stem hoorde.

Hij liep naar de gang op de bovenste verdieping. Tegenover hem, aan de andere kant van de gang, stond een ladder met een trapleuning, als op een schip. Een openstaand luik in het plafond. Er kwam een streep licht uit het gat, die de gang verlichtte.

Servaz klom naar boven en stak zijn hoofd door de opening.

Ziegler stond midden in de kamer en gebaarde dat hij naast haar moest komen staan.

De zolder was een lange, mooie ruimte en was zowel slaap- als studeerkamer. Servaz klom de zolder op. Het meubilair en de aankleding leken op die van een chalet: onbewerkt hout, een kledingkast, een bed met lades eronder onder het raam, een tafel die dienstdeed als bureau. Aan een van de muren hing een enorme landkaart van de Pyreneeën – met zijn valleien, dorpjes, wegen en bergen. Servaz had zich de hele tijd al afgevraagd waar Chaperon zou slapen, omdat geen van de slaapkamers de indruk had gewekt gebruikt te worden. Voor zijn ogen zag hij het antwoord.

Zieglers blik ging door de kamer, net als die van Servaz. De kastdeur stond open.

Er hingen lege kledinghangers in; een berg kleren lag op de grond.

Op het bureau lagen losse papieren en onder het bed stond een lade open met daarin een wirwar aan onderbroeken.

'Zo trof ik het hier aan,' zei Ziegler. 'Wat is hier aan de hand?'

Servaz zag opeens iets wat hij eerst over het hoofd had gezien: op het bureau stond een geopend doosje patronen.

In zijn haast had Chaperon er een op de grond laten vallen.

Ze keken elkaar aan.

De burgemeester was op de vlucht geslagen, alsof de duivel hem op de hielen zat.

Alsof hij vreesde voor zijn leven.

21

Het was zeven uur 's avonds en plotsklaps verging Diane van de honger. Ze haastte zich naar het bedrijfsrestaurant, waar iets te eten werd gemaakt voor het personeel dat niet naar huis ging. Bij binnenkomst groette ze twee beveiligers die aan een tafeltje bij de deur zaten en pakte een dienblad.

Ze trok een gezicht toen ze in de vitrine keek met daarin het warme eten: kip met frites. Ze zou actie moeten ondernemen als ze gevarieerd en verantwoord wilde eten, anders zou ze over een jaar tien kilo zwaarder zijn. Als toetje nam ze een fruitsalade. Ze ging bij het grote raam zitten om naar het nachtelijke uitzicht te kunnen kijken. Lampen rondom het gebouw verlichtten de sneeuw vanaf de grond, onder de dennenbomen. Het gaf een sprookjesachtig effect.

Toen de twee beveiligers weg waren, en ze alleen in de stille ruimte zat – zelfs het bedienend personeel was verdwenen – werd ze overmand door een gevoel van verdriet en vertwijfeling. Toch had ze als student vaak alleen op haar kamer zitten studeren terwijl de rest van de studenten in de kroeg zat of naar de dancings ging. Ze had zich nog nooit zo eenzaam gevoeld als nu. Zo geïsoleerd. Zo alleen. Het was iedere avond hetzelfde liedje zodra het donker werd.

Boos zei ze tegen zichzelf dat ze normaal moest doen. Waar was haar scherpzinnigheid, haar kennis van de psychische en fysieke mens? Werd het niet eens tijd om zichzelf eens onder de loep te nemen in plaats van toe te geven aan haar emoties? Was ze niet gewoon 'onaangepast'? Was dat het? Ze kende het basisprincipe: niet aangepast = ongelukkig = bang. Ze schoof het opzij. Ze wist echt wel waarom ze zich hier niet op haar gemak voelde. Dat lag niet aan haar. Dat lag aan wat er hier gebeurde. Ze had pas rust als ze het tot op de bodem had uitgezocht. Ze stond op en ging weg. De gangen waren net zo uitgestorven als het restaurant.

Ze liep de hoek om naar haar kantoor en verstijfde. Er liep een rilling over haar rug. Xavier was er. Hij deed zachtjes de deur van haar kantoor dicht. Hij keek van links naar rechts en ze deed snel een stap achteruit. Tot haar grote opluchting hoorde ze hem de andere kant op lopen.

* * *

Cassettebandjes.

Dat was het volgende dat zijn aandacht trok. Tussen de papieren op het bureau van de burgemeester lagen cassettebandjes die niemand meer gebruikte maar die Chaperon zo te zien had bewaard. Servaz pakte ze een voor een op en las wat erop stond. 'Vogelgeluiden 1', 'Vogelgeluiden 2', 'Vogelgeluiden 3'. Hij legde ze terug. Er stond een kleine stereo-installatie in een hoek van de kamer met een cassettedeck.

Bergsport, vogelgeluiden: de man had echt een passie voor de natuur.

En ook voor oude dingen: oude foto's, oude cassettebandjes... Oude spullen in een oud huis – daar is niets vreemds aan.

Toch gingen de alarmbellen in zijn hoofd af. Het had te maken met de spullen in deze kamer. Met de vogelgeluiden, om precies te zijn. Daar was iets mee. Hij vertrouwde altijd op zijn gevoel, dat liet hem zelden in de steek.

Hij pijnigde zijn hersens, maar hij kon niets bedenken. Ziegler belde de gendarmerie om te zeggen dat ze het huis moesten komen verzegelen, en dat ze een team van forensisch onderzoekers moesten meenemen.

'We komen steeds dichter bij de waarheid,' zei ze toen ze had opgehangen.

'Ja,' zei hij ernstig. 'Maar we zijn duidelijk niet de enigen.'

Daar was die angst weer. Hij wist nu zeker dat het viertal bestaande uit Grimm, Perrault, Chaperon en Mourrenx en hun voormalige 'heldendaden' het hart van het onderzoek vormden. Maar de moordenaar, of moordenaars, was, of waren, hen minstens twee passen voor. In tegenstelling tot Ziegler en hijzelf wisten zij al heel lang precies wat er aan de hand was. En wat had Hirtmann of het paard van Lombard ermee te maken? Servaz wist dat hij iets over het hoofd zag.

Ze liepen terug naar beneden en naar buiten, de verlichte veranda op. De bomen wierpen hun schaduw vooruit en hulden de tuin in duisternis. Een van de luiken kraakte. Servaz vroeg zich af waarom de vogelgeluiden hem zo bezighielden. Hij haalde de bandjes uit zijn zak en gaf ze aan Ziegler.

'Laat iemand hiernaar luisteren. En niet alleen de eerste seconden. Alles.'

Ze keek hem verbaasd aan.

'Ik wil weten of er echt vogelgeluiden op staan, of iets anders.'

Zijn mobieltje trilde in zijn zak. Hij haalde het tevoorschijn en keek wie er belde. Antoine Canter, zijn baas.

'Dit moet even,' zei hij, en hij liep het trapje af. 'Met Servaz,' nam hij op, de sneeuw in de tuin vertrappend.

'Martin? Met Antoine. Vilmer wil je spreken.'

Divisiecommandant Vilmer, hoofd recherche van Toulouse. Servaz mocht hem niet, en dat was wederzijds. Wat Vilmer betrof had Servaz zijn beste tijd gehad: hij ging niet met zijn tijd mee, werkte te individualistisch, ging te veel op zijn gevoel af en weigerde de richtlijnen van het ministerie tot op de letter nauwkeurig op te volgen. Vilmer had graag iets flexibeler, goed opgeleid en uitwisselbaar personeel.

'Ik kom morgen wel even langs,' zei hij, en hij keek naar Ziegler, die bij het hek stond te wachten.

'Nee, hij wil je vanavond nog spreken. Hij zit op je te wachten. Geen geintjes, Martin. Zorg dat je hier binnen twee uur bent.'

Servaz reed iets na achten Saint-Martin uit. Een half uur later reed hij de snelweg op. Toen hij over de snelweg scheurde, zijn koplampen omlaag gericht, verblind door het tegemoetkomende verkeer, werd hij overmand door vermoeidheid. Hij reed het parkeerterrein van een benzinestation op om koffie te halen. Daarna kocht hij een blikje Red Bull, trok het open en dronk het in een keer leeg voor hij terugliep naar de auto.

Het motregende toen hij Toulouse binnenreed. Hij groette de bewaker, zette zijn auto weg en haastte zich naar de lift. Het was half tien toen hij op het knopje voor de bovenste verdieping drukte. Normaal gesproken ontweek hij deze etage. De gangen deden hem te veel denken aan zijn beginjaren bij het korps, toen hij voor de dienst algemene zaken van de landelijke politie werkte, waar het stikte van de mensen voor wie 'politie' niet meer dan een woord was, en die ieder verzoek van een geüniformeerde agent behandelden alsof het om een nieuwe variant van het ebolavirus ging. Op dit tijdstip waren de meeste mensen naar huis en was het kantoor uitgestorven. Hij vergeleek de sfeer die hier hing met de permanente spanning die op zijn afdeling heerste. Natuurlijk werkten er hier ook mensen die wél hun vak verstonden en efficiënt konden werken. Die begaven zich zelden op de voorgrond. Aan de laatste mode in stropdassen deden ze al helemaal niet mee. Glimlachend dacht hij aan de theorie van Espérandieu, die zei dat het op een kantoor met alleen maar mannen in pak droevig gesteld was met de competentie. Hoe meer pakken, hoe groter de kans op 'absurde beslissingen', 'broddelwerk', 'zichzelf indekken'.

Hij keek hoe laat het was en besloot dat Vilmer nog wel vijf minuten kon wachten. Je kreeg niet elke dag de kans om een navelstaarder als Vilmer aan het lijntje te houden. Hij liep op zijn gemak naar de koffieautomaat en gooide er geld in. Aan een tafeltje zaten twee mannen en een vrouw te kletsen. Na zijn komst gingen ze meteen zachter praten; een van hen vertelde met zachte stem een mop. Kijk eens aan, ze hebben gevoel voor humor, dacht Servaz bij zichzelf. Zijn ex had ooit tegen hem gezegd dat hij dat niet had. Misschien had ze wel gelijk. Maar dat wilde toch niet zeggen dat hij minder slim was? Zeker niet gezien het aantal stomkoppen dat het wél had. Maar het was absoluut een teken van geestelijke zwakte. Hij ging het aan Propp vragen. Hij mocht die man wel, ook al had hij nogal de neiging de expert uit te hangen.

Toen hij zijn zoveelste koffie van die dag ophad liep hij de ruimte uit, waarna het gesprek werd hervat. De vrouw achter hem barstte in lachen uit. Het klonk gemaakt, en werkte op zijn zenuwen.

Vilmers kantoor lag een stukje verder in de gang. Zijn secretaresse begroette Servaz met een vriendelijke glimlach.

'Loop maar door. Hij zit op u te wachten.'

Servaz vond dit geen goed teken. Hij vroeg zich af of Vilmer haar betaalde voor overwerk.

Vilmer was een magere man met een keurig getrimd ringbaardje, een onberispelijk kapsel. Hij had continu een autoritair glimlachje rond zijn lippen, als een hardnekkige koortsuitslag. Hij droeg altijd een pak volgens de laatste mode, en had een duidelijke voorkeur voor chocolade- of kastanjebruin, of paars. Servaz zag hem als het levende bewijs dat een idioot het ver kan schoppen zolang er maar idioten waren die nog hoger in rang waren.

'Ga zitten,' zei Vilmer.

Servaz liet zich in de zwartleren fauteuil vallen. Vilmer keek ontevreden. Met zijn vingers in elkaar gestrengeld onder zijn kin, zat hij Servaz even zonder iets te zeggen te bestuderen, alsof hij zo zijn afkeuring en diepzinnigheid wilde laten blijken. Hij zou er nooit een Oscar voor krijgen, en Servaz keek hem glimlachend aan. Dat leek de commissaris alleen maar meer te irriteren.

'Wat is er zo grappig?'

Servaz wist net zo goed als iedereen dat Vilmer al zijn hele leven achter een bureau zat. Afgezien van een heel korte periode bij de zedenpolitie, had hij geen idee hoe het er op straat aan toe ging. Het gerucht ging dat hij het lachertje en de pispaal van zijn collega's was.

'Niets.'

'Drie moorden in acht dagen!'

'Twee,' verbeterde Servaz hem. Twee moorden en een dood paard.'

'Hoe staat het ervoor met het onderzoek?'

'We zijn nu een week bezig. We hadden de moordenaar vanochtend bijna te pakken, maar hij is ontkomen.'

'Door jouw toedoen,' zei de commissaris, voor hij er haastig aan toevoegde: 'Confiant heeft over je geklaagd.'

Servaz schrok op. 'Hoezo?'

'Bij mij en de minister van Justitie. Die meteen de minister van Binnenlandse Zaken gebeld heeft, die vervolgens mij weer op de hoogte bracht.'

Hij zweeg even om de spanning op te bouwen, en zei toen: 'Je brengt me in een lastig parket.'

Servaz wist niet wat hij hoorde. Confiant had achter D'Humières rug om gehandeld. De rechter had er geen gras over laten groeien.

'Ga je me van de zaak halen?'

'Nee, natuurlijk niet,' antwoordde Vilmer, alsof dat niet eens in hem was opgekomen. 'Trouwens, D'Humières is uitvoerig voor je in de bres gesprongen, ik kan niet anders zeggen. Ze is van mening dat jij en Ziegler uitstekend werk leveren.'

Vilmer snoof alsof het moeite kostte zoiets onnozels te herhalen.

'Maar ik waarschuw je: je wordt van hogerhand in de gaten

gehouden. We zitten in het oog van de storm. Nu lijkt het misschien rustig, maar als je faalt, zal dat grote gevolgen hebben.'

Servaz kon een lach niet onderdrukken. Vilmer, strak in het pak, deed alsof het hem niet raakte, maar hij deed het in zijn broek van angst. Want hij wist donders goed dat die 'grote gevolgen' ook hem zouden treffen.

'Vergeet niet dat de zaak nogal gevoelig ligt.'

Vanwege een paard, dacht Servaz bij zichzelf. Het gaat hen alleen om dat paard. Hij onderdrukte zijn woede.

'Verder nog iets?' vroeg hij.

'Nee. Die man, Perrault, heeft hij jou gebeld voor hulp?'

'Ja.'

'Waarom jou?'

'Geen idee.'

'Je hebt hem niet uit zijn hoofd proberen te praten die berg op te gaan?'

'Daar had ik geen tijd voor.'

'En wat hoor ik allemaal over zelfmoorden? Wat hebben die ermee te maken?'

'Dat weten we momenteel nog niet. Maar Hirtmann had het erover toen we hem bezochten.'

'Wat bedoel je?'

'Nou, hij raadde me aan om me erin te verdiepen.'

De commissaris keek hem zo verbijsterd aan dat het onmogelijk gespeeld kon zijn.

'Ga je me nou vertellen dat Hirtmann de lakens uitdeelt in het onderzoek?'

Servaz keek hem vragend aan.

'Dat is misschien een beetje... te kort door de bocht.'

'Te kort door de bocht?' Vilmer verhief zijn stem. 'Ik krijg de indruk dat dit onderzoek helemaal nergens toe leidt. Jullie hebben het DNA van Hirtmann, toch? Wat heb je nog meer nodig? Aangezien hij de Kliniek niet uit kan, heeft hij dus een medeplichtige. Die moet je hebben!'

Geweldig hoe simpel alles is als je er niet bij betrokken bent, als je je niet druk hoeft te maken om de details en je je totaal niet verdiept hebt in de zaak, dacht Servaz. Maar in wezen had Vilmer wel gelijk.

'Wat voor aanwijzingen heb je?'

'Er is een aantal jaar geleden aangifte gedaan wegens chantage tegen Grimm en Perrault.'

'En?'

'Het waren geen doetjes. Het is waarschijnlijk niet bij chantage gebleven. Vrouwen en adolescenten. Dit zou wel eens een motief kunnen zijn.'

Servaz was zich ervan bewust dat hij zich op dun ijs begaf, dat ze weinig aanknopingspunten hadden, maar hij kon niet meer terug.

'Wraak?'

'Zou kunnen.'

Hij werd afgeleid door een poster die achter Vilmer hing. Een urinoir. Servaz herkende het ding: een Marcel Duchamp. Van de Dada-tentoonstelling in het Centre Georges Pompidou in 2006. De poster was duidelijk opgehangen om het bezoek duidelijk te maken dat ze te maken hadden met een cultureel ontwikkeld man met passie voor kunst en gevoel voor humor.

Vilmer zweeg even.

'En wat is het verband met het paard van Lombard?'

Servaz aarzelde.

'Nou, als we bij de wraaktheorie blijven, zou het kunnen betekenen dat deze mensen – de slachtoffers – iets vreselijks uitgespookt hebben,' zei hij, bijna letterlijk de woorden van Alexandra herhalend. 'Helemaal als ze hebben samengewerkt. In het geval van Lombard hebben ze zijn paard te grazen genomen omdat ze hem niet direct konden aanvallen.'

Vilmer trok wit weg.

'Je gaat me toch niet vertellen dat je denkt dat Eric Lombard betrokken is bij dit...'

'Seksueel misbruik,' maakte Servaz de zin voor hem af, zich

ervan bewust dat hij misschien te veel losliet, maar de angstige blik in de ogen van zijn baas werkte als een katalysator. 'Nee, dat is niet aan de orde. Maar er is ongetwijfeld een verband, iets wat hem linkt aan de slachtoffers.'

In één ding was hij tenminste geslaagd: Vilmer zat met zijn mond vol tanden.

Servaz liep naar het oude centrum van de stad. Hij had geen zin om naar huis te gaan. Niet meteen althans. Hij moest eerst de spanning en woede kwijt zien te raken die Vilmer in hem had losgemaakt. Het miezerde nog steeds en hij had geen paraplu bij zich, maar hij vond de regen een zegen. Het voelde alsof alle viezigheid van de afgelopen dagen van hem afspoelde.

Hij liep als vanzelf naar rue du Taur, waar de galerie van Charlène, de vrouw van zijn assistent, gevestigd was. Hij stond voor de helverlichte glazen ingang. De galerie was smal en diep en besloeg twee verdiepingen. Het moderne, witte interieur, dat door de ramen goed te zien was, stond in schril contrast met de rode bakstenen gevels van de aangrenzende panden. Het was druk. Een besloten opening. Net toen hij verder wilde lopen gebaarde Charlène vanaf de eerste verdieping dat hij naar binnen moest komen. Weifelend liep hij de lange ruimte binnen. Zijn kleren en haar waren drijfnat, zijn doorweekte schoenen lieten een nat spoor achter op de lichte houten vloer, maar hij trok minder aandacht dan hij had verwacht.

Wat vond iedereen zichzelf hier heerlijk excentriek, modern en vrij van geest, mijmerde hij. Op het eerste gezicht leken ze modern en vrijdenkend, maar waren ze dat ook echt? De ene vorm van conformeren is de andere niet, dacht hij bij zichzelf.

Hij liep naar de metalen wenteltrap achter in de galerie, zijn ogen verblind door het witte interieur en de felle plafondverlichting. Net toen hij zijn voet op de onderste trede wilde zetten werd zijn aandacht getrokken door een joekel van een schilderij. Zijn mond viel open.

Het was geen schilderij maar een foto van drie meter hoog.

Een enorme kruisiging in ziekelijk blauwe tinten. Achter het kruis rommelde een stormachtige lucht, de wolken werden verscheurd door bliksemschichten. In plaats van Christus hing er een zwangere vrouw aan het kruis. Met opzij gebogen hoofd huilde ze tranen van bloed. Er droop ook helderrood bloed uit de wonden die de doornkrans die om haar hoofd zat veroorzaakte. Ze was niet alleen gekruisigd, haar borsten waren verwijderd en lieten bloederige wonden achter en haar irissen waren doorschijnend melkachtig wit.

Servaz deinsde terug. Het realisme en de bruutheid van de foto waren onverdraaglijk. Welke gek zou zoiets maken?

Waarom waren mensen zo gefascineerd door geweld? De stortvloed aan schokkende beelden op tv, in de bioscoop en in boeken – was het een manier om angst te verdrijven? De meeste kunstenaars maakten geweld alleen indirect mee, op een abstracte manier. Anders gezegd: ze wisten niet wat geweld was. Als politiemannen die geconfronteerd werden met de gruwelijkste dingen, of brandweermannen die wekelijks slachtoffers van ongelukken uit autowrakken moesten zien te krijgen, of rechters die dag in dag uit de vreselijkste zaken voorgeschoteld kregen – als zij zouden gaan schilderen, beeldhouwen of schrijven, wat zouden ze dan voortbrengen? Hetzelfde, of iets totaal anders?

De ijzeren trap trilde onder zijn voeten toen hij naar boven liep. Charlène stond te praten met een elegante man met zilvergrijs haar. Ze zweeg even om naar Servaz te gebaren dat hij moest komen; daarna stelde ze hen aan elkaar voor. Servaz ging ervan uit dat de man, een bankier, een van de beste klanten van de galerie was.

'Nou, ik ga maar eens kijken wat er beneden allemaal voor prachtigs hangt,' zei hij. 'Nogmaals gefeliciteerd met je perfecte keuze, lieverd. Ik weet niet hoe je het iedere keer weer voor elkaar krijgt om zulke getalenteerde artiesten te vinden.'

De man liep weg. Servaz vroeg zich af of hij hem een blik waardig had gekeurd – het was hem waarschijnlijk niet eens opgevallen hoe hij erbij liep. Voor iemand als hij was Servaz lucht. Charlène zoende Servaz op zijn wang en hij rook de frambozen en wodka in haar adem. Ze zag er stralend uit in een rode positiejurk, waar ze een kort wit jasje overheen droeg. Haar ketting schitterde net iets te veel, net als haar ogen.

'Zo te zien regent het,' zei ze, hem lief lachend aankijkend.

Ze gebaarde om zich heen. 'Je komt hier veel te weinig. Ik ben blij dat je er bent, Martin. Vind je het wat?'

'Ik vind het een beetje... verwarrend,' zei hij.

Ze lachte.

'Het is van Mentopagus. Het heeft "wreedheid" als thema.'

'Nou, daar is hij uitstekend in geslaagd,' grapte hij.

'Niet grappig, Martin.'

'Sorry, ik ben niet in de juiste stemming, geloof ik.'

Ze wuifde zijn excuses weg.

'De beste manier om hier niet op te vallen is door een derde oog midden op je voorhoofd te hebben. Al die mensen hier vinden zichzelf zo ontzettend avant-gardistisch, hip, modern en non-conformistisch – ze vinden dat ze over enorm veel innerlijke schoonheid beschikken – ze vinden zichzelf veel beter dan de rest...'

Hij was verbaasd hoeveel bitterheid hij in haar stem bespeurde en hij keek naar haar glas. Misschien kwam het door de alcohol.

'Het cliché van de egocentrische artiest,' zei hij.

'Als clichés zelf ook een cliché worden, dan komt dat doordat ze zo waar zijn,' kaatste ze terug. 'Ik denk zelfs dat ik zeker weet dat ik maar twee mensen ken die echt mooi zijn vanbinnen,' ging ze verder, alsof ze in zichzelf praatte. 'Jij en Vincent. Twee agenten. Maar wat jou betreft, je houdt haar goed verborgen.'

Haar bekentenis verraste hem. Hij had het helemaal niet verwacht.

'Ik haat kunstenaars,' zei ze opeens met trillende stem.

Wat ze daarna deed, verbaasde hem zo mogelijk nog meer. Ze boog zich naar hem toe en kuste hem weer, niet op zijn wang maar op zijn mondhoek. Daarna legde ze steels een vinger op zijn lippen – een ingetogen gebaar, maar heel erg intiem – waarna ze wegliep. Haar hakken tikten op de metalen treden toen ze naar beneden liep.

Servaz' hart klopte in hetzelfde ritme. Het duizelde hem. De vloer was deels bedekt met kiezels, kalk en keien, en hij vroeg zich af of het een kunstwerk was of dat er verbouwd werd. Tegenover hem hing een vierkant schilderij aan de muur met daarop een grote hoeveelheid figuurtjes die een grote massa vormden. Het waren er honderden, zo niet duizenden. Kennelijk was 'wreedheid' de eerste verdieping bespaard gebleven.

'Briljant werk, vind je ook niet?' zei een vrouw naast hem. 'Deze vorm van popart, dat stripboekachtige. Het is net een miniatuur-Liechtenstein.'

Hij wist niet wat hij moest zeggen. Hij was in gedachten verzonken en had haar niet horen aankomen. Ze praatte alsof ze zangoefeningen deed, haar stem ging van hoog naar laag.

'*Quos vult perdere Jupiter dementat prius*,' zei hij.

De vrouw keek hem niet-begrijpend aan.

'Het is Latijn, en betekent: als Jupiter iemand kapot wil maken, maakt hij hem eerst gek.'

Hij draaide zich om en liep naar beneden.

Thuis zette hij 'Das Lied von der Erde' op – de moderne versie van Eiji Oue, met Michelle DeYoung en Jon Villars – en ging meteen naar het adembenemende 'Der Abschied'. Hij had geen slaap en pakte een boek uit de kast. *Aethiopica*, van Heliodorus van Emesa.

'Mijn kind is hier nu bij me. Ze is mijn dochter. Zij draagt mijn naam. Al mijn hoop is op haar gevestigd. In alles geslaagd, maakt ze mij gelukkig boven al mijn verwachtingen. Ze is heel snel volwassen geworden, als een weergaloze loot. Ze streeft iedereen voorbij qua schoonheid, geen enkele man, zowel buitenlanders als Grieken, kan zijn ogen van haar af houden.'

Hij zat in de stoel naast de boekenkast. Hij stopte met lezen en dacht aan Gaspard Ferrand, de gebroken vader. Daarna dwaalden zijn gedachten af naar Alice en de andere zelfmoordenaars, als een vlucht kraaien boven een weiland. Net als de jonge Chariclea in het sprookje van Heliodorus, kreeg Alice ook heel veel aandacht van mannen. Hij had de verklaringen van de buren herlezen: Alice Ferrand was perfect – mooi, vroegrijp, met uitstekende rapportcijfers, ook voor gym – en stond altijd voor iedereen klaar. Maar ze was veranderd, volgens haar vader. Wat was er gebeurd? Daarna gleden zijn gedachten naar het viertal Grimm-Perrault-Chaperon-Mourrenx. Hadden Alice en de andere slachtoffers iets met hen te maken gehad? En zo ja: wanneer dan? In het vakantiekamp? Maar twee van de slachtoffers waren daar nooit geweest.

Hij huiverde weer. Het was alsof het een paar graden kouder was geworden. Hij wilde naar de keuken lopen om een fles water te halen, maar opeens begon alles te draaien. De boeken in de kast zwaaiden heen en weer, het lamplicht leek fel en venijnig.

Hij sloot zijn ogen. Toen hij ze weer opende, was de duizeligheid verdwenen. Wat was er in godsnaam met hem aan de hand?

Hij stond op en haastte zich naar de badkamer. Hij pakte een van de pillen die hij van Xavier had gekregen. Zijn keel stond in brand, het koude water bracht slechts een seconde verlichting, daarna kwam het branderige gevoel terug. Hij wreef in zijn ogen en ging op het balkon staan om wat frisse lucht te krijgen. Hij keek naar de lichtjes van de stad en dacht eraan hoe moderne steden, met hun onnatuurlijke verlichting en voortdurende lawaai, de bewoners veranderden in slapeloze, versufte geesten.

Hij dacht weer aan Alice. Hij zag haar zolderkamer voor zich, het oranje en gele meubilair, de paarse muren en de witte vloerbedekking. De foto's, ansichtkaarten, de cd's en de schoolspullen, haar kleren en boeken. Een dagboek... Waar was haar dagboek? Servaz raakte er steeds meer van overtuigd dat een meisje als Alice er een gehad moest hebben. Er moest ergens een dagboek zijn.

En dan was er haar vader, Gaspard Ferrand, hoogleraar literatuur, globetrotter, yogi. Servaz vergeleek hem onbewust met zijn eigen vader, die ook leraar was geweest, maar dan Latijn en Grieks. Een briljante man, gesloten, excentriek, af en toe opvliegend. *Genus irritabile vatum*: de lichtgeraaktheid van poëten.

Servaz wist dondersgoed waar dit naartoe zou gaan. Het was te laat; hij kon het niet meer tegenhouden; hij werd overspoeld door de golf van herinneringen die bezit van hem namen met een nachtmerrieachtige nauwgezetheid.

Feiten. Alleen de feiten.

En die waren als volgt: op een warme avond in juli speelt Martin Servaz, tien jaar oud, op de binnenplaats bij zijn huis als de koplampen van een auto opdoemen op de lange, rechte weg die naar het huis loopt. De familie Servaz woont op een boerderij, drie kilometer van het dichtstbijzijnde dorpje. Het is tien uur 's avonds. Het begint donker te worden, en in de nabijgelegen weilanden zal het gesjirp van de krekels snel plaatsmaken voor het gekwaak van kikkers; in de verte, boven de bergen, rommelt het, en de sterren staan steeds helderder aan de hemel. En nu dus het nauwelijks hoorbare gefluister van die auto die in de verte komt aanrijden. Het gefluister gaat over in het geluid van de motor en de auto mindert vaart. De koplampen beschijnen het huis en hij rijdt langzaam de oprit op, hobbelend over de geulen in de weg. Banden waaronder het grind kraakt als de auto door het hek rijdt en op de binnenplaats tot stilstand komt. Er ruist een windvlaag door de populieren als er twee mannen uitstappen. Het is te donker om hun gezichten te kunnen zien, maar hij hoort een van hen duidelijk zeggen: 'Hallo, knul, waar zijn je ouders?'

Tegelijkertijd gaat de voordeur open en verschijnt zijn moeder in de deuropening. De man die het woord deed loopt op haar af en verontschuldigt zich voor de overlast. Hij praat snel. De andere man legt een hand op Martins schouder. Die hand bevalt Martin niet. Alsof daardoor ongemerkt iets verandert. Het is alsof de jongen bedreigd wordt, maar dat hij de enige is die dat weet, ook al is de man heel aardig en lacht zijn moeder om hem. Hij kijkt omhoog en ziet zijn vader achter het raam van zijn werkkamer op de eerste verdieping, waar hij het huiswerk van zijn leerlingen zit na te kijken; hij fronst. Servaz wil tegen zijn moeder zeggen dat ze moet oppassen, dat ze de mannen niet binnen moet laten, maar hij heeft geleerd dat hij zijn mond moet houden en zich moet gedragen als zijn ouders aan het woord zijn.

Hij hoort zijn moeder zeggen: 'Komt u binnen.'

De man die achter hem staat duwt hem zachtjes naar voren, zijn dikke vingers knijpen in zijn schouders, en het voelt eerder dwingend dan vriendelijk. Tot op de dag van vandaag herinnert hij zich dat iedere stap in zijn oren klonk als een waarschuwing. Hij herinnert zich de sterke geur van eau de toilette en zweet. Hij herinnert zich dat het gesjirp van de krekels luider leek te worden, als een alarm dat afging. Zijn hart gaat tekeer als een trom. Boven aan het trapje naar de voordeur legt de man iets over zijn mond en neus. Een vochtige doek. Het lijkt meteen of zijn keel en longen in brand staan, en er dansen witte stippen voor zijn ogen voor hij in een diep gat valt.

Als hij bijkomt, ligt hij in de voorraadkelder onder de trap en hoort hij aan de andere kant van de deur zijn moeder smekend praten. Als hij hoort hoe de mannen haar op hun beurt bedreigen, geruststellen en belachelijk maken, kan hij zich niet langer inhouden en begint te trillen. Hij vraagt zich af waar zijn vader is gebleven. Hij weet meteen wie deze mannen zijn. Het zijn geen mensen, maar de slechteriken uit de film, door en door slechte wezens, de supermisdadigers uit de strips die hij leest. Hij gaat ervan uit dat zijn vader ergens vastgebonden ligt, machteloos, zoals zo vaak gebeurt met striphelden, anders was hij hen allang komen redden. Jaren later beseft hij dat zijn vader niets had aan Seneca of Marcus Aurelius toen hij met de mannen moest praten. Maar valt er eigenlijk wel te praten met uitgehongerde wolven? Ze waren niet uit op vlees, maar op iets anders. Als de kleine Martin een horloge had gehad, zou hij gezien hebben dat het tien voor half een ’s nachts was toen hij bijkwam. Het zou nog vijf uur duren voor deze gruwel voorbij was, vijf uur waarin hij zijn moeder hoorde gillen, snikken, hikken, vloeken en smeken, bijna onophoudelijk. Terwijl de kreten van zijn moeder langzaam overgaan in onverstaanbaar gemompel, het snot uit zijn neus en de plas tussen zijn benen naar beneden loopt, en de eerste ochtendgeluiden doordringen tot de voorraadkelder – een kraaiende haan, een blaffende hond in de verte – en er steeds meer licht onder de deur door komt, hult het huis zich in stilte – een volledige, definitieve en vreemd genoeg geruststellende stilte.

Servaz werkte drie jaar bij de politie toen hij beslag kon leggen op het autopsierapport, vijftien jaar nadat het gebeurd was. Achteraf gezien was dat een grote vergissing. Hij dacht dat hij er sterk genoeg voor was. Niet dus. Vol afgrijzen las hij wat zijn moeder die avond had meegemaakt. Toen hij het verslag dichtsloeg, rende hij naar het toilet om over te geven.

Feiten, niets dan feiten.

De feiten waren als volgt: zijn vader had het overleefd, maar had twee maanden in het ziekenhuis gelegen. De kleine Martin was bij zijn tante gebracht. Eenmaal uit het ziekenhuis was zijn vader weer voor de klas gaan staan. Maar het werd al snel duidelijk dat hij het niet meer aankon: hij verscheen vaak dronken en slonzig gekleed voor zijn leerlingen, die hij vervolgens hard onderuithaalde. Uiteindelijk werd hij arbeidsongeschikt verklaard en dat maakte het alleen maar erger. Kleine Martin vertrok weer naar zijn tante. Feiten, niets dan feiten... Twee weken nadat hij op de universiteit de vrouw ontmoette met wie hij zes maanden later zou trouwen, bezocht Servaz zijn vader; de zomer was in aantocht. Toen hij uit de auto stapte, wierp hij een blik op het huis. De schuur stond op instorten en het huis leek onbewoond; minstens de helft van de luiken was dicht. Servaz klopte aan. Er werd niet opengedaan. Hij liep naar binnen. ‘Pa?’ Stilte. Die ouwe lag vast ergens laveloos te slapen. Servaz gooide zijn jas en weekendtas op een stoel en ging een glas water halen. Toen zijn dorst gelest was, liep hij naar boven. Zijn vader zou wel in zijn werkkamer zitten. Hij had gelijk. Er kwam zachte muziek onder de deur door, die hij meteen herkende: Gustav Mahler, zijn vaders favoriete componist.

Hij had niet helemaal gelijk: zijn vader was niet dronken. Hij zat ook niet iets te lezen van een van zijn geliefde Latijnse schrijvers. Hij zat onderuitgezakt in zijn stoel; zijn ogen geopend en glazig, wit schuim op zijn lippen. Vergif. Zoals Seneca, net zoals Socrates. Twee maanden later slaagde Servaz voor het examen van de politieschool.

* * *

Die avond om tien uur deed Diane het licht uit in haar kantoor. Ze nam wat werk mee naar haar kamer en liep naar de vierde verdieping. Het was er nog steeds ijskoud en ze trok eerst haar ochtendjas aan voor ze ging zitten lezen. Ze bladerde door haar aantekeningen en visualiseerde haar eerste patiënt van die dag: een man van vierenzestig die er onschuldig uitzag, en schril, raspend praatte, alsof zijn stembanden met schuurpapier waren bewerkt. Voormalig filosofiedocent. Hij had haar beleefd begroet toen ze binnenkwam. Het gesprek vond plaats in een kamertje waarin de tafels en stoelen aan de grond genageld waren. Er stond een breedbeeldtelevisie in plexiglas verpakt, en alle scherpe hoeken van het meubilair waren afgeplakt. Er was verder niemand in de kamer, maar er stond wel iemand bij de deur voor het geval dat.

'Hoe gaat het met je, Victor?'

'Als een hoerenzak stront.'

'Wat bedoel je?'

'Als poep, een drol, kak...'

'Victor, moet dat nou?'

'Ik voel me als het spul dat uit je reet komt, dokter, wanneer je naar de...'

'Waarom krijg ik geen antwoord?'

'Ik voel me als...'

Ze zei tegen zichzelf dat ze nooit meer moest vragen hoe het met hem ging. Victor had met een bijl zijn vrouw, zwager en schoonzus vermoord. Volgens zijn dossier hadden zijn vrouw en schoonfamilie hem behandeld als een stuk stront en hem voortdurend belachelijk gemaakt. Victor was in zijn gewone leven een zeer hoog opgeleid en beschaafd iemand geweest. Tijdens eerdere opnames was hij een zuster aangevlogen die de fout had gemaakt in zijn bijzijn te lachen. Gelukkig woog hij maar vijftig kilo.

Diane kon zich niet concentreren. Er knaagde iets op de achtergrond van haar bewustzijn. Ze wilde haar werk graag afmaken, zodat ze zich weer kon richten op de gebeurtenissen in de Kliniek. Ze wist eindelijk waar ze moest beginnen. Vanaf het moment dat ze Xavier uit haar kantoor had zien komen.

Toen ze het volgende dossier opensloeg, zag ze de patiënt meteen voor zich. Een man van in de veertig met een koortsachtige blik, ongewassen haar en ingevallen wangen onder een onverzorgde baard. Een voormalig onderzoeker, een oceanoloog, van Hongaarse afkomst, die uitstekend Frans sprak, hetzij met een zwaar Slavisch accent. György.

'We zijn verbonden met de grote diepte,' was hij van wal gestoken. 'U weet het misschien nog niet, dokter, maar we bestaan niet echt, we zijn slechts gedachten, uitvloeisels van de geesten van de wezens in de diepte, zij die op de bodem van de oceaan leven, op meer dan twee kilometer diepte. Het is het koninkrijk van de eeuwige duisternis, er is geen daglicht. Het is er altijd donker.' (Bij het horen van dat laatste woord liepen de rillingen over haar rug.) 'En het is er koud; heel erg koud. De druk is enorm. Die neemt een atmosfeer per tien meter toe. Dat kan niemand verdragen, behalve die wezens. Het zijn monsters, weet u. Net als wij. Ze hebben enorme ogen, kaken vol scherpe tanden, hun lijven vol lichtgevende organen. Het zijn aaseters, ze voeden zich met de lichamen die in het water vallen; het zijn afschuwelijke roofdieren die hun prooi in één hap verorberen. Het is er donker en gewelddadig. Net als hier. Je hebt de addervis, *Chauliodus sloani*, met een kop als een schedel, tanden als messen en doorschijnend als glas, met een lijf als een slang, met lichtgevende nekveren. Of de *Linophryne lucifer* en de *Photostomias guernei*, lelijker en afschrikwekkender dan een piranha. En zeespinnen, en bijlvissen, die dood lijken, maar dat niet zijn. Deze wezens zien nooit daglicht, komen nooit naar de oppervlakte. Net als wij, dokter. Ziet u de overeenkomst? Omdat wij hier niet echt bestaan, in tegenstelling tot u. Wij komen voort uit de geest van die wezens. Iedere keer als een van hen doodgaat, overlijdt er ook een van ons.'

Zijn blik waren glazig geworden tijdens het praten, alsof hij naar de duistere diepte van de oceaan was afgegleden. Zijn absurde verhaal, met een nachtmerrieachtige schoonheid, gaf haar de rillingen. Ze vond het moeilijk om het beeld dat hij had geschetst uit haar hoofd te krijgen.

De Kliniek hing van tegenstellingen aan elkaar, vond ze. Schoonheid-wreedheid. Stilte-geschreeuw. Eenzaamheid-promiscuïteit. Angst-nieuwsgierigheid. Sinds ze hier begonnen was, viel ze van de ene tegenstelling in de andere.

Ze sloeg het dossier van György dicht en concentreerde zich op iets anders. Ze zat al de hele avond te denken aan de behandeling die Xavier nodig achtte voor enkele van zijn patiënten. De chemische dwangbuis. En aan het clandestiene bezoek dat hij aan haar kantoor had gebracht. Zou Dimitri, die de apotheek runde, hem hebben verteld dat ze iets te geïnteresseerd was in zijn behandelmethodes? Dat leek haar niet waarschijnlijk. Ze had het gevoel gehad dat Dimitri niet bepaald dol was op de psychiater. Ze moest niet vergeten dat Xavier er pas een paar maanden werkte, dat hij de vervanger was van de oprichter. Vond hij het moeilijk om aansluiting te vinden bij het personeel?

Ze bladerde door haar notitieblok tot ze de namen vond van de drie geheimzinnige producten die Xavier had besteld. Ze kwamen haar nog steeds niet bekend voor.

Ze klapte haar laptop open en zocht op Google.

Typte de eerste twee woorden van haar zoekopdracht.

Geschrokken zag ze dat Hypnosal de merknaam was van sodium thiopental, een verdovingsmiddel dat een van de drie ingrediënten was van de cocktail waarmee terdoodveroordeelden in de vs geïnjecteerd worden, en dat Nederlandse euthanasiepatiënten kregen toegediend. Het stond beter bekend als Pentothal. Het werd een tijdje gebruikt voor narcoanalyse, een methode waarbij een verdovend middel werd ingespoten om de patiënt te helpen weggestopte herinneringen terug te halen – een techniek die veel kritiek had gekregen en al lang niet meer werd gebruikt, aangezien nooit wetenschappelijk bewezen was dat onderdrukte trauma's ook echt bestonden.

Waar was Xavier mee bezig?

De tweede zoekopdracht was nog verontrustender. Xylazine was ook een verdovingsmiddel, maar dan voor dieren. Diane vroeg zich af of ze iets over het hoofd had gezien, en ze las nog een paar hits die de zoekmachine opleverde, maar werd niet veel wijzer. Ze raakte hoe langer hoe meer verbouwereerd. Wat moest een middel dat gebruikt werd voor dieren in de apotheek van de Kliniek?

Vlug zocht ze het derde product op. Nu wist ze het helemaal niet meer. Net als de twee voorgaande middelen was ook halothaan een verdovingsmiddel. Maar gezien de bijwerkingen op hart en lever werd het steeds minder gebruikt in operatiekamers, behalve in ontwikkelingslanden. Sinds 2005 was het niet meer in de markt gezet; net als xylazine werd het alleen nog maar voor dieren gebruikt.

Diane leunde naar achteren, tegen de kussens. Voor zover ze wist waren er geen dieren in de Kliniek, ook geen hond of kat. (Ze had begrepen dat enkele bewoners ontzettend bang waren voor huisdieren.) Ze pakte haar laptop weer en las alle informatie nog eens door. Ze zag het belangrijkste bijna over het hoofd: de drie producten werden nooit tegelijkertijd genoemd, behalve in één geval: als er een paard verdoofd werd. De informatie kwam van een site van dierenartsen. De auteur van het artikel, gespecialiseerd in paardengeneesmiddelen, raadde aan om eerst voor te behandelen met een dosis xylazine van 0,8 mg/kg, gevolgd door een intraveneuze injectie van sodium thiopenthal en ten slotte een dosis van 2,5% halothaan toe te dienen.

Een paard...

In haar maag begon iets soortgelijks als de diepzeewezens van György te borrelen. Xavier... Ze dacht terug aan het gesprek dat ze via het ventilatierooster had afgeluisterd. Hij was die dag ook een beetje afwezig geweest, en had de indruk gemaakt dat hij niet wist wat hij moest zeggen toen de politie hem informeerde dat iemand in de Kliniek betrokken was bij de dood van het paard. Ze kon daarentegen geen enkele reden bedenken waarom de psychiater een paard zou hebben willen doden. Trouwens, de politie had gezegd dat er sprake was van twee daders. Maar als Xavier de verdovende middelen geleverd had, zat hij zonder enige twijfel ook achter het naar buiten brengen van Hirtmanns DNA.

Het geborrel in haar maag nam alleen maar toe. Maar waarom? Welke rol vervulde Xavier?

Wist hij toen al dat er daarna een man vermoord zou worden? Welke reden had hij om medeplichtig te zijn aan moorden in deze vallei? Hij werkte hier pas een paar maanden.

Ze kon de slaap niet vatten. Ze lag te woelen in haar bed, draaide van haar rug op haar buik en keek naar het vage, grijze schijnsel dat door het raam kwam, en hoorde de wind huilen. Er waren te veel vragen die haar uit haar slaap hielden. Om een uur of drie nam ze een halve slaappil.

* * *

Servaz zat in zijn luie stoel naar de fluiten in het eerste recitatief van 'Der Abschied' te luisteren. Iemand had het geluid ooit vergeleken met dat van een nachtegaal in een droom. Toen zetten de harp en klarinet in, als het gefladder van vleugels. Vogelgeluiden, herinnerde hij zich opeens. Waarom bleven hem die bezighouden? Chaperon was natuurliefhebber en hield van bergbeklimmen. En wat dan nog? Waarom zouden die vogelgeluiden iets te betekenen hebben?

Hoe lang hij er ook over nadacht, hij begreep het niet. Maar hij wist zeker dat er binnenkort iets duidelijk zou worden. Iets wat te maken had met de opnames die ze bij de burgemeester thuis hadden gevonden. Hij wilde heel graag weten of er echt vogelgeluiden op die cassettebandjes stonden. Maar dat was niet het enige wat hem dwarszat. Er was nog iets.

Hij stond op en liep het balkon op. Het regende niet meer, maar er hing een lichte mist boven het natte wegdek, waardoor de straatverlichting een nevelachtig licht verspreidde. Hij dacht terug aan Charlène Espérandieu, haar verrassend intieme zoen op zijn wang, en kreeg weer een knoop in zijn maag.

Toen hij terugliep naar binnen, besefte hij dat hij een fout had gemaakt: het ging niet om de vogelgeluiden, maar om de cassettebandjes zelf. De knoop in zijn maag verhardde zich, alsof hij in beton werd gegoten. Zijn hartslag versnelde. Hij bladerde gehaast door zijn aantekeningen tot hij het nummer vond, dat hij vervolgens belde.

'Hallo?' Een mannenstem.

'Is het goed als ik over anderhalf uur even langskom?'

Stilte.

'Dan is het na twaalven!'

'Ik wil graag de kamer van Alice nog een keer doorzoeken.'

'Zo laat nog? Kan het niet tot morgen wachten?'

De stem aan de andere kant van de lijn klonk ontzet. Servaz kon zich dat ook wel voorstellen, Ferrands dochter was vijftien jaar geleden overleden. Wat kon er nu opeens zo belangrijk zijn?

'Ik zou heel graag vannacht nog een kijkje nemen.'

'Goed dan. Ik ga toch altijd laat naar bed. Ik wacht tot half een. Daarna ga ik slapen.'

Om ongeveer vijf voor half een was hij weer terug in Saint-Martin, maar in plaats van het stadje in te rijden, reed hij naar het in slaap verzonken dorpje vijf kilometer verderop.

Gaspard Ferrand deed meteen open. Hij maakte een bijzonder nieuwsgierige indruk.

'Zijn er nieuwe ontwikkelingen?'

'Ik zou graag nog een kijkje nemen in de slaapkamer van Alice, als u het niet erg vindt.'

Ferrand keek hem vragend aan. Hij droeg een badjas over een trui en een oude spijkerbroek en had blote voeten in zijn pantoffels. Hij gebaarde naar de trap. Servaz bedankte hem en liep vlug naar boven. In de kamer aangekomen liep hij meteen naar de plank boven het oranje bureautje.

De cassetterecorder.

Het was geen radio-cd-speler, zoals de stereo die op de grond stond, het was een oude cassetterecorder die ze waarschijnlijk ergens tweedehands op de kop had getikt. Alleen had Servaz bij zijn eerste bezoek helemaal geen cassettebandjes gezien. Hij tilde de recorder op. Het gewicht voelde normaal, maar dat zei niets. Hij trok alle laatjes van het bureau en de nachtkastjes een voor een open. Nergens een cassettebandje te bekennen. Misschien had Alice ze allemaal weggedaan toen ze was overgestapt op cd's?

Maar waarom had ze dat logge apparaat dan bewaard? Haar kamer leek op een jarennegentigmuseum, waarin maar één ding niet thuishoorde: de cassetterecorder.

Servaz tilde het ding op aan het handvat en bekeek het van alle kanten. Daarna drukte hij op het ejectknopje. Leeg. Hij liep terug naar beneden. Hij hoorde het geluid van de televisie in de woonkamer. Een nachtelijk cultuurprogramma.

'Ik heb een kruiskopschroevendraaier nodig,' zei Servaz in de deuropening. 'Hebt u die?'

Ferrand zat op de bank. De literatuurprofessor keek hem dit keer onderzoekend aan.

'Wat hebt u gevonden?'

Hij klonk gebiedend, ongeduldig. Hij wilde het weten.

'Niets. Helemaal niets,' zei Servaz. Maar als ik iets vind, bent u de eerste die het hoort.'

Ferrand stond op en liep de kamer uit, om even later terug te komen met een kruiskopschroevendraaier.

Servaz liep terug naar zolder. De drie schroeven gaven makkelijk mee. Alsof ze door een kind waren vastgedraaid.

Met ingehouden adem trok hij het voorpaneel los.

Bingo.

Het meisje was echt heel slim geweest. Een gedeelte van het apparaat was vakkundig ontdaan van onderdelen. Aan de binnenkant zaten met breed bruin plakband drie notitieblokjes met blauwe kaft geplakt.

Servaz keek er lange tijd naar, zonder iets te doen. Droomde hij? Alice' dagboek. Het had hier jaren verstopt gezeten, zonder dat iemand ervan wist. Wat een geluk dat Gaspard Ferrand zijn dochters kamer intact had gelaten. Uiterst behoedzaam trok Servaz het verdroogde plakband los en haalde de boekjes eruit.

'Wat is het?' hoorde hij achter zich.

Servaz draaide zich om. Ferrand staarde naar de notitieblokjes. Hij had een bijna ziekelijk nieuwsgierige blik in zijn ogen. Servaz sloeg het eerste boekje open en keek erin. Hij las de eerste woorden. Zijn hart ging tekeer: *Zaterdag 12 augustus... Het is zover.*

'Het is zo te zien een dagboek.'

'En dat zat daarin?' zei Ferrand stomverbaasd. 'Dat heeft daar al die jaren in gezeten?'

Servaz knikte. Hij zag dat de ogen van de docent zich met tranen vulden, zijn gezicht vertrokken van pijn en ellende. Servaz voelde zich ongemakkelijk.

'Ik moet ze lezen,' zei hij. 'Misschien staat er iets in wat haar gedrag verklaart. U krijgt ze zo snel mogelijk terug.'

‘Het is u gelukt,’ zei Ferrand met vlakke stem. ‘Als enige. Ongelooflijk... Hoe – hoe bent u erachter gekomen?’

‘Nog niet,’ zei Servaz om hem tot bedaren te brengen. ‘We moeten nog even geduld hebben.’

22

Het was acht uur 's ochtends en boven de bergen werd het al licht toen hij klaar was met lezen. Hij sloeg het laatste boekje dicht en liep naar het balkon om de koude ochtendlucht in te ademen. Uitgeput. Lichamelijk gesloopt. Op het punt het bijltje erbij neer te gooien. Eerst die jongen Clément, en nu dit meisje.

Het sneeuwde niet meer. Het was iets warmer, maar er dreven grote wolken boven het stadje. De daken en straten schitterden zilverachtig, en Servaz voelde de eerste regendruppels op zijn gezicht. De regen maakte gaatjes in de sneeuw die zich in de hoek van het balkon had opgehoopt, en hij liep terug naar binnen. Hij had geen trek, maar wel behoefte aan warme koffie. Hij liep naar beneden, naar de grote veranda die uitkeek over een stad die vertroebeld werd door de regen. De serveerster bracht vers brood, koffie, jus d'orange, boter en jam. Tot zijn verrassing verslond hij alles. Eten voelde als een uitdrijving, eten betekende dat hij nog leefde, dat de hel waarover hij gelezen had in de notitieboekjes hem niet raakte. Of dat hij hem op zijn minst nog heel even buiten de deur kon houden.

Ik heet Alice. Ik ben vijftien. Ik heb geen idee wat ik allemaal ga schrijven, en of iemand het ooit zal lezen. Misschien verscheur ik alles en steek ik het in de fik als ik ben uitgeschreven. Misschien ook niet. Maar als ik alles nu niet van me af schrijf, word ik gek. Ik ben verkracht. Niet door één klootzak, maar door een stel walgelijke varkens. Op een zomeravond. Verkracht.

Het dagboek van Alice was een van de moeilijkste dingen die hij ooit had moeten lezen. Hij had er kippenvel van gekregen. Het dagboek van een adolescente, dat bestond uit tekeningen, gedichten en cryptische zinnen. Tegen het einde van de nacht, toen de ochtendschemering zich aandiende, was hij geneigd geweest om het in de prullenbak te gooien. En toch bevatte het dagboek niet veel concrete informatie – het bestond voornamelijk uit toespelingen en insinuaties. Een paar feiten waren echter overduidelijk. In de zomer van 1992 was Alice Ferrand naar Les Isards gegaan. Hetzelfde park waar Servaz langs was gereden op weg naar de Wargnier Kliniek. Waar Saint-Cyr het over had gehad, en dat op een foto stond die in haar kamer hing. Indertijd herbergde Les Isards 's zomers kinderen uit Saint-Martin en omliggende dalen uit gezinnen die geen geld hadden om op vakantie te gaan. Het was een traditie in deze omgeving. Alice' beste vrienden gingen erheen, en ze had haar ouders gevraagd of ze er ook naartoe mocht. Aanvankelijk waren ze niet erg happig geweest, maar hadden uiteindelijk toegestemd. Alice had hun aan het verstand gebracht dat het niet alleen de juiste beslissing was om haar een plezier te doen, maar dat op deze manier hun idealen voor wat betreft sociale gelijkheid ook verwezenlijkt werden. Ze voegde eraan toe dat ze die dag 'de meest tragische beslissing van hun leven' hadden genomen. Alice verweet haar ouders niets. Zichzelf ook niet. Ze verweet het die varkens, die klootzakken, die nazi's (in hoofdletters en met rode inkt geschreven) die haar leven hadden verwoest. Ze wou hen castreren, ontmannen, met een bot mes hun lul afsnijden en hen dwingen het ding op te eten – en hen daarna vermoorden.

Het viel Servaz op dat Alice veel overeenkomsten vertoonde met Clément: ze waren allebei intelligent en vroegrijp. Ze hadden allebei laten zien dat ze in staat waren tot ongelooflijk verbaal geweld. Lichamelijk trouwens ook, dacht Servaz. Alleen had de jongen een dakloze van het leven beroofd, en Alice zichzelf.

Gelukkig voor Servaz beschreef Alice niet in detail wat ze had meegemaakt. Het was geen dagboek in de gewone zin van het woord: ze legde haar leven niet van dag tot dag vast. Het was meer een aanklacht. Een uiting van pijn. Toch, omdat Alice een intelligent meisje was met een scherpe geest, kwamen haar woorden hard aan. De tekeningen maakten het zo mogelijk nog erger. Sommige waren buitengewoon, als het onderwerp niet zo gruwelijk was geweest. Het viel Servaz meteen op hoe goed de tekening was van de vier mannen met hun capes en laarzen. Alice was getalenteerd. Ze had gedetailleerd de vouwen in de cape en de gezichten van de mannen vastgelegd, versluierd door de schaduw van hun capuchons. Op andere tekeningen lagen de mannen op hun rug, naakt, hun ogen en monden wijd open, dood. Haar fantasie, dacht Servaz.

Toen hij de tekening van dichtbij bekeek, zag hij tot zijn teleurstelling dat de capes weliswaar natuurgetrouw waren weergegeven en de naakte lichamen realistisch, maar dat de gezichten niet leken op die van de mannen die hij kende. Het waren Grimm, Perrault of Chaperon niet. Het waren dikke, monsterlijke koppen, karikaturen van verdorvenheid en wreedheid, die deden denken aan de grimassen van de waterspuwers die je op kathedralen ziet. Had Alice dit opzettelijk gedaan? Of moest hij zich erbij neerleggen dat Alice en haar vrienden de gezichten van hun beulen nooit gezien hadden omdat de mannen hun capuchons altijd op hadden gehouden? Hij kon echter wel enkele conclusies trekken. Allereerst stonden er altijd vier mannen op de tekeningen; het was duidelijk dat de verkrachters hetzelfde viertal waren. En het dagboek gaf antwoord op de vraag die was komen bovendrijven na Grimms dood: de laarzen. Tot dan toe was het een raadsel geweest waarom de apotheker ze gedragen had, maar Servaz wist nu waarom:

Ze komen altijd op een stormachtige avond, het tuig, als het regent. Ongetwijfeld omdat ze er zeker van willen zijn dat er dan niemand anders naar het kamp komt. Want wie komt hier nou 's nachts in de stromende regen naartoe?

Met hun weerzinwekkende laarzen lopen ze stampend door de plassen en laten modderige sporen achter in de gangen en maken alles vies wat ze aanraken, de gore zwijnen.

Ze praten hard en lachen hees: ik herken minstens een van hen.

Servaz kreeg koude rillingen van die laatste zin. Hij had de boekjes van voor tot achter gelezen, er koortsachtig doorheen gebladerd, maar had nergens iets anders gevonden wat verwees naar de identiteit van de folteraars. Op een gegeven moment las hij ook: 'ze gingen om de beurt'. Woorden die hem verlamden, hij kon daarna niet verder lezen. Hij was een paar uur gaan slapen en had toen het lezen hervat. Weer een stuk verder concludeerde hij dat Alice slechts één keer verkracht was geweest – en dat ze niet de enige was, maar dat de mannen die zomer een keer of zes waren teruggekomen. Waarom had ze haar mond gehouden? Waarom had geen van de kinderen aan de bel getrokken? Er werd vaag verwezen naar een kind dat was overleden, dat in een ravijn was gevallen. Gold hij als voorbeeld, als waarschuwing voor de anderen? Hielden ze daarom hun mond? Omdat ze met de dood bedreigd werden? Of schaamden ze zich en dachten ze dat niemand hen zou geloven? In die tijd werden er niet vaak aanklachten ingediend. Het dagboek gaf geen antwoord op die vragen.

Het bevatte ook gedichten die hetzelfde talent verrieden als haar tekeningen, hoewel ze in haar gedichten eerder uitdrukking gaf aan het gruwelijke dat ze had meegemaakt dan aan het schrijven van literatuur.

Was ik dat HUILENDE GEVAL*?*
Dat Vieze Ding, die vlek op de grond, deze blauwe plek:
was ik dat? – en ik

Keek naar de grond waar ik met mijn gezicht op lag, de schaduw
Van de folteraar naast me;
Het doet er niet toe wat ze deden, wat ze zeiden
Ze kunnen mijn wezen niet raken.
'Papa, wat is een HOER*?'*
Ik was zes toen ik het vroeg. Hun antwoord:
ZWIJNEN ZWIJNEN ZWIJNEN ZWIJNEN.

Een detail – het meest sinistere van allemaal – trok Servaz' aandacht: in haar beschrijvingen had Alice het meerdere keren over het geluid van capes, het geritsel van zwarte waterdichte stof als haar aanvallers bewogen. 'Dat geluid,' schreef ze, 'vergeet ik nooit meer. Dat zal altijd dezelfde betekenis houden: het kwaad bestaat, en het heeft een geluid.'

Servaz dacht diep na over deze woorden. Toen hij verder las, snapte hij waarom hij geen dagboek of iets handgeschrevens in haar kamer had gevonden:

Ik hield een dagboek bij. Ik schreef dagelijks over mijn leventje. Ik heb het verscheurd en weggegooid. Wat heeft het voor zin om nu nog een dagboek bij te houden? Dat gespuis heeft niet alleen mijn toekomst verknald, maar ook voor altijd mijn verleden bezoedeld.

Hij begreep dat Alice er niet toe had kunnen besluiten om deze boekjes weg te doen: het was misschien wel de enige plek waar te lezen was wat er echt gebeurd was. Maar tegelijkertijd wilde ze zeker weten dat haar ouders het niet zouden lezen. En dus had ze ze verstopt. Ze wist waarschijnlijk dat haar ouders haar kamer na haar dood ongemoeid zouden laten. Of hoopte ze dat. Net zoals ze waarschijnlijk stiekem had gehoopt dat iemand anders de boekjes ooit zou vinden. Ze had alleen nooit verwacht dat het zo lang zou duren, en dat de man die ze vond een volslagen vreemde zou zijn. Hoe dan ook, ze had ervoor gekozen om die klootzakken niet te castreren, ze had geen wraak genomen. Dat had iemand in haar plaats gedaan. Maar wie? Haar vader, die ook rouwde om de dood van haar moeder? Of een andere ouder? Of een kind dat misbruikt was maar geen zelfmoord had gepleegd, dat nu volwassen was en doordrenkt met wraakgevoelens?

Na het ontbijt liep hij terug naar zijn kamer en nam nog twee van de pillen die Xavier hem had gegeven. Hij had koorts en was misselijk. Er parelden zweetdruppeltjes op zijn voorhoofd. De koffie lag hem zwaar op de maag. Hij nam een lange, gloeiend hete douche, kleedde zich aan, pakte zijn mobieltje en ging de deur uit.

De Cherokee stond vlakbij, voor een winkel waar ze drank en souvenirs verkochten. De regen was hard en koud en spoelde de sneeuw weg. De straten waren gevuld met het geluid van wegstromend water. Hij stapte in de jeep en belde Ziegler.

***

Zodra hij op zijn werk was pakte Espérandieu die ochtend de telefoon. Hij belde naar een tien verdiepingen tellend halfrond gebouw in rue du Château-des-Rentiers in het 13e arrondissement van Parijs. Er werd opgenomen door iemand met een licht accent.

'Marissa, hoe gaat het?' vroeg hij.

Commandant Marissa Pearl werkte bij BRDE, de financiële opsporingsdienst, een afdeling van het ministerie van Economische Zaken en Financiën. Haar specialiteit was witteboordencriminaliteit. Marissa wist alles op het gebied van belastingparadijzen, witwassen, corruptie, valse offertes, verduistering, maffianetwerken en multinationals. Ze was ook een uitstekend docente, en Espérandieu was ontzettend geboeid geweest door haar lessen op de politieschool. Hij had veel vragen gesteld. Na de les waren ze wat gaan drinken en hadden ontdekt dat ze veel interesses deelden: Japan, stripboeken, *indie rock*. Espérandieu had Marissa aan zijn netwerk toegevoegd en dat had zij ook gedaan: in hun werk kon een goed netwerk een vastgelopen onderzoek een nieuwe impuls geven. Ze onderhielden regelmatig contact door even een mailtje te sturen of te bellen, je wist maar nooit of je elkaar ooit nodig had.

'Ik heb me vastgebeten in een bobo van een groot beursgenoteerd bedrijf,' zei ze. 'Mijn grootste klus tot nu toe. Je snapt dat hij graag een stokje tussen mijn spaken wil steken. Mondje dicht, graag!'

'Je bent de schrik van de beurs, Marissa,' verzekerde hij haar.

'Wat kan ik voor je doen, Vincent?'

'Kun je me iets meer vertellen over Eric Lombard?'

Stilte. Toen: 'Nou ja, zeg! Van wie heb je dat?'

'Wat?'

'Ga me nou niet vertellen dat dit toeval is: hij is degene die ik wil aanpakken. Hoe wist je dat?'

Hij hoorde dat ze het verdacht vond. De financiële opsporingsdienst opereerde in een enigszins paranoïde wereld – in de schaduw van grote multinationals. Ze hadden maar al te vaak te maken met corrupte politici en hooggeplaatste ambtenaren die werden omgekocht, om nog maar te zwijgen over corrupte advocaten en agenten.

'Lombards lievelingspaard is ruim een week geleden gedood. Hier, in de Pyreneeën. Lombard zat voor zaken in de VS. Vlak daarna werden twee mensen vermoord, ook hier in de buurt. We denken dat er een verband bestaat. Wraak of zo. En dus willen we zo veel mogelijk te weten komen over Lombard. En dan vooral of hij vijanden heeft.'

Ze klonk iets relaxter toen ze het woord weer nam.

'Heb jij even mazzel!' (Hij hoorde dat ze lachte.) 'We hebben van alles boven water gekregen. Iemand heeft hem laten vallen. Je wilt niet weten wat er allemaal komt bovendrijven.'

‘Strikt vertrouwelijk, neem ik aan?’

‘Klopt. Maar als ik iets vind wat verband houdt met jouw zaak, laat ik het je weten, oké? Twee moorden en een dood paard? Wat een vreemd verhaal. Maar ik moet ophangen, ben ik bang.’

‘Dus ik kan op je rekenen?’

‘Tuurlijk. Zodra ik meer weet, bel ik je. Maar laat één ding duidelijk zijn: je hebt het niet van mij, en je weet niet waar ik aan werk. Ik kan je alvast verklappen dat Lombard in 2008 minder belasting betaalde dan mijn bakker.’

‘Hoe kan dat nou?’

‘Simpel: hij heeft briljante juristen in dienst. Ze kennen alle 486 mazen in de wet die ons mooie landje telt, en de meeste zijn belastingtechnisch erg interessant. Het komt erop neer dat je voor buitenlandse industriële investeringen zestig procent minder belasting betaalt, en zeventig procent minder voor de renovatie van hotels en jachten. Er is geen maximum aan gesteld, hoe meer je doet, hoe groter het voordeel. Ik heb het over investeringen die goed zijn voor de rentabiliteit op de korte termijn, die niets te maken hebben met langetermijnprojecten. Lombard kan er op ieder gewenst moment uitstappen. Tel je daar het belastingvoordeel bij op dat hij krijgt door internationale verdragen, door het aankopen van kunst, en een heleboel andere trucjes, zoals het uitschrijven van leningen om aandelen in zijn eigen bedrijf terug te kunnen kopen, dan hoeft hij dus niet uit te wijken naar Zwitserland of de Kaaimaneilanden. Hij betaalt hierdoor uiteindelijk minder belasting dan iemand die duizend keer minder verdient dan hij. Niet slecht, toch, voor een van de tien rijkste mannen van Frankrijk?’

Espérandieu herinnerde zich wat Kleim162 hem ooit had verteld: het parool van regeringen en internationale financiële instellingen zoals het IMF was ‘een gunstig investeringsklimaat creëren’ – wat erop neerkwam dat de belasting niet door de rijken werd betaald, maar door de middenklasse. Of, zoals een Amerikaanse miljardair veroordeeld voor belastingontduiking had gezegd:

'Alleen gewone mensen betalen belasting.' Misschien moest hij Marissa voorstellen aan Kleim162; ze konden het vast en zeker goed met elkaar vinden.

'Bedankt, Marissa. Mijn dag kan niet meer stuk.'

Hij zat een tijdje naar het computerscherm te staren. Lombard kon ieder moment in een schandaal verwikkeld raken. Hield dat op de een of andere manier verband met het onderzoek?

***

Ziegler, Propp, Maillard, Confiant en D'Humières luisterden ademloos naar Servaz. Er stonden croissants en broodjes op tafel die iemand van de gendarmerie bij de dichtstbijzijnde bakker had gehaald. Ze dronken thee, koffie, fris en water. Behalve het eten deelden ze nog iets: de vermoeidheid was van hun gezichten te lezen.

'Het dagboek van Alice Ferrand levert nieuwe aanknopingspunten,' besloot Servaz zijn verhaal. 'Of liever gezegd bevestigt het een van de theorieën. Die van de wraak. Volgens Gabriel Saint-Cyr was een van zijn aanknopingspunten na de zelfmoorden seksueel misbruik. Door gebrek aan bewijs heeft hij er verder niets mee gedaan. Maar als we dit dagboek mogen geloven, zijn er herhaaldelijk adolescenten verkracht en gemarteld in vakantiekamp Les Isards. Waarna sommige tot zelfmoord werden gedreven.'

'Hoewel je de enige bent die tot nu toe het dagboek heeft gelezen,' merkte Confiant op.

Servaz wendde zich tot Maillard, die opstond om iedereen fotokopieën uit te delen. Een paar van hen hadden hun croissants al op, waardoor overal kruimels lagen, anderen hadden ze nog niet aangeraakt.

'Logisch. Om de doodeenvoudige reden dat het niet de bedoeling was dat het ooit gelezen zou worden. Het was erg goed verstopt. En ik heb het, zoals gezegd, pas gisteravond gevonden. Door een samenloop van omstandigheden.'

'Kan ze alles verzonnen hebben?'

Servaz spreidde zijn armen.

'Dat lijkt me sterk. Oordeel zelf maar. Het is veel te echt, te gedetailleerd. En als dat zo was, waarom heeft ze het dan zo goed verstopt?'

'Waar wil je naartoe?' vroeg de rechter. 'Een inmiddels volwassen kind dat wraak wil nemen? Of een van de ouders? Wat doet in dat geval het DNA van Hirtmann dan op de plaatsen delict? En hoe past het paard van Lombard in het geheel? Ik heb nog nooit zo'n onsamenhangend onderzoek gezien.'

'Dat ligt niet aan het onderzoek,' zei Ziegler fel, 'maar aan de feiten.'

Cathy d'Humières keek lange tijd naar Servaz, haar beide handen om haar lege beker.

'Gaspard Ferrand heeft een uitstekend motief,' zei ze.

'De ouders van de andere slachtoffers ook,' antwoordde Servaz. 'Net als de jongeren die door het viertal zijn verkracht en die nu volwassen zijn.'

'Dit is een belangrijke ontdekking,' zei de aanklaagster ten slotte. 'Wat is de volgende stap, Martin?'

'Die is onveranderd: we moeten zo snel mogelijk Chaperon zien te vinden. Dat heeft prioriteit. Voor de moordenaar of moordenaars hem te pakken krijgen. Maar we weten nu dat de mannen in Les Isards hebben huisgehouden. Daar moet het onderzoek zich op richten, en op degenen die zelfmoord hebben gepleegd. Want we weten nu dat er een verband bestaat tussen hen en onze twee slachtoffers, en dat verband is het kamp.'

'Ook al hebben twee van die jongeren daar nooit gezeten?' wierp Confiant tegen.

'Ik denk dat het dagboek alle twijfel wegneemt over wat zich daar heeft afgespeeld. Misschien zijn die twee op een andere plek verkracht, en niet in het kamp. En moeten we het viertal als pedofielen beschouwen? Ik weet het niet... Er lijkt geen indicatie te zijn dat ze het op jonge kinderen gemunt hadden; het waren eerder pubers en jongvolwassenen. Maakt dat verschil? Dat is niet aan mij om te zeggen.'

'Het gaat om jongens en meisjes, aan de lijst van zelfmoordenaars te zien,' zei Propp. 'Maar je hebt gelijk, deze mannen passen niet echt in het profiel van een pedofiel; het zijn eerder seksuele roofdieren met een extreme hang naar sadisme en de meest perverse spelletjes. En ze werden zonder enige twijfel aangetrokken door de jeugdige leeftijd van hun prooi.'

'Heel erg ziek,' zei D'Humières op ijskoude toon. 'Waar denk je Chaperon te vinden?'

'Geen idee,' bekende Servaz.

'We hebben nog nooit in dit schuitje gezeten,' zei ze. 'Hebben we geen versterking nodig?'

Servaz' antwoord verbaasde alle aanwezigen.

'Daar ben ik niet op tegen. We moeten iedereen zien te vinden en verhoren die ooit als kind in dat kamp gezeten heeft en nu volwassen is. En alle ouders die nog in leven zijn. We moeten een lijst aanleggen. Een monnikenwerk. We hebben geld en middelen nodig. Maar we hebben geen tijd te verliezen. We moeten snel handelen. En dus moeten we extra mankrachten inzetten.'

'Prima,' zei D'Humières. 'Ik heb begrepen dat de recherche in Toulouse omkomt in het werk en dus schakel ik de gendarmes in,' zei ze. Ze keek hierbij Ziegler en Maillard aan. 'Wat nog meer?'

'De riemen waarmee Grimm aan de brug bevestigd was,' zei Ziegler. 'De fabriek waar ze gemaakt worden heeft gebeld. Ze zijn gekocht in een winkel in Tarbes, een paar maanden geleden.'

'Oftewel: bewakingsbeelden kunnen we wel vergeten,' zei D'Humières. 'Worden er daar veel van verkocht?'

'Het is een hele grote sportwinkel. De kassamedewerkers zien tientallen mensen per dag, helemaal in het weekend. Daar hoeven we dus niets van te verwachten.'

'Oké. En verder?'

'Het bedrijf dat de beveiliging doet van de Kliniek,' ging Ziegler verder, 'heeft ons een lijst gegeven van iedereen die er werkt. Die ben ik al aan het uitpluizen; maar tot op heden valt er weinig te melden.'

'De autopsie van Perrault is vanmiddag,' zei D'Humières. 'Wie kan daarbij zijn?'

Servaz stak zijn hand op. 'En daarna ga ik naar de Kliniek om met Xavier te praten. We moeten een overzicht hebben van iedereen die contact heeft met Hirtmann. En we moeten het gemeentehuis van Saint-Martin bellen. Vragen of zij weten welke kinderen allemaal naar dat kamp zijn geweest. Kennelijk werd het gerund en gefinancierd door de stad. Dit zijn dus onze prioriteiten; de Kliniek en het kamp. We moeten blijven graven, zien te achterhalen of er een verband is.'

'Wat voor verband?' vroeg Confiant.

'Stel dat we ontdekken dat een van de kinderen in het kamp – een van de slachtoffers – tegenwoordig in de Kliniek werkt?'

Cathy d'Humières staarde hem aan.

'Interessant,' zei ze.

'Ik bel het gemeentehuis wel,' zei Ziegler met luide stem.

Servaz keek verbaasd. Ze had haar stem verheft. Dat was niks voor haar. Hij knikte.

'Mooi. Maar onze hoogste prioriteit is het vinden van Chaperon, we moeten zijn schuilplaats zien te vinden. We moeten zijn ex ondervragen; misschien weet zij iets. In zijn administratie snuffelen. Misschien worden we iets wijzer van zijn rekeningen, of vinden we de huurovereenkomst van zijn schuilplaats. Je hebt al een afspraak staan met zijn voormalige echtgenote, dus ga je gang. Ga daarna maar naar het gemeentehuis.'

'Goed. Verder nog iets?' zei D'Humières.

'Het psychologisch profiel,' zei Propp. 'Ik had een redelijk goed beeld geschetst, met behulp van de plaatsen delict: het verhangen, de laarzen, Grimms naaktheid en nog wat meer dingen. Maar het dagboek verandert alles. Ik moet weer opnieuw beginnen.'

‘Hoe lang heb je daarvoor nodig?’

‘We hebben nu genoeg informatie om het redelijk snel klaar te hebben. Ik denk maandag.’

‘Máándag? Laten we hopen dat de moordenaars dit weekend vrij nemen,’ zei D’Humières bits.

Het sarcasme droop ervanaf, Propp bloosde.

‘Ik wil nog één ding zeggen: uitstekend werk, Martin. Ik wist dat ik er goed aan deed jou op deze zaak te zetten.’

Terwijl ze dit zei, gleed haar blik van Servaz naar Confiant, die aandachtig zijn nagels bestudeerde.

* * *

Espérandieu zat naar ‘Many Shades of Black’ van The Raconteurs te luisteren toen de telefoon ging. Hij viel bijna van zijn stoel toen hij hoorde dat het Marissa was die hem terugbelde.

‘Je wilde het toch graag weten als er onlangs iets raars gebeurd was dat met Eric Lombard te maken had?’

‘Eh... ja,’ zei hij.

‘Dan heb ik denk ik iets voor je. Ik weet niet of je er iets aan hebt – op het eerste gezicht lijkt het geen verband te houden met jouw zaak – maar het is pasgeleden gebeurd en veroorzaakte kennelijk nogal wat commotie.’

‘Kom maar op.’

En dus stak ze van wal. Ze was geruime tijd aan het woord. Espérandieu kon het niet helemaal volgen. Het ging over een bedrag van 135.000 dollar dat door Lombard Media gereserveerd was voor een tv-documentaire, uitbesteed aan een of ander productiebedrijf. Toen ze het bedrijf in kwestie natrokken, bleek er helemaal geen documentaire gemaakt te worden. Het ging duidelijk om verduistering. Toen Marissa was uitgesproken was Espérandieu teleurgesteld, hij had het op de eerste plaats niet helemaal begrepen en wist niet wat hij ermee moest. Maar hij maakte wel een paar aantekeningen.

'Heb je er iets aan?'
'Niet echt,' zei hij. 'Maar toch bedankt.'

* * *

Er hing die ochtend iets in de lucht in de Kliniek. Diane hield Xavier al de hele ochtend in de gaten, ze volgde al zijn bewegingen nauwlettend. Hij maakte een ongeruste en gespannen indruk – hij leek de uitputting nabij. Hun blikken kruisten elkaar een paar keer. Hij weet het, dacht ze. Of liever gezegd: hij wist dat zij het wist. Maar misschien beeldde ze het zich wel gewoon. Projectie: ze wist er alles van.

Zou ze de politie bellen? Ze speelde al de hele ochtend met die gedachte.

Ze was er niet van overtuigd dat de politie net zo duidelijk het verband zou zien als zij, tussen de bestelde verdovingsmiddelen en de dood van het paard. Ze had aan Alex gevraagd of iemand in de Kliniek een huisdier had. Hij had haar verbaasd gezegd dat dat niet zo was. Ze dacht terug aan de ochtend die ze met Xavier had doorgebracht, kort na haar aankomst in de Kliniek – de ochtend waarop het paard gevonden was – en dat hij toen absoluut niet de indruk had gewekt dat hij de hele nacht druk bezig was geweest met het onthoofden van een paard, het dier vervolgens te hebben vervoerd en het op tweeduizend meter hoogte, bij een temperatuur van min tien, te hebben opgehangen. Hij had die dag een frisse, uitgeruste indruk gemaakt – en was bovendien ongelooflijk arrogant en neerbuigend geweest.

Allesbehalve gestrest of vermoeid.

Ze vroeg zich af of ze geen overhaaste conclusies trok, of ze niet paranoïde werd omdat het hier zo afgelegen was en er zo'n vreemde sfeer hing. Oftewel: of ze het zich niet gewoon verbeeldde. Ze zou compleet voor schut staan als ze naar de politie ging, die dan vervolgens zou ontdekken waarvoor de medicijnen besteld waren, en zo zou ze het kleine beetje krediet dat ze had opgebouwd bij

Xavier en de rest van het personeel meteen weer verspelen. Om nog maar te zwijgen over haar reputatie als ze terugging naar Zwitserland.

Dat vooruitzicht deed haar besluiten het erbij te laten.

'Luister je wel?'

Diane schrok op uit haar gedachten. De patiënt die ze tegenover zich had keek haar streng aan. Zelfs nu nog had hij handen als kolenschoppen, vol eelt. Een arbeider die zijn baas met een schroevendraaier te lijf was gegaan na een ongegrond ontslag. Na het lezen van zijn dossier concludeerde Diane dat een paar weken in een psychiatrisch ziekenhuis voldoende geweest zou zijn voor de arme ziel. Maar hij was in handen gevallen van een overijverige psychiater en werd tien jaar opgesloten. Daarbovenop had hij gedurende lange tijd grote hoeveelheden psychotrope medicijnen toegediend gekregen. De man, die toen hij werd opgenomen gewoon depressief was, was nu knettergek.

'Natuurlijk wel, Aaron. Ga verder.'

'Niet waar, dat zie ik.'

'Echt.'

'Ik ga tegen dokter Xavier zeggen dat het je niet interesseert wat ik te vertellen heb.'

'Waarom, Aaron? Waar waren we gebleven...'

'Blablabla, je zit gewoon tijd te rekken.'

'Tijd te rekken?'

'Je hoeft niet alles te herhalen, hoor.'

'Wat heb jij opeens, Aaron?'

'Wat er is? Ik zit al een uur tegen de muur te praten!'

'Niet waar. Ik ben...'

'"Niet waar! Ik ben..." Hallo? Is daar iemand, dokter?'

'Wat bedoel je?'

'Wat is er met je?'

'Waarom vraag je dat, Aaron?'

'"Waarom vraag je dat, Aaron?" Vragen, altijd alleen maar vragen.'

‘Ik denk dat het beter is om dit gesprek op een later tijdstip te vervolgen.’

‘En ik denk van niet. Ik ga tegen dokter Xavier zeggen dat ik mijn tijd verdoe. Ik wil niet meer met je praten.’

Ze bloosde; ze kon het niet helpen.

‘Doe niet zo flauw, Aaron! Dit is pas de derde keer. Ik...’

‘Je bent er met je hoofd niet bij. Het interesseert je niet.’

‘Aaron, ik...’

‘Weet je wat jij moet doen? Jij hoort hier niet. Ga lekker terug naar waar je vandaan komt. Naar Zwitserland.’

Ze schrok.

‘Hoe weet jij dat ik uit Zwitserland kom? Daar hebben we het nooit over gehad.’

Hij gooide zijn hoofd in zijn nek en bulderde van het lachen, keihard. Daarna keek hij haar strak, maar onbewogen aan.

‘Hoe ik dat weet? Wij weten hier alles. Iedereen weet dat je uit Zwitserland komt, net als Julian.’

* * *

‘Geen twijfel mogelijk,’ zei Delmas. Hij is met het touw om zijn nek naar beneden gegooid. ‘Het ruggenmerg is kapot, in tegenstelling tot het geval van de apotheker. En zijn ruggenwervels zijn door de val beschadigd.’

Servaz probeerde niet naar het lijk van Perrault te kijken, die op zijn buik lag, zijn nek en de achterkant van zijn schedel open. De ruggengraat glansde als gelei in het licht van de autopsiekamer.

‘Er zijn geen sporen van bloeduitstortingen of injecties,’ ging de patholoog verder, ‘maar dat klopt wel, aangezien je hem even daarvoor nog in de gondel hebt zien zitten... Het komt erop neer dat hij vrijwillig met zijn moordenaar is meegegaan.’

‘Of dat hij onder schot werd gehouden, dat lijkt me aannemelijker,’ zei Servaz.

‘Dat is niet aan mij om te bepalen. Maar ik doe voor de zekerheid wel een bloedonderzoek. Het bloed van Grimm bevatte minuscule spoortjes flunitrazepam. Het is een antidepressivum dat tien keer sterker is dan valium, en dat in extreme gevallen van slaapstoornissen wordt voorgeschreven. Het heet Rohypnol. Het wordt ook gebruikt om te verdoven. Grimm was apotheker, misschien leed hij wel aan slapeloosheid. Dat is best mogelijk. Het valt ook in de categorie verkrachtingsdrugs: je wordt er slaperig van en het neemt remmingen weg, zeker in combinatie met alcohol. En omdat het reukloos en smaakloos is, vlug wordt opgenomen en bijna geen sporen achterlaat in het bloed, is het bijna niet te traceren; bovendien is het na vierentwintig uur uit je lichaam.'

Servaz floot tussen zijn tanden.

'Dat we er slechts hele kleine deeltjes van hebben aangetroffen komt door de tijd die er zat tussen het toedienen en het nemen van een bloedmonster. Rohypnol kan oraal en intraveneus worden toegediend. Je kunt het doorslikken, erop kauwen of oplossen in een drankje. De dader heeft het waarschijnlijk gebruikt om zijn slachtoffer meegaander te maken. Je bent op zoek naar een controlfreak, Martin. En hij is heel, heel erg slim.'

Delmas draaide het lijk op zijn rug. Perrault had niet langer die doodsbenauwde blik in zijn ogen als toen hij in de gondel zat. Zijn tong hing nu uit zijn mond. De lijkschouwer pakte een elektrische zaag.

'Ik heb geloof ik wel genoeg gezien,' zei de agent. 'Goed om te weten wat er is gebeurd. De rest lees ik wel in je rapport.'

'Martin,' riep Delmas hem na toen Servaz de kamer uit wilde lopen.

Hij draaide zich om.

'Je ziet er slecht uit,' zei de patholoog, de zaag in zijn hand, als een klusser. 'Laat het niet te dichtbij komen.'

Servaz knikte en liep weg. In de gang keek hij naar de beklede kist die klaarstond voor Perraults vervoer uit het mortuarium. Servaz liep de kelder van het ziekenhuis uit, de betonnen trap op. Hij nam grote happen lucht. Maar de geur van formaldehyde, desinfecterend middel en het lijk bleef nog lang in zijn neus hangen. Zijn mobieltje ging toen hij het portier van de jeep opentrok. Het was Xavier.

'Ik heb een lijst gemaakt,' verkondigde de psychiater, 'van iedereen die contact heeft gehad met Hirtmann. Wilt u die hebben?'

Servaz keek naar de bergen.

'Ik kom 'm wel halen,' antwoordde hij. 'Tot zo.'

De lucht was donker, maar het regende niet meer toen hij naar de Kliniek reed. Bij iedere bocht maakten gele en rode bladeren – de laatste sporen van de herfst – zich los uit de sneeuwhopen langs de weg. Ze vlogen op als de jeep voorbijreed. Een bitterkoude wind joeg door de kale takken, die op vleesloze vingers leken en die naar de auto wezen alsof ze hem wilden krabben. Achter het stuur van de Cherokee dacht hij aan Margot. Zou Vincent haar al gevolgd hebben? Daarna dacht hij aan Charlène Espérandieu, aan Clément en aan Alice Ferrand... Het was één grote chaos in zijn hoofd.

Zijn mobieltje trilde weer. Hij nam op. Propp belde.

'Ik ben iets vergeten te vertellen: wit is belangrijk, Martin. De witte bergtoppen rond het paard, het witte naakte lichaam van Grimm, en de sneeuw rondom Perrault. Wit is belangrijk voor de moordenaar. Hij ziet het als een teken van puurheid en reiniging. Let goed op witte dingen. Ik denk dat de moordenaar in een witte omgeving zit.'

'Zoals de Kliniek?' zei Servaz.

'Dat weet ik niet. Ik dacht dat we de Kliniek hadden uitgesloten? Sorry, meer heb ik op het moment niet voor je. Let op witte dingen.' Servaz bedankte hem en hing op. Een knoop in zijn maag. Er hing iets dreigends in de lucht; hij voelde het.

Het was nog niet voorbij.

III

WIT

23

'Elf,' zei Xavier. (Hij gaf het vel papier over het bureau heen aan.) 'Er zijn elf mensen die de afgelopen twee maanden contact hebben gehad met Hirtmann. Dit zijn ze.'

De psychiater leek er niet helemaal bij te zijn, en hij zag er afgetobd uit.

'Ik heb hen allemaal uitvoerig gesproken,' zei hij.

'En?'

'Niets.'

'Wat bedoelt u daarmee?'

'Er kwam niets uit. Niemand lijkt iets te verbergen te hebben. Tenzij ze allemaal onder één hoedje spelen. Dat zou kunnen.'

Toen hij de verbaasde blik zag van Servaz, maakte hij een verontschuldigend gebaar.

'Ik bedoel dat we hier nogal afgezonderd zijn van de rest van de wereld. Onder deze omstandigheden vinden er intriges plaats die voor buitenstaanders moeilijk te vatten zijn. Geheimpjes, gekonkel achter de schermen, er vormen zich groepjes; het is een spel dat bepaald wordt door regels die op anderen onwerkelijk zullen overkomen. U zult zich ook wel afvragen waar ik het over heb.'

Servaz glimlachte.

'Helemaal niet,' zei hij, terwijl hij aan het korps dacht. 'Ik weet maar al te goed waar u het over hebt, dokter.'

Xavier ontspande enigszins.

'Koffie?'

'Graag.'

Xavier stond op om naar het koffiezetapparaatje te lopen dat in de hoek stond. De koffie was lekker, en Servaz probeerde er lang mee te doen. Zeggen dat hij zich hier niet op zijn gemak voelde, was een understatement. Hij vroeg zich af hoe iemand hier kon werken zonder hartstikke gek te worden. Het waren niet alleen om de bewoners, maar ook de Kliniek zelf: de dikke muren, de bergen.

'Kortom, het is moeilijk het te begrijpen,' ging Xavier verder. 'Iedereen hier heeft geheimpjes. Onder deze omstandigheden speelt niemand een eerlijk spelletje.'

Xavier lachte verontschuldigend van achter zijn rode montuur. En jij dus ook niet, makker, dacht Servaz bij zichzelf.

'Ik begrijp het.'

'Ik heb dus een lijst gemaakt van iedereen die contact heeft gehad met Julian Hirtmann, maar dat wil niet zeggen dat ik hen ook allemaal verdenk.'

'Nee?'

'Neem bijvoorbeeld de hoofdzuster. Ze hoort tot de mensen die hier het langst werken. Ze werkte hier al onder dokter Wargnier. Het reilen en zeilen van de Kliniek rust op haar ervaring en kennis van de bewoners. Ik vertrouw haar onvoorwaardelijk. U kunt zich de moeite van een gesprek besparen.'

Servaz bekeek de lijst.

'Elisabeth Ferney, toch?'

Xavier knikte.

'Absoluut betrouwbaar,' benadrukte hij.

Servaz sloeg zijn ogen op om naar de psychiater te kijken, die bloosde.

'Dank u,' zei Servaz, terwijl hij de lijst opvouwde en in zijn zak stak. Vervolgens aarzelde hij. Ik wil u iets vragen wat helemaal losstaat van het onderzoek. Een vraag voor u als psychiater, niet als mens of getuige.'

Xavier trok geïntrigeerd een wenkbrauw op.

'Gelooft u in het kwaad?'

De psychiater zweeg langer dan Servaz had verwacht. Hij bleef ondertussen door die merkwaardige rode bril naar Servaz kijken, alsof hij probeerde te achterhalen waar de agent op uit was.

'Als psychiater,' zei hij na een tijdje, 'zou ik zeggen dat het geen vraag is voor de psychiatrie. Het is een filosofische vraag. Of, nog specifieker: een morele. Vanuit dat oogpunt bezien kan het kwaad slechts bestaan als het goede ook bestaat; het een kan niet zonder het ander. Heeft u wel eens gehoord van de morele ontwikkelingsfasen van Kohlberg?' vroeg hij.

Servaz schudde zijn hoofd.

'Lawrence Kohlberg was een Amerikaans psycholoog. Hij werd geïnspireerd door de cognitieve gedragstheorie van Piaget. Volgens Kohlberg kent de mens zes ontwikkelingsfasen.'

Xavier zweeg even, leunde achterover in zijn stoel en legde zijn handen op zijn buik, terwijl hij zijn gedachten op een rijtje zette.

'Volgens Kohlberg ontwikkelt ons morele gedrag zich gedurende opeenvolgende fasen in de vorming van de persoonlijkheid. Die fasen moeten allemaal doorlopen worden. Als een individu een bepaalde fase bereikt, kan hij niet meer terug; dat niveau houdt hij de rest van zijn leven. Echter niet iedereen bereikt hetzelfde niveau, verre van. Velen blijven op een lager niveau steken. Maar alle fasen zijn voor de hele mensheid hetzelfde, ongeacht de cultuur waarin je opgroeit.'

Servaz merkte dat de belangstelling van de psychiater gewekt was.

'In de eerste fase,' begon Xavier enthousiast, 'wordt het goede beloond en het slechte gestraft. Zoals je een kind met een liniaal op zijn vingers tikt om duidelijk te maken dat het iets verkeerds doet. Gehoorzaamheid wordt gezien als een deugd, en het kind gehoorzaamt omdat de volwassene de macht heeft het kind te straffen. De tweede fase houdt in dat het kind niet langer gehoorzaamt om te gehoorzamen, maar om waardering te krijgen; het wordt vanaf nu een wisselwerking.'

Xavier glimlachte flauwtjes.

'In de derde fase wordt het eerste stadium bereikt van traditioneel moreel besef, en wil iemand voldoen aan de verwachtingen van de mensen om hem heen. Het oordeel van familie of vrienden is dan belangrijk. Het kind leert wat respect, trouw, vertrouwen en dankbaarheid inhouden. In fase vier houdt je besef niet meer op bij een groep maar breidt het zich uit naar de hele maatschappij. Gezag respecteren komt nu om de hoek kijken. We hebben nog steeds te maken met conventioneel moreel gedrag, en nu leren we te conformeren: goed gedrag bestaat uit het op de juiste manier uitvoeren van je taken, slecht gedrag wordt veroordeeld door de maatschappij.'

Xavier leunde over de tafel.

'Vanaf fase vijf groeit het individu boven deze conventionele moraliteit uit. Dit noemen we postconventioneel moreel gedrag. Het individu laat egoïsme achter zich en wordt altruïstisch. Hij weet ook dat waarden relatief zijn, dat wetten gerespecteerd moeten worden, maar dat ze niet per se goed hoeven te zijn. Het draait voornamelijk om het belang van de groep. En ten slotte, in de zesde fase, ontwikkelt men zijn eigen ethische principes, die in conflict kunnen komen met de wetten van een land, als men die wetten immoreel vindt. Het geweten en het vermogen om logisch na te denken krijgen de overhand. Iemand die zich in de zesde fase bevindt, heeft duidelijke, samenhangende en geïntegreerde normen en waarden. Dergelijke mensen zetten zich in voor goede doelen, en hebben egoïsme en hebzucht afgezworen.'

'Interessant,' zei Servaz.

'Ja, hè?' Ik hoef u niet te vertellen dat heel veel mensen blijven steken in fase drie of vier. Kohlberg voorzag ook een zevende fase. Die wordt hoogst zelden bereikt. In fase zeven baad je in universele liefde, compassie en heiligheid, en stijg je ver uit boven gewone stervelingen. Kohlberg noemt slechts enkele voorbeelden: Jezus, Boeddha en Ghandi. Je zou kunnen zeggen dat psychopaten zijn blijven steken in fase één. Ook al heeft een psychiater daar moeite mee.'

'En volgens u ontwikkelt het kwaad zich op eenzelfde manier?'

De ogen van de psychiater schitterden achter zijn brillenglazen toen hij Servaz' vraag hoorde. Hij likte zijn lippen af.

'Interessante vraag,' zei hij. 'Ik beken dat ik me dat vaak heb afgevraagd. Op een dergelijke schaal zou iemand als Hirtmann zich helemaal aan de andere kant van het spectrum bevinden, het spiegelbeeld van fase zeven zou je kunnen zeggen.'

De psychiater keek hem strak aan. Hij leek zich af te vragen welk niveau Servaz had bereikt. Servaz voelde het zweet weer uitbreken, zijn hartslag versnelde, hij kreeg een vreemd gevoel op zijn borst. Paniek. Hij zag de koplampen in zijn achteruitkijkspiegel, Perrault krijsend in de gondel, Grimms naakte lijf onder de brug, het onthoofde paard, een starende Hirtmann, de blik van Lisa Ferney in de gangen van de Kliniek. Die angst had hij vanaf het eerste begin gehad, diep vanbinnen, als onkruid, klaar om tot wasdom te komen. Hij wilde vluchten, weg van hier, weg uit dit dal, weg van de bergen.

'Dank u, dokter,' zei hij, en hij stond abrupt op.

Xavier ging ook staan.

'Graag gedaan.' Hij hield Servaz' hand even vast. 'U ziet er moe uit, slecht zelfs. U moet het wat rustiger aan doen.'

'U bent vandaag de tweede die dat zegt,' zei Servaz glimlachend.

Hij liep onvast de kamer uit.

Half vier. De wintermiddag naderde zijn einde. Het silhouet van de berg priemde in de grijze, dreigende lucht, die het dal afsloot als een deksel. Hij nam achter het stuur van de jeep de lijst door. Elf namen. Hij kende er maar twee: Lisa Ferney en Xavier. Hij startte de motor en keerde de auto. Op de weg was de sneeuw zo goed als gesmolten en had plaatsgemaakt voor een zwart, glanzend, olieachtig laagje. Er was geen ander verkeer op de smalle weg, maar een paar kilometer verderop, toen hij langs het vakantiekamp reed, zag hij een auto bij de ingang geparkeerd staan. Een oude Volvo 940. Servaz minderde vaart in een poging het nummerbord te lezen in het schijnsel van zijn koplampen. De auto was zo vies dat de helft niet te lezen was door de modder en de bladeren die eraan kleefden. Per ongeluk of expres. Hij werd een beetje zenuwachtig.

Hij keek in het voorbijgaan in de auto. Er zat niemand in. Servaz parkeerde vijf meter verderop en stapte uit. Er was niemand buiten. De wind joeg door de takken, en maakte een geluid als oud papier dat door een lege straat waait. Verder hoorde hij het beekje. Het werd donker. Hij haalde een zaklamp uit het dashboardkastje en liep naar de Volvo, de vieze sneeuw langs de kant van de weg vertrappend. Aan het interieur zag hij niets bijzonders, al was het net zo smerig als de buitenkant van de auto. Hij wilde het portier openmaken, maar dat zat op slot.

Servaz had die hele toestand in de gondellift nog vers in zijn geheugen zitten; hij liep terug om zijn pistool te pakken. Terwijl hij het verroeste bruggetje overstak, voelde hij de kou die van het water omhoogkwam. Toen hij door de modder op het pad liep, had hij spijt dat hij geen laarzen had aangetrokken. Wat hem deed denken aan wat Alice in haar dagboek had geschreven. Binnen een paar passen verkeerden zijn stadse schoenen zich in dezelfde erbarmelijke toestand als de Volvo. Het begon te regenen toen hij het bos in liep. Hij zocht beschutting onder de bomen, maar zodra hij een open plek bereikte, tikte de regen als kleine hamertjes op zijn hoofd, in een duivels ritme. Servaz zette zijn kraag omhoog tegen zijn drijfnatte nek. In de stortregen maakte het vakantiekamp een verlaten indruk.

Naarmate hij dichter bij de gebouwen kwam liep het pad enigszins omhoog, waardoor hij achteruitgleed en bijna onderuitging. Zijn wapen viel in een plas. Hij raapte het vloekend op.

Hij dacht dat als iemand hem nu zou zien, hij uitgelachen zou worden om zijn onhandigheid.

De gebouwen leken hem op te wachten. Zijn handen en zijn broek zaten onder de modder, de rest van zijn kleding was doorweekt.

Servaz riep, maar kreeg geen antwoord. Zijn hart ging tekeer. Alle alarmbellen gingen af. Wie zou er in dit verlaten kamp rondlopen, en waarom? En waarom kreeg hij geen antwoord? De echo droeg het geluid zo ver, dat ze hem gehoord moesten hebben.

De drie panden waren in chaletstijl gebouwd, maar opgetrokken uit beton met slechts een paar houten versieringen; op het dak lagen grote leistenen, op iedere verdieping veel ramen, met grote vensters op de begane grond. De gebouwen waren onderling verbonden door overdekte gangen. Geen licht achter de ramen. De wind had vrij spel; meer dan de helft van de ramen was kapot. Er waren er een paar vervangen door hardboard. Het water gutste uit de kapotte dakgoten en kletterde op de grond. Servaz liet het licht van zijn zaklamp over het middelste gebouw glijden en ontdekte in verbleekte letters de lijfspreuk van het kamp: 'De school des levens heeft nooit vakantie'. Misdaad ook niet, dacht hij bij zichzelf.

Plotseling zag hij in zijn linkerooghoek iets bewegen. Hij draaide zich met een ruk om. Hij wist niet wat hij precies gezien had. Misschien waren het gewoon takken die bewogen in de wind. Toch wist hij zo goed als zeker dat er iets was. Een schaduw tussen de schaduwen.

Hij zette zijn wapen op scherp en laadde een kogel in het magazijn. Daarna liep hij verder, op z'n hoede. Toen hij voorbij het verst gelegen chalet was moest hij goed uitkijken waar hij liep, want het liep er steil omhoog en het was glad door de modder. Aan weerszijden stonden hoge, rechte beukenstammen waarvan de zwarte takken op grote hoogte begonnen, en als hij omhoog keek, zag hij stukken grijze lucht en de regen die recht naar beneden viel. De modderige heuvel liep steil tussen de bomen omlaag naar een lagergelegen beekje.

Opeens zag hij iets.

Lichtschijnsel.

Zwak als een dwaallicht. Hij knipperde om de druppels van zijn wimpers te krijgen; het schijnsel was er nog.

Verdomme! Wat zou het zijn?

Een vlammetje. Een dansend, teer, klein vlammetje, een meter boven de grond, op een van de stammen.

De alarmbellen gingen onophoudelijk af. Een kaars. Een waxinelichtje, van het soort dat gebruikt wordt in een rechaud, of voor de sfeer. Het stond op een houten plankje dat aan een boomstam bevestigd was. Hij scheen met zijn zaklamp op de ruwe schors en zag iets wat hem deed verstijven. Een paar centimeter boven de vlam was een groot hart in de schors gekerfd. Met een paar namen erin:

LUDO + MARION + FLORIAN + ALICE + MICHAËL

De zelfmoordenaars. Servaz keek naar het hart, versteend, sprakeloos.

De regen doofde het vlammetje.

En toen werd hij aangevallen. Bruut, wreed. Angstaanjagend. Ineens wist hij dat hij niet meer alleen was. Een fractie van een seconde later werd er iets soepels en kouds over zijn hoofd getrokken. In paniek richtte hij zich op en vocht als een tijger, maar zijn aanvaller gaf niet op. Hij voelde het koude ding op zijn neus en mond. Zijn hoofd brulde: een plastic tas! De man trapte hard in zijn knieholtes, en of Servaz nu wilde of niet, zijn benen begaven het. Hij lag op de grond, zijn gezicht in de modder, de man met zijn volle gewicht op hem. De tas verstikte hem. Hij voelde de koude, plakkerige modder door het plastic heen. Zijn aanvaller duwde hem hard tegen de grond en trok de tas strak om zijn nek, terwijl hij met zijn knieën op zijn armen zat. Naar adem snakkend, dacht Servaz aan de modder in het haar van Grimm, en er maakte zich een gruwelijke angst van hem meester. Hij probeerde de man van zich af te krijgen. Kansloos: hij liet niet los. Met een afschuwelijk ritselend geluid kwam het plastic los van zijn neus als hij uitademde en trok het daarna weer strak in zijn neusgaten en tegen zijn mond en tanden als hij inademde, hem het gevoel gevend dat hij stikte, wat paniek veroorzaakte. Vechtend voor een beetje lucht, zijn hoofd gevangen in het plastic, had Servaz het gevoel dat zijn hart het elk moment kon begeven. Hij werd opeens bruut achterovergetrokken en er werd een touw om zijn nek getrokken, wat de plastic tas afsloot. Een verschroeiende pijn schoot door zijn nek toen hij over de grond werd gesleurd.

Met zijn voeten trapte hij wild om zich heen in een poging grip te krijgen met zijn voeten en de afschuwelijke druk op zijn nek te verminderen. Zijn kont kwam overeind, en viel weer omlaag, en gleed verder over de zachte grond, terwijl zijn handen tevergeefs naar het touw graaiden. Hij wist niet waar zijn pistool gevallen was. Hij werd enkele meters over de grond gesleurd, hijgend, stikkend bijna, als een beest dat naar de slachtbank wordt geleid.

Over twee minuten zou hij dood zijn.

Hij kreeg al bijna geen lucht meer.

Zijn mond ging schokkend open en dicht, maar het plastic hinderde hem bij elke inademing.

De zuurstof in het tasje raakte op. En werd vervangen door de kooldioxide die hij uitademde.

Hij zou hetzelfde lot ondergaan als Grimm.

Hetzelfde lot als Perrault.

Hetzelfde lot als Alice.

Hij zou worden opgehangen.

Net toen hij het bewustzijn dreigde te verliezen, stroomde de lucht weer zijn longen in, alsof er een ventiel was opengedraaid. Pure, frisse lucht. Ook voelde hij de regen over zijn gezicht stromen. Lucht en regen vulden zijn longen.

'Doorademen! Doorademen!'

De stem van Xavier. Hij draaide zijn hoofd om, het duurde even voor hij wist waar hij was, maar zag toen de psychiater over hem heen gebogen staan. Xavier was net zo bang als hij.

'Waar... waar is-ie?'

'Hij is ontsnapt. Ik heb hem niet gezien. Haal even rustig adem!'

Plotseling hoorden ze een motor starten.

De Volvo!

'Kut,' bracht hij met moeite uit.

Servaz zat tegen een boom. Hij liet de regen zijn gezicht en haar schoonspoelen. Het leek Xavier, die gehurkt naast hem zat, ook niet te deren dat zijn pak doorweekt was en zijn gepoetste schoenen onder de modder zaten.

'Ik was op weg naar Saint-Martin toen ik uw auto zag staan. Ik vroeg me af wat u hier moest. En dus besloot ik poolshoogte te nemen.'

De psychiater keek hem doordringend, en met een zwak glimlachje aan.

'Ik ben net als de rest: het onderzoek, deze moorden... het is doodeng – maar tegelijkertijd fascinerend. Ik was u aan het zoeken toen ik u opeens op de grond zag liggen met die tas om uw hoofd... en dat touw! Die vent moet op de vlucht zijn geslagen toen hij mijn auto hoorde aankomen. Hij ging er absoluut niet van uit dat hij gestoord zou worden.'

'Het... het was een val,' stamelde Servaz. 'Hij heeft me in de val gelokt.'

Hij nam een trekje van zijn vochtige sigaret; die knetterde. Hij rilde van top tot teen. De psychiater trok behoedzaam Servaz' jas bij de kraag wat opzij.

'Dat ziet er niet best uit. Ik breng u naar het ziekenhuis. Er moet zo snel mogelijk iemand naar kijken. Ze moeten foto's maken van uw nek en strottenhoofd.'

'Be... Bedankt dat u hierlangs reed.'

* * *

'Goedemorgen,' zei Atlas.

'Goedemorgen,' antwoordde Diane. 'Ik kom voor Julian.'

Atlas bestudeerde haar vragend, zijn enorme handen op de riem van zijn overall. Diane beantwoordde zijn blik zonder met haar ogen te knipperen. Ze wist niet goed hoe ze zichzelf een houding moest geven.

'Komt Xavier niet mee?'

'Nee.'

Het grote gezicht van de man betrok. Ze keek hem nog steeds recht aan. Atlas haalde zijn schouders op en draaide zich om.

Ze liep achter hem aan, met bonzend hart.

'Er is bezoek voor je,' zei de bewaker nadat hij de deur van de cel had opengemaakt. Diane liep naar binnen. Ze zag de verbazing in Hirtmanns ogen toen hun blikken elkaar kruisten.

'Goedemorgen, Julian.'

De Zwitser gaf geen antwoord. Hij leek in niet zo'n best humeur te zijn. Zijn opgeruimde stemming was verdwenen. Ze moest zich beheersen om niet meteen weer om te draaien nu het nog kon.

'Ik wist niet dat ik vandaag bezoek zou krijgen,' zei hij uiteindelijk.

'Ik ook niet, antwoordde ze. 'Tot vijf minuten geleden althans.'

Nu leek hij echt van zijn stuk gebracht en dat voelde bijna bevredigend. Ze ging aan het tafeltje zitten en legde haar papieren klaar. Ze wachtte tot hij tegenover haar kwam zitten, maar dat deed hij niet; hij bleef voor het raam ijsberen, als een beest in zijn kooi.

'Aangezien we elkaar vaker zullen gaan zien,' begon ze, 'zou ik graag eerst een paar zaken willen toelichten, een kader scheppen voor deze therapie en een beeld krijgen van hoe het er hier aan toegaat...'

Hij stopte, keek haar lang en achterdochtig aan, en ijsbeerde toen zonder iets te zeggen verder.

'Dus daar heb je geen bezwaar tegen?'

Geen antwoord.

'Om te beginnen: krijg je bijvoorbeeld veel bezoek, Julian?'

Opnieuw bleef hij staan om haar eens goed aan te kijken. Daarna ijsbeerde hij zenuwachtig verder, zijn handen op zijn rug.

'Van buiten de Kliniek?'

Geen antwoord.

'En wie bezoekt jou binnen de Kliniek? Dokter Xavier en Elisabeth Ferney? En wie verder nog?'

Geen antwoord.

'Bespreek je met hen wat er zich in de buitenwereld afspeelt?'

'Heeft dokter Xavier toestemming gegeven voor dit bezoek?' vroeg hij opeens, en bleef voor haar neus stilstaan.

Diane dwong zichzelf op te kijken. Hij keek met zijn volle lengte op haar neer.

'Nou, eh...'

'Ik wed van niet. Wat kom je doen, dokter Berg?'

'Dat heb ik net gezegd, ik...'

'Tsss,' mompelde hij. 'Ongelooflijk hoe weinig verstand jullie dokters hebben van psychologie. Ik mag dan over uitstekende manieren beschikken, ik word niet graag als idioot behandeld.'

'Weet je wat er zich buiten deze muren afspeelt?' vroeg ze, maar liet het professionele toontje varen.

Hij leek na te denken. Daarna ging hij zitten, zijn armen op tafel, zijn vingers in elkaar gevouwen.

'Je bedoelt de moorden? Ja, ik lees de krant.'

'Dus je haalt al je informatie uit de krant?'

'Waar wil je naartoe? Wat is er buiten gebeurd dat je zo doet?'

'Hoe?'

'Je bent doodsbang. En dat niet alleen, je lijkt ergens naar op zoek te zijn. Als een dier, een wroetend diertje. Een rat of zo. Je zou je gezicht eens moeten zien! Mijn hemel, dokter Berg, waar heb je last van? Je vindt het hier vreselijk, hè? Ben je niet bang dat je met al die vragen alleen maar onrust stookt?'

'Je lijkt dokter Xavier wel,' zei ze spottend.

Hij glimlachte.

'Echt niet! De eerste keer dat ik je zag viel me al op dat je je hier niet thuis voelt. Hoe had je gedacht dat het hier zou zijn? Boze geesten? Er zitten hier alleen ongelukkige psychoten, schizofrenen, paranoïde types, en zielige, sneue patiënten, dokter. En daar schaar ik mezelf ook onder. Het enige verschil tussen ons en de buitenwereld is het geweld. En geloof me, dat gaat niet alleen op voor de patiënten.'

Hij spreidde zijn handen.

'Ik weet dat Xavier een, laten we zeggen nogal romantisch beeld heeft van de situatie hier. Hij ziet ons als boosaardige wezens, uitvloeisels van Nemesis, en ga zo maar door. Hij denkt dat hij een missie heeft. Hij beschouwt het hier als de heilige graal van de psychiatrie. Gelul.'

Tijdens het praten werd zijn uitdrukking steeds woester, en ze deinsde onbewust terug.

'Het is hier hetzelfde als overal – het is een smerig zooitje, middelmatig, de behandelingen zijn slecht en we worden zwaar gedrogeerd. Psychiatrie is de grootste flauwekul van de twintigste eeuw. Kijk alleen maar naar de medicijnen die worden gebruikt: ze weten niet eens waarom die werken! Ze zijn bijna allemaal bij toeval uitgevonden.'

Ze keek hem doordringend aan.

'Waar haal jij je informatie vandaan?' vroeg ze. 'Toch niet alleen uit de krant?'

'Je luistert niet.'

Hij praatte hard, en klonk autoritair. Ze werd er bang van. Ze voelde dat hij haar ontglipte; ze had het verknald, iets over het hoofd gezien. Hij sloot zich af.

'Ik luister wel.'

'Je luistert niet.'

'Waarom zeg je dat? Ik...'

Opeens begreep ze het.

'Wat bedoel je met: "Dat gaat niet alleen op voor de patiënten?"'

Er verscheen een flauw glimlachje op zijn gezicht.

'Als je goed oplet, begrijp je wat ik bedoel.'

'Maar wat bedoel je daar dan mee? Over wie heb je het? Over gekken? Over sneue types? Over criminelen? Of moordenaars? Bedoel je het personeel?'

'Ik geloof dat ik het toch wel leuk vind om met je te praten.'

'Over wie heb je het, Julian?'

'Wat weet je, Diane? Wat heb je allemaal ontdekt?'

'Als ik je dat vertel, hoe weet ik dan dat je het niet verder vertelt?'

Hij barstte in lachen uit, een akelige, nare lach.

'Doe even normaal, Diane! Het is geen film! Wat denk je nou? Dat het me echt interesseert? Kijk naar me: ik kom nooit meer vrij. Voor mijn part stort de buitenwereld in; zolang deze muren overeind blijven, zal het me worst wezen.'

'Ze hebben je DNA gevonden op de plek waar dat paard gedood is,' zei ze. 'Wist je dat?'

Hij keek haar lange tijd aan.

'En hoe weet jij dat?'

'Dat doet er niet toe. Wist je dat, ja of nee?'

Hij trok een gezicht dat ook voor een glimlachje zou kunnen doorgaan.

'Ik weet waar je op uit bent,' zei hij. 'Maar dat gaat je op deze manier niet lukken. En in antwoord op je vraag: ik weet alles, Diane. Alles wat er hier en daarbuiten gebeurt. Wees maar gerust: ik vertel niemand over dit bezoek. Ik weet alleen niet of dat voor Atlas ook geldt. Hij heeft iets minder bewegingsvrijheid dan ik. Paradoxaal genoeg. Je moet gaan. Over een kwartier komt de hoofdzuster. Wegwezen! Je moet hier weg, Diane, je loopt gevaar...'

* * *

Espérandieu zat achter zijn bureau. Na het telefoontje van Marissa had hij een plannetje bedacht. Hij kreeg het bedrag waarover ze het had gehad niet uit zijn hoofd. 135.000 dollar. Waarvoor kon dat bedoeld zijn geweest? Op het eerste gezicht leek het bedrag niets met het onderzoek te maken te hebben. Op het eerste gezicht... Maar toen bedacht hij iets.

Het was zo belachelijk dat hij het aanvankelijk verwierp.

Maar het idee had postgevat in zijn hoofd. Hoeveel zou het kosten om het uit te zoeken? Tegen elven stond zijn besluit vast. Hij pakte zijn telefoon. De eerste die hij belde was niet erg happig om op zijn vraag in te gaan. Dergelijke dingen besprak je niet over de telefoon; ook niet met een agent. Toen hij echter het bedrag van 135.000 dollar noemde, kreeg hij te horen dat dat voor de gegeven afstand een gangbaar bedrag was.

Espérandieu voelde zijn opwinding groeien.

Het half uur daarna pleegde hij nog een stuk of zes telefoontjes. De eerste leverden niks op. Hij kreeg steeds hetzelfde antwoord: nee, niet op die datum. Hij begon weer te denken dat hij op het verkeerde spoor zat. 135.000 dollar kon van alles betekenen. Maar bij het laatste telefoontje was het raak. Hij luisterde vol ongeloof en blijdschap. Had hij de jackpot te pakken? Een stemmetje in zijn hoofd probeerde zijn enthousiasme te temperen: het kon namelijk nog steeds gewoon toeval zijn. Maar dat leek hem sterk. Niet op dezelfde datum. Toen hij ophing, geloofde hij zijn oren nog steeds niet. Ongelooflijk! Met een paar telefoontjes had hij het onderzoek kilometers verder geholpen.

Hij keek hoe laat het was: tien voor vijf. Hij wilde Martin bellen, maar besloot toch om het niet toe doen: hij moest het eerst zeker weten. Hij pakte de telefoon en toetste een nummer in. Hij had eindelijk een aanknopingspunt.

* * *

'Hoe voel je je?'

'Niet denderend.'

Ziegler keek hem aan. Ze was bijna net zo van streek als hij. Verplegend personeel liep in en uit. Een arts had hem onderzocht en een aantal röntgenfoto's laten maken. Daarna was hij op een brancard teruggereden naar zijn kamer, ook al kon hij best nog lopen.

Xavier zat op de gang te wachten tot Ziegler zijn verklaring opnam. Er stond ook een gendarme voor Servaz' deur, die opeens open werd gegooid.

'Wat is er in godsnaam gebeurd?' riep Cathy d'Humières terwijl ze naar het bed beende.

Servaz probeerde het kort te houden.

'En je hebt zijn gezicht niet gezien?'

'Nee.'

'Weet je het zeker?'

'Ik weet alleen dat hij heel erg sterk was. En dat hij wist wat hij deed.'

Cathy d'Humières keek hem lang aan.

'Dit heeft lang genoeg geduurd,' zei ze. (Ze wendde zich tot Ziegler.) 'Zet alle minder dringende dingen in de wacht en zet iedereen op deze zaak. Is er al iets bekend over Chaperon?'

'Zijn ex-vrouw heeft geen idee waar hij uithangt,' antwoordde Ziegler.

Servaz herinnerde zich dat Ziegler naar Bordeaux was geweest om met haar te praten.

'Wat is zij voor iemand?' vroeg hij.

'Arrogant. Snobistisch, te veel zonnebank, te veel make-up.'

Hij kon een lach niet onderdrukken.

'Heb je haar gevraagd wat voor type Chaperon is?'

'Ja. En wat interessant was: zodra ik over hem begon, klapte ze dicht. Ze vertelde alleen de standaarddingen: dat hij van bergbeklimmen houdt, in de politiek zit, over zijn hechte vriendenkring, de scheiding die ze allebei prima vonden, dat ze uit elkaar waren gegroeid; dat soort dingen. Maar ik had het gevoel dat ze iets belangrijks verzweeg.'

Servaz herinnerde zich het huis van Chaperon: ze sliepen apart. Net als Grimm en zijn vrouw. Waarom? Waren hun vrouwen achter hun vreselijke geheim gekomen? Servaz dacht dat dat het was, dat kon bijna niet anders. Misschien – nee, helemaal niet misschien – wisten ze slechts een fractie van het geheel. Maar de minachting van de weduwe van Grimm voor haar man – ze had zelfs een zelfmoordpoging gedaan – en de terughoudendheid van mevrouw Chaperon om over haar privéleven te praten hadden dezelfde oorzaak: beide vrouwen wisten hoe ontzettend pervers hun echtgenoten waren, ook al wisten ze niet precies wat ze allemaal misdaan hadden.

'Heb je haar gevraagd naar hetgeen we in zijn huis hebben gevonden?' vroeg hij aan Ziegler.

'Nee.'

'Doe het dan alsnog. We hebben geen tijd te verliezen. Bel haar en zeg dat als ze iets achterhoudt, ze hoofdverdachte is als haar man dood gevonden wordt.'

'Oké. Ik heb wel iets anders ontdekt,' voegde ze eraan toe.

Servaz wachtte af.

'Elisabeth Ferney, de hoofdzuster van de Kliniek, is op jeugdige leeftijd verschillende keren met de politie in aanraking geweest. Kleine overtredingen. Gestolen scooters, het beledigen van een agent in functie, drugs, klappen en verwondingen, afpersing. Ze moest meerdere keren voor de rechter verschijnen.'

'En toch kreeg ze die baan in de Kliniek?'

'Het is lang geleden. Ze is weer op het rechte pad beland en heeft een opleiding gevolgd. Ze heeft in verschillende andere psychiatrische ziekenhuizen gewerkt, daarna heeft dokter Wargnier, de voorganger van Xavier, haar onder zijn hoede genomen. Iedereen verdient een tweede kans.'

'Interessant.'

'Daar komt nog bij dat Lisa Ferney regelmatig naar een sportschool gaat in Saint-Lary, hier twintig kilometer vandaan. En ze is lid van een schietvereniging.'

Servaz en d'Humières stonden meteen op scherp. Servaz wist dat zijn gevoel hem dus niet in de steek had gelaten op de Kliniek.

Lisa Ferney paste in het profiel van de dader. Wie het ook was die dat paard daarboven had opgehangen moest erg sterk zijn. En de verpleegkundige had meer spieren dan veel mannen.

'Blijven graven,' zei hij. 'Je bent denk ik iets op het spoor.'

'O ja, dat zou ik bijna vergeten: de cassettebandjes.'

'Ja?'

'Alleen vogelgeluiden.'

'O.'

'Ik ga naar het gemeentehuis om te vragen of ze een lijst hebben van alle kinderen die naar het kamp geweest zijn,' zei ze.

'Dames, de commandant heeft rust nodig,' bulderde een stem in de deuropening.

Ze draaiden zich om. Er stond een dokter van een jaar of dertig in een witte jas. Hij had een donkere huid en zware wenkbrauwen, die bijna aan elkaar groeiden. Servaz las zijn naambordje: dokter Saadeh. Hij liep glimlachend op hen af. Maar zijn ogen lachten niet, zijn dikke wenkbrauwen vormden één geheel en zeiden dat hij hier de dienst uitmaakte, en zij niet. Servaz sloeg het laken al terug.

'Ik blijf hier echt niet,' zei hij.

'En ik laat u in deze toestand echt niet gaan,' diende dokter Saadeh hem van repliek, en hij legde vriendelijk zijn hand op zijn schouder, maar duldde duidelijk geen tegenstand. 'We zijn nog niet klaar met het onderzoek.'

'Nou, vlug een beetje dan,' zei Servaz, die zich zuchtend in de kussens liet zakken.

Zodra iedereen weg was, sloot hij zijn ogen en viel in slaap.

* * *

Op datzelfde moment nam een agent de telefoon op in het hoofdkantoor van Interpol aan de quai Charles-de-Gaulle 200 in Lyon. De man zat midden in een kantoortuin vol computers en andere apparaten, die uitkeek over de Rhône. Er stond ook een versierde kerstboom, de piek stak boven de werkplekken uit.

Hij fronste toen hij de stem herkende van de beller.

'Vincent? Ben jij dat? Hoe gaat het met jou dan, man? Da's lang geleden!'

Interpol verenigt 187 landen en is, wat het werknemersaantal betreft, op de VN na, de grootste organisatie ter wereld. Ze leveren echter geen mankrachten, het is meer een inlichtingendienst die geraadpleegd kan worden door de politie van de lidstaten. Ze hebben veel expertise in huis en beschikken over grote databases, die onder andere de gegevens bevatten van 178.000 criminelen en 4500 voortvluchtigen. Interpol vaardigt jaarlijks enkele duizenden arrestatiebevelen uit: de zogenaamde 'oranje berichten'. De man die de telefoon zojuist had opgenomen heette Luc Damblin. Espérandieu kende hem, net als Marissa, van de politieschool. De mannen wisselden wat beleefdheden uit, daarna kwam Espérandieu ter zake.

'Je moet iets voor me doen.'

Damblin staarde afwezig naar de foto's op de muur tegenover hem, boven het kopieerapparaat: Russische maffiosi, Albanese pooiers, Mexicaanse en Colombiaanse drugsbaronnen, Servische en Kroatische juwelendieven, en pedofielen die internationaal opereerden en hun slachtoffers zochten in arme landen. Iemand had de foto's voorzien van kerstmutsen en witte baarden; het maakte de mannen geen greintje sympathieker. Damblin luisterde geduldig.

'Je hebt geluk,' zei hij toen Espérandieu was uitgepraat. 'Ik heb nog iets tegoed van een gast bij de FBI in Washington. Ik heb hem ooit een zetje in de goede richting gegeven bij een zaak. Ik bel hem wel even. Maar waarom wil je het weten?'

'Voor een zaak waar ik mee bezig ben.'

'Iets met de States?'

'Dat vertel ik je nog wel. Ik heb je zojuist de foto gestuurd,' zei Espérandieu.

Damblin keek op zijn horloge.

'Het kan wel even duren. Mijn contactpersoon heeft het nogal druk. Wanneer moet je antwoord hebben?'

'Het is heel erg dringend.'

'Dat is het altijd,' antwoordde Damblin. 'Maar geen paniek. Ik leg het boven op de stapel. Doe ik voor je. Beschouw het maar als je kerstcadeau.'

* * *

Servaz werd twee uur later wakker. Het duurde even voor hij doorhad dat hij in het ziekenhuis lag, in een witte kamer met een groot raam en blauwe rolgordijnen. Toen hij weer wist waar hij was, zocht hij met zijn ogen zijn spullen, die in een plastic tas op een stoel bleken te staan. Hij ging uit bed en kleedde zich zo snel mogelijk aan. Drie minuten later liep hij buiten te bellen.

'Hallo?'

'Met Martin. Is de herberg vanavond open?'

Er werd gelachen aan de andere kant van de lijn.

'Leuk dat je belt. Ik wilde net gaan koken.'

'Ik heb een paar vragen.'

'En ik maar denken dat je voor het eten kwam. Jammer! Ben je iets op het spoor?'

'Dat vertel ik zo.'

'Prima. Tot straks.'

* * *

Het was al donker, maar de straat voor de school was goed verlicht. Vanuit zijn burgerauto zag Espérandieu Margot Servaz naar buiten komen. Hij herkende haar eerst niet; haar zwarte haar was nu Scandinavisch blond. Ze had twee knotjes boven haar oren waardoor ze eruitzag als een karikatuur van een Duits *Mädchen*. En ze had een merkwaardig hoedje op.

Toen ze zich omdraaide zag hij, zelfs vanuit de verte, dat ze een nieuwe tatoeage in haar nek had, tussen haar schouderbladen. Een enorme tatoeage, met veel kleuren.

Vincent dacht aan zijn dochter. Hoe zou hij reageren als Mégan zich later zo zou uitdossen? Hij keek even of zijn camera gereed lag op de passagiersstoel, en startte de motor. Net als de dag ervoor stond Margot op de stoep met haar vrienden te kletsen en een sigaret te draaien. Haar scooterheld kwam weer in beeld.

Espérandieu zuchtte. Hij wist nu in elk geval waar hij heen moest als hij hen onderweg kwijtraakte. Hij draaide de weg op en reed achter hen aan. De bestuurder van de scooter haalde zijn gebruikelijke capriolen uit. In Espérandieus iPhone zongen The Gutter Twins 'O Father, now I can't believe you're leaving'. Bij de volgende stoplichten minderde hij vaart en kwam tot stilstand. De auto voor hem was gestopt en de scooter had al vier auto's voorsprong. Maar Espérandieu wist dat hij zich niet echt zorgen hoefde te maken; ze zouden overal rechtdoor rijden. Hij ontspande zich.

De hese stem in zijn hoofd verklaarde: 'My mother, she don't know me/ And my father, he can't own me', toen het licht op groen sprong en de scooter rechtsaf de bocht om scheurde. Espérandieu raakte geïrriteerd. Wat deden ze nu, verdomme? Ze gingen de verkeerde kant op. De rij voor hem deed er overdreven lang over om in beweging te komen. Espérandieu werd zenuwachtig. Het licht sprong eerst op oranje, daarna op rood. Hij reed door rood en zag de scooter tweehonderd meter verderop bij het volgende stoplicht staan. Godver! Waarom hadden ze zo'n haast? Hij reed door oranje in een poging hen bij te houden.

Ze reden naar het centrum. Hij reed nu vlak achter hen. Het was inmiddels veel drukker op de weg, het regende, en het licht van de stoplichten werd weerkaatst door het natte wegdek. Onder deze omstandigheden viel het niet mee om het zigzaggende voertuig te volgen. Zestien minuten later zette de scooter zijn passagier af in rue d'Alsace-Lorraine en reed meteen weg. Espérandieu parkeerde waar het niet mocht, trok het scherm met 'Politie' omlaag, en stapte uit. Zijn gevoel zei dat er iets ging gebeuren. Toen besefte hij dat zijn camera nog op de passagiersstoel lag; hij vloekte, liep naar de auto en rende vervolgens weer terug om zijn doelwit in te halen.

Paniek om niks: Margot Servaz liep op haar dooie gemak voor hem uit tussen de mensen. Tijdens het inhalen checkte hij of zijn camera het deed.

Ze liep Place Esquirol op. De helverlichte etalages en kerstverlichting brachten de bomen en de oude gevels tot leven. Het was druk, een paar dagen voor Kerstmis. En dat kwam hem goed uit: dan zou ze hem niet zien. Hij zag dat ze opeens stilstond, vlug om zich heen keek en toen vlug Brasserie du Père Léon binnenging. Alle alarmbellen in Espérandieus hoofd gingen af: zo gedroeg iemand zich niet die niets te verbergen had. Hij haastte zich naar de brasserie. Hij stond voor een dilemma: hij had Margot al verschillende keren ontmoet. Hoe zou ze reageren als ze hem vlak na haar binnen zag komen?

Hij keek door het raam en zag hoe ze zich op een stoel liet vallen, tegenover degene die ze net daarvoor op zijn mond had gezoend. Ze straalde. Espérandieu zag haar blij lachen om haar gezelschap. Hij keek wie het was. Kut.

***

Die koude decemberavond keek hij naar de sterren die boven de bergen aan de hemel stonden, en vervolgens naar het licht in de molen, dat werd gereflecteerd in het water, en dat een warm welkom beloofde. Een frisse wind prikte op zijn wangen; de regen ging weer langzaam over in sneeuw. Saint-Cyr deed open en Servaz zag dat hij schrok.

'Mijn hemel! Wat is er met jou gebeurd?'

Servaz had zichzelf in de ziekenhuisspiegel bekeken, en wist dat hij er eng uitzag. Hij had verwijde pupillen en bloeddoorlopen ogen zoals Christopher Lee in *Dracula*. Zijn nek zat tot aan zijn oren onder de blauwe plekken, zijn lippen en neusvleugels vertoonden irritatie door de plastic tas en hij had een paarsig litteken op de plek waar het touw in zijn keel had gesneden. Zijn ogen vulden zich met tranen, van de kou of de spanning.

'Ik ben te laat,' zei hij met onvaste stem.

Hij rilde van top tot teen. Eenmaal binnen bekeek Saint-Cyr hem eens goed.

'Jezus! Kom binnen, daar is het lekker warm,' zei de oude rechter, die het trapje naar de ruime woonkamer af liep.

Net als de vorige keer stond de tafel gedekt. Een klein vuurtje brandde in de schoorsteen. Saint-Cyr trok een stoel naar achteren zodat Servaz kon gaan zitten. Hij pakte een fles en schonk een glas vol.

'Drink op. En niet te snel. Weet je zeker dat het gaat?'

Servaz knikte. Hij nam een slokje. De wijn was dieprood, bijna zwart, en zwaar, maar erg lekker. Voor zover Servaz dat kon inschatten althans, hij was geen kenner.

'Het is een Somontano,' zei Saint-Cyr. 'Die haal ik aan de andere kant van de Pyreneeën, op de hoogvlakte van Aragon. Vertel op: wat is er gebeurd?'

Servaz vertelde alles. Hij moest steeds aan het kamp denken en iedere keer schoot de adrenaline dan heen en weer door zijn lijf, alsof er iets schoongespoeld moest worden. Wie had hem getracht te wurgen? Hij dacht terug aan de gebeurtenissen van die dag. Gaspard Ferrand? Elisabeth Ferney? Xavier? Maar Xavier was hem te hulp geschoten. Tenzij de psychiater op het laatste moment had besloten toch maar af te zien van zijn plan een agent te doden. Het ene moment werd Servaz bruut aangevallen, het volgende moment zat Xavier naast hem. Kon hij het geweest zijn? Nee, want ze hadden de Volvo horen wegrijden! Daarna vatte hij de afgelopen twee dagen samen – het halsoverkop vluchten van Chaperon, zijn verlaten huis, de ontdekking van de cape en de ring, de doos met patronen op het bureau.

'Je komt dichter bij de waarheid,' concludeerde Saint-Cyr met een bezorgde blik in zijn ogen. 'Je bent er bijna. Maar dit,' voegde hij eraan toe, en hij keek naar Servaz' nek, 'wat hij heeft gedaan is ongekend wreed – zo te zien deinst hij nergens voor terug. Hij vermoordt een agent als het moet.'

'Alleen, of met z'n tweeën,' zei Servaz.

Saint-Cyr keek hem aandachtig aan.

'Het ziet er niet goed uit voor Chaperon.'

'Heb je enig idee waar hij zich schuil zou kunnen houden?'

De magistraat dacht diep na.

'Nee. Maar Chaperon is dol op bergbeklimmen. Hij kent ieder pad en iedere schuilplaats aan weerszijden van de grens. Je moet de hulp van de bergpolitie inroepen.'

Natuurlijk. Dat hij daar zelf niet aan had gedacht.

'Ik heb een lichte maaltijd gemaakt,' zei Saint-Cyr. 'Op jouw verzoek. Forel in amandelsaus. Een Spaans recept. Ik weet zeker dat je het lekker vindt.'

Hij verdween in de keuken en kwam terug met twee dampende borden. Servaz nam nog een slok wijn, en begon aan de forel. Van zijn bord steeg een heerlijk aroma op. De saus was licht, maar verfijnd gekruid, hij proefde amandel, knoflook, citroen en peterselie.

'Denk je dat iemand de adolescenten wil wreken?'

Servaz knikte, met een vertrokken gezicht. Zijn keel deed pijn bij het slikken. Hij verloor algauw zijn eetlust en duwde het bord van zich af.

'Sorry, het gaat gewoon niet,' zei hij.

'Natuurlijk niet. Ik ga koffiezetten.'

Servaz dacht aan het hart dat in de boom gekerfd was. Met de vijf namen erin. Vijf van de zeven zelfmoordenaars.

'De geruchten klopten dus,' zei Saint-Cyr toen hij terugkwam met Servaz' koffie. 'Ongelooflijk dat we dat dagboek niet gevonden hebben. En dat we niet de kleinste aanwijzing hebben gevonden om de theorie te staven.'

Servaz begreep dat, hoewel de rechter opgelucht was dat de waarheid eindelijk boven tafel gekomen was, hij ook de pest in moest hebben dat er nu iemand anders met 'zijn' zaak vandoor ging. Je leven wordt jarenlang ergens door beheerst, en net als je je erbij hebt neergelegd dat je nooit achter de waarheid zult komen, lukt het iemand anders wel.

'Je voorgevoel klopte dus wel,' zei Servaz. 'En kennelijk deden de mannen hun cape nooit af als ze hun gruweldaden pleegden, ze hebben hun gezicht nooit laten zien.'

'Maar waarom heeft nooit iemand iets gezegd?'

'Dat gebeurt wel vaker, dat weet je zelf ook. De waarheid komt jaren later aan het licht, als de slachtoffers volwassen zijn, ze meer zelfvertrouwen hebben en niet langer bang zijn voor hun folteraars.'

'Ik neem aan dat je de lijst bekeken hebt van alle kinderen die in het kamp gezeten hebben?' vroeg Saint-Cyr.

'Welke lijst?'

'Die ik gemaakt heb van alle kinderen die naar het kamp geweest zijn; die zat in de doos die ik je gegeven heb.'

'Die lijst zat er helemaal niet in,' zei Servaz.

'Natuurlijk wel! Ik ben toch niet gek? Alles zat erin, dat weet ik zeker. Die lijst dus ook. Ik trachtte indertijd een verband te leggen tussen de kinderen die zelfmoord hadden gepleegd en de kinderen die in het kamp gezeten hebben, dat heb ik je verteld. Ik ging ervan uit dat er in een vroeger stadium misschien nog meer zelfmoorden gepleegd waren, waar geen aandacht aan besteed was, omdat ze losstonden van de rest. Het zou mijn vermoeden hebben bevestigd dat de zelfmoorden in verband stonden met Les Isards. Ik ben dus naar het gemeentehuis gegaan en heb een lijst gekregen van alle kinderen die er ooit gezeten hebben. Die lijst zit in de doos.'

Saint-Cyr hield er niet van als iemand zijn woorden in twijfel trok, merkte Servaz. Of zijn intellectuele capaciteiten. De man leek zeker van zichzelf.

'Sorry, maar die lijst zat er niet bij.'

De rechter schudde zijn hoofd.

'Ik heb je alles gegeven. Ik werkte altijd uiterst nauwkeurig.

Niet zoals tegenwoordig. Ik heb overal een kopie van gemaakt. Ik weet echt zeker dat die lijst in de doos zat.'

Hij stond op.

'Loop even mee.'

Ze liepen door een gang met mooie antieke grijze tegels. De rechter liep door een lage deuropening en knipte het licht aan. Servaz stond te midden van een enorme chaos, het stoffige kantoortje was een onbeschrijflijke puinhoop. Boekenkasten, stoelen en tafeltjes met daarop hoge stapels boeken, dossiers en mappen, waar het papier aan alle kanten uitstak. Zelfs de grond was bezaaid. Saint-Cyr rommelde mopperend in een hoge stapel van een centimeter of dertig die op een stoel stond. Daarna begon hij aan de volgende. Na een minuut of vijf kwam hij overeind met een paar aan elkaar geniete vellen papier die hij triomfantelijk aan Servaz overhandigde.

'Dit is 'm.'

Servaz bekeek de lijst. Het waren drie vellen, met tientallen namen die in twee kolommen stonden. Hij liet zijn blik erover glijden, op het eerste gezicht zei geen van de namen hem iets. Al snel kwam hij de eerste bekende tegen. Alice Ferrand. Hij las verder. Ludovic Asselin. Ook een slachtoffer. De derde naam stond een stuk verder op de lijst: Florian Vanloot. Hij zocht de namen van de twee andere adolescenten die in het kamp hadden gezeten voor ze zichzelf van het leven hadden beroofd, tot hij een naam tegenkwam die hij niet verwacht had.

Een naam die helemaal niet op de lijst zou mogen voorkomen.

Het duizelde hem. Hij rilde alsof hij onder stroom stond. Hij kon zijn ogen niet geloven. Hij knipperde en deed ze weer open. De naam stond er nog, tussen alle andere kinderen. Irène Ziegler.

Verdomme! Dit kan niet!

24

Lange tijd zat hij achter het stuur van de Cherokee voor zich uit te staren. Hij zag de sneeuwvlokken niet, en ook niet hoe de straat langzaam witter werd. Straatverlichting wierp een kring van licht over de sneeuw; de lampen in de molen gingen een voor een uit, op eentje na, ongetwijfeld die in de slaapkamer. Servaz bedacht dat de oude rechter waarschijnlijk in bed lag te lezen. Hij deed de luiken niet dicht. Dat hoefde ook niet: een inbreker zou tegen de stroom in moeten zwemmen en langs een muur omhoogklimmen om bij de ramen te komen. Minstens zo effectief als een hond of een alarminstallatie.

Irène Ziegler. Haar naam stond op de lijst. Wat betekende dat? Hij herinnerde zich hoe hij na zijn eerste bezoek aan Saint-Cyr op het bureau terugkwam met de doos in zijn armen. Hij zag nog voor zich hoe ze de documenten een voor een bekeek. Saint-Cyr wist zeker dat de lijst met namen van alle kinderen die naar het kamp geweest waren in de doos had gezeten. En als die oude man nou eens seniel aan het worden was? Misschien liet zijn geheugen hem in de steek en wilde hij dat niet toegeven. Misschien had hij de lijst ergens anders in gestopt. Maar er was nog een mogelijkheid, en die was veel verontrustender. Dat hij die lijst nooit gezien had omdat Irène Ziegler hem eruit had gehaald. Hij herinnerde zich haar terughoudendheid toen hij haar vroeg wat ze zich kon herinneren van de zelfmoorden toen hij daar voor het eerst met haar over sprak. Opeens dacht hij aan nog iets anders. Toen hij vastzat in de gondel en haar probeerde te bereiken. Ze had er veel eerder moeten zijn dan hij, ze was in de buurt, maar toen hij bij de gondellift arriveerde was ze er niet. Ze zei dat ze een motorongeluk had gehad, en dat ze onderweg was. Hij had haar pas gezien toen Perrault al dood was.

Hij wreef in zijn ogen. Hij was doodmoe, aan het eind van zijn Latijn, zijn hele lijf deed zeer en achterdochtige gedachten vulden zijn hoofd. Het werden er steeds meer: ze had verstand van paarden, ze reed uitstekend auto en was een goede helikopterpiloot, ze kende de regio op haar duimpje. Hij herinnerde zich hoe ze die ochtend had aangeboden om het bezoek aan het gemeentehuis op zich te nemen – ze wist al wat ze daar zou krijgen. Die lijst was het enige wat haar verdacht maakte. Had ze ook door de spullen van Chaperon gesnuffeld zodat ze wist waar hij zat? Was zij het geweest die hem had willen vermoorden in het vakantiekamp? Met het touw en de plastic tas? Dat kon hij niet geloven.

Vermoeidheid speelde hem parten. Hij kon niet meer logisch nadenken. En nu? Hij kon niets bewijzen.

Hij keek op de dashboardklok hoe laat het was en belde Espérandieu.

'Martin? Wat is er?'

Martin vertelde hem over de gepensioneerde rechter en zijn dossiers en wat hij zojuist ontdekt had. Het was lang stil aan de andere kant van de lijn.

'Denk je dat zij het gedaan heeft?' zei Espérandieu uiteindelijk vol twijfel.

'Ze was er niet bij toen ik Perrault samen met zijn moordenaar in de gondellift zag zitten. Die droeg een bivakmuts en verschool zich achter Perrault, dus ik kon zijn ogen niet zien. Ze had er eerder moeten zijn dan ik – maar dat was ze niet. Ze kwam pas later.'

Plotseling viel hem een andere gedachte in.

'Ze is vroeger in het vakantiekamp geweest, maar heeft dat nooit verteld. Ze heeft verstand van paarden, ze kent de bergen, ze is lichamelijk fit, en ik weet bijna zeker dat ze weet hoe je een klimtouw gebruikt.'

'Godver!' bracht Espérandieu geschrokken uit.

Hij praatte zacht, Servaz dacht dat hij waarschijnlijk in bed lag en dat Charlène sliep.

'Wat moeten we doen?' vroeg Servaz.

Stilte. Ondanks de afstand wist hij dat Espérandieu met stomheid geslagen was. Het gebeurde niet iedere dag dat zijn baas het roer uit handen gaf.

'Je klinkt raar.'

'Ik ben kapot. En volgens mij heb ik koorts.'

Hij zei niet dat hij bijna vermoord was in het kamp; hij had geen zin om daar nu over te praten.

'Waar ben je nu?'

Voor de molen van Saint-Cyr. Servaz keek de verlaten straat in. Hij wierp een blik in de achteruitkijkspiegel. Achter hem was de weg ook stil en verlaten. Van de achterste huizen in de straat waren de luiken gesloten. Het enige wat bewoog was de sneeuw, die in dikke vlokken stil naar beneden viel.

'Ga naar je hotel,' zei Espérandieu. 'En doe niets. Ik kom eraan.'

'Wat? Nu nog?'

'Ja. Ik kleed me aan en kom eraan. Weet je waar Ziegler nu is?'

'Thuis, denk ik.'

'Of op zoek naar Chaperon. Anders bel je haar even, dan weten we het.'

'En wat moet ik dan zeggen?'

'Weet ik veel – dat je je niet lekker voelt, dat je ziek bent. Je bent kapot, dat zei je net zelf. Het is ook duidelijk te horen. Zeg dat je morgen in bed blijft, dat het niet gaat. En kijk dan hoe ze reageert.'

Servaz glimlachte. Na alles wat er gebeurd was, zou ze het zonder meer geloven.

'Martin? Is er iets?'

Hij luisterde aandachtig. Het zachte geluid van een televisie op de achtergrond. Ziegler was thuis. Of bij iemand anders? Een appartement? Een huis? Hij had geen beeld van haar woonsituatie. Hoe dan ook: ze was niet bezig de straten af te schuimen, als een hongerige wolf, op zoek naar de burgemeester. Of naar hem. Hij zag haar weer voor zich in haar zwarte leren pak en hoge laarzen, op haar krachtige motor; of achter de stuurknuppel van de helikopter. Hij wist opeens zeker dat zij de dader was.

'Nee,' zei hij. 'Ik wilde alleen maar even doorgeven dat ik er even tussenuit ga. Ik moet bijslapen.'

'Gaat het nog steeds niet beter?'

'Ik weet het niet. Ik kan niet meer helder denken. Ik kan helemaal niet meer denken. Ik ben doodop en ga kapot van de keelpijn.' (Iedere leugen moest een kern van waarheid bevatten.) 'Denk je dat je het een dag zonder mij redt? We moeten Chaperon zien te vinden.'

'Ik denk het wel,' zei ze na enige aarzeling. 'Ziek is ziek. Ga lekker slapen. Ik bel je als er nieuwe ontwikkelingen zijn. Ik ga nu ook slapen. Zoals je al zei: helder kunnen denken, daar gaat het om.'

'Welterusten, Irène.'

Hij hing op en belde zijn assistent.

'Met Espérandieu,' zei hij.

'Ze is thuis. Of in elk geval ergens waar een tv aanstond.'

'Maar ze sliep niet.'

'Net als zo veel mensen die laat naar bed gaan. Waar zit je nu?'

'Op de snelweg. Ik moet alleen nog tanken en dan kom ik eraan. Ik heb het nog nooit zo donker gezien. Ik ben er over vijftig minuten. Zullen we haar buiten opwachten?'

Hij aarzelde. Had hij daar de kracht voor?

'Ik weet niet eens waar ze woont.'

'Doe normaal.'

'Echt niet.'

'En nu?'

'Ik bel D'Humières wel even.'

'Zo laat nog?'

Servaz legde zijn telefoon op bed, liep naar de badkamer en gooide een plens koud water in zijn gezicht. Hij snakte naar koffie, maar wist niet of dat iets zou helpen. Daarna liep hij terug naar de slaapkamer en belde Cathy d'Humières.

'Martin! Mijn god! Weet je hoe laat het is? Je zou moeten slapen, gezien jouw toestand.'

'Weet ik,' zei hij. 'Maar het is dringend.'

Hij gokte dat de aanklaagster inmiddels rechtop in bed zat.

'Weer een dode?'

'Nee. Een tegenslag. We hebben een nieuwe verdachte. Maar niemand mag weten wie. Behalve jij.'

'Wie dan?' vroeg D'Humières, klaarwakker.

'Ziegler.'

Er viel een lange stilte.

'Vertel op.'

Dat deed hij. Hij lichtte haar in over de lijst van Saint-Cyr, en dat Irène er niet was geweest toen Perrault stierf, over haar terughoudendheid om over haar jeugd of haar verblijf in het kamp te praten, de leugentjes om bestwil waar het haar privéleven betrof.

'Dat wil nog niet zeggen dat ze schuldig is,' zei D'Humières.

Typisch iets voor een jurist om zo te denken, dacht hij. Wat hem betrof, was Irène Ziegler de hoofdverdachte.

'Maar je hebt gelijk; het is behoorlijk verontrustend. Dat van die lijst bevalt me helemaal niet. Wat wil je dat ik doe? Ik denk niet dat je me op dit tijdstip zou bellen als het niet ook tot morgen kon wachten.'

'We moeten weten waar ze woont.'

'We?'

'Espérandieu is onderweg.'

'Ga je haar in de gaten houden? Nu nog?'

'Waarschijnlijk wel.'

'Goeie god! Martin! Jij moet in bed liggen! Heb je onlangs nog in een spiegel gekeken?'

'Liever niet.'

'Dit bevalt me niks. Wees voorzichtig. Als zij het is, zou het wel eens gevaarlijk kunnen worden. Dan heeft ze al twee mensen vermoord. En ze kan ongetwijfeld net zo goed met een wapen overweg als jij.'

Ze moest eens weten, dacht hij bij zichzelf. Hij was een waardeloze schutter. En zijn assistent was ook niet bepaald een Dirty Harry.

* * *

Rond de tijd dat Servaz bij Saint-Cyr wegging, zat Diane nog achter haar bureau.

Ze vroeg zich af wat ze nu moest doen. Ze had het gevoel dat ze klaar was om in te grijpen, maar wilde ze dat ook echt? Ze was nog steeds geneigd te doen alsof er niets aan de hand was, en te vergeten wat ze had ontdekt. Moest ze het er met Spitzner over hebben? Dat leek haar aanvankelijk een goed idee, maar toen ze er langer over nadacht, veranderde ze van gedachten. Eerlijk gezegd had ze geen idee bij wie ze haar verhaal kwijt moest.

Ze stond er alleen voor, was op zichzelf aangewezen. Ze keek op het scherm van haar computer hoe laat het was.

Kwart over elf.

De Kliniek was in stilte gehuld, op de tegen het raam beukende wind na. Ze was klaar met het in Excel invoeren van de gegevens van de gesprekken die ze die dag had gevoerd. Xavier was allang niet meer aan het werk. Het was nu of nooit. Ze had een knoop in haar maag. Wat zou er gebeuren als ze gesnapt werd? Daar kon ze maar beter niet over nadenken.

* * *

'Daar is ze.'

Espérandieu overhandigde hem de verrekijker. Servaz stelde hem in op het twee verdiepingen tellende gebouwtje onder aan de heuvel. Irène Ziegler stond in de woonkamer, met een mobieltje aan haar oor. Ze leek hard te praten en was gekleed alsof ze op het punt stond de deur uit te gaan, niet als iemand die van plan was een avond voor de tv te hangen voor ze naar bed ging.

'Ze ziet er niet uit alsof ze zo gaat slapen,' zei Espérandieu, die de verrekijker weer overpakte.

Ze bevonden zich op een heuveltje aan de rand van een parkeerterrein, twintig kilometer buiten Saint-Martin. Het parkeerterrein was omgeven door een heg. Ze stonden tussen twee struiken. Er joeg een ijzige wind doorheen. Servaz zette de kraag van zijn jas op, en Espérandieu zocht beschutting in de capuchon van zijn windjack, dat steeds witter werd. Servaz stond rillend van de kou te klappertanden. Het was achtentwintig minuten voor één 's nachts.

'Ze komt naar buiten!' zei Espérandieu; hij zag hoe ze haar motorjack van de kapstok bij de voordeur pakte.

Even later gooide ze de deur van haar appartement dicht. Hij liet de verrekijker zakken naar de ingang van het gebouw, waar ze twintig seconden later verscheen. Ze ging het trapje af en liep ondanks de sneeuw naar haar motor.

'Verdomme! Ze is gek!'

Ze renden naar de auto. Ze slipten enigszins in de bocht aan de voet van de heuvel, maar waren nog net op tijd om de motor aan het eind van de straat rechts af te zien slaan. Toen ze bij het kruispunt kwamen, stond het stoplicht op rood. Ze reden erdoorheen. Het was niet erg waarschijnlijk dat ze op dit tijdstip en in dit weer iemand zouden tegenkomen. Ze reden over een lange laan, wit van de sneeuw. In de verte reed Ziegler, langzaam. Dat maakte het wel eenvoudiger voor hen, maar zorgde er ook voor dat ze eerder zouden opvallen, omdat Ziegler en zij de enigen waren op de lange, witte weg.

'Als dit zo doorgaat, zal ze ons zien,' zei Espérandieu, die vaart minderde. Ze lieten het stadje achter zich en reden een minuut of tien in een rustig tempo door uitgestorven dorpjes en witte weilanden, aan weerszijden omgeven door de bergen. Espérandieu liet haar een vrij grote voorsprong opbouwen, zolang ze het achterlicht van haar motor in het donker nog maar zagen oplichten.

'Waar gaat ze in hemelsnaam naartoe?'

Servaz hoorde aan Espérandieus stem dat hij net zo verbijsterd was als hijzelf. Hij gaf geen antwoord.

'Denk je dat ze Chaperon gevonden heeft?'

Servaz snoof minachtend. Hij voelde de spanning stijgen; het vooruitzicht van wat er zou kunnen gebeuren bezorgde hem een angstig voorgevoel. Alles duidde erop dat hij op het goede spoor zat: ze had tegen hem gelogen. Ze was niet naar bed gegaan, maar ging midden in de nacht de deur nog uit zonder dat iemand ervan wist. Alles wees erop dat ze schuldig was.

'Ze is rechts afgeslagen.'

Servaz tuurde ingespannen voor zich uit. Ze had de weg verruild voor een parkeerterrein naast een laag rechthoekig pakhuis, zoals er zo veel zijn op de industrieterreinen langs de hoofdwegen. Door de sneeuwvlokken heen zagen ze neonreclame in het donker. Het was het profiel van een rokende vrouw met een bolhoed op. De rook van de sigaret vormde de woorden 'Pink Banana'. Espérandieu minderde weer vaart. Ze zagen Ziegler stoppen en afstappen.

'Waar gaat ze heen?' vroeg Servaz. 'Een nachtclub?'

'Een meisjesbar.'

'Een wat?'

'Voor lesbiennes.'

Ze reden in de eerste versnelling het parkeerterrein op, en zagen haar nog net de portier groeten. Ze liep langs twee plastic palmbomen naar binnen. Verderop stonden andere, rechthoekige gebouwen. Als enorme schoenendozen. Een industrieterrein. Hij keerde en reed terug het donker in, ver weg van de lantaarns en de neonverlichting, maar parkeerde zo, dat ze de ingang van de club goed konden zien.

'Je wilde toch meer te weten komen over haar privéleven? Nou, dit is het dus.'

'Wat denk je dat ze daar aan het doen is?'

'Wat denk je zelf?'

'Ze jaagt op Chaperon, weet dat de tijd dringt, en toch gaat ze hiernaartoe? Om één uur 's nachts?'

'Tenzij ze hier met een contactpersoon heeft afgesproken.'

'In een club voor lesbiennes?'

Espérandieu haalde zijn schouders op. Servaz keek op het dashboardklokje hoe laat het was. Acht minuten over één.

'We gaan terug.'

'Waar naartoe?'

'Naar haar huis.'

Hij voelde in zijn jaszak en haalde een setje lopers tevoorschijn.

Espérandieu keek bedenkelijk. 'Eh... moeten we dat wel doen? Ik ben het er niet mee eens. Ze kan elk moment naar buiten komen.'

'Zet me daar maar af, en rij dan terug om je ervan te vergewissen dat ze hier nog is. Ik ga pas naar binnen als jij zegt dat het kan. Is je telefoon opgeladen?'

Servaz pakte zijn eigen mobieltje. Het ding deed het voor de verandering. Espérandieu deed hetzelfde, hoofdschuddend.

'Doe effe normaal. Je kunt nauwelijks op je benen staan. Als Ziegler de moordenaar is, is ze buitengewoon gevaarlijk.'

'Als jij haar in de gaten houdt, heb ik tijd zat om te maken dat ik wegkom. Kom, genoeg gepraat.'

'En wat doe je als de buren je zien en alarm slaan? Confiant maakt je af. Hij haat je.'

'Dat gebeurt niet. Kom. De tijd dringt.'

* * *

Diane keek om zich heen. Niemand te bekennen. De gang was uitgestorven. In dit gedeelte van de Kliniek hingen geen beveiligingscamera's, omdat er geen patiënten mochten komen. Ze draaide aan de deurknop; de deur was niet op slot. Ze keek hoe laat het was. Twaalf minuten over twaalf. Ze ging de kamer binnen. De kamer baadde in het maanlicht dat door het raam naar binnen scheen. Het kantoor van Xavier.

Ze deed de deur achter zich dicht. Ze stond volledig op scherp – het was alsof ze door de spanning kon horen en zien als een dier. Haar blik gleed over zijn bureau, dat leeg was, op een lamp, computer en telefoon na. Links stond een boekenkast, rechts een archiefkast en in de hoek een koelkastje. In de vensterbank planten. Buiten woedde een storm, en soms, als er wolken voor de maan dreven, werd het zo donker dat ze alleen het grijsblauwe rechthoekige venster zag.

Op de grond, in een hoekje, lagen gewichten. Klein, maar zwaar, zag ze toen ze dichterbij kwam. Ze wilde de bovenste bureaulade openmaken, maar die zat op slot. Verdorie! De tweede lade was echter wel open. Ze aarzelde even, en knipte de bureaulamp aan. Ze snuffelde door de mappen en papieren, maar vond niets opvallends. De derde lade was zo goed als leeg, op een paar pennen en stiften na.

Ze liep naar de archiefkast. Hij hing vol dossiermappen. Diane haalde er een paar uit en bladerde erdoorheen. Dossiers van het personeel. Het viel haar op dat er geen dossier was van Elisabeth Ferney, maar wel van Alexandre Barski. Aangezien er verder niemand Alexandre heette, nam ze aan dat het van de verpleegkundige was. Ze hield het onder de lamp om het beter te kunnen lezen.

Ze las in Alex' cv dat hij in 1980 was geboren in Ivoorkust. Hij was jonger dan ze dacht. Niet getrouwd. Hij woonde in Saint-Gaudens, Diane meende het stadje ergens op een landkaart van de streek gezien te hebben. Hij werkte al vier jaar in de Kliniek. Daarvoor was hij werkzaam geweest in een psychiatrische inrichting in Armentières. Als student had hij op diverse plekken stage gelopen, ook op een psychiatrische afdeling voor kinderen. Diane wilde het hier graag een keer met hem over hebben. Ze wilde Alex wat beter leren kennen – vrienden met hem worden. Hij kreeg goede beoordelingen. Door de jaren heen hadden eerst Wargnier en later Xavier dingen geschreven als: *kan goed luisteren*, *is competent*, *toont initiatief*, *teamplayer* en *kan goed met de patiënten overweg*.

Oké, je hebt meer te doen.

Ze sloeg het dossier dicht en stopte het terug. Weifelend sloeg ze haar eigen dossier open. Diane Berg. Het bevatte haar curriculum en printjes van de mailwisseling met dokter Wargnier. Ze voelde dat ze een knoop in haar maag kreeg toen ze onder aan de pagina in het handschrift van Xavier zag staan: *Krijgen we last met haar?* Van de overige mappen werd ze ook niets wijzer.

Ze keek in de andere lades. Ze bevatten dossiers van de patiënten. Administratie. Het feit dat er geen dossier was van Lisa Ferney bevestigde Dianes vermoeden: waarschijnlijk was ze inderdaad degene die de touwtjes hier in handen had. Zowel Wargnier als Xavier had geen dossier van haar durven aanleggen.

Ze bekeek de inhoud van de boekenkast die aan de andere kant van de kamer stond. Daarna liep ze terug naar het bureau en de computer. Diane aarzelde, en ging uiteindelijk op Xaviers stoel zitten. Er hing een hardnekkige geur van zeep en eau de toilette in de leren stoel. Ze luisterde even aandachtig, en zette toen de computer aan. Het apparaat kwam tot leven.

Het bureaublad verscheen – een doodgewoon herfstlandschap – en de icoontjes verschenen een voor een in beeld.

Diane bekeek ze, maar er zat niets bijzonders tussen. Ze opende zijn mailbox. Ook niks interessants. Het laatste mailtje was van die ochtend, en was gericht aan het personeel. Het bevatte een overzicht van alle vergaderdata van het team van therapeuten. Hij had vijfhonderdvijftig berichten, waarvan twaalf ongelezen. Diane had geen tijd om ze allemaal te lezen, maar bekeek de laatste veertig vluchtig en zag niets ongewoons.

Daarna bekeek ze zijn verzonden berichten. Ook niets bijzonders.

Ze sloot de mailbox af, en ging naar zijn bladwijzers. Er waren een paar sites die eruit sprongen, waaronder een datingsite, een site getiteld 'Verleidingslessen van een psycholoog-seksuoloog', een derde met 'De beste seksfoto's', en een vierde site, over thoracale pijn en problemen met de hartcirculatie. Ze vroeg zich af of Xavier echt last had van zijn hart of hypochonder was. Na zeventien minuten zette ze teleurgesteld de computer uit.

Haar blik viel nogmaals op de bovenste lade, die op slot zat.

Ze was benieuwd of Xavier een externe harde schijf of USB-stick bewaarde in die lade. Op een paar pornosites na was de computer wel heel erg schoon voor iemand die iets te verbergen had.

Ze keek om zich heen, vond een paperclip, trok hem recht en stak hem in het slot, en probeerde de la te openen, zoals ze zo vaak had gezien in films.

Het was duidelijk dat het zinloos was toen de paperclip brak en de helft in het slot bleef zitten. Ze vloekte binnensmonds. Ze pakte een briefopener en kreeg het stukje ijzer na enige moeite uit het slot. Ze overdacht alle mogelijkheden en kreeg opeens eens goed idee. Ze draaide de stoel naar het raam, stond op en tilde een voor een de bloempotten op. Niks. Vervolgens stak ze haar vingers in de aarde.

In de derde pot voelden haar vingers iets. Iets van stof met iets hards erin... Ze trok het eruit en er kwam een zakje tevoorschijn. De sleutel zat erin. Haar hartslag versnelde. Maar toen ze de lade opende, werd ze teleurgesteld: geen externe harde schijf of USB-stick te bekennen. Slechts een stapel papieren die betrekking hadden op de Kliniek. Verslagen, correspondentie met collega's – niks vertrouwelijks. Waarom sloot Xavier die lade dan af? Dan kon hij hem toch net zo goed openlaten? Toen ze door de papieren bladerde kwam ze een bruin mapje tegen. Ze trok het uit de la en legde het op het vloeiblad, in het schijnsel van de lamp. Er zaten slechts een paar vellen papier in, waaronder een lijst met namen, verdeeld over een aantal kolommen. Het viel Diane op dat het briefpapier was van het gemeentehuis van Saint-Martin, en dat het een kopie was. Ze begon met het eerste vel. Er zat een Post-it op geplakt. Ze trok hem los en hield hem onder de lamp. Xavier had er enkele namen op gekrabbeld, allemaal met een vraagteken erachter.

Gaspard Ferrand?
Lisa?
Irène Ziegler?
Vakantiekamp?
Wraak?
Waarom een paard???

Ze vroeg zich af waarnaar ze keek, maar ze kon het eigenlijk wel raden. Zij had dezelfde vragen. Twee van de namen zeiden haar weliswaar niets, maar het woord 'vakantiekamp' herinnerde haar aan haar onplezierige ervaring in de leegstaande gebouwen, twee dagen daarvoor. Ze had een lijstje met verdachten in handen. Ze dacht aan het gesprek dat ze had afgeluisterd via het ventilatierooster: Xavier had de agent beloofd zijn eigen personeel na te gaan. En de vragen die op dit papiertje gekrabbeld waren, waren het bewijs dat hij daarmee begonnen was. En dat zou betekenen dat hij zelf niet verdacht was. Maar waarom had hij die medicijnen dan besteld?

Verbaasd stopte Diane de lijst weer in het mapje, dat ze teruglegde in de lade. Ze deed hem weifelend op slot. Ze kende die twee andere namen niet – maar er was in elk geval één naam waarmee ze iets kon. Wilde Xavier met 'vakantiekamp' zeggen dat deze namen daar op een of andere manier mee in verband stonden? Ze zag die huilende, krijsende man weer voor zich. Wat was daar allemaal voorgevallen? En wat had het te maken met de misdrijven die gepleegd waren in Saint-Martin? Het antwoord moest iets te maken hebben met het woord dat de psychiater als laatste had opgeschreven: wraak. Diane wist dat ze veel te weinig informatie had om dichter bij de waarheid te komen. Kennelijk was Xavier iets op het spoor, maar was hem nog niet alles duidelijk.

Opeens verstijfde ze, de sleutel van de lade nog in haar hand. Ze hoorde voetstappen in de gang. Instinctief kromp ze ineen in haar stoel, haar hand bewoog langzaam naar de bureaulamp. Ze deed hem uit. Ze zat weer in het donker, in het blauwgrijze licht van de maan, haar hart bonkte in haar keel. De voetstappen hielden stil voor de deur. Was het een bewaker die zijn ronde maakte? Had hij het licht gezien? De seconden verstreken tergend langzaam. Daarna liep de bewaker verder en stierf het geluid van de voetstappen weg.

Haar hart klopte nog in haar keel, maar haar ademhaling werd langzaam weer normaal. Ze wilde maar één ding en dat was snel terug naar haar kamer. Daarnaast zou ze Xavier graag aan de tand voelen over zijn onderzoek. Maar ze wist dat ze ontslagen zou worden zodra ze zou toegeven zijn kantoor doorzocht te hebben, wat het einde van haar carrière zou betekenen. Ze moest iets anders bedenken om hem te laten praten.

* * *

'Haar motor staat er nog. Ze is nog niet vertrokken.'

Servaz klapte zijn mobieltje dicht en deed het licht in het trapportaal aan. Hij keek eerst op zijn horloge om te zien hoe laat het was – zevenentwintig minuten over één – en liep vervolgens naar de deur van het andere appartement. Doodstil. Iedereen sliep. Hij veegde zijn voeten uitgebreid op de deurmat, en haalde vervolgens de loper tevoorschijn. Dertig seconden later stond hij binnen. Ze had geen extra beveiliging.

Rechts zaten twee deuren: de eerste verschafte toegang tot een gang, de andere tot de woonkamer. Servaz liep door de donkere, stille kamer, op zoek naar de lichtschakelaar. Toen het licht aanging zag hij een spaarzaam ingerichte kamer. Hij bleef met bonzend hart staan.

Zoek naar iets wits, had Propp gezegd.

Hij liep langzaam door de kamer. De muren waren wit. Het meubilair was kil, onpersoonlijk. Modern. Hij probeerde een beeld te krijgen van de persoon die hier woonde, los van wat hij al van haar wist. Het beeld kwam niet. Het was alsof er een geest woonde in het appartement. Hij liep naar het handjevol boeken die in de boekenkast tussen de sportprijzen stonden. Ze gingen allemaal over hetzelfde: seksuele misdrijven, geweld tegen vrouwen, onderdrukking van vrouwen, pornografie en verkrachting. Het duizelde hem. Hij kwam steeds dichter bij de waarheid. Hij liep naar de keuken. Opeens zag hij rechts van zich iets bewegen. Voor hij iets kon doen voelde hij iets tegen zijn benen. In paniek deinsde hij terug. Een kat zocht miauwend een goed heenkomen elders in het appartement. God, wat liet die hem schrikken! Servaz wachtte tot zijn hart weer normaal klopte, en trok toen een voor een de kastjes open. Niets bijzonders. Het viel hem op dat Irène Ziegler zich, in tegenstelling tot hem, aan een strikt dieet hield. Hij liep via de woonkamer naar de slaapkamers. De deur van een van de kamers stond open; er stonden een bureautje, een bed en een archiefkast. Hij doorzocht de lades van de archiefkast een voor een. Mappen met papieren: de belasting, elektriciteit, cursussen van de politieschool, de huur, ziektekosten, verschillende abonnementen. Op het nachtkastje boeken met Engelse titels: *The Woman-Identified Woman*, *Radical Feminism: A Documentary History*. Hij schrok toen de telefoon in zijn zak trilde.

'En?' vroeg Espérandieu.

'Nog niks. En daar?'

'Ze is er nog. Is het niet bij je opgekomen dat ze misschien niet alleen woont? We weten helemaal niets van haar, verdomme!'

Zijn hart sloeg over. Espérandieu had gelijk. Daar had hij totaal niet aan gedacht. Er waren drie deuren dicht in het appartement. Wat zou hij daarachter aantreffen? Er moest minimaal nog één slaapkamer zijn. De kamer waarin hij nu stond was zo te zien niet in gebruik als slaapkamer. Hij was zonder geluid te maken binnengekomen, en het was bijna twee uur 's ochtends, een tijdstip waarop de meeste mensen diep in slaap waren. Met kramp in zijn maag liep hij de kamer uit en bleef voor de volgende deur stilstaan. Hij luisterde aandachtig. Niets te horen. Hij legde zijn oor tegen de deur. Stilte, op het gesuis van zijn eigen bloed na. Ten slotte legde hij zijn hand op de klink en duwde hem zachtjes omlaag.

Een slaapkamer. Een onopgemaakt bed.

Er lag niemand in. Zijn hart ging opnieuw tekeer; hij hield zichzelf voor dat dit kwam door zijn slechte conditie. Hij moest nodig weer iets aan sport gaan doen als hij geen hartinfarct wilde krijgen.

Hij maakte de laatste twee deuren open; ze waren van de badkamer en het toilet.

Hij liep terug naar de kamer met het bureautje en keek wat er in de lades zat. Slechts pennen en creditcardafschriften. Toen werd zijn blik getrokken naar iets gekleurds op de vloer onder het bureau. Een wegenkaart. Die was waarschijnlijk op de grond gevallen. Zijn telefoon trilde weer.

'Ze is vertrokken!'

'Oké. Volg haar. En bel me als je op één kilometer afstand bent.'

'Wat doe je daar nog? Maak dat je als de sodemieter wegkomt!'

'Ik heb denk ik iets gevonden.'

'Ze heeft haar motor gestart. Ze is onderweg!'

'Haal haar in. Schiet op. Geef me nog vijf minuten.'

Hij hing op. Hij knipte de bureaulamp aan en raapte de kaart op.

Om twee minuten over twee had Espérandieu Irène Ziegler de Pink Banana zien verlaten, in het gezelschap van een andere vrouw. Terwijl Ziegler er in haar leren kleding en laarzen uitzag als een fascinerende amazone, droeg haar gezelschap een wit satijnen jasje met een bontkraag, een strakke spijkerbroek en rijglaarzen met witte hakken. Ze leek zo uit een tijdschrift te zijn gestapt. Ze was zo donker als Ziegler blond was. De twee jonge vrouwen liepen naar de motor en de gendarme stapte op. Ze wisselden nog een paar woorden. Daarna boog de donkerharige vrouw zich naar de blonde. Espérandieu kreeg het warm toen hij hen innig zag zoenen.

Sodeju, dacht hij bij zichzelf, zijn keel droog.

Ziegler gaf een dot gas. Een amazone, één met haar motor. Die vrouw is waarschijnlijk een moordenaar, dacht hij om zijn lustgevoelens te onderdrukken.

Opeens viel hem nog iets anders in. Er waren twee mensen voor nodig geweest om Lombards paard te doden. Hij maakte nog vlug een foto van de donkerharige vrouw voor ze weer in de club verdween. Wie was zij? Konden de moordenaars twee vrouwen geweest zijn? Hij pakte zijn mobieltje en belde Servaz.

'Kut!' vloekte hij nadat hij had opgehangen. Martin wilde nog vijf minuten! Hij leek wel gek.

Hij had gelijk moeten maken dat hij wegkwam. Espérandieu reed zo hard hij kon weg. Hij reed de parkeerplaats veel te hard af, waardoor hij in de bocht slipte alvorens gas te kunnen geven op de lange, rechte weg. Hij haalde zijn voet pas van het gaspedaal toen hij het achterlicht van de motor weer zag en keek automatisch op het dashboardklokje: zeven minuten over twee.

In godsnaam, Martin, maak dat je wegkomt! dacht Espérandieu.

Servaz bekeek de landkaart grondig. Een gedetailleerde kaart van de Comminges-hoogvlakte. Een schaal van 1:50.000. Hoe lang hij er ook naar keek, er viel hem niets op. Toch had Ziegler deze kaart onlangs nog bestudeerd. Goed kijken, maar waarnaar? Wat moest hij hierop zoeken? Opeens wist hij het: de schuilplaats van Chaperon!

Die moest ergens op deze kaart staan.

Ergens op de weg was een stuk met meerdere scherpe bochten, waarvoor hij vaart moest minderen. Daarna zigzagde de weg door een landschap van dennenbomen en besneeuwde berken, langs witte heuvels en een meanderend beekje. Overdag was het net een ansichtkaart, nu, in het licht van de koplampen, een beetje griezelig.

Espérandieu zag Ziegler vaart minderen en remmen en behoedzaam de bocht nemen alvorens ze achter de hoge dennen verdween. Hij haalde zijn voet van het gaspedaal en nam net zo voorzichtig als zij de bocht. Hij reed bijna in slow motion toen hij bij het beekje was. En toch was het niet langzaam genoeg.

Op het moment zelf zou hij in staat geweest zijn te zeggen wat hij zag. Een zwarte schaduw.

Die van de andere kant van de weg tevoorschijn kwam en voor de koplampen sprong. Hij trapte instinctief op de rem: de verkeerde reflex. De auto slipte en raakte met een klap het beest. Met zijn handen stevig om het stuur geklemd lukte het hem de auto weer recht te krijgen, maar het was te laat. Hij remde, parkeerde de auto, zette de gevarenlichten aan, maakte zijn gordel los en haastte zich naar buiten. Een hond! Hij had een hond aangereden. Het dier lag midden op de weg en keek Espérandieu smekend aan in het lichtschijnsel, hijgend, een dampwolk rond zijn snuit, een van zijn pootjes trilde.

Stil blijven liggen, maatje! Ik ben zo terug! dacht Espérandieu bijna hardop.

Hij stak een hand in zijn anorak. Zijn mobieltje zat er niet in! Hij keek vertwijfeld om zich heen. De motor was allang verdwenen. Kut, kut, kut! Hij rende naar de auto, en voelde met zijn hand onder de stoelen. Niets. Geen spoor van dat kutding. Niet op de stoelen, niet op de vloer. Waar was die klotetelefoon?

Hoe goed Servaz de landkaart ook bekeek, hij kon niet ontdekken waar Chaperon zich schuil zou kunnen houden. Maar misschien had ze die plek niet hoeven te markeren. Misschien wist ze precies waar het was. Servaz staarde naar Saint-Martin, naar de skipistes, de omliggende dalen en bergtoppen, naar de weg die ernaartoe leidde waar hij zelf ook overheen gereden was, de weg naar de elektriciteitscentrale, het vakantiekamp, de Kliniek en alle omliggende dorpjes.

Hij keek om zich heen. Zijn aandacht werd getrokken door een vel papier op het bureau. Een van de vele.

Hij pakte het op. Een huurovereenkomst voor onroerend goed. Zijn hartslag versnelde. Een huurcontract op naam van Roland Chaperon, inwoner van Saint-Martin-de-Comminges. Met een adres erop: Chemin 12, zone 4, Aurevallei, gemeente Hourcade. Servaz vloekte. Hij had geen tijd om het register te bekijken. Toen zag hij dat Ziegler onder aan het vel papier met rode stift iets geschreven had: D4. Bingo. Met klamme handen bestudeerde hij de landkaart nog een keer.

Espérandieu keerde terug op zijn schreden en zag zijn telefoon op de weg liggen. Hij pakte hem gehaast op. Hij was gebroken, het beschermhoesje gescheurd. Toch probeerde hij Servaz te bellen. Tevergeefs. De angst sloeg hem om het hart. Martin! De hond jankte hartverscheurend. Espérandieu keek naar het dier. Verdomme nog aan toe! Wat een nachtmerrie! zei hij bij zichzelf.

Hij rukte het achterportier open, liep naar de hond en tilde hem op. Hij was zwaar. Het beest gromde omdat hij zich bedreigd voelde, maar liet het toe. Espérandieu legde hem op de achterbank, gooide het portier dicht, en kroop weer achter het stuur. Hij keek hoe laat het was. Twintig over twee! Ziegler kon elk moment thuiskomen. Martin, maak dat je wegkomt. Nu. Alsjeblieft! Hij scheurde als een pijl uit een boog weg, slipte, kreeg de auto nog net op tijd recht op de weg en racete door de sneeuw, zijn handen als een rallyrijder om het stuur. Zijn hart maakte overuren.

Een kruisje. Een rood kruisje in vakje D4, dat hij aanvankelijk over het hoofd had gezien. Servaz was dolblij. Een zwart vlekje, in een verlaten, bosrijk gebied. Een chalet? Een blokhut? Wat maakte het uit. Servaz wist nu waar Ziegler naartoe zou gaan.

Hij realiseerde zich plotseling hoe laat het was. Twintig over twee. Er klopte iets niet. Espérandieu had allang moeten bellen. Ziegler was zestien minuten geleden uit de club vertrokken! Dat was meer dan lang genoeg om... Hij kreeg het warm. Hij moest hier weg, en wel zo snel mogelijk. Hij keek in paniek naar de deur, legde de landkaart terug op de plek waar hij hem had gevonden, deed het licht overal uit en liep naar de woonkamer. Hij hoorde buiten iets. Hij haastte zich naar het raam en zag Ziegler aan komen rijden. Het zweet brak hem aan alle kanten uit. Te laat!

Hij deed vlug het licht in de woonkamer uit. Hij haastte zich naar de voordeur, liep het appartement uit en deed de deur zachtjes achter zich dicht. Zijn hand trilde zo erg dat hij bijna de loper liet vallen. Hij deed de deur op slot en liep de trap af, en bleef toen staan. Waar moest hij heen? Als hij de trap af liep, zou hij oog in oog met haar komen te staan. Hij schrok zich een ongeluk toen hij twee verdiepingen lager de voordeur hoorde opengaan. Hij zat in de val. Hij liep met twee treden tegelijk de trap weer op, zo stil mogelijk, en stond toen weer op dezelfde plek: de tweede verdieping. Hij keek om zich heen. Hij kon geen kant op – Ziegler woonde op de bovenste verdieping.

Zijn hart ging tekeer. Hij probeerde na te denken. Ze kon elk moment bovenkomen. Hoe zou ze reageren? Hij werd verondersteld ziek in bed te liggen, en het was bijna half drie 's ochtends. Bedenk wat! zei hij tegen zichzelf. Maar het lukte niet. Hij kon niets anders bedenken. Hij haalde de loper weer tevoorschijn, maakte de deur open en deed hem weer achter zich dicht. Hij haastte zich naar de woonkamer. Er stond verdomme veel te weinig meubilair. Hij kon zich nergens verstoppen. Hij overwoog heel even om het licht aan te doen, op de bank te gaan zitten en haar nonchalant te begroeten. Hij zou zeggen dat hij zichzelf had binnengelaten. Dat hij haar iets moest vertellen. Echt niet! Stom idee! Hij zweette, was buiten adem; ze zou meteen de angst in zijn ogen zien. Hij had voor de deur moeten blijven staan. Nu was het te laat. Zou ze hem vermoorden?

Er liep een ijskoude rilling over zijn rug toen hij besefte dat ze dat al eens geprobeerd had, in het vakantiekamp. Hij kon opeens weer helder denken: je moet je verstoppen! Hij rende naar de slaapkamer. Op hetzelfde moment dat hij zich onder het bed liet glijden, hoorde hij de voordeur opengaan.

Hij kroop zo ver mogelijk weg toen hij haar laarzen in de gang zag. Hij lag met zijn kin op de grond, drijfnat van het zweet – het leek wel een nachtmerrie. Het was onwerkelijk, zoiets gebeurde niet.

Hij hoorde hoe ze haar sleutels op het kastje in de gang kwakte. Heel even was hij doodsbenauwd dat ze op weg was naar de slaapkamer.

Maar toen zag hij haar laarzen in de woonkamer verdwijnen en hoorde hij het leer van haar pak kraken. Net toen hij met zijn mouw het zweet van zijn voorhoofd wilde vegen, verstijfde hij: zijn telefoon stond nog aan.

De hond lag zachtjes jankend op de achterbank. Hij bleef goddank stilliggen. Espérandieu nam de laatste bocht zoals die daarvoor: hij was de controle volledig kwijt. De achterwielen leken weg te glijden, maar hij schakelde, trok het stuur de andere kant op, gaf een beetje gas en reed weer recht.

Hier woonde Ziegler.

Hij parkeerde voor de deur, pakte zijn pistool en sprong uit de auto. Hij keek omhoog en zag dat er licht brandde in de woonkamer. Haar motor stond voor de deur. Van Martin was geen spoor te bekennen. Hij luisterde aandachtig, maar hoorde alleen de wind huilen.

Kom op, Martin, kom tevoorschijn!

Espérandieu keek wanhopig om zich heen toen hij een idee

kreeg. Hij stapte weer in en startte de auto. De hond protesteerde zwak.

'Ik weet het, ouwe reus. Geen paniek, het komt goed.'

Hij reed de steile heuvel naar het parkeerterrein weer op, pakte de verrekijker, kroop weer in de open plek tussen de struiken en zag nog net hoe Ziegler met een pak melk de keuken uit kwam lopen. Haar jas had ze op de bank gegooid. Hij zag haar een slok nemen, de riem uit haar broek trekken en haar laarzen uittrekken. Daarna liep ze de woonkamer uit. Het licht in de badkamer ging aan. Ze nam een douche. Waar hing Martin uit? Had hij kunnen ontsnappen? Maar waar zat hij nu dan, verdomme? Espérandieu slikte. Er zat een raam tussen dat van de badkamer en het grote raam van de woonkamer. Aangezien de gordijnen open waren en de deur openstond, vermoedde hij dat het een slaapkamer was. Opeens kwam er iemand onder het bed vandaan. Hij stond op, aarzelde even, liep vervolgens heimelijk de slaapkamer uit, naar de voordeur. Martin! Espérandieu wilde het uitschreeuwen, maar richtte zijn verrekijker op de ingang van het gebouw tot hij Servaz eindelijk naar buiten zag komen. Er verscheen een glimlach op Espérandieus gezicht. Servaz keek om zich heen, zoekend. Espérandieu floot op zijn vingers.

Servaz keek op en zag hem. Hij wees naar boven, en Espérandieu begreep meteen wat hij bedoelde. Hij richtte de verrekijker op de ramen; Irène Ziegler stond nog steeds onder de douche. Hij gebaarde dat Servaz naar de zijkant van het gebouw moest lopen en stapte zelf in zijn auto. Een minuut later trok zijn baas het portier open.

'Waar was je nou?' vroeg Servaz. Een condenswolkje verliet zijn mond. 'Waarom heb je niet...'

Hij stopte met praten toen hij de hond op de achterbank zag liggen.

'Wat is dat?'

'Een hond.'

'Dat zie ik ook wel. Wat moet dat beest hier?'

Espérandieu vertelde in het kort wat er gebeurd was. Servaz ging op de passagiersstoel zitten en trok het portier dicht.

'Dus je hebt me laten verrekken voor een hónd?'

Espérandieu keek hem verontschuldigend aan.

'Ik ben gek op dieren. En trouwens, mijn telefoon ligt aan barrels. Man, wat heb je me laten schrikken! We hebben het echt verkloot.'

In de donkere auto schudde Servaz zijn hoofd.

'Het is mijn schuld. Je had gelijk: het was een stomme actie.'

Dit was een van de redenen waarom Espérandieu Servaz zo graag mocht. In tegenstelling tot de meeste andere bazen gaf hij het toe als hij fout zat, en schoof hij het niet op een ander af.

'Maar ik ben wel veel wijzer geworden,' zei hij.

Hij vertelde over de landkaart. En over de huurovereenkomst. Hij haalde een vel papier tevoorschijn waar hij de locatie op had geschreven. Er viel een korte stilte.

'We moeten Samira en de rest bellen. We hebben versterking nodig.'

'Weet je zeker dat je geen sporen hebt achtergelaten?'

'Ik denk van wel. Nou ja, er ligt een liter zweet onder het bed.'

'Goed zo. Maar we moeten nu eerst iets anders dringends doen.'

'Wat dan?'

'De hond. We moeten zo snel mogelijk naar een dierenarts.'

Servaz keek zijn assistent aan en vroeg zich af of hij een grapje maakte. Niet dus. Servaz draaide zich om om het dier te bekijken. De hond maakte een zwakke indruk; hij was er slecht aan toe. Hij tilde zijn snuit op en keek Servaz vanaf de achterbank berustend, met verdrietige ogen aan.

'Ziegler staat onder de douche,' zei zijn assistent. 'Ze gaat vannacht de deur niet meer uit. Ze weet dat ze morgen de hele dag heeft om Chaperon te zoeken, omdat jij hebt gezegd dat je niet komt werken. Ze kan op klaarlichte dag haar gang gaan.'

Servaz aarzelde.

'Goed dan,' zei hij toen. 'Ik bel de gendarmerie en vraag het adres van een dierenarts. Daarna bel jij Samira wakker en zorg je dat ze hierheen komt. Met twee collega's.'

Espérandieu keek op zijn horloge – kwart voor drie – en pakte Servaz' telefoon. Hij belde een minuut of tien met Samira. Daarna hing hij op en wendde zich tot zijn baas. Die zat naast hem, met zijn hoofd tegen het raampje geleund, en was diep in slaap.

25

Het veldbed kraakte toen hij rechtop ging zitten, zijn benen over de rand gooide en zijn blote voeten op de koude tegels zette. Een kleine, schaars ingerichte kamer. Terwijl hij geeuwend het lampje op het nachtkastje aandeed, besefte Servaz dat hij over Charlène Espérandieu had gedroomd. Ze hadden liggen vrijen op de vloer van een ziekenhuisgang en zich niets aangetrokken van voorbijlopende doktoren en verplegend personeel. Op de vloer van een ziekenhuis? Hij keek naar zijn ochtenderectie, en moest lachen omdat het zo absurd was. Hij zocht naar zijn horloge onder het bed en zag dat het zes uur 's ochtends was. Hij pakte de schone kleren die klaar hingen over een stoel. Het overhemd was hem te groot, maar de broek had de juiste lengte. Servaz liep naar de douches aan het eind van de gang. Ziegler stond onder permanente surveillance, en hij sliep liever niet in een hotel maar op het bureau, waar hij dichter bij het vuur zat.

Er was niemand in de doucheruimte. Het tochtte er behoorlijk, waardoor de verwarming voor niets aanstond. Servaz wist dat de gendarmes in de andere vleugel woonden, in hun eigen onderkomen, dit deel van het gebouw werd niet veel gebruikt. En dus vloekte hij hartgrondig toen er slechts een lauw straaltje uit de warmwaterkraan kwam.

Bij het inzepen deed iedere beweging hem pijn. Hij dacht na. Hij was ervan overtuigd dat Irène Ziegler de dader was, maar ook dat er nog wel wat grijze gebieden en onduidelijkheden te overwinnen waren voor de waarheid aan het licht zou komen. Ziegler was ongetwijfeld verkracht door de vier mannen, net als al die andere vrouwen uit de regio. De boeken die hij in haar appartement had aangetroffen bewezen dat ze het nog niet verwerkt had. Grimm en Perrault waren vermoord voor hun daden – maar waarom waren ze opgehangen? Vanwege de zelfmoordenaars? Of had het een andere reden? Er was één detail dat hem niet losliet: Chaperon was halsoverkop gevlucht. Wist hij wie de moordenaar was?

Servaz trachtte zichzelf gerust te stellen: Ziegler werd in de gaten gehouden, en ze wisten nu waar Chaperon zat ondergedoken – ze hadden alle troeven in handen.

Misschien lag het aan de koude badkamer, of aan het water dat met de minuut kouder werd, of aan de gedachte dat zijn hoofd gevangen had gezeten in een plastic tasje – wat de reden dan ook mocht zijn: hij kon die ochtend niet meer ophouden met rillen. In de verlaten doucheruimte was hij gewoon doods- en doodsbang.

Hij zat met een beker koffie te wachten in de vergaderruimte tot de rest er was. Een voor een kwamen ze binnen. Maillard, Confiant, Cathy d'Humières, Espérandieu en twee andere leden van de brigade – Pujol en Simeoni, de kortzichtige zwaargewichten die het vaak op Vincent gemunt hadden. Voor ze begonnen, las iedereen eerst alles door wat ze gekregen hadden, je hoorde alleen ritselend papier. Servaz bestudeerde de bleke, vermoeide gezichten, iedereen stond op scherp. De spanning was bijna tastbaar. Terwijl hij wachtte, schreef hij een paar dingen op, tot iedereen klaar was. Daarna stak hij van wal.

Hij vatte de situatie samen. Toen hij hun vertelde wat hem was overkomen in het vakantiekamp, viel er een diepe stilte. Pujol en

Simeoni hielden hem nauwlettend in de gaten. Ze leken beiden te denken dat hen zoiets niets overkomen zou zijn. Misschien hadden ze wel gelijk. Ze waren misschien niet het toonbeeld van de goede politieman, ze wisten hun mannetje te staan.

Daarna somde hij op waarom hij dacht dat Ziegler schuldig was, en toen was het Maillards beurt om wit weg te trekken. Er hing een bedrukte sfeer. Om als agent een gendarme van moord te beschuldigen – dat was vragen om problemen.

'Het bevalt me niks,' zei D'Humières somber.

Hij had haar zelden zo mat meegemaakt. Met haar afgetobde gezicht zag ze er ziekelijk uit. Hij keek op zijn horloge. Acht uur. Ziegler zou zo opstaan. Juist op dat moment ging zijn telefoon.

'Het is zover, ze staat op,' zei Samira Cheung.

'Pujol,' zei hij meteen, 'ga naar Samira. Ziegler is wakker. En ik wil nog een derde auto, als back-up. Ze kent ons, ik wil niet dat ze ons betrapt. Simeoni, jij rijdt de derde wagen. Hou een beetje afstand. Trouwens, we weten waar ze naartoe gaat. Je kunt haar beter kwijtraken dan dat ze ziet dat ze wordt achtervolgd.'

Pujol en Simeoni vertrokken zonder iets te zeggen. Servaz stond op en liep naar de grote landkaart die aan de muur hing. Zijn blik gleed van zijn schrijfblok naar de kaart; daarna legde hij zijn vinger op exact de juiste plek. Hij draaide zich om en keek naar zijn collega's.

'Daar zit-ie.'

Er kwam een rookpluim uit de schoorsteen die op het met mos begroeide dak van de hut stond. Servaz keek om zich heen. Grijze wolken hingen laag boven de beboste hellingen. De lucht rook naar vocht, mist, schimmel en brandend hout. De hut lag aan hun voeten, tussen de bomen, in een kleine, ondergesneeuwde vallei, midden in een open plek in het bos. Uit het zicht hielden drie gendarmes en een jachtopziener de toegangsweg in de gaten. Servaz wendde zich tot Espérandieu en Maillard, die met een knikje antwoordden, langzaam liep de stoet van een man of twaalf de berg af.

Opeens bleven ze stilstaan. Er kwam zojuist een man uit de hut. Hij rekte zich uit in het ochtendlicht, snoof de lucht op en spuugde op de grond. De scheet die hij liet klonk als een misthoorn. Vreemd genoeg reageerde een vogel hier luid kakelend op. De man keek nog een keer om zich heen, en verdween weer naar binnen.

Servaz herkende hem, ondanks zijn baard, meteen.

Het was Chaperon.

Ze kwamen bij de open plek achter het huisje. De lucht was vochtig als een Turks stoombad, maar dan veel minder warm. Servaz keek naar de anderen; ze splitsten zich op in twee groepen. Ze vorderden langzaam, zakten tot hun knieën weg in de sneeuw en liepen het laatste stuk, van de achterkant van het huisje naar de voordeur, op hun hurken, om niet op ooghoogte te zijn. Servaz leidde de eerste groep. Net toen ze de hoek om kwamen naar de voorkant van de hut, ging de deur open. Servaz deed een stap naar achteren, zijn pistool in de aanslag. Hij zag Chaperon drie stappen zetten, zijn gulp openritsen en uitvoerig in de sneeuw pissen, neuriënd.

'Doorpissen en handen omhoog, Pavarotti,' zei Servaz achter hem.

De burgemeester vloekte; hij had over zijn schoenen geplast.

* * *

Diane had een beroerde nacht achter de rug. Ze was vier keer badend in het zweet wakker geworden met zo'n benauwd gevoel, dat het leek of ze een korset droeg. De lakens waren ook drijfnat. Ze vroeg zich af of ze ziek werd.

Ze herinnerde zich dat ze een nachtmerrie had gehad: ze lag in een dwangbuis vastgebonden op een bed in een van de cellen van de Kliniek, omgeven door een horde patiënten die met klamme handen haar gezicht betastten. Ze schudde haar hoofd heen en weer en gilde tot de deur van haar cel openging en Julian Hirtmann binnenkwam, een naar lachje om zijn lippen. Even later lag ze niet meer in een cel maar in een veel grotere ruimte, buiten. Het was avond, er was een meer waar vuren brandden, er kropen duizenden insecten met vogelkoppen over de donkere grond en ze zag neukende naakte mannen- en vrouwenlijven, honderden, in de gloed van de vlammen. Hirtmann was een van hen en Diane begreep dat hij de organisator was van deze gigantische orgie. Ze raakte in paniek toen ze in de gaten kreeg dat ze zelf ook naakt op bed lag, vastgebonden, maar zonder dwangbuis – en ze verzette zich tot ze wakker werd.

Ze stond lang onder de douche, in een poging het plakkerige gevoel kwijt te raken dat haar droom had veroorzaakt.

Nu vroeg ze zich af hoe ze zich moest gedragen. Iedere keer als ze Xavier wilde spreken moest ze aan die verdovende middelen voor dieren denken en voelde ze zich ongemakkelijk. Gooide ze zichzelf voor de leeuwen? Het leek op zo'n 3D-foto, die steeds verandert als je hem anders vasthoudt: ze kon niet focussen. Welke rol speelde de psychiater in het geheel?

Naar wat ze gezien had, zat hij in hetzelfde schuitje als zij: hij wist van de politie dat er iemand in de Kliniek bij de moorden betrokken was, en hij wilde achterhalen wie. Hij had alleen een voorsprong op haar, en beschikte over informatie die zij niet had. Maar een paar dagen voor de dood van het paard had hij een zending medicijnen ontvangen om paarden mee te verdoven. Ze kwam steeds tot dezelfde conclusie: er waren twee hypotheses, die elkaar compleet tegenspraken, en beide werden ze gestaafd door feiten. Zou Xavier de medicijnen voor iemand anders gekocht hebben, zonder dat hij wist wat ze ermee zouden doen? In dat geval zou ze de naam van die persoon tegengekomen moeten zijn. Ze snapte er niks van.

Wie waren Irène Ziegler en Gaspard Ferrand? Zo te zien hadden ze iets te maken met vakantiekamp Les Isards. Net als Lisa

Ferney. Met haar zou ze beginnen. De enige concrete aanwijzing die ze had was de verpleegkundige.

***

Servaz liep de hut in. Een laag, schuin dak: zijn hoofd raakte het plafond. Achterin stond een onopgemaakt bed met witte lakens, een bruine deken en een kussen met vlekken. Er was een grote houtkachel, waarvan de zwarte pijp in het plafond verdween, een stapel houtblokken ernaast. Onder het raam was een gootsteen, een klein aanrecht, een brander, gekoppeld aan ongetwijfeld een gasfles. Er lag een boekje met kruiswoordraadsels opengeslagen op de tafel, naast een flesje bier en een volle asbak; er hing een stormlamp boven. Het rook er naar verbrand hout, tabak, bier, en bovenal naar oud zweet. Er was geen douche. Hij vroeg zich af hoe Chaperon zich waste.

Dit is dus alles wat er nog over is van die smeerlappen: twee lijken en een zielig ventje dat stinkend zijn einde nadert.

Hij trok de kastjes open, voelde onder het matras, doorzocht de zakken van de jas die achter de deur hing. Er zaten sleutels in, en een portefeuille. Hij sloeg hem open en trof een identiteitskaart, cheques, een pasje van de ziektekostenverzekering, een Visa Card en een American Express-kaart. En achthonderd euro in briefjes van twintig en vijftig. Daarna trok hij een lade open, waar het wapen en de patronen in lagen.

Hij liep weer naar buiten.

In minder dan vijf minuten had iedereen zijn positie ingenomen. Tien man rond de hut en in het bos, zes anderen op strategische plekken boven het dal, met uitzicht op het pad, zodat ze haar konden zien aankomen. Door hun kogelvrije vesten zagen ze er gedrongen uit. Servaz en Espérandieu zaten met Chaperon in de hut.

'Jullie kunnen doodvallen,' zei de burgemeester. 'Als jullie geen bewijs tegen mij hebben, ben ik weg. Je kunt me niet tegen mijn zin vasthouden.'

'Ga maar,' zei Servaz. 'Als je net zo wilt eindigen als je vrienden, moet je vooral gaan. Maar het wapen houden we. En zodra je een voet buiten de deur zet, geniet je geen bescherming meer.'

Chaperon wierp hem een woedende blik toe, maakte een afweging, haalde zijn schouders op en liet zich op het bed vallen.

Om zes minuten voor tien belde Samira Servaz om door te geven dat Ziegler haar huis verliet. Ze heeft geen haast, dacht hij bij zichzelf. Ze weet dat ze hele dag de tijd heeft. Ze moet alles uitgedacht hebben. Hij pakte de walkietalkie en waarschuwde alle teams dat ze eraan kwam. Daarna schonk hij koffie in voor zichzelf.

Om twee minuten over half elf zat Servaz aan zijn derde kop koffie en vijfde sigaret van die dag, ondanks de bezwaren van Espérandieu. Chaperon zat aan tafel te patiencen.

Om zeventien minuten voor elf belde Samira om te zeggen dat Ziegler was gestopt voor koffie in een bar, en dat ze ook sigaretten, postzegels en bloemen had gekocht.

'Bloemen? Bij een bloemist?'

'Duh, niet bij de slager, nee.'

Ze moest hen gezien hebben...

Om acht voor elf kreeg Servaz te horen dat ze eindelijk op weg was naar Saint-Martin. Om bij het dal waar het hutje stond te komen, moest je een weg nemen die van het kleine stadje waar ze woonde naar Saint-Martin ging. Daarna moest je een tweede weg nemen die naar het zuiden leidde, dwars door een landschap van ravijnen, kliffen en donker bos, en uiteindelijk een bosweggetje dat uitliep op een pad dat naar de kleine vallei liep.

'Waar is ze verdomme mee bezig?' vroeg Espérandieu toen het elf uur geweest was. Er werd al meer dan een uur niet gesproken, op de gesprekken tussen Samira en Servaz na.

Om negen over elf belde Samira om te zeggen dat Ziegler in volle vaart voorbij de afslag was gereden, en op weg was naar Saint-Martin. Verdomme, ze komt niet hiernaartoe. Servaz liep naar buiten, om wat frisse lucht te halen. Maillard kwam uit het bos tevoorschijn en liep op hem af.

'En nu?'

'Wachten.'

'Ze is op de begraafplaats,' zei Samira om kwart voor twaalf.

'Wáár is ze? Wat moet ze daar nou weer? Ze neemt jullie in de zeik!'

'Ik denk het niet; ze heeft iets heel merkwaardigs gedaan.'

'Wat dan?'

'Ze heeft vijf minuten in een familiegrafkelder gezeten. Daarvoor had ze dat boeket bij zich. Ze kwam zonder bloemen naar buiten.'

'Een familiegraf?'

'Ja, maar niet van haar familie. Ik ben gaan kijken. Het is van de familie Lombard.'

Servaz vloog tegen het plafond. Hij wist niet dat de Lombards in Saint-Martin begraven lagen. Hij begon het overzicht kwijt te raken. Hij zag iets over het hoofd... Het was allemaal begonnen met het paard van Eric Lombard, vervolgens was die zaak op een laag pitje gezet omdat de zaak Grimm-Perrault-Chaperon en die van de zelfmoordenaars alle aandacht opeisten. Lombard was opeens weer in het spel. Maar waarom? Wat had Irène Ziegler te zoeken in die grafkelder? Hij begreep er niets van.

'Waar zit je nu?' vroeg hij.

'Op de begraafplaats. Ze heeft me gezien, dus Pujol en Simeoni hebben het overgenomen.'

'Ik kom eraan.'

Hij liep vanuit de hut het bospad op, en verdween vervolgens in het kreupelhout, rechts van hem. Hij trok de met sneeuw bedekte takken opzij die zijn jeep verborgen hadden gehouden, en gleed achter het stuur.

Het was even na twaalven toen Servaz parkeerde bij de begraafplaats. Samira Cheung stond hem op te wachten. Ondanks de kou droeg ze een leren jasje, hotpants met een dikke maillot eronder, en versleten bruinleren wandelschoenen. De muziek die uit haar koptelefoon kwam stond zo hard dat Servaz hem al hoorde toen hij uitstapte. Het gezicht dat onder haar muts vandaan kwam deed hem denken aan een of ander vreemd wezen uit een film waar Margot hem mee naartoe gesleept had, met tovenaars en magische ringen. Hij keek bedenkelijk naar het doodshoofd op haar sweatshirt. Hoe toepasselijk, dacht hij. Ze leek eerder een grafschender dan een agent.

Ze liepen het heuveltje op dat tussen de sparrenbomen en de grafkelders lag, in de richting van het naaldbos, dat het einde van de begraafplaats markeerde. Een oude vrouw keek hen streng aan. De grafkelder van Lombard viel nogal op. Door zijn omvang leek het meer op een mausoleum, of een kapel. Aan weerszijden groeiden zorgvuldig getrimde taxussen. Drie treetjes leidden naar de ingang, die afgesloten was door een mooi hek van gietijzer. Samira gooide haar peuk weg, liep om het monument heen en kwam even later terug met een sleutel.

'Zo deed Ziegler het ook,' zei ze. 'Hij ligt onder een losse steen.'

'En ze heeft je niet gezien?' vroeg hij sceptisch, terwijl hij aan haar outfit dacht.

Samira fronste.

'Ik weet heus wel wat ik doe, hoor. Toen ze me zag was ik druk bezig met het schikken van een bos bloemen op het graf van ene Grave. Best grappig, toch?'

Servaz keek op, maar er stond geen tekst op de rechthoekige

geveldriehoek boven de ingang. Samira stak de sleutel in het slot en trok de piepende deur open. Servaz volgde haar. Er scheen een klein beetje licht naar binnen, net voldoende om te kunnen zien dat er drie graven waren. Servaz vroeg zich af waarom het altijd zo zwaar moest zijn, zo triest, zo somber – alsof de dood op zich niet al erg genoeg was. Er waren toch ook landen waar de dood bijna werd gezien als iets luchtigs, iets moois, waar het werd gevierd, en er gelachen werd en waar die sombere, vreugdeloze kerken met hun requiems en *lacrimae rerum*, kaddisj en treurgebeden erbuiten werden gehouden. Alsof kanker, ongelukken, harten die ermee ophouden, zelfmoorden en moorden nog niet genoeg waren, dacht hij bij zichzelf. Hij zag op een van de drie graven een bos bloemen liggen: een lichtpuntje in deze duisternis. Samira zette de zaklamp op haar iPhone aan. Ze bescheen er een voor een de graven mee. Edouard Lombard... Henri Lombard... De opa en de vader. Servaz ging ervan uit dat het derde graf van Erics moeder moest zijn, de vrouw van Henri – de voormalige actrice, de ex-callgirl, de prostituee, volgens Henri Lombard... Waarom zou Irène Ziegler in godsnaam bloemen op haar graf leggen?

Hij boog zich voorover om te kijken van wie het was. En fronste.

Hij had verwacht weer een stap dichter bij de waarheid te zijn. Maar voor de zoveelste keer was juist het omgekeerde het geval.

Hij keek naar Samira, en daarna gleed zijn blik weer terug naar de tekst op het graf:

MAUD LOMBARD, 1976-1998

'Wie is dat?'

'De zus van Eric, vier jaar jonger dan hij. Ik wist niet dat ze dood was.'

'Maakt dat verschil dan?'

'Misschien.'

'Waarom legt Ziegler bloemen op haar graf, denk je?'

'Geen flauw idee.'

'Heeft ze het met jou ooit over haar gehad? Gezegd dat ze haar kende?'

'Nee.'

'Wat heeft het met de moorden te maken?'

'Weet ik niet.'

'Je hebt nu in elk geval een verband,' zei Samira.

'Wat bedoel je?'

'Tussen Lombard en de zaak.'

'Wat voor verband dan?' vroeg Servaz.

'Ziegler heeft hier niet zomaar bloemen neergelegd. Er is een verband. En ook al weten wij niet welk verband dat is, zij weet het wel. Je hoeft het haar alleen maar te vragen.'

Inderdaad, dacht hij. Irène Ziegler wist veel meer dan hij van deze zaak. Maud Lombard was ongeveer even oud als Ziegler. Waren ze bevriend geweest? Irène Ziegler had dus duidelijk nog meer geheimen.

Hoe dan ook: er was geen spoor van Henri's vrouw, de moeder van Eric. Ze was tot in de dood verstoten, ze mocht niet eens de ontstellende eeuwigheid delen met de familie. Op weg terug naar de ingang bedacht Servaz dat Maud Lombard op eenentwintigjarige leeftijd was overleden. Dat leek hem erg belangrijk. Hoe was ze aan haar eind gekomen? Een ongeluk? Een ziekte? Of door iets anders?

Samira had gelijk: Ziegler was de sleutel. Als ze in hechtenis genomen zou worden, biechtte ze misschien wel alles op, maar dat betwijfelde hij. Hij had al meerdere keren ervaren dat Irène Ziegler een sterke persoonlijkheid had.

En waar was ze nu?

Hij werd overmand door ongerustheid. Ze hadden al een tijdje niets gehoord. Net toen hij Pujol wilde bellen, ging zijn mobieltje.

'We zijn haar kwijt,' schreeuwde Simeoni.

'Wát zeg je?'

'Die lesbo – volgens mij heeft ze ons gezien! Ze had ons binnen de kortste keren afgeschud op die motor van d'r.'

Verdomme! Servaz voelde de adrenaline door zijn lijf gieren, en zijn maag samentrekken. Hij zocht Maillards telefoonnummer.

'Pujol en Simeoni zijn haar kwijt,' riep hij. 'Ze kan nu dus overal zijn! Licht luitenant Espérandieu in, en blijf stand-by!'

'Oké. We zijn er klaar voor.'

Servaz hing op. Hij wou dat hij net zo kalm was als de gendarme.

Opeens moest hij ergens aan denken. Hij pakte zijn mobieltje en belde Saint-Cyr.

'Hallo?'

'Zegt de naam Maud Lombard je iets?'

Een aarzeling.

'Natuurlijk. De zus van Eric Lombard.'

'Ze stierf op haar eenentwintigste. Aan de jonge kant, vind je ook niet? Weet je hoe ze aan haar eind is gekomen?'

'Ze heeft zelfmoord gepleegd,' zei de rechter, nu zonder de minste aarzeling.

Servaz hield zijn adem in. Precies wat hij had willen horen. Er begon zich een patroon af te tekenen. Het werd steeds duidelijker...

Zijn hartslag versnelde.

'Wat is er gebeurd?'

Weer die aarzeling.

'Het was tragisch,' zei de stem aan de andere kant van de lijn. 'Maud was een kwetsbare vrouw, idealistisch. Tijdens haar studie in de Verenigde Staten werd ze geloof ik heel erg verliefd. De dag dat haar vriendje haar voor een ander verliet, werd het haar te veel. In combinatie met haar vaders dood, een jaar eerder... Terug in Frankrijk maakte ze een eind aan haar leven.'

'Dat is alles?'

'Wat had je willen horen?'

'Die in vorm gesnoeide bomen in de tuin van Lombard – staan die er in nagedachtenis aan haar?'

Weer een aarzeling.

'Ja. Zoals je weet was Henri Lombard een wrede man, een tiran, maar zo nu en dan liet hij zijn hart zien. Dan nam zijn vaderliefde het even over. Hij liet die dieren maken toen Maud zes jaar was, als ik het me goed herinner. Eric Lombard heeft ze laten staan. Ter nagedachtenis aan zijn zus, zoals je al zei.'

'Is ze ooit naar Les Isards geweest?'

'Een Lombard naar Les Isards, dat zou me wat zijn! Les Isards was bedoeld voor arme kinderen van wie de ouders zich geen vakantie konden veroorloven.'

'Dat weet ik.'

'Dan heeft Lombard er toch niets te zoeken?'

'Nóg een zelfmoord. Is het nooit bij je opgekomen om haar naam ook op de lijst te zetten?'

'Vijf jaar later? De reeks zelfmoorden was toen allang gestopt. Bovendien was Maud een jonge vrouw, geen adolescent.'

'Laatste vraag: hoe heeft ze het gedaan?'

Saint-Cyr zweeg even.

'Ze heeft haar polsen doorgesneden.'

Servaz was teleurgesteld. Ze had zich niet opgehangen.

Om half een ontving Espérandieu een bericht op zijn walkietalkie. Lunchtijd. Hij keek naar Chaperon die languit op bed lag, haalde zijn schouders op en liep naar buiten. De rest zat aan de rand van het bos op hem te wachten. Als 'gast' van de sterke arm kon hij kiezen tussen een Parijse sandwich – een baguette met ham en emmentaler, een *pan-bagnat* of een Marokkaans broodje kebab met tomaat, paprika en sla.

Hij ging voor het Marokkaanse broodje.

Terwijl Servaz weer in zijn Cherokee stapte, kwam er langzaam een gedachte bovendrijven in de poel van onbeantwoorde vragen. Maud Lombard pleegde zelfmoord... Het paard van Lombard was het eerste slachtoffer geweest. Als daar nou eens de sleutel lag, en niet het vakantiekamp? Instinctief voelde hij dat dit nieuwe perspectieven bood. Er was een dichte deur met 'Lombard' erop, en die moest nog geopend worden. Waarom was Eric Lombard een doelwit? Daar had hij nog niet genoeg aandacht aan besteed. Hij herinnerde zich dat commissaris Vilmer wit wegtrok toen hij suggereerde dat er misschien een verband bestond tussen Lombard en de plegers van het seksueel geweld. Hij had het destijds als grapje bedoeld, maar er zat een kern van waarheid in. Nu Ziegler de grafkelder van de Lombards had bezocht, werd het belang van die vraag echter onderstreept: wat was het verband tussen Lombard en de andere slachtoffers?

'Ze is onderweg.'

'Begrepen.'

Espérandieu stond meteen op scherp. Hij liet de knop op zijn walkietalkie los en keek hoe laat het was. Veertien voor twee. Hij greep naar zijn pistool.

'Basis 1 aan commandopost. Ik zie haar. Ze heeft de motor boven aan het pad geparkeerd. Ze komt jullie kant op. Over.'

'Hier basis 2. Begrepen, ze is ons zojuist gepasseerd.'

Een paar minuten later:

'Hier basis 3. Ze is hier niet langsgekomen. Ik herhaal: doelwit is hier niet langsgekomen.'

'Godver! Waar zit ze?' blafte Espérandieu in de walkietalkie. 'Ziet iemand haar?'

'Hier basis 3. Nee, niets.'

'Hier basis 4. Hier ook niet.'

'Basis 5. Niemand te zien.'

'We zijn haar kwijt, commandopost. Ik herhaal: we zijn haar kwijt.'

Waar hing Martin verdomme uit! Espérandieu zat nog met zijn vinger aan de knop van de walkietalkie toen de deur van de hut openvloog en tegen de buitenmuur sloeg. Hij draaide zich als een speer om, zijn wapen in de aanslag... en keek in de loop van een politiewapen. Espérandieu slikte.

'Wat doe jij hier, verdomme?' vroeg Ziegler.

'Je staat onder arrest,' zei hij, maar het klonk niet erg overtuigend.

'Irène! Niet schieten!' riep Maillard van buiten.

Er volgde een moment van aarzeling. Daarna liet ze haar wapen zakken.

'Dit was zeker Martins idee?'

Espérandieu zag het verdriet in haar ogen, en tegelijkertijd was hij enorm opgelucht.

* * *

Om vijf over half vijf, toen er een ijzige schemering neerdaalde op de bergen, trok Diane de deur van haar kamer achter zich dicht en liep de lange gang van de vierde verdieping in. Doodse stilte. Op dit tijdstip was iedereen aan het werk op de lagergelegen verdiepingen. Diane had zelf ook nog met een van de patiënten in haar kantoor in gesprek moeten zijn, maar ze was een kwartier te vroeg stilletjes naar boven geglipt. Ze had haar deur op een kier laten staan om te luisteren of ze iets hoorde, maar was tot de conclusie gekomen dat er niemand in de slaapvertrekken was.

Ze keek vlug van links naar rechts en aarzelde slechts een fractie van een seconde voor ze de klink omlaag deed. Lisa Ferney deed haar deur niet op slot. Diane vond dit geen goed teken; als ze iets te verbergen had, zou de deur wel afgesloten geweest zijn. Het kamertje, dat precies leek op dat van haar, was in duisternis gehuld. Aan de andere kant van het raam werden de bergen steeds zwarter, ze werden bestookt door een nieuwe storm. Ze deed het licht aan, waarna de kamer baadde in een geel, bleek licht. Als een bedreven detective voelde ze met haar hand onder het matras, trok de kast open, keek onder het bed en in het medicijnkastje in de badkamer. Er waren niet veel verstopmogelijkheden en nog geen tien minuten later stond ze met lege handen buiten.

26

'Je mag haar niet ondervragen,' zei D'Humières.

'Waarom niet?' vroeg Servaz.

'We wachten nog op twee man van de tuchtraad van de gendarmerie. We mogen haar pas verhoren als zij er zijn. We kunnen ons nu geen fouten veroorloven. Ziegler wordt verhoord in bijzijn van haar meerderen.'

'Ik wil haar niet verhoren, ik wil gewoon met haar praten!'

'Doe me een lol, Martin... Nee. Je moet even wachten.'

'Hoe laat zijn ze hier?'

Cathy d'Humières keek op haar horloge.

'Over twee uur. Denk ik.'

* * *

'Zo te zien gaat Lisa vanavond uit.'

Diane keek naar de deur van het restaurant. Ze zag Lisa Ferney naar de toonbank lopen en koffie bestellen. De hoofdzuster had haar uniform verruild voor een lange, lichtroze trui, een spijkerbroek, een witte jas met een bontkraag en hoge laarzen. Ze droeg haar haar los, en haar oogschaduw, mascara, lipstick en lipgloss waren dik aangezet.

‘Weet jij waar ze heen gaat?’ vroeg Diane.

Alex lachte veelbetekenend. De hoofdzuster keurde hen geen blik waardig. Ze dronk haar koffie op en verdween. Ze hoorden haar gehaast door de gang lopen.

‘Ze is op weg naar haar geheime minnaar,’ zei hij.

Diane keek hem aan. Hij zag eruit als een ondeugend jongetje dat op het punt stond zijn beste vriend een geheim te verklappen.

‘Wat bedoel je daarmee?’

‘Iedereen weet dat Lisa een vriendje heeft in Saint-Martin. Maar niemand weet wie het is. Als ze hier zo gekleed de deur uitgaat, komt ze meestal de volgende ochtend pas terug. Een aantal mensen heeft geprobeerd haar uit haar tent te lokken, maar ze laat niets los. Het gekke is dat niemand hen ooit samen gezien heeft in Saint-Martin of ergens anders.’

‘Hij zal wel getrouwd zijn.’

‘In dat geval werkt zijn vrouw ’s avonds.’

‘Of ze heeft een baan waarvoor ze veel weg is.’

‘Tenzij het nogal gênant is allemaal,’ suggereerde Alex vanaf de andere kant van de tafel.

Diane deed haar best om onverschillig te lijken. Maar ze kon niet naast zich neerleggen wat ze wist, en ze bleef gespannen.

‘Zoals?’

‘Misschien gaat ze wel naar een parenclub. Of is ze de moordenaar naar wie iedereen op zoek is.’

Ze werd koud vanbinnen. Ze kon haar angst steeds moeilijker verbergen. Haar hart ging tekeer: Lisa Ferney was de hele avond weg... Dit was haar kans.

‘Ook niet erg praktisch, om in een witte jas en een lichtroze trui mensen te vermoorden,’ zei ze, in een poging grappig te zijn. ‘Dan zal ze wel vies worden, denk je ook niet? En waarom zo veel make-up als je...’

‘Misschien verleidt ze ze wel voor ze ze om zeep helpt. Als een bidsprinkhaan, weet je wel?’

Alex leek het allemaal erg grappig te vinden. Diane wilde liever over iets anders praten. Haar maag voelde als beton.

'En vervolgens hangt ze haar slachtoffer onder een brug? Dat is meer iets voor de Terminator dan voor een bidsprinkhaan.'

'Het probleem met jullie Zwitsers is dat jullie veel te praktisch zijn,' zei hij plagend.

'Ik dacht dat je Zwitserse humor zo leuk vond?'

Hij lachte. Diane stond op.

'Ik moet gaan,' zei ze.

Hij knikte en keek haar aan. Zijn glimlach was net iets te hartelijk.

'Oké. Ik moet ook weer aan de slag. Tot later, hoop ik.'

* * *

Tegen half zeven had Servaz zo veel vieze koffie op en zo veel sigaretten gerookt, dat hij kotsmisselijk was. Hij haastte zich naar het toilet om zijn gezicht met koud water te wassen, en moest bijna overgeven. De misselijkheid zakte langzaam weg, maar verdween niet helemaal.

'Jezus, waarom duurt het zo lang?' vroeg hij, terwijl hij het wachtkamertje met de plastic stoeltjes weer in liep, waar de rest van de brigade geduldig zat te wachten.

* * *

Diane deed de deur achter zich dicht en leunde er met bonzend hart tegenaan.

De kamer baadde in hetzelfde grijsblauwe licht als het kantoor van Xavier de dag ervoor.

Een hardnekkig parfum. Diane herkende het, het was Lolita Lempicka. Op het gladde oppervlak van het bureau stond een fles, die het zwakke licht opving dat door het raam scheen.

Waar moest ze beginnen?

Er stonden archiefkasten, net als in het kantoor van Xavier, maar ze besloot om met het bureau zelf te beginnen.

Geen van de lades zat op slot. Ze knipte het licht aan om de inhoud te bestuderen en zag een uiterst merkwaardig voorwerp op het vloeiblad staan: een gouden salamander, bezaaid met edelstenen – robijnen, saffieren, en smaragden. Het stond daar gewoon, vol in het zicht, en deed dienst als presse-papier. Diane concludeerde, gezien de grootte van het ding, dat het namaakstenen waren, en bladgoud. Daarna ging haar aandacht naar de lades. Ze trok ze open. Mappen in verschillende kleuren. Ze sloeg ze open. Allemaal dingen die te maken hadden met haar werk als hoofdzuster. Aantekeningen, rekeningen, verslagen van gesprekken, follow-upverslagen. Niets wat er niet thuishoorde. Tot ze de derde lade opentrok.

Een kartonnen map, helemaal achterin.

Diane haalde hem eruit en sloeg hem open. Krantenknipsels. Over de moorden in het dal. Lisa Ferney had alles wat ermee te maken had zorgvuldig verzameld.

Uit nieuwsgierigheid of met een andere reden?

De wind huilde onder de deur door en Diane onderbrak haar zoektocht even. De storm wakkerde aan.

De archiefkasten. Dezelfde hangmappen als in het kantoor van Xavier. Terwijl ze de mappen bestudeerde, had ze het gevoel dat ze haar tijd aan het verdoen was. Ze zou hier niets vinden, want het was er gewoon niet. Wie was er nou zo stom om sporen van haar misdaden achter te laten op haar werkplek?

Terwijl ze door de papieren bladerde, viel haar blik weer op de salamander, de stenen glommen in het licht van de lamp. Diane was geen expert, maar ze moest toegeven dat het een mooie imitatie was.

Ze staarde naar het ding. En als het nou eens echt was?

Verondersteld dat dat zo was, wat zei dat dan over de hoofdzuster? Aan de ene kant dat ze overtuigd genoeg was van haar macht en gezag om ervan uit te gaan dat niemand haar kantoor binnen durfde te gaan zonder haar medeweten. Maar ook dat haar minnaar rijk was, want als de stenen echt waren, was de salamander een klein fortuin waard.

Diane dacht hierover na. Ze had het gevoel dat ze iets op het spoor was.

* * *

De twee mannen van de tuchtraad waren in burger, en hadden dermate uitdrukkingsloze gezichten, dat ze van was leken. Ze gaven Cathy d'Humières en Confiant formeel een hand en vroegen toestemming Ziegler meteen, zonder anderen erbij, te mogen verhoren. Servaz wilde hiertegen protesteren, maar de aanklaagster was hem voor en stemde hiermee in. Er ging een half uur voorbij voor de deur van de kamer waarin Ziegler werd vastgehouden, weer openging.

'Nu is het mijn beurt om haar alleen te verhoren,' zei Servaz toen ze buiten stonden. 'Ik ben zo klaar. Daarna leggen we onze verhoren naast elkaar.'

Cathy d'Humières keek hem aan en wilde net iets zeggen toen hun blikken elkaar kruisten. Ze hield haar mond. Maar toen kwam een van de wassen beelden tot leven.

'Iemand van de gendarmerie mag niet verhoord worden door...'

De aanklaagster stak haar hand op, bij wijze van onderbreking.

'Jullie zijn klaar, nietwaar? Tien minuten, Martin. Geen seconde langer. Daarna gaat het verhoor verder in bijzijn van ons allemaal.'

Hij liep de kamer binnen. De gendarme zat alleen in een klein kantoortje, een lamp bescheen haar gezicht van de zijkant. Buiten sneeuwde het, net als de laatste keer dat ze hier samen hadden gezeten. Hij ging zitten en keek naar haar. Met haar blonde haar, donkere leren pak vol ritsen, gespen en knie- en schouderstukken, zag ze eruit als de heldin uit een sciencefictionfilm.

'Gaat het een beetje?'

Ze knikte, haar lippen samengeperst.

'Ik denk niet dat je het hebt gedaan,' zei hij meteen.

Ze keek hem strak aan, maar zei niets. Hij wachtte even voor hij het woord weer nam. Hij wist niet waar hij moest beginnen.

'Je hebt Grimm en Perrault niet vermoord. Maar besef je dat je de schijn tegen je hebt?'

Weer dat knikje.

Hij somde de feiten op: ze had gelogen – of de waarheid niet verteld – over het vakantiekamp en de zelfmoordslachtoffers, en ze had verzwegen dat ze wist waar Chaperon zich schuilhield.

'En je was weg toen Perrault werd vermoord. Je was wel in de buurt; je had er als eerste moeten zijn.'

'Ik had een ongeluk met mijn motor.'

'Je zult moeten toegeven dat dat niet echt een goed excuus is. Een ongeluk zonder getuigen.'

'Toch is het zo.'

'Dat geloof ik niet,' antwoordde hij.

Ziegler keek hem aan.

'Ik moet het weten,' zei ze. 'Denk je dat ik het gedaan heb, ja of nee?'

'Nee. Maar je liegt over het ongeluk.'

Ze leek verbaasd over zijn scherpzinnigheid. Maar ze verraste hem ook: ze glimlachte.

'Ik wist wel dat je goed was,' zei ze.

'Gisteravond,' ging hij verder, 'toen je na middernacht nog naar die club ging, lag ik onder je bed toen je thuiskwam. Ik ben naar buiten geglipt toen je onder de douche stond. Je moet betere sloten kopen. Wat moest je in die bar?'

Ze verwerkte even wat hij zojuist had gezegd en keek hem vervolgens lang aan.

'Ik had met een vriendin afgesproken,' antwoordde ze uiteindelijk.

'Midden in de nacht, midden in een belangrijke zaak? Een zaak die op het punt staat opgelost te worden en die al onze aandacht vraagt?'

'Het was belangrijk.'

'Waarom dan?'

'Dat kan ik niet goed uitleggen.'

'Waarom niet?' vroeg hij. 'Omdat ik een man ben, een macho-agent, en jij verliefd bent op een vrouw?'

Ze keek hem uitdagend aan.

'Wat weet jij daar nou van?'

'Niks, dat klopt. Maar ik ben niet degene die voor een dubbele moord veroordeeld dreigt te worden. En ik sta aan jouw kant, Irène. Ik ben geen bekrompen homohater. Dus voor de draad ermee.'

Ze gaf geen krimp.

'Er lag een briefje in de bus toen ik gisteren thuiskwam. Van Zuzka, mijn vriendin. Ze is Slowaakse. Ze zei dat ze afstand wilde. Ze maakte het me erg moeilijk, zei dat ik te veel opging in mijn werk, dat ik haar verwaarloosde, dat ik er nooit écht voor haar was. Dat soort dingen. Je weet wel wat ik bedoel, toch? Je bent zelf gescheiden. Het scheidingspercentage onder agenten is hoog – ook bij gays. Ik wilde een verklaring. Meteen. Ik wilde niet dat ze er op deze manier een punt achter zou zetten, zonder dat ik met haar gesproken had. Dat zou ik niet trekken. En dus reed ik als een kip zonder kop naar de Pink Banana. Zuzka is er bedrijfsleider.'

'Zijn jullie al lang samen?'

'Anderhalf jaar.'

'Ben je verliefd?'

'Ja.'

'Laten we het even over het ongeluk hebben. Of het zogenaamde ongeluk. Want er was helemaal geen ongeluk, hè?'

'Wel! Heb je mijn kleren niet gezien? En die schrammen? Hoe ben ik daaraan gekomen, denk je?'

'Ik heb een tijdlang gedacht dat je uit de gondel was gesprongen,' antwoordde hij. 'Nadat je Perrault naar buiten had geduwd.'

Ze draaide in haar stoel.

'Maar dat denk je nu niet meer?'

'Nee, want je bent onschuldig.'

'Hoe weet je dat?'

'Ik denk dat ik weet wie het gedaan heeft. Maar ik denk ook dat je me niet alles vertelt.'

Opnieuw leek ze verrast omdat hij zo veel wist.

'Na het ongeluk kwam ik expres te laat,' zei ze. 'Ik deed het rustig aan.'

'Waarom?'

'Perrault. Ik wilde dat hij stierf. Of liever gezegd: ik wilde dat de moordenaar de gelegenheid kreeg hem te grazen te nemen.'

Servaz keek haar aan en knikte.

'Voor wat ze je hebben aangedaan,' zei hij. 'Grimm, Chaperon, Mourrenx en hij.'

Ze gaf geen antwoord maar knikte.

'In het vakantiekamp,' ging hij verder.

Ze keek verbaasd op.

'Nee. Veel later pas. Ik studeerde rechten in Pau, en kwam Perrault tegen op een dorpsfeest. Hij bood me een lift aan. Grimm en Mourrenx wachtten ons op een afgelegen paadje op, een paar kilometer verder. Chaperon was er die avond niet bij. Ik weet niet waarom. Ik ontdekte pas dat hij erbij betrokken was toen ik die foto zag. Die avond... toen ik merkte dat Perrault de weg af ging en het pad op reed, wist ik het meteen. Ik wilde uitstappen, maar hij sloeg me, keer op keer, eerst terwijl hij reed, later toen we stopten. Hij zei dat ik hem had uitgedaagd, dat ik een snol was. Ik zat onder het bloed. En toen...'

Ze zweeg. Servaz wist lange tijd niet wat hij moest zeggen, en vroeg toen: 'Waarom heb je geen...'

'Aangifte gedaan? Ik... ik neukte in die tijd heel wat af. Met mannen en vrouwen. Ik deed het zelfs met een professor van de universiteit, een getrouwde vrouw, met kinderen. En mijn vader was gendarme. Ik wist wat er dan zou gebeuren – er zou een onderzoek gestart worden; ik zou door het slijk gehaald worden; er zou een schandaal van komen. Ik dacht aan mijn ouders en hoe ze zouden reageren, en aan mijn broer en schoonzus, die niets wisten van mijn privéleven.'

Daarom waren ze er dus zo lang mee weggekomen, dacht hij. Het gevoel dat hij had gehad in het huis van Chaperon bleek juist te zijn. De mannen hadden gebruikgemaakt van het feit dat negentig procent van alle verkrachtingsslachtoffers geen aangifte doet en, met uitzondering van de tieners in het vakantiekamp die hun gezichten nooit zagen, was het een eitje om slachtoffers te zoeken, mensen met een afwijkende levensstijl, die toch niet naar de politie zouden stappen. Slimme roofdieren. Maar hun vrouwen hadden hen doorzien, hadden hun vermoedens gehad en waren apart gaan slapen – of bij hen weggegaan.

Hij dacht aan de directeur van het vakantiekamp, die was omgekomen bij een motorongeluk. Dat was wel heel toevallig.

'Besef je wel dat je mij in gevaar hebt gebracht?'

'Dat vind ik heel erg, Martin. Echt. Maar zoals het er nu voor staat word ik vooral beschuldigd van moord,' zei ze, een verdrietige glimlach op haar gezicht.

Ze had gelijk. Hij zou het goed moeten spelen. Confiant zou het niet snel opgeven nu hij een modelverdachte had. Die hem nota bene was aangedragen door Servaz.

'Wat het er niet makkelijker op maakt,' zei hij, 'is het feit dat je mijn afwezigheid hebt gebruikt om achter Chaperon aan te gaan, zonder daar iemand over in te lichten.'

'Ik wilde hem niet vermoorden. Ik wilde hem alleen bang maken. Ik wilde de angst in zijn ogen zien, zoals hij de angst in de ogen van zijn slachtoffers gezien moet hebben, waar hij op kickte. Ik wilde daar, op die afgelegen plek, de loop van mijn pistool in zijn mond steken, zodat hij dacht dat zijn laatste uur geslagen had. Daarna zou ik hem in de boeien geslagen hebben.'

Haar stem was zo zacht dat hij zich een ogenblik afvroeg of hij het goed gehoord had.

'Nog één vraag: wanneer wist je wat er aan de hand was?'

Ze keek hem strak aan.

'Al vanaf de eerste moord had ik een vermoeden. Toen Perrault vervolgens dood was en Chaperon verdween, wist ik dat iemand het hen betaald zette. Maar ik wist niet wie.'

'Waarom stal je die lijst met namen van alle kinderen?'

'Dat was een stomme zet. Ik vond hem toen ik door de inhoud van die doos ging. Jij was ontzettend gefocust op alles wat in die doos zat. Ik wilde niet verdacht worden. En ik wilde niet dat er in mijn verleden gewroet werd.'

'Laatste vraag: waarom legde je vanochtend bloemen op het graf van Maud Lombard?'

Irène Ziegler was even stil. Nu was ze allerminst verbaasd. Ze had inmiddels al begrepen dat ze de hele dag gevolgd was.

'Maud Lombard heeft ook zelfmoord gepleegd.'

'Dat weet ik.'

'Ik heb altijd geweten dat ze op de een of andere manier het slachtoffer was geweest van die roofdieren. Ik heb zelf ook overwogen er een eind aan te maken. Maud en ik kwamen op dezelfde feestjes – vlak voor ik ging studeren, en voordat die smeerlappen op haar pad kwamen. We kenden elkaar redelijk goed, waren niet echt bevriend, maar ik mocht haar erg graag. Ze was op zichzelf, erg zelfstandig en nogal stil. Ze wilde zich losmaken van haar familie. En dus leg ik ieder jaar op haar sterfdag bloemen op haar graf. En ik wilde haar bezoeken voordat ik die laatstlevende hufter ging arresteren.'

'Maar Maud is nooit naar het vakantiekamp geweest.'

'En? Ze is meerdere keren weggelopen. Ze had veel oppervlakkige kennissen. En kwam laat thuis. Ze moet hen op dezelfde manier zijn tegengekomen als ik.'

Servaz ijsbeerde. Zijn theorie werd steeds concreter. Een ongelooflijke oplossing van deze zaak... Hij had geen vragen meer. Er ging van alles door zijn hoofd. Hij wreef over zijn slapen.

'We hebben misschien nog iets over het hoofd gezien,' zei hij.

D'Humières en Confiant stonden hem in de gang op te wachten. Servaz liep op hen af, hij vocht tegen het gevoel dat de muren op hem afkwamen en hij zijn evenwicht ging verliezen. Hij masseerde zijn nek en haalde diep adem – maar dat was niet voldoende om het gevoel kwijt te raken dat hij op luchtkussens liep.

'En?' zei de aanklaagster.

'Ik denk dat ze onschuldig is.'

'Wat?' riep Confiant uit. 'Ik neem aan dat je een grapje maakt?'

'Ik heb nu geen tijd om het uit te leggen. We hebben geen tijd te verliezen. Hou haar maar in bewaring, als je dat wilt. Waar is Chaperon?'

'We proberen een bekentenis los te krijgen van de verkrachting van die adolescenten in het vakantiekamp,' antwoordde D'Humières ijzig. Maar hij houdt zijn lippen stijf op elkaar.'

'Er is geen verjaringswet, toch?'

'Niet als de zaak heropend wordt omdat er nieuw bewijs is. Martin, ik hoop dat je weet wat je doet.'

Ze keken elkaar aan.

'Ik ook,' zei hij toen.

Hij was draaierig; zijn hoofd deed pijn. Hij liep naar de receptie en vroeg om een fles water, en nam een van de tabletten die hij van Xavier had gekregen voordat hij naar de jeep liep.

Hoe kon hij hun over zijn theorie vertellen zonder de woede van Confiant op zijn hals te halen en de aanklaagster in een lastig parket te brengen? Hij zat nog met één ding in zijn maag. Hij wilde daar eerst zekerheid over hebben voor hij zijn kaarten op tafel legde. En hij wilde een second opinion – van iemand die wist of hij op het goede spoor zat of niet, maar die vooral ook wist of hij zich niet vergaloppeerde. Hij keek op zijn horloge. Twaalf minuten over negen 's avonds.

* * *

De computer.

Ze zette hem aan. In tegenstelling tot die van Xavier was er een wachtwoord voor nodig. Kijk eens aan. Ze keek hoe laat het was. Ze zat al een uur in dit kantoor.

Probleempje: ze was geen hacker. Ze liet haar hersens zeker tien minuten kraken en typte alle varianten in van de namen van Julian Hirtmann en Lisa Ferney, zonder resultaat. Ze zocht nog een keer in de lade waar de map met persoonlijke dingen in lag en probeerde het met telefoonnummers en het sofinummer. Zonder succes. Ook de geboortedatum en het gebruik van de doopnamen van de hoofdzuster leverden niets op. Kut!

Haar blik viel op de salamander.

Ze typte eerst salamander, en daarna rednamalas.

Niets.

Ze keek naar de tijd rechtsonder in het scherm: twee minuten voor half tien.

Ze keek nog eens goed naar de salamander. Ze kreeg een ingeving en tilde hem op. Op de buik van het dier was gegraveerd: Van Cleef & Arpels, New York. Ze typte het over op het computerscherm. Niks. Verdomme! Dit lijkt wel een slechte spionagefilm! Ze typte de namen achterstevoren. Nog steeds niks. Wat had je dan gedacht, sukkel? Het is geen film! Wanhopig probeerde ze alleen de initialen. VC&ANY. Niks. Achterstevoren dan maar. YNA&CV.

Het scherm lichtte op toen het besturingsprogramma startte. Bingo! Diane kon haar ogen niet geloven. Ze wachtte tot het bureaublad in beeld kwam.

Het spel kan beginnen, dacht ze bij zichzelf. Maar de klok tikte verder. Achtentwintig minuten voor tien.

Ze bad dat Lisa Ferney de hele nacht wegbleef.

De mailbox.

Er waren meer dan honderd berichten van ene Demetrius.

Ze waren allemaal gecodeerd.

Ze wilde er een openen, maar zag alleen onbegrijpelijke symbolen. Diane wist wat dit wilde zeggen, ze kende het van de universiteit: de ontcijferdatum van het bericht was verstreken en het kon dus niet meer gelezen worden.

Ze vroeg zich af wat ze moest doen.

Meestal werd de ontvanger geadviseerd de gelezen berichten meteen op te slaan. Dat zou zij ook gedaan hebben als ze Lisa Ferney was. Ze opende 'Mijn documenten', ging vervolgens naar 'Mijn berichten' en zag het meteen staan: een map met de titel 'Demetrius'.

Lisa Ferney had geen verdere voorzorgsmaatregelen getroffen: haar computer was beveiligd en ze wist dat niemand het in zijn hoofd zou halen erin te neuzen.

Lisa,
Ik zit tot zondag in New York. Central Park is helemaal wit; het is steenkoud. Prachtig. Denk aan je. Soms word ik 's nachts zwetend wakker en dan weet ik dat ik gedroomd heb over je lichaam, je lippen. Ik hoop over tien dagen terug te zijn in Saint-Martin.
Eric

Lisa,
Ik vlieg vrijdag naar Kuala Lumpur. Kunnen we elkaar voor die tijd nog zien? Ik ben op het kasteel. Kom alsjeblieft.
Eric

Lisa, waar ben je?
Waarom hoor ik niks van je? Ben je nog boos? Ik heb iets voor je. Van Boucheron. Erg duur. Je vindt het prachtig.

Liefdesbrieven. Of liever gezegd: mailtjes. Tientallen. Misschien wel honderden. Verspreid over een aantal jaren.

Lisa Ferney had ze zorgvuldig bewaard. Allemaal. En ze waren stuk voor stuk ondertekend met Eric. Eric reisde veel, Eric was rijk, Eric deelde eerder bevelen uit dan dat hij iets vroeg. Eric was gek op mooie plaatjes, maar ook ziekelijk jaloers.

De jaloezie giert door mijn lijf, ik kan niet meer. Ik vraag me af wie je neukt. Ik ken jou, Lisa. Hoe lang hou jij het vol zonder een stuk vlees om tussen je benen te stoppen? Zweer dat er niemand anders is.

En soms, als dreigementen of wrok niets uithaalden, zwolg Eric in zelfkastijding.

Je zult me wel een viezerik vinden, een gestoorde gek. Ik verdien jou niet, Lisa. Het was stom om te denken dat ik je liefde kon kopen. Kun je het me vergeven?

Diane bladerde naar beneden, tot ze bij de recentere mailtjes was. Ze zag dat zijn toon was veranderd. Het was niet langer een liefdesverhaal. Er was meer aan de hand.

Je hebt gelijk. Het is tijd voor actie. Ik heb al veel te lang gewacht. Als we het nu niet doen, doen we het nooit meer. Ik ben ons verbond niet vergeten, Lisa. En je weet dat ik woord hou.

Jou zo sterk en vastbesloten te zien geeft me moed. Ik denk dat je gelijk hebt: geen rechter ter wereld zal ons genoegdoening geven. We zullen het zelf moeten doen.

We hebben lang genoeg gewacht. Het moment is daar.

Haar vinger bleef boven de muis hangen. Voetstappen op de gang. Ze hield haar adem in. Degene die onderweg was, wist dat Lisa weg was, ze zouden verbaasd zijn als ze licht onder de deur zagen schijnen.

Maar de voetstappen liepen zonder te stoppen verder.

Ze slaakte een zucht van verlichting en bladerde verder door de berichten, terwijl ze binnensmonds zacht vloekte. Ze had nog niets concreets gevonden, alleen toespelingen en insinuaties. Ze gaf zich nog vijf minuten. Ze nam de laatste dertig mailtjes systematisch door.

We moeten praten. Ik heb een idee. Een gruwelijk idee. Weet je wat een gambiet is, Lisa? Een schaakterm. Je offert aan het begin van het spel een schaakstuk op om zo strategisch voordeel te kunnen halen. Dat ga ik doen. Ik offer een paard op. Het breekt mijn hart, dat wel.

Het paard, dacht ze met ingehouden adem.

Haar hart leek uit haar borstkas te slaan, maar toen ze het volgende bericht opende, werd het nog veel erger.

Is het gelukt om het te bestellen? Weet je zeker dat hij er niet achter komt dat je het op zijn naam hebt gedaan?

Met wijd opengesperde ogen en een droge keel keek Diane naar de datum. 6 december. Het mailtje werd niet beantwoord, dat werden ze geen van allen, maar dat hoefde ook niet: het laatste puzzelstukje was zojuist op zijn plaats gevallen. Haar theorieën hadden zich samengevoegd. Xavier was onschuldig; Lisa had de bestelling geplaatst.

Diane pijnigde haar hersens. Het antwoord was duidelijk: Lisa en iemand die Eric heette hadden het paard gedood – en waarschijnlijk ook de apotheker.

Ze hadden lang geleden een verbond gesloten – een verbond dat ze nu eindelijk hadden bezegeld.

Ze dacht razendsnel na. Er was geen tijd te verliezen.

Met wat ze nu wist, kon ze naar de politie stappen. Hoe heette die agent ook alweer die naar de Kliniek was gekomen? Servaz.

Ze stuurde het laatste bericht naar de printer onder het bureau en haalde haar telefoon tevoorschijn.

***

In het schijnsel van de koplampen leken de bomen die uit het donker opdoken op een vijandig leger. Dit dal was vol duistere geheimen en had een hekel aan nieuwsgierige indringers. Servaz knipperde, zijn ogen deden pijn, en hij keek door de voorruit naar de smalle weg die door het bos liep. Zijn slapen leken elk moment te kunnen ontploffen. De storm woedde, sneeuwvlokken joegen in alle richtingen. Door de snelheid waarmee hij reed, lichtten ze op als kometen. De Zesde Symfonie van Mahler stond op vol volume op. Het perfecte gezelschap in deze pessimistische, onheilspellende sfeer.

Hoeveel uur had hij de afgelopen achtenveertig uur geslapen? Hij was kapot. Zonder aanwijsbare reden gingen zijn gedachten weer naar Charlène. De gedachte aan haar, aan haar tederheid in de galerie verwarmde hem een beetje. Zijn telefoon trilde.

***

'Ik ben op zoek naar de heer Servaz.'

'Met wie spreek ik?'

'Ik heet Diane Berg. Ik ben psycholoog in de Wargnier Kliniek, en ik...'

'Hij kan momenteel niet gestoord worden,' onderbrak de gendarme haar.

'Maar het is heel belangrijk!'

'Geef me uw nummer maar, dan belt hij u terug.'

'Het is dringend!'

'Sorry, hij is er momenteel niet.'

'Kunt u mij zijn nummer geven?'

'Zoals ik al zei...'

'Ik werk in de Kliniek,' zei ze, en ze deed haar best zo normaal mogelijk te klinken, 'en ik weet wie het DNA van Julian Hirtmann buiten de Kliniek heeft gebracht. Begrijpt u wat dat betekent?'

Er viel een lange stilte aan de andere kant van de lijn.

'Kunt u dat nog eens zeggen?'

Ze herhaalde haar woorden.

'Moment. Ik verbind u door.'

De telefoon ging drie keer over, en toen hoorde ze: 'Maillard, commissaris van politie, wat kan ik voor u doen?'

'Ik weet niet wie ik nu aan de lijn heb, maar het is van het grootste belang dat ik Servaz zo snel mogelijk te spreken krijg. Het is heel erg belangrijk.'

'En met wie spreek ik?'

Ze stelde zich opnieuw voor.

'En waar gaat het over, dokter Berg?'

'Het gaat over de moorden in Saint-Martin. Zoals ik al zei werk ik in de Kliniek – en ik weet wie het DNA van Hirtmann de Kliniek uit heeft gebracht.'

Er viel een doodse stilte. Diane vroeg zich af of de commissaris had opgehangen.

'Goed,' zei hij uiteindelijk. 'Hebt u papier bij de hand? Dan geef ik u zijn nummer.'

* * *

'Met Servaz,' zei Servaz.

'Goedenavond,' zei een vrouwenstem aan de andere kant van de lijn. 'U spreekt met Diane Berg. Ik ben als psycholoog werkzaam in de Wargnier Kliniek. U kent mij niet, maar ik ken u wel; ik zat in het kantoor naast dat van dokter Xavier toen u bij hem was, en ik heb uw gesprek opgevangen.'

Servaz wilde eigenlijk zeggen dat hij geen tijd had, maar iets in haar toon weerhield hem ervan haar te onderbreken.

'Bent u daar nog?'

'Ik luister. Wat kan ik voor u doen, mevrouw Berg?'

'Ik weet wie het paard heeft gedood. En ik weet bijna zeker dat het dezelfde persoon is die ook het DNA van Hirtmann naar buiten heeft gebracht. Wilt u weten wie dat is?'

'Een ogenblik,' zei hij.

Hij minderde vaart en zette zijn auto in de berm, midden in het bos. Om hem heen huilde de wind door de bomen, de takken sloegen tegen zijn koplampen. Het leek wel een oude, expressionistische Duitse film.

'Gaat u verder,' zei hij. 'Ik ben een en al oor.'

* * *

'Dus de schrijver van die mails heet Eric?'

'Ja. Weet u wie dat is?'

'Ik denk het wel, ja.'

Servaz stond langs de kant van de weg te overdenken wat hij zojuist te horen had gekregen van deze vrouw. Wat hij al had vermoed op de begraafplaats, was bevestigd toen Irène Ziegler had onthuld dat Maud met zekerheid verkracht was. Zijn theorie werd nu opnieuw bekrachtigd. En hoe. Eric Lombard... Hij dacht aan de beveiligingsmedewerkers op de centrale, aan hun zwijgen en hun gelieg. Hij had meteen geweten dat ze iets te verbergen hadden. Nu wist hij dat ze niet hadden gelogen uit schuldgevoel, maar omdat ze daartoe gedwongen waren. Ze waren gechanteerd of omgekocht – waarschijnlijk beide. Ze hadden iets gezien, maar logen daar liever over, ook al hadden ze zich daarmee alleen maar verdacht gemaakt. Omdat ze wisten dat ze het onderspit zouden delven.

'Bent u al lang aan het graven, mevrouw Berg?'

Het duurde even voor ze antwoord gaf.

'Ik werk hier pas een paar dagen,' zei ze.

'Wat u doet zou wel eens gevaarlijk kunnen zijn.'

Weer een stilte. Servaz vroeg zich af hoe gevaarlijk het voor haar was. Ze werkte niet bij de politie; ze had waarschijnlijk fouten gemaakt. En ze bevond zich op een gewelddadige plek, waar van alles kon gebeuren.

'Hebt u het hier met anderen over gehad?'

'Nee.'

'Hebt u een auto?'

'Ja.'

'Mooi. Zorg dat u zo snel mogelijk wegkomt uit de Kliniek en rij naar Saint-Martin voordat het nog harder gaat sneeuwen. Ga naar de gendarmerie en vraag naar de aanklaagster. Zeg dat ik u gestuurd heb. En vertel haar wat u mij zojuist hebt verteld. Hebt u mij begrepen?'

'Ja.'

Hij had al opgehangen toen ze zich realiseerde dat haar auto kapot was.

Hij zag de manege in het licht van zijn koplampen. Het was er uitgestorven. Er waren nergens paarden of verzorgers te zien. De stallen waren afgesloten voor de nacht – misschien zelfs wel voor de hele winter. Hij parkeerde voor het grote stenen gebouw en stapte uit.

Hij werd onmiddellijk omringd door sneeuwvlokken, de wind huilde steeds harder door de bomen. Servaz trok zijn kraag op en liep naar de ingang. De honden sloegen aan en rukten aan hun kettingen. Er verscheen een silhouet in het raam; er stond iemand naar buiten te kijken. De deur stond op een kiertje, de centrale hal was verlicht. Servaz ging naar binnen. De geur van mest overviel hem. Aan zijn rechterhand zag hij, ondanks het late tijdstip, een paard en een ruiter rondjes lopen in de grote binnenbak. Marchand kwam uit de eerste deur links naar hem toe.

'Wat is er aan de hand?' vroeg hij.

'Ik wil u een paar vragen stellen.'

De bedrijfsleider wees hem een deur verderop in de gang. Hij liep naar binnen. Het was hetzelfde kantoor waar hij tijdens zijn eerste bezoek ook geweest was. Op het scherm van de laptop was een foto van een paard te zien. Een prachtig dier met een roodbruine vacht. Misschien was het Freedom wel. Marchand liep langs hem en Servaz rook de whiskylucht. Er stond een fles Label 5 op een plank, halfleeg.

'Maud Lombard,' zei Servaz.

Marchand keek hem verbaasd en op zijn hoede aan. Zijn ogen glansden net iets te veel.

'Ik weet dat ze zelfmoord heeft gepleegd,' zei Servaz.

'Klopt,' zei de oude paardentrainer. 'Heel tragisch allemaal.'

'Wat bedoelt u?'

Hij zag Marchand aarzelen. De man wendde zijn hoofd af alvorens Servaz in de ogen te kijken. Hij ging liegen, dacht Servaz.

'Ze sneed haar polsen door.'

'Lulkoek!' brulde Servaz, en hij greep de rentmeester bij zijn kraag. 'U liegt! Luister: er wordt iemand ten onrechte beschuldigd van de moord op Perrault en Grimm. Als u nu niet meteen met de waarheid komt, bent u medeplichtig. Zegt u het maar. Ik heb niet de hele avond de tijd!' voegde hij eraan toe, witheet, en zocht zijn handboeien.

De rentmeester leek zich rot te schrikken van deze heftige, maar ook onverwachte uitbarsting. Hij trok wit weg toen hij de klik van de handboeien hoorde. Met grote ogen keek hij Servaz aan. Niettemin probeerde hij de agent nog te peilen.

'U bluft.'

Een goede pokeraar, hij liet zich niet snel om de tuin leiden. Servaz greep zijn pols en draaide zijn arm op zijn rug.

'Wat gaan we nou beleven?' vroeg Marchand verbaasd.

'Ik heb u gewaarschuwd.'

'U kunt niks bewijzen!'

'Enig idee hoeveel mensen er zonder bewijs al jaren vastzitten?'

'Wacht! Dit kan zomaar niet!' wierp Marchand tegen, opeens in paniek. 'Hier hebt u het recht niet toe!'

'Ik waarschuw u: er staan fotografen voor het politiebureau,' loog Servaz, en hij trok hem mee. 'Maar we trekken een jas over uw hoofd als u uitstapt. Gewoon naar de grond kijken, wij loodsen u wel naar binnen.'

'Wacht nou even, verdomme!'

Servaz hield hem stevig vast. Ze stonden al in de gang.

'Oké! Oké! Ik loog! Maak me los!'

Servaz wachtte even. Paard en ruiter stonden vanuit de bak naar hen te kijken.

'Eerst de waarheid,' fluisterde hij in Marchands oor.

'Ze heeft zich verhangen. Aan de schommel, in het park van het kasteel, verdomme!'

Servaz hield zijn adem in. Zich opgehangen. Zij ook. Hij maakte de handboeien los. Marchand wreef over zijn polsen.

'Ik vergeet het nooit meer,' zei hij timide. 'Het schemerde, het was een zomeravond. Ze droeg een witte jurk, doorzichtig bijna. Ze zweefde in de ondergaande zon boven het gazon, haar nek gebroken. Ik zie het nog voor me. Bijna iedere avond.'

Zomer. Ze had hetzelfde seizoen gekozen om te sterven als de anderen. Een witte jurk. Zoek naar witte dingen, had Propp gezegd.

'Waarom loog u?'

'Omdat dat moest, natuurlijk,' zei Marchand, die naar de grond staarde. 'Vraag me niet waarom – ik weet er niets van. De baas wilde het zo.'

'Het maakt wel degelijk uit waarom,' antwoordde Servaz, die naar de deur liep.

***

Espérandieu had net zijn laptop uitgezet toen de telefoon ging. Hij keek zuchtend hoe laat het was – tien over half elf – en nam op. Hij ging meteen iets meer rechtop zitten toen hij de stem herkende van Luc Damblin, zijn contactpersoon bij Interpol. Hij zat al op zijn telefoontje te wachten sinds hij terug was in Toulouse, en dacht dat het niet meer zou komen.

'Je had gelijk,' stak Damblin meteen van wal. 'Hij was het inderdaad. Waar ben je naar op zoek? Ik heb geen idee wat er aan de hand is, maar man, ik denk dat je iets groots op het spoor bent. Kun je me er iets meer over vertellen? Wat heeft iemand als hij van doen met een misdrijf?'

Espérandieu was bijna van zijn stoel gevallen. Hij slikte en ging weer rechtop zitten.

'Weet je het zeker? Heeft jouw contactpersoon bij de FBI het bevestigd? Hoe heeft hij die informatie gekregen?'

In de vijf minuten die volgden, vertelde Luc Damblin hem alles. Goddomme! dacht Espérandieu toen hij had opgehangen. Hij moest nu toch echt Martin waarschuwen. Meteen!

* * *

Servaz had het gevoel dat de elementen tegen hem samenspanden. Sneeuwvlokken dwarrelden in het licht van de koplampen, de stammen van de bomen werden aan de noordkant steeds witter. Er woedde een echte sneeuwstorm. Uitgerekend die nacht. Hij hoopte dat de psychologe erin was geslaagd naar Saint-Martin te rijden, dat de wegen nog begaanbaar waren. Een paar minuten eerder, voordat hij bij de manege vertrok, had hij nog een laatste telefoontje gepleegd.

'Hallo,' werd er gezegd toen er werd opgenomen.

'Ik moet je spreken. Vanavond nog. En ik heb best honger. Is het nog niet te laat?'

Gelach. Maar toen klonk het ernstig: 'Zijn er nieuwe ontwikkelingen?' Saint-Cyr kon zijn nieuwsgierigheid niet bedwingen.

'Ik weet wie het gedaan heeft.'

'Echt?'

'Ja.'

Stilte.

'En heb je een huiszoekingsbevel?'

'Nog niet. Ik wil eerst jouw mening horen.'

'Wat ben je van plan?'

'Ik wil juridisch advies. Daarna sla ik toe.'

'Mag ik weten wie het is?'

'Eerst gaan we eten. Daarna praten.'

Opnieuw een lachje aan de andere kant van de lijn.

'Ik moet toegeven dat ik razend nieuwsgierig ben. Kom maar. Ik heb nog kip, geloof ik.'

'Ik kom eraan,' zei Servaz, en hij hing op.

Toen Servaz bij Saint-Cyr parkeerde, zag hij door de sneeuwstorm heen het warme licht door de ramen van de molen schijnen. Hij was onderweg niemand tegengekomen, ook geen voetgangers. Hij sloot de jeep af en haastte zich naar het bruggetje, voorovergebogen om de windstoten op te vangen. De deur ging meteen open. Er kwam hem een heerlijke geur van gebraden kip, wijn, kruiden en houtvuur tegemoet. Saint-Cyr nam zijn jas aan en hing hem op, en ging hem vervolgens voor naar de woonkamer.

'Eerst maar een bisschopswijntje doen? De kip is over twintig minuten klaar. Geeft ons mooi de gelegenheid om te praten.'

Servaz keek hoe laat het was. Half elf. De komende uren kwam het erop aan. Hij moest helder denken, maar was hij daartoe in staat? De gepensioneerde rechter kon hem helpen om geen blunders te maken. Ze hadden een afschrikwekkende tegenstander. Servaz kon zich geen fouten veroorloven. Hij had ook een verschrikkelijke honger; zijn maag rammelde toen hij de geur van de kip rook.

Het haardvuur brandde goed. De kamer werd gevuld met het geluid van knappend hout, door de schoorsteen gierende wind en het stromende water buiten. Geen Schubert. Saint-Cyr wilde duidelijk geen woord missen van wat Servaz hem ging vertellen.

Er stonden twee grote bellen wijn op de salontafel. Er kwam damp vanaf.

'Ga zitten,' zei de rechter, en hij gebaarde naar een stoel.

Servaz pakte het glas dat het dichtst bij hem stond. Het was warm. Hij liet de wijn rondgaan en ademde de verlokkende geur in. Hij rook sinaasappel, kaneel en nootmuskaat.

'Bisschopswijn,' zei Saint-Cyr. 'Een verkwikkende calorieënbom, ideaal voor dit weer. En een uitstekende remedie tegen vermoeidheid. Je kikkert ervan op. Het wordt een lange nacht, vrees ik?'

'Is het zo duidelijk?' vroeg Servaz.

'Wat bedoel je?'

'Dat ik zo moe ben.'

De rechter keek hem aandachtig aan.

'Je ziet er uitgeput uit.'

Servaz dronk. Zijn gezicht vertrok toen hij zijn tong verbrandde. Zijn mond en keel vulden zich met een krachtige mix van wijn en kruiden. Saint-Cyr had kruidkoek klaargezet voor bij de wijn. Servaz nam een plak, en stak er meteen daarna nog een in zijn mond. Hij was uitgehongerd.

'Nou?' zei Saint-Cyr. 'Krijg ik nog te horen wie het gedaan heeft of hoe zit dat?'

***

'Weet je het zeker?' vroeg Cathy d'Humières door de telefoon.

Espérandieu staarde naar zijn All Stars op zijn bureau.

'Mijn informant weet het heel zeker. Hij werkt op het hoofdkantoor van Interpol in Lyon. Hij heet Luc Damblin. Hij heeft het van iemand bij de FBI. Hij weet het voor tweehonderd procent zeker.'

'Grote goedheid!' riep de aanklaagster uit. 'En je kunt Martin nergens bereiken?'

'Ik heb het twee keer geprobeerd. Hij was steeds in gesprek. Ik kreeg zijn voicemail. Ik probeer het zo nog wel een keer.'

Cathy d'Humières keek op haar horloge, een geelgouden Chopard die ze van haar man had gekregen toen ze twintig jaar getrouwd waren. Tien voor elf. Ze zuchtte.

'Wil je iets voor me doen, Espérandieu? Blijf het proberen. En als je hem te pakken krijgt zeg dan dat ik graag naar bed wil voordat de zon ondergaat, en dat ik niet van plan ben de hele nacht te zitten wachten!'

Espérandieu salueerde aan de andere kant van de lijn. 'Zoals u wenst, mevrouw.'

* * *

Irène Ziegler hoorde de wind aan de andere kant van het tralievenster. Ze had met haar oor tegen de muur staan luisteren. De stem van D'Humières. De muren van het bureau waren van bordkarton – zoals in zo veel Franse kantoorgebouwen.

Ziegler had alles gehoord. Kennelijk had Espérandieu heel belangrijke informatie gekregen. Informatie die de loop van het onderzoek radicaal zou wijzigen. Ziegler dacht dat ze wel wist waarover het ging. En Martin was spoorloos verdwenen. Ze meende te weten waar hij was, bij wie hij advies zou inwinnen voor hij zijn volgende zet zou doen. Ze klopte op de deur, die vrijwel meteen openging.

'Ik moet naar de wc,' zei ze.

De dienstdoende agent sloot de deur. Toen hij weer openging stond er een agente, die haar wantrouwend aankeek.

'Loop maar mee. En geen geintjes.'

Ziegler stond op, haar geboeide handen voor zich uit.

'Bedankt,' zei ze. 'En ik wil de aanklaagster spreken. Zeg maar dat het heel belangrijk is.'

* * *

De wind gierde in de schoorsteen en blies de vlammen neer. Servaz viel bijna om van vermoeidheid. Hij zette zijn glas weg en merkte dat zijn hand trilde. Hij hield hem tegen zijn lichaam zodat Saint-Cyr het niet zou zien. De wijn was lekker, maar had een bittere afdronk. Hij werd dronken, en dat kon hij zich nu niet permitteren. Hij nam zich voor vanaf nu alleen water te drinken en af te sluiten met sterke koffie.

'Je ziet er niet al te best uit,' zei de rechter, die zijn glas wegzette en hem aandachtig bestudeerde.

'Ik heb me wel eens beter gevoeld, maar het gaat wel.'

Als hij eerlijk was kon hij zich niet heugen wanneer hij voor het laatst zo uitgeput en gespannen was geweest: hij was hondsmoe, had een kop vol watten, was duizelig – en stond op het punt de vreemdste zaak in zijn carrière op te lossen.

'Je denkt dus niet dat Irène Ziegler schuldig is?' ging de rechter verder. 'Alles wijst daar namelijk op.'

'Dat weet ik. Maar er zijn nieuwe ontwikkelingen.'

De rechter trok zijn wenkbrauwen op.

'Ik werd vanavond gebeld door een psychologe die in de Wargnier Kliniek werkt.'

'En?'

'Ze heet Diane Berg en is Zwitsers. Ze werkt er nog niet zo lang. Kennelijk vond ze dat er vreemde dingen gebeurden en is ze op eigen houtje op onderzoek uitgegaan. Zo kwam ze erachter dat de hoofdzuster van de Kliniek verdovende middelen voor paarden heeft besteld, en dat dezelfde vrouw de maîtresse is van ene Eric, een puissant rijke man die veel reist, zo te zien aan de mails die hij haar stuurt.'

'Hoe heeft ze dat dan ontdekt?' vroeg de rechter sceptisch.

'Dat is een lang verhaal.'

'En die Eric, zou dat...? Maar hij zat in de States toen zijn paard werd gedood.'

'Een waterdicht alibi,' zei Servaz. 'Trouwens, wie zou ooit het slachtoffer verdenken?'

'En die psychologe – is zij degene die contact met je heeft opgenomen? En je gelooft haar? De Kliniek doet rare dingen met je als je daar net werkt.'

Servaz keek Saint-Cyr aan. Hij begon te twijfelen. Zou de rechter gelijk hebben?

'Kun je je nog herinneren dat je me vertelde dat alles wat in dit dal gebeurt zijn wortels heeft in het verleden?' zei Servaz.

De rechter knikte.

'Je hebt me zelf verteld dat Eric Lombards zus Maud zelfmoord pleegde toen ze eenentwintig was.'

'Dat klopt,' zei Saint-Cyr na een tijdje. 'En nu denk jij dat haar dood iets te maken heeft met de vakantiekampzelfmoorden? Daar is ze nooit geweest.'

'Twee andere slachtoffers zijn er ook nooit geweest,' antwoordde Servaz. 'Hoe zijn Grimm en Perrault aan hun eind gekomen?' vroeg hij. Zijn hart ging tekeer.

'Ze zijn opgehangen.'

'Precies. Toen ik je vroeg hoe de zus van Eric Lombard er een eind aan had gemaakt, zei je dat ze haar polsen had doorgesneden. Dat is de officiële lezing. Ik weet inmiddels dat ook zij zichzelf heeft opgehangen. Waarom zou Lombard daarover liegen? Omdat hij niet wil dat er een verband gelegd wordt tussen de zelfmoord van Maud en de moorden?'

'Heeft die psychologe dit ook met iemand anders besproken?'

'Nee, volgens mij niet. Ik heb haar aangeraden om naar Saint-Martin te rijden en contact op te nemen met Cathy d'Humières.'

'Dus je denkt dat...'

'Ik denk dat Eric Lombard achter de moorden op Grimm en Perrault zit,' zei Servaz. (Hij had het gevoel dat zijn tong aan zijn gehemelte bleef plakken en dat zijn kaakspieren verstijfden.) 'Ik denk dat hij zijn zus wilde wreken, hij aanbad haar. Hij rekent hen – terecht – aan dat zij en zeven anderen zelfmoord hebben gepleegd. De slachtoffers van het viertal Grimm-Perrault-Chaperon-Mourrenx. Hij heeft een duivels plan bedacht om zichzelf buiten verdenking te stellen, en kreeg hulp van iemand in de Kliniek.'

Hij keek naar zijn linkerhand. Hij stuiterde op de armleuning. Hij probeerde hem stil te houden, maar dat lukte niet. Toen hij opkeek, zag hij Saint-Cyr kijken.

'Lombard is ook niet gek: hij begreep dat vroeg of laat de moorden in verband zouden worden gebracht met de golf van zelfmoorden vijftien jaar geleden, en waaronder die van zijn zus. Hij moest dus zelf het slachtoffer worden van de eerste misdaad. Maar hoe? Hij kon moeilijk een onschuldig iemand vermoorden. Uiteindelijk wist hij het: hij pleegde een misdrijf waarvan hij zelf nooit verdacht zou worden. Hij doodde zijn lievelingspaard, waar hij stapelgek op was. Hij moet er doodziek van zijn geweest, maar het verschafte hem het perfecte alibi – bovendien zat hij, dat zei hij althans, in de VS. Daarom hebben de honden niet geblaft. En heeft het paard niet gehinnikt. Hij had waarschijnlijk een medeplichtige op de manege, zoals de hoofdzuster op de Kliniek. Want een paard krijg je niet in je eentje naar boven. En het alarm ging ook niet af. Hij zou het paard alleen nooit door een ander laten doden. Zo gaan de Lombards niet te werk, en Eric is een atleet, een avonturier, een vechter die van extreme uitdagingen houdt en gewend is de leiding te nemen. Iemand die niet te beroerd is de handen uit de mouwen te steken.'

Kwam het doordat hij zo uitgeput was, of door het gebrek aan slaap? Hij ging steeds minder goed zien, het leek alsof hij een bril droeg met verkeerde glazen.

'Ik denk ook dat Lombard of een van zijn stromannen de bewakers op de centrale gechanteerd heeft – door te dreigen dat ze weer de bak zouden in draaien. Of ze hebben hen grof betaald. Lombard moet vrij snel geweten hebben dat het DNA van Hirtmann nergens toe zou leiden, het diende slechts als afleidingsmanoeuvre. Het interesseerde hem ook niet dat de zelfmoorden van vijftien jaar geleden weer zouden worden opgerakeld, zo zouden er alleen maar meer verdachten zijn. Alle ouders, of een van de verkrachte adolescenten, konden het nu ook gedaan hebben. Ik ben benieuwd hoeveel hij wist over Ziegler, of hij er bijvoorbeeld van op de hoogte was dat ze naar het kamp is geweest. Zij was natuurlijk de ideale verdachte. Maar misschien was het wel gewoon toeval.'

Saint-Cyr gaf geen antwoord; hij maakte een terneergeslagen

indruk en leek zich iets af te vragen. Met zijn mouw veegde Servaz het zweet af dat in straaltjes van zijn voorhoofd liep.

'Hij wist dat het spoor nooit naar hem zou leiden, zelfs niet wanneer niet alles helemaal volgens plan verliep.'

'Maar,' zei Saint-Cyr met een droeve glimlach, 'hij hield geen rekening met iemand als jij.'

Servaz hoorde dat de rechter een andere toon aansloeg. De oude man schonk hem een lachje dat zowel bewonderend als ambivalent was. Servaz wilde zijn hand bewegen; hij trilde niet meer, maar voelde nu aan als lood.

'Je bent opmerkelijk goed,' zei Saint-Cyr kil. 'Als ik iemand als jij onder me had gehad toen ik nog werkte, had ik veel meer zaken kunnen oplossen.'

Servaz' mobieltje ging. Hij wilde het pakken, maar zijn arm leek in beton gegoten. Hij deed er eindeloos lang over om hem slechts een paar centimeter te bewegen. De telefoon bleef maar rinkelen en snerpte door de stilte die tussen de twee mannen hing. De telefoon ging over op de voicemail. De rechter keek hem strak aan.

'Ik voel me heel... raar...' stamelde Servaz, die zijn arm langs zijn lichaam liet vallen.

Verdorie! Wat gebeurde er? Hij kreeg zijn mond nog nauwelijks open; het praten ging hem steeds moeilijker af. Hij wilde opstaan. Het duizelde hem. Slap als een vaatdoek liet hij zich terugvallen in de stoel. Hij meende dat hij Saint Cyr hoorde zeggen: 'Het was een vergissing om Hirtmann erbij te betrekken...' Hij vroeg zich af of hij het goed verstaan had. Hij vocht tegen het wattige gevoel in zijn hoofd, en probeerde zich te concentreren op de woorden van de rechter:

'... voorspelbaar. Hirtmanns ego kreeg de overhand, dat was te verwachten. Hij ontfutselde Elisabeth informatie in ruil voor zijn DNA; daarna zette hij jou op het spoor van de zelfmoorden, alleen maar omdat hij graag wilde laten zien dat hij de touwtjes in handen had. Het streelde zijn ego. Hij is ontzettend ijdel. En hij had een zwak voor je.'

Servaz probeerde te fronsen. Hoorde hij nu echt Saint-Cyr praten? Hij knipperde met zijn ogen in een poging het zweet dat erin liep weg te krijgen, en zag dat het inderdaad de rechter was, die nu een mobieltje uit zijn zak haalde.

'Lisa? Met Gabriel. Het luistervinkje heeft niemand anders gesproken. Ze heeft alleen tijd gehad om Martin te bellen. Ja, dat weet ik zeker... Ja, alles onder controle.'

Hij hing op en richtte zijn aandacht weer op Servaz.

'Ik ga je een verhaaltje vertellen,' zei hij. (Servaz had de indruk dat zijn stem ergens achter uit een tunnel kwam.) 'Het verhaal van een jongetje met een tirannieke, gewelddadige vader. Een erg intelligent, bijzonder kind. Als hij bij ons op bezoek kwam had hij altijd bloemen bij zich die hij onderweg had geplukt, of stenen die hij op de oever van de rivier had gevonden. We hadden geen kinderen, mijn vrouw en ik. Dus je snapt dat we het als een cadeautje zagen toen Eric in ons leven kwam; hij was ons zonnestraaltje.'

Saint-Cyr maakte een gebaar alsof hij zich dat liever niet herinnerde, omdat hij niet emotioneel wilde worden.

'Maar er verschenen wolken aan de horizon. Erics vader, de beroemde Henri Lombard, terroriseerde iedereen om hem heen, zowel op de fabriek als thuis. En hoewel hij soms wel lief was voor zijn kinderen, waren ze ook vaak bang voor hem als hij tekeerging, een woede-uitbarsting kreeg of hij hun moeder sloeg. Onnodig te zeggen dat de sfeer op het kasteel zijn weerslag had op Eric en Maud.'

Servaz wilde slikken maar dat ging niet. Hij probeerde zich te bewegen. Zijn telefoon rinkelde weer lange tijd, en stopte weer.

'Destijds woonden mijn vrouw en ik in een huis in de bossen, niet ver van het kasteel, aan de oever van hetzelfde beekje dat ook hierlangs stroomt,' ging Saint-Cyr verder. 'Henri Lombard mocht dan tiranniek, achterdochtig, paranoïde en gewoon hartstikke gek zijn, hij heeft nooit een hek met prikkeldraad of beveiligingscamera's rond het landgoed neergezet, zoals dat tegenwoordig gebeurt. Dat deed toen niemand. Er was nog niet zo veel misdaad. Wat iedereen ook zegt, de wereld was toen een stuk menselijker. Om een lang verhaal kort te maken: ons huis was een toevluchtsoord voor Eric, en hij was hele middagen bij ons. Soms nam hij Maud mee; een mooi meisje met een droevige blik; ze lachte bijna nooit. Eric hield zielsveel van haar. Toen hij een jaar of tien was, leek hij besloten haar te beschermen.'

Hij zweeg even.

'Ik had het heel druk met mijn werk en was niet veel thuis, maar zodra Eric in ons leven was gekomen, probeerde ik er zo veel mogelijk voor hem te zijn. Ik vond het leuk als ik hem het pad naar ons huis op zag lopen, alleen of met zijn zusje. Ik was als een vader voor hem. Ik voedde hem op alsof hij mijn eigen kind was. En daar ben ik heel erg trots op. Dat is mijn grootste prestatie. Ik heb hem alles geleerd. Hij was een buitengewoon ontvankelijk kind. Kijk maar wat er van hem geworden is! Dat komt niet alleen door het imperium dat hij erfde. Dat komt vooral door mijn lessen en de liefde die wij hem gaven.'

Met stomheid geslagen zag Servaz dat de rechter huilde, de tranen stroomden over zijn gerimpelde wangen.

'Toen kwam dat hele gedoe. Ik herinner me nog goed dat we Maud vonden, hangend aan de schommel. Eric is daarna nooit meer de oude geworden. Hij werd teruggetrokken, zwaarmoedig en obstinaat. Hij werd harder. Dat kwam het zakendoen ten goede. Maar hij was niet langer de Eric die ik gekend had.'

'En... wat... is er gebeurd... met...'

'Met Maud? Eric heeft het me nooit precies verteld, maar ik denk dat die klootzakken haar te grazen hebben genomen.'

'Nee... daarna...'

'De jaren zijn verstreken. Eric had net de zaak overgenomen toen Maud stierf, hun vader was een jaar eerder overleden. Hij ging helemaal op in zijn werk – de ene dag zat hij in Parijs, dan weer in New York of Singapore. Hij had nooit tijd voor zichzelf. Toen ging hij opeens vragen stellen. Hij wilde weten waarom zijn zus het gedaan had. Nam privédetectives in de arm. Mannen die het niet erg nauw namen qua werkwijze en moraal, en die voor een fors bedrag hun mond dichthielden. Ik denk dat ze zo'n beetje dezelfde aanknopingspunten hadden als jij, en ze ontdekten de waarheid omtrent de vier mannen. Toen wist Eric dus wat er met zijn zus – en andere vrouwen voor haar – was gebeurd. Hij besloot het recht in eigen hand te nemen, dat kon hij makkelijk betalen. Hij wist donders goed dat er voldoende mazen in de wet zaten. Hij vond een goede steun en toeverlaat in Elisabeth Ferney. Zijn minnares. Ze is eveneens hier opgegroeid, en ze is niet alleen zijn minnares – ze is zelf ook door hen verkracht.'

Het licht van de kaarsen en lampen deed pijn aan Servaz' ogen. Hij baadde in het zweet.

'Ik ben een oude man en mijn dagen zijn geteld,' zei Saint-Cyr. 'Eén jaar, vijf, tien: wat maakt het uit? Mijn leven ligt achter me. Ik wacht op de dood, dat is wat mij rest. Waarom zou ik die tijd niet nuttig besteden door een briljant geest als Eric Lombard te helpen?'

Servaz voelde de paniek door zijn lijf gieren. Zijn hart ging zo tekeer dat hij bijna een infarct kreeg. Maar hij kon zich nog steeds niet bewegen. En zijn zicht werd ook steeds slechter.

'Ik laat een brief achter waarin ik zeg dat ik alle misdaden heb gepleegd,' kondigde Saint-Cyr verbazingwekkend kalm aan. 'Het recht zal eindelijk zegevieren. De meeste mensen weten dat ik geobsedeerd ben door de zaak van de zelfmoorden. Niemand zal dus raar staan te kijken. Ik zeg dat ik het paard heb gedood omdat ik dacht dat Henri, de vader van Eric, een van de verkrachters was. En dat ik jou heb vermoord omdat je ontdekte dat ik erachter zat. En dat ik later besefte dat er geen uitweg meer was en dat ik besloot, overmand door berouw, dat ik beter eerst alles kon opbiechten alvorens er een eind aan te maken. Een mooie brief, ontroerend en waardig tegelijk. Ik heb hem al geschreven.'

Hij hield de brief voor Servaz' neus. Die door de schrik heel even een beetje bijkwam.

'Heeft geen zin... Diane... Diane Berg heeft bewijs... schuldig... Cathy d'Humières...'

'Ik vrees,' ging Saint-Cyr onaangedaan verder, 'dat zij vanavond dood zal worden aangetroffen. Na onderzoek zal uit haar papieren blijken dat ze slechts met één doel uit Zwitserland is gekomen, namelijk om haar landgenoot en minnaar Julian Hirtmann te helpen ontsnappen.'

'Waarom... doe je dit?'

'Dat heb ik je toch al verteld? Eric is mijn oogappel. Ik heb hem opgevoed. Ik heb hem grootgemaakt. Niet alleen als zakenman, maar ook als eerlijk en oprecht mens. De zoon die ik nooit gehad heb.'

'Hij is betrokken bij... zwendel... geneesmiddelen... uitbuiting... kinderen...'

'Allemaal leugens!' schreeuwde Saint-Cyr, en hij sprong op uit zijn stoel. Met een pistool in zijn handen. Een automatisch pistool.

Servaz sperde zijn ogen op. Het zweet dat van zijn wenkbrauwen droop, brandde op zijn hoornvlies. Saint-Cyrs stem was, net als alle andere geluiden, plotsklaps oorverdovend. Al zijn zintuigen stonden op scherp, het leek alsof zijn zenuwen blootliggen.

'Hallucinogenen,' zei Saint-Cyr, en hij glimlachte weer. 'Je wilt niet weten wat je daar allemaal mee kunt doen. Rustig maar: de pillen die ik je elke keer als je kwam eten heb gegeven zijn niet dodelijk. Ik wilde je alleen verzwakken en bij jou en je omgeving de indruk wekken dat er iets niet goed met je was. Van het middeltje in je wijn raak je slechts tijdelijk verlamd. Maar tegen de tijd dat je weer de oude bent, ben je allang dood. Het spijt me vreselijk dat je dit allemaal moet doorstaan, Martin. Je bent verreweg de interessantste man die ik in lange tijd heb ontmoet.'

Servaz' mond hing open, als een vis op het droge. Hij keek glazig naar Saint-Cyr. Hij ontstak in woede. Door deze verdomde verdovende middelen zou hij sterven als een idioot!

'Ik heb mijn leven lang de misdaad bestreden, en ga dood als moordenaar,' sprak de rechter bitter. 'Maar je geeft me geen keuze: Eric Lombard moet op vrije voeten blijven. Hij heeft nog zo veel plannen. Dankzij alle goede doelen die hij in het leven heeft geroepen hebben kindertjes geen honger meer, blijven kunstenaars aan het werk, krijgen studenten een beurs... Ik laat het eerste het beste agentje het leven van deze briljante geest niet verwoesten. Een man die er, op zijn manier, voor heeft gezorgd dat er recht wordt gedaan in een land waarin dat woord allang geen betekenis meer heeft.'

Servaz vroeg zich af of ze het over dezelfde persoon hadden: de man die met andere grote farmaceutische bedrijven Afrikaanse landen belet had medicijnen tegen aids of hersenvliesontsteking te maken, die zijn dochterondernemingen had aangezet tot het uitbuiten van vrouwen en kinderen in India en Bangladesh, en die Polytex had overgenomen alleen voor de patenten om vervolgens al het personeel te ontslaan? Wie was Eric Lombard écht? De cynische, gewetenloze zakenman, of de filantroop en beschermheilige van de kunstwereld? Het jongetje dat voor zijn zusje zorgde, of het monster dat mensen uitbuitte? Servaz kon niet meer helder denken.

'Ik... de psychologe,' stamelde hij. 'Moorden... Jij... principes... leven beëindigen... als moordenaar.'

Hij zag een moment van twijfel op het gezicht van de rechter. Saint-Cyr schudde verwoed zijn hoofd, alsof hij dit gevoel van zich af wilde schudden.

'Ik stap eruit zonder berouw. In sommige dingen ben ik heel erg principieel; altijd geweest ook. Maar het wordt steeds moeilijker principes na te leven, er is geen respect meer voor. Middelmatigheid, oneerlijkheid en cynisme zijn tegenwoordig de standaard. Mannen gedragen zich liever als kinderen. Onverantwoordelijk. Stom. Crimineel. Een golf van wreedheid zal binnenkort over ons heen spoelen. Alles wijst erop. En wie zal er een traan om laten? Door ons egoïsme en onze hebzucht verkwanselen we de erfenis van onze ouders. Slechts een enkeling als Eric steekt zijn nek nog uit.'

Hij zwaaide zijn pistool voor Servaz' neus. Servaz zat aan zijn stoel genageld, maar hij voelde de woede in zich opborrelen; het stroomde als een soort tegengif door zijn aderen. Hij liet zich voorover vallen. Zodra hij zichzelf uit zijn stoel had gehesen wist hij dat het zinloos was. Hij zakte door zijn benen. Saint-Cyr keek toe, Servaz stootte tegen een tafeltje waarop een lamp en een vaas stonden. De vaas viel in stukken. Het licht van de lamp deed pijn aan zijn ogen; het brandde op zijn netvlies. Hij was met zijn hoofd tegen het tafeltje gevallen en er liep bloed door zijn wenkbrauwen.

'Geef het nou maar gewoon op, Martin,' zei Saint-Cyr vriendelijk.

Servaz hees zich met moeite omhoog. Hij werd verteerd door woede. Het licht verblindde hem; hij kreeg vlekken voor zijn ogen. Zag alleen nog schaduwen.

Hij kroop naar de rechter en stak zijn hand naar hem uit, maar Saint-Cyr deed een stap naar achteren. Tussen de benen van de rechter door zag Servaz de verblindende vlammen van de open haard. Daarna ging alles heel snel.

'Doe dat wapen weg!' hoorde hij iemand links van hem zeggen, een stem die hij ergens van herkende, maar niet kon thuisbrengen; zijn geest was verlamd.

Er werd een schot gelost; en nog een. Hij zag Saint-Cyr achterover tegen de haard vallen. Hij sloeg tegen de stenen schoorsteenmantel en viel vervolgens op Servaz. Toen hij opkeek zag hij iemand het slappe lichaam wegslepen, als het karkas van een paard.

'Martin! Martin! Gaat het?'

Hij knipperde met zijn ogen. Hij zag een wazig gezicht door zijn tranende ogen. Irène. Er stond iemand achter haar. Maillard.

'Water,' bracht hij uit.

Irène Ziegler haastte zich naar de keuken, vulde een glas met water en zette het aan zijn lippen. Servaz nam kleine slokjes, zijn kaakspieren deden pijn.

'Ik wil... badkamer...'

Ze tilden hem op en hielpen hem naar de badkamer. Servaz had bij elke stap het gevoel dat hij in elkaar zou zakken.

'Lom... bard...' bracht hij uit.

'Wat zeg je?'

'Weg... afzetting.'

'Is al geregeld,' haastte Irène zich te zeggen. 'Alle wegen zijn afgezet na het telefoontje van je assistent. Het dal is hermetisch afgesloten.'

'Vin... cent?'

'Ja. Hij ontdekte dat Eric Lombard niet in Amerika zat toen Freedom werd gedood.'

'De heli...'

'Echt niet. Dat ding kan in dit weer niet opstijgen.'

Hij hing boven de wasbak. Ziegler draaide de kraan open en gooide koud water in zijn gezicht. Servaz stak zijn hoofd onder de kraan en liet het ijskoude water over zijn gezicht stromen. Het was alsof hij een stroomstoot kreeg. Hij hoestte en proestte. Hoe lang stond hij zo voorovergebogen in een poging zijn hoofd weer helder te krijgen? Hij wist het niet.

Toen hij overeind kwam, voelde hij zich een stuk beter. De verdovende middelen raakten uitgewerkt. Maar hij voelde vooral een grote drang, die sterker was dan zijn verdoving. Ze moesten handelen. Nu.

'Waar zijn Cathy en...'

'Die zitten op ons te wachten. Op het bureau.'

Ziegler keek hem aan.

'Kom, we gaan,' zei ze. 'We hebben geen seconde te verliezen.'

***

Lisa Ferney klapte haar telefoon dicht. Ze had een pistool in haar andere hand. Diane had geen verstand van wapens, maar ze had genoeg films gezien om te weten dat er een geluiddemper op de loop was geschroefd.

'Ik ben bang dat je er alleen voor staat, Diane,' zei de hoofdzuster. 'De politieagent die je zojuist hebt gesproken, is over een half uur dood. Je hebt echt pech dat mijn avondje uit door zijn schuld niet doorging.'

'Weet je hoe dat werkt?' vroeg Diane, die naar het wapen wees.

Lisa Ferney glimlachte flauwtjes.

'Inmiddels wel, ja. Ik ben lid van een schietvereniging. Via Eric. Eric Lombard.'

'Je vriendje,' zei Diane. 'En medeplichtige.'

'Het is niet netjes om je neus in andermans zaken te steken,' zei de hoofdzuster. 'Je zult het misschien niet geloven, Diane, maar toen Wargnier had besloten dat hij een assistent nodig had, kon hij kiezen uit meerdere kandidaten. Ik kan wel zeggen dat ik zwaar beledigd was toen hij zei dat ik niet geschikt was voor die baan – en ik heb jou gekozen. Ik drong bij hem aan dat hij jou moest aannemen.'

'Waarom?'

'Omdat je Zwitsers bent.'

'Wat?'

Lisa Ferney maakte de deur open en keek de verlaten gang in, het wapen nog altijd op Diane gericht.

'Zwitsers, net als Julian. Toen ik jouw sollicitatiebrief zag liggen, zag ik dat als een voorteken, want het paste precies in ons plan.'

Diane vreesde dat ze wel wist waarom. De rillingen liepen over haar rug.

'Welk plan?'

'Om die klootzakken kapot te maken,' antwoordde Lisa.

'Wie?'

'Grimm, Perrault en Chaperon.'

'Vanwege dat vakantiekamp,' zei Diane, die zich de Post-it in Xaviers kantoor herinnerde.

'Precies. En niet alleen daarom. Dit dal was hun jachtgebied.'

'Ik heb iemand gezien in het kamp. Een huilende, schreeuwende man. Was hij ook een van hun slachtoffers?'

Lisa keek haar indringend aan, ze vroeg zich waarschijnlijk af hoeveel Diane wist.

'Ja, Mathias. Hij is er nooit overheen gekomen. Hij is gek geworden. Maar hij doet geen vlieg kwaad.'

'Ik snap nog steeds niet waarom je mij voor die baan wilde hebben.'

'Dat doet er ook niet toe,' zei Lisa Ferney. 'Je bent uit Zwitserland gekomen om Hirtmann te helpen ontsnappen, Diane. Je staat op het punt de Kliniek in brand te steken en Hirtmann in veiligheid te brengen. Helaas voor jou zal hij, eenmaal op vrije voeten, zijn neigingen niet langer kunnen onderdrukken en toegeven aan zijn verlangen zijn mededader te doden, en dat ben jij. Einde verhaal.'

Diane zat roerloos stil, ze was met stomheid geslagen.

'Aanvankelijk wisten we niet hoe we een rookgordijn moesten optrekken, maar ik dacht al vrij snel aan Julian. Dat bleek achteraf geen goed idee te zijn. Iemand als hij doet niets voor niets. In ruil voor zijn speeksel en bloed wilde hij weten waarvoor we dat wilden gebruiken. Maar daar bleef het niet bij. Ik moest hem nog iets beloven. En nu kom jij in beeld, Diane.'

'Dit slaat nergens op. Ik ken heel veel mensen in Zwitserland. Niemand zal je verhaal geloven.'

'Het onderzoek wordt niet uitgevoerd door de Zwitserse politie. En trouwens, iedereen weet dat dit oord vreemde dingen met je doet als je geestelijk niet helemaal in orde bent. Dokter Wargnier had zijn twijfels over jou. Hij bespeurde een zekere "kwetsbaarheid" in jullie gesprekken en mailwisseling. Dat zal ik de politie ook flink duidelijk maken, als de tijd rijp is – en de politie zal ongetwijfeld Wargnier aan de tand voelen. En Xavier, die jou toch al liever kwijt was dan rijk, gaat me heus niet tegenspreken. Je ziet het: er zijn genoeg mensen die tegen je zullen willen getuigen.

Je had je er niet mee moeten bemoeien, Diane. Ik had je willen sparen. Dan was je er waarschijnlijk met een paar jaar celstraf vanaf gekomen.'

'En dat DNA dan? Daar kan ik niets mee te maken hebben gehad,' wierp Diane wanhopig tegen.

'Klopt. Daar hebben we iemand anders voor. We kopen Atlas nu al een paar maanden om. In ruil daarvoor knijpt hij een oogje toe als ik in Unit A op bezoek ga om met Hirtmann te praten. Maar dat zal zich tegen hem keren als de politie ontdekt dat het geld vanuit Zwitserland is overgemaakt en ze bij hem thuis een injectienaald aantreffen met bloed van Julian.'

'Je gaat hem dus ook vermoorden?' vroeg Diane, die duizelig werd, het leek alsof ze in een bodemloze put viel.

'Wat denk je zelf? Dat ik de rest van mijn leven achter de tralies wil zitten? Kom mee. We hebben genoeg tijd verloren.'

27

'Zit je op mij te wachten?'

Cathy d'Humières vloog overeind toen ze zijn stem hoorde. Ze draaide zich om naar de deur en keek Servaz lange tijd aan voor ze naar Ziegler en Maillard keek, waarna haar blik weer teruggleed naar Servaz.

'Jezus! Wat is er met jou gebeurd?'

Er hing een ingelijste foto naast de deur. Servaz schrok toen hij zichzelf in het glas zag: hij had grote wallen onder verwilderde, bloeddoorlopen ogen.

'Vertel jij het maar,' zei hij tegen Ziegler, en hij liet zich in een stoel vallen, de grond onder zijn voeten bewoog nog steeds.

Irène Ziegler vertelde het hele verhaal aan D'Humières, Confiant en de twee wassen beelden van de gendarmerie. Ze luisterden ademloos. Het was de beslissing van de aanklaagster geweest om Ziegler vrij te laten nadat Espérandieu haar gebeld had. En Ziegler was degene die vermoedde dat Servaz bij zijn leermeester zat, waar hij gered was. Plus dat het met de auto maar vijf minuten rijden was van het bureau naar de molen.

'Saint-Cyr!' riep D'Humières hoofdschuddend uit. 'Niet te geloven.'

Servaz loste een aspirientje op in een glas water. De mist in zijn hoofd trok ineens op en hij herinnerde zich weer wat er in de molen was voorgevallen. Hij keek de anderen met grote ogen aan.

'Kut!' brulde hij. 'Toen ik duizelig begon te worden, belde Saint-Cyr met dat mens van de Kliniek, Lisa, om door te geven dat de psychologe alleen mij had ingelicht, en dat hij de situatie meester was. Daarna wilde hij me...'

De aanklaagster trok wit weg.

'Dat meisje loopt dus gevaar. Maillard, zitten daar nog mensen van ons? Zeg dat ze meteen ingrijpen!'

Cathy d'Humières haalde haar telefoon tevoorschijn, toetste een nummer in, en hing na een paar seconden weer op.

'Dokter Xavier neemt niet op.'

'We moeten Lombard verhoren,' bracht Servaz met moeite uit. 'En hem in hechtenis nemen. Maar hoe pakken we het aan? Hij kan overal zitten: in Parijs, New York, op een of ander eiland dat van hem is, of gewoon hier – maar ik betwijfel of hij ons vrijwillig te woord zal staan.'

'Hij is hier,' zei Confiant.

Alle blikken gingen zijn kant op.

'Voor ik hierheen kwam heb ik hem, op zijn verzoek, op het kasteel op de hoogte gebracht van wat er speelde. Net vóórdat je assistent belde,' zei hij tegen Servaz. 'Ik, eh... was er nog niet aan toegekomen dat jullie te vertellen. En toen ging alles opeens zo snel...'

Servaz vroeg zich af hoe vaak de jonge rechter al op het kasteel geweest was.

'Daar hebben we het straks wel over,' zei D'Humières beslist. Zijn alle uitvalswegen naar het dal afgezet? Mooi. Bel het hoofdkantoor. Ik wil een huiszoekingsbevel voor zijn huis in Parijs en het kasteel. Ze moeten tegelijkertijd doorzocht worden. En zonder ophef. Ik wil er zo weinig mogelijk mensen bij betrekken. Hij had met zijn poten van mijn mensen af moeten blijven,' voegde ze eraan toe, Servaz aankijkend. 'Hij mag dan Lombard heten, hij is te ver gegaan. En dan krijg je met mij te maken.' Ze stond op. 'Ik moet het ministerie van Justitie bellen. We moeten snel handelen. We hebben geen minuut te verliezen.'

Er laaide een discussie op. Niet iedereen was het met D'Humières eens. Lombard was niet de eerste de beste. Er stonden carrières op het spel, hiërarchie speelde een rol, er zou schade worden toegebracht.

'Hoe wist Vincent dat Lombard niet in de VS zat?' vroeg Servaz.

Ziegler legde het uit. Ze hadden geluk gehad. Ten gevolge van een anonieme klacht had de financiële recherche in Parijs de boekhouding van een aantal dochterondernemingen van Lombard onder de loep gelegd. Een groot schandaal stond op het punt openbaar te worden gemaakt. Een paar dagen eerder, toen ze de boeken doornamen van Lombard Media, hadden ze iets vreemds ontdekt: er was 135.000 dollar overgemaakt naar een productiebedrijf dat documentaires maakte, daar waren facturen van. Toen ze navraag deden bij het bedrijf bleek dat ze nooit iets gedaan hadden voor Lombard Media. De financiële recherche wilde toen graag weten voor wie dat geld bedoeld was en vooral: wie dat geheim wilde houden. Was er iemand omgekocht? Was er sprake van verduistering? Ze kregen een nieuw huiszoekingsbevel, nu voor de bank die het geld had overgemaakt, en eisten opheldering over de identiteit van de échte ontvanger. Helaas hadden degenen die achter de betaling zaten zich goed ingedekt: in een paar uur tijd was het geld op een rekening gezet in Londen, en vervolgens via de Bahamas doorgesluisd naar een Caribisch eiland. Daarna was het niet meer te achterhalen geweest. Maar waarom? 135.000 dollar is een mooi rond bedrag, maar peanuts voor iemand als Lombard. Ze riepen de directeur van Lombard Media op het matje en dreigden stappen tegen hem te ondernemen. De man biechtte uiteindelijk alles op: hij had het gedaan op verzoek van Eric Lombard zelf, die had gezegd dat het erg dringend was. Hij zwoor dat hij niet wist waarvoor het geld bestemd was. Aangezien Vincent de financiële recherche had gevraagd hem in te lichten over afwijkende betalingen had zijn contactpersoon hem deze informatie verstrekt, hoewel het op het eerste gezicht niets te maken had met de dood van een paard.

'Maar bij nader inzien wel?' vroeg een van de hoge pieten van de gendarmerie.

'Nou,' zei Ziegler, 'mijn collega Espérandieu had een goede inval. Hij belde een bedrijf dat privévliegtuigen verhuurt aan rijke zakenmensen, en toen bleek dat een trans-Atlantische retourvlucht precies dat bedrag kost.'

'Eric Lombard heeft zijn eigen vliegtuigen en piloten,' wierp iemand tegen. 'Waarom zou hij dan een ander bedrijf in de arm nemen?'

'Om te voorkomen dat het zou uitlekken,' zei Ziegler. 'Nu hoefden ze alleen de gemaakte kosten maar te verdonkeremanen.'

'Dat verklaart die zogenaamde documentaire,' kwam D'Humières tussenbeide.

'Precies.'

'Interessant, hoor,' zei de man weer. 'Maar het zijn slechts vermoedens.'

'Niet echt. Espérandieu redeneerde dat als Lombard de avond van de dood van het paard terugvloog uit Amerika, hij in de buurt geland moest zijn. En dus belde hij de vliegvelden in de buurt: Tarbes, Pau, Biarritz... En ja hoor: bij het derde vliegveld was het raak. De avond van dinsdag 9 december landde er in Biarritz-Bayonne inderdaad een privévliegtuig. Voor zover we nu weten is Eric Lombard met vervalste papieren het land binnengekomen en gebruikte hij een valse naam. Niemand heeft hem gezien. Het vliegtuig heeft er twaalf uur gestaan en is 's ochtends vroeg weer vertrokken. Meer dan tijd genoeg om van Bayonne naar Saint-Martin en de manege te rijden, Freedom te doden, hem in het bergstation op te hangen en weer te vertrekken.'

Alle ogen waren inmiddels op Ziegler gericht.

'En dat is nog niet alles,' zei ze. 'Het vliegveld van Biarritz heeft de gegevens van de Amerikaanse vliegmaatschappij bewaard.

Vincent Espérandieu heeft vervolgens zijn informant bij Interpol gebeld, die op zijn beurt de FBI inlichtte. Ze hebben de piloot vandaag met een bezoekje vereerd. Hij heeft Eric Lombard geïdentificeerd, en is bereid te getuigen.'

Ziegler wendde zich tot Servaz.

'Lombard weet misschien al hoe laat het is,' zei ze. 'Hij heeft waarschijnlijk zijn eigen informanten bij de FBI en Binnenlandse Zaken.'

Servaz stak zijn hand op.

'Twee van mijn mannen staan vanavond op wacht voor het kasteel,' zei hij. 'Vanaf het moment dat ik begon te vermoeden wat er aan de hand was. Als de informatie van de edelachtbare klopt, is Lombard nog in het kasteel. Waar is Vincent trouwens?'

'Hij is onderweg. Hij kan elk moment hier zijn,' antwoordde Ziegler.

Servaz probeerde op te staan, maar zijn benen konden hem nauwelijks dragen.

'Jij moet naar het ziekenhuis,' zei Ziegler. 'Je kunt zo helemaal geen inval doen. Je maag moet worden leeggepompt. We weten niet eens wat Saint-Cyr je allemaal gegeven heeft.'

'Dat doe ik wel als het allemaal achter de rug is. Het is ook mijn zaak. Ik blijf op de achtergrond,' zei hij. 'Tenzij Lombard ons zonder morren binnenlaat – maar dat zou me verbazen.'

'Vooropgesteld dat hij er nog is,' zei D'Humières.

'Ik heb zo'n vermoeden van wel.'

* * *

Hirtmann luisterde naar de wind. Een echte sneeuwstorm, dacht hij glimlachend. Terwijl hij op zijn bed zat, vroeg hij zich die avond af wat hij als eerste zou doen als hij vrij man was – een fantasie die hij vaak had, en die steevast leidde tot lang en heerlijk dagdromen.

Een van zijn favoriete scenario's was dat hij het geld terugvond dat hij had verstopt op een begraafplaats in de Savoie, bij de Zwitserse grens. Leuk detail: het geld – 100.000 Zwitserse francs – en het valse identiteitsbewijs zaten in een waterdichte, verzegelde doos, die hij had verstopt in de kist van de moeder van een van zijn slachtoffers – een plek waarover het slachtoffer hem had verteld vlak voor hij haar vermoordde. Met dat geld zou hij naar een plastisch chirurg in de Var gaan die vroeger in Genève op zijn 'avondjes' kwam. Hirtmann had ergens anders een paar videobanden verstopt die de reputatie van de man om zeep zouden helpen. Hij had de tegenwoordigheid van geest gehad die te verstoppen tijdens zijn rechtszaak. De tijd dat zijn hoofd in het verband zat zou hij bij die arts verblijven in een kamer met uitzicht over de Middellandse Zee. Hij zou regelen dat hij over de beste geluidsapparatuur kon beschikken om naar zijn geliefde Mahler te luisteren en bezoek kon ontvangen van een dure escort.

De dromerige glimlach verdween abrupt van zijn gezicht. Hij legde een hand op zijn voorhoofd, zijn gezicht vertrok. Hij kreeg ontzettende koppijn van die verdomde behandeling. Die idioot van een Xavier en zijn klotepsychologen... Stelletje kwakzalvers.

Hij werd overmand door kwaadheid. De razernij verspreidde zich door zijn hersens, totdat hij niet meer rationeel kon denken en er niets anders meer in zijn hoofd zat dan een wolk zwarte inkt die zijn oceaan aan gedachten bevuilde. Alle helderheid was weg. Hij wilde iemand pijn doen, of hard met zijn vuist tegen de muur rammen. Hij klemde zijn kaken op elkaar en bewoog zijn hoofd heen en weer, kreunend en jankend als een kat die levend wordt verbrand. Tot hij weer kalm werd. Hij had grote moeite om zichzelf in bedwang te houden, maar oefening had kunst gebaard. Gedurende zijn veelvuldige verblijven in psychiatrische ziekenhuizen had hij maanden de tijd gehad de boeken van idiote psychiaters te lezen; hij had zich hun mentale goocheltrucjes eigengemaakt; in zijn cel had hij er eindeloos op geoefend, zoals alleen een obsessief iemand dat kan. Hij kende hun voornaamste zwakheden, er was geen psychiater ter wereld die geen hoge pet ophad van zichzelf. Slechts een van hen had doorgehad wat hij van plan was geweest en hem zijn boeken afgenomen. Eentje maar, terwijl hij door tientallen behandeld was.

Opeens hoorde hij een harde pieptoon. Hij ging rechtop zitten, op zijn hoede.

Hij kreeg nauwelijks de tijd om te beseffen wat er aan de hand was toen het licht uitging. Hij zat ineens in het halfdonker. Het brandalarm!

Zijn hart ging tekeer. Brand in de Kliniek! Dit was zijn kans...

De deur van zijn cel ging open en Lisa Ferney marcheerde naar binnen, haar silhouet scherp afstekend tegen het flikkerende oranje licht dat door de deur scheen.

Ze had een met fleece gevoerd windjack, een witte doktersjas en -broek, en een paar bergschoenen in haar handen. Ze gooide alles naar hem toe.

'Kleed je aan. Opschieten!'

Ze legde een skibril en een zuurstofmasker op tafel.

'Deze ook gebruiken. Vlug!'

'Wat gebeurt er allemaal?' vroeg hij, terwijl hij zich gehaast omkleedde. 'Loopt het niet volgens plan? Je hebt zeker iemand nodig die een rookgordijn opwerpt?'

'Je hebt me nooit geloofd, hè?' zei ze, terwijl ze hem lachend aankeek. 'Je speelde het spelletje mee omdat je het een leuk tijdverdrijf vond. Je hebt geen seconde gedacht dat ik woord zou houden.'(Ze keek hem strak aan; Lisa was een van de weinigen die daarmee wegkwam.)

'Wat was je met me van plan, Julian? Hoe zou je me straffen?'

Ze keek naar buiten.

'Opschieten!' zei ze. 'We hebben geen uren de tijd.'

'Waar is de bewaking?'

'Ik heb Atlas overmeesterd. De anderen rennen als een kip zonder kop rond en proberen te voorkomen dat iedereen ontsnapt.

Het vuur heeft het beveiligingssysteem uitgeschakeld. Het is vanavond open huis. Opschieten! Er staat een colonne agenten beneden, maar de brand en de overige bewoners houden hen wel een tijdje bezig.'

Hij zette het masker op. Lisa was tevreden met het resultaat. Met zijn witte jas en het masker was hij in het halfdonker zo goed als onherkenbaar – alleen zijn lengte verried hem...

'Loop naar de kelder.' (Ze gaf hem een sleutel.) 'Als je daar bent, hoef je alleen de pijlen op de muur maar te volgen; die leiden je naar een geheime uitgang. Ik heb woord gehouden. Nu jij nog.'

'Wat heb ik beloofd dan?' Zijn stem klonk vreemd door het masker.

Ze haalde een pistool tevoorschijn en gaf het aan hem.

'Diane Berg zit in de kelder. Neem haar mee. En vermoord haar. Laat haar ergens achter en verdwijn.'

Hij rook het vuur zodra hij op de gang stond. Het flitslicht van het brandalarm deed pijn aan zijn ogen, en de huilende sirene bonkte in zijn slapen. De gang was uitgestorven en alle deuren stonden open. In het voorbijgaan zag Hirtmann dat alle cellen leeg waren.

Atlas lag op de vloer met een gemene wond op zijn achterhoofd. Hij lag in een grote plas bloed. Ze liepen door de openstaande beveiligingsdeur en nu zagen ze rook langs de trap omhoogkomen.

'Vlug!' zei Lisa Ferney, voor het eerst lichtelijk in paniek.

Het schijnsel van het alarm zette haar kastanjebruine haar in vuur en vlam en kleurde haar gezicht oranje, wat de kringen onder haar ogen alleen maar groter deed lijken.

Ze haastten zich de trap af. De rook werd dikker en dikker. Lisa hoestte. Op de begane grond aangekomen wees ze waar de trap van de kelder was.

'Sla me,' zei ze.

'Pardon?'

'Slaan! Op mijn neus. Schiet op!'

Hij aarzelde slechts kort. Ze sloeg achterover toen zijn vuist haar raakte. Ze slaakte een kreet en sloeg haar handen voor haar gezicht. Hij keek even tevreden naar het bloederige resultaat, en verdween.

Ze keek hoe hij oploste in de rook. Ze had veel pijn, maar was bovenal erg ongerust. Nog voordat ze de brand had gesticht, had ze gezien dat de gendarmes uit de bergen op weg waren naar de Kliniek. Wat moesten ze hier als die smeris dood was, en Diane vastgebonden in de kelder lag?

Er moest iets fout zijn gegaan.

Ze stond weer op. Er zat bloed op haar kin en haar ziekenhuisjas. Onvast liep ze naar de uitgang.

Servaz stond voor het kasteel. Maillard, Ziegler, Confiant, Cathy d'Humières, Espérandieu, Samira, Pujol en Simeoni stonden naast hem. Achter hen stonden drie busjes met gewapende mannen van de gendarmerie. Servaz had al twee keer aangebeld.

'En?' zei Cathy d'Humières, die haar handen tegen elkaar sloeg om warm te blijven.

'Er wordt niet opengedaan.'

Ze hadden de sneeuw voor het hek dusdanig platgetrapt, dat hun voetstappen elkaar kriskras overlapten.

'Er moet iemand zijn,' zei Ziegler. 'Zelfs als Lombard er niet is, loopt er beveiliging en personeel rond. Ze doen gewoon niet open.'

Hun adem veranderde in witte damp, die werd meegevoerd door de wind.

De aanklaagster keek op haar gouden horloge. Zesendertig minuten na middernacht.

'Is iedereen in positie?' vroeg ze.

Over minder dan vijf minuten zou de huiszoeking beginnen in

een huis in het achtste arrondissement van Parijs, niet ver van de Arc de Triomphe. Er ijsbeerden twee verkleumde mannen in burger over de stoep: dokter Castaing en mr. Gamelin, als neutrale toeschouwers aanwezig om erop toe te zien dat alles goed verliep in afwezigheid van de eigenaar.

'Maillard, check of Parijs er klaar voor is. Martin, hoe gaat het? Je ziet er doodmoe uit. Het is misschien slimmer als je hier blijft en Ziegler de leiding geeft? Dat kun je gerust aan haar overlaten.'

Maillard haastte zich naar een van de busjes. Servaz keek glimlachend naar Cathy d'Humières. Haar zijden sjaal en haar blonde haar wapperden in de storm, kennelijk hadden haar woede en verontwaardiging het gewonnen van het belang van haar carrière.

'Het gaat wel,' zei hij.

Er klonk geschreeuw uit het busje. Maillard verloor zijn zelfbeheersing: 'Omdat ik het zeg! Wat? Waar? Ja, dat geef ik door.'

'Wat is er aan de hand?' vroeg D'Humières toen hij naar buiten stormde.

'Grote paniek – de Kliniek staat in brand! Onze mannen lopen daar rond, en ze hebben grote moeite om de patiënten binnen te houden. Het alarm is uitgeschakeld. We moeten er als de sodemieter naartoe.'

Servaz schakelde razendsnel. Dit was geen toeval.

'Het is een afleidingsmanoeuvre,' zei hij.

Cathy d'Humières keek hem ernstig aan.

'Dat denk ik ook.' Ze wendde zich tot Maillard. 'Wat zeiden ze precies?'

'Dat de Kliniek in brand staat. Alle patiënten staan buiten met slechts een handjevol bewaking en politie. Het kan er elk moment uit de hand lopen. Waarschijnlijk zijn er al enkele patiënten ontsnapt. Die proberen ze nu te pakken.'

Servaz trok wit weg.

'Die uit Unit A?'

'Dat weet ik niet.'

'Ze komen niet ver in dit weer.'

'Het spijt me, Martin, maar dit is een noodgeval,' zei D'Humières beslist. 'Ik kan jouw team hier laten, maar ik heb zo veel mogelijk manschappen nodig bij de Kliniek. Ik vraag versterking.'

Servaz keek Ziegler aan.

'Ik wil haar ook hier hebben,' zei hij.

'Wou je alsnog naar binnen gaan? Voor hetzelfde geld zijn ze gewapend.'

'Of er is niemand.'

'Ik ga met Servaz mee,' zei Ziegler. Volgens mij lopen we geen gevaar. Lombard is een moordenaar, geen gangster.'

D'Humières keek hen aan.

'Prima. Confiant, jij blijft ook hier. Doe geen gekke dingen. Zodra het uit de hand dreigt te lopen wacht je op versterking. Is dat duidelijk?'

'Jij blijft op de achtergrond,' zei Servaz tegen Confiant. 'Ik laat het je weten als de kust veilig is en de huiszoeking kan beginnen. We gaan alleen naar binnen als we zeker weten dat het niet gevaarlijk is.'

Confiant knikte somber. Cathy d'Humières keek nog een keer op haar horloge.

'Goed. Op naar de Kliniek,' zei ze, en ze liep naar haar auto.

Ze keken toe hoe Maillard en de overige gendarmes in de busjes stapten. Even later waren ze weg.

De gendarme die de uitgang van de kelder in de gaten hield legde zijn hand op zijn geweer toen de deur openvloog. Er kwam een lange man naar buiten met een vrouw in zijn armen; hij droeg een witte doktersjas en had een masker met luchtfilter op.

'Ze is flauwgevallen,' zei de man door het masker. 'Door de rook. Heb je een auto? Of een ambulance? Ze moet naar de dokter. Snel!'

De gendarme weifelde. De meeste patiënten en bewakers hadden zich voor het gebouw verzameld. Hij wist niet of daar ook een dokter bij was. En hij had het bevel gekregen bij de deur te blijven.

'We moeten opschieten,' drong de man aan. 'Ik heb geprobeerd haar bij te brengen. Elke minuut telt. Heb je een auto of niet?'

De man sprak met een lage stem, donker en autoritair.

'Ik regel wel iemand,' zei de gendarme, voor hij het op een lopen zette.

Even later stopte er een auto voor de deur. Er stapte aan de passagierskant een gendarme uit, en de bestuurder – ook een gendarme – gebaarde dat Hirtmann achterin moest gaan zitten. Zodra hij Diane op de bank had gezet, reden ze weg. Ze reden om het gebouw heen en Hirtmann zag bekende gezichten – bewoners en personeel – op veilige afstand van het vuur staan. Een groot deel van de Kliniek stond inmiddels in lichterlaaie. De brandweer rolde een slang uit de brandweerwagen. Met een andere slang werd al geblust, maar het had geen zin meer – het gebouw was niet meer te redden. Voor de ingang laadde ambulancepersoneel een brancard uit.

Toen ze het gebouw achter zich zagen verdwijnen, staarde Hirtmann naar de nek van de bestuurder, en voelde hij het koude metaal van het pistool in zijn zak.

'Hoe komen we binnen?'

Servaz bestudeerde het hek. Het gietijzer zag er solide uit, dat kreeg je alleen open met een stormram. Hij wendde zich tot Ziegler. Ze wees naar de klimop die rond een van de pilaren groeide.

'We zullen moeten klimmen.'

In het zicht van de camera, dacht hij bij zichzelf.

'Enig idee hoeveel mensen er binnen zijn?' vroeg Samira.

Ze bekeek de inhoud van haar magazijn.

'Misschien niemand, misschien is iedereen wel weg,' zei Ziegler.

'En misschien wel tien, twintig of zelfs dertig man,' merkte Espérandieu op.

Hij haalde zijn Sig Sauer en een vol magazijn tevoorschijn.

'In dat geval hoop ik dat ze zich aan de wet houden,' grapte Samira. 'Best grappig: er ontsnapt momenteel op twee plaatsen tegelijk een moordenaar.'

We hebben geen bewijs dat Lombard ervandoor is,' antwoordde Servaz. 'Hij is ongetwijfeld hierbinnen. Daarom wil hij ons zo graag naar de Kliniek hebben.'

Confiant zei niets. Hij keek naar Servaz. Ze zagen hoe Ziegler de klimop beetpakte en met het grootste gemak de pilaar beklom, hoe ze de beveiligingscamera die erbovenop stond greep, haar evenwicht vond, en aan de andere kant naar beneden sprong. Servaz gebaarde naar Pujol en Simeoni dat ze samen met de jonge rechter de wacht moesten houden. Vervolgens haalde hij diep adem en volgde Zieglers voorbeeld, hoewel het hem minder makkelijk af ging, helemaal omdat hij een kogelvrij vest onder zijn jas droeg. Na hem ging Samira. Espérandieu ging als laatste.

Servaz voelde een stekende pijn toen hij landde. Toen hij een stap zette, voelde hij het opnieuw. Hij had zijn enkel verstuikt.

'Wat heb je?'

'Niks, het gaat wel,' zei hij kortaf.

Om zijn woorden te onderstrepen liep hij hinkend weg. Met elke stap die hij zette, vlamde de pijn door zijn voet. Hij verzekerde zich ervan dat hij voor de verandering zijn pistool een keer wel bij zich had.

'Is het geladen?' vroeg Ziegler naast hem. 'Zorg dat het geladen is. Nu. En hou het in de aanslag.'

Hij slikte. Haar opmerking zette hem op scherp.

Het was vijf over een.

Servaz stak een sigaret op en keek naar het kasteel aan het eind van de lange, bestrate laan, geflankeerd door eeuwenoude eiken. De gevel en witte gazons waren verlicht, net als de in dierenvormen geknipte bomen; er stonden kleine schijnwerpers in de sneeuw. Achter enkele ramen brandde licht. Alsof ze verwacht werden.

Verder bewoog er niets. Geen teken van leven achter de ramen. Ze waren aan het eind van de reis, dacht hij. Een kasteel. Uit een sprookje. Voor volwassenen.

Hij is thuis, dacht Servaz. Hij is niet vertrokken. Hier gaat het gebeuren. Dit is altijd de bedoeling geweest, vanaf het begin.

Er was iets fantasmagorisch aan het in kunstlicht badende kasteel. Het zag er prachtig uit met zijn witte gevel. Opnieuw dacht Servaz aan de woorden van Propp: 'Zoek naar witte dingen.'

Waarom had hij dat niet eerder gezien?

* * *

'Stoppen.'

De bestuurder keek schuin achterom zonder zijn blik van de weg te halen.

'Hoezo?'

Hirtmann duwde het koude ijzer van de geluiddemper in de nek van de gendarme.

'Stoppen,' zei hij.

De auto minderde vaart. Hirtmann wachtte tot de bestuurder de auto in de berm had gezet, en haalde toen de trekker over. De schedel van de man ontplofte in een brij van bloed, bot en hersenen, die op de linkerhelft van de voorruit spatte. De bittere geur van kruit vulde de wagen. Er liepen dikke rode stralen over het glas en Hirtmann bedacht dat hij dat eerst moest schoonmaken voordat hij verder kon rijden.

Hij keek naar Diane; ze sliep nog. Hij trok zijn masker af, stapte uit, opende het portier van de bestuurder en sjorde de gendarme eruit. Hij liet het stoffelijk overschot in de sneeuw liggen en ging op zoek naar een lap. Hij veegde het bloed zo goed mogelijk weg, liep naar het achterportier en greep Diane vast. Ze hing slap, maar hij wist dat het niet lang meer zou duren voor ze uit haar chloroformbedwelming zou bijkomen. Hij zette haar op de passagiersstoel, snoerde haar goed vast in de gordel en ging achter het stuur zitten, het pistool tussen zijn benen. In de sneeuw en de koude nacht lag het lichaam van de gendarme te dampen, alsof het langzaam werd verbrand.

***

Ziegler stopte aan het eind van de lange, met eikenbomen omzoomde oprijlaan op het plein voor het kasteel. De wind was ijskoud. De grote in dierenvormen gesnoeide bomen, de met sneeuw bedekte perken, de witte gevel... het maakte een onwerkelijke indruk.

En een rustige. Bedrieglijk rustig, dacht Servaz, die heel erg op zijn hoede was.

Ziegler zocht beschutting achter de stam van de laatste eik en overhandigde Servaz en Espérandieu allebei een walkietalkie. Autoritair deelde ze bevelen uit. 'We splitsen op. Twee teams. Een team links, een team rechts. Zodra jullie ons dekking kunnen geven, gaan jij en ik naar binnen,' zei ze (terwijl ze naar Samira wees). 'Als ze zich verzetten trekken we ons terug en wachten we op versterking.'

Samira knikte en de twee vrouwen haastten zich naar de tweede rij bomen, waarachter ze verdwenen, voordat Servaz kon reageren. Hij keek naar Espérandieu, die zijn schouders ophaalde. Toen verdwenen ook zij tussen de bomen, langs de andere kant van het halfronde plein. Servaz wendde zijn blik niet van het gebouw af.

Opeens ging er een rilling door hem heen.

Er bewoog iets... Hij meende een schaduw te zien achter een raam.

De walkietalkie kraakte.

'Positie ingenomen?'

Ziegler. Hij aarzelde. Had hij nou wel of niet iets gezien?

'Ik denk dat ik iets op de eerste verdieping heb gezien,' zei hij. 'Maar ik weet het niet zeker.'

'Oké. We gaan toch naar binnen. Geef ons dekking.'

Heel even wilde hij zeggen dat ze moest wachten.

Te laat. De vrouwen renden al langs de perken en vervolgens over het grind. Toen ze tussen de twee in leeuwenvorm gesnoeide bomen door renden, zag Servaz iets wat zijn bloed deed stollen: er ging op de eerste verdieping een raam open. Hij zag iemand met gestrekte arm een pistool richten. Zonder te aarzelen richtte hij en schoot. Tot zijn grote verbazing ging er een raam aan diggelen, maar niet het juiste. De schaduw verdween.

'Wat was dat?' vroeg Ziegler via de walkietalkie.

Hij zag dat ze dekking zocht achter een van de enorme beesten. Dat bood niet veel bescherming. Eén kogel zou afdoende zijn.

'Voorzichtig!' brulde hij. 'Er is op zijn minst één gewapende man in het gebouw! Hij wilde op jullie schieten.'

Ze gebaarde naar Samira en ze renden naar het kasteel. Ze verdwenen naar binnen. Mijn god! Ze hadden ieder meer testosteron dan Servaz en Espérandieu samen!

'Nou jullie,' zei Ziegler via de walkietalkie.

Servaz mopperde. Ze hadden zich terug moeten trekken. En op versterking moeten wachten. Niettemin rende hij naar de ingang van het kasteel, Espérandieu in zijn kielzog. Binnen hoorde hij meerdere schoten. Ze beklommen de treden van het bordes met drie tegelijk en wierpen zich door de grote deur naar binnen. Van achter een beeld schoot Ziegler naar iemand achter in de ruimte. Samira lag op de grond.

'Wat is er gebeurd?' schreeuwde Servaz.

'Ze schoten op ons!'

Servaz keek naar de rij donkere kamers. Ziegler boog over Samira heen. Ze was gewond aan haar been, en bloedde hevig. Er lag een spoor van bloed op de marmeren vloer. De kogel had haar dijbeen geraakt, maar geen slagader. Samira lag op de grond en probeerde het bloeden te stoppen met haar hand. Ze konden verder niets doen tot er hulptroepen kwamen. Ziegler pakte haar walkietalkie en vroeg om een ambulance.

'Vanaf nu blijven we hier!' zei Servaz toen ze was uitgesproken. 'We wachten op versterking.'

'Dat duurt nog minstens een uur!'

'Nou en?'

Ze knikte.

'Ik leg een drukverband aan,' zei ze tegen Samira. 'Wie weet moet je je wapen nog gebruiken.'

In een paar seconden knutselde ze een drukverband in elkaar, van een paar dingen die ze uit haar zak haalde, dat ze strak om de wond wikkelde om het bloeden te stoppen. Servaz wist dat als het bloeden stopte, je een gewond iemand dan gewoon zo kon laten liggen, zonder dat het al te veel kwaad kon. Hij pakte zijn walkietalkie.

'Pujol, Simeoni, jullie moeten hier komen!'

'Wat gebeurt er?' vroeg Simeoni.

'Er is op ons geschoten. Samira is gewond. We hebben ondersteuning nodig. We zitten in de hal. De kust is veilig.'

'Roger.'

Hij draaide zijn hoofd om en sprong op.

Verscheidene opgezette dieren die aan de muren hingen keken hem aan. Een beer. Een Pyreneeëngems. Een hertenbok. Een van de dieren kwam hem bekend voor. Freedom. Het paard staarde hem met goudkleurige ogen aan.

Opeens zag hij Irène wegrennen. Godver!

'Blijf bij Samira!' riep hij naar zijn assistent, en vloog achter haar aan.

* * *

Diane had het gevoel alsof ze uren geslapen had. Toen ze haar ogen opende, was het eerste wat ze zag de voorbijflitsende weg, en duizenden op haar afkomende sneeuwvlokken. Daarna werd ze zich bewust van de krakende stemmen uit het dashboard, links van haar.

Ze keek opzij en zag hem.

Ze vroeg zich niet af of ze het droomde. Ze wist dat dat helaas niet het geval was.

Hij zag dat ze wakker was geworden en pakte zijn pistool. Hij richtte het al rijdend op haar.

Hij zei niets – dat hoefde ook niet.

Diane vroeg zich af wanneer en waar hij haar om het leven zou brengen. En hoe. Zou ze net zo eindigen als de tientallen anderen die nooit gevonden waren – in een kuil in het bos? Die gedachte verlamde haar. In zijn auto zat ze als een rat in de val. Dit besef was zo ondraaglijk dat haar angst geleidelijk plaatsmaakte voor woede en vastberadenheid. En ze nam zich iets voor. Als ze dan toch dood moest, dan niet in de rol van slachtoffer. Ze zou tot het bittere eind vechten, en dat zou hij weten ook. Die klootzak wist niet wat hem zou overkomen. Ze moest het juiste moment afwachten. Dat zou ongetwijfeld komen, ze moest alleen zorgen dat ze er dan klaar voor was.

* * *

'Maud, mijn lieve zusje. Slaap maar, lieverd. Slaap maar. Je bent zo mooi als je slaapt. Zo lief, zo stralend.

Ik heb je in de steek gelaten. Ik kon je niet beschermen tegen de rest van de wereld, lief zusje. Ik kon niet voorkomen dat ze je pijn deden, ze je bezoedelden.'

'We moeten gaan, meneer. Vlug!'

Eric Lombard draaide zich om, de jerrycan met benzine in zijn hand. Otto had het geweer nog in zijn handen, maar zijn andere arm hing slap naast zijn lichaam, zijn mouw doorweekt van het bloed.

'Wacht,' zei hij. 'Nog heel even, Otto. Mijn zusje... wat hebben ze haar aangedaan? Wat hebben ze haar aangedaan, Otto?

Hij draaide zich om naar de kist. Hij stond in een grote, felverlichte ronde kamer. Alles in de kamer was wit: de muren, het plafond, het meubilair. In het midden stond een verhoging, met een grote ivoorkleurige kist erop. Er stonden twee witte tafeltjes met bloemen naast. De bloemen waren ook wit.

Eric Lombard goot de inhoud van de jerrycan over de kist. Hij stond open. Gekleed in een witte jurk, liggend op de ivoorkleurige voering van de kist, leek Maud Lombard te slapen. Haar ogen waren gesloten. Glimlachend. Puur. Onsterfelijk.

Plastinatie. De lichaamssappen worden vervangen door siliconen – net als op die tentoonstellingen waar echte, perfect geconserveerde lichamen te zien waren. Eric Lombard keek naar het jonge, engelachtige gezicht, dat nu glom van de benzine.

Geweld laaide op als een geseling van het kwaad: niemand zal het overleven, niemand, ook hun nakomelingen niet; er zal niet om hen getreurd worden. De tijd is rijp; de dag komt nabij... En niemand zal zich kunnen laven aan de zonde van het leven... (Ezechiël 7:11-14)

'Hoort u me, meneer? We moeten nu echt weg.'

'Kijk nou hoe ze ligt te slapen. Hoe vredig. Ze is nog nooit zo mooi geweest als nu.'

'Maar ze is dood. Dóód! Verman u toch!'

'Vader las elke avond uit de Bijbel, Otto. Weet je dat nog? Het Oude Testament. Klopt, hè, Maud? Hij leerde ons dat we het recht in eigen hand moesten nemen – dat we het niet over onze kant moesten laten gaan als iemand ons iets aandeed.'

'Meneer! We moeten nu echt weg!'

'Maar hij was wreed, en onrechtvaardig. Toen Maud ouder werd en uitging, vriendjes kreeg, behandelde hij haar zoals hij mijn moeder behandelde. *Maar zij die aan hen ontsnappen trekken de bergen in als duiven in de vallei, rouwend, allemaal voor hun eigen zonden. Hun handen krachteloos, en hun knieën smel-*

tend in het water. Ze zullen door angst bezeten zijn. Ezechiël 7:16-18.'

Er klonken schoten boven hun hoofden. Otto draaide zich om en liep naar de trap, zijn wapen in de aanslag. Zijn gezicht vertrokken door de pijn in zijn gewonde arm.

***

De man schoot om de hoek tevoorschijn. Het gebeurde allemaal heel snel. De kogel kwam zo rakelings voorbij dat Servaz hem hoorde suizen. Hij had geen tijd om te reageren. Ziegler had al gevuurd en hij zag de man in elkaar zakken. Zijn geweer kletterde op de grond.

Ziegler liep naar hem toe, haar pistool nog in de aanslag. Ze boog zich over de man heen. Er verscheen een steeds groter wordende rode vlek ter hoogte van zijn schouder. Hij leefde nog, maar verkeerde in shock. Ze sprak een bericht in op de walkietalkie, stond op en deed een stap naar achteren.

Servaz, Pujol en Simeoni liepen naar haar toe. Achter het standbeeld liep een trap naar beneden.

'Deze kant op,' zei Pujol.

Een witte wenteltrap. Ronde, witmarmeren muren. Een die met brede treden afdaalde naar het hart van het gebouw. Ziegler liep voorop, haar pistool gereed. Er klonk een schot en ze haastte zich terug naar boven, op zoek naar dekking.

'Verdomme! Beneden zit iemand!'

Ze zagen haar iets van haar riem trekken. Servaz wist meteen wat het was.

Otto zag een zwart voorwerp als een tennisbal de trap af stuiteren en op zich af komen rollen. *Tik-tik-tik...* Hij begreep te laat wat het was. Een verdovingsgranaat. Toen het ding ontplofte, werd hij letterlijk verblind door het licht. De oorverdovende explosie volgde, deed de kamer trillen en trok als een schokgolf door zijn lichaam, waardoor hij dacht dat de kamer om hem heen draaide. Hij verloor zijn evenwicht.

Toen hij bijkwam, verschenen er twee figuren in zijn gezichtsveld. Hij voelde een trap tegen zijn kaak en liet zijn geweer los. Daarna werd hij op zijn buik gedraaid en voelde hij het koude metaal van handboeien die zich om zijn polsen sloten. Daarna pas zag hij de vlammen. Ze verzwolgen de doodskist. Zijn baas was verdwenen. Otto verzette zich niet. Als jongeman had hij in de jaren zestig als huurling gevochten onder Bob Denard en David Smiley. Hij was uitstekend op de hoogte van de gruwelijkheden van de postkoloniale oorlogsvoering; hij had gemarteld en was zelf gemarteld. Daarna had hij de bevelen opgevolgd van Henri Lombard, net zo bikkelhard als hijzelf, en vervolgens die van zijn zoon. Er was veel voor nodig om indruk op Otto te maken.

'Zak toch allemaal in de stront,' was het enige wat hij zei.

De hitte van de vlammen schroeide hun gezichten. Het vuur woedde midden in de kamer, en bedekte het plafond met roet. Het zou niet lang meer duren voor ze geen lucht meer kregen.

'Pujol, Simeoni,' schreeuwde Ziegler, die naar de trap wees, 'breng hem naar het busje!'

Ze wendde zich tot Servaz, die naar het brandende platform stond te staren. Het vuur verslond het lichaam dat in de kist lag, maar ze hadden tijd genoeg gehad om het lange blonde haar en het jonge gezicht te zien.

'Mijn god,' verzuchtte Ziegler.

'Ik heb haar graf gezien,' zei Servaz.

'Dat zal wel leeg zijn. Hoe is ze zo goed bewaard gebleven? Was ze gebalsemd?'

'Nee, dat voldoet niet. Maar Lombard heeft geld zat. En er zijn technieken voor.'

Servaz keek naar het gezicht dat inmiddels was veranderd in een hoopje verkoolde botten en gesmolten plastic. Volkomen onwerkelijk.

'Waar is Lombard?' vroeg Ziegler.

Servaz kwam terug uit zijn trance, veroorzaakt door de aanblik van de vlammen rond de doodskist, en knikte naar een openstaande deur aan de andere kant van de kamer.

Ze liepen ernaartoe, dicht langs de muur om niet geraakt te worden door de vlammen, de kamer uit.

Een trap naar boven. Veel smaller, en niet zo goed onderhouden als de andere. Grijze, vochtige stenen, vol met zwarte plekken.

De trap kwam uit aan de achterkant van het kasteel.

Wind. Sneeuw. Storm. Duisternis.

Ziegler stond stil om te luisteren. Alles was stil. Afgezien van de wind. De volle maan verdween telkens achter de wolken. Servaz tuurde naar de bewegende schaduwen van het bos.

'Daar,' zei ze.

De drie sporen van een sneeuwscooter in het maanlicht. Ze liepen over een pad dat met een bocht in het bos verdween. De maan verdween weer en het pad was niet langer te zien.

'Te laat. Hij is ontsnapt,' zei Servaz.

'Ik weet waar dat pad naartoe loopt. Eerst naar een bevroren keteldal, twee kilometer verderop, daarna gaat het de berg op, en via een bergpas weer naar beneden. Aan de voet van de berg loopt de weg naar Spanje.'

'Pujol en Simeoni kunnen de achtervolging inzetten.'

'Dan moeten ze vijftig kilometer omrijden. Lombard is er veel eerder dan zij. Waarschijnlijk staat er een auto voor hem klaar.'

Ziegler liep naar een gebouwtje aan de rand van het bos. Hier begon het spoor van de sneeuwscooter. Ze trok de deur open en draaide de lichtknop om. In de hut stonden nog twee sneeuwscooters, en tegen de muur hing een rek met sleutels, ski's, skischoenen, helmen en zwarte overalls, met gele fluorescerende strepen.

'Christus nog aan toe!' riep Ziegler uit. 'Ik ben benieuwd wie hem al die ontheffingen verleend heeft.'

'Wat bedoel je?'

'Het gebruik van deze dingen wordt door heel veel regels beperkt,' zei ze, terwijl ze een overall pakte.

Servaz slikte toen hij zag dat ze hem aantrok.

'Wat doe je nou?'

'Aantrekken!'

Ze wees naar een overall en een paar skischoenen. Servaz aarzelde. Er moest nog een andere manier zijn... Wegafzettingen bijvoorbeeld. Maar iedereen was naar de Kliniek geroepen. En Lombard had waarschijnlijk een uitgewerkt ontsnappingsplan. Irène doorzocht het rek met sleutels, startte de scooter en reed naar buiten. Ze zette het licht van de scooter aan en liep terug naar binnen om twee helmen en twee paar handschoenen te pakken. Servaz had moeite met zijn overall; hij was te groot, en zijn kogelvrij vest zat in de weg.

'Kom,' zei ze boven het geluid van de viertaktmotor uit.

Hij zette de rood met witte helm op en had meteen het gevoel dat hij stikte. Hij trok de capuchon van de overall over de helm en liep naar buiten. Door de skischoenen liep hij als een astronaut – of een pinguïn.

Buiten was de sneeuwstorm enigszins afgenomen. De wind was gaan liggen en er waren minder vlokken te zien in de tunnel van licht, veroorzaakt door de koplampen van de sneeuwscooter. Hij pakte zijn walkietalkie.

'Vincent, hoe gaat het met Samira?'

'Gaat wel. Maar die vent is er slecht aan toe. De ambulance is hier over een minuut of vijf. Hoe is het daar?'

'Heb nu geen tijd om het uit te leggen. Blijf bij haar.'

Hij verbrak de verbinding, sloeg het vizier van zijn helm naar beneden en klom onhandig bij Ziegler achterop. Hij leunde tegen de ruggensteun. Ze reed meteen weg. In de lichtbundel van de koplampen stormden de sneeuwvlokken op hen af als vallende sterren. Witte boomstammen schoten voorbij. Het voertuig gleed soepel over het harde pad, en maakte een fluitend geluid tegen de sneeuw en ronkte als een grote motorfiets. De lucht brak even open en in het schijnsel van de maan zag hij door zijn vizier de bergen, net boven de bomen.

***

'Ik weet wat er in je omgaat, Diane.'

Ze schrok van zijn diepe, hese stem. Ze was in gedachten verzonken geweest.

'Je vraagt je af hoe ik je ga vermoorden. En je bent wanhopig op zoek naar een manier om te ontsnappen. Je wacht tot ik een fout maak. Het spijt me, maar die maak ik niet. En dus zul je vanavond inderdaad helaas sterven.'

Bij het horen van die woorden kreeg ze het heel erg koud, van haar kruin tot haar tenen. Ze dacht even dat ze ging flauwvallen. Ze slikte, maar had een pijnlijke verdikking in haar keel.

'Of misschien ook wel niet. Misschien laat ik je wel leven. Ik word niet graag gemanipuleerd. Elisabeth Ferney zou nog weleens spijt kunnen krijgen van het feit dat ze me gebruikt heeft. Ze heeft graag het laatste woord, dus misschien wordt ze deze keer teleurgesteld. Jou vermoorden zou me die overwinning ontnemen: je hebt dus nog een kans, Diane. Eerlijk gezegd heb ik nog niet besloten wat ik ga doen.'

Hij loog. Hij wist het allang. Ze had genoeg psychopaten meegemaakt om het te kunnen weten. Hij speelde gewoon een ziek spelletje met haar, het was een list. Geef je slachtoffer een glimpje hoop, dan is het extra leuk om het later weer af te pakken en haar kapot te maken. Zo werkte zijn zieke, perverse geest. Angst, hoop, en dan vervolgens, op het eind, teleurstelling en wanhoop.

Hij zweeg, en luisterde aandachtig naar de berichten die via de radio-ontvanger binnenkwamen. Diane probeerde hetzelfde te doen, maar er ging zo veel in haar hoofd om dat ze zich niet kon concentreren.

‘Onze vrienden van de gendarmerie hebben hun handen vol zo te horen,’ zei hij.

Diane keek naar het landschap dat langs het raampje zoefde. De smalle weg was wit, maar ze reden hard. De auto had waarschijnlijk sneeuwbanden. De onbevlekte witheid werd door niets verstoord, behalve door donkere boomstammen en hier en daar een grijs rotsblok. In de verte staken de bergen af tegen de avondlucht en in de verte zag ze een spleet tussen twee bergtoppen. Misschien leidde de weg daar naartoe.

Ze keek weer naar hem, naar de man die haar ging vermoorden. Er werd haar opeens iets heel erg duidelijk. Hij loog toen hij zei dat hij geen fouten zou maken. Hij wou gewoon dat ze dat geloofde. Hij wilde dat ze het opgaf en zich overgaf, in de hoop dat hij haar zou laten leven.

Hij vergiste zich. Dat ging niet gebeuren.

* * *

Ze kwamen het bos uit en reden hard tussen twee sneeuwbanken door. Servaz zag de toegang tot het keteldal: een kloof van monsterlijke afmetingen. Hij dacht terug aan de cyclopische architectuur die hem was opgevallen toen hij hier kwam. Alles hier was buiten proporties – het landschap, de passies, de misdaden. De sneeuwstorm werd heviger, sneeuwvlokken waren overal om hen heen. Ziegler hield zich stevig vast aan het stuur, en zat gebogen achter het windscherm van plexiglas om zo weinig mogelijk last te hebben van de wind. Servaz zat zo ver mogelijk in elkaar gedoken om optimaal gebruik te kunnen maken van het beetje bescherming dat zijn collega te bieden had. De handschoenen en overall waren niet voldoende om hem warm te krijgen. Zo nu en dan slingerde de sneeuwscooter als een bobslee naar links of naar rechts, en meer dan eens dacht hij dat ze zouden omslaan.

Al snel, ondanks de wind, kwamen ze bij een grote arena van puinhellingen en ijs. Er waren meerdere watervallen bevroren;

van deze afstand gezien had de vorst ze veranderd in lange witte druipkaarsen tegen een rotswand. Toen de volle maan weer achter de wolken vandaan kwam en het landschap verlichtte, benam de schoonheid hem de adem. Hier heerste een gevoel van verwachting, de tijd leek stil te staan.

'Ik zie hem!' schreeuwde hij.

De sneeuwscooter reed een helling op aan de andere kant van het keteldal. Servaz meende een pad te zien dat naar een gat in de rotsen leidde. Het voertuig was al halverwege. Plotseling verschoven de wolken en kwam de maan weer tevoorschijn, alsof hij in het midden van een donkere, omgekeerde vijver dreef. Het maanlicht verlichtte het dal, waardoor elk stukje rots en ijs zichtbaar werd. Servaz keek op. Het silhouet was zojuist verdwenen in de schaduw van de rotsen, en kwam toen aan de andere kant weer tevoorschijn in het maanlicht. Hij zat voorovergebogen en hield zich zo goed en zo kwaad als het ging vast, terwijl hun krachtige vervoermiddel de helling met gemak nam.

Nadat ze door de spleet tussen de rotsen waren gereden, bevonden ze zich weer tussen de dennenbomen. Lombard was verdwenen. Het pad slingerde door het bos verder omhoog. De wind zorgde voor plotselinge rukwinden en ze werden verblind door een wit en grijs sneeuwgordijn dat het licht van de koplampen terugkaatste. Servaz had het gevoel alsof een toornige, razende god hen zijn ijskoude adem in het gezicht spuugde. Hij rilde van de kou in zijn motorpak, maar voelde tegelijkertijd het zweet tussen zijn schouderbladen lopen.

'Waar is-ie?' riep Ziegler. Verdomme! Waar is hij gebleven?'

Hij merkte dat ze gespannen was, dat ze al haar kracht nodig had om de sneeuwscooter onder controle te houden. Maar ze was ook kwaad. Lombard had het bijna voor elkaar gekregen dat ze voor hem de bak indraaide. Hij had hen gebruikt. Servaz vroeg zich heel even af of Irène wel wist wat ze deed, of ze hen niet allebei een dodelijke val in dreef.

Ze lieten het bos achter zich en reden over een smalle bergpas.

Aan de andere kant van de helling daalden ze af. De storm werd minder en om hen heen verschenen de bergen, als een leger van reuzen die wachtten tot het hun beurt was voor een nachtelijk duel. Opeens zagen ze hem, honderd meter lager. Hij had het pad verlaten en zijn sneeuwscooter achtergelaten. Hij stond gebukt.

'Hij heeft een snowboard!' schreeuwde Ziegler. 'Wat een klootzak! Hij ontkomt!'

Servaz zag dat Lombard op de top van een erg steile helling stond, bezaaid met grote rotsblokken. Hij herinnerde zich de artikelen over de sportieve prestaties van de man. Hij vroeg zich af of ze hem op de sneeuwscooter konden volgen, maar bedacht toen dat Lombard dan zelf ook wel doorgereden zou zijn. Op dat moment scheurde Ziegler in volle vaart de helling af. Ze volgde het spoor van Lombard, Servaz dacht even dat ze uit de bocht zouden vliegen. Hij zag dat hun prooi zich opeens naar hen omdraaide en zijn arm hief in hun richting.

'Kijk uit! Hij is gewapend!'

Servaz wist niet wat Ziegler precies deed, maar de sneeuwscooter maakte een bocht van negentig graden en ineens lag hij ondersteboven in de sneeuw. Voor hen zagen ze een flitslicht, gevolgd door een harde knal. Het geluid weerkaatste tegen de bergen, en kwam door de echo dubbel zo hard terug. Een tweede knal. En een derde. De schoten en hun echo's maakten een oorverdovend geluid. Toen stopte het schieten. Servaz lag in de sneeuw en wachtte af, zijn hart wild bonkend. Ziegler lag naast hem, ze had een pistool, maar had om de een of andere reden besloten het niet te gebruiken. De laatste echo galmde nog na toen er een tweede geluid hoorbaar werd, een hard, krakend geluid.

Een onbekend geluid. Servaz kon het niet thuisbrengen.

In de sneeuw voelde hij de grond onder hen trillen. Even dacht hij dat hij flauwviel. Hij had zich nog nooit zo gevoeld als nu.

Het gekraak werd gevolgd door een ruwer geluid, maar nu voller, dieper. Maar hem nog even onbekend.

Het lawaai kwam steeds dichterbij, het leek alsof hij op de rails lag en er een trein op hem afdenderde. Of beter gezegd: een paar treinen tegelijk.

Servaz kwam overeind en zag Lombard bewegingsloos naar de berg kijken.

Opeens begreep hij het.

Hij volgde Zieglers angstige blik; ze keek naar de helling rechts van hen. Ze greep zijn arm en trok hem overeind.

'Vlug! Rennen! Zo hard je kunt!'

Ze ging hem voor naar het pad, en hij volgde haar, hijgend en puffend in zijn overall en skischoenen. Hij bleef even staan en draaide zich om naar Lombard. Hij schoot niet meer en probeerde de bindingen van zijn snowboard los te krijgen. Servaz zag hem bezorgd naar de top van de helling kijken. Hij deed hetzelfde en op dat moment leek het alsof hij een trap in zijn maag kreeg. Hoog boven hen, in het licht van de maan, kwam een stuk van de gletsjer in beweging, alsof er een gigantische reus ontwaakte. Servaz liep zo hard hij kon; hij zwaaide wild met zijn armen om snelheid te maken, en hield zijn blik continu op de gletsjer gericht.

Een enorme wolk kwam ophoog en stortte langs de berg tussen de dennen naar beneden. Dat was het dan, dacht hij bij zichzelf. Dat was het dan! Hij probeerde nog sneller te lopen. En keek niet meer omhoog. Een paar seconden later sloeg de golf over hen heen. Hij werd opgetild en neergegooid, en weggeblazen als een strootje. Hij slaakte een zachte kreet, die onmiddellijk gesmoord werd door de sneeuw. Het leek alsof hij in de trommel van een wasmachine zat. Hij deed zijn mond open, hoestte, hikte. Zwaaide met zijn armen en benen. Hij stikte. Hij verdronk. Hij kruiste Irènes blik; ze keek hem met haar hoofd naar beneden doodsbang aan. Toen verdween ze uit zijn gezichtsveld. Hij werd weer opgetild, door elkaar geschud, en weer neergegooid.

Hij hoorde helemaal niets meer.

Zijn oren floten.

Hij kreeg geen lucht.

Hij zou stikken, begraven worden onder de sneeuw.
Dat was het dan.

Diane zag de wolk eerder naar beneden komen dan hij.

'Kijk uit!' gilde ze, eerder om hem bang te maken en uit het lood te slaan dan om hem te waarschuwen.

Hirtmann keek haar verbaasd aan en Diane zag dat zijn ogen groot werden van angst. Op het moment dat de enorme golf van sneeuw, puin en stenen op het punt stond de weg te bereiken en hen te begraven, gaf hij een ruk aan het stuur waardoor hij de macht over het voertuig kwijtraakte. Diane sloeg met haar hoofd tegen het raampje, ze voelde dat de achterwielen slipten. Tegelijkertijd werden ze vol geraakt door de lawine.

Alles draaide. Diane zag de weg om zich heen draaien, alsof ze over de kop ging in een achtbaan. Haar lichaam werd alle kanten op geslingerd, en haar hoofd klapte tegen het portier. Met een dof, eng gebulder werden ze door een witte mist omgeven. De auto sloeg meerdere keren over de kop terwijl ze de helling afgleden, hun vaart werd nauwelijks geminderd door de struiken. Diane verloor een paar keer het bewustzijn, waardoor het allemaal nog onwerkelijker leek. Toen de auto uiteindelijk met een naargeestig gepiep van scheurend metaal tot stilstand kwam, was ze duizelig, maar bij bewustzijn. De voorruit was kapot, de motorkap van de auto lag vol met sneeuw, er vielen stukjes ijs en steentjes van het dashboard op haar benen. Ze keek naar Hirtmann. Hij was bewusteloos. Zijn gezicht zat onder het bloed. Waar was zijn geweer? Diane probeerde wanhopig haar gordel los te maken, waar ze met veel moeite in slaagde. Ze boog zich voorover om het geweer te zoeken. Uiteindelijk vond ze het bij zijn voeten, het zat min of meer klem tussen de pedalen. Ze moest nog verder vooroverbuigen, en rillend stak ze haar arm tussen zijn benen om het te kunnen pakken. Ze bekeek het ding, en vroeg zich af of het wel vergrendeld was. Er was maar een manier om daarachter te komen... Ze richtte het op Hirtmann, haar vinger op de trekker. Maar ze was geen moordenaar. Wat dit monster ook gedaan mocht hebben, ze was niet in staat te schieten. Ze liet het wapen zakken.

Pas toen besefte ze hoe stil het was.

Behalve de wind in de kale bomen bewoog er niets.

Ze keek of er een reactie kwam van Hirtmann, iets wat erop duidde dat hij bij zou komen, maar hij verroerde zich niet. Misschien was hij wel dood. Ze voelde er weinig voor om hem aan te raken om er op die manier achter te komen. De angst bleef – die zou ook niet weggaan zolang ze met hem in dit ijzeren koekblik zat. Ze zocht in haar zakken naar haar telefoon en ontdekte dat die was afgepakt. Misschien had Hirtmann hem wel, maar ze had niet het lef om in zijn zakken te voelen.

Met het geweer nog in haar handen klom ze via het dashboard naar buiten. Ze merkte niets van de kou. De adrenaline hield haar warm. Ze liet zich van de motorkap glijden en zakte meteen tot haar bovenbenen in de sneeuw. Ze kwam moeilijk vooruit. Toen ze een gevoel van paniek had bedwongen, klauterde ze naar de weg. Het geweer in haar handen stelde haar gerust. Ze draaide zich een laatste keer om naar de auto. Hirtmann had zich niet bewogen. Misschien was hij wel dood.

* * *

'Zooo te zieeeen komt hij bij. Kun je ons hoooren?'

Stemmen. Ver weg. Ze riepen hem. Hij had pijn. Veel pijn. Was uitgeput, wilde slapen, een pilletje. In een flits zag hij gezichten en lampen – en vervolgens de lawine weer, de berg, de kou, en, uiteindelijk, duisternis.

'Maaartin, kuuun je me hoooren?'

Hij deed voorzichtig zijn ogen open, verblind door de lichtkrans op het plafond. Er boog zich iemand over hem heen. Servaz probeerde zich te concentreren op het zachtjes sprekende gezicht, maar het licht dat achter haar scheen deed pijn aan zijn ogen. Het gezicht werd steeds wazig. Toch meende hij te zien dat ze knap was.

Een vrouw pakte zijn hand vast.

'Martin, kun je me verstaan?'

Hij knikte. Charlène lachte naar hem. Ze boog zich voorover en zoende hem op zijn wang. Een prettig gevoel. Een vage parfumgeur. Er ging een deur open en Espérandieu kwam binnen.

'Is hij wakker?'

'Daar lijkt het wel op. Hij heeft nog niets gezegd.'

Ze keek hem aan en knipoogde. Servaz was meteen klaarwakker. Espérandieu liep met twee dampende bekers door de kamer. Hij gaf er een aan zijn vrouw. Servaz wilde zijn hoofd draaien, maar er zat iets in de weg. Een nekkraag.

'Jezus, wat is er allemaal gebeurd!' zei Espérandieu.

Servaz wilde rechtop gaan zitten, maar hij kromp ineen van de pijn en besloot het niet te doen.

'De dokter zegt dat je stil moet blijven liggen. Je hebt drie gebroken ribben, een paar wonden op je hoofd en in je nek, en bevriezingsverschijnselen. Enne... ze hebben drie tenen geamputeerd.'

'Wát?'

'Geintje.'

'En Irène?'

'Ze heeft het ook overleefd. Ze ligt in een andere kamer. Ze is er iets slechter aan toe dan jij, maar komt er wel weer bovenop. Een paar botbreuken, meer niet.'

Servaz was ontzettend opgelucht. Maar hij had nog een dringende vraag.

'Lombard?'

Zijn lichaam is niet gevonden. Het weer is te slecht om te gaan zoeken. Dat doen ze morgen. Hij is waarschijnlijk omgekomen in de lawine. Jullie hebben geluk gehad: ze heeft jullie slechts geschampt.'

Servaz kromp weer ineen. Hij was benieuwd hoe Espérandieu eruit zou zien als *híj* geschampt werd door een lawine.

'Dorst,' zei hij.

Espérandieu knikte en liep weg. Hij kwam terug met de dokter en een verpleegkundige. Charlène en hij gingen de kamer uit, zodat Servaz ondervraagd en grondig onderzocht kon worden. Daarna gaf de zuster hem een glas met een rietje. Water. Hij had een ongelooflijk droge keel. Hij dronk het leeg en vroeg om nog een glas. De deur ging weer open en Margot kwam binnen. Hij zag aan haar gezicht dat hij er vreselijk uitzag.

'Je kunt zo in een griezelfilm! Je ziet er doodeng uit,' zei ze lachend.

'Ik ben zo vrij geweest om haar mee te nemen,' zei Espérandieu, zijn hand op de knop van de deur. 'Ik laat jullie even alleen.'

Hij deed de deur dicht.

'Een lawine,' zei Margot, die hem niet al te lang durfde aan te kijken. 'Gatver, dat is echt wel eng.' (Ze lachte ongemakkelijk, daarna keek ze ernstig.) 'Je had wel dood kunnen gaan. Godver, pap, wil je dat nooit meer doen?'

Wat was dat nou weer voor taalgebruik? vroeg hij zich af. Toen zag hij de tranen in haar ogen. Ze moest hier al geweest zijn voordat hij weer bij bewustzijn kwam; ze was in shock. Hij was ineens onrustig. Hij wees naar de rand van het bed.

'Ga even zitten,' zei hij.

Hij pakte haar hand vast. Lange tijd was het stil, en net toen hij iets wilde gaan zeggen, ging de deur open. Hij keek om en zag een vrouw van in de dertig binnenkomen. Hij wist zeker dat hij haar nooit eerder gezien had. Ze had een paar wonden in haar gezicht – op haar rechterwang en -wenkbrauw, en een lelijke jaap in haar voorhoofd. Haar ogen zagen rood en ze had donkere wallen. Zou ze ook door de lawine bedolven zijn geweest?

'Bent u commandant Servaz?'

Hij knikte.

'Ik ben Diane Berg. Ik ben als psychologe verbonden aan de Kliniek. Ik heb u aan de telefoon gehad.'

'Wat is er met u gebeurd?'

'Auto-ongeluk,' zei ze met een lachje, alsof dat grappig was. 'Dat kan ik ook wel aan u vragen, alleen weet ik het antwoord al.' (Ze keek naar Margot.) 'Zou ik u even kunnen spreken?'

Servaz keek naar Margot, die een pruillip trok en de jonge vrouw van top tot teen bekeek. Ze stond op en liep weg. Diane kwam dichter bij het bed.

'Wist u al dat Hirtmann verdwenen is?' vroeg ze toen ze ging zitten.

Servaz keek haar aan. Ondanks zijn nekkraag schudde hij zijn hoofd. Hirtmann op vrije voeten... Zijn gezicht betrok en kreeg een harde, sombere uitdrukking. Achteraf gezien was gisteravond één grote mislukking geweest. Lombard mocht dan een moordenaar zijn, hij vormde voor slechts een handjevol slechteriken een gevaar. Hirtmann was een heel ander verhaal. De onbeheersbare woede die als een onvermoeibare vlam in zijn hart brandde zou hem voor altijd van de rest van de mensheid onderscheiden. Ontzettend wreed, bloeddorstig, hij wist absoluut niet wat berouw was... Servaz voelde een rilling over zijn rug lopen. Wat zou er gebeuren nu de Zwitserse moordenaar op vrije voeten was? Zonder medicijnen zouden zijn impulsen en jachtinstinct weer tot leven komen. Van de gedachte alleen al werd Servaz onpasselijk. Psychopaten als Hirtmann hadden geen menselijke gevoelens, daarvoor was de euforie die ze voelden tijdens het martelen, verkrachten en moorden veel te groot. Zodra hij de kans kreeg zou hij weer toeslaan.

'Wat is er gebeurd?' vroeg hij. Ze vertelde wat haar was overkomen. Van het moment dat Lisa haar overvallen had in haar kantoor, tot ze over de bevroren weg had gelopen, en Hirtmann in de auto had laten zitten. Ze was pas na bijna twee uur lopen iemand tegengekomen, en op dat moment was ze al behoorlijk onderkoeld. Toen de gendarme op de plek des onheils arriveerde, was de auto leeg geweest, er waren voetafdrukken en bloedsporen op de weg – tot ze op een gegeven moment ophielden.

'Hij heeft dus een lift gekregen,' zei Servaz.

'Ja.'

'Van een voorbijganger of... een medeplichtige.' Hij keek naar buiten. Het was aardedonker.

'Wanneer ontdekte je dat Lisa Ferney samenspande met Lombard?' vroeg hij.

'Dat is een lang verhaal. Hebt u daar nu zin in?'

Hij glimlachte naar haar. Hij merkte dat ze dan misschien psycholoog was, maar dat zíj degene was die behoefte had om te praten. Het moest er een keer uit. Ze konden het net zo goed nu doen. Hij voelde dat het voor haar net zo onwerkelijk was als voor hem – deze vreemde avond vol geweld en angst, maar ook de dagen die eraan vooraf waren gegaan. Op dat moment, in de stille ziekenhuiskamer, voelde het vertrouwd, al kenden ze elkaar niet.

'Ik heb alle tijd,' zei hij.

Ze lachte.

'Nou, begon ze, 'ik arriveerde in de Kliniek op de dag dat dat dode paard op die berg werd aangetroffen. Ik herinner het me nog goed. Het sneeuwde, en...'

Epiloog

Crimen extinguitur mortalite
(De dood maakt een einde aan de misdaad)

Toen Caesar bemerkte wat er gebeurde, gaf hij het afgesproken teken door aan de vierde linie die hij uit zes cohorten had samengesteld. De troepen spoedden zich met grote snelheid naar voren, en in aanvalsformatie vielen ze de ruiters van Pompeius zo sterk aan dat niemand hen kon weerstaan.

'Daar zul je ze hebben,' zei Espérandieu.

Servaz keek op uit *De Gallische oorlog*. Hij draaide zijn raampje open. Aanvankelijk zag hij alleen een opeengepakte massa onder de kerstverlichting, maar daarna, alsof hij inzoomde op een groepsfoto, zag hij twee figuren uit het gedrang komen. Die aanblik bezorgde hem hartkloppingen. Margot. Ze was niet alleen. Er liep een man naast haar. Lang, elegant, in het zwart gekleed, ergens in de veertig.

'Dat is hem,' zei Espérandieu.

'Weet je het zeker?'

'Ja.'

Servaz duwde het portier open.

'Blijf hier wachten.'

'Geen domme dingen doen, hè?' zei zijn assistent.

Zonder antwoord te geven verdween hij in de mensenmassa. Honderdvijftig meter voor hem uit sloegen Margot en de man rechts af. Servaz haastte zich naar de hoek van de straat voor het geval ze het slechte idee zouden hebben nog een keer af te slaan. Maar toen ze het kruispunt eenmaal waren overgestoken, liepen ze naar het Capitool, waar een kerstmarkt werd gehouden. Hij ging langzamer lopen, en spoedde zich vervolgens naar het grote plein, waar een honderdtal houten chaletjes stond. Margot en haar minnaar slenterden langs de kraampjes. Hij zag dat zijn dochter een volmaakt gelukkige indruk maakte. Soms pakte ze zijn arm en wees hem iets aan. De man lachte en liet haar op zijn beurt iets zien. Alhoewel ze er niet mee te koop liepen, verried hun gebarentaal dat ze elkaar goed kenden. Servaz voelde een steek van jaloezie. Wanneer had hij Margot voor het laatst zo blij gezien? Hij begon te denken dat Espérandieu misschien wel gelijk had, dat hij niets te vrezen had van de man.

Toen staken ze het plein over, in de richting van de cafés onder de bogen en hij zag dat ze, ondanks de kou, buiten gingen zitten. De man bestelde alleen voor zichzelf, waardoor Servaz concludeerde dat Margot niet bleef. Hij stelde zich verdekt op achter een chalet en wachtte. Vijf minuten later werd zijn vermoeden bevestigd: zijn dochter stond op, zoende de man vluchtig op zijn mond en liep weg. Servaz wachtte nog even. Hij gebruikte zijn tijd om de minnaar van zijn dochter uitvoerig te bestuderen. Een mooie man, zelfverzekerd, met een hoog voorhoofd en dure kleding, die verried dat hij uit betere kringen kwam. Hij zag er goed uit, maar Servaz vermoedde dat hij een paar jaar ouder was dan hijzelf. Hij signaleerde een trouwring aan de linkerhand. Hij werd boos. Zijn zeventienjarige dochter had iets met een getrouwde man die ouder was dan haar eigen vader.

Hij haalde een keer diep adem, liep de laatste meters met vastberaden tred, en ging op de stoel van Margot zitten.

'Goedendag,' zei hij.

'Die stoel is bezet,' zei de man.

'Volgens mij niet, de jongedame is net vertrokken.'

De man bestudeerde hem met een verraste blik in zijn ogen. Servaz beantwoordde zijn blik, zonder de minste emotie te tonen. Er verscheen een geamuseerd glimlachje op het gezicht van de man.

'Er zijn genoeg lege tafeltjes. Ik zit liever alleen, als u het niet erg vindt.'

Hij bracht het aardig, en zijn spottende toon bevestigde zijn zelfverzekerdheid. Het zou nog niet meevallen hem van zijn stuk te brengen.

'Je weet dat ze niet meerderjarig is, hè?' zei Servaz.

De glimlach verdween het gezicht van de man. Het verstrakte.

'Is dat jouw zaak?'

'Je geeft geen antwoord op mijn vraag.'

'Ik ken je niet, maar nu opdonderen graag.'

'Ik ben haar vader.'

'Wat zeg je?'

'Ik ben Margots vader.'

'De agent?' vroeg de minnaar van zijn dochter vol ongeloof.

Het voelde alsof hij zojuist een trap van een paard had gekregen.

'Noemt ze me zo?'

'Nee, zo noem ík je,' antwoordde de man. 'Margot noemt je papa. Ze is dol op je.'

Servaz liet zich niet van de wijs brengen.

'En wat vindt je vrouw ervan?'

De man werd meteen weer afstandelijk.

'Dat is jouw zaak niet,' kaatste hij terug.

'Heb je dit ook met Margot besproken?'

Tot zijn tevredenheid zag hij dat hij de man op stang had gejaagd.

'Luister, ook al ben je haar vader, het gaat je niks aan. Ja, Margot weet het. Het kan haar niet schelen. En nu wil ik graag dat je weggaat.'

'En als ik daar nou eens geen zin in heb; wat doe je dan? De politie bellen?'

'Dit spelletje moet je niet met mij spelen,' zei de man met een lage, maar dreigende stem.

'Echt niet? En als ik nou eens naar je vrouw zou stappen?'

'Waarom doe je dit?' vroeg de minnaar van zijn dochter – maar tot Servaz' grote verrassing leek hij eerder verbaasd dan bang.

Servaz aarzelde.

'Ik ben er niet blij mee dat mijn zeventienjarige dochter wordt gepiepeld door een man van jouw leeftijd die het allemaal geen moer kan schelen.'

'Wat weet jij daar nou van?'

'Zou je gaan scheiden voor een meisje van zeventien?'

'Doe niet zo belachelijk.'

'Belachelijk? Ik vind het eerder belachelijk dat iemand van jouw leeftijd iets heeft met een meisje. Vind je dat zelf ook niet een beetje sneu?'

'Ik ben er klaar mee,' zei de man. 'Het is genoeg geweest. Je hoeft tegen mij de agent niet uit te hangen.'

'Wát zei je?'

'Je hebt me heus wel gehoord.'

'Ze is minderjarig. Ik kan je laten oppakken.'

'Onzin! In dit land ben je op je vijftiende meerderjarig. En als je dit doorzet, kom je in grote problemen.'

'O ja?' zei Servaz sarcastisch.

'Ik ben advocaat,' zei de man.

Verdomme, dacht Servaz. Dat ontbrak er nog maar aan.

'Ja,' bevestigde de minnaar van zijn dochter. 'Ik ben advocaat in Toulouse. Margot was bang dat je zou ontdekken dat we een... affaire hebben. Ze heeft ontzettend veel bewondering voor je, maar uiteraard vindt ze je op bepaalde gebieden ook wel een beetje... ouderwets.'

Servaz zei niks.

'Onder dat rebelse gedoe zit een prachtig meisje, ze is heel intelligent en zelfstandig. Veel volwassener dan je op het eerste gezicht zou denken. Maar je hebt gelijk: ik ben niet van plan mijn gezin voor haar in de steek te laten. En dat weet ze. Ze heeft trouwens ook wel eens vriendjes van haar eigen leeftijd.'

Servaz wilde zeggen dat hij zijn bek moest houden.

'Hoe lang speelt dit al?' vroeg hij, en zijn eigen stem klonk hem vreemd in de oren.

'Tien maanden. We hebben elkaar ontmoet in de rij voor de bioscoop. En het ging van haar uit.'

Ze was dus zestien toen het begon, dacht Servaz. Zijn hart klopte in zijn keel. De woorden van de man werden overstemd door het gezoem van duizend bijen.

'Ik begrijp goed dat je je zorgen maakt,' zei de advocaat, 'maar dat is nergens voor nodig. Margot heeft zelfvertrouwen, is evenwichtig – ze is uitstekend in staat om haar eigen beslissingen te nemen.'

Het lukte hem om commentaar te geven: 'Zelfvertrouwen? Heb je haar de laatste tijd dan überhaupt wel gezien? Je ziet toch zelf ook hoe verdrietig ze is? Komt dat door jou?'

De man leek zich zichtbaar te generen, maar hij bleef Servaz aankijken.

'Nee, het komt door jou. Ze ziet hoe eenzaam en radeloos je bent. Ze ziet dat je eraan onderdoor gaat, dat je meer tijd met haar zou willen doorbrengen, dat je werk energie vreet en dat je haar moeder mist. Het breekt haar hart. Ik zeg het nog maar een keer: Margot geeft heel erg veel om je.'

Er viel een kleine stilte. Toen Servaz sprak, klonk hij kil.

'Leuk geprobeerd. Maar bewaar zulke praatjes maar voor de rechtbank. Je verdoet je tijd.'

Vanuit zijn ooghoek zag hij tot zijn genoegen dat hij de man had beledigd met zijn familiaire toontje.

'Nou moet je eens even goed naar me luisteren. Je bent advocaat, je hebt een goede reputatie, die belangrijk voor je is. Of mijn dochter nou wel of niet meerderjarig is, doet er niet toe. Als bekend wordt dat je je vergrijpt aan jonge meisjes, kan je wel inpakken. Dan raak je al je cliënten kwijt. En je vrouw mag nu dan een oogje dichtknijpen, maar denk je dat ze dat ook nog zal doen als er geen cent meer binnenkomt? Jij gaat het dus uitmaken met Margot. Je vindt maar een manier. Vertel haar wat je wilt; je bent goed in praatjes. Maar ik wil dat je uit haar leven verdwijnt. En trouwens, ik heb dit hele gesprek opgenomen, behalve dit laatste gedeelte. Voor het geval dat. Fijne dag verder.'

Hij stond op en liep weg, zonder zich erom te bekommeren of zijn woorden effect sorteerden. Hij wist toch wel dat dat het geval was. Toen hij dacht aan de pijn die het Margot zou doen, had hij even wroeging.

Op eerste kerstdag stond Servaz vroeg op en ging stilletjes naar beneden. Hij voelde zich heel energiek. Margot en hij hadden tot in de kleine uurtjes zitten praten nadat alle anderen waren gaan slapen. Vader en dochter in een woonkamer die niet de hunne was, op de bank naast de kerstboom.

Onder aan de trap keek hij op de thermometer. Het was buiten één graad boven nul. En binnen vijftien; de mensen bij wie ze sliepen hadden de verwarming laag gezet en het was koud in huis.

Servaz luisterde even naar de stilte. Hij stelde zich voor hoe iedereen onder zijn dekbed lag: Vincent en Charlène, Mégan, Margot. Het was voor het eerst sinds lange tijd dat ze Kerstmis niet bij hem thuis hadden gevierd. Vreemd, maar niet onaangenaam. Integendeel eigenlijk. Hij sliep onder hetzelfde dak als zijn beste vriend en assistent, een vrouw die zijn hoofd op hol bracht, en zijn eigen dochter. Was dat eigenaardig? Het enige eigenaardige was dat hij sommige dingen accepteerde zoals ze waren. Toen hij Espérandieu vertelde dat hij kerst zou vieren met zijn dochter, werden ze meteen uitgenodigd. Servaz had het aanbod willen afslaan, maar tot zijn eigen verbazing had hij het zichzelf horen aannemen.

'Maar ik ken ze niet eens!' had Margot gezegd toen ze in de

auto zaten. 'Je zei dat we met z'n tweetjes zouden zijn, niet dat we kerst zouden vieren met andere agenten!'

Maar Margot bleek erg goed te kunnen opschieten met Charlène en Megan, en vooral met Vincent. Op een bepaald moment was ze behoorlijk dronken en had ze, met de fles champagne zwaaiend, uitgeroepen: 'Nooit geweten dat smerissen ook leuk konden zijn!' Het was de eerste keer dat Servaz zijn dochter teut had gezien. Vincent was net zo ver heen als zij, en hij huilde van het lachen. Servaz had zich aanvankelijk een beetje ongemakkelijk gevoeld in Charlènes gezelschap, zijn gedachten gingen steeds terug naar hoe ze hem gekust had in de galerie. Maar alcohol en de gezellige sfeer hadden ervoor gezorgd dat hij al snel ontspande.

Hij liep blootsvoets naar de keuken, toen zijn tenen iets raakten wat begon te knipperen en een schel geluid maakte. Een Japanse robot. Of Chinees. Hij vroeg zich af of er inmiddels niet meer Chinese producten in zijn land waren dan Franse. Toen kwam er een zwarte vlek uit de woonkamer stuiven die tegen zijn benen sprong. Servaz bukte zich om het beest eens goed te aaien; het was de hond die Espérandieu had overreden toen hij onderweg was naar de nachtclub. Hij had de dierenarts destijds om drie uur 's nachts uit bed gebeld en het dier was gered. Hij bleek erg lief en aanhankelijk te zijn, en dus had Espérandieu hem in huis genomen. Om nooit te vergeten hoe koud en donker het toen was geweest, had hij hem Shadow genoemd.

'Hé, jongen,' zei Servaz. 'Vrolijk kerstfeest. Wie weet wat er van je geworden was als je toen de weg niet was overgestoken.'

Shadow antwoordde door een paar keer te keffen en met zijn staart tegen Servaz' benen te slaan. Kennelijk was hij niet als eerste opgestaan: Charlène Espérandieu was ook al wakker. Ze had theewater opgezet en het koffiezetapparaat aangezet en was nu brood aan het roosteren. Ze stond met haar rug naar hem toe en hij keek even hoe haar kastanjebruine haar over haar ochtendjas viel. Net toen hij zich met een brok in zijn keel wilde omdraaien, draaide ze zich naar hem om, een hand op haar dikke buik.

'Goedemorgen, Martin.'

Door het raam zag hij een auto heel langzaam door de straat rijden. Aan de dakrand van het huis hing kerstverlichting, die waarschijnlijk de hele nacht gebrand had. Echt Kerstmis, dacht Servaz. Hij deed een stap naar voren en stapte op iets pluizigs, dat piepte. Charlène bukte zich lachend om het op te rapen. Ze kwam overeind, legde een hand in zijn nek, en zoende hem. Servaz kreeg het meteen warm. Stel je voor dat er iemand binnenkwam! Tegelijkertijd wilde hij meer, ondanks de dikke buik tussen hen in. Het was niet de eerste keer dat een zwangere vrouw hem zoende, maar deze vrouw was niet zwanger van hem.

'Charlène, ik...'

'Ssst. Niks zeggen. Heb je lekker geslapen?'

'Heel lekker. Mag ik – ik heb zin in koffie.'

Ze streelde liefdevol zijn wang en liep naar het apparaat.

'Charlène...'

'Niet zeggen, Martin. Niet nu. We hebben het er later wel over. Het is Kerstmis.'

Hij pakte de mok koffie aan en dronk hem zonder ergens aan te denken leeg. Hij had een droge mond. Hij had opeens spijt dat hij niet eerst zijn tanden had gepoetst voor hij naar beneden was gegaan. Toen hij zich omdraaide, was ze verdwenen. Servaz leunde tegen het aanrecht en had het gevoel alsof er termieten aan zijn buikwand knaagden. In zijn botten en spieren voelde hij nog steeds wat hij had meegemaakt op de berghelling. Het was de vreemdste kerst ooit. En ook de meest beangstigende. Hij kon niet uit zijn hoofd zetten dat Hirtmann ergens vrij rondliep. Had hij deze streek verlaten? Zat hij duizenden kilometers verderop? Of hield hij zich hier ergens in de buurt schuil? Servaz kreeg hem niet uit zijn hoofd. Ook Lombard niet. Ze hadden zijn lichaam geborgen. Bevroren. Servaz rilde iedere keer als hij daaraan dacht. Wat een vreselijke manier om aan je eind te komen... En dan te bedenken dat het hemzelf ook bijna overkomen was.

Het ijzige, bloederige intermezzo dat deze zaak was geweest, leek nu heel onwerkelijk. En alweer zo lang geleden. Servaz wist dat hij nooit helemaal opgelost zou worden. Zoals de initialen C S op de ringen. Wat betekenden ze? En wanneer was het viertal begonnen met hun daden? Wie was de leider geweest? Ze zouden hier nooit antwoorden op krijgen. Chaperon had zich in stilte gehuld. Hij zat in afwachting van zijn proces in detentie, maar had helemaal niets losgelaten.

Ineens dacht Servaz ergens anders aan. Hij zou over een paar dagen veertig worden. Hij was op 31 december geboren – volgens zijn moeder ook nog eens precies om twaalf uur 's nachts. Ze hoorde in de kamer naast haar de champagnekurken knallen toen hij ter wereld kwam.

Mijn god. Hij was bijna veertig... en wat had hij nou eigenlijk gepresteerd?

***

'Het komt er dus op neer dat jij het belangrijkste bewijs hebt aangedragen,' zei Kleim162 de dag na Kerstmis. 'En niet je baas – hoe heet hij ook alweer?'

'Servaz.'

'Meneertje kijk-mij-eens-slim-zijn-want-ik-spreek-Latijn mag zichzelf dan een supersmeris vinden, dat neemt niet weg dat jíj hem een paar stappen voor was.'

'Nou moet je niet overdrijven. Ik heb geluk gehad. En Martin heeft erg goed werk geleverd.'

'Wat is de seksuele voorkeur van die god van je?'

'Hij is hetero, maar dan echt.'

'Jammer.'

Kleim162 kwam overeind en ging op de rand van het bed zitten. Hij was naakt. Vincent Espérandieu nam even de tijd om de breedgeschouderde gespierde man te bewonderen, terwijl hijzelf, in de kussens geleund, met een hand in zijn nek, zat te roken. Er glinsterden een paar zweetdruppels op zijn borst. Toen Kleim162 opstond en naar de badkamer liep, kon de agent het niet laten om hem nog eens goed te bekijken. Het sneeuwde eindelijk, het was 27 december.

'Ik neem aan dat je niet verliefd op hem bent?' zei Kleim162 vanuit de badkamer.

'Mijn vrouw wel.'

De blonde man keek om het hoekje.

'Pardon? Hebben ze iets?'

'Nog niet,' zei Vincent, en hij blies wat rook naar het plafond.

'Ze is toch zwanger? En hij wordt toch de peetvader?'

'Klopt helemaal.'

Kleim162 bekeek hem stomverbaasd.

'En je bent niet jaloers?'

Espérandieu glimlachte alleen maar en sloeg zijn ogen ten hemel. De jonge journalist deed hoofdschuddend alsof hij niet wist wat hij hoorde, en verdween weer in de badkamer. Espérandieu zette zijn koptelefoon weer op. De heerlijk hese stem van Mark Lanegan in antwoord op het dromerige gemurmel van Isobel Campbell in het nummer 'The False Husband'.

***

Op een mooie ochtend in april haalde Servaz zijn dochter op bij zijn ex-vrouw. Hij glimlachte naar haar toen ze met haar rugzak om en een zonnebril op haar neus naar buiten kwam.

Ze reden over de snelweg in de richting van de Pyreneeën, namen vervolgens de afslag Montréjeau/Saint-Martin-de-Comminges (waardoor Servaz jeuk onder aan zijn schedel kreeg en zijn wenkbrauwen fronste). Ze reden verder zuidwaarts, naar de bergen. Het was ongelooflijk mooi weer. De lucht was blauw, de bergtoppen wit. De zuivere lucht die door het raampje kwam was verkwikkend, als ether. Margot had het volume van haar favoriete muziek volledig opengedraaid op haar koptelefoon, en ze zong mee – en zelfs dit kon Servaz' humeur niet verpesten.

Hij had een week eerder dit uitje bedacht, toen Irène Ziegler hem – na maanden – had gebeld om te vragen hoe het met hem ging. Hij reed door schilderachtige dorpjes, de bergen kwamen dichter- en dichterbij, tot hij ze niet meer kon onderscheiden en de weg omhoog begon te lopen. Elke bocht bood een spectaculair uitzicht: gehuchtjes achter in het dal, beekjes die glinsterden in het zonlicht, mistflarden die het vee omgaven, overgoten met licht. Het landschap, mijmerde hij, leek totaal anders. Ze reden het parkeerterreintje op. De ochtendzon, verborgen achter de bergen, bescheen het nog niet. Ze waren niet de eersten. Er stond al een motor. Ze werden door twee mensen, die op een rotsblok zaten, opgewacht.

'Goedemorgen, Martin,' zei Ziegler.

'Goedemorgen, Irène. Irène, dit is Margot, mijn dochter. Margot, Irène.'

Irène gaf Margot een hand en stelde de knappe vrouw naast haar aan hen voor. Zuzka Smatanova gaf een stevige hand, had lang, ravenzwart haar, en een mooie lach. Ze wisselden een paar woorden en gingen op weg, alsof ze elkaar gisteren nog gezien hadden. Ziegler en Martin liepen voorop, Zuzka en Margot lieten hen een voorsprong opbouwen. Servaz hoorde hen achter zich lachen. Na een tijdje, toen ze al flink aan het klimmen waren, kwam het gesprek tussen hem en Irène op gang. De kiezels op het pad krasten onder de dikke schoenzolen, en uit het beekje steeg het geluid van stromend water op. De zon brandde al flink.

'Ik ben nog verder gaan zoeken,' zei ze plotseling, toen ze een houten bruggetje waren overgestoken.

'Waarnaar?'

'Informatie over de vier mannen.'

Hij keek haar op zijn hoede aan. Hij wilde deze mooie dag niet laten verpesten door narigheid.

'En?'

'Ik heb ontdekt dat Chaperon, Perrault, Grimm en Mourrenx op vijftienjarige leeftijd door hun ouders naar een vakantiekamp zijn gestuurd. Aan zee. Weet je hoe dat heette?'

'Vertel.'

'De Colonie des Sternes.'

'En?'

'Herinner je je de letters op de zegelring nog?'

'Ja.'

'Denk je dat... Zou het misschien zo kunnen zijn...'

'Zou kunnen.'

Het ochtendlicht speelde door het bladerdek van een esp, dat ritselde in de wind.

'Vijftien jaar. De leeftijd waarop je jezelf ontdekt. Je vrienden voor het leven maakt. Je seksueel actief wordt,' zei Servaz.

'En je je eerste misdaden pleegt,' voegde Ziegler eraan toe, hem aankijkend.

'Zou kunnen, ja.'

'Maar het kan ook iets anders zijn.'

'Wat is er?' vroeg Margot toen ze hen had ingehaald. 'Waarom lopen jullie niet door?'

Zuzka keek hen indringend aan.

'Laat het los,' zei ze. 'Verdomme, laat het los!'

Servaz keek om zich heen. Het was echt een prachtige dag. Hij dacht aan zijn vader. Hij glimlachte.

'Je hebt gelijk. Het is tijd om het los te laten,' zei hij, en hij liep verder.

Noot van de auteur

U denkt misschien dat een aantal dingen in dit boek voortkomt uit een wat al te levendige fantasie, maar dat is niet zo. De ondergrondse elektriciteitscentrale op tweeduizend meter hoogte bestaat echt; ik heb hem alleen een paar kilometer verplaatst. En verder worden enkele van de psychiatrische behandelingen die beschreven worden, zoals aversietherapie of penisplethysmografie, helaas toegepast in Europese ziekenhuizen, maar ook elders in de wereld. Elektroshocktherapie bijvoorbeeld – hoewel flink anders dan in de tijd van Lou Reed en 'Kill Your Sons' – is nog steeds regelmatig in het nieuws in het Frankrijk van de eenentwintigste eeuw.

De muziek waarnaar Espérandieu luistert kunt u gewoon downloaden.

Dankwoord

Als ik iemand erkentelijk ben, dan is het Jean-Pierre Schamber. Een ideale verdachte, die goede smaak, een voorliefde voor detectives en andere literaire uitingsvormen en een muziekkennis waar ik alleen maar van kan dromen, weet te verenigen. Hij heeft me weten te overtuigen – al vanaf de eerste bladzijden – dat ik door moest schrijven. Bedankt, vriend!

De overige verdachten, in welke mate ze dan ook schuldig mogen zijn, zijn ook gedeeltelijk verantwoordelijk voor dit misdrijf: mijn vrouw, die weet hoe het is om met een schrijver te leven, en die mijn leven oneindig veel makkelijker heeft gemaakt; mijn dochter, een wereldreizigster voor wie de wereld niet groot genoeg is – ik heb nog zeker drie levens nodig om haar te kunnen bijhouden; mijn zoon, die veel meer weet van de laatste technische snufjes dan ik en die zijn gadgets hopelijk lang genoeg kan wegleggen om dit boek te lezen.

Dominique Matos Ventura is een verdachte van een ander kaliber: zonder zijn bemoedigende woorden, zijn talent en onze vriendschap, zou dit boek er niet zijn geweest. Zijn muziek was de soundtrack van dit boek toen ik het zat te schrijven.

Greg Robert is misschien niet schuldig, maar zeker verdacht: hij is een onvermoeibaar speurder naar afwijkingen en een geduldig proeflezer, met als enig minpuntje dat hij van fantasy houdt. Greg is niet alleen mijn vriend, maar ook mijn neef.

Dan zijn er de medeplichtigen: het complete team van Éditions XO, om te beginnen Bernard Fixot zelf, een rots in de branding achter de schermen; Edith Leblond, die ik dank voor haar kennis en steun; Jean-Paul Campos, die zegt dat hij mijn grootste fan is; Valérie Taillefer, voor haar knowhow en het delen van haar kennis; Florence Pariente, Gwenaëlle Le Goff en uiteraard, en zeker niet op de laatste plaats, Caroline Lépée, die in staat is om ijzer in goud te veranderen.

Ten slotte veel dank voor Gaëlle voor de foto's, Patrick voor zijn aparte gevoel voor humor, Claudine en Philippe voor het smeren van de wielen, mijn zus en Jo, die er altijd voor me zijn, en de rest van de K-clan: Loïc omdat hij uit Bretagne komt, Christian vanwege zijn kelder (en zijn gereedschap), Didier, omdat hij zo'n goede vriend is, Dominique, Ghislaine, Patricia en Nicole omdat ze zo goed kunnen lachen.

Achteraf gezien is schrijver een veel minder eenzaam beroep dan ik dacht.